insel taschenbuch 4742
Gabriele Diechler
Schokoladentage

Alwy ist frisch verliebt, der smarte Anwalt Leon ist ein Traummann. Auch beruflich sieht es vielversprechend aus. Das Leben könnte herrlich sein – wenn die junge Pâtissière nicht plötzlich um ihre berufliche Existenz fürchten müsste. Das Haus, in dem sich ihr Tortenatelier befindet, ist an einen Bauinvestor verkauft worden, der die Immobilie teuer sanieren und die Mieter hinauswerfen will. Von ihrer Freundin und Partnerin Bettina kann Alwy nur bedingt Hilfe erwarten, denn die hat eigene Probleme: Sie ist schwanger und der zukünftige Kindsvater reagiert anders als erhofft. Alwy kämpft um ihren Laden, nicht ahnend, welche Folgen das für ihr Leben hat ...

Ein bezaubernder Roman über die Magie der Liebe, die Kraft der Freundschaft und die Höhen und Tiefen des Lebens – optimistisch, prickelnd und voller Wärme.

Gabriele Diechler, in Köln geboren, lebt und arbeitet im Salzkammergut. Nach vielen Jahren als Drehbuchautorin und Dramaturgin widmet sie sich nun hauptsächlich dem Roman und dem Jugendbuch.

In insel taschenbuch liegen von ihr außerdem vor: *Lavendelträume* (it 4650); *Ein englischer Sommer* (it 4377).

GABRIELE DIECHLER
Schokoladentage

Roman

INSEL VERLAG

Erste Auflage 2019
insel taschenbuch 4742
Originalausgabe
© Insel Verlag Berlin 2019
Alle Rechte vorbehalten, insbesondere das der
Übersetzung, des öffentlichen Vortrags sowie der Übertragung
durch Rundfunk und Fernsehen, auch einzelner Teile.
Kein Teil des Werkes darf in irgendeiner Form
(durch Fotografie, Mikrofilm oder andere Verfahren)
ohne schriftliche Genehmigung des Verlages reproduziert
oder unter Verwendung elektronischer Systeme verarbeitet,
vervielfältigt oder verbreitet werden.
Vertrieb durch den Suhrkamp Taschenbuch Verlag
Umschlag: zero-media.net, München
Umschlagfoto: FinePic®, München
Satz: Satz-Offizin Hümmer GmbH, Waldbüttelbrunn
Druck: CPI – Ebner & Spiegel, Ulm
Printed in Germany
ISBN 978-3-458-36442-9

FÜR ARINA

Es ist großartig, Pläne zu schmieden
und diese umzusetzen, und es berührt uns,
Zusammenhalt und Glück zu erfahren.
Doch es gibt auch die dunklen Tage,
an denen wir nicht wissen, was wir tun können
und wie wir diese Tage überstehen sollen.
Wir beide – du und ich – haben in den
vergangenen Jahren Schönes und Schweres erlebt.
Manches war herausfordernd. Nicht immer
waren wir uns einig.
Aber wir lernen jeden Tag aufs Neue
offen durchs Leben zu gehen.
Diese Ehrlichkeit und Nähe macht jeden
unserer *Schokoladentage* aus.

Helenes Notizen 1

Wenn du entschlossen bist, neue Wege zu beschreiten:
Aprikosenkuchen mit Sonnenblumenkernen

*Träume sind dazu da, dich glücklich zu machen,
bevor sie Realität geworden sind.*

1. KAPITEL

November

Es gibt Augenblicke, in denen die Zeit stillzustehen scheint. Leons Zusammenbruch war ein solcher Augenblick. Alwy fing ihn auf, als er nach vorn sackte, und hatte Mühe, ihn zu halten.

»Rufen Sie die Rettung, schnell!«, schrie sie. Ihr Kopf fuhr herum. Blitzschnell huschten ihre Augen über die Menschen im Café. Jemand musste ihr helfen. Leon war beinahe eins neunzig groß und schwerer als gedacht.

Ein Mann eilte auf sie zu und half ihr, ihn zu stabilisieren; eine Frau zückte ihr Smartphone und verständigte den Krankenwagen. Alwy überlegte fieberhaft, was sie im Erste-Hilfe-Kurs gelernt hatte? Jetzt kam es auf jede Minute an. Oberkörper hochlagern und warm halten, glaubte sie sich zu erinnern.

Die Sanitäter waren rasch vor Ort, hoben Leon auf eine Trage und schoben ihn aus dem Café. Alwy lief neben ihnen her und sah zu, wie sie Leon in den Rettungswagen hievten. Einer der Sanitäter fragte sie, ob Leon unter einem Herzfehler litt?

»Ich weiß es nicht«, stammelte sie nur. War es ein Schlaganfall? Ein Herzinfarkt? Oder was sonst?

Sie entschied sich, mitzufahren, und stieg auf die Trittstufe, um in den Rettungswagen zu gelangen. Hoffentlich würde sie während der Fahrt einen Hinweis auf Leons Zustand aufschnappen. Ihr wäre schon mit einem einzigen verständlichen Satz geholfen. Doch die medizinischen Fachausdrücke, die die Männer austauschten, waren nur schwer zu deuten.

»… venöse Verweilkanüle … Drittellösung … Offenhalten der Atemwege …«

»Ist einer von Ihnen Notarzt?« Sie schaffte es kaum, das Zittern in ihrer Stimme zu unterdrücken.

»Wir sind Sanitäter. Bitte bewahren Sie Ruhe! Wir sind gleich im Krankenhaus.«

Alwy schnürte es die Kehle zu. Es war schrecklich, nichts tun zu können und abwarten zu müssen. Im Krankenhaus würde man ihr sicher Auskunft geben. Sie versuchte, tief durchzuatmen, doch die Gedanken ließen sich nicht verscheuchen, sie verstärkten die bedrückende Angst, die in ihrem Hinterkopf lauerte. Die vergangenen Monate waren nicht einfach gewesen. Sie hatte unter schrecklichem Liebeskummer gelitten, doch ab diesem Tag sollte es für Leon und sie endlich wieder bergauf gehen und nun das …

In der Notaufnahme erreichte die Hektik einen neuen Höhepunkt. Eine Schwester drängte sie forsch zur Seite. Von dem kurzen Wortwechsel zwischen Ärztin und Sanitäter bekam sie kaum etwas mit. Doch der Blick der Notärztin auf Leons Gesicht, das vom Beatmungsgerät fast ganz verdeckt war, sagte mehr als Worte. Die Sorge, die sie darin sah, war ihre Sorge – ihre Angst.

Die beiden Frauen schoben Leon wortlos den Gang hinunter. Als die Trage aus ihrem Blickfeld verschwand, kam die erdrückende Erschöpfung wieder hoch, die sie die ganze Zeit verdrängt hatte. Sie konnte die vielen Fragen, die in ihrem Kopf herumschwirrten, nicht ignorieren. Sie musste etwas tun.

»Frau Gräwe, ich begleite Sie in den Wartebereich. Hier können Sie nicht bleiben.« Wie von weit her drang die Stimme des Sanitäters zu Alwy.

»Nein, ich möchte hierbleiben«, bat sie. Den jungen Mann hatte sie inmitten der Wirren beinahe vergessen. Nun sah sie ihn irritiert an.

Der Kuss, den Leon ihr heute im Café am Salzburger Flughafen gegeben hatte, war wie ein Pflaster auf ihrer verwundeten Seele, doch sie würde erst aufatmen können, wenn sie wusste, wie es um ihn stand.

»Bitte, ich kann Leon nicht alleinlassen.« Sie spürte, wie ihr Herz laut gegen den Brustkorb schlug, doch im Kopf war sie ganz klar. Ohne zu überlegen, brachen die Worte aus ihr heraus: »Waren Sie schon mal zu wütend oder zu stolz, um nach einem Streit auf jemanden zuzugehen?«

Überrascht von der Frage, zögerte der Sanitäter. »Ja, leider«, gab er nach einem kurzen Moment des Schweigens zu.

»Dann ist Ihnen ja klar, wie schwer es ist, nicht zu wissen, ob man sich noch aussprechen können wird.« Alwys Finger tasteten nach dem Brief in ihrer Manteltasche. Leons Zeilen, die beim Lesen so widersprüchliche Gefühle in ihr ausgelöst hatten, waren alles, was sie noch von ihm hatte.

»Umlegen. Auf drei.« Die Stimme der Ärztin hallte bis zu ihr. Die Ungewissheit über Leons Zustand lag immer schwerer auf ihr, die Fragen in ihr wurden immer lauter und drängender. Zeit für Überlegungen blieb nicht. Sie lief los und schaffte es bis zum Schockraum. Außer Atem sah sie, wie Leons Körper auf einen Tisch gehoben wurde.

Ihr Blick und der der Ärztin kreuzten sich. Sie war weder Leons Frau noch eine Verwandte. Sie würde nichts über seinen Zustand erfahren … bis auf das, was sie mit eigenen Augen sah. Erneut schossen unzählige Fragen durch ihren Kopf, doch bevor sie eine stellen konnte, fiel die Tür vor ihr laut ins Schloss.

»Kein Puls. Keine Atmung ... Kammerflimmern.« Die Augen der Ärztin weiteten sich. In Windeseile klebte sie Elektroden auf Leons freigelegten Brustkorb und langte nach den Paddels. Jeder Handgriff saß, alles geschah blitzschnell. »Hundertfünfzig geladen. Weg vom Patienten ... Achtung ... Schock.«

Leons Körper zuckte und hob sich vom Bett. Die Ärztin sah zur Schwester. »Geben Sie mir zweihundert. Weg vom Patienten. Achtung. Schock.« Erneut zuckte Leons Körper und landete kurz darauf wieder auf der Bahre. »Komm ... komm ... komm ....« Die Ärztin verfolgte konzentriert die Linie am Monitor, dann beugte sie sich über Leon. »Dreihundert. Weg vom Patienten ... Achtung ... Schock.« Ein feiner Film aus Schweißperlen schimmerte auf ihrer Stirn. »Himmelherrgott!«, ihre Stimme wurde unnatürlich laut. »Kommen Sie schon ... Bleiben Sie bei uns ...« Das Kinn energisch nach oben gereckt, nickte sie zur Schwester. »Schnell. Geben Sie mir Maximum.«

Immer wieder drangen Worte wie von weit her zu Alwy. »Was passiert mit Leon? Was machen die mit ihm?«

Der Sanitäter stieß nervös die Spitzen seiner Turnschuhe gegeneinander, unschlüssig, ob er etwas sagen sollte, und wenn ja, was. »Manchmal ist ... die autonome Steuerung des Herzens beeinträchtigt.« Er sprach abgehackt, die Stimme gesenkt.

»Und was bedeutet das?« Alwy spürte, wie ihre Beine weich wurden. Sie stützte sich an der Wand ab.

Der Mann fuhr sich mit der Hand übers Gesicht, rang offensichtlich mit sich. »Vermutlich Kammerflimmern.« Er zögerte und sprach die bittere Wahrheit schließlich aus: »Sie versuchen, ihn wiederzubeleben.«

Kammerflimmern. Mit einem Mal erinnerte sie sich wieder an die Arztserien, die sie früher angeschaut hatte. Langsam kamen die Fakten zurück. Ihr Erinnerungsvermögen ließ sie nicht im Stich. »Wiederbeleben …?« Sie riss sich zusammen. »Wie viel Zeit hat er … bis die ersten Gehirnzellen absterben?« Nervös zog sie mit den Fingern ihrer rechten Hand am Zeigefinger der linken. Sie durfte sich nicht ihren Gefühlen ergeben, musste stark sein.

Der Sanitäter blickte zu Boden, doch Alwy ließ nicht locker. »Ich weiß, dass Sie Emotionen nicht zu nah an sich heranlassen dürfen …«, sie sprach mit einer Entschiedenheit, die sie selbst überraschte, »… und ich kenne mich mit dem Datenschutz aus.«

Er hob den Blick und sah sie ernst an. »Drei Minuten.«

2. KAPITEL

April, acht Monate früher

Nur noch wenige Zentimeter, dann bekäme sie den Griff der Tasche zu fassen und könnte die Rezeptsammlung herausziehen. Wenn sie über das fleckige Leder der Mappe strich, sah sie immer Helene vor sich, die übers ganze Gesicht lachte. Das Beeindruckende waren nicht nur ihr Scharfsinn und ihre zupackende Art gewesen, sondern auch ihr kindlicher Übermut, den sie nie verloren hatte. Wer sonst wäre auf die Idee verfallen, in einer Rezeptsammlung Torten mit Sprechblasen zu versehen, in denen witzige Texte standen. Manche Torten hatten Beine und flüchteten vor einem herausfordernden Rezept. Wenn Alwy Helenes Rezeptbuch aufschlug, war gute Laune garantiert.

Anfangs liebte sie vor allem die einfachen Kuchen. Helene hatte sie – auf die verschiedenen Lebenslagen zugeschnitten – in Kapiteln zusammengefasst: Kuchen, wie eine tröstende Umarmung oder wie eine Aufforderung, sich endlich etwas zu gönnen. Für Helene waren Backwaren immer mehr als Leckereien gewesen; durch sie konnte man zu Menschen sprechen, ihnen etwas mitgeben. Ihr hatte Helene eine Menge mitgegeben. An erster Stelle die Fähigkeit, an sich zu glauben, egal, was das Leben ihr abverlangte.

Noch einmal streckte Alwy die Hand nach ihrer Handtasche unter dem Sitz des Vordermannes aus, doch gerade als sie sie zu fassen bekam, begann sich alles um sie herum zu drehen. Der Boden verschwamm zu einer undefinierbaren Masse.

Alwys Hand erschlaffte, sie kroch aus der Lücke, in die sie sich gezwängt hatte, rang nach Luft und presste ihren Körper gegen die Rückenlehne. Ruhig weiteratmen ... sich nicht verrückt machen. Normalerweise buchte sie einen Platz am Gang, um sich nicht so eingesperrt zu fühlen, außerdem aß sie vor jedem Flug etwas Leichtes, damit ihr nicht flau im Magen wurde. Doch diesmal war alles anders. Sie hatte Tokio überstürzt verlassen, und der Flug über Frankfurt nach Salzburg war fast ausgebucht gewesen. Mit Mühe und Not hatte sie einen der letzten Plätze ergattert; und an essen war seit ihrer Trennung von Harald nicht zu denken.

Wie von fern hörte sie die Stimme der Psychologin, bei der sie ein Seminar gegen Flugangst belegt hatte. *Erkenne Angst als Hemmschuh. Atme in die Angst hinein und lass sie dann los. Keine Angst vor der Angst zulassen!*

Bis vor drei Jahren war Flugangst nur ein Wort für sie gewesen, doch nach der ersten Attacke wusste sie, wie entsetzlich diese Angst sein konnte. Sie nahm ihr den Atem und schüttelte sie durch, bis ihr der Kopf rauschte und sie sich im eigenen Körper fremd vorkam.

Mit fahriger Geste zog sie eine Flasche Baldriantropfen aus ihrer Jackentasche. Sie war leer, trotzdem presste sie sie an sich, als könnte das Fläschchen sie retten. Für den äußersten Fall hatte sie ein leichtes Beruhigungsmittel eingesteckt, doch Tabletten nahm sie nur, wenn es gar nicht anders ging.

Alwy konzentrierte sich auf alles Physische: auf den rauen Stoff unter ihren Händen, ihre Wirbelsäule, die sie fest gegen die Rückenlehne drückte. Ihre Lunge schien sich in ihrer viel zu engen Brust zu weiten. Sie bekam kaum noch Luft.

»Geht es Ihnen nicht gut?« Eine Flugbegleiterin beugte sich zu ihr hinunter und sah sie beunruhigt an.

Hätte sie doch nur das Personal informiert, dass sie unter Flugangst litt. Im Moment war an Sprechen jedenfalls nicht zu denken. Alwy zog ihre schweißnassen Hände zwischen ihren Beinen hervor und sah, dass die Stewardess den Platz ihres Sitznachbarn einnahm, der vorhin zur Toilette gegangen war. »Geben Sie mir Ihre Hand«, sagte sie auffordernd.

Ohne auf eine Antwort oder eine entsprechende Geste zu warten, griff die Frau nach ihren feuchten Fingern, legte ihre Hände darum und begann, auf sie einzureden.

»Es dauert nicht mehr lange bis zum Landeanflug, dann steigen Sie aus und erkunden die Stadt. Haben Sie beruflich in Salzburg zu tun, oder machen Sie Urlaub?«

Alwy nickte beim Wort *beruflich*.

»Dann bleiben Sie eine Weile in der Mozartstadt?« Die Frau sprach weiter. »Sie glauben nicht, wie ich Sie um die

Möglichkeit beneide, Salzburg besser kennenzulernen. Es gibt so viel zu sehen.«

Alwy lauschte dem leisen Singsang. *Festung, Mönchsberg, Museum der Moderne, Schloss Aigen*. Das alles musste sie sich angeblich unbedingt ansehen. Sie freute sich auf die Stadt und auf ihre Kollegin Tina, mit der sie einen neuen Lebensabschnitt beginnen würde. Doch jetzt musste sie sich erst mal beruhigen.

Alwy ließ alle Infos an sich vorbeirauschen, schloss die Augen und konzentrierte sich darauf, rhythmisch weiterzuatmen. Plötzlich fiel ihr das Lied ein, das ihre Kollegin Nanami manchmal beim Verzieren der Torten gesungen hatte – ein japanisches Volkslied, das zur Zeit der Kirschblüte an Vergänglichkeit und Neuanfang erinnerte. Vergänglichkeit! Wie sehr sie dieses Wort inzwischen fürchtete. Letzte Nacht hatte sie, wie schon die Nächte zuvor, wachgelegen und darüber nachgedacht, ob es richtig war, Harald nach so langer Zeit zu verlassen, um in Salzburg noch einmal ganz von vorn zu beginnen.

Die Jahre an seiner Seite hatten etwas Abenteuerliches gehabt und waren vor allem durch Haralds brennenden Ehrgeiz gekennzeichnet gewesen; es gab nichts, was er nicht zumindest andachte, um es zum Drei-Sterne-Koch zu bringen. Anfangs war sie voller Freude von einem Hotel zum nächsten mit ihm getingelt. Überall war er *der* aufstrebende Kochkünstler gewesen und sie *die* Pâtissière mit den exquisiten Rezepten und der Fingerfertigkeit, die jedermann bewunderte. Es war spannend gewesen, fremde Länder kennenzulernen und sich beruflich zu vervollkommnen, doch mit den Jahren wiederholte sich vieles, und irgendwann war es immer das Gleiche. Arbeiten, bis man vor Müdigkeit fast umfiel, und sparen für irgendwann, wenn es Zeit für eine Familie wäre.

Bei ihrem Umzug nach Tokio war ihr endgültig klargeworden, dass sie sich nach über zehn Jahren im Ausland nach einem Zuhause in Europa sehnte. Zwar hatte Harald gezögert, als er begriff, wie ernst es ihr mit diesem Wunsch war, doch schließlich hatte er zugestimmt. Umso überraschter war sie gewesen, als er ihr vor einigen Wochen von einem Jobangebot in Seoul erzählte.

»Das Restaurant im Grand Hyatt hat bereits zwei Sterne, und nun wollen sie so schnell wie möglich den dritten. Die trauen *mir* zu, es zu schaffen.« Harald hatte die Haltung eines Mannes angenommen, der sich kurz vor dem Ziel wähnte: gerader Rücken, gestraffte Schultern. Ohne sich vorher mit ihr abgesprochen zu haben, hatte er den Job als Chef de Cuisine bereits zugesagt. Er würde das System, das sie beide so gut kannten – nach längstens drei Jahren war es Zeit für einen Jobwechsel –, weiter durchlaufen. Keine Rede mehr von einem gemeinsamen Heim in Deutschland oder Österreich.

»Du hast gesagt, du hättest eingesehen, dass in einer Partnerschaft nicht nur einer den Ton angeben kann ... ›Wir müssen beide glücklich sein.‹ Das hast du mir versprochen!«

Harald hob beschwichtigend die Hände. »Ich weiß, der Job in Seoul war nicht vereinbart ... aber das Grand Hyatt ist ein Geschenk des Himmels, Alwy. Ich *musste* zusagen.« Er nahm ihre Hand und hauchte einen versöhnlichen Kuss darauf, doch Alwy entzog sie ihm. Sie wusste, Harald nahm an, sie würde auch dieses Mal, wenn auch unter Murren, auf seine Karriere Rücksicht nehmen. Doch obwohl sie schlussendlich einlenkte und versprach, ihn ein letztes Mal zu begleiten, setzte schließlich die Erkenntnis ein, dass nicht Harald für ihr Leben verantwortlich war – sie war es. Nur sie wusste, was sie glücklich machte; sie entschied, wo sie hinzog und wie es mit ihr weiterging. Wenn sie jemandem Vorwürfe machen wollte, dann sich selbst.

Alwy öffnete die Augen. Ihr Herz schlug merklich langsamer, und ihr Blick flackerte nicht länger unstet umher. »Ich glaube, es geht mir besser.« Sie wandte sich mit einem Nicken an die Flugbegleiterin. »Danke ... für Ihre Hilfe.«

Die Frau schien ihrer Einschätzung nicht zu trauen und sah sie zweifelnd an. »Sind Sie wirklich sicher, dass Sie klarkommen?«

Alwy schaffte ein zuversichtliches Lächeln. »Ja, es geht schon. Ganz bestimmt«, bekräftigte sie.

»Also gut, dann lasse ich Sie mal wieder allein.« Ein letzter prüfender Blick, dann erhob sich die Frau und ging Richtung Cockpit. Alwy sah ihr nach, rieb sich über die schmerzenden Augen und unterdrückte ein Gähnen. Im unpassendsten Moment war er da, bleierner Schlaf. Sie hielt ihre Fingerspitzen unter die Düse über ihrem Kopf und legte sich die kalten Finger auf die Lider, bis sie sich frischer fühlte.

»Sehr geehrte Fluggäste. Wir beginnen den Landeanflug auf Salzburg. Ich bitte Sie nun, Ihren Sitz in eine aufrechte Position zu bringen und die Vordertische hochzuklappen ...«

Ihr Sitznachbar kam zurück und schnallte sich an. Alwys Hände krampften sich um die Armlehnen. Sie versuchte, ans Aussteigen zu denken ... und an Tina, die sie mit einem strahlenden Lächeln erwarten würde.

Doch anstatt sich zu beruhigen, geisterten erneut Haralds Argumente durch ihren Kopf. Sie hörte seine Stimme laut und deutlich: »Im Grand Hyatt kannst du dich bis ganz an die Spitze arbeiten.«

»Und wenn ich die Erfolgsleiter nicht weiter hinauf will?« Ihre Tränen waren Tränen der Enttäuschung und der Wut gewesen, weil sie nicht zum ersten Mal von Harald für seine Zwecke benutzt worden war. »Wir brauchen nicht noch mehr Erfahrungen oder noch mehr Geld. Wir brauchen ein Heim ... und Freunde statt Konkurrenten. Spürst du das denn nicht auch?«

»Ankommen ... ständig diese Floskel. Lass dich nicht von Konventionen beeinflussen«, argwöhnte Harald. »Nicht jede Frau muss mit Mitte dreißig sesshaft und schwanger werden. Komm schon ... wir haben noch jede Menge Zeit, wir rocken Seoul. Sag ja zu dieser Möglichkeit, sag ja zu mir.«

Vor zwei Monaten, als sie ihren siebenunddreißigsten Geburtstag feierte, hatte sie Harald vom Angebot einer Kollegin erzählt. Bettina Hoske, die sie beide von früher kannten, hatte nachgefragt, ob sie Teilhaberin ihrer Tortenwerkstatt in Salzburg werden wolle. »*Um nicht lange drum herumzureden, Alwy, ich hab mich finanziell übernommen und suche nun jemanden, der bei mir einsteigt. Es geht mir aber nicht nur ums Geld, sondern vor allem darum, meine Vision einer kleinen, feinen Tortenwerkstatt mit jemandem zu teilen, der weiß, wovon ich spreche. Da bist als Erste Du mir eingefallen ...*«

»Typisch Tina. Blauäugig und heillos optimistisch, wo es nicht angebracht ist. Du denkst hoffentlich nicht ernsthaft über das Angebot nach.« Der Blick, den Harald ihr zuwarf, bedeutete: *Ohne mich!* Ein Blick, den sie nicht ignorieren konnte.

»Keine Sorge, ich weiß, wie dünn die Luft für Tortenkünstlerinnen wie Tina und mich ist.«

Harald verschränkte die Arme vor der Brust. »Nur in Millionenstädten kannst du dich entfalten und zeigen, was du draufhast. In der Provinz wirst du scheitern, bevor das erste Jahr um ist.«

Haralds Gleichgültigkeit bezüglich ihrer Wünsche traf Alwy hart. Sein Lächeln, das eine Spur zu verkrampft war, um echt zu sein, signalisierte ihr, wie sehr er sich jedem weiteren ernsthaften Gespräch verschloss. Dabei sehnte sie sich danach, in Ruhe das Für und Wider mit ihm abwägen zu können. Doch davon hielt Harald nichts. Er schätzte sie als Partnerin, die keine Probleme bereitete. Er würde nie sesshaft werden. Es war richtig, Tokio und ihn hinter sich zu lassen.

Ihre Zukunft lag in der Backstube eines Altbaus, dessen Rückwände sich an den Fels des Kapuzinerberges schmiegten.

3. KAPITEL

Die vordere Häuserreihe wies zur Imbergstraße, einer der Hauptverkehrsstraßen. Die hintere zur Steingasse, einer Gasse mit felsigen Abhängen, die steil bergauf ragten. Zwischen diesem *Hinten* und *Vorne* suchten Alwy und Tina sich ihren Weg durch die Stadt, die ein Relikt aus einer längst vergangenen Zeit zu sein schien. Zwar gab es einige mit Glas verkleidete Hochhäuser, doch moderne Bauten blieben die Ausnahme. Grundsätzlich wurde Salzburgs Stadtbild von jahrhundertealten vier- bis fünfstöckigen, in hellen, verblichen wirkenden Farben gestrichenen Häusern und vor allem von unzähligen Kirchen dominiert.

»Ziemlich eng hier ... als würde man einem ausgetrockneten Flusslauf folgen.« Auf Alwy wirkte die Steingasse wie ein Graben, in dem jedes Haus ein pastellfarbener Tupfer auf dem Grau des Kopfsteinpflasters war; es schien als bildeten die Häuser einen Schutzwall.

»Häuser so nah beieinander vermitteln mir ein Gefühl von Geborgenheit, dazu die schroffen Felsen ... das hat was.« Tina strich sich eine hellbraune Haarsträhne, die sich aus ihrem Zopf gelöst hatte, hinters Ohr. Aufgeregt deutete sie auf ein Haus, das durch einen zartrosa Anstrich im unteren Bereich geradezu herausstach. »Da vorn ist es. Steingasse 41.«

»Zuckerlrosa ...?!« Alwy schüttelte amüsiert den Kopf.

»Wieso nicht? Das hebt uns von den übrigen Fassaden ab.« Tina schloss die Eisentür neben der weiß gestrichenen Ladentür auf und wies in den Flur. Vorsichtig trug Alwy das gerahmte Bild ihrer Tante über die Schwelle und lehnte es an die Wand. Sie blinzelte, um sich an das Dunkel zu gewöhnen, und als sie aufsah, entdeckte sie die enge, sich steil nach oben windende Treppe.

Tina fing den Blick der Freundin auf und lachte. »Fitness hast du hier inklusive«, versprach sie. »Komm, gib mir das Ungetüm.« Sie schnappte sich die Holzkiste, die Alwy gerade hochheben wollte. In dieser Kiste bewahrte ihre Freundin schon immer ihre Gewürze und Rezepte auf. Damit und mit dem Rucksack, den sie Alwy ebenfalls abnahm, ging sie die ersten Stufen voran.

Tina hatte nicht übertrieben: Die Treppen zu erklimmen, erinnerte tatsächlich an Fitness. Auf halbem Weg nach oben blieb Alwy, außer Atem, vor dem Klingelschild zu einer der Wohnungen stehen. »Wer wohnt eigentlich noch im Haus, außer dir?«

»Außer *uns*, meinst du wohl?« Tina zwinkerte ihr zu. »Im ersten Stock wohnt Elisa. Sie ist noch keine dreißig und arbeitet als Rezeptionistin im Hotel ›Schloss Mönchstein‹, oben am Mönchsberg. Sie liebt Pralinen aus Zartbitterschokolade. Die kauft sie jede Woche bei mir.« Tina sah auf die Tür, vor der Alwy stand. »Und hier im zweiten wohnt Ralf, Typ Teddybär mit kleinem Bäuchlein. Er verkauft online Mützen, Schals und Ponchos, alles aus Wolle von glücklichen Schafen hergestellt.«

»Aufgrund deines Grinsens vermute ich mal, dass Ralf mehr hergibt, als diese schlichte Info.«

Tina zuckte die Schultern. »Wenn du Ralf siehst, kämst du nie drauf, dass ausgerechnet er kuschelige Mützen verkauft. Eher würdest du ihn schraubend unter einer Harley vermuten. Du wirst ihn mögen, allerdings bekommst du ihn nicht allzu oft zu Gesicht. Wenn er nicht vor dem PC sitzt und arbeitet, trampt er ins Museum. Er ist fanatischer Kunstliebhaber und verlässt jedes Museum immer als Letzter. Nimm dich in Acht und frag ihn nie nach einem Kunstwerk, das könnte dauern.«

»Also eine funktionierende Hausgemeinschaft«, fasste Alwy zusammen.

»Absolut. Ralf ist eine Seele von Mensch, Elisa ebenso. Ich hab Glück mit den beiden.« Sie gingen weiter und kamen – Alwy den Trolley in der einen und das Bild in der anderen Hand – im dritten Stock an.

»Über meiner Wohnung befindet sich noch eine weitere, die von Irmgard Walter, sie ist die Besitzerin des Hauses. Eine nette ältere Dame. Seit März ist sie in Italien bei ihrer Schwester. Sie leidet unter Arthrose und gönnt ihren Gelenken ein bisschen Wärme.« Tina stieß die Tür auf und machte eine einladende Handbewegung in einen schmalen Flur, der durch einen pfirsichfarbenen Anstrich Fröhlichkeit und Zuversicht ausstrahlte. »Willkommen in meinem Zuhause, das jetzt auch deins ist!«, sagte sie.

Alwy stellte das Gepäck ab und sah aus dem Fenster neben der Garderobe. »Meine Güte, was für ein schöner Ausblick. Ich komme mir vor wie in einem Vogelnest hoch oben im Baum.« Sie blickte auf Kirchtürme und -kuppeln, auf unzählige hellgrau schimmernde Dächer und ein Stück babyblauen Himmel – es war, als schaue sie in eine andere Zeit.

Tina trat neben Alwy. »Genauso ist es mir bei der Besichtigung der Wohnung ergangen. Zuerst das Gefühl von Enge und dann dieser Blick, der einen regelrecht in Bann zieht.« Einige Sekunden genossen die beiden Frauen den Ausblick, dann fuhr Tina fort: »Fünfundachtzig Quadratmeter, aber die Räume sind gut geschnitten, dadurch wirkt die Wohnung größer.«

Die Wohnung war ein charmantes Sammelsurium: Überall standen Vasen mit frischen Blumen und Reisemitbringsel auf Tischen und Fensterbänken, lagen aufgeschlagene Bücher herum und hingen gerahmte Rezepte an der Wand. »Ich hab sowohl eine Schwäche fürs Dekorieren als auch fürs Aufbewahren.« Tina hob die Finger zum Schwur. »Schuldig im Sinne der Anklage, Euer Ehren.« Mit einem leisen Knarzen öffnete sie die Tür zum Gästezimmer. »Und das ist ab sofort dein Reich.«

Alwy blickte in einen Raum – kaum größer als zehn Quadratmeter –, der mit einer gewagten Kombination aus flaschengrünen Wänden und pink gestrichenen Holzmöbeln wie eine überdimensionale Bonbonschachtel wirkte. Unterstrichen wurde dieser Eindruck durch liebevolle Details, wie einen pinkfarbenen Quilt und passende bunte Kissen auf dem Bett. Tina hatte das Zimmer ausgesprochen originell eingerichtet.

»Das Bett hab ich vom Trödel, und weil Dunkelbraun nicht meine Traumfarbe ist, hab ich das Kopfteil kurzerhand pink gestrichen. Alles oder nichts war mein Motto bei diesem Zimmer.«

»Es ist entzückend. Einfach zauberhaft.« Alwy trat näher und betrachtete den moosgrünen Schirm der Nachttischlampe, der perfekt zum Holzbett passte. Hier würde sie sich wohlfühlen.

Tina zog Alwy ans Fenster. »Schau mal ... dort ist das Wahrzeichen der Stadt, die Festung Hohensalzburg.«

Alwy sah eine Burg einschließlich Basteien, die sich dramatisch vom Grün des Berges abhob. Auf einer der Zinnen flatterte eine rotweißrote Fahne im Wind. Die Imposanz der Anlage, die inmitten der Mauern ein ganzes Dorf beherbergte, erzeugte eine unglaubliche Atmosphäre.

»Hohensalzburg ist Europas größte Burganlage, ihre Geschichte reicht bis ins 11. Jahrhundert zurück«, erzählte Tina mit Stolz in der Stimme.

Alwy konnte den Blick kaum von der Festung lösen. »Und wir sind Burgfräulein, die am Abend von gutaussehenden Rittern entführt werden«, schwärmte sie.

»Bisher hat sich leider kein Ritter hierher verirrt«, Tina grinste verschmitzt. »Aber was nicht ist, kann ja noch werden.« Sie verschwand in den Flur und kam mit der Kiste mit den Gewürzen und Rezepten zurück, schob sie unters Bett, trat erneut neben Alwy und legte den Arm um sie.

»Ein Ladenlokal mit einer Wohnung drüber, dazu der Ausblick auf die Stadt ... sind das nicht zwei gute Gründe, sich hier niederzulassen? Was die Backkunst anbelangt, es gibt die bekannten Größen, wie das ›Hotel Sacher‹ und die Original-Mozartkugeln von ›Fürst‹ und noch ein paar andere. Aber davon lassen wir uns höchstens inspirieren.« Tina deutete in den Flur. »Das Bad ist hinten links. Die Tür klemmt, kurz anheben, dann kommst du rein. Ich hab dir ein Regalfach freigeräumt. So, und jetzt lasse ich dich auspacken. Ich bin in der Küche. Komm, wenn du so weit bist.«

Kaum hatte Tina das Zimmer verlassen, setzte sich Alwy erst mal auf den Hocker vorm Schreibtisch. Das Zimmer war bei näherem Hinsehen noch kleiner, als sie anfangs vermutet hatte. Allerdings war es so einzigartig, dass sie sich kaum daran sattsehen konnte.

Von Tokio war sie winzige Räume gewohnt. Bei knapp zehn Millionen Einwohnern zählte jeder Quadratmeter. Von früh bis spät eilten die Menschen hin und her. Alwy hatte dort den ganzen Tag über das Klirren des Backgeschirrs, das Piepen der Küchenuhr und das Gerede unzähliger Menschen gehört. Nach Feierabend hatte Harald sich am liebsten vor den Fernseher gesetzt und sich durch die Kanäle gezappt. Oft waren sie selbst dazu zu müde gewesen und gleich ins Bett gefallen, und mehr als einmal war ihr der Gedanke gekommen, dass Harald nicht nach Europa zurückwollte, schon gar nicht, um sich dort endgültig niederzulassen. Er lebte, wie er es sich immer gewünscht hatte. Stets auf dem Sprung und bereit für Neues. Er schien diese Anspannung zu brauchen.

Alwy klappte den Trolley auf und hängte ihre Hosen und Röcke in den Schrank. Als sie das Wichtigste ausgepackt hatte, ging sie in die Küche, wo Tina gerade Tee aufgoss.

»Danke, dass ich fürs Erste hier wohnen darf.« Ihr Zimmer war als vorübergehende Unterkunft gedacht, doch es fühlte sich nach einem Zuhause an.

Tina drehte sich nach ihr um und runzelte die Stirn. »Dein Einstieg bei ›Cake Couture‹ ist ein Geschenk des Himmels. Ich hab mich riesig gefreut, als du zugesagt hast. Das Glück ist also auf meiner Seite.« Sie stellte die Kanne auf den Tisch und begann Sahne zu schlagen. »Apropos Beteiligung: Wie lange gibt Harald uns, bevor wir Insolvenz anmelden?« Tina hob Puderzucker unter die geschlagene Sahne, sah dabei jedoch zu Alwy hinüber.

»Ein Jahr. Im besten Fall. Aber weißt du was …? Wir zeigen ihm, dass Visionen sich auszahlen.« Alwy griff nach einem Löffel, kostete von der Sahne und überlegte. »Eine Prise Salz und Vanille zur Abrundung? Was meinst du?« Sie spürte plötzlich eine unangenehme Leere im Magen. Höchste Zeit, dass sie etwas zu sich nahm.

Tina machte eine abwägende Handbewegung, als sie ebenfalls gekostet hatte, schließlich mischte sie eine Spur Salz und Vanilleschote unter, bevor sie die Sahne in ein Glas füllte. »Ich vermute, Harald hat sich seit unserer gemeinsamen Zeit in München kaum verändert, oder?« Vor Jahren hatten sie im Hilton Seite an Seite gearbeitet, und schon damals war Harald geradezu besessen von der Arbeit gewesen.

»Harald ist, wie er ist, aber er unterschätzt unsere Hartnäckigkeit. Es wird nicht einfach werden, ›Cake Couture‹ zum Erfolg zu führen, aber ich habe nicht vor, zu scheitern.«

»Das will ich wohl meinen.« Tina deutete auf den Küchentisch, wo neben einem Strauß Wiesenblumen eine Mohntorte stand. »Die magst du hoffentlich immer noch gern?«

Erst jetzt nahm Alwy den schwachen Mohnduft wahr. Die Luft des Zimmers war erfüllt vom Aroma der Zutaten: erwärmte Butter, gemahlener Mohn, geriebene Zitronenschale, Rum und Kirschmarmelade. »Für Mohntorte könnte ich sterben.«

Tina schnitt ein Stück ab und reichte ihrer Freundin Teller und Gabel. Noch im Stehen ließ Alwy sich den zarten Schmelz des Mohnteigs und die Marmeladenfüllung auf der Zunge zergehen.

»Und? Was sagst du?«

Alwy nickte begeistert. »Meisterhafte Backkunst ... wie zu erwarten. Inklusive eines Quäntchens Liebe. Genauso hätte Helene es gemacht.«

Tina klopfte sich selbst anerkennend auf die Schulter. »Der Name deiner Tante in Verbindung mit einer meiner Torten ... ich muss wirklich gut sein.«

4. KAPITEL

Am nächsten Morgen fiel Alwys Arm ins Leere, als sie neben sich tastete. Verwirrt schlug sie die Augen auf und starrte in das noch dunkle, fremde Zimmer. Es war Wochenende, und sie lag in Tinas Gästebett in Salzburg – allein.

Langsam drehte sie den Kopf zur Seite, wo der Wecker tickte. Kurz nach vier. Sie schloss die Augen, in der Hoffnung, wieder einzunicken, doch ihr gingen zu viele Dinge durch den Kopf. Als sie zu Bett gegangen war, war sie in einen traumlosen Schlaf gesunken, doch nun kehrte alles zurück – das Vergangene und das Neue.

Sie schlug die Decke zur Seite, zog ihren Morgenmantel über und schlich ins Bad. Der Spiegel über dem Waschbecken warf ihr blasses, fahles Gesicht zurück. Sie drehte den Wasserhahn auf und begann mit ihrer morgendlichen Routine. Während sie sich wusch und vorsichtig herumhantierte – sie wollte Tina keinesfalls stören –, dachte sie darüber nach, wie gut es sich angefühlt hatte, den Tag mit einer Joggingrunde zu beginnen. In den vergangenen Jahren hatte die Arbeit sie derart in Beschlag genommen, dass sie sich nicht zum Frühsport hatte aufraffen können, obwohl sie es sich oft vorgenommen hatte. Jetzt könnte sie das alte Ritual wieder aufleben lassen – als gutes Omen.

Alwy verteilte einen Klecks Creme in ihrem Gesicht, schraubte den Tiegel zu und ging in ihr Zimmer. Ein neues Leben zu beginnen, bedeutete, aus dem alten Trott auszusteigen. Sie suchte nach ihren Sportsachen, schlüpfte in Shirt und Laufhose und verließ das Haus.

Draußen schlug ihr die frische Morgenluft entgegen. Sie kniff die Augen zusammen. Der Himmel war von Dunkelheit überzogen, doch an einigen Stellen rissen die Wolken bereits graurosafarbene Löcher ins Firmament. Puderhimmel hatte Helene dieses Phänomen immer genannt.

Alwy blinzelte ins trübe Morgenlicht, um sich zu orientieren. Wenn sie die Gasse zurücklief, beim Buchladen links abbog und die Imbergstraße überquerte, käme sie zur Salzach. Der Spazierweg am Fluss war eine beliebte Strecke für Jogger, hatte Tina erzählt.

Sie setzte sich in Bewegung und erreichte kurz darauf die Kastanienallee oberhalb des Flusses. Früher hatte sie während des Joggens den Tag geplant; und nicht selten hatte sie Abstand zu schwierigen Situationen gewinnen können, sodass diese sich plötzlich auflösten.

Sie lief in gemächlichem Tempo weiter und wiederholte

einen Satz in Gedanken immer wieder: *Irgendwann werde ich rundum glücklich sein.*

Im Moment klang das wie ein frommer Wunsch, doch sie wollte daran glauben, dass er eines Tages Realität wäre. Sie überholte eine Frau, die ihre Hunde ausführte, lief durch eine Unterführung und erreichte den Volksgarten. Im Winter spielten Jugendliche auf dem zugefrorenen Teich Eishockey. Tina hatte ihr viel über die Stadt erzählt, und so fühlte sie sich in der neuen Umgebung nicht ganz fremd.

Beim Anblick des Wassers dachte Alwy an ihre Lieblingsstrecke am Rhein. Nach Helenes Beisetzung vor vier Jahren war sie zum letzten Mal dort am Ufer entlanggelaufen. Damals hatte sie sich eine Woche Urlaub genommen, um von Helene Abschied zu nehmen. In dieser Zeit hatten sowohl die Beerdigung als auch die Testamentseröffnung stattgefunden. Um sich vom Schmerz über den Tod ihrer Tante abzulenken, hatte sie bei ihrer Mutter in deren Boutique in der Königsallee ausgeholfen und dabei das Neueste über den riesigen Freundinnenkreis erfahren, den ihre Mutter in ihrer Freizeit jonglierte. Ihr Vater, Georg, siebzehn Jahre älter als seine Frau und bereits pensioniert, steckte den Großteil seiner Zeit inzwischen in sein Hobby – den Wein. Er schrieb einen Blog und organisierte Reisen zu kleinen Weingütern in Deutschland und in Österreich.

Das Glück ihrer Eltern rührte Alwy. Doch so gut sie mit ihnen klarkam, der Verlust Helenes, der Halbschwester ihres Vaters, war für sie nur schwer zu ertragen. Helene stammte aus einer früheren Beziehung ihres Großvaters, das tat der Nähe zu ihrem jüngeren Bruder Georg, Alwys Vater, jedoch keinen Abbruch.

Nach dem Abitur hatte Helene eine Ausbildung zur Konditorin absolviert und war danach zwei Jahre nach Zürich gegangen; dort gab es damals einen Konditor, der weit über die Grenzen der Schweiz hinaus bekannt war. Bei ihm hatte Helene gelernt, auf die feinen Unterschiede der Kakaosorten zu achten und exquisite Pralinen herzustellen. Die Arbeit war ihr immer das Wichtigste gewesen, sie hatte nie geheiratet, sondern ihre ganze Energie in den Beruf gesteckt.

Von Helene hatte Alwy die Liebe zu Torten und Pralinen geerbt. Noch heute schlug sie regelmäßig Helenes Rezeptsammlung auf und überflog die Zutaten für Marzipan-Nuss-Schnecken, Apfeltorte mit Walnüssen und andere Köstlichkeiten. Oft las sie auch einen der Sprüche, die Helene festgehalten hatte, und jedes Mal erinnerte sie sich daran, wie sie unter der Obhut ihrer Tante Rezepte ausprobiert und erste Schritte in ein selbstbestimmtes Leben gewagt hatte.

Käsekuchen mit Lakritz oder Johannisbeerküchlein mit Salzstreuseln. Alwy hatte es geliebt, Unmögliches miteinander zu kombinieren. Anfangs hatte sie Helene nur damit necken wollen, doch dann hatte diese ihr erklärt, dass Zutaten, die auf den ersten Blick nicht zusammenpassten, sich durchaus ergänzen konnten. Helene war ihrer Zeit weit voraus gewesen. Erdbeeren mit einem Hauch Balsamico und Pfeffer hatte sie schon angeboten, als niemand auf die Idee verfallen wäre, Süßes und Pikantes miteinander zu verbinden. Alwy hatte Helenes »Unterricht« genossen. Die beiden verstanden sich ohne Worte. Sie mussten sich nur ansehen, um zu wissen, was die andere vorhatte. Und sie liebten das Ausprobieren, ohne Angst vor dem Ergebnis, und jedes Mal, wenn ihre Experimentierfreude zu etwas Neuem führte, notierte Helene es in ihrem Rezeptbuch. Sogar wenn ein Versuch misslang, schrieb sie sorgfältig alles auf.

»Vielleicht fällt uns ein anderes Mal ein, was wir besser machen können. Jedenfalls darf dieser Versuch nicht unerwähnt bleiben«, lautete ihr Credo.

Alwy empfand ihre offizielle Ausbildung dann lediglich als Ergänzung zu dem, was sie bereits bei ihrer Tante gelernt hatte: Backen und Dekorieren war ihr längst in Fleisch und Blut übergegangen. Helene hatte diesen Prozess – der sich ihrer Ansicht nach auf das ganze Leben bezog – zusätzlich durch Sinnsprüche festgehalten. Einer dieser Sprüche lautete: *Der Sinn des Lebens besteht nicht darin, ständig den Kopf hochzuhalten ... folglich muss auch nicht jeder Teig gelingen.*

Alwy war sich nicht sicher gewesen, den Sinn der Worte erfasst zu haben, deshalb hatte sie nachgefragt.

»Menschen verlangen oft Unmögliches von sich«, hatte Helene erklärt, »nimm nur die irrsinnige Annahme, man müsse immer alles richtig machen oder immer gut drauf sein. Jeder ist in seinem Leben mal oben und mal unten. Mit dem Schneebesen in der Hand vergehen viele Sorgen. Wenn's mir schlecht geht, backe ich einen Kuchen ... und warte ab, wie die Dinge sich entwickeln. Den Dingen Zeit lassen ist ein Geheimnis des Lebens. Zumindest für mich.«

»Entschuldige, aber das klingt nach Küchenweisheit. Zu schön und vor allem zu einfach, um wahr zu sein«, hatte Alwy kritisch angemerkt.

»Probier es aus. Ein Hefeteig verzeiht manches, nicht jedoch ein verschlossenes Herz. Während des Backens fällt es einem schwer, Probleme zu wälzen.«

Alwy hatte es ausprobiert und festgestellt, dass es unumgänglich war, bei der Sache zu bleiben. Während ihre Hände in den vertrauten Rhythmus fanden, verschwanden Probleme eine Weile hinter Mehlwolken und Zuckerbergen. Beim

Zubereiten eines Teigs tauchte sie in den Fluss der Kreativität ein, die Sorgen flogen davon und der Kuchen gelang wie von selbst.

Nach dem Joggen zog Alwy sich in Tinas Tortenwerkstatt zurück und suchte die Zutaten für Brötchen und Guglhupf zusammen.

Die Backstube war die kleinste, die sie je zu Gesicht bekommen hatte, und die einzige, deren Fenster zur Straße hinausgingen. Bald schauten die ersten Spaziergänger herein. Alwy nickte ihnen zu und begriff in diesem Moment, dass sie den Blick in die Tortenwerkstatt als Werbefläche nutzen konnten. Sie mussten nur darauf achten, picobello gekleidet zu sein, falls Leute Fotos machten und diese posteten.

Während sie Mehl abwog, Rohrzucker, Vanille und abgeriebene Orangenschale bereitstellte, um später alles in den Mehlberg einzuarbeiten, warf sie einen flüchtigen Blick auf die Pinnwand, wo wichtige Termine notiert waren: Besprechungen mit dem Steuerberater, Einkäufe, die erledigt werden mussten, Überweisungen ans Finanzamt, Termine mit Lieferanten. Tina war in vieler Hinsicht gut organisiert. Gleich beim Hereinkommen hatte Alwy registriert, dass jeder Mixer, jeder Teigschaber und sogar der kleinste Löffel seinen Platz hatte. Wenn sie sich zu zweit in der Backstube aufhielten, musste nur jede an ihrem Arbeitsplatz bleiben, dann kämen sie sich nicht in die Quere.

Eine Stunde später zog der Duft von Brötchen durch die Backstube. Alwy legte das Gebäck zum Auskühlen auf ein Gitter. Helene hatte recht. Beim Backen verloren bedrückende Ereignisse – wenigstens für eine gewisse Zeit – ihren Stachel. Schon als Kind hatte sie beim Rühren in der Schüssel dieses Wohlgefühl verspürt. Und auch jetzt, wo sie in der Backstube herumhantierte, war sie mit sich im Reinen.

Sie machte sich an den Teig für die Guglhupfe. Als die Mini-Kuchen fertig waren, brachte sie die frischen Backwaren in Tinas Küche. Dort suchte sie nach einer Pfanne und bereitete Omeletts zu. Als alles fertig war – Kaffee, frisch gepresster Orangensaft, Brötchen, Butter, Marmelade, Omeletts und Mini-Guglhupfe standen auf dem Tisch –, weckte sie Tina.

»Guten Morgen, Tina! Aufstehen … Frühstück ist fertig.«

Wenige Augenblicke später erschien Tina im Türrahmen. Über ihr müdes Gesicht breitete sich ein Lächeln aus. »Wie einladend … Was für ein Frühstückstisch.« Sie gab Alwy einen Kuss auf die Wange, schob die Ärmel ihres Bademantels hoch und griff nach der Kanne, um sich Kaffee einzuschenken. Dann setzte sie sich, nahm sich vom Omelett, griff nach der Serviette und legte sie sich auf den Schoß. »Seit wann bist du auf den Beinen?«

»Lange genug, um für ein Sonntagsfrühstück zu sorgen.« Alwy goss Orangensaft in ein Glas und trank einen Schluck.

Tina schenkte Alwy einen dankbaren Blick. »Ich Glückspilz schlafe aus und du legst dich ins Zeug und verwöhnst mich mit einem Frühstück.« Sie biss genüsslich in ein Brötchen.

»Nimm es als kleines Dankeschön, weil du diese Traumwohnung mit mir teilst.«

»Das ist pures Eigeninteresse«, entgegnete Tina kauend. »Endlich muss ich abends nicht mehr allein vor dem Fernseher herumlungern. Jetzt hab ich dich … und bin zu zweit.«

»Warte ab, bis du meine Macken kennst.« Alwy griff nach dem Salzstreuer, um das Omelett nachzuwürzen.

»Sag mal, was ist eigentlich passiert, dass Harald und du

euch trennt? Ihr wart doch *das* Traumpaar schlechthin.« Tina taten die Worte leid, kaum dass sie sie ausgesprochen hatte. »Entschuldige«, sie ruderte zurück, »manchmal bin ich furchtbar unsensibel ... und viel zu neugierig.«

»Nein, nein. Schon gut.« Alwy stellte den Salzstreuer zurück und legte das Messer auf den Tellerrand. »Die ersten Jahre mit Harald waren herrlich. Wir waren frisch verliebt und hatten große Pläne, und ein Teil dieser Pläne wurde ziemlich schnell Wirklichkeit ...« In ihrer Stimme schwang Freude mit, als sie von dieser Zeit sprach. »Doch irgendwann hat Haralds Unruhe mich zur Verzweiflung gebracht. Sein Unvermögen, innerhalb der von uns gesteckten Grenzen zu bleiben, um für uns, als Paar, noch Raum zum Wachsen zu lassen, wurde zum Problem.«

»Ich hab manchmal durch Kollegen von euch gehört. Von euren Erfolgen.« Tina zupfte verlegen am Ärmelrand ihres Morgenmantels. »Alle schwärmten von euch als *dem* Powerpaar. Alles, was ich vorzuweisen hatte, waren Selbstzweifel.« Tina hatte nie eine Aufforderung zum Erzählen gebraucht, doch nun, wo sie von den gemeinsamen Zeiten sprach, fühlte sie sich unbehaglich.

»Ich erinnere mich vor allem an den übertriebenen Respekt, den du Harald entgegengebracht hast. Warum hast du dich von seiner Bestimmtheit einschüchtern lassen?«

»Das fragst du wirklich?« Tina stellte ihre Kaffeetasse klappernd auf die Untertasse. »Du weißt selbst am besten, über welch enormes Fachwissen Harald verfügt, von seinem Arbeitstempo ganz zu schweigen. Ich hatte immer das Gefühl, seinen Ideen beim Entstehen zusehen zu können.« Bei der Erinnerung daran schüttelte sie den Kopf. »Außerdem wusste er, wie gut er aussieht.«

»Klingt, als wärst du damals heimlich in ihn verliebt gewesen?«, rutschte Alwy heraus.

»Quatsch!« Tina schüttelte den Kopf. »Harald hatte nur Augen für dich. Mich hat er gar nicht wahrgenommen.« Sie verspürte heiße Scham, weil ihre Aussage nicht der Wahrheit entsprach. Sie war damals wie ein liebeskranker Teenager um Harald herumgeschlichen, nicht wissend, wohin mit ihren Gefühlen. Eine junge Frau mit abgebrochenem Medizinstudium und angeknackstem Selbstvertrauen war nicht das, was ein Mann wie er wollte, doch ihre Gefühle für ihn waren stärker gewesen als jeder vernünftige Gedanke.

In lebendigen Farben stieg plötzlich jener Freitagabend vor ihr auf, an dem Harald sie geküsst hatte. Nach einem gelungenen Event war das gesamte Team in den Himmel gelobt worden, was für eine Art Taumel gesorgt hatte. Alle hatten auf die gute Zusammenarbeit angestoßen, und während sie lachten und scherzten, warf Harald ihr verstohlene Blicke zu; er umgarnte sie mit einer Finesse, die für die anderen nicht erkennbar, für sie jedoch deutlich wahrnehmbar war. Auf dem Weg zur Toilette stand er plötzlich hinter ihr, nahm sie an den Schultern, drehte sie zu sich um und küsste sie. Sie spürte seine Lippen auf ihren und roch seinen Atem – nach Wodka und Zitrone. Einen kurzen Moment ließ sie sich auf den Kuss ein, dann stieß sie Harald von sich und lief davon.

Tina sah, wie Alwy Butter auf ein Brötchen strich, und plötzlich erschien es ihr unmöglich, mit dieser Lüge mit ihr zusammenzuarbeiten. Sie musste reinen Tisch machen und ohne Schatten der Vergangenheit in die Partnerschaft starten. Jetzt, wo Alwy nicht mehr mit Harald zusammen war, würde sie ihr den Kuss vielleicht verzeihen.

Tina langte nach dem Teller mit Schnittlauch, der auf der

Arbeitsfläche stand, und verschaffte sich so einen Moment des Aufschubs. Durfte sie auf Ablass hoffen, wenn sie Alwy gestand, was sie damals für Harald empfunden hatte?

Als sie sich umdrehte und Alwys traurigen Blick sah, besann sie sich eines Besseren. Alwy war noch viel zu verletzt, um die Wahrheit zu verkraften. Sie musste warten, bis es ihr besser ging. »Erinnerst du dich, dass ich dich damals ständig nach deiner Meinung gefragt habe? Sicher bin ich dir mit meiner Fragerei gehörig auf die Nerven gegangen.«

»Überhaupt nicht!« Alwy stieg sofort auf das Thema ein. »Du hattest ungewöhnliche Ideen, warst talentiert und wissbegierig.« Sie lächelte bei der Erinnerung an Tinas manchmal seltsam anmutende Fragen. »Trotzdem hast du dich ständig klein gemacht, weil du viel zu selbstkritisch warst.« Sie bestreute ihre Brötchenhälfte mit frischer Kresse und murmelte plötzlich: »Harald liebt Scharfes: Chili, Meerrettich, Kresse. Er kann nicht genug davon bekommen.« Sie seufzte erschrocken. »Schon wieder rede ich von ihm. Dabei wollte ich genau das nicht tun.«

Tina sah sie mitfühlend an. »Sei nicht so streng mit dir. Vielleicht helfen diese Rückblicke dir beim Verarbeiten der Trennung?«

Als Harald München damals gemeinsam mit Alwy verlassen hatte, hatte sie tief durchgeatmet. Endlich bekamen ihre Gefühle für ihn keine Nahrung mehr und würden hoffentlich versiegen. Das alles war ewig her, und als sie sich vor einigen Monaten Gedanken über eine Teilhaberschaft gemacht hatte, war ihr sofort Alwy eingefallen. Sie war geradeheraus, mutig und verlässlich ... und eine Koryphäe im Beruf. Es wäre großartig, mit ihr zusammenzuarbeiten.

»Konntest du dich damals nur wegen deiner Eltern nicht

annehmen?« Diese Frage hatte Alwy sich schon damals gestellt, doch erst jetzt sprach sie sie aus.

»Ach, weißt du …«, Tina starrte gegen die Wand. »Mir ging alles Mögliche durch den Kopf, nicht nur die Familie. Wo mein Weg mich hinführt? Ob ich mich auf meine Gefühle verlassen kann? All diese Dinge.«

Alwy zeigte auf ein Foto auf dem Fensterbrett, darauf sah man Tinas Familie einträchtig nebeneinander. »Akademiker mit Hang zum Snobismus, so hast du deine Eltern beschrieben. Dein Vater, der erfolgreiche Arzt, der nie einen Gang runterschalten konnte, dazu deine ehrgeizige Schwester, Franca, nicht wahr?« – Tina nickte –, »und deine Mutter … was arbeitete sie noch mal …?«, wollte Alwy wissen.

»Sie ist Ökonomin.«

»Auf dem Foto seht ihr wie eine glückliche Familie aus. Gib die Hoffnung nicht auf, dass ihr euch eines Tages wieder näherkommt.«

Tina verspürte weiterhin den Druck ihres schlechten Gewissens. Alwy redete so liebevoll mit ihr, und sie war nicht mal in der Lage, ehrlich zu ihr zu sein. Sie lockerte den Griff, mit dem sie ihren Teller hielt. »Eine Tochter, die ihr Medizinstudium schmeißt, um Konditorin zu werden, ist in einer Familie von Akademikern ein Affront. Und dass ich dich jetzt in die Firma hole, weil ich es finanziell sonst nicht schaffe, macht es nicht besser.« Sie klang betroffen.

»Du hast dir nichts vorzuwerfen, Tina. Um eine Firma zum Erfolg zu führen, braucht man einen langen Atem und auch ein bisschen Glück. Ich bewundere dich dafür, ›Cake Couture‹ ins Leben gerufen zu haben.«

»Du hast dich nicht verändert, Alwy, noch immer baust du Menschen auf und versuchst zu helfen.« Tina dachte an das Gelächter und die Witze zurück, von denen die Küche während ihrer Zusammenarbeit mit Alwy widergehallt hatte. In ihrer Anfangszeit als Pâtissière hatte sie in ihr nicht nur eine Freundin, sondern auch ein Vorbild gesehen, dabei war Alwy die Jüngere von ihnen. Alwys Leichtigkeit war der Ausgleich für den Stress zu Hause gewesen. Nach einem Gespräch mit ihr hatte sie den Frust vergessen, der sie niederdrückte, weil ihre Träume weit von der Realität entfernt waren.

»Halte durch. Überzeuge deine Eltern durch Können. Auch ohne akademischen Grad kannst du es zu etwas bringen«, war Alwy nicht müde geworden, ihr zu raten.

Jeder Tag, an dem Alwy mit der ihr eigenen Leichtigkeit Torten buk, war für Tina die Bestätigung gewesen, den richtigen Beruf gewählt zu haben.

Tina riss sich aus ihren Gedanken. Warum ließ sie die Vergangenheit nur in derart schillernden Farben aufleben? Damit erwies sie Alwy keinen Freundschaftsdienst und sich selbst auch nicht.

Alwy hatte das Brötchen aufgegessen, nun beträufelte sie einen Mini-Guglhupf mit Kaffeesahne. »Wie geht es deiner Familie heute?«

»Franca erklimmt von Jahr zu Jahr eine weitere Stufe auf der Erfolgsleiter, frag mich bitte nicht, bei welcher Bank sie zurzeit arbeitet. Privat tut sich nichts Nennenswertes, glaube ich. Beziehungen stehen bei Franca schon immer hintenan, die versprechen wenig Rendite ... ›Nichts bringt so viel Reputation wie ein toller Titel auf der Visitenkarte und die Provision am Ende des Jahres!‹, hat Franca mal gesagt ... tja, und meine Eltern ... die sind noch dieselben.« Tina machte eine abwehrende Handbewegung. »Und jetzt zu mir ...

was mache ich? Ich bemühe mich weiterhin, die kleinen Spitzen zu übersehen, wenn man mich mal wieder darauf hinweist, dass ich *nur Pâtissière* geworden bin. Ich versuche weiterhin, mit allen gut klarzukommen, obwohl ich mir nicht mal sicher bin, ob das jemand bemerkt oder überhaupt will. Das ist doch krank, oder?«

»Nein, ist es nicht.« Alwy klang plötzlich ernst. »Es ist richtig, nicht aufzugeben. Es zeigt, wie wichtig dir Familie ist. Allerdings sollte Akzeptanz nicht von beruflichem Erfolg oder Misserfolg abhängen.« Alwy steckte sich ein Stück Guglhupf in den Mund. Ihre Miene hellte sich auf. »Der Teig ist luftig und der Geschmack interessant.«

Tina griff ebenfalls nach einem Guglhupf, kostete und nickte. »Mit einem Hauch Zimt, Orangenschale und Safran. Das Rezept nehmen wir auf jeden Fall in unser Sortiment auf.«

»Weißt du, was ich nie vergessen werde?« Alwy sah Tina versonnen an. »Wie du einmal davon gesprochen hast, dass es etwas Magisches hat, wenn Menschen einander wirklich zugetan sind.«

»Harald und du, ihr habt damals diese Magie verströmt. Ich hätte viel dafür gegeben, diesen Zusammenhalt innerhalb meiner Familie zu spüren. Wenigstens eine Zeitlang«, schränkte Tina ein.

Alwy hielt ihre Tasse mit beiden Händen umfasst. »Wie du siehst, hat auch Zusammenhalt ein Ablaufdatum.«

»Ja, leider! Dass Harald dich gehen lässt, bringt mein Weltbild gehörig ins Wanken.«

Alwy holte ein Foto hervor, das Harald und sie in Küchenuniform zeigte. Beide blickten sie strahlend in die Kamera. Während sie das Bild wehmütig betrachtete, gestand sie sich ein, wie beiläufig ihre Beziehung seit jenen Tagen geworden war. Wie ein Schatten ihrer selbst waren sie durch die letzten Monate getaumelt, oft gereizt, im besten Fall zerstreut. Beide hatten sie ihren Unmut auf die vielen Überstunden und den Schlafmangel geschoben, doch in Wahrheit trauten sie sich nicht zuzugeben, an einem Wendepunkt ihres Lebens angekommen zu sein. Sie hatten sich – jeder für sich – in ihre Wünsche und Vorstellungen eingekapselt, unerreichbar für den anderen, und so war die Trennung im Grunde nur eine logische Konsequenz gewesen.

Alwy reichte Tina das Foto und fasste ihre Gedanken für sie zusammen. Neben dem Schmerz, der sie in manchen Augenblicken niederrang, empfand sie seltsamerweise auch Erleichterung.

»Ich hab mich immer von meiner Kreativität leiten lassen, und es war fantastisch, dass Harald und ich das in den ersten Jahren miteinander teilen konnten ... doch dann haben wir uns leider in unterschiedliche Richtungen entwickelt.«

Tina hörte aufmerksam zu. »Wie hat Harald sich denn verändert?«, fragte sie.

»Er ist übertrieben ehrgeizig geworden. Von Job zu Job wurde es immer schlimmer. In Tokio hat der Ehrgeiz ihn jeder Lockerheit beraubt. Ganz oben ankommen und dabei keine Zeit verlieren, war alles, was ihn noch interessierte.«

»Er hatte doch tolle Jobs. Warum wurde Erfolg zu einer derartigen Obsession für ihn?«

»Wegen des elitären Zirkels der Drei-Sterne-Köche. Weißt du noch, wie wir früher mit größtem Respekt darüber gesprochen haben? Wenn du Mitglied bist, gehörst du zu *den* weltbekannten Köchen. Harald wollte unbedingt aufgenommen werden.«

Tina erinnerte sich: »Kulinarik-Royals, so haben wir sie genannt ... als würde man in den Adelsstand erhoben.«

Alwy schob ihre Kaffeetasse weit von sich. »Die Angst, diesen Schritt nicht rechtzeitig zu schaffen, hat Harald ungeduldig werden lassen, manchmal sogar zynisch. Ich hab oft versucht, ihn daran zu erinnern, was er schon erreicht hat. Harald hat das als Schwarzmalerei verstanden, als Kritik an seiner Person. Erreichtes war vergangen, für ihn zählte nur das, was vor ihm lag. Er duldete keinen Angriff auf seinen Lebensplan. Worte prallten an ihm ab wie ein Ball an einer Mauer.«

Tina gab Alwy das Foto zurück.

Sorgsam steckte diese es weg. »Denk nicht dauernd an früher, das hab ich mir fest vorgenommen, als ich herkam. Und nun rede ich nur von Harald und mir.« Das Licht draußen war weicher geworden, wirkte einladend.

»Harald ist ein Teil deiner Vergangenheit. Außerdem habe ich von früher angefangen ... nicht du.«

Alwy stand auf und stellte einen Teil des Geschirrs in die Spüle. Während sie den Tisch abräumte, lenkte sie das Gespräch auf ein anderes Thema. »Gibt es eigentlich Neuigkeiten bezüglich André?«

Immer wenn Andrés Name fiel, spürte Tina eine leichte Gereiztheit, weil sie an dieses Kapitel ihres Lebens ungern zurückdachte. »André und ich, das ist vorbei. Drei Monate Liebeskummer sind genug. Ich hab keine Kraft mehr, mir den Kopf über ihn zu zerbrechen. Das Gefühl, in der Luft zu hängen, hab ich hinter mir.«

Eine Falte erschien zwischen Alwys Brauen. »Mein Hals ist wie zugeschnürt, sobald ich an Harald denke. Ständig grüble ich darüber nach, ob ich es nicht doch hätte schaffen können, ihn aus diesem Kokon aus Ehrgeiz herauszuholen.«

Tina schob den Stuhl zurück, stand auf und fasste Alwy bei den Schultern. »Und wie, bitte schön, hättest du das machen sollen? Versteh mich nicht falsch: Ich mag Menschen mit Visionen. Doch wenn das Ganze exzessiv wird, steige ich aus. Harald braucht das Gefühl, ausgepowert zu sein. Er wird nie ruhiger werden, außer das Leben zwingt ihn dazu.«

Alwy löste sich aus Tinas Griff und begann, die kleinen Kuchen in Zellophan zu wickeln: »Vielleicht hast du recht. Vermutlich scheut er sich, über sein Leben nachzudenken.« Sie blickte aus dem Fenster, wo ein Vogel auf dem Sims saß.

»Hat er eigentlich noch Kontakt zu seiner Familie?« Tina hatte sich wieder gesetzt und fuhr mit den Fingerspitzen den Rand ihrer Tasse ab.

Alwy schüttelte den Kopf. »›Wer mich nicht versteht, hat keinen Platz in meinem Leben!‹ Haralds Satz, wenn es um die liebe Familie geht.« Sie lachte freudlos. »Das galt sogar für seinen Bruder, mit dem er sich früher so gut verstanden hat.«

»Klingt ziemlich hart«, Tina ließ klappernd ihren Löffel in die Spüle fallen. »Nach dem Konkurs seiner Firma haben André und ich nur noch über Finanzielles gesprochen. Unser zweitliebstes Thema war seine Ex-Frau, die ihm ständig mit ihren Forderungen in den Ohren lag. Wir waren wie paralysiert, jeden Tag nur diese beiden Themen, bis wir nicht mehr konnten ...« Tinas Gesichtsausdruck war ein Spiegel ihres Gemütszustands. Das Ende der Beziehung mit André schmerzte sie mehr, als sie zugeben wollte. »Eine Liebe, die nicht an den Gefühlen scheitert, sondern an den Umständen, ist besonders traurig. Gott sei Dank bin ich nicht der Typ für bitteres Selbstmitleid.« Tina setzte mit Nachdruck hinzu: »Egal, was war, ich lasse mich nicht unterkriegen. Und du auch nicht.«

Alwy schraubte den Deckel auf das Marmeladenglas und stellte es in den Kühlschrank. »In den letzten Jahren gab es nur Harald für mich. Aber ehrlich gesagt, hab ich die meisten Dinge mit mir selbst ausgemacht.« Sie holte tief Luft und lehnte sich an den Kühlschrank. »Wir starten noch mal durch, Tina. In allen Bereichen.« Sie hielt Tina die Hand zum Abklatschen hin.

Voller Euphorie schlug Tina ein. »Ab sofort verlieben wir uns nur noch in Männer, die sich *wirklich* dafür interessieren, was wir sagen und fühlen.«

5. KAPITEL

Es war kurz vor neun, als sie sich ins Wohnzimmer zurückzogen, um die Lage zu sondieren.

Tina klappte ihren Laptop auf, drückte die Enter-Taste und öffnete das Buchhaltungsprogramm. »Ehrlich gesagt hab ich mir die Selbstständigkeit leichter vorgestellt. Die Gesetze und Vorschriften, der Stress mit Lieferanten, dazu das leidige Thema Marketing … wie soll man das alles hinkriegen, neben der Arbeit in der Backstube?« Sie war eine hervorragende Pâtissière, doch Buchhaltung war ihr ein Gräuel. Bei diesem Thema kannte sie sich viel zu wenig aus.

Alwy schlüpfte aus den Schuhen, froh, ihre Füße auf dem

Boden zu spüren. Sie wusste, dass Tina die letzten Monate täglich vierzehn Stunden gearbeitet und nachts kaum geschlafen hatte, weil die finanziellen Sorgen wie ein Stein auf ihrer Brust lasteten. Diese Zeit hatte Spuren hinterlassen. Tina wirkte ausgebrannt.

»Wir verschaffen uns jetzt erst mal einen detaillierten Überblick, dann sehen wir weiter.« Sie beugte sich über die Geschäftsunterlagen und versuchte, Zuversicht zu vermitteln. »Bald wird es leichter werden. Jetzt sind wir zu zweit«, versprach sie. Während sie die Konten durchging und die Papiere durchsah, die Tina ihr gegeben hatte, wurde ihr immer unbehaglicher zumute. Bei jedem Konto war es, als bräche ein weiterer Stützpfeiler weg, auf den sie sich bisher verlassen hatte.

Während ihrer letzten Wochen in Tokio hatte sie nach einem Ausstieg aus ihrem Leben gesucht. In dieser Situation war ihr eine Beteiligung an ›Cake Couture‹ nicht nur spannend und interessant, sondern wie *die* Lösung schlechthin erschienen. Selbstverständlich hatte sie die Unterlagen durchgesehen, die Tina ihr zur Verfügung gestellt hatte, allerdings weniger genau, als sie es hätte tun sollen. Über manches hatte sie großzügig hinweggesehen. Doch jetzt, während leise das Papier raschelte und sie Position für Position durchging, wo sie sich *wirklich* ein Bild machte, fiel es ihr wie Schuppen von den Augen. Sie erkannte, wie wenig hoffnungsvoll die Zahlen waren. Offenbar war sie in Tokio zu sehr mit sich und ihren Gefühlen beschäftigt gewesen, um klar denken und entscheiden zu können. Nach jetziger Erkenntnis musste sie zugeben, dass sie ihre Zusage, Teilhaberin zu werden, vorschnell gegeben hatte.

Wenn man es kurz und knapp zusammenfasste, war die

Situation folgendermaßen: Tina war eine Frau mit enormer Sachkenntnis, die in ihrer Kreativität aufging, die wirtschaftlichen Belange allerdings vernachlässigt hatte. Darüber war die Patisserie in wirtschaftliche Schwierigkeiten geraten. Wenn sie ›Cake Couture‹ in die schwarzen Zahlen bringen wollten, mussten sie ein kleines Wunder vollbringen. Wie dieses Wunder aussehen sollte, wusste Alwy noch nicht.

»Meine Geldspritze verschafft uns leider nur einen kleinen Spielraum. Wir können weiterhin keine Pläne schmieden, die Investitionen erfordern, das heißt, wir müssen im nächsten Jahr haarscharf kalkulieren ... vor allem müssen wir einiges ändern, damit wir auf Dauer konkurrenzfähig bleiben.«

Draußen hatte es zu regnen begonnen. Tina schloss das Fenster. Als sie sich wieder setzte, sagte sie: »Wenn ich eins gelernt habe, dann das: Für eine Sache zu brennen, ist wunderbar, dieses innere Feuer nützt allerdings wenig, wenn man kein tragfähiges Geschäftsmodell hat.«

»Da muss ich dir zustimmen.« Alwy ging die offenen Rechnungen durch. »Deine Außenstände sind sehr hoch«, stellte sie fest.

»Leider gibt es Kunden, die nicht pünktlich zahlen.« Tina zog die Stirn kraus. »Außerdem hat ein Hotelier, der regelmäßig von mir beliefert wird, vor kurzem Konkurs angemeldet. Das ausständige Geld kann ich vermutlich vergessen.« Sie zog die Beine an und schlang ihre Arme darum.

»Einen Anwalt einzuschalten hat in dieser Situationen vermutlich wenig Aussicht auf Erfolg. Wir müssen die Summe abschreiben und uns auf das konzentrieren, was vor uns liegt. Energie in etwas zu stecken, das wir nicht ändern können, hemmt nur.« Alwy atmete tief durch, um sich zu sammeln. Die Miete für die Patisserie war günstig, außerdem würden sie ihre Privatentnahmen kürzen und sparen, wo es nur ging. Mit der Bank mussten sie ebenfalls sprechen. Damit hätten sie allerdings erst einige kleine Schritte in die richtige Richtung gesetzt.

Einen Schritt nach dem anderen gehen und nie zu weit nach vorne blicken. Du kannst die Zukunft nicht erahnen, hatte Helene ihr immer geraten. Wie recht sie hatte. Wenn man zu weit in die Zukunft sah, hemmte einen die Angst. Ab sofort würden sie immer nur die nächsten Wochen planen und jeden Tag ein bisschen mehr über ihre Grenzen gehen. Mit etwas Glück würden sie so das nächste Jahr schaffen. Danach sähe man weiter.

Alwy ließ sich in den Sessel fallen. Sie spürte, wie sie sich entspannte. »Mach dir keine Sorgen, Tina. Wir werden aus dem Schlamassel herauskommen … weil wir bereit sind, alles zu geben.« Sie verdrängte das mulmige Gefühl angesichts ihres übertrieben positiven Statements. Jetzt war es wichtig, optimistisch zu bleiben.

Tinas Gesicht hellte sich auf. »Hast du vielleicht schon ein paar clevere Ideen, wie wir einen oder zwei Gänge hochschalten können?«

»Wunder hab ich nicht auf Lager, Ideen schon!« Alwy beugte sich wieder nach vorn, rutschte zu Tina hinüber und reichte ihr eine Liste, auf der sie die wichtigsten Punkte festgehalten hatte. »Wenn wir es schaffen, ›Cake Couture‹ über die Grenzen der Stadt hinaus bekannt zu machen, haben wir eine reelle Chance.«

Tina entkam ein freudloses Lachen. »Hast du unser mageres Budget für Werbung vergessen?«

»Hab ich nicht. Wir müssen es ohne viel Geld schaffen.«

Alwy breitete die entsprechenden Unterlagen vor Tina aus. »Erfahrung, Standort und Visionen schön und gut, aber wenn wir erfolgreich sein wollen, müssen wir wesentlich mehr Menschen erreichen als bisher.«

»Wir könnten ein Back- und Dekobuch herausbringen und uns so einen Namen machen?«, überlegte Tina laut.

»Die Idee ist gut, der Zeitpunkt weniger. Wir sind keine Stars, die vom Verlag einen dicken Vorschuss kassieren. Bis die Bücher sich verkauft haben und die Leute uns kennen, dauert es. Diese Idee sollten wir auf später verschieben und erst mal verstärkt über Facebook, Twitter und Instagram agieren. Du hast die sozialen Medien zwar bereits bedient, aber das müssen wir ausbauen. Wir überlegen uns im Halbwochenrhythmus ein Motto für unsere Torten und posten dazu Fotos und Stories.«

»Reicht es nicht, dass unsere Torten die Leute sprachlos machen?«

»Leider nein. Ein Motto hilft uns dabei, Geschichten zu erzählen. Wir setzen die Torten im Schaufenster und bei Kunden, die damit einverstanden sind, spektakulär in Szene, fotografieren sie und präsentieren die Fotos mit einer kleinen Geschichte im Netz. Geschichten bleiben hängen, die merken die Leute sich.« Alwy war in ihrem Element. Sie sprach mit Händen und Füßen, ihr Gesicht war gerötet, Harald und ihre Sorgen über die Firma schienen für den Moment vergessen. »Durch die Fotos treten wir mit den Leuten in einen Austausch. Wir stellen ihnen Fragen, sie antworten uns … und schon entsteht eine Bindung. Eine Torte soll erst in zweiter Linie so gut schmecken, dass man sie nie wieder vergisst. In erster Linie muss sie so atemberaubend schön sein, dass man sich kaum traut, ein Stück davon abzuschneiden. Und heutzutage muss sie auch noch eine Geschichte erzählen, an die die Menschen sich erinnern.« Bei den letzten Sätzen war Alwy ganz enthusiastisch geworden. Wenn sie von etwas überzeugt war, schlug sie diesen speziellen Tonfall an, den Tina schon immer gemocht hatte. »Die Posts sind der eine Punkt, der zweite sind Cupcake-Workshops an Samstagen. Wir wechseln uns ab, einmal bin ich dran, dann du. Mit den Workshops sprechen wir Leute *direkt* an, und wenn wir die Teilnehmer begeistern, empfehlen sie uns weiter. Auf diese Weise erreichen wir Menschen, die wir sonst nicht kennengelernt hätten. Wenn wir das geschafft haben, können wir das Back- und Dekobuch einplanen und mit dem Verlag einen besseren Vertrag aushandeln.« Alwy wog ihre Worte ab, sie wollte bei Tina nicht den Eindruck erwecken, sie habe in der Vergangenheit alles falsch gemacht. »Du hast dir einen soliden Kundenstamm aufgebaut, Tina, das ist unsere Basis ... und nun konzentrieren wir uns auf das Thema Imagemanagement. Unser Ziel ist es, zu einer Marke zu werden. Wir müssen unverwechselbar sein!« Sie diskutierten über weitere Punkte, und als es draußen donnerte und der Regen immer lauter gegen die Scheiben prasselte, schob Alwy die Unterlagen zusammen.

Tina klappte ihren Laptop zu. »Ich würde Helenes Foto gern in die Werkstatt hängen, damit sie als kreatives Vorbild über uns wacht. Was hältst du davon?« Sie sah Alwy mit wesentlich mehr Glanz in den Augen an als noch eine Stunde zuvor.

»Das fragst du wirklich? Lass uns das machen ... es ist eine großartige Idee.«

»Ich hätte Helene gern kennengelernt. Du hattest Riesenglück mit ihr«, sagte Tina, als sie wenig später einen Nagel in die Wand schlug. Sie zog Helenes Porträt aus der Folie, in die es eingewickelt war, und hängte es an die Wand.

»Darf ich vorstellen … unsere gute Seele, Helene Gräwe. Kann jetzt noch was schiefgehen?« Tina sah die Schatten unter Alwys Augen, doch als diese näher kam und mit den Fingerspitzen liebevoll über das Bild fuhr, lächelte sie.

»Nein! Jetzt sind wir auf der sicheren Seite.«

6. KAPITEL

Leon zog das Ladekabel aus seinem Handy, als es klingelte. Auf dem Display leuchtete der Name seines Freundes Richard auf. »Rick … bist du am Flughafen?«

»Schön wär's.« Rick lachte ein Spur gequält. »Iris hat mich angerufen, bevor ich mich auf den Weg zu ihr machen konnte. Ihr Wecker hat heute Morgen aus unerfindlichen Gründen den Dienst verweigert. Und ohne den kommt sie nicht aus den Federn. Um es auf den Punkt zu bringen: Wir müssen den nächsten Flieger nehmen.«

Leon ließ sich in die Couch vor dem Fenster fallen und schlug entspannt die Beine übereinander. Wenn er Ricks unverkennbares Lachen hörte, dachte er immer an Rod Stewart. Die gleiche Reibeisen-Stimme, allerdings ein völlig anderes Aussehen: Rick war nur knapp über ein Meter siebzig groß, untersetzt und hatte Geheimratsecken, doch aufgrund seiner Stimme, seiner lässigen Eleganz und seines Charmes erlagen ihm die Frauen seit Jahren. Bis vor kurzem hatte er sein Single-Dasein genossen, doch dann war ihm Iris über den Weg gelaufen. Seit diesem Tag übersah er Charakterschwächen, die er früher bemängelt hatte. Iris kam oft zu spät, Rick hasste Unpünktlichkeit, doch plötzlich spielte es keine Rolle mehr, wenn er warten musste. Rick drückte beide Augen zu – er war verliebt.

»Du hättest bei Iris übernachten sollen. Dann wärt ihr pünktlich wach geworden.« Insgeheim imponierte Leon Ricks Nachsichtigkeit. Manchmal hatte auch er es satt, Einstellungen zu verteidigen, von denen er nicht mehr sicher war, ob er noch daran glaubte. Immer öfter sehnte er sich nach Leichtigkeit. Wäre es nicht wunderbar, das Leben auf sich zukommen zu lassen und sich über Unerwartetes zu freuen?

»Wollte ich ja«, erwiderte Rick. »Bloß hat Iris, verlässlich wie sie im Job nun mal ist, sich gestern Abend für den Berg Akten auf ihrem Schreibtisch entschieden anstatt für mich.«

Leons Füße zeichneten ein Muster in den flauschigen Teppich. Für Rick und Iris waren feste Beziehungen tabu gewesen – bis sie einander begegnet waren.

»Ich hab keine Lust, mir von Männern das Herz brechen zu lassen. Lieber stecke ich meine Energie in den Job und in meine Freundesrunde«, war Iris' Devise. Gleich beim zweiten Treffen in einem kleinen Restaurant hatten Rick und Iris einander ihr Herz ausgeschüttet. Rick hatte Leon danach angerufen und ihm vorgeschwärmt.

»Endlich eine Frau, der ich auf Augenhöhe begegnen kann. Iris macht nicht auf cool, sie ist ehrlich.« Leon hatte freudig zugehört und ihm zu dieser Bekanntschaft gratuliert.

»Apropos verlässlich«, sagte Rick am anderen Ende. »Du hast mich unlängst um Informationen über eine meiner Mandantinnen gebeten. Inzwischen habe ich mit der Dame gesprochen. Sie ist bereit, sich mit dir zu treffen. Weiteres kannst du meiner Mail entnehmen.«

Leon spürte das Kribbeln in seinen Fingern, ein deutliches Zeichen von Ungeduld. Seine Stimme hob sich: »Ich habe deine Mail noch nicht gesehen. Was steht denn drin?« Bevor Rick antworten konnte, sprach Leon weiter. »Warte, lass mich raten.« Er lachte. »Du hast mal wieder Rod Stewart imitiert und das Gesprächsklima damit aufgelockert?!«

Rick stimmte leise einen von Rod Stewarts größten Hits an. Er konnte wirklich verdammt gut singen. »Ich musste ihr *Baby Jane* vorsingen. Das Gespräch danach war ein Kinderspiel. Wir sind prima miteinander klargekommen. Und das wirst du ebenfalls.« Innere Genugtuung schwang in Ricks Stimme mit. Er liebte es, Probleme zu lösen. Wenn es eins weniger auf der Welt gab, war er in seinem Element.

»Klasse, dass du deine Entertainerqualitäten eingesetzt hast, um mir zu helfen. Wenn du aus Rom zurück bist, stoßen wir auf dein Talent und dein Verhandlungsgeschick an.« Leon warf sich die Decke über, die auf der Couch lag. Draußen war Wind aufgekommen und das Fenster war weit geöffnet, ihm war kalt.

»Was den Trip nach Rom anbelangt, zeig, dass du spontan bist und komm mit. Ein paar freie Tage könnten dir nicht schaden. Wir trinken abends Rotwein und philosophieren über Gott und die Welt.«

»Vor kurzem warst du noch der Meinung, Urlaub sei nicht drin.«

»Tja, nun hat sich das Blatt gewendet. Ich hab mich freigeschaufelt. Iris sei Dank.«

»Iris würde es sicher nicht gefallen, wenn ich in Rom mit dabei wäre … zwei Männer sind einer zu viel. Davon abgesehen, habe ich eine Menge abzuarbeiten.« Leon hielt kurz inne. Ausspannen wäre nicht schlecht, doch etwas trieb ihn an, immer weiter zu machen.

»Schieb den schwarzen Peter nicht ihr zu. Aber wie heißt es so schön: Zwinge niemanden zu seinem Glück.«

Leon musterte den eleganten Aubergine-Ton an den Wänden seines Büros und dachte plötzlich an das Zimmer zurück, in dem er kurz nach seinem achten Geburtstag eines Morgens aus einem Traum hochgeschreckt war: das Zimmer mit den angegrauten Wänden, das ganz anders als sein Zimmer zu Hause ausgesehen hatte. In seiner Erinnerung mischte das schmutzige Grauweiß der Wände sich noch heute mit dem gesichtslosen Gekreische fremder Kinder. Damals hatte er sich schützend die Ohren zugehalten ... und später, als er aufgehört hatte, vor Kälte zu bibbern, hatte er die Decke weggeschlagen, war aufgestanden und vorsichtig ans Fenster getapst. Dort hatte er die Nase an die Scheibe gepresst, um dem Regen zuzusehen, den Schlieren auf der Scheibe. Er hatte Regen immer gemocht, doch an diesem Morgen ängstigte ihn das Trommeln gegen das Fenster. Seine Füße waren schon ganz kalt gewesen, als die Tür aufsprang und ein Junge ins Zimmer stürmte. Der Junge entdeckte die Tränen an seiner Nase, kam näher und hielt ihm den Ärmel seines Shirts hin. »Schnäuz dich da rein.«

Seit jenem Tag war Rick sein Freund. Zwischen ihnen bestand eine Verbindung, die er zu keinem anderen Menschen verspürte. Rick stand als verlässlicher Freund stets an seiner Seite. Und er an dessen.

»Ich bessere mich, Rick«, versprach Leon, »nächstes Jahr fahren wir gemeinsam irgendwohin. Ostsee, Paris, egal, ich bin dabei.«

»Das soll ich dir glauben?« Rick lachte. Sein Lachen klang dumpf. Einen kurzen Moment suchte er nach Worten, die Leon erreichen würden. »Es macht einsam, Leon, wenn man dem Leben immer mit Vorsicht begegnet. Ich weiß, wovon ich spreche, ich habe mich privat viel zu lange zurückgenommen. Aber jetzt weiß ich es besser ... Wie sieht's bei dir zurzeit aus? Irgendeine Liebelei?«

Leon ignorierte das unangenehme Gefühl, das ihn bei diesem Thema befiel. »Na ja, nicht wirklich.«

»Pass auf, dass du nicht irgendwann einen Bogen um die Liebe machst, weil sie dir fremd geworden ist.«

Rick stachelte ihn mitunter an, um ihn aus der Reserve zu locken, doch dieser Satz klang alles andere als flapsig, er war ernst gemeint.

»Du klingst, als wolltest du mich bekehren und auf den rechten Weg führen.« Leon versuchte, die Entgegnung amüsant klingen zu lassen, doch Rick ging nicht darauf ein.

»Ich weiß, wie sehr du dich nach Familie und Liebe sehnst. Die schweren Zeiten sind lange vorbei, Leon.«

»Ich betrachte es nicht als angestammtes Recht, mich zu verlieben«, Leon ertappte sich dabei, wie er nach stichhaltigen Argumenten suchte, um Rick vom Thema abzubringen. »Liebe wird zu Recht als Wunder angesehen. Und Wunder geschehen meines Wissens nicht jeden Tag.« Er schob ein Brummen hinterher, um den Satz weniger wichtig und vor allem weniger belehrend erscheinen zu lassen. »Zurzeit bin ich, wie gesagt, beruflich ausgebucht, es passt also gut, wie es ist.«

Ein Anruf von Rick versetzte ihn gewöhnlich in gute Stimmung, doch heute nahm das Telefonat eine unangenehme Wendung.

»Ich bin froh, in der Therapie gelernt zu haben, genauer hinzusehen«, Rick sprach wie aus weiter Ferne. »Irgendwann kommst du an den Punkt, wo alles abgespeichert ist: die ganze Wut und die Kränkungen, und die Einsamkeit, das Gefühl mutterseelenallein auf der Welt zu sein ... Du musst das alles an dich ranlassen. Nur so findest du raus, wann es angefangen hat, wehzutun. Danach kannst du dich auf Lösungen konzentrieren.«

Leon legte die Decke zusammen und warf sie über die Lehne der Couch. Seine Glieder kamen ihm plötzlich bleischwer vor. Ricks Zuversicht lag in den Erkenntnissen einer Gesprächstherapie begründet, die er vor einem Dreivierteljahr begonnen hatte. Seitdem hatte er einiges in seinem Leben geändert, und nun redete er ihm gut zu, den gleichen Weg zu gehen.

Leon umfasste sein Handy eine Spur fester. Seit er denken konnte, akzeptierte Rick ihn. Sie konnten über alles reden, nur nicht über die Vergangenheit. In letzter Zeit hatte Rick diese Regel allerdings mehrmals gebrochen.

Leon stützte den Arm auf und legte das Kinn in die geöffnete Hand. Er empfand Rick als Familie. Die Annahme, dass sie auf derselben Seite standen, gab ihm Halt. Er hatte sein Leben um diese Vertrautheit herum aufgebaut.

»Niemand hat uns darauf vorbereitet, wie traumatisch Verlust und Einsamkeit sind, wie verstörend und desillusionierend – wie prägend«, hörte er Rick mit gesenkter Stimme sagen. »Nicht zuletzt diese Erfahrung hat uns zusammengeschweißt, Leon. Du bist wie ein Bruder für mich.«

Leon schluckte. »Ich empfinde genauso für dich, Rick ... das weißt du.« Die Erkenntnis, wie wichtig sie füreinander waren, war das einzig Gute an der Vergangenheit. Ansonsten wollte Leon nicht an früher erinnert werden. »Und glaub mir ... ich verstehe durchaus, dass die Therapie dir geholfen hat. Aber das muss nicht für jeden gelten.« Leon drückte die Fingerspitzen aneinander. Er war in seinem Leben keinesfalls dort, wo er sein wollte. Beruflich lief es hervorragend, doch ansonsten schwebte er im luftleeren Raum. Einige Jahre hatte er so getan, als sei er rundum zufrieden – vorgetäuschte Zuversicht, an die er selbst nicht hatte glauben können. »Also gut ... Ich lese jetzt deine Mail und setze die nötigen Schritte, um den Deal mit deiner Mandantin auf die Zielgerade zu bringen.« Wie immer schaffte Leon es problemlos, den Rückzug anzutreten – darin war er Profi. Wenn es um Gefühle ging, ruderte er gekonnt zurück.

»Okay, Leon. Schon verstanden. Ich rufe mir jetzt ein Taxi und hole Iris ab. Wäre blöd, wenn ich diesmal zu spät käme.« Sie versicherten einander noch einmal, wie wichtig ihnen ihre Freundschaft war, dann beendeten sie das Telefonat.

Leon legte das Handy zur Seite. Was bewog seinen Freund neuerdings dazu, ihn ständig daran zu erinnern, die Vergangenheit hinter sich zu lassen? Das hatte er längst getan. Das Handy summte erneut. Leon zuckte unmerklich zusammen, als er den Namen auf dem Display las. Seiner Einschätzung nach reichte es, ihnen einmal im Jahr eine angemessene Summe zu überweisen. Sie mussten ihn nicht auch noch anrufen. Er ignorierte den Anruf.

Draußen war der Wind stärker geworden und bauschte die Vorhänge. Er ging zum Fenster, verriegelte es und verließ das Arbeitszimmer. Während die Tür hinter ihm zufiel, sah er in die verschlossene Miene, die der Spiegel im Gang zurückwarf. Die zusammengekniffenen Lippen und die Falten auf der Stirn – war das wirklich er? Er fuhr sich mit der

Hand übers Gesicht. Er brauchte lediglich einen starken Kaffee, danach ginge es ihm besser.

Er steuerte die Küche an und machte sich an der Kaffeemaschine zu schaffen. Neben den Bechern, aus denen er morgens den ersten Kaffee trank, wartete Edith Whartons *Zeit der Unschuld* auf ihn. Obwohl er den Schluss des Romans aus Erzählungen kannte, brachte er es nicht übers Herz, die letzten Seiten in Angriff zu nehmen. Tags zuvor hatte er sich dabei ertappt, wie er über das Buch nachgrübelte. Er war nicht gerade der geborene Romantiker, obwohl Rick stets das Gegenteil behauptete, aber *Zeit der Unschuld* ... bedeutete das nicht, Licht am Ende des Tunnels zu sehen? Er stieß mit dem Fuß energisch gegen die Tür zum Balkon. Er hatte das Gefühl, frische Luft zu brauchen, und zwar dringend.

Mit zwanzig war es ihm vernünftig vorgekommen, so viele Tätigkeiten wie möglich in sein Leben zu packen. Mit vierzig, wenn es erstmals Zeit wäre, Bilanz zu ziehen, würde er hoffentlich zufrieden auf das zurückblicken, was er bis dahin geleistet hätte. Doch sosehr er sich auch anstrengte, immer öfter hatte er das Gefühl, festzustecken.

Leon griff nach dem Buch und schlug die Seite mit dem Lesebändchen auf. Seine Handballen strichen über das feine Papier, während er die ersten Zeilen des neuen Kapitels las und dabei das nagende Gefühl zu ignorieren versuchte, seit Jahren etwas Entscheidendes zu verpassen. Sein Kaffee wurde kalt, während Newland Archers Gefühle ungefiltert in ihn eindrangen. Das Ende des Romans war nicht gerade gnädig – Archers Angst vor tiefen Gefühlen und seine Akzeptanz der gesellschaftlichen Konventionen seiner Zeit, brachten ihn dazu, der Frau, die er liebte, zu entsagen. Als Leon das Buch zuschlug, rang er mit den Tränen.

Er ging ins Wohnzimmer und ordnete das Buch ins Regal ein. Der vertraute Geruch nach Papier, den er so mochte, hüllte ihn ein. Rick machte sich immer über seine Vorliebe für Bücher lustig.

»Sei mir nicht böse, aber es kommt mir verrückt vor, dass du dir Gedanken über fiktive Personen machst, während du über dein Innenleben beharrlich schweigst.«

Leon durchschritt den Flur, blieb bei der Kommode stehen und nahm einen Pfeil aus der dort stehenden Messingschale. Kurz fixierte er die Dartscheibe am Ende des Gangs, dann warf er den Pfeil. Dem ersten folgte ein zweiter, schließlich ein dritter und ein vierter. Zum Schluss zog er die Pfeile aus dem Bullseye und legte sie zurück in die Schale.

Newland Archer gab dem Leben in *Zeit der Unschuld* keine zweite Chance. Er jedoch glaubte an die Zukunft. Was machte es schon, dass Rick ihm diesen Glauben in letzter Zeit absprach.

7. KAPITEL

Tina wich dem Dunst aus, der aus der geöffneten Ofentür drang. Wie zu erwarten, war der Kuchen perfekt gelungen, die Kruste aus Walnüssen knusprig und nicht zu braun, der Teig locker und leicht. Sie stellte den Kuchen zur Seite, zog den Handschuh aus, den sie zum Schutz gegen die Hitze übergestreift hatte, und streckte den Rücken durch. Seit fünf Uhr morgens stand sie in der Tortenwerkstatt, und allmählich spürte sie die Müdigkeit im ganzen Körper. Sie balancierte die letzten Kuchen nach nebenan, wo die Torten und Kuchen bereits dicht an dicht standen.

»Schluss für heute!« Sie wischte die Hände an dem Tuch ab, das sie achtlos über die Schulter geworfen hatte, und sah zu Alwy, die Milch in einen Messbecher plätschern ließ. Garantiert hatte auch sie genug vom ewigen Bücken und dem Gedudel des Radios.

Am Abend zuvor hatte Alwy bei einem Glas Wein vorgeschlagen, herauszufinden, was sie im äußersten Fall an einem Tag schaffen konnten. Zwar war nicht damit zu rechnen, dass die Kunden sich demnächst die Klinke in die Hand gaben, doch da weder Alwy noch sie ein Problem mit Überstunden hatten, hatte Tina zugestimmt. Vermutlich gäbe ihnen die Gewissheit über ihr Tagespensum Sicherheit.

Am frühen Morgen waren sie voller Tatendrang in die Backstube gegangen, um in den Tag zu starten, doch inzwischen war das Thermometer auf über dreißig Grad geklettert. Tina wollte raus aus der Backstube, ausspannen und auf andere Gedanken kommen.

»Was hältst du von einem Ausflug an die Salzach? Wir nehmen eine Decke mit, legen uns ins Gras und sehen dem Wasser beim Fließen zu.« Alwy strich mit Erdbeermark gefärbte Buttercreme um die Torte, an der sie gerade arbeitete. Sie trug ihr langes, dunkles Haar unter einem Tuch verborgen und sah wie eine Landarbeiterin aus, die Torten für ein Familienfest vorbereitet. »Alwy ... hallo ... hörst du mir überhaupt zu?«

Mick Jaggers Stimme hallte durch die Backstube. »Angie ... Angie.«

Alwy verteilte seelenruhig sonnengereifte Erdbeeren auf der Torte. Als krönenden Abschluss platzierte sie mehrere

Marzipanrosen auf das dreistöckige Kunstwerk. Als die Maschine mit der Teigmischung für den nächsten Kuchen ansprang, wurde es Tina zu viel.

Sie drehte das Radio aus und stellte die Maschine ab. Eine ungewohnte Stille erfüllte den Raum. Mit in die Hüfte gestemmten Händen stand sie da. »Überstunden schön und gut, aber nach elf Stunden backen bei dreißig Grad brauche ich eine Pause.«

Alwy wischte sich mit der Hand über die verschwitzte Stirn. »Entschuldige, ich war ganz in die Arbeit versunken.« Sie ging zum Krug, der unter Helenes Foto stand, und goss Tina und sich ein Glas Wasser ein. »Komm, trink erst mal was«, sagte sie und reichte ihrer Freundin ein Glas.

Neben das Foto hatten sie einen von Helenes Sprüchen gepinnt. *Jede misslungene Torte ist nur ein weiterer Versuch zur besten, die du je herstellen wirst.* Ecke zum Durchatmen, hatte Tina den Platz getauft. Wenn sie hier eine Pause einlegten, um ein Glas Wasser zu trinken und Helene zuzuzwinkern, fühlten sie, wie ihre Kräfte zurückkamen. Selbst wenn es spät geworden war, konnten sie danach noch ein oder zwei Stunden weiterarbeiten.

Tina leerte das Glas in einem Zug und stellte es eine Spur zu laut auf den Tisch. »Seit Tagen arbeitest du wie verrückt. Wie eine Ameise, die immer weitermacht.«

Alwy, die noch den Tortenschaber in der Hand hielt, gab Tina einen Kuss. »Arbeiten hilft mir, wenn ich emotional angeschlagen bin. Ich hätte dich vorwarnen sollen. Tut mir leid!«

»Hör auf, dich zusammenzureißen. Das kostet zu viel Energie.« Als Tina weitersprach, klang sie versöhnlich: »*Emotional angeschlagen* … sag es, wie es ist, du bist kreuzunglücklich. Glaubst du, ich wüsste das nicht?« Sie trat auf Alwy zu und nahm sie in den Arm, und während sie die Freundin hielt, löste sich etwas in ihr. Sie fühlte sich weniger angespannt, lockerer. »Ich verstehe ja, dass Arbeiten dir hilft, aber was zu viel ist, ist zu viel. Lass uns in das Café am Grünmarkt gehen. Dort gibt es Frozen Jogurt und das beste Eis der Stadt. Wenn meine Kräfte danach zurückkommen, können wir noch ein bisschen weiterarbeiten. Versprochen!«

»Einverstanden. Ich mache nur rasch die Torte fertig«, lenkte Alwy ein.

»Komm, ich helfe dir. Gemeinsam sind wir schneller.« Sie formten weitere Marzipanblüten und setzten sie an die passenden Stellen, gaben geraspelte Schokolade auf die Ränder der Torte und trugen das Kunstwerk in die Kühlung. Danach putzten sie die Backstube und legten ihre Schürzen ab. Alwy zog sich das Tuch vom Kopf und ging ins Bad, um sich frisch zu machen. Kurz darauf erschien sie in einem leichten Sommerkleid im Flur, und so schlenderten die beiden Freundinnen eine Viertelstunde später durch die Stadt. Es war später Nachmittag, eine bleierne Hitze lag über der Stadt, die Luft war noch immer drückend heiß. Sie suchten sich einen Weg durch die schattigen Gassen zum Mozartsteg. Über dem Fluss wehte eine leichte Brise. Tina schob den Rand ihres Baumwollpullovers hoch, um sich abzukühlen.

»Schau, wie blau die Salzach heute ist.« Alwy deutete auf den Fluss, dessen Wasser ungewöhnlich klar aussah, dann blickte sie zum Mönchsberg und zum Museum der Moderne. Von der Brücke hatte man einen fantastischen Blick in alle Richtungen. Sie überquerten die Straße am Ende der Brücke, gingen am Mozart-Denkmal, am Weihnachtsmuseum und an der Residenz vorbei und kamen zum Universitätsplatz. Das Café befand sich gegenüber der Kollegienkirche und war gut besucht. Die meisten Gäste aßen Eis, Frozen Jogurt oder tranken eisgekühlte Getränke, niemand hatte Kuchen oder Petit Fours vor sich stehen. Tina und Alwy nahmen an einem Tisch Platz, der gerade frei wurde. Der Mann neben ihnen tupfte sich den Schweiß von der Stirn. Mit einem Sommereinbruch Anfang Mai hatte niemand gerechnet; die Menschen ließen sich mehr Zeit als sonst, das Leben lief gemächlicher ab.

Alwy griff nach der Karte, und Tina ließ ihren Blick über die Teller der Gäste wandern. »Bei der Hitze essen die Leute lieber etwas Leichtes. Wir könnten einfache Kuchen und Tartes mit Früchten als Alternative zu unseren Torten anbieten.«

»Daran hab ich auch schon gedacht. Lass uns gleich morgen unsere Rezepte durchsehen«, stimmte Alwy zu. Sie winkte der Kellnerin und bestellte Mineralwasser und Frozen Jogurt. »Wenn du einverstanden bist, widme ich mich als Nächstes den Pralinen mit Botschaft.«

Die Kellnerin kam mit zwei reich dekorierten Bechern zurück. »Zweimal Frozen Jogurt mit Beeren.«

»Das sieht beeindruckend aus. Hier verstehen sie ihr Geschäft«, lobte Alwy anerkennend.

Tina tauchte ihren Löffel in den Becher, holte eine beachtliche Menge Heidelbeeren und Jogurt hervor und schob ihn sich in den Mund. Während sie das Jogurt auf der Zunge schmelzen ließ, schloss sie genießerisch die Augen. »Noch mal zurück zu der Idee, Pralinen mit Botschaft herzustellen. An welche Botschaften denkst du denn?«

»Erst mal an einfache Botschaften: *Ich mag dich! Verzeih mir! Treffpunkt? Alles Liebe!*«

»Für manche Nachrichten werden mehr Wörter benötigt«, hob Tina an. »Wenn jemand sich entschuldigen oder reinen Tisch machen möchte, reicht das Wort ›Entschuldigung‹ nicht in jedem Fall aus. Allerdings kann eine Entschuldigung mit Pralinen einfacher zu bewerkstelligen sein als von Angesicht zu Angesicht«, gab sie zu.

»Ich weiß, dass ich alle möglichen Varianten durchdenken muss. Ständig lege ich in Gedanken Pralinen, inklusive Ausrufe- und Fragezeichen, nebeneinander. Stell dir vor, was für einen Eindruck es macht, wenn jemand eine hübsche Box, gefüllt mit feinsten Pralinen, überreicht, um damit genau das auszudrücken, was ihm am Herzen liegt.«

»Oder ganze Pralinenschachteln«, Tina nickte zustimmend, als sie es sich vorstellte. »Ich würde glauben, jemand habe sich *wirklich* Gedanken gemacht. Der Effekt ist sicher überwältigend, vor allem, wenn das Produkt unserem Anspruch auf Couture im Firmennamen gerecht wird. Wovon ich mal ausgehe.«

Alwy leckte ihren Löffel ab. Das Frozen Jogurt war erfrischend und schmeckte nach Himbeere und Vanille, einfach lecker. »Der Vorteil ist, dass Pralinen mit Botschaft keine üppige Verzierung brauchen, keine kandierten Früchte, Marzipan oder Nüsse.«

»Gut für den Transport«, warf Tina ein.

Alwy nickte. »Bei den Pralinen setze ich auf Farbnuancen und das stimmige Arrangement. Vermutlich experimentiere ich als Erstes mit weißer und dunkler Schokolade, das ist am einfachsten.« Alwy war die Idee *Sag es mit Pralinen!* während einer Joggingrunde gekommen. Seitdem grübelte sie über verschiedene Möglichkeiten nach, wie sie längeren Texten gerecht werden konnte. Dass die Pralinen köstlich schmeckten, war selbstverständlich. Doch das Wichtigste war die Botschaft. Und da kam die Verpackung ins Spiel. Sie sollte seriös, wertig und liebevoll auf die Kunden wirken.

Tina kratzte die letzten Reste ihres Jogurts aus dem Becher. »Wieso komme ich nicht auf die Idee, Pralinen mit Botschaften herzustellen? Das ist doch naheliegend und vor allem originell.« Ihr schien plötzlich der Appetit vergangen zu sein.

»Wie soll man kreativ sein, wenn man so viel um die Ohren hatte wie du?« Alwy legte ihren Löffel an den Tellerrand. »Du wirst schon sehen. Demnächst fällt dir eine Menge ein … Komm! Wir drehen ein Video«, schlug sie vor. Sie nahm Tinas Handy, das neben der Mineralwasserflasche lag, und drückte es der Freundin in die Hand. »Fang du an«, sagte sie.

»Wir können doch nicht, ohne den Text vorher abgesprochen zu haben, ein Video drehen?«, wandte Tina verdattert ein.

»Wieso nicht? Wir üben, bis es sitzt. Außerdem soll es natürlich wirken und nicht gestellt. Kleine Fehler sind charmant. Findest du nicht auch?« Alwy sprach mit einer Überzeugungskraft, die alle Widerstände in Tina überwand.

»Also gut …« Tina nahm Alwy ins Visier, gab ein kurzes Handzeichen und drückte auf Aufnahme.

Alwy setzte sich in Position. »Hallo, ich bin Alwy Gräwe. Tina Hoske und ich sind Inhaberinnen des Tortenateliers ›Cake Couture‹ in der Steingasse. Dort lassen wir Träume aus Schokolade, Marzipan, Buttercreme, Früchten und vielem mehr wahr werden. Wir verwenden nur die besten Zutaten und legen unser Herz in jede einzelne unserer Kreationen. Das Ergebnis sind feinste Kuchen und Torten … Ob das stimmt? Findet es heraus … und entdeckt unsere Pralinen mit Botschaft. Sag es einfach, sag es mit Pralinen von ›Cake Couture‹.«

Tina drückte auf Stopp. »Wow! Du machst das, als hättest du es schon immer getan. Man glaubt dir jedes Wort.« Weshalb sprudelte Alwys Gehirn vor Ideen, während in ihrem totale Leere herrschte?

»Sei nicht so streng mit dir.« Alwy ahnte, was ihrer Freundin auf der Seele lag. »Du musstest die Enttäuschung mit André verarbeiten. Du warst überfordert.«

»Hast du etwa keinen Liebeskummer?«, entfuhr es Tina.

»Doch!« Alwy beugte sich über den Tisch und hielt Tina die Hände entgegen. Zaghaft ergriff diese sie. »Weißt du, wann ich das erste Mal Liebeskummer hatte?«, begann Alwy.

Tina schüttelte den Kopf.

»Mit sechzehn. Ich war in einen Jungen aus der Klasse über mir verliebt. Er küsste mich und ließ mich danach links liegen. Damals war ich davon überzeugt, dass die Abfuhr mit meiner Akne zu tun hatte. Ich glaubte sterben zu müssen, so furchtbar war das Gefühl der Zurückweisung. Der Kummer und die Einsamkeit waren irgendwann nicht mehr auszuhalten. Es schmerzte so sehr, dass ich zu Helene ging. Wie ein Häufchen Elend saß ich vor ihr und erzählte ihr meine Geschichte, und als ich fertig war, lächelte sie.«

»Sie lächelte?« Tina sah Alwy verwundert an.

»Ja, sie lächelte und sagte: ›Das Herz vergisst nichts, es hat alles Gute gespeichert. Bei Liebeskummer ruht es sich nur aus, um irgendwann weiterzulieben.‹« Alwy machte eine Pause, um den Satz, der sie noch heute rührte, wirken zu lassen. »Es klang kein bisschen vage, sondern so, als bestünde daran nicht der geringste Zweifel.« Als sie weitersprach, wirkte sie versonnen. »Wenn der Schmerz über das Ende meiner

Beziehung zu Harald mich übermannt, denke ich an diesen Satz und stelle mir vor, dass mein Herz sich gerade ausruht. Es ist nur eine Liebespause, wie Urlaub, hat Helene damals gesagt. Sie hätte mich niemals belogen. Ich vertraue ihr. Vielleicht kannst du das auch?« Alwy drückte Tinas Hände erneut, bevor sie sie losließ.

Mit unbewegter Miene saß Tina da und schaute auf die Kirche gegenüber. Irgendwann wandte sie sich ihrer Freundin zu. »In letzter Zeit fühle ich mich oft überfordert ... und diese dummen Selbstzweifel hören nicht auf.«

»Du bist gut, Tina, verdammt gut sogar. Was glaubst du, warum ich Teilhaberin deiner Firma werden wollte? Weil wir zusammen unschlagbar sind. Nichts gegen Selbstzweifel, manchmal sind sie nötig, aber in deinem Fall unbegründet.« Die Zusammenarbeit mit Tina lief gut, und was ihre finanzielle Situation anbelangte, hatte Alwy beschlossen, nur Optimismus zuzulassen. Pausenlos nachzudenken half ihr nicht weiter. Das machte sie nur verrückt.

»Ach, Alwy ...« Tina rang nach Luft und langte nach der Serviette. Vorsichtig tupfte sie sich die aufsteigenden Tränen aus den Augenwinkeln. »Danke, dass du an mich glaubst ... und danke für diesen Satz über die Liebe. Eine kurze Liebespause ... das klingt so einfach ... und so ... so logisch. Manchmal möchte ich mich am liebsten zu einem Häufchen zusammenkauern und abtauchen.« Tina sah beschämt zu Boden und reckte schließlich das Kinn. »Aber nach Helenes Satz mache ich das bestimmt nicht mehr.«

»So ist es richtig. Vergiss nicht, ich hatte Helene, wenn's schwierig wurde, und eine Freundin, die ich sehr mochte. In einigen Fällen bin ich auch zu meinen Eltern gegangen. Du hattest niemanden, der dir nahestand«, tröstete Alwy.

»Manchmal denke ich, meine Familie versteckt sich hinter diesen dummen Konventionen. Vielleicht ist das Ganze nur Fassade?« Tina holte laut Luft, dann streckte sie sich. »Wie auch immer ... Inzwischen bin ich alt genug, um allein klarzukommen.«

»Ach ja? Ich finde, jeder braucht jemanden, auf den er zählen kann. Das ist kein Eingeständnis von Schwäche, sondern fällt unter Zusammenhalt. Vielleicht fühlst du dich deshalb manchmal überfordert ... weil du alles allein stemmen willst?«

Obwohl Tina die Gepflogenheiten innerhalb ihrer Familie kritisierte, hatte sie vieles übernommen, ohne es zu merken.

»Du hast immer ein offenes Ohr, Tina, doch wenn es um dich selbst geht, bist du überkritisch und lässt andere nur bis zu einem gewissen Grad an dich heran. Aus Selbstschutz ziehst du dich zurück und bist dir selbst keine gute Freundin.«

Tina schwieg betroffen. Was Alwy sagte, stimmte. »Bei einigen Punkten triffst du ins Schwarze«, gab sie sich einsichtig. Sie erzählte von Erlebnissen zu Beginn ihrer Selbstständigkeit. Ohne Angst, kritisiert zu werden, verschaffte das Gespräch ihr eine gewisse Erleichterung.

Als sie zum Ende kam, ließ Alwy ihr Handy in die Tasche gleiten. »Komm, wir zahlen und gönnen uns zu Hause *Frühstück bei Tiffany*. Dabei lässt sich herrlich abschalten«, schlug sie vor.

»Das ist die beste Idee, die du seit dem Aufstehen hattest.«

Sie winkten nach der Kellnerin und verließen das Café, und als sie mit wehenden Haaren über die Brücke liefen, hakte Tina sich bei Alwy ein. Mit einem Mal fühlte sie sich, als hätte sie wieder eine Familie.

8. KAPITEL

Das Wetter hatte umgeschlagen. Nachts hatte ein heftiges Gewitter getobt. Hagel und Regen hatten dem verfrühten Sommer ein jähes Ende bereitet. Alwy spürte die Kälte beißend auf der Haut, als sie die Haustür am nächsten Morgen hinter sich zuzog. Es fühlte sich an, als sei von einem Tag auf den anderen eine andere Jahreszeit angebrochen.

Um sich aufzuwärmen, formte sie ihre Hände zu Trichtern, hauchte ihren warmen Atem hinein und hüpfte eine Weile auf der Stelle, dann lief sie los. Kalte Luft strömte in ihre Lungen. Ihre Muskeln zogen sich zusammen. Sie beschleunigte das Tempo, und schon nach wenigen hundert Metern spürte sie, wie ihr wärmer wurde und sie an Energie gewann. Ihr Körper wurde lockerer. Sie erhöhte das Tempo weiter, lief zur Salzach, bog dort rechts ab und rannte Richtung Staatsbrücke.

Seit sie wieder joggte, atmete der Morgen im Gleichklang mit ihr, das Laufen geschah wie von selbst. Später würde sie sich, die Haut glühend und der Kopf frei, von der kuscheligen Wärme ihres Zuhauses umfangen lassen, zufrieden, etwas für ihren Körper und ihr Wohlbefinden getan zu haben. Nach dem Laufen fühlte sie sich frei, zumindest für eine Weile.

An der Brücke drosselte sie das Lauftempo und steuerte die andere Uferseite an. Das frische Grün der Bäume bildete eine Art Baldachin über ihr und vermittelte ein Gefühl von Geborgenheit und Schutz. Sie atmete die Kälte weg und lief weiter. Den Tag auf diese Weise zu beginnen, bevor das Licht tief in ihn einsickerte, war etwas Besonderes. Alles um sie herum wirkte ruhig und friedlich. Die Welt gehörte ihr, ihr allein.

Sie lief den Maybacherkai entlang, bis zur Staustufe, dort drehte sie um. Wenige Minuten später erreichte sie den Spielplatz hinterm Klausentor. Alwys Blick fiel auf die Schaukeln. Um kurz nach sechs war der Platz menschenleer. Sie öffnete das Tor und betrat den Spielplatz, und ehe sie sich's versah, saß sie auf eine der Schaukeln und stieß sich mit den Füßen ab. Wann hatte sie das letzte Mal geschaukelt? War das zwanzig Jahre her? Oder länger? Sie beugte den Körper abwechselnd vor und zurück, bis sie genug Schwung hatte und auf dem Scheitelpunkt von Auf- und Abstieg den Kopf zurückwarf. Es war herrlich, sich dem Gefühl, ein Teil des Himmels zu sein, hinzugeben. Losgelöst von der Schwere der Erde, glitt sie dahin, sah, wie der Himmel sich öffnete und verkleinerte, bis sie noch höher flog und ihr Sichtfeld keinen Anfang und kein Ende mehr zu haben schien. Es war geradezu berauschend.

Aus der Gstättengasse hielt ein junges Paar auf den Spielplatz zu. Partymeile nannte Tina die Gasse mit den Pubs und Clubs, wo man bis in den frühen Morgen feiern konnte. Alwy bremste mit den Füßen ab und sprang von der Schaukel. Sie würde noch eine Viertelstunde an der Salzach entlanglaufen und zum Abschluss die Enten füttern. Danach wäre es Zeit für den Heimweg.

Auf der Höhe Ignaz-Rieder-Kai lösten elegante Ein- und Mehrfamilienhäuser mit repräsentativen Gärten die Stadthäuser ab. Alwy holte das alte Brot aus der Jackentasche. Gewöhnlich saßen die Enten am unteren Abschnitt des Ufers und schnatterten laut vor sich hin, so auch heute.

»Ich komme schon, ihr Süßen. Zeit fürs Frühstück. Glaubt

ihr, das hätte ich vergessen?« Alwy begann, die Böschung hinunterzukraxeln. Wenn sie es bis ganz nach unten schaffte, kamen die Enten während des Fütterns zu ihr; sie so zutraulich zu erleben war jedes Mal etwas Besonderes. Auf den letzten Metern bemerkte sie, wie rutschig der Boden war, es fühlte sich an, als versuche sie, auf Schmierseife die Balance zu halten. Vorsorglich griff sie nach einem Strauch, um nicht den Halt zu verlieren, geriet jedoch trotzdem ins Schlittern, rutschte den Hügel hinunter und stoppte gerade noch rechtzeitig vorm Wasser ab. Die Enten flogen erschrocken auf und landeten platschend im Wasser. Nach den Regengüssen der Nacht trug der Fluss mehr Wasser als sonst, Äste lugten aus den Wellen, ein Baumstamm wurde hin und her geworfen. Mittendrin schaukelten die Enten in der Strömung auf und ab und beobachteten sie.

»Kommt schon. Seid ihr etwa über Nacht schüchtern geworden? Ein kleines Malheur passiert jedem mal.« Sie zerkleinerte die Brotreste und warf erste Brocken ins Wasser. Sofort kamen zwei Enten geschwommen und schnappten danach. Während des Fütterns blickte sie auf das trüb braune, wenig einladende Wasser. Sie hatte den durchnässten Boden und die Rutschgefahr unterschätzt. Froh, auf den Beinen geblieben zu sein, bemühte sie sich, ihre Laufschuhe von den Schlammklumpen zu befreien, gab den Versuch aber bald auf. Es war zwecklos. Als sie alles Brot verfüttert hatte, blickte sie den Hang hinauf. Zwischen dem Gewirr an Sträuchern zog sich der schlammige Boden bis zum oberen Ende der Uferböschung.

Sie setzte probeweise einen Schritt, suchte nach Halt und rutschte prompt zurück. Sie musste ihr Gewicht mehr nach vorn verlagern, dann ginge es besser, sprach sie sich gut zu.

Sie wagte einen zweiten Anlauf, fand aber auch diesmal nicht genügend Halt. Erst beim dritten Versuch schaffte sie es zwei Schritte nach oben. Sie mobilisierte all ihre Kräfte, um den nächsten Schritt zu setzen, doch als sie es tat und sich an einen Ast klammerte, gaben ihre Füße erneut nach. Wie ein Müllsack schlingerte sie in die Tiefe und landete mitten im Matsch.

»Verdammter Mist!«, platzte es mit der ganzen aufgestauten Wut aus ihr heraus. Vorsichtig zog sie ihre Hände, schließlich die Füße aus dem Schlamm. Wie hatte sie sich nur in diese missliche Lage bringen können? Sie spürte, wie die Feuchtigkeit durch ihre Kleidung drang. Inzwischen war ihr mulmig zumute ... und kalt. Alwy sah sich um. So früh am Morgen und bei diesem Wetter war keine Menschenseele auf der Straße, weit und breit war niemand zu sehen, der ihr helfen könnte. Die Vorstellung, in der Kälte am Ufer des Flusses auszuharren, bis jemand kam, der ihr half, war nicht gerade erbauend. Alwy hielt die Hände ins eiskalte Wasser, um sich den Schlamm von den Fingern zu schwemmen, als sie hinter sich eine Stimme hörte.

»Hallo. Sie da unten!?«

Sie drehte sich um. Auf dem Uferweg stand ein Mann in Sportkleidung und sah zu ihr hinunter.

»Brauchen Sie Hilfe?«

Ein Gefühl der Erleichterung ergriff Alwy. »Ja, die brauche ich. Sie schickt der Himmel.«

»Warten Sie, ich bin gleich bei Ihnen.« Der Gesichtsausdruck des Mannes – zusammengezogene Brauen und ein ernster Zug um den Mund – spiegelte seine Sorge, vielleicht aber auch Unverständnis, dass jemand bei diesem Wetter am Flussufer herumkletterte.

»Passen Sie auf, es ist ziemlich rutschig«, zumindest musste sie ihn warnen. »Ehrlich gesagt weiß ich nicht, wie Sie so verrückt sein können, herunterkommen zu wollen.«

»Ich liebe Abenteuer. Adrenalin, Sie wissen schon.« War das ein Zwinkern in seinen Augen oder bildete sie sich das nur ein? Wie auch immer die Dinge lagen, der Mann wollte ihr helfen. Das allein zählte.

Sie sah, wie er die Fersen in den weichen Boden rammte und sich zugleich an einem der Sträucher festhielt, die die Uferböschung überwucherten. Wenn er sicher stand, tat er den nächsten Schritt, hielt sich wieder an einem Strauch fest und wagte einen weiteren Schritt. So kam er langsam auf sie zu. Während er den Hang hinunterkletterte, deutete er auf einen Ast in ihrer Nähe. »Halten Sie sich dort fest … und wenn Sie mich gleich zu fassen kriegen, packen Sie fest zu. Ich halte Sie schon.«

Alwy wollte den Ast ergreifen, doch ihre von der Kälte gefühllosen Finger griffen daneben. Ein weiteres Mal riss der Schlamm sie in die Tiefe. Kurz vor dem Ufer verfing sie sich in einem Strauch und blieb dort hängen.

»Bewegen Sie sich nicht …«, schrie der Mann ihr zu, »und halten Sie sich um Himmels willen fest.«

»Ja … mach ich«, keuchte Alwy. Erschrocken blieb sie am Boden liegen. Ihr Hintern tat höllisch weh, morgen würde sie die blauen Flecke zählen können.

Der Mann glitt auf den Hosenboden, stieß seine Fersen aber weiterhin fest in den Boden und robbte zu ihr hin. Wenn die Situation nicht so ernst gewesen wäre, hätte Alwy haltlos lachen müssen.

»Haben Sie noch Kraft, sich zu halten?«, rief er fragend.

»Muss ich wohl …!« Ein leises Schnauben ausstoßend, krallte sie sich an einem Stein fest, keinesfalls sicher, wie lange sie sich in dieser Position halten konnte. Inzwischen war ihr Körper starr vor Kälte. Sie spürte ihre Finger kaum noch.

»Dieser Schlamm«, fluchte der Mann, als er nur noch drei oder vier Meter von ihr entfernt war. »Wie sind Sie nur bis hierher gekommen?«

»Geradezu wie von selbst.« Obwohl es nichts zu lachen gab, huschte ein Grinsen über Alwys Gesicht.

»Ihren Humor haben Sie jedenfalls nicht verloren. In der Nacht hat es wie aus Eimern gegossen, der Boden ist völlig aufgeweicht. Bei diesen Verhältnissen hangelt sich niemand bis ans Ufer hinunter ...«

»Niemand außer mir, das ist mir jetzt auch klar ...« Alwy war dankbar, dass jemand die Mühe auf sich nahm, ihr helfen zu wollen. Egal, was dieser Mann von ihr dachte, jeden Moment wäre er bei ihr; er nahm sogar ein ruiniertes Sportoutfit in Kauf.

Die letzten Schritte sank ihr Helfer bis zu den Knöcheln ein. »Packen Sie hier zu.«

Alwy streckte ihre Hand aus und bekam seine Armbeuge zu fassen.

»Halten Sie sich gut fest. Wir nehmen jetzt einen Schritt nach dem anderen, immer im Gleichklang. Verstanden?« Sie sah seine Hände im Licht des frühen Morgens schimmern, sah die Muskeln seiner Oberarme, die sich durch das Shirt abzeichneten.

»Verstanden!« Sie nickte. Gemeinsam begannen sie, sich auf Knien den Hang hinaufzustemmen. Vorsichtig, Meter um Meter. Sie waren beinahe am Ziel – Alwy hatte es auf die Füße geschafft und wähnte sich in Sicherheit –, da glitt sie auf einem nassen Stein aus und landete im Geröll.

Ihr Retter fasste sie unter den Achseln und zog sie vorsichtig auf die Beine. »Kommen Sie!«

Mit einem flatterigen Gefühl im Magen richtete Alwy sich auf. Sie blieb einen Moment stehen und sah an sich hinab. Das Grün ihrer Hose schimmerte nur noch durch braune Schlammspritzer hindurch, auch ihr Oberteil war völlig verdreckt. Und ihr Gesicht sah vermutlich nicht besser aus.

Der Mann fing ihren Blick auf, offenbar ahnte er ihre Gedanken. »Ein Sportoutfit in Tarnfarbe ist nicht das Schlechteste ...«

»Ich sehe aus wie ein Zebra in freier Wildbahn.« Alwy wischte ihre Hände notdürftig an einem Taschentuch ab und streckte ihrem Retter danach die rechte entgegen. »Ich bin Alwy.« Die Hand des Mannes war kalt, die Haut der Innenfläche rau; doch er packte beherzt zu und lächelte vertrauensvoll.

»Leon! Ich bin heilfroh, heute Morgen zu meiner Joggingrunde aufgebrochen zu sein. Eigentlich wollte ich ausschlafen.«

»Danke, dass Sie sich gegen das Ausschlafen entschieden haben. Sie sehen übrigens nicht viel besser aus als ich. Selbstverständlich übernehme ich die Kosten für die Reinigung.« Wann hatte sie das letzte Mal solche Augen gesehen und ein derart fein gezeichnetes Gesicht?

»Falls ich ein Wörtchen mitreden darf«, unterbrach Leon sie. Er deutete auf ihre völlig durchnässte Kleidung. »Sie sollten in diesem Zustand nicht durch die Stadt laufen ... und da ich im Besitz diverser Jogginghosen und Shirts bin und gleich dort drüben wohne ...«, er deutete auf die gegenüberliegende Straßenseite, »... schlage ich vor, Sie trinken bei mir einen Kaffee und ziehen sich saubere Kleidung an.«

Alwy spürte, wie die Nässe durch die Poren ihrer Haut drang. Instinktiv schlang sie die Arme um den Oberkörper. »Sie scheinen einer der letzten Ritter zu sein. Danke für das Angebot. Ich nehme gern an.«

Leon sah, dass Alwys Unterlippe zitterte. Er griff nach der Sportjacke, die er vor seinem Abstieg ausgezogen hatte, und legte sie ihr schützend um die Schultern. »Sicher wäre auch eine heiße Dusche angeraten ... um einer Erkältung entgegenzuwirken. Was halten Sie davon?«

Alwy hörte die Besorgnis aus seiner Stimme. »Das klingt zu schön, um wahr zu sein.« Sie sah sich schon unter dem heißen Wasserstrahl stehen.

Eine Viertelstunde später kam sie in einem viel zu großen Frotteebademantel aus einem fremden Bad und blickte in ein Wohnzimmer, das von zwei riesigen Palmen dominiert wurde. Von fern drang das Gurgeln einer Kaffeemaschine zu ihr. In der Küche wurde ein Kühlschrank geöffnet und wieder geschlossen. Geschirr klapperte. »Kann ich helfen?«, rief sie.

»Nicht nötig. Machen Sie es sich bequem. Ich bin gleich bei Ihnen«, hörte sie Leon antworten.

Sie trat an die Fensterfront und sah in das mit großen Bäumen bestandene Grundstück vor dem Haus. Von hier oben war die Salzach lediglich ein dunkles Band aus Wasser, das sich unterhalb des Uferwegs entlangschlängelte.

Sie drehte sich um und entdeckte den großen Holztisch. Die Platte war aus Mahagoni, die Beine waren aus poliertem Edelstahl. Sie hatte eine Schwäche für gutes Handwerk und betrachtete eingehend die außergewöhnliche Maserung, dabei entdeckte sie den Stapel Prozessakten, der in der Mitte lag. Anscheinend war ihr Retter Anwalt ... vielleicht sogar

Staatsanwalt oder Richter. Mühelos sponn sie Fäden rund um Leons Arbeitstag, sah ihn in schwarzer Robe bei Gericht, während der Verkündung eines Urteilsspruchs. Sie wollte sich dieses Bild gerade weiter ausmalen, als eine Stimme ihre Gedanken unterbrach.

»Kaffee und Kekse!«

Alwy fuhr herum.

Leon stand mit einem Tablett in der Tür.

»Klingt, als hätten wir uns für heute zum Kaffeekränzchen verabredet.« Sie blickte in sein ausdrucksvolles Gesicht. Leons Augen hatten eine undefinierbare Farbe, er lächelte entspannt. Unwillkürlich strich sie ihr Haar zurecht. Dieser Mann machte sie auf eine Art nervös, die sie beinahe vergessen hatte.

»Ich bin mir nicht sicher, ob Kaffeekränzchen-Verabredungen das sind, was Sie in Ihrer Freizeit am liebsten machen«, entgegnete Leon. Er hatte sein Sportoutfit gegen Jeans und ein weißes Hemd ausgetauscht. Die Muskelstränge am Hals lugten aus dem offenen Hemdkragen hervor.

»Kommt drauf an, was man von einem Kaffeekränzchen erwartet … und was man daraus macht.« Weder Leons beeindruckende Größe noch sein muskulöser Körper oder seine dunklen, gewellten Haare machten seine Attraktivität aus – es war die Art, wie er sie ansah, die Alwy für ihn einnahm. Einen kurzen Moment verlor sie sich in der Farbe seiner Augen, einer Mischung aus Braun, Gelb und Schiefer. Kein Zweifel, dieser Mann war freundlich und zur Stelle, wenn Hilfe nötig war, doch trotz seiner Liebenswürdigkeit strahlte er etwas Reserviertes und Zurückhaltendes aus. Sie mochte sich täuschen, doch sie ordnete ihn in die Riege der Einzelgänger ein.

»Zucker oder Milch?«

»Oh … Nichts von beidem. Schwarz und stark. So mag ich Kaffee am liebsten. Bis auf gewisse Ausnahmen, die ich selbst nicht immer einordnen kann.«

»Bei der Frage, wie wir unseren Kaffee am liebsten mögen, sind wir frei. Ich wechsle auch manchmal. Mal Zucker, dann wieder nicht. Aber nie Milch. Jedenfalls bis jetzt nicht.« Leon schob die Akten zur Seite, goss Kaffee in eine Tasse und reichte sie Alwy.

Der Kaffee war heiß und stark und tat nach der Kälte gut.

Dann goss Leon sich selbst ein und trank ebenfalls einen Schluck. Beim Abstellen der Tasse strich er sich nachdenklich übers Kinn. »Ich bin froh, dass ich Ihnen helfen konnte. Gar nicht auszumalen, was passiert wäre, wenn ich heute nicht zum Joggen aufgebrochen wäre.«

»Was glauben Sie, wie froh ich bin.«

»Es ist gefährlich, bei dieser Strömung zu nah ans Ufer zu gehen.« Leons Blick spiegelte aufrichtiges Interesse, ein Blick voller Wärme, Freundlichkeit und Erleichterung.

»Sie waren da und haben mich gerettet. In Zukunft bleibe ich, wenn's geregnet hat, auf dem asphaltierten Weg. So viel habe ich begriffen.«

»Nicht, dass ich nicht gern helfe, aber man sollte sein Glück nicht überstrapazieren.« Leon deutete auf die Kekse. »Bitte, greifen Sie zu.« Alwy nahm sich einen Keks, Leon ebenfalls. Schweigend bissen sie ab.

»Wo haben Sie das Gebäck her?«

»Eine kleine Patisserie irgendwo in der Altstadt … glaube ich. Allerdings habe ich die Kekse nicht selbst gekauft. Schmecken hervorragend, nicht wahr?«

»Ja, köstlich.« Die Röte schoss ihr in die Wangen. Die Kekse waren von ihnen, und sie freute sich über das unerwartete Kompliment. Sollte sie sagen, wer sie war?

Leon erhob sich. »Einen Moment. Ich bin gleich zurück.« Er wischte sich die Hände an einer Serviette ab und verschwand in einem der Zimmer. Als er zurückkam, hatte er Sportkleidung dabei. »Sie haben die Wahl: schwarz, dunkelbraun, anthrazit oder .... noch mal schwarz.«

Alwy beobachtete sein Mienenspiel, während er ihr verschiedene Jogginghosen anpries, schließlich griff sie nach der erstbesten Hose und einem Shirt. »Ich nehme das hier. Der Trainingsanzug sieht nicht ganz so riesig aus.« Irgendetwas in ihrem Inneren geriet durcheinander, als sie Leons Sportsachen in den Händen hielt. Da war eine Spannung zwischen diesem Mann und ihr, die sie völlig durcheinanderbrachte. Die Luft schien sich regelrecht aufzuladen. »Ich geh mal ins Bad und ziehe mich um.« Alwy war froh, kurz wegzukommen. Höchste Zeit, sich zu beruhigen.

Im Licht der Badezimmerlampe schlüpfte sie in die Kleidung. Sowohl die Jogginghose als auch das Shirt waren ihr viel zu groß, doch die Hose hatte an der Taille und an den Knöcheln einen Gummibund, und so ging es halbwegs. Alwy steckte das Shirt in die Hose und warf einen kurzen Blick in den Spiegel. Ihre Haare sahen schrecklich aus, doch ihr Gesicht war von einer zarten Röte überzogen. Sie sah lebendig und gesund aus. »Wenn mich draußen jemand auslacht, sind Sie schuld«, sagte sie scherzend, als sie ins Wohnzimmer zurückkehrte. Die Ärmel des Shirts gingen ihr bis über die Ellbogen.

Leon unterdrückte ein Lachen, beugte sich vor und krempelte ihr die Ärmel hoch. »So müsste es gehen«, sagte er und zeigte auf einen Spiegel an der Wand. »Überprüfen Sie selbst.«

»Nicht nötig«, Alwy grinste. »Ich weiß auch so, dass ich aussehe, als hätte ich die Sachen geklaut.«

»Wenn Sie möchten, schreibe ich Ihnen eine Bestätigung, dass die Kleidung Ihnen rechtmäßig gehört.« Leons Humor brachte sie zum Lächeln. Sie mochte es, Situationen mit einem Augenzwinkern zu begegnen. So kam man leichter durchs Leben.

»Lassen Sie mal, für heute haben Sie sich genug mit mir abgeplagt.« Sie wollte Leon ihre leere Tasse reichen, doch im selben Moment griff auch er danach. Ihre Hände berührten sich. Alwy spürte einen Stromstoß. Für den Bruchteil einer Sekunde wusste sie nicht, wie sie auf dieses Gefühl reagieren sollte.

»Dann bringe ich mal das Geschirr in die Küche«, unterbrach Leon diesen besonderen Moment.

Alwy nickte. Hatte er nichts davon gespürt, was sie gefühlt hatte? Unsicherheit ergriff sie. Was tat sie überhaupt? Wieso spielten ihre Gefühle verrückt, wo sie Leon doch gar nicht kannte?

Nachdem er das Geschirr in die Spülmaschine geräumt hatte, fragte sie: »Haben Sie vielleicht eine Visitenkarte für mich? Damit ich Sie anrufen und die Sportsachen gewaschen zurückbringen kann?«

»Nicht nötig. Nehmen Sie sie als Erinnerung, nicht so nah ans Ufer zu gehen, wenn's geregnet hat.«

Seine Antwort klang in ihren Ohren wie eine Abfuhr. »Klar! Sonst trauen Sie sich nie wieder auszuschlafen.« Es sollte scherzhaft klingen, doch das tat es nicht.

Leon erwiderte nichts. Er suchte nach einer Tüte für ihre schmutzigen Sportsachen. »So, jetzt hätten Sie alles«, sagte er, als er fündig geworden war.

Alwy nahm die Tasche entgegen und hängte sie über die Schulter. »Na dann ... Nochmals danke für Ihre Hilfe.«

»Gern geschehen. Passen Sie auf sich auf.« Leon reichte ihr seine Hand. Fest und sicher.

Eine Spur zu schwungvoll öffnete sie die Wohnungstür und nickte ihm zum Abschied zu. Manche Menschen waren schwierig, doch jemandem wie Leon, der ihr in einem Moment Warmherzigkeit und Hilfsbereitschaft entgegenbrachte und im nächsten das Gefühl gab, Abstand halten zu wollen, war sie noch nicht begegnet. Als die Tür hinter ihr zuging, stand sie einen Moment unschlüssig im Flur. *Wolf* stand auf dem Namensschild neben der Tür: Er hieß also Leon Wolf.

Leone bedeutete im Italienischen Löwe, und Wolf als Nachname ... das war eine ungewöhnliche Kombination. Tina, die eine Vorliebe für alles Italienische hatte, würde der Name gefallen. Alwy trat zur Brüstung und sah durch die Fenster des weiträumigen Treppenhauses. Draußen floss der Verkehr in Schrittgeschwindigkeit dahin. Sie lief die Treppe hinunter und verließ das Haus. Auf dem Heimweg sah sie immer wieder Leons ausgestreckte Hand vor sich, nach der sie in der Kälte hilfesuchend gegriffen hatte. Ihre Schritte wurden langsamer, doch nach fünfzehn Minuten stand sie vor dem Haus in der Steingasse, und während sie beschwingt ein Stockwerk nach dem anderen nahm, spielte sie im Geist eine Szene wie im Film durch: Es war früher Morgen, sie lag im Bett, Leon drehte sich zu ihr um und vergrub seine Lippen in ihrem Nacken, um sie liebevoll wachzuküssen.

Ein tiefes Lächeln grub sich in ihre Züge. Wenn sie an Leon dachte, wurde ihr innerlich warm; sie konnte das, was sie empfunden hatte, als ihre Hände sich berührten, nicht vergessen.

Vor Tinas Wohnung schlüpfte sie aus den schmutzigen Schuhen. Die Schuhe in Händen drückte sie die Tür auf. Von Tag zu Tag fühlte sie sich hier mehr zu Hause. Ihre Entscheidung, nach Salzburg zu kommen, war goldrichtig gewesen. Sie begann, Wurzeln zu schlagen, und jetzt war sie auch noch diesem Mann begegnet. Leon würde ihr nicht mehr aus dem Kopf gehen, das wusste sie schon jetzt.

»Bin wieder zurück«, rief sie laut in den Flur.

Aus dem Bad drang das Rauschen des Föns. Wie jeden Morgen war Tina mit ihren Haaren beschäftigt, dabei wurde sie nur ungern gestört.

Alwy steuerte die Abstellkammer an. Dort gab es ein Waschbecken, in dem sie ihre Schuhe säubern konnte.

Die Badezimmertür sprang auf. Tina sah mit den pinkfarbenen Lockenwicklern wie ein bunter Igel aus.

»Hey. Guten Morgen«, grüßte Alwy.

»Seit wann trägst du Outfits, die dir drei Nummern zu groß sind?« Tina musterte sie von oben bis unten, das Grübchen in ihrem Kinn trat deutlich hervor.

Alwy tat, als sei ihr Erscheinungsbild nicht der Rede wert, dann hob sie beide Hände. »Ist eine längere Geschichte.«

»Du weißt, wie sehr ich Geschichten liebe, vor allem, wenn ich keinen blassen Schimmer hab, worauf sie hinauslaufen.« Tina kam näher, nun ernsthaft daran interessiert, was es mit Alwys seltsamer Kleidung auf sich hatte.

»Also gut, ich stelle nur kurz die Kaffeemaschine an«, versprach Alwy.

»Und dann erzählst du mir alles, ohne auch nur eine Kleinigkeit auszulassen«, verlangte Tina.

9. KAPITEL

Leon ließ den Blick zu der Stelle wandern, an der er Alwy zwei Stunden zuvor entdeckt hatte. Wie unvorhersehbar das Leben doch war. Wäre er heute länger liegen geblieben, wäre Alwy sich in ihrer misslichen Lage selbst überlassen gewesen. Meist vergaß man, dass Begegnungen und manchmal sogar das Wohl eines Menschen von solchen Zufällen abhingen.

Die Erleichterung in ihrem Gesicht, als sie es gemeinsam auf den asphaltierten Uferweg geschafft hatten, stand ihm noch deutlich vor Augen. Er tastete seine Hosentaschen nach seinem Handy ab und sah dabei zum Himmel, wo die Umrisse der Baumkronen sich vor den dunklen Wolken abhoben – jeden Augenblick würde es erneut zu regnen beginnen. Er hatte sein Telefon in der Küche liegen lassen, neben der Kaffeemaschine, erinnerte er sich wieder. Er ging nach nebenan, um zu telefonieren. Höchste Zeit, einen Termin mit der Frau festzumachen, mit der Rick gesprochen hatte. Die Dringlichkeit des Vorhabens erzeugte ein Gefühl angenehmer Anspannung in ihm. Er mochte es, Projekte auf den Weg zu bringen, von einem positiven Abschluss ganz zu schweigen.

Auf dem Weg ins Arbeitszimmer kam er wieder am Wohnzimmerfenster vorbei. Er schob den Vorhang vors Fenster und war gerade im Begriff, sich endgültig abzuwenden, als er sah, wie draußen ein Junge von seiner Mutter unter einen Schirm gezogen wurde.

Der Junge sah ihm auf verblüffende Weise ähnlich, als er in dessen Alter gewesen war. Er spürte, wie es eng in seiner

Brust wurde. Wehrlos überrollte ihn eine Erinnerung, die er für immer verdrängt geglaubt hatte.

»Leon? Wo bist du? Hat jemand Leon gesehen? Komm raus, falls du dich versteckst, Leon.« Von draußen hörte er das Kreischen der Kinder, unter das sich Ricks Stimme mischte. Normalerweise lief er nach draußen, wenn Rick nach ihm rief, doch diesmal rührte er sich nicht von der Stelle; stattdessen linste er weiter durch den Türschlitz. Rick und auch sonst niemand durfte ihn vor dem Büro der Direktorin erwischen, das sich im Erdgeschoss am Ende des Ganges befand. Man musste stets auf ein »Herein!« von Frau Böttcher warten, ehe man eintreten durfte.

Erst vor wenigen Tagen war er selbst durch diese Tür getreten, und als er das Zimmer eine gefühlte Ewigkeit später verließ, wusste er, dass er hier bleiben musste, in dem Gebäude mit den grauweißen Wänden, die so trostlos auf ihn wirkten.

Frau Böttcher stützte sich mit beiden Händen auf der Tischkante ab. »Es ist eine Katastrophe. Vater, Mutter und Schwester, die ganze Familie mit einem Schlag ausgelöscht. Nur Leon hat überlebt«, sagte sie.

»Seine Schwester ... war sie jünger als er?«, fragte die Frau, die ihr gegenübersaß.

»Sie war drei, ein hübsches Mädchen ... noch zu klein, um in den Kindergarten zu gehen.« Frau Böttcher bemühte sich um Fassung, doch es gelang ihr kaum, ihre Gefühle unter Kontrolle zu halten.

»Und Leon? Wie hat man ihn vorgefunden?«, fragte die Frau.

»Auf seiner Schwester liegend«, die Direktorin wirkte mit

einem Mal einsilbig. Einen Moment schwieg sie, dann brach es aus ihr heraus: »Er hing über ihr, als müsse er sie schützen. Jemand von den Rettungskräften sagte, es habe ausgesehen, als wolle ein kleiner Junge den Kräften eines Sturms trotzen.« Frau Böttcher sah zu Boden, hob dann den Blick und straffte die Schultern. »Sie bekamen ihn kaum von seiner Schwester herunter. Er schrie«, sie stockte kurz, »… schrie hysterisch.« Einen Augenblick war es so still, dass man eine Stecknadel hätte fallen hören können. »Später, als man auf ihn einzureden versuchte, saß er einfach nur da und sagte kein Wort, weder zu den Ärzten noch zu den Polizisten, und bisher auch nicht zu uns.« Mit einem unangenehmen Geräusch rückte Frau Böttcher ihren Stuhl vom Schreibtisch weg. »Reden Sie mit dem Jungen! Ein Kind, das nicht spricht, ist nicht an eine Pflegefamilie zu vermitteln, das wissen Sie.«

»Er lag auf seiner Schwester, sagen Sie …?«

»Ja.« Als Frau Böttcher die Kontrolle über ihre Stimme wiedererlangt hatte, sprach sie weiter. »Es gibt noch etwas, das Sie wissen sollten. Ich weiß gar nicht, wo ich anfangen soll. Es ist wirklich eine Tragödie beispiellosen Ausmaßes.«

Leon spürte, dass etwas im Umbruch war, etwas Gewaltiges. Augenblicklich schlug die Atmosphäre zwischen den beiden Frauen um. Es lag eine Spannung in der Luft, die förmlich zu greifen war.

Vorsorglich presste er seine Hände, so fest er konnte, auf die Ohren. Sein Instinkt sagte ihm, dass er das, was nun gesagt werden würde, besser nicht hören sollte. Er sollte weglaufen, so weit weg wie möglich, doch etwas, das er nicht in Worte fassen konnte, hielt ihn zurück. Und so blieb er, wo er war und sah weiter gebannt zu den beiden Frauen hinüber, sah, wie der Mund der Direktorin sich öffnete und wieder schloss. Langsam verringerte er den Druck auf die Ohren, nun konnte er einzelne Wörter verstehen. Wörter, denen Frau Böttcher mit ihrem ganzen Körper – mit Händen und Armen und sogar dem Kopf – Bedeutung verlieh.

Immer mehr und immer schneller sprudelten die Wörter aus ihr heraus und drangen wie eine giftige Flüssigkeit in ihn ein. Er begriff, dass es ein großer Fehler gewesen war, hierzubleiben, doch zum Weglaufen war es zu spät. Tränen brannten auf seinen Wangen, hastig wischte er sie weg. Er spürte, wie sich ein Spalt zwischen seinen Füßen auftat; seine Beine gaben nach, er sank zu Boden. Wäre er doch nur mit seinen Eltern und seiner Schwester gestorben! Alles wäre besser, als hier zu sein und zu hören, was er bisher nicht gewusst hatte. Verzweifelt versuchte er, den Kloß in seinem Hals hinunterzuschlucken und den Hustenreiz zu unterdrücken, der immer stärker wurde, bis es aus ihm herausbrach. Ein Schwall lauten Hustens hallte von den Wänden des Flurs wider. Die Tür hinter ihm wurde aufgerissen. Er rutschte zur Seite und blieb am Boden liegen.

»Leon?!« Frau Böttchers Mundwinkel sackten nach unten.

Er wollte sich wegducken, doch er wurde hochgezogen und kam wieder auf die Beine. Mit schreckgeweiteten Augen sah er Frau Böttcher an. *Stimmt das, was Sie sagen? Haben Sie auch nicht gelogen?*, fragte sein Blick. Ein schmerzhaftes Schluchzen schwoll in seiner Kehle an. Mit Gewalt kämpfte er gegen die Tränen an. Sein Blick wanderte hilfesuchend zu der fremden Frau. Vielleicht fand er bei ihr Hilfe? Als er in die Augen der Frau blickte, erschlafften seine Hände, sein ganzer Körper gab nach. Ihr Blick nahm ihm jede Hoffnung. Frau Böttcher hatte die Wahrheit gesagt. Eine Wahrheit, die ihm das Herz herausriss.

Plötzlich brach alles um Leon herum weg. Er fiel hintenüber und schlug der Länge nach auf dem Linoleumboden auf. Dann war alles dunkel.

Der Stoff des Vorhangs glitt durch Leons Finger. Ruckartig drehte er sich vom Fenster weg. Das Zimmer und die Möbel kamen ihm plötzlich fremd vor, als hätte er das alles noch nie zuvor gesehen. Er blickte auf seine Hände hinab – sie zitterten. Auch sein Gesicht schien zu zittern. Vorsichtig tastete er über seine Wangen. Sie waren feucht – er weinte. Mit wenigen Schritten war er im Flur.

Er ließ sich von der Vergangenheit nicht verrückt machen; er lebte im Hier und Jetzt. Doch obwohl er sich gut zuredete, sich auf den gegenwärtigen Moment zu konzentrieren, spürte er, wie die Angst von damals erneut in ihm aufstieg. Gegen die Traurigkeit, die ihn erfasste, war er machtlos, und ohne es zu wollen, sank er – wie damals – zu Boden. Erneut sah er die Bilder von früher vor sich, und noch einmal durchlebte er den Moment, als er die Wahrheit hörte. Das beklemmende Gefühl der Hilflosigkeit, das Frau Böttchers Worte an jenem Tag in ihm ausgelöst hatten, schloss sich wie eine Schlinge um seinen Hals.

Bis zu dem Unfall hatte er den Menschen um sich herum vertraut, doch ein einziger Satz hatte ihn in tiefe Verzweiflung gestürzt. Wie sollte er allein und ungeschützt in dieser Welt zurechtkommen?

Ein ersticktes Stöhnen entkam ihm. Er zwang sich aufzustehen und schlich ins Arbeitszimmer. Dort beantwortete er einige wichtige Mails … bis der Druck auf seiner Brust ihn erneut innehalten ließ. Er ging erneut zum Fenster. Durch die Vorhänge schimmerte das nasse Laub der Bäume, bis ein Sonnenstrahl durch die Wolken brach und sich im verchromten Kotflügel eines Wagens spiegelte.

Rick hatte recht. Die Vergangenheit ließ sich nicht so einfach verdrängen. Sie holte einen ein. Leons Magen rebellierte, wie immer, wenn unangenehme Erinnerungen in ihm hochkamen. Am Himmel riss die Wolkendecke auf, und plötzlich sah er sein Leben wie eine Fahrt auf der Autobahn vor sich.

Seit Jahren war er unterwegs, ohne zu wissen, wo sein Ziel lag; und während er fuhr, nahm er nichts wahr, außer seinem Fuß auf dem Gaspedal. Doch immer öfter hatte er genug von der Hetzerei und dem Gefühl des Ausgeliefertseins. Überall warteten Situationen und kleine Begebenheiten darauf, von ihm entdeckt zu werden. In den vergangenen Jahren hatte er sich nie auf die Liebe, sondern immer nur auf Beziehungen eingelassen. Die Erkenntnis, wie es um ihn stand, traf ihn bis ins Herz. Er spürte plötzlich, wie sehr er sich danach sehnte, lieben zu können. Lieben war wie Luftholen mitten im Leben.

Alwys Lächeln war ihm unter die Haut gegangen, ohne dass er hätte sagen können, weshalb. Mit diesem Bild vor Augen schaffte er es, die bedrückenden Gefühle in den Hintergrund zu drängen. Alwy ... diesen Namen hatte er noch nie gehört. Wieso hatte er es abgelehnt, als sie angeboten hatte, ihm seine Joggingsachen zurückzubringen?

Helenes Notizen 2

Wenn du die Sonne im Herzen vermisst:
Biskuittorte mit frischen Beeren

Zucker und eine Prise Salz gehören in jede Torte.
Durch die richtigen Zutaten entsteht etwas Einzigartiges …
genauso ist es auch im Leben.

10. KAPITEL

November

Alwy wartete darauf, dass der Pappbecher sich mit Kaffee füllte, dabei ließ sie den Gang nicht aus den Augen. Sobald jemand vom Krankenhauspersonal vor Leons Zimmer erschiene, wäre sie zur Stelle, um Fragen zu stellen. Sie würde sich nicht abwimmeln lassen. Sie würde nicht aufgeben, bevor sie Näheres über Leons Zustand erfuhr. Das hatte sie sich geschworen.

In der Nacht hatte sie kein Auge zugetan, die vergangenen Monate waren wie im Zeitraffer vor ihr abgelaufen. Noch einmal hatte sie den Schmerz gespürt, den sie empfunden hatte, als ihre Liebe zu Leon wie ein Kartenhaus in sich zusammenfiel. Ihre zwiespältigen Gefühle angesichts seiner Anrufe und Mails hatten sie erneut eingeholt. Damals war es ihr richtig erschienen, Leons Kontaktversuche zu ignorieren; er hatte sie so tief verletzt. Doch dann hatte sie den Brief gefunden, der Leons Geschenk beigelegt war.

Während des Lesens hatte sie endlich wieder die Erinnerungen an die schönen Momente mit ihm zugelassen: wie er ihr in ihrer ersten gemeinsamen Nacht zärtliche Küsse ins Haar gedrückt hatte und ihren Körper mit seinen Armen umfing – eine sichere Insel der Gefühle. Wie seine warmen Hände ihren Körper erkundeten und sie ein Prickeln von den Fußsohlen bis zu den Haarspitzen spürte. Immer wieder hatte er ihr zugeraunt, wie sehr er ihr Lächeln und ihre Stimme mochte – einfach alles an ihr.

Nachdem auch Tina den Brief gelesen hatte, hatte sie ihr zugeredet, nachzugeben und einem Treffen zuzustimmen.

»Wenn du Leon triffst, hast du die Chance herauszufinden, wer er *tatsächlich* ist. Wenn du es nicht tust, tappst du für immer im Dunkeln. Was klüger ist, liegt ja wohl auf der Hand.«

Sie hatte Leon einen ihrer Lieblingsplätze als Treffpunkt vorgeschlagen – den Flughafen. Dort sah sie mit großem Vergnügen den startenden Flugzeugen hinterher und plante immer einen Abstecher in den Hangar-7 ein, um die alten Flugzeugmodelle zu besichtigen.

Als sie ihn auf sich zukommen sah, war ihr die Zeit der Trennung wie eine Illusion erschienen. Zur Begrüßung hatten sie sich umarmt, und sofort hatte sie sich wieder lebendig gefühlt. Es hatte sich nichts zwischen ihnen geändert, sie liebte ihn noch immer, und er liebte sie, wie hatte sie nur daran zweifeln können. Als sie sich aus der Umarmung lösten, küssten sie sich. Ein verunglückter Kuss, der ihre Lippen zuerst eher gestreift als getroffen hatte, weil sie just in dem Moment, als Leon sich ihr zuwandte, den Kopf zur Seite gedreht hatte.

Doch obwohl die Berührung nur flüchtig gewesen war, war es ein Augenblick wiedergewonnenen Glücks gewesen. Sie hatten sich an einen Tisch im Café gesetzt, Tee bestellt und zu reden begonnen. Die Fragen sollten nur so aus ihr herausströmen, so viele Fragen, auf die sie Antworten suchte, doch es war anders gekommen. Leon hatte die Hände verschränkt, sie angesehen, und dann war er ganz plötzlich in sich zusammengesunken, als sei alles Leben aus seinem Körper gewichen.

Wie konnte ein einziger Moment über ein ganzes Leben entscheiden? Ein kurzer, flüchtiger Augenblick, der alles änderte.

Alwy griff nach dem Becher und nippte am Automatenkaffee. Er schmeckte schal, doch sie zwang sich, weiterzutrinken, nur um irgendwas zu tun. Es würde vermutlich eine Weile dauern, bis sie mit jemandem über Leon sprechen konnte, doch egal, wie lange sie warten musste, sie würde bleiben. Sie überlegte, ob sie sich ein Sandwich kaufen sollte, aber gerade als sie zum Kiosk gehen wollte, kamen zwei Ärzte und eine Ärztin den Gang entlang. Rasch stellte sie ihren Kaffee ab und lief den Gang hinunter. Sie war nur noch wenige Schritte von ihnen entfernt, als diese in Leons Zimmer verschwanden.

Mit zitternden Beinen setzte sie sich auf einen der Stühle davor. Falls Leon bei Bewusstsein war, würde sie vielleicht schon bald an seinem Krankenbett sitzen und seine Hand halten können. An seiner Seite zu sein, war alles, was sie sich wünschte. Sie hörte, dass drinnen gesprochen wurde, doch die Tür war gut gepolstert. Sie verstand kein Wort.

»Wie geht es unserem Sorgenkind heute?« Dr. Schöggl drehte sich zu dem jüngeren der beiden Ärzte, die neben ihr vor dem Bett des Patienten standen. Sie war eine hochgeschätzte Ärztin, sah dazu blendend aus, was einige Kollegen in Balzverhalten verfallen ließ. Einer dieser Kollegen stand gerade neben ihr und antwortete mit einem Moment Verzögerung.

»Es gibt Komplikationen. Myoklonien«, erklärte er.

»Was wird gegen die Zuckungen unternommen?«, erkundigte sich Dr. Schöggl.

»Viermal täglich Levetiracetam.« Der Arzt ließ das Klemmbrett mit den Daten sinken. »Leider ist uns noch keine klare Identifikation der Ursache des Kammerflimmerns gelungen. Das 12-Kanal-EKG hat keine Auffälligkeiten gezeigt und das Thorax-Röntgen sowie die Oberbauchsonographie zeigen keinerlei Hinweise auf eine Lungenembolie als mögliche Ursache.«

»Und das MRT?«, fasste Dr. Schöggl nach.

»Durch die Myoklonien waren die Aufnahmen nicht gut auswertbar«, schränkte der Arzt ein. Dr. Schöggl wusste, dass ihr Kollege für sie schwärmte, er wiederum wusste, dass sie vor allem auf eins achtete – Professionalität. Alles andere hatte nichts im Krankenhaus verloren.

»Sobald die Medikation die Myoklonien zum Abklingen gebracht hat, machen wir ein zweites MRT, um zu einer klaren Diagnose zu kommen. Irgendwelche Hinweise von Angehörigen, die uns weiterhelfen könnten?« Dr. Schöggl blickte ein letztes Mal auf Leon und drehte sich dann Richtung Tür.

Der Arzt verneinte. »Bisher hat sich niemand bei uns gemeldet.«

»Was sagen die Papiere des Patienten? Ausweis … Geldbörse … Versicherungskarte …«

»Keine Hinweise auf seine familiäre Situation.«

»Geben Sie mir Bescheid, wenn Sie etwas erfahren.«

Der ältere der beiden Ärzte öffnete die Tür und ließ Dr. Schöggl galant den Vortritt.

Alwy sprang auf, als sie die Ärzte kommen sah. Die Ärztin war nicht dieselbe, die Dienst hatte, als Leon eingeliefert wurde, und auch ihre Kollegen hatte sie nie zuvor gesehen. »Entschuldigen Sie … Ich bin Alwy Gräwe. Wie geht es Leon?«, sprudelte es aus ihr heraus.

Dr. Schöggls Gesicht hellte sich auf. »Na, wer sagt's denn«, sie nickte ihren Kollegen zu. »Da haben wir eine Angehörige, nicht wahr?«, fragte sie. »Wie Sie wissen, dürfen wir lediglich nahen Angehörigen Auskunft über Patienten geben.«

»Ich war dabei, als Leon zusammenbrach.« Alwy hätte alles erzählt, um den Eindruck der Ärztin zu bestätigen. »Ich bin seine Partnerin.«

Dr. Schöggl schien ihr zu glauben. »Leider ist Ihr Partner nicht bei Bewusstsein. Wir suchen noch nach der Ursache für das Kammerflimmern, dabei kann jeder Hinweis wichtig sein. Wie ging es ihm denn in letzter Zeit? Hatte er Herzbeschwerden? Litt er unter Unwohlsein? Denken Sie bitte nach, alles ist von Bedeutung.«

Alwy blieb nichts anderes übrig, als ehrlich auf die Frage zu antworten. »Darauf kann ich Ihnen, so gern ich es möchte, leider keine Antwort geben.« Wenn ihr etwas peinlich war oder sie sich unsicher fühlte, fuhr sie sich mit den Fingerspitzen über die Augenbrauen – das tat sie auch jetzt. »Ich weiß, meine Worte klingen seltsam, aber Leon und ich …«, sie entschied, es rasch hinter sich zu bringen, »… wir hatten monatelang keinen Kontakt.«

Dr. Schöggl standen Unverständnis und Enttäuschung deutlich ins Gesicht geschrieben.

»Hören Sie, ich kann es erklären …« Alwy überlegte, wie sie der Ärztin das, was zwischen Leon und ihr vorgefallen war, begreiflich machen sollte. Konnte jemand verstehen, dass sie ihm trotz der langen Auszeit immer nah gewesen war?

In Dr. Schöggls Kittel piepste es. »Entschuldigen Sie.« Die Ärztin griff in ihre Tasche. »Wenn Ihnen noch was einfällt, melden Sie sich. Ich muss jetzt weiter.«

Die Ärzte eilten davon und ließen Alwy sprachlos zurück. Die Erkenntnis, durch ihren Rückzug nur neuen Schmerz verursacht zu haben, traf sie wie ein Faustschlag. Hätte sie geahnt, wie wichtig der Kontakt zu Leon einmal sein würde, hätte sie ihn nie abgebrochen. Enttäuschung und Betroffenheit schnürten ihr die Kehle zu. Sie lehnte sich gegen die Wand und hörte im Geist Helene:

Halte dein Herz offen, dann wirst du dir nie etwas vorzuwerfen haben. Außerdem lernst du so, mit Herausforderungen umzugehen, ohne dabei zu verbittern.

Es tat weh, sich einzukapseln, wenn man eigentlich lieben wollte. Sie hatte ihr Herz seit dem Tag verschlossen, als sie sich von Leon trennte.

Nachdenklich trat sie aus dem Krankenhaus und ging zu Tinas Wagen. Es war furchtbar, dass Leon im Koma lag, doch am schlimmsten war, dass sie ihm vielleicht hätte helfen können, wenn sie ihn nicht aus ihrem Leben verbannt hätte.

Alwy löste sich aus ihrer Erstarrung, schloss den Wagen auf und setzte sich hinters Steuer. Sie hatte gelernt, dass man sich nicht vor dem Leben schützen konnte, auch dann nicht, wenn man sich wie ein kleines Kind in eine Ecke verkroch. Einige Sekunden saß sie reglos da und starrte aus dem Fenster, schließlich griff sie nach ihrer Tasche und zog Leons Brief hervor. Sie hatte ihn bereits unzählige Male gelesen, und während sie nun erneut die ersten Sätze in sich aufnahm, fühlte sie sich nicht mehr so verloren. Es rührte sie, dass Leon den Brief an Helene gerichtet hatte. Für ihn hatte es ganz und gar nicht verrückt geklungen, als sie ihm erzählt hatte, dass sie auch heute noch, wenn sie Kummer hatte, mit Helene »sprach«. Leon verstand, dass man sich mit einem Menschen über den Tod hinaus verbunden fühlen konnte. Vermutlich war das auch der Grund, weshalb er seine Zeilen an Helene richtete. Damit sagte er ihr, dass er ihre Gefühle akzeptierte, dessen war sie sich sicher.

Liebe Helene,

das Leben hat es gewollt, dass ich Sie nur vom Hörensagen kenne, doch alles, was ich von Ihnen weiß, zeugt von Warmherzigkeit, Klugheit und tiefer Liebe zu Alwy und zum Leben grundsätzlich.

Alwy lag Ihnen immer sehr am Herzen, und auch für mich ist sie während der letzten Monate so wichtig geworden, wie sonst nichts und niemand auf dieser Welt. Ich liebe sie … umso mehr schmerzt es, sie verloren zu haben.

Würden wir uns gegenübersitzen, würde Ihre erste Frage jetzt vermutlich lauten: Wie kann man einen Menschen verlieren, den man liebt? Wie ist das möglich?

Es passiert, wenn man aus Angst Mauern um sich baut. Mauern, die der geliebte Mensch nicht überwinden, hinter die er nicht blicken kann. Und man selbst ebenfalls nicht.

Alwy und ich haben uns unter widrigsten Umständen kennengelernt, im Schlamm, während des Joggens. An jenem nasskalten Morgen hatte ich eigentlich ausschlafen wollen. Ich bin so froh, es nicht getan zu haben, denn sonst wären Alwy und ich uns nie begegnet. Rückblickend habe ich immer das Bild einer Windböe vor mir, die mich geradewegs zu Alwy weht, um sie nur ja nicht zu verpassen. Ein schönes Bild, nicht wahr?

Von Anfang an empfand ich Alwys Leichtigkeit als großes Geschenk. Wir hatten leider nicht viel Zeit miteinander, doch jeder Moment mit ihr war lebendig. Wir konnten über alles Mögliche miteinander reden, auch über schwierige Themen. Alwy ist, wie Sie wissen, eine fantastische Zuhörerin und eine kluge Ratgeberin.

Das kommt vermutlich daher, dass sie etwas Wichtiges über das

Leben gelernt hat: immer nur einen Schritt nach dem anderen gehen (das bewahrt einen davor, ständig über die Zukunft nachzugrübeln und dabei das Hier und Jetzt zu verpassen) und: das ganze Leben annehmen. Denn wenn du nur die guten Momente willst, scheiterst du, weil es im Leben immer von allem gibt. Vom Hellen und vom Dunklen.

Besonders über den letzten Satz habe ich lange nachgedacht, weil er mein Leben auf geradezu drastische Weise beschreibt. Ich habe das Dunkle in meinem Leben lange verleugnet und nicht begriffen, wie schwer ich es mir damit mache.

Leider konnte ich mit Alwy nicht mehr über diese Erkenntnis sprechen, denn unsere Liebe fand ein abruptes Ende, als sie mir entgegenschleuderte, mich nie wiedersehen zu wollen, weil ich nicht der wäre, der ich vorgegeben hätte zu sein.

Mein Leben war, bis ich Alwy traf, durch ein traumatisches Erlebnis in meiner Kindheit geprägt. Aus Angst vor erneutem Schmerz habe ich es lange verabsäumt, mich meinen Ängsten zu stellen, dabei wusste ein Teil von mir längst, dass man nur ohne Angst wirklich frei für die Liebe ist.

Es ist wie mit einem Blatt Papier: Ist es vollgeschrieben, findet man keinen Platz für Worte; ist es jedoch leer, kann die Liebe wunderschöne Zeilen darauf schreiben.

Ich hätte Alwy anvertrauen müssen, wovor ich so viel Angst habe, doch ich wollte jeden Moment mit ihr genießen. Später, so dachte ich, wäre genügend Zeit, um über meine Vergangenheit zu sprechen. Ein folgenschwerer Fehler.

Vielleicht können Sie mich besser verstehen, wenn ich mit dem Tag beginne, an dem ich meine Familie verloren habe. Ich war acht, und damals glaubte ich, dass es meine Familie sei …

Alwys Handy klingelte. Unwillig ließ sie den Brief sinken und durchwühlte ihre Tasche. Als sie das Telefon gefunden hatte, las sie den Namen ihrer Mutter auf dem Display. »Hallo Mama!«

»Liebes, wie schön, deine Stimme zu hören. Ich habe gerade mit Tina gesprochen.« Ihre Mutter klang betont fröhlich. »Sie sagte mir, du seist bei Leon. Ich will dich nicht stören, nur fragen, wie es dir geht.«

Wenn sie Leons Zeilen las, tauchte sie in seine Welt ein, doch nun zwang sie sich, sich auf das Telefonat mit ihrer Mutter zu konzentrieren. »Es geht mir gut, Mama. Bei Leon zu sein, hilft mir.«

»Gibt es Neuigkeiten?«

»Nicht wirklich. Es stehen weitere Untersuchungen an. Leon ist noch nicht bei Bewusstsein. Alles, was ich tun kann, ist, auf dem Krankenhausgang zu sitzen und wieder und wieder seinen Brief zu lesen.«

»Du hast einen Brief von ihm bekommen?« Ihre Mutter klang besorgt.

»Hab ich dir nicht davon erzählt?« Alwy war müde, doch Schlafen war das Letzte, worüber sie sich gerade Gedanken machte.

»Nein! Hast du nicht.«

»Entschuldige, muss ich vergessen haben. Es ist so viel los. Jedenfalls geht es in dem Brief auch um Leons Familie. Irgendetwas stimmt nicht. Ich glaube, Leon wollte es mir an dem Tag erzählen, als er zusammenbrach.«

»Er holt es nach. Wenn es ihm wieder gut geht«, versprach ihre Mutter.

»Das hoffe ich«, Alwy gähnte. »Einen anderen Gedanken lasse ich einfach nicht zu.«

»Liebes, du bist sicher völlig übermüdet. Gönn dir mal eine Pause. Ich könnte nach Salzburg kommen. Papa kann mich im Geschäft vertreten. Du weißt ja, wie gut er bei meinen Kundinnen ankommt. Sie genießen es, wenn er sie umschwärmt.«

»Mama, das ist lieb, aber ich hätte keine Zeit für dich. Tagsüber bin ich in der Patisserie und danach im Krankenhaus. Ich muss bei Leon sein, egal, was passiert ...«

»An Komplikationen darfst du nicht mal denken, Alwy. Einen Schritt zu Ende gehen und erst dann den nächsten setzen. Helenes Geheimrezept ... Weißt du noch?«

»Als ob ich das vergessen könnte ... Ich versuche, danach zu leben. Aber es ist nicht immer leicht.« Alwy spürte, wie schwer es ihr fiel, den Kopf hochzuhalten. Wie viel Kraft es sie kostete, optimistisch zu sein, obwohl sie eigentlich nur weinen wollte.

»Du schaffst das, Alwy, davon sind Papa und ich überzeugt. Wir denken an dich und an Leon. Ruf uns an, wenn es Neuigkeiten gibt. Oder wenn du jemanden zum Reden brauchst.«

»Danke, Mama. Umarme Papa von mir. Ich melde mich. Bis dann!«

Alwy steckte ihr Handy zurück in die Tasche. Wenn sie doch nur an Leons Bett sitzen könnte.

... damals glaubte ich, dass es meine Familie sei.

Sie spürte die Traurigkeit hinter seinen Worten. Und die Tragik. Was war geschehen, dass Leon so sehr an seinen Eltern zweifelte?

11. KAPITEL

Mai, sieben Monate früher

Alwys Kopf erschien in der Tür zum Kühlraum. Verzückt riss sie die Augen auf.

»Himmel noch mal!«, begeistert klatschte sie in die Hände. »Das ist die imposanteste Torte, die ich seit langem sehe.« Sie kam näher und blieb vor der quietschbunten, vierstöckigen Torte stehen, deren Ränder aus grellrosa- und orangefarbenem Marzipan bestanden und die Mickey Mouse als Hingucker bot. Die Torte war nicht nur auffällig, sie bestach vor allem durch liebevolle Details wie Goldtaler zu Donald Ducks Füßen und kleine Mickey-Mouse-Ohren überall auf der Torte.

»Die Figuren sehen täuschend echt aus und sind viel zu schön, um aufgegessen zu werden. Die Mädchen werden die Torte lieben.« Alwy überschlug im Kopf, wie lange Tina wohl an dem Kunstwerk gearbeitet haben mochte.

»Das hoffe ich doch«, antwortete Tina. »Kreischen und Ausflippen wäre nicht schlecht.« Die Torte war für die Töchter einer bekannten Schauspielerin bestimmt; ihnen sollte damit eine Reise ins Disneyland angekündigt werden.

»Wie lange hast du an den Figuren gearbeitet?«, fragte Alwy interessiert.

Tina lachte. »… viel zu lange, behaupte ich mal …« Sie griff nach dem Happy-Birthday-Lebkuchen-Anhänger mit den Namen der Mädchen und nach einer goldenen Kordel.

»Warte«, Alwy griff nach der Schere, schnitt das Zellophanende sauber ab, das Tina um mehrere Marmorkuchen drapiert hatte, die ebenfalls ausgeliefert wurden, und warf die Reste in den Abfall. »So, jetzt ist es perfekt ...« Gerührt vor Stolz sah sie Tina an. »Der Erfolg geht zu hundert Prozent auf dein Konto. Bei dem Ergebnis spielt es auch keine Rolle, wie lange du gearbeitet hast«, lobte sie.

»Quatsch«, entschied Tina. »Wir sind ein Team, mit Bestnote im Überstundenschieben. Was ich bei diesem Auftrag mehr einbringe, gleichst du mit den Pralinen wieder aus.« Gemeinsam traten die beiden Freundinnen einen Schritt zurück, um das Herzstück, die Torte, aus einer anderen Perspektive zu betrachten.

»Als Kind hab ich mich immer wie verrückt auf meinen Geburtstag gefreut, besonders auf die Geburtstagstorte, doch das hier ist eine Klasse für sich. So was hab ich noch nicht gesehen, selbst in Tokio nicht.«

Tina spürte, wie sie errötete. Alwy lobte gern, allerdings nur, wenn sie von etwas wirklich überzeugt war, deshalb freute Tina sich so über ihre Worte. »Danke, das Lob tut gut. Langsam kommen die Ideen zurück. Du glaubst nicht, wie erleichternd das ist.«

»Das sehe ich, du lebst sichtlich auf«, freute Alwy sich. »Ich bin gespannt, welche Rückmeldungen wir bekommen, wenn wir Fotos davon posten«, überlegte sie.

»Ich auch.« Tina zückte ihr Handy und machte gleich ein paar Schnappschüsse.

Letzte Nacht, als Alwy schon erschöpft ins Bett gefallen war, hatte sie sich noch mal in die Tortenwerkstatt geschlichen, um diese Torte zu backen, und erst im Morgengrauen hatte sie hundemüde, aber erleichtert, die Arbeitskleidung abgelegt, um sich etwas auszuruhen. Der Auftrag für den Kindergeburtstag der Drillinge sollte eigentlich vom Team des ›Sacher‹ ausgeführt werden. Als Tina davon erfahren hatte, hatte sie sofort die Hintergründe recherchiert und herausgefunden, dass der sehnlichste Wunsch der Drillinge eine Reise ins Disneyland war. Mit dieser Info hatte sie eine Torte mit aufwändig geformten Disney-Figuren gebacken und ein Foto an die Mutter geschickt. Der Kostenvoranschlag lag weit über dem des ›Sacher‹, das wusste Tina, doch die Idee kam so gut an, dass sie den Auftrag bekamen. Für Tina kam die Zusage einem Befreiungsschlag gleich. Nach Monaten des kreativen Leerlaufs sprudelten die Ideen wieder; allerdings hatten sie nicht mit dem Auftrag gerechnet und waren bereits so gut wie ausgebucht, als sie ihn erhielten.

Kurzerhand sagte Tina alles ab, was sich später erledigen ließ; sie verplante jede Minute und selbst die Nächte.

»Ich werde diesen Auftrag nicht ablehnen, ich bringe es nicht übers Herz. Und denk doch mal an die Publicity«, gestand sie Alwy.

»Wenn das so ist ... sagen wir zu. Egal, wie hart wir arbeiten müssen. Wir machen es.« Alwy unterstützte Tina, wo sie nur konnte. Vor allem hielten sie zusammen, wenn es schwierig wurde. Sie arbeiteten nicht nur für ihren Lebensunterhalt, vor allem liebten sie es, sich mit ›Cake Couture‹ jeden Tag aufs Neue auszuprobieren. Das war es, was sie verband, und deshalb waren sie bereit, oft mehr als hundert Prozent zu geben.

Als Tina von der Mutter der Drillinge um eine weitere, vierstöckige Torte gebeten wurde, sagte sie auch diesen Auftrag zu. Sie wusste, dass sie auf Alwy zählen konnte. Eine weitere Nachtschicht würden sie schon überstehen. Besondere Umstände verlangten nun mal besondere Lösungen.

Tina nahm das Prachtstück behutsam hoch. Alwy öffnete die Tür, um sie durchzulassen. Vorsichtig trug Tina die Torte über die Schwelle. »Ach übrigens ...«, sie blieb stehen und sah Alwy von der Seite an, »wolltest du nicht die geliehenen Sportsachen zurückbringen?«

Alwy ließ ein leises Lachen hören. »Ich weiß, Leon Wolf ist einen zweiten Blick wert. Aber mittags ist er garantiert nicht zu Hause, und abends stehe ich sicher nicht vor seiner Tür. Deswegen kann ich ihn leider nicht gleich an Ort und Stelle küssen, wenn ich die Sachen heute ganz profan vor seine Tür stelle.«

»Leg doch eine nette Karte dazu. Ich an deiner Stelle würde jedenfalls mit ihm flirten, ohne zu zögern. Egal, ob mittags oder abends«, entgegnete Tina süffisant.

Tina wurde dieses Jahr vierzig und sprach hin und wieder von ihrer vergehenden Jugend. Alwy fand, dass ihre Partnerin keinen Tag älter als dreißig aussah und sich unnötigerweise verrückt machte. Doch was konnte man schon gegen die Gedanken ausrichten, die einem manchmal kamen? »Also gut, das hätten wir geklärt. Wir sehen uns später.« Tina steuerte ihren Lieferwagen an, der am Straßenrand stand, während Alwy nach der Tüte mit den Sportsachen griff, das Geschlossen-Schild an die Tür hängte und davoneilte.

Tina hatte die meisten der bestellten Torten schon gegen zehn Uhr ausgeliefert, doch diese vierstöckige sollte im Beisein der Kinder überbracht werden, weil sie Teil der Geburtstagsüberraschung war. Das Geburtstagsfest fand in einer Villa in der Hellbrunner Straße statt, unweit von Salzburgs ockerrot gestrichenem Künstlerhaus. Bei der Lieferung heute Morgen war Tina regelrecht durch die Stadt geschlichen. Sie wollte kein Risiko eingehen, schließlich sollten die Torten heil ankommen, da störten sie weder das Hupen anderer Verkehrsteilnehmer noch deren genervte Blicke.

Tina hörte eine Fahrradklingel. Geistesgegenwärtig trat sie zur Seite, doch schon im nächsten Augenblick spürte sie eine Erschütterung am Arm. Sie geriet ins Stolpern und verlor das Gleichgewicht. Die Torte glitt ihr aus den Händen und klatschte auf den Boden. Fassungslos starrte Tina auf die Marzipanmasse und die Sahnecremefüllung zu ihren Füßen. Von der Torte war nicht mehr übrig als ein Matschberg auf dem Kopfsteinpflaster. Hastig kam sie auf die Beine und fuhr mit wütendem Blick herum.

»He ... Kommen Sie zurück und sehen Sie sich dieses Schlachtfeld an.« Zorn loderte in ihr auf. Sie schrie aus Leibeskräften, lief die Straße hinunter und schickte dem Radfahrer, der sie mit dem Lenker erwischt hatte und seelenruhig weiterfuhr, einen Fluch hinterher. Der Mann kam nicht zurück, um ihr zu helfen oder sich zu entschuldigen, sondern verschwand aus ihrem Blickfeld. Tina beugte den Oberkörper und stützte die Hände auf die Oberschenkel, um wieder zu Atem zu kommen. Was gab es doch für unverschämte Menschen! Keuchend drehte sie sich zur Patisserie und glaubte ihren Augen nicht zu trauen.

Im Schatten der offenen Heckklappe ihres Wagens lag ein Mann. Teile der zerstörten Torte klebten an seinem Anzug, er wischte mit bloßen Händen an sich herum.

»Um Himmels willen ... Warten Sie, ich helfe Ihnen.« Sie eilte auf ihn zu und hielt ihm die Hand hin. »Kommen Sie.«

»Schon gut. Ich schaffe es allein!« Der Mann sprach mit leichtem Akzent und wischte sich weiter über die Hose, schließlich stützte er sich ab und kam auf die Beine.

Tina sah, dass seine Hose etliche Fettflecke aufwies. »Haben Sie sich wehgetan?«, war das Erste, was sie wissen wollte.

»Ach was. Nicht der Rede wert. Allerdings rechnet kein Mensch mit diesem ... diesem ...«

»Diesem Desaster, da haben Sie völlig recht«, sprang sie ihm bei. »Ein Radfahrer hat mich gestreift ... dabei hat leider eine Torte dran glauben müssen. Wollen Sie reinkommen? Drinnen können Sie sich notdürftig säubern.« Tina deutete zum Eingang der Patisserie und lächelte dabei, um die Situation zu entspannen.

»Lieber nicht. Ich hab's eilig.« Der Mann griff sich ins Haar und verschmierte dabei Sahnereste, schien es aber nicht zu bemerken.

Tina verkniff sich einen Kommentar. »Ich könnte den Kerl, der hierfür verantwortlich ist, lynchen«, rief sie aufgebracht. »Dieses Chaos ist eine Katastrophe. Torten backen sich nicht mal eben zwischendurch.« Sie brach ab. Nur wenige Schritte entfernt stand eine Gruppe Japaner und sah zu ihnen hinüber. Zwei Frauen tuschelten hinter vorgehaltener Hand und kicherten. Eine von ihnen zückte ihr Handy und machte ein Foto. Tina deutete auf die Japaner. »Auf Schadenfreude muss man nicht lange warten, scheint mir.« Die Japaner kamen näher und fotografierten inzwischen ungeniert.

»Please, stop taking pictures«, versuchte sie, ihnen Einhalt zu gebieten. Doch man schien sie gar nicht zu hören. Einer der Japaner löste sich aus der Gruppe, trat zu ihnen und begann, auf Englisch mit dem Mann neben ihr zu sprechen. Eine Oper und die Scala in Mailand wurden erwähnt, schließlich sprachen die Männer von den Salzburger Festspielen. Das Wort *Maestro* fiel. Dann wechselten die beiden Männer einen Händedruck. Noch während sie versuchte, sich einen Reim auf das Ganze zu machen, baten die Japaner den *Maestro* und sie zum Lieferwagen, um dort Fotos zu machen. Der

Name Pino de Luca fiel. Tina durchforstete ihr Gehirn. De Luca ... der Name sagte ihr etwas ... war das nicht dieser Dirigent ... aus Rom? Sie hatte unlängst von ihm gelesen, doch da sie sich nicht für Opern interessierte, hatte sie es sofort wieder vergessen.

»Cheese!«, rief eine Japanerin. Der Mann neben ihr lächelte routiniert in die Kamera, ebenso der Japaner, und schließlich stellten sie sich alle für ein Gruppenfoto zusammen. Die Japaner waren offenbar Opernliebhaber und hatten den *Maestro* erkannt, so viel war Tina inzwischen klargeworden. Neugierig warf sie einen Blick auf de Luca. Bisher hatte sie hauptsächlich auf seine fleckige Hose gestarrt. Nun sah sie die grauen Schläfen und sein markantes Kinn mit einer Narbe am Übergang zwischen Kinn und Hals. Er war wohl Ende fünfzig, Anfang sechzig und strahlte die Energie und Macht eines erfolgreichen Mannes aus. Weitere Fotos wurden gemacht, Hände geschüttelt. Die Japaner verabschiedeten sich durcheinanderredend und gingen nur zögerlich und ununterbrochen winkend davon.

De Luca wandte sich an Tina. »Machen Sie sich keine Vorwürfe. Ich hätte nicht telefonieren sollen, dann wäre es nicht zu dem Sturz gekommen. Ich habe nicht auf mein Umfeld geachtet.« Er blickte schon wieder auf das Display seines Handys. »Ich muss weiter ... Termine.« Auf seiner Stirn entstanden Falten.

Tina zog eine Karte aus ihrer Hosentasche. »Schicken Sie mir die Rechnung für die Reinigung. Ach, übrigens .... Opern sind nicht gerade mein Steckenpferd. Deshalb habe ich Sie nicht gleich erkannt.« Sie reckte die Brust.

»Jeder interessiert sich für etwas anderes. Ihnen liegen offensichtlich Torten am Herzen.«

»Tja, und heute liegt eine der schönsten, die ich je kreiert habe, am Boden ... Wenn ich den Radfahrer in die Finger bekäme ....« Tina ließ eine dramatische Geste folgen.

»Kaum zu glauben, dass Sie keine Opern mögen.« De Luca sah sie ungeniert an. »Ihre Gestik, vor allem Ihr Augenrollen könnten einer Opernszene entnommen sein.« Er steckte sein Handy in die Hosentasche und zuckte mit den Schultern. »Also dann ... trotz allem, schönen Tag noch«, er ging mit weit ausholenden Schritten davon, den Rücken gerade und anscheinend schon wieder bester Stimmung.

Tina sah ihm nach. Als das angenehm temperierte Wasser sie heute früh beim Duschen umspülte, hatte sie seit ihrer Trennung von André zum ersten Mal wieder unbändige Freude auf den Tag verspürt. Ihr Körper hatte sich nach der Dusche wunderbar entspannt angefühlt, alle Sorgen waren verflogen. Sie würde ihr Leben nicht negativen Erlebnissen opfern. Sie hatte noch viel vor.

Sie schloss die Heckklappe des Lieferwagens, verschwand in der Patisserie und kam mit einem Eimer heißem Wasser und einer Bürste zurück. Während sie das von Marzipan und Sahne fettige Pflaster schrubbte, dachte sie darüber nach, wie viel besser es ihr ging, seit sie mit Alwy zusammenarbeitete, und dass es Tage gab, an denen sie in den Resten einer ruinierten Torte einen Mann wie Pino de Luca finden konnte.

Das Gefühl von Mattigkeit, das sie beim Anblick der zerstörten Torte ergriffen hatte, verschwand. Selbst in den unangenehmsten Momenten gab es etwas Positives zu entdecken. Man musste nur genau hinsehen.

12. KAPITEL

Alwy ging am Stiftskeller vorbei und schlug den Weg zum Friedhof St. Peter ein. Bei ihrem letzten Spaziergang war ihr hier eine Marmorplatte aufgefallen, auf der der expressionistische Dichter Georg Trakl den Friedhof als traumverschlossenen Garten beschrieb. Auch auf sie wirkte dieses Fleckchen Erde wie aus einem Traum. Im Schatten der Felsen ragte die Festung zum Greifen nahe in den Himmel. Nicht nur dieses einmaligen Anblicks wegen empfand sie den Friedhof als Kleinod, sondern auch, weil sie sich von allen Seiten beschützt fühlte – linker Hand von den Kirchen und rechter Hand von den Katakomben. Und so seltsam es klingen mochte, diese stille Oase mitten in der Stadt beruhigte sie.

Sie trat unter den Torbogen und ging an den ersten Gräbern vorbei. Es roch nach frischgemähtem Gras, nach feuchten Felsen und nach Weihrauch, der aus den Kirchen drang, doch vor allem duftete es nach Rosen, die die Hinterbliebenen auf die Gräber legten.

Seit Helenes Beisetzung war Alwy klargeworden, wie wichtig Friedhöfe waren. Hier konnten die Trauernden ihrer Angehörigen gedenken und manchmal sogar Dinge klären, die zu Lebzeiten nicht besprochen worden waren. Es war nie zu spät für ein stummes Zwiegespräch.

Alwy passierte die Mariazeller-, schließlich die Kreuzkapelle, vorbei an den Touristen, die sich vor den Katakomben tummelten, und verließ den Friedhof durch die Eisenpforte, um der Festungsgasse Richtung Wallfahrtsweg zu folgen. Der gepflasterte, leicht ansteigende Weg führte am Benediktinen-Frauenstift Nonnberg vorbei, wo es einen weiteren kleinen

Friedhof gab, und an alten Häusern, die von ihren Besitzern liebevoll gepflegt wurden.

An der höchsten Stelle blieb sie gern stehen, um das Wetter aus der Ferne heranziehen zu sehen: die Wolken, die sich auflösten, oder den Regen, der sich wie ein Vorhang näherte. Heute war der Himmel wolkenlos. Kurz genoss sie den Ausblick und nahm dann den Weg bergab Richtung Stadt. Dass sie sich trotz ihrer beruflichen Termine Zeit für Erkundungsspaziergänge nehmen konnte, war einer der Vorteile, die die Zusammenarbeit mit Tina mit sich brachte. Sie streunte gern in der Stadt umher und visierte ein Ziel nie auf direktem Wege an, sondern plante Umwege ein, vorbei an pastellfarbenen Häusern mit Säulen- und Arkadengängen. Es bereitete ihr Freude, die stillen Winkel zu erkunden und den Wert liebevoller Dinge zu erahnen. Bei ihren Streifzügen verweilte sie vor Altbauten mit Inschrifttafeln, die auf berühmte Persönlichkeiten hinwiesen, die dort gelebt hatten, oder sie erkundete Kirchen, die sie noch nicht kannte. Wenn sie am Dom vorbeikam, ging sie hinein, fasziniert vom Licht, das durch die bunten Fensterscheiben fiel. Und jedes Mal fühlte sie sich ein bisschen mehr zu Hause in dieser Stadt, in der seit Hunderten von Jahren die Zeit stillzustehen schien.

Die Glocke des Doms erklang. Alwy hatte die erste Hürde des Projekts *Pralinen mit Botschaft* genommen. Die Grundrezepte standen, und so blickte sie entspannt auf den Tag. Sie ließ sich treiben, sah sich die Auslagen der Geschäfte an, erschnupperte den Duft von Staubzucker und mit Zimt verfeinerten Äpfeln, der aus einem Café strömte, und genoss den Spaziergang mit allen Sinnen. In dieser angenehmen Stimmung passierte sie eine der Brücken und erreichte den Ignaz-Rieder-Kai.

Als Leons Haus bereits in Sichtweite war, öffnete sich die Haustür. Leon stand im Hintergrund im Flur und hielt einer Frau die Tür auf, damit diese einen Kinderwagen hinausschieben konnte. Alwy blieb abwartend stehen und betrachtete das Haus. Es war ein Flachdachbau, mit hellschimmernden Platten verkleidet und großen Balkonen zur Salzach. Ein Haus, das was hermachte.

Die Frau steuerte den Spazierweg am Salzachufer an. Alwy ging auf Leon zu und winkte, als er sie entdeckte.

»Hallo, wie schön, Sie zu sehen!« Er blickte auf das mit Blumen bedruckte Sommerkleid, das sich perfekt an ihre Haut schmiegte. »Kleider stehen Ihnen eindeutig besser als meine viel zu großen Sportsachen. Sie sehen bezaubernd aus«, sagte er.

»Oh, danke für das Kompliment.« Alwys Herz tat einen Satz. »Hier, bitte schön«, sie reichte Leon die Tüte. »Ihre Sportsachen.«

»Wie aufmerksam, dass Sie sich die Mühe machen, mir die Sachen zurückzubringen.«

»Das ist doch selbstverständlich.« Alwy stand einen Moment ratlos da, unsicher, was sie nun machen sollte. Sich verabschieden, umdrehen und heimgehen?

Leon schien es ähnlich zu gehen, doch mit einem Mal huschte ein verschmitztes Grinsen über sein Gesicht. »Wäre es nicht klug, die Joggingzeiten abzusprechen ... damit ich beim nächsten Malheur wieder als Mann für alle Fälle zur Stelle sein kann?«

Alwy spürte ein Gefühl kribbelnder Wärme in ihrem Körper. Leon flirtete mit ihr, wer hätte das gedacht.

»Wissen Sie was ...?« Durch sein Flirten animiert, schoss ihr ein Gedanke durch den Kopf. »Was halten Sie davon, wenn ich Sie als Dankeschön zum Essen einlade? Ich bin wirklich froh, dass Sie zur Stelle waren.«

»Haben Sie sich das auch gut überlegt?« Leon schien überrascht.

»Nicht wirklich. Aber wie's aussieht, bin ich eine Frau der Tat. Und nun bleibt mir schlichtweg keine Zeit, darüber nachzudenken, ob es ein Fehler war, derart forsch nach vorn zu preschen.«

Leon lockerte die Situation durch ein gewinnendes Lächeln auf. »Ihre Offenheit gefällt mir. Sie sind wirklich eine tatkräftige Frau, und ich sollte zusagen, ehe Sie es sich anders überlegen. Also, ich bin dabei«, sagte er gutgelaunt. Ihm gefiel, dass Alwy sich zeigte, wie sie war, durchaus auch eine Spur unsicher. Sie blieb ehrlich und versuchte erst gar nicht, ihre Gefühle zu überspielen.

»Wenn Sie abgelehnt hätten, hätten Sie einen fantastischen Abend versäumt«, scherzte Alwy, »so oft kommen mir spontane Einladungen nämlich nicht über die Lippen.« Sie war sichtlich erleichtert, keinen Korb bekommen zu haben, das wäre ihr peinlich gewesen. »Nun müssen wir nur noch überlegen, in welches Restaurant wir gehen«, überlegte sie laut. Rasch ging sie im Kopf alle Lokale durch, die sie kannte, dabei begann sie, sich den Abend in bunten Farben auszumalen, und plötzlich hatte sie eine Idee. »Kennen Sie das Schiff, das an der Brücke gegenüber vom ›Hotel Sacher‹ liegt?« Sie hatte das ›Insel-Restaurant‹ bei einem ihrer Spaziergänge entdeckt, und die Idee, es gemeinsam mit Leon auszuprobieren, gefiel ihr.

»Kann man dort essen?«, fragte Leon verwundert.

Alwy nickte. »Sogar ausgezeichnet, habe ich mir sagen lassen ... davon abgesehen ... etwas anderes als am Wasser kommt für uns ohnehin nicht infrage, oder?« Sie lachten beide. »Wenn Sie einverstanden sind, sehen wir uns dort morgen Abend. Passt Ihnen 19 Uhr?«

»19 Uhr ist perfekt«, wiederholte Leon. »Wo darf ich Sie abholen?«

Die Leichtigkeit, die inzwischen von Alwy ausging, war spürbar. Sie schien sich auf den Abend zu freuen, und auch er war froh, dass sie sich wiedersehen würden.

»Lassen Sie mal!«, wehrte sie ab. »Wir treffen uns am Schiff.«

Leon ging gewiss nicht davon aus, dass das Essen mehr war, als ein Dankeschön für seine Hilfe, überlegte Alwy, als sie flotten Schrittes dem Uferweg Richtung Zentrum folgte. Und wer sagte überhaupt, dass Frauen Männer nicht zum Essen einladen durften? Diese Zeiten waren lange vorbei.

»Mut zeigen schadet nie!«, lautete Tinas Devise. Sie würde die Einladung gutheißen.

Vielleicht sollte sie morgen das Kleid mit dem weit schwingenden Rock tragen, darin wirke sie beinahe ätherisch, wie von einem anderen Stern, hatte Tina unlängst behauptet. Ideen über Ideen geisterten durch Alwys Kopf.

Kaum in der Steingasse, zog sie sich ins Tortenatelier zurück. Dort erhitzte sie, wie schon die vergangenen Tage, Schokolade. Die maximale Temperatur für temperierte dunkle Schokolade lag bei 34,5 °C, die ideale Verarbeitungstemperatur bei 31 °C bis 32 °C.

Als sie zwölf war, hatte Helene ihr ein Küchenthermometer geschenkt und eingeschärft, selbst auf die kleinsten Temperaturunterschiede zu achten, da schon weniger als ein halbes Grad zu viel oder zu wenig das Ergebnis ruinieren konnte. Wenn die Schokolade schnell anzog, glänzte und keinen Grauschleier hatte, war sie richtig temperiert und konnte verarbeitet werden. Selbstverständlich verzichtete Helene auf den üblichen Test vor der Verarbeitung der temperierten Schokolade.

»Ich vertraue voll und ganz auf mein Gespür! Schon eine winzige Menge erwärmte Schokolade auf meiner Zungenspitze zeigt mir, wann der richtige Moment gekommen ist.« Und nie, jedenfalls nie, solange Alwy dabei war, hatte Helene sich geirrt.

»Wenn die temperierte Schokolade zu dick gerät, gibst du etwas Kakaobutter hinzu und gleichst das so wieder aus. Vergiss nicht, vorkristallisierte Schokolade darf niemals zu dick sein, aber auch nicht zu dünn. Wenn die Pralinen fertig sind, kostest du mit geschlossenen Augen. Nur so kannst du dich ganz auf den Geschmack konzentrieren. Achte darauf, dass du niemals vordergründig den Schokoladenüberzug schmeckst. Die Füllung muss im Mittelpunkt stehen. *Sie* muss dich ins Schwärmen bringen; die Schokolade rundet den Geschmack lediglich ab. Und bestäube nie eine Praline vor dem Überziehen mit Maismehl, um gegen die Feuchtigkeit anzugehen … das schmeckt man hinterher.«

»Was ist, wenn eine Praline aufbricht?«, hatte Alwy genervt gefragt, als ihr genau das passiert war.

»Dann ist in der Regel das Innere zu kalt. Wie heißt das Zauberwort?«

Sie hatte mit den Augen gerollt und es wie eine brave Schülerin heruntergebetet: »Temperatur! Alles steht und fällt mit der richtigen Temperatur.« Helene hatte genickt und die temperierte Schokolade auf einer Marmorplatte verteilt und, als sie fest genug war, mit einem Schaber zu Röllchen geformt, um damit eine Torte zu verzieren.

Ein andermal hatten sie Schokolade in eine Form gegossen.

»Die Form muss trocken sein und Raumtemperatur haben. Für ein optimales Ergebnis streichst du die Innenseite der Form mit der temperierten Schokolade ein, damit sich zwischen Form und Schokolade keine Blasen bilden.«

Sie hatte die Form mit einem feinen Pinsel eingestrichen, und nachdem die Schokolade ausgekühlt und fest war, die temperierte Schokolade in die Form geschöpft.

»So, und jetzt schüttelst du leicht, damit die Luftblasen entweichen und die Form völlig gefüllt ist.«

Das Kaltwerden dauerte 24 Stunden, was ihr damals viel zu lang vorgekommen war. Helene hatte mit einem Ventilator, ein andermal mit einem Föhn nachgeholfen, um die Schokolade früher aus der Form nehmen zu können. Natürlich hatte sie sofort davon genascht, denn alles, was sie mit Helenes Hilfe zubereitete, schmeckte vorzüglich. Und mehr als einmal hatte sie geglaubt, keinen Bissen Süßes mehr essen zu können, weil ihr sonst schlecht würde, doch diese Empfindung hatte nie lange angehalten.

»Eine Praline ist erst perfekt gelungen, wenn *alles* stimmt. Egal, wie zartschmelzend und lecker die Ganache ist, ohne einen perfekten Schokoüberzug ist die Praline nichts wert«, lautete Helenes Leitsatz.

Am Anfang hatte sie vieles durcheinandergebracht, schließlich beschäftigten Mädchen ihres Alters sich gewöhnlich nicht mit Kristallisationskeimen einer bestimmten Form, hörten weder von Kristallen der instabileren Form noch von griechischen Buchstaben, die man benutzte, wenn man über die Kristallformen sprach.

»Wir verzichten auf die griechischen Buchstaben und sprechen von den Formen 1 bis 5 als den unerwünschten Kristallformen, und der Form 6 als der guten Kristallform. Das ist einfacher«, hatte Helene vorgeschlagen.

Um die fünf unerwünschten Formen, die beim Schmelzprozess entstanden, wieder zu beseitigen, musste man sich die unterschiedlichen Schmelzpunkte der Kristallformen zunutze machen. Die fünf schlechten Formen schmolzen bei Temperaturen über 27 °C, die gute, sechste Form, bestand jedoch bis 34,5 °C, zumindest bei dunkler Schokolade.

Und so hatte Alwy während ihrer Übungszeit die Kuvertüre wieder auf die jeweilige Verarbeitungstemperatur erwärmt, um eine Schokolade zu erhalten, in der nur die gute Kristallform vorhanden war. Mit der Zeit hatte auch sie die Fähigkeit erlangt, durch einen kleinen Tropfen Schokolade auf der Lippe den Kühleffekt zu erkennen. Untereinander sprachen sie immer nur vom *Lippentest*.

Als sie viele Jahre später in einem Industriebetrieb ein Praktikum antrat, hatte sie mit den Aufzeichnungen der Abkühlkurve der Schokoladenmasse zu tun, die zur Qualitätssicherung benötigt wurden. Manche Firmen verwendeten ohnehin lieber kakaohaltige Fettglasuren, weil diese in der Regel nicht temperiert werden mussten, was ein Vorteil gegenüber echter Schokolade war.

Sie hatte Fotos von riesigen Temperierkesseln gesehen, doppelwandige Kessel, deren Behälter sich mit Wasser, das im Mantelraum zirkulierte, heizen und kühlen ließen.

Helene hielt nichts von Massenware, sondern fertigte ausschließlich von Hand. »In der Patisserie geht es schließlich um Geschmacksnuancen. Um Glück, das auf der Zunge schmilzt.«

Heute wusste Alwy alles über Verfahren zur Herstellung gefüllter Pralinen, doch schon immer hatte sie das One-Shot-

Verfahren abgelehnt, bei dem die Pralinen maschinell hergestellt und gefüllt wurden. Die Supermärkte waren voll von Pralinen, die in Massenproduktion mit möglichst günstigen Zutaten produziert wurden und wesentlich mehr Zucker enthielten, als für einen feinen Geschmack nötig war. Alwy dagegen wollte mit den besten Zutaten und von Hand arbeiten, um ihren Kunden etwas zu bieten, das sie nie mehr vergaßen, wenn sie einmal davon gekostet hatten. Aufmerksamkeit und Liebe in Form von Schokolade.

Im aktuellen Fall waren das Schnittpralinen, auf die Buchstaben aufgespritzt oder durch Pralinenfolie aufgebracht werden konnten; die Füllungen bestünden aus einer festeren Ganache, die bei Temperaturunterschieden nicht ausrinnen konnte. Die Pralinen, die für den Versand bestimmt wären, würde sie aus Nougat herstellen, das hielt sich am längsten, ohne auszutrocknen.

Die Idee, durch Pralinen Botschaften zu übermitteln, hob das, was sie mit ihrer Arbeit ausdrücken wollte, auf eine neue Stufe. Schokolade machte nicht nur wegen ihrer feinen Süße glücklich, sie brachte auch Wertschätzung zum Ausdruck, wenn jemand Pralinen mit Liebe verschenkte.

Tina hatte bereits ausgekundschaftet, wann sie mit ihren Produkten an Wettbewerben teilnehmen konnten. Den Austrian Wedding Award für eine ihrer Hochzeitstorten zu gewinnen, wäre eine Ehre. Weltbeste Trüffel, ein Prädikat, das ein Kollege aus Deutschland für seine Champagnertrüffel bekommen hatte, wäre die Krönung ihrer Patisserie. Allerdings waren die Pralinen mit Botschaft nicht mit anderen, fein gefüllten Pralinen zu vergleichen. Hier zählte nicht nur die Füllung, sondern die Eignung der Pralinen, Buchstaben aufbringen zu können.

Alwy war so weit. Sie goss zwei Drittel der geschmolzenen Schokolade auf den Marmortisch, verstrich sie mit einem Spachtel über die Arbeitsfläche und schob sie in der Mitte wieder zusammen. Ihre Hände waren in ständiger Bewegung, sie verstrich und schob zusammen, bis die Kristallisation einsetzte, und die Schokolade sich zu verdicken begann. An diesem Punkt gab sie die vorkristallisierte Schokolade in den Topf mit der verbliebenen Schokolade und rührte, bis eine gleichmäßige Masse entstand. Danach stach sie mit den Edelstahlstäbchen in die fertigen Pralinen, um mit dem Überziehen zu beginnen.

Vor einigen Jahren hatte sie eine bewegliche Vorrichtung gebaut, in die sie die mit Schokolade überzogenen Pralinen hängen konnte, die nicht in eine Form gegossen wurden. Sie wollte die sogenannten »Füße« verhindern, die manchmal beim Ablegen der Pralinen entstanden und optisch nicht besonders ansprechend waren.

In ihrer Vorrichtung wurden die Edelstahlstäbe mit den Pralinen eingehakt und regelmäßig bewegt, wodurch die überschüssige Schokolade sanft abtropfte. So bildete sich ein gleichmäßiger Schokoladenüberzug. Wenn die Schokolade fest war, musste sie lediglich die Stäbchen entfernen und die Einstichlöcher mit etwas Schokolade verschließen.

Während sie konzentriert arbeitete, erinnerte sie sich an ihre ersten Versuche. Sie war dreizehn gewesen und unendlich stolz darauf, allein Pralinen herzustellen. Doch als die Stunde der Wahrheit kam, waren die Pralinen grauweiß gewesen und die Oberfläche war matt statt glänzend. Außerdem klebten sie. Stumpf aussehende Pralinen, die keine Schrumpffähigkeit besaßen und übermäßig klebten, waren der Super-GAU. Auch die körnige und brüchige Struktur zeigte, dass das Ergebnis alles andere als zufriedenstellend war.

Sie wusste nicht mehr, wie viele Male sie Kuvertüre im Wasserbad erhitzt hatte, um Schokolade mit Fettreif oder Probleme beim Lösen aus der Form zu verhindern. Schokolade musste sich gut brechen lassen, einen zart schmelzenden Charakter und eine gute Schrumpffähigkeit aufweisen und durch eine angenehme Farbe und eine schön glänzende Oberfläche überzeugen. Doch was nützte es, wenn man die Punkte, auf die es ankam, herunterbeten konnte? Fehlte auch nur eine dieser Eigenschaften, war man gescheitert.

Nach dem Tablieren hatte sie sich der Impfmethode gewidmet, bei der man in die geschmolzene Schokolade zerkleinerte oder geriebene feste Schokolade oder Schokoladenlinsen einrührte, bis die Masse so weit abgekühlt war, dass sie dickflüssig wurde und sich die zugegebenen Stückchen nur noch schwer auflösten. Danach wurde die Masse erneut erwärmt.

Schließlich hatte sie die Methode des Temperierens in der Mikrowelle ausprobiert, am Ende kam sie aber doch auf die Tabliermethode zurück.

Anfangs machte sie jedes Mal einige Proben, um sicherzugehen, dass das Ergebnis später stimmte. Wenn die Oberfläche der Pralinen leicht durchzogen war, war die Schokolade entweder etwas zu heiß oder brauchte zu lange, um abzukühlen. Ständig überprüfte sie, ob Raumtemperatur und Luftfeuchtigkeit in Ordnung waren. Sie hatte unermüdlich gearbeitet, um perfekt zu werden, das tat sie bis heute.

Nie war Helene über eine ihrer Fragen hinweggegangen. Sie hatte jeden noch so unwichtig erscheinenden Einwand berücksichtigt. Dadurch war jeder Tag an ihrer Seite etwas

Besonderes gewesen, doch erst nach ihrem Tod hatte Alwy das Ausmaß ihrer Verbundenheit wirklich erfasst.

Bei Helenes Beerdigung hatte sie sich gefühlt, als hätte sie ihren Fels in der Brandung verloren und wäre kurz vor dem Ertrinken. Ohne die Möglichkeit, Helene zu sehen oder sie anzurufen, waren ihr die Tage grau und freudlos erschienen. Es hatte Monate gedauert, bis sie wieder durchatmen konnte. Und auch jetzt noch kämpfte sie gegen Tränen an, wenn sie an besonders innige Momente mit Helene zurückdachte. *Schokoladentage* hatten Helene und sie die gemeinsam verbrachten Tage getauft, unabhängig davon, ob sie sich in der Backstube herumtrieben oder herumalberten. Seitdem nannte Alwy alle Tage, die herausstachen, so; und jedes Jahr, Ende Dezember, zählte sie die mit einem S gekennzeichneten Tage in ihrem Kalender und freute sich, wenn es möglichst viele waren.

Alwy ließ die Gedanken an früher los und konzentrierte sich darauf, die Pralinen mit der Schneidharfe in die gewünschte Größe und Form zu bringen. Im Kühlraum griff sie nach den Pralinen, die sie tags zuvor mit der vorbereiteten Ganache gefüllt und mit Zartbitterschokolade überzogen hatte. Höchste Zeit, sie weiterzuverarbeiten. Sie gab je einen Tropfen erwärmte Schokolade auf jede einzelne und drückte eine präzise bemessene Marzipanschicht darauf. Danach versah sie die Pralinen mit Buchstaben aus Milchschokolade, spritzte das gesamte Alphabet auf. Die Pralinen wiesen drei Farbnuancen auf: dunkel durch Bitterschokolade, hell durch eine Marzipanschicht und mittelbraun durch Milchschokolade-Buchstaben.

Zufrieden mit dem Ergebnis, ließ sie den Blick nach draußen wandern. Eine Frau mit Tüten in der Hand, auf denen man »Feinerlei« lesen konnte, kam auf die Auslage zu. Im »Feinerlei« in der Sigmund-Haffner-Gasse konnte man Kerzen und Windlichter, feine Kaschmirdecken, winzig kleine Beistelltische, verschnörkelte Spiegel und allerhand sonst erstehen. Demnächst würde sie dort nach etwas Schönem für Tina Ausschau halten, die bald Geburtstag hatte. Vielleicht würde sie ihr den Hocker schenken, den sie gestern in der Auslage entdeckt hatte. Er war mit tiefgrünem Samt bezogen. Tina könnte darauf abends die Füße hochlegen und sich herrlich entspannen. Vorm Schaufenster stehend hatte Alwy bereits zu rechnen begonnen. Der Kauf des Hockers würde ein Loch in ihre eiserne Reserve reißen, doch in diesem Fall war die Freude, die sie Tina machen wollte, wichtiger. Sie wollte ihr zeigen, dass Familie sich nicht auf Blutsverwandtschaft beschränkte. Tina und sie standen füreinander ein, vertrauten einander und mochten sich. Nächtelang hatten sie sich Mut zugesprochen und ihre Ängste thematisiert, wohlwissend, von der anderen nicht verurteilt zu werden. Sie waren enge Freundinnen geworden.

Alwy beobachtete die Frau, die wie versteinert vor der Auslage stand und die Pralinen betrachtete. *Liebe verzeiht manches! Lass uns miteinander reden! Du bist das Wichtigste für mich!*

Erst gestern hatte sie testhalber einige Reihen in die Auslage gelegt. Auf einem schön gestalteten Schild hatte sie beschrieben, was es mit den Pralinen auf sich hatte. Sie wollte sich keinesfalls in übertriebene Hoffnungen versteigen, aber ein inneres Gefühl sagte ihr, dass aus den Pralinen mit Botschaft etwas werden konnte. Damit konnten sie Menschen helfen auszudrücken, was diese empfanden … und mit etwas Geduld und einem guten Konzept konnten die Pralinen ihnen, wenn sie sie erst einmal europaweit verschickten, aus ihrer finanziellen Misere helfen.

Die Frau stand weiterhin reglos da.

Alwy ging zur Tür und öffnete sie. »Guten Tag, kann ich Ihnen helfen?«

Die Frau war elegant gekleidet und perfekt geschminkt, doch es lag ein Schatten auf ihrem Gesicht. »Das können Sie«, sagte sie und lächelte verlegen. »Ich sehe diese Pralinen und denke mir, Sie schickt der Himmel.« In wenigen Worten erzählte sie, dass sie sich mit ihrer erwachsenen Tochter zerstritten hatte und nicht wusste, wie sie den Streit beilegen konnte. »Es ging um eine Lappalie, nicht der Rede wert. Trotzdem haben meine Tochter und ich seit dem Streit nicht mehr miteinander gesprochen. Sie wissen ja, wie es ist ... je länger das Schweigen andauert, umso schwerer fällt es, aufeinander zuzugehen.«

Alwy sah die Frau mitfühlend an. »Wollen Sie kurz hereinkommen?«

»Oh, danke. Das würde ich gern«, sagte die Frau dankbar. »Ihre Auslage ist übrigens etwas ganz Besonderes. Ich kann nie vorbeigehen, ohne stehen zu bleiben.«

»Freut mich, dass es Ihnen gefällt. Welche Botschaft würden Sie Ihrer Tochter denn gern schenken?«, erkundigte sich Alwy.

»*Lass uns miteinander reden* ... und natürlich: *Du bist das Wichtigste für mich!*«, sagte die Frau, ohne zu zögern. Sie presste die Hand aufs Zwerchfell und wandte den Kopf ab, als wolle sie Alwy ihre Gemütsregung nicht zumuten. »Hätte ich doch nur die Kraft, meine Tochter anzurufen oder ihr einen Brief zu schreiben ...«, sagte sie und seufzte. »Wenn ich meiner Tochter gegenüberstehe, versagt mir bestimmt die Stimme. Dann bin ich so nervös, dass ich kein vernünftiges Wort herausbringe.«

Sie waren noch nicht so weit, die Pralinen mit Botschaft in den Verkauf zu bringen. Die Verpackung stand noch nicht fest, und über den Preis diskutierten sie noch, doch vor ihr stand eine Frau, die Hilfe benötigte. Alwy schoss die Vernunft in den Wind und sagte: »Wissen Sie was, wir schreiben den Brief gemeinsam. Es muss ja kein langer Text sein, er muss nur von Herzen kommen. Und wenn wir die passenden Worte gefunden haben, hängen wir ihn an die Pralinen, dann haben Sie das Bestmögliche getan.«

Ein Strahlen überzog das Gesicht der Frau. »Das würden Sie tun? Wirklich?«

»Aber ja, sehr gern sogar. Eigentlich befinden wir uns mit den Pralinen mit Botschaft noch in der Testphase, aber ich schenke Ihnen die Zeilen, die Sie gern hätten. Warten Sie.« Alwy ging in den Nebenraum und kam mit einer durchsichtigen Verpackung, einer goldenen Schnur und Papier zurück. In wenigen Minuten hatten sie gemeinsam einen kurzen Text verfasst. Alwy hatte eine schöne Schrift, deutlich lesbare Buchstaben, die einen lebendigen Schwung hatten. Sie schrieb die Worte auf, faltete den Zettel zusammen und hängte ihn an die verpackten Pralinen.

»Bitte schön!« Mit einem warmen Gefühl überreichte sie der Frau die Pralinen. Diese nahm das Päckchen mit zitternden Händen entgegen.

»Meine Güte. Entschuldigen Sie.« Sie senkte den Blick und wischte sich hastig über die Augen. »Es rührt mich, dass Sie so hilfsbereit sind.« Sie blickte auf die Pralinen in ihrer Hand und sammelte sich wieder. »Hiermit habe ich das Gefühl, etwas wiedergutzumachen.«

»Ich wünsche Ihnen einen glücklichen Ausgang«, hoffte auch Alwy. »Und bitte grüßen Sie Ihre Tochter unbekannterweise herzlich von mir.«

Draußen fuhr ein Wagen vorbei, als die Frau mit überschwänglichen Worten des Dankes die Patisserie verließ. Alwy fühlte sich, als wäre an einem verhangenen Tag ganz unerwartet die Sonne aufgegangen. Sie hatte sich oft ausgemalt, was ihre Pralinen bewirken konnten, doch Zeuge zu sein, wie jemand versuchte, damit einen Streit beizulegen, hatte sie beeindruckt. Die Dankbarkeit und Freude der Frau erfüllten Alwy zutiefst. Noch ganz beseelt von der Begegnung, begann sie, eine weitere Botschaft aus Buchstaben zu legen.

Liebe kommt über Nacht! Ohne dass sie den Satz im Kopf gehabt hätte, lag die Nachricht plötzlich vor ihr. Sie machte ein Foto, um sich später alles noch einmal ansehen und in Ruhe über Verbesserungsvorschläge nachdenken zu können, und legte die Botschaft samt einem Schokolade-Ausrufezeichen an die Stelle der Pralinen, die sie der Dame mitgegeben hatte. Wie unvorhersehbar das Leben doch war. Die letzten Jahre war sie davon ausgegangen, ihr Leben mit Harald zu verbringen. Nie wäre sie auf die Idee gekommen, in Salzburg gemeinsam mit einer Kollegin eine kleine Patisserie zu führen.

Tina glaubte an das Schicksal. Daran, dass alle Situationen und Erlebnisse dazu da waren, einen eines Tages an den Punkt zu bringen, der alles veränderte und einem das Glück brachte. Sie hingegen plädierte für die Kraft kluger Entscheidungen. Sie wollte ihr Leben in die eigenen Hände nehmen und sich nicht von fremden Einflüssen oder einem nicht greifbaren Schicksal abhängig machen.

13. KAPITEL

Tina zog Alwy auf die Couch.

»Hey, was ist denn los?« Tinas Aufgeregtheit ging über das übliche Maß hinaus. Es musste etwas Außergewöhnliches passiert sein.

»Schau dir das an!«, Tina hielt Alwy ihr Handy entgegen. Diese warf einen eingehenden Blick auf das Foto. Die Anspannung in Tinas Stimme war nicht zu überhören. »Meine Wenigkeit, Pino de Luca, seines Zeichens Dirigent, und links einige opernfanatische Japaner …«, sie tippte noch mal aufs Display, »und das da ist unser Lieferwagen.«

»Das sehe ich«, sagte Alwy lachend. Man konnte deutlich den Firmennamen und die Adresse der Patisserie auf dem Lieferwagen erkennen: Cake Couture, Steingasse 41, Salzburg.

»Von dem Foto gibt es im Netz verschiedene Varianten. Die Japaner posten jedes Fitzelchen, das sie von de Luca ergattern konnten … dabei stört sie die Werbeschrift unseres Lieferwagens kein bisschen. Hier, das ist noch besser.« Tina präsentierte Alwy ein weiteres Foto.

Alwy vergrößerte das Bild. »Du siehst kein bisschen bedrückt aus nach dem Desaster mit der Torte«, stellte sie fest. Tina hatte ihr erregt von der verunglückten Torte erzählt. Dass ausgerechnet dieses Prachtstück einem Radfahrer zum Opfer gefallen war, hatte sie kaum fassen können.

»Wie auch? Bessere Werbung als das hier gibt es nicht.« Tina tippte erneut auf ihrem Display herum. »Im Netz kursieren bereits alle möglichen Kommentare zum *Fall* de Luca – Fall im doppelten Sinne. Von amüsant bis ernst ist alles dabei. Jemand, der im Unfallkrankenhaus arbeitet, bietet ihm sogar an, ihn zu röntgen, damit de Luca sicher sein kann, dass ihm nichts Ernstes zugestoßen ist. Andere glauben an einen heimlich eingefädelten Werbedeal.«

Alwy lachte amüsiert auf. »Als ob wir uns jemanden wie ihn leisten könnten.«

»Allerdings«, bestätigte Tina. »Hör dir das an: *Seit wann gibt es Couture für Torten?* Oder das hier …: *Liebt Pino de Luca neben Opern neuerdings auch Torten?*« Tina ließ das Handy aus der Hand gleiten. »Zuerst sah der Tag echt mies aus, aber jetzt muss ich dem Radfahrer geradezu dankbar sein. Er hat uns die beste Werbung aller Zeiten beschert. Wir haben unzählige Anfragen für Torten und Pralinen reinbekommen. Sogar eine Anfrage aus Japan ist dabei. Eine Großhandelskette, die auf Luxusgüter ausgerichtet ist, will unsere Pralinen vertreiben.« Tina konnte sich kaum beruhigen. Das stellte alles, was sie sich erträumt hatte, in den Schatten.

»Mich wundert nicht, dass es einen derartigen Rummel um die Sache gibt. Pino de Luca hat den Ruf eines Casanovas alter Schule. Ein Mann, der Frauen durch feinsinnige Komplimente, großzügige Einladungen zu seinen Konzerten und in die besten Restaurants betört. Von einer Dame aus bester Gesellschaft hieß es, er habe ihr Gedichte geschrieben, obwohl bekannt ist, dass de Luca nur die Musik beherrscht und nicht das Wort. Erst letzte Woche gab es einen Bericht über ihn, weil er angeblich das Herz einer Operndiva erobert hat. Der Mann ist für jede Schlagzeile gut. Ein George Clooney der Opernwelt.«

»Was du nicht alles weißt«, Tina schüttelte verwundert den Kopf.

»Ich verfolge die Neuigkeiten im Netz. Und ab und zu

lockt mich ein Konzert oder die Oper«, entgegnete Alwy. »Zumindest war das in der Vergangenheit so.«

»Ich gehe gleich morgen zum Festspielhaus und erkundige mich, ob mit de Luca alles in Ordnung ist. Vielleicht bringe ich ihm als Wiedergutmachung eine Torte mit Klavier vorbei? Ich glaube, ich habe ihn auf einem Foto am Klavier gesehen. Er spielt doch Klavier, oder?«

»Ja, aber in erster Linie ist er Dirigent«, Alwy grinste und schüttelte dabei den Kopf. »Wenn schon eine Torte, dann eine mit Taktstock … Wie hat eigentlich die Mutter der Drillinge reagiert, als sie von dem Missgeschick erfahren hat?«

»Völlig entspannt. Wir haben uns auf höhere Gewalt geeinigt. Ich backe die Torte noch einmal und liefere sie morgen Vormittag.«

»Na dann ist ja alles im grünen Bereich … Ich hab übrigens ebenfalls Neuigkeiten.«

Tina durchsuchte de Lucas Instagram-Account nach weiteren Kommentaren. Bei einigen waren sie verlinkt worden.

»Ich hab Leon zum Essen eingeladen …« Obwohl sie es nicht wollte, stieg ihr das Blut in die Wangen.

»Du hast ein Rendezvous?« Tina sah auf.

»Ist nur eine freundliche Geste, um mich für seine Hilfe zu bedanken«, wiegelte Alwy ab.

»Das glaubst du doch selbst nicht?« Tina ließ sich nach hinten fallen. »Weißt du, was ich glaube? Fremde Männer bringen uns Glück. Zuerst die Sache mit Leon und jetzt de Luca. Wir bekommen kostenlos Werbung … und du hast ein Date.«

»Kein Date«, diesmal schüttelte Alwy vehement den Kopf.

Tina langte nach einem Kissen und warf es Alwy neckend entgegen. »Lass die Haarspalterei. Einigen wir uns auf einen

Abend mit ungewissem Ausgang ... Und bevor du sofort widersprichst, zeig mir lieber, was du anziehen wirst.« Sie streckte sich und setzte sich aufrecht, bereit, mit Alwy in deren Zimmer zu gehen, um den Kleiderschrank durchzusehen. »Es bleibt warm, du kannst also ruhig ein bisschen Bein zeigen.«

Alwy stellte die Zahnbürste zurück auf die Ladestation und begann, ihr Haar auszubürsten. Gewöhnlich waren nur wenige Bürstenstriche nötig, um ihr Haar von den letzten Resten Mehlstaub zu befreien, doch heute bürstete sie unermüdlich weiter und ließ ihre Gedanken schweifen.

Wenn sie früher mit einem Mann verabredet war, malte sie sich schon Tage vorher aus, worüber sie reden würden, grübelte, ob sie ein Kleid oder besser eine Hose anziehen sollte und ob sie dem Mann gefiel ... und er ihr. Mit den Jahren hatte sie gelernt, die Dinge mit etwas mehr Abstand zu betrachten, und heute hatte sie schlichtweg keine Zeit, sich Schwärmereien hinzugeben.

Bis sechs Uhr abends hatte sie an ihren Pralinen-Botschaften getüftelt, über die beste Verpackung nachgedacht und ein Budget erstellt. Die Verpackung durfte weder zu aufwendig noch zu teuer sein, und die Pralinen mussten eine gewisse Zeit haltbar sein, ohne an Frische und Geschmack einzubüßen, denn vermutlich würden sie den Großteil verschicken – vielleicht eines Tages sogar europaweit.

Nach dem Abendessen waren Tina und sie noch einmal in die Backstube gegangen, um eine weitere vierstöckige Torte mit Disney-Figuren zu backen. Zwischendurch checkten sie immer wieder ihre Instagram- und Facebook-Accounts, likten Fotos und beantworteten Fragen. Der Wirbel um de Luca und ›Cake Couture‹ hielt an, wenn auch in bescheidenerem Ausmaß. Jetzt kam es darauf an, die Pralinen mit Botschaft möglichst rasch auf den Markt zu bringen, um das Interesse an ihrer kleinen Firma weiter zu schüren.

Alwy legte die Bürste auf die Ablage und blickte in den Spiegel. Sie wusste, dass sie keine Zeit für das sich drehende Gedankenkarussell hatte, das Verliebtsein mit sich brachte. Sie mussten ›Cake Couture‹ aus den roten Zahlen bringen. Nur darauf kam es an.

Sie war blass, ihre Augen waren vor Müdigkeit gerötet, aber sie fühlte sich gut. Sie band sich die Haare zusammen, löschte das Licht und verließ das Bad. Gewöhnlich hatte sie nichts gegen einen Arbeitsmarathon einzuwenden, doch heute war sie froh, endlich Schluss machen zu können. Draußen schlug die Kirchenglocke viermal. Als sie die Zimmertür öffnete, sah sie, dass Tina frische Blumen auf ihren Nachttisch gestellt hatte – Ranunkeln. Es gab Tage, da schlug sie sogar die Bettdecke für sie zur Seite, damit sie nachts nur noch ins Bett fallen konnte.

Alwys Hände fuhren über das gespannte Laken. Sie schob ihre Armbanduhr übers Handgelenk und legte sie auf den Nachttisch, öffnete das Fenster und glitt ins Bett. Warme Luft drang ins Zimmer. Die nächsten Tage würde das Thermometer wieder über 25 Grad klettern – Hochsommer im Mai. Sie versuchte zu entspannen und gab die Schwere ihres Körpers an die Matratze ab … die Schultern, die Arme, den Bauch und die Beine.

Die Zeit mit Harald verschwand jeden Tag mehr wie hinter Nebel. Es war erleichternd, nicht mehr so oft an ihn denken zu müssen, denn es bedeutete, den beißenden, kränkenden Schmerz der Trennung nicht mehr so oft zu spüren. Der

Spruch, dass Arbeit über eine zerbrochene Beziehung hinweghalf, stimmte, zumindest in ihrem Fall. Das Einzige, womit sie allerdings nicht gerechnet hatte, war, kein Sterbenswörtchen mehr von Harald zu hören. Weder hatte er sich erkundigt, ob sie wohlbehalten in Salzburg angekommen war, noch danach gefragt, wie es ihr mit Tina erging. Wie es aussah, hatten sie nichts mehr miteinander zu tun, nicht mal als Freunde. Das war nach so vielen gemeinsamen Jahren traurig, doch sie musste es akzeptieren.

Alwy schob die Füße unter der Decke hervor, drehte sich zur Seite und versuchte einzuschlafen. Doch die Gedanken in ihrem Kopf hörten nicht auf. Um halb fünf war sie immer noch munter und entschied, dass es keinen Sinn hatte, hellwach im Dunkeln zu liegen. Sie ging in die Küche, um nach etwas Essbarem zu suchen. Mit einer Tüte Chips und einem Glas Milch kehrte sie zurück in ihr Zimmer, fuhr ihr Notebook hoch und begann, die Post durchzusehen. Nanami, mit der sie in Tokio zwei Jahre zusammengearbeitet hatte, hatte geschrieben. Neugierig, was ihre ehemalige Kollegin zu berichten hatte, öffnete sie die Mail. Nach einigen belanglosen Sätzen, kam Nanami auf den Grund ihrer Mail zu sprechen:

> *... im Dezember findet eine Modenschau in Schloss Leopoldskron statt. Da Du jetzt sozusagen um die Ecke wohnst, dachte ich, vielleicht möchtest Du mitmachen? Es geht um die Europa-Präsentation der Kollektion eines jungen japanischen Designers. Du erinnerst Dich vielleicht an ihn, wir haben das Essen ausgerichtet, als er eine Feier zu seinem Geburtstag gab ... Ai Tanaka. Weißt Du noch, wie er zu Boden starrte, wenn jemand einen Toast auf ihn ausbrachte? Schüchtern kann ja ganz nett sein,*

aber was zu viel ist, ist zu viel ... Na ja, egal, jetzt startet Ai womöglich durch ...«

Alwy sah den jungen Designer vor sich: nicht sehr groß, schmal, in dunkles Blau gekleidet, ein eher unscheinbarer Mann, der trotz seiner Zurückhaltung freundlich auf sie gewirkt hatte. Seine Vorliebe für Windbeutel hatte sie nicht vergessen. Er hatte sie mit derart großem Appetit gegessen, dass ihr ganz warm ums Herz geworden war.

Alwy öffnete die angehängte Datei mit den Infos. Die Modenschau stand unter dem Patronat einer der Großen in der Modewelt; wer Ai Tanakas Mäzen war, würde allerdings erst am Abend der Präsentation bekanntgegeben werden. Das Geheimnis um den Unterstützer machte offenbar einen Teil des Reizes dieses Events aus. Die zweite Besonderheit war die Idee, andere Kreative zur Mitarbeit an der Gestaltung der Modenschau einzuladen.

Als Erstes googelte Alwy das Schloss. Leopoldskron wurde in den Jahren 1736 bis 1740 nach den Plänen eines Benediktinermönchs erbaut und lag inmitten einer ausgedehnten Parklandschaft im Stadtteil Riedenburg. Vor dem Schloss erstreckte sich ein wunderschöner Barockgarten; eine weitere Attraktion war der Leopoldskroner Weiher, der sich auf einigen Fotos wie eine kühle, dunkle Fläche vor dem Schloss abhob, außerdem sah man die Festung auf dem Hügel direkt hinter dem Schloss. Keine Frage, das Schloss war die perfekte Kulisse für eine Modenschau. Alwy lehnte sich im Sessel zurück und konzentrierte sich auf die Vision eines Catwalks, der von märchenhaft inszenierten Torten gesäumt war. Models jeder Kleidergröße und jeden Alters würden die Outfits präsentieren und hinterher Pralinen mit Botschaften ans Publikum verteilen. Pralinen, deren Texte Zuversicht, Liebe und Authentizität versprachen. Menschen sehnten sich nach wahrer Liebe, und nach der Freiheit, wählen zu können.

Während es draußen langsam hell wurde, begann sie, ein Konzept auszuarbeiten, das Haute Couture und ›Cake Couture‹ verband.

Ihres Wissens hatte es noch nie einen Catwalk gegeben, der von Kuchen, Torten und Pralinen gesäumt war, die ein Märchen erzählten, eine süße Nachbildung einer fantastischen Welt. Sie würde den Zuschauern durch Fotos, die sie auf die Wände projizierte, Menschen in verschiedenen Lebenssituationen zeigen: Menschen, die sich gut fühlten, weil sie taten, was sie tun wollten. Alwy spürte, wie die Idee in ihrem Kopf Gestalt annahm. Sie machte sich Notizen und skizzierte Entwürfe von Torten, die ihr spontan einfielen – Torten in Form eines Märchenschlosses, eines verlorenen Schuhs, zweier Menschen, die sich wiedergefunden hatten ... Als sie auf die Uhr sah, waren über zwei Stunden vergangen. Sie aß die letzten Chips und überlegte sich einen Text für die Bewerbungsmail. Die Einreichfrist lief schon am nächsten Tag ab. Nanami hatte sicher zufällig von der Modenschau erfahren, sonst hätte sie ihr den Tipp garantiert früher gegeben. Rasch schrieb sie eine Bewerbung, in der sie darauf hinwies, dass ihr Konzept, in Anbetracht der kurzen Zeit, die sie zur Verfügung hatte, leider noch nicht perfekt war. *Gerne würde ich weitere, hoffentlich gute Ideen, die ich in den nächsten Tagen entwickele, nachreichen.* Das Konzept der Modenschau war ungewöhnlich, deshalb hoffte sie darauf, dass ihr Vorgehen, das ebenfalls ungewöhnlich war, auf Verständnis traf. Als die Mail fertig war, durchsuchte sie ihren

Bilder-Ordner nach Schnappschüssen der spektakulärsten Torten und hängte verschiedene Fotos an.

Ihre Finger kreisten über der Maus. »Nicht lange überlegen ... wegschicken«, redete sie sich gut zu. Schließlich brachte sie den Pfeil in Position und drückte auf Senden. Nun gab es kein Zurück mehr.

Gähnend klappte sie ihr Notebook zu. In den vergangenen Jahren hatte sie gelernt, jede Chance zu ergreifen, egal, wie unrealistisch diese war – Hauptsache, sie war im Spiel. Sie warf die Chipstüte in der Küche in den Müll und stellte das Glas in die Spüle.

Als sie wieder im Bett lag, sah sie Leons und ihre Hand nach der Kaffeetasse greifen, bis ihre Finger sich berührten. Dieses Bild hielt sie wach, bis es Zeit war, aufzustehen.

14. KAPITEL

»Das kann doch nicht wahr sein ...« Tinas Stimme hallte durch die Wohnung. Unablässig murmelte sie etwas vor sich hin und fluchte. »Verdammter Mist!«

Alwy, die gerade versuchte, ihre Ohrringe in die Löcher zu bekommen, trat ins Wohnzimmer. »Welche Laus ist dir denn über die Leber gelaufen?« Sie hatte Tina noch nicht fluchen gehört, jedenfalls nicht auf diese Weise – genervt und eine Spur entsetzt.

»Keine Laus, eher eine Horde Elefanten«, schimpfte Tina. Wie ein Sturzbach sprudelte es aus ihr heraus. »Ich sehe gerade die Post durch, und du glaubst nicht, was ich erfahre.

Das Haus ist verkauft worden«, sie zog die Stirn kraus und schüttelte den Kopf, »… und ausgerechnet die LET ist der Käufer. Die sind dafür bekannt, Horrormieten zu verlangen, und falls sie verkaufen, kräftig abzusahnen. Würde mich nicht wundern, wenn wir demnächst auf der Straße stünden.«

Alwy nahm den zerknitterten Brief entgegen, den Tina ihr hinhielt. »Daran hast du dich aber gehörig abgearbeitet.« Das Schreiben sah aus, als wäre es bereits durch etliche Hände gegangen.

»Ich bin auch ziemlich aufgebracht«, Tina sprach mit einer Wut, die Alwy gar nicht an ihr kannte.

»Hast du nicht gesagt, du verstehst dich gut mit deiner Hauswirtin?« Alwy wandte Tina den Rücken zu, damit diese den Reißverschluss ihres Kleids schließen konnte. Als sie sich wieder umdrehte, zupfte Tina die Schleife des Kleids zurecht.

»Tu ich auch. Ich verstehe mich sogar blendend mit Irmgard Walter«, versicherte sie. »Deswegen wundert mich, dass ich nichts von ihren Plänen wusste.« Sie schien die Vorgehensweise ihrer Vermieterin noch immer verdauen zu müssen. »Wenn Irmgard bei mir einkauft, spricht sie manchmal von ihrer Arthrose. Wärme tue ihr gut, sagte sie beim letzten Mal. Ich habe ihr immer Pralinen als kleines Trostpflaster mitgegeben«, sie lachte bitter, »und nun zieht sie dauerhaft zu ihrer Schwester nach Verona, ohne das auch nur mit einem Wort erwähnt zu haben.«

»Sag mal, stand unlängst nicht ein Umzugswagen ein paar Häuser weiter? Ob Irmgard ihre Möbel abholen lassen hat? Ich hab das Ganze leider nicht verfolgt, weil ich wegmusste.«

»Also das wäre echt ein Ding!«, sagte Tina. Ein Hauch von

Wehmut lag auf ihrem Gesicht, als sie auf den Brief blickte, den Alwy ihr zurückgab. »Irmgard wurde sicher von der LET unter Druck gesetzt ... bis sie deren Angebot nicht mehr standhalten konnte.«

»Vielleicht war es so gut, dass sie es nicht ausschlagen wollte?«

»Ja, vielleicht«, räumte Tina ein. »Und jetzt hat Irmgard ein schlechtes Gewissen und lässt sich deswegen erst gar nicht mehr hier blicken. Dabei war sie echt nett.«

Alwy legte die Hand auf Tinas Schulter. »Nimm dir das nicht so zu Herzen. Manchen Menschen fällt es nun mal schwer, offen zu ihren Entscheidungen zu stehen.«

»Trotzdem hätte Irmgard doch mal darüber nachdenken können, was der Verkauf für uns Mieter bedeutet ... statt Nägel mit Köpfen zu machen, ohne mit uns zu reden«, beharrte Tina.

»Ich sehe das genauso wie du, aber an der Vergangenheit können wir nichts ändern, doch die Zukunft haben wir in der Hand. Zumindest teilweise. Du hast einen gültigen Mietvertrag. Was ändert sich denn, außer, dass es einen neuen Besitzer gibt?«

Tina setzte sich auf die Couch und tippte auf das Schreiben. »Das Problem ist, dass die LET ausschließlich Luxusimmobilien vermietet oder verkauft, darauf sind die spezialisiert. Was so viel heißt wie: Das Haus wird kernsaniert, teuer aufgehübscht und noch teurer verkauft.«

Tina saß stocksteif auf der Sofakannte. Um sie auf andere Gedanken zu bringen, schlüpfte Alwy in ihre blauen Wildlederpumps und stellte sich vor den Spiegel. »Nur eine kleine Zwischenfrage: Soll ich die zu dem Kleid tragen oder die silbernen Sandalen?«

Tina murmelte etwas vor sich hin, was wie eine Zustimmung klang.

»LET hin oder her«, Alwy wandte sich vom Spiegel ab, »in diesem Fall geht das Konzept nicht auf. Du, Elisa und Ralf habt gültige Mietverträge. Man kann euch nicht einfach vor die Tür setzen, schließlich gibt es Gesetze.«

Tina verließ das Zimmer und kehrte kurz darauf mit einer Mappe zurück. »Hast du noch ein paar Minuten?«, fragte sie.

»Klar, ich bin sowieso zu früh dran.« Alwy setzte sich neben sie. »Was ist das?«, fragte sie.

»Die Pläne des Hauses«, erklärte Tina. »Die meisten Häuser in der Steingasse wurden damals ohne Rückwand an den Fels gebaut, auch hier ist das so …«

»Und was bedeutet das?«, fragte Alwy.

»Es hat zur Folge, dass das Wasser bei Starkregen in den schlimmsten Fällen durch die hinteren Zimmer hinunter zur Steingasse läuft.«

Alwy fuhr sich mit der Hand über den Hals. Ihr war plötzlich mulmig zumute. »Das klingt ziemlich beunruhigend«, meinte sie. »Warum hast du mir bisher nie davon erzählt?«

»Weil ich bis jetzt alleinige Mieterin des Geschäftslokals bin. Außerdem muss es schon sehr lange und ausgiebig schütten, damit wir Probleme bekommen«, Tina geriet ins Stammeln. »Die Bewohner dieser Häuser haben Jahrhunderte so gelebt … und in den letzten zehn Jahren gab es nie Probleme, und auch davor ist nichts Dramatisches passiert. Ich hab mich erkundigt. Der Vorteil dieses kleinen Nachteils ist, dass die Mieten niedrig sind.« Tina zupfte an einem Stück Haut am Daumen herum. Der Verkauf des Hauses brachte sie völlig aus der Fassung.

»Verstehe. Deswegen konntest du dir den Laden und die Wohnung überhaupt leisten.«

Tina nickte. Sie hätte Alwy von den Tücken der noch nicht generalsanierten Häuser in der Steingasse erzählen sollen, doch sie hatte gehofft, um dieses unangenehme Gespräch herumzukommen.

»Gut! Und warum erzählst du mir das alles jetzt?«, fragte Alwy.

»Damit dir klar ist, dass die Bausubstanz beim Kauf des Hauses ein Thema war und dass eine umfangreiche Sanierung eine Menge Geld verschlingen wird und sich hinterher rentieren muss. Das hier ist eine Top-Lage. Blick auf die Festung, mitten im Zentrum … von der Romantik ganz zu schweigen.« Tinas Gefühle gingen mit ihr durch. Sie liebte nicht nur die Patisserie, sie liebte vor allem die Steingasse, dieses kleine Universum an Häusern, Geschäften und Menschen, die hier ihr Leben verbrachten. »Wenn Immobilienhaie wie die LET Mieter loswerden wollen, finden sie einen Weg. Das ist deren täglich Brot. Ein 5-Jahres-Mietvertrag interessiert die nicht die Bohne.« Tina schmiss die Mappe auf den Boden. Sie sah aus, als würde sie am liebsten sofort zu einem Protestmarsch aufbrechen, um auf die Ungerechtigkeit aufmerksam zu machen, die ihr und den übrigen Mietern widerfuhr.

»Sieh nicht gleich schwarz. Ruf morgen erst mal den neuen Eigentümer an und bitte ihn um ein Gespräch. Bis jetzt sind das ja alles nur Vermutungen.«

Seit sie in Salzburg lebte, erinnerte Alwy sich jeden Tag daran, nicht zu sorgenvoll durchs Leben zu gehen. Sie hatte genug von Liebeskummer, Missverständnissen und den immer wiederkehrenden Gedanken über alles Mögliche, das einem widerfahren konnte. Dabei kam selten mehr heraus als Verwirrung. Seit sie hier war, hatte sie sich vorgenommen, die Dinge ruhig zu betrachten. Zwar war es nicht einfach, stets besonnen vorzugehen, aber zwischendurch funktionierte es.

»Ich verstehe, dass du wütend bist. Nur hat es keinen Sinn, sich über etwas zu sorgen, was sich mit einem Gespräch vielleicht klären lässt. Überleg doch mal, welches Interesse könnte die LET daran haben, mit den Mietern in einen Rechtsstreit zu treten? Jahre vor Gericht bringen denen nichts. In der Zeit können sie die Sanierung vergessen. Und davon abgesehen, es gibt Mieterschutz.« Alwy fasste Tina bei den Schultern und sah sie aufmunternd an: »Denk dran, was wir uns vorgenommen haben. Immer einen Schritt nach dem anderen, dann sehen wir weiter. Wir müssen uns keine Sorgen machen, jedenfalls nicht heute Abend … Die Sache lässt sich bestimmt regeln.« Wenn man zusammen lebte und arbeitete, kannte man sich schnell sehr gut. Tina nickte, doch Alwy las in ihrer Miene, dass es eine halbherzige Zustimmung war, an die sie nicht wirklich glaubte.

»Ich weiß, dass ich in der Sache heute nichts ausrichten kann, aber ich bin so durcheinander und aufgebracht«, gab Tina schließlich nach.

»Dann nutze diese Energie, um mir bei der Kleiderfrage zu helfen. Ich bin mir nämlich ganz und gar nicht mehr sicher, ob ich das rote Kleid anziehen soll. Ist es nicht zu auffällig?« Tina begleitete Alwy in deren Zimmer, wo sie sich nach langem Hin und Her für ein nachtblaues, tailliertes Kleid und Schuhe mit Riemchen entschieden.

»Du brauchst eine Jacke oder ein Tuch. Am Fluss wird es abends manchmal frisch.« Alwy hatte nichts Passendes zu dem Kleid und lieh sich von Tina ein Plaid, das sie sich um die Schultern legen konnte, falls es kühl würde. »Endlich ein Abend, den du nicht arbeitend oder mit mir vor dem Fernseher verbringst.« Die Wärme in Tinas Stimme verriet, wie sehr sie sich für Alwy freute.

»Höchste Zeit für ein bisschen Abwechslung«, freute Alwy sich. »Ich hoffe, du gehst auch bald wieder mal aus.«

»Wenn es so weit ist, erfährst du es als Erste.« Tina drückte Alwy an sich. »Entschuldige wegen vorhin. Manchmal bin ich ziemlich emotional. Morgen rufe ich Ludwig Thelen an. Danach wissen wir mehr.«

»Ist Thelen der Geschäftsführer der LET?« Alwy steckte Lipgloss und Taschentücher in ihre Handtasche.

»Ludwig sowieso Thelen *gehört* die L-E-T. Scheußlicher Name, wenn du mich fragst.« Sie gingen zur Wohnungstür, wo Alwy nach ihrem Schlüssel griff.

»Ungeachtet seines Vornamens ist Herr Thelen vielleicht ein Mann, mit dem man reden kann?«, hoffte Alwy. »Schau ihn dir an, damit wir wissen, mit wem wir es in Zukunft zu tun haben.«

»Das mache ich, darauf kannst du dich verlassen. Ich schreibe ihm noch heute eine Mail und schlage ein Treffen vor. Und danach backe ich die Torte für de Luca. Wenn wir Glück haben, stimmt er morgen einem Foto zu.« Bei dem Gedanken an weitere Publicity für ›Cake Couture‹ hellte sich Tinas Stimmung auf.

»Sage noch mal jemand, du hättest kein Talent für Werbung. Die Idee mit der Torte für de Luca ist genial«, fand Alwy.

»Ich weiß, ich mausere mich ... aber jetzt raus mit dir. Sonst quatschen wir uns noch fest und du kommst zu spät.«

Tina schob Alwy liebevoll aus der Tür. Als deren Schritte auf der Treppe verklangen, ging sie in die Tortenwerkstatt und suchte nach den Zutaten für eine Schokoladen-Kirsch-Torte.

Wenn sie den Nebenraum der Patisserie betrat, erinnerte sie sich stets daran, dass dieses solide wirkende Zimmer die Erfüllung süßer Träume verhieß. Am Ende jeden Tages sorgte sie dafür, dass sich viele unterschiedliche Wünsche erfüllten. Wünsche, die Menschen noch lange an besondere Ereignisse denken ließen: an einen runden Geburtstag, den Hochzeitstag, einen Heiratsantrag und vieles mehr.

Tina ließ den Blick schweifen. Sie liebte das Gefühl, einen fertigen Kuchen aus dem Ofen zu nehmen, und genoss es, das Ergebnis von allen Seiten zu begutachten. Auch jetzt schienen die Arbeitsutensilien nur auf sie zu warten.

Sie suchte ein Rezept heraus, dessen Grundteig sie anstatt mit Vollmilchschokolade mit Bitterschokolade verfeinern würde. Sicher mochte de Luca den herben Geschmack 80%iger, leicht säuerlicher Schokolade aus Peru. Im Kopf ging sie die Abwandlung des Rezepts Schritt für Schritt durch. Für das Dekor der Torte würde sie sich etwas Besonderes einfallen lassen. Ein weiterer Tortentraum würde wahr werden.

Im Haus war Stille eingekehrt, und als sie in die Arbeit eintauchte, ergriff die Stille auch sie.

15. KAPITEL

Alwy lehnte sich gegen das Geländer des Müllner-Stegs, legte die Hand über die Augen und blickte blinzelnd zur Festung. Von hier hatte sie einen perfekten Blick auf die Festungsanlage.

Sie war unter den Kastanien den Uferweg entlanggeschlendert, weil sie zu früh am verabredeten Treffpunkt war. Ein Spaziergang war bei dem Wetter genau das Richtige.

Nun stand sie auf der Brücke und genoss die milde Luft, die eine laue Nacht versprach. Beste Voraussetzungen für einen angenehmen Abend mit Leon im ›Insel-Restaurant‹. Sie vergaß die Zeit, bis die Glocken der Müllner Kirche siebenmal schlugen. Eilig verließ sie den Steg, um der Allee zurück Richtung Staatsbrücke zu folgen.

Leon war schon von weitem zu sehen. Ein Junge lief ihm gerade vor die Füße und trat nach einem Kieselstein. Leon stoppte den Stein und kickte ihn gekonnt in Richtung des Jungen. Eine Haarsträhne war ihm in die Stirn gefallen. Er strich sie sich aus dem Gesicht und machte einen Bogen um eine Schlange von Menschen, die vor dem Kiosk anstanden.

Alwy hielt unter den ausladenden Ästen der Kastanien. Die Reserviertheit, die sie in seiner Wohnung in manchen Momenten an Leon entdeckt zu haben glaubte, war verschwunden. Er schien ausgelassen und bester Dinge. Vielleicht hatte seine Zurückgezogenheit mit ihr selbst zu tun gehabt? Wenn ihr ein Mann gefiel, fühlte sie sich in seiner Gegenwart manchmal befangen. Sie verwarf sämtliche Gedanken an ihre oder seine Gefühle und schlenderte unbefangen auf ihn zu.

»Hallo Leon«, begrüßte sie ihn. »Da sind Sie ja!«

Leon fuhr herum und strahlte, als er sie entdeckte. »Alwy!«

Sie ergriff seine Hand, die er ihr hinhielt, und drückte fest zu. Selten sah jemand sie so direkt an, während sie einen Händedruck tauschten.

»Ich hoffe, Sie haben heute Abend nicht vor, jemanden zu retten?«

»Keine Sorge. Ich bin nicht im *Einsatz*, und ich genieße es jetzt schon.«

Alwy realisierte nicht nur Leons umgängliche Art, sondern auch die Rauheit seiner Stimme, sie verriet eine gewisse Angespanntheit. Dieser Abend war offenbar nicht nur für sie etwas Besonderes.

Sie wandten sich der Brücke zu, die zum ›Insel-Restaurant‹ führte. Das Schiff war mit Lichterketten verbrämt, die weiß und blau glitzerten, was den Eindruck eines edlen Partyschiffs vermittelte.

Alwy hielt sich am Geländer fest und betrat mit Leon die schwankenden Holzplanken. Im überdachten Eingang des Schiffes stand ein weiß eingedeckter Hochtisch neben einem Kübel mit Palmen. Eine Frau empfing die Gäste. Alwy und Leon tauschten einen kurzen Gruß mit ihr aus und folgten ihr ins Restaurant.

»Da wären wir. Ihr Tisch.«

Sie blieben vor einem Glastisch mit blauen Samtstühlen stehen. »Darf ich?« Leon rückte ihr den Stuhl zurecht und setzte sich erst, nachdem Alwy Platz genommen hatte. Seit sie sich begrüßt hatten, hatte sie seinen Geruch in der Nase, undefinierbar, aber gut; nun kam der verlockende Duft von gegrilltem Fisch und Gemüse hinzu.

»Waren Sie schon einmal bei uns oder ist heute Ihr erstes Mal?«, fragte die Kellnerin, während sie die Kerze auf dem Tisch anzündete.

»Es ist unsere Premiere.« Alwy sah zu ihr auf. »Meine Freundin hat vor einiger Zeit bei Ihnen gegessen und geschwärmt, also wollte ich unbedingt ebenfalls herkommen.« Tina war zweimal mit André hier gewesen und hatte ihr von der einzigartigen Stimmung auf dem Schiff erzählt. Sie hatte nicht zu viel versprochen.

»Dann darf ich Ihnen etwas über uns erzählen?«, fragte die Frau.

Alwy nickte.

»Wir legen großen Wert auf frische, saisonale Produkte und bieten unseren Gästen leichte mediterrane Küche. Wir beziehen bei heimischen Bauern oder direkt aus Italien.«

»Wenn ich meinem Geruchssinn vertrauen darf, werden wir das Essen genießen«, lobte Leon. Auch er sah sich interessiert um, seit sie das ungewöhnliche Restaurant betreten hatten. Die Einrichtung war in den Farben des Wassers gehalten: hellem und dunklem Blau, Türkis und schimmerndem Blauschwarz. Kerzen in den unterschiedlichsten Größen standen auf Tischen, Fensterbänken und auf dem Boden und flackerten im Luftzug.

Leon ging regelmäßig mit Rick essen – »Familienabende« nannten sie diese Abende liebevoll –, doch obwohl sie gern neue Lokale ausprobierten, war ihnen das ›Insel-Restaurant‹ bisher entgangen.

Alwy unterhielt sich mit der Kellnerin, und so hatte er die Gelegenheit, die sanfte Kurve ihres Rückgrats und ihre wohlgeformten Schultern zu betrachten. Ihr Körperbau und die Art, wie sie sich bewegte, verrieten ihm, dass sie eine Frau war, die auf sich achtete, und vermutlich ganz im Einklang mit sich war.

»Darf ich Ihnen einen Aperitif anbieten? Prosecco mit Erdbeermark oder ein Glas Champagner?« Die Kellnerin wandte sich nun auch an ihn und reichte ihm die Karte.

Leon ließ Alwy nicht aus den Augen. Dieses kleine Lächeln in ihrem Mundwinkel hatte es ihm angetan. Es ließ sie wie ein übermütiges Kind wirken, das bereits den nächsten Schabernack plante. »Ich habe eine Vorliebe für Erdbeeren, für mich darf es also gern Prosecco sein«, sagte er zur Kellnerin.

»Dann nehmen wir zweimal Prosecco mit Erdbeeren und eine Flasche Wasser«, orderte Alwy. Es dauerte nur wenige Augenblicke, bis der Aperitif serviert wurde und sie einander zuprosten konnten. »Auf einen Abend ohne Gefahren«, sagte Alwy.

»Aufs Joggen«, ergänzte Leon.

»Und nicht zu vergessen ... auf die Enten«, ging Alwy auf seinen lockeren Ton ein.

»... ja genau, die Enten verbinden uns auf beinahe magische Weise«, pflichtete Leon ihr bei. Sie lachten und tranken einen Schluck Prosecco.

»Mhhm. Schmeckt toll«, Alwy sah auf ihr Glas und stellte es zurück auf den Tisch.

Die Kellnerin hatte vor lauter Reden vergessen, ihre Wassergläser zu füllen, und so griff Leon nach der Flasche, goss Alwy ein und danach sich selbst. Er war schon eine Weile damit beschäftigt, die Farbe ihrer Augen einzuordnen – helles Nougat mit dunklen Kakaoeinsprengseln, das traf es am besten. Er verschloss die Flasche und stellte sie an den Rand des Tisches. Je mehr seine Hände in Bewegung blieben, umso unauffälliger konnte sein Blick zwischendurch über Alwys Gesicht wandern, dieses Gesicht, in dem alles fein aufeinander abgestimmt war. Die großen Augen, die perfekt geschwungenen Brauen, die schmale Nase, die sich an der Spitze leicht nach oben bog und die klar abgegrenzten Lippen mit den Mimikfältchen links und rechts.

Als Alwy ihn am Ufer der Salzach mit vor Angst verzerrter Miene angesehen hatte, hatte sie ihre Verletzlichkeit offen gezeigt. Später, beim Kaffee, hatte er seinen ersten Eindruck durch Attribute wie aufgeweckt, interessiert, zugänglich und aufgeschlossen ergänzt. Nun war er sich sicher, in ihr eine Frau kennenzulernen, die sich auf das Angenehme und Schöne im Leben konzentrierte, ohne zu vergessen, dass es auch andere Phasen gab.

»Dann werfen wir mal einen Blick in die Karte.« Alwy senkte den Blick und studierte das Angebot. Die Karte bot Fisch in allen Variationen, inklusive Austern und Calamari, zusätzlich gab es vegetarische Gerichte und ein Fleischgericht. Eine Weile lasen sie schweigend, dann sagte Alwy: »Mir gefällt das Fischmenü: gebratene Jakobsmuschel mit Avocado und Physalis, danach gegrillte Seezunge mit Spinat und Pinienkernen. Dazu würde ein Grüner Veltliner passen.«

Von einem der Nachbartische perlte ein Lachen auf und verklang wieder. Die Stimmung im Restaurant war ausgelassen und fröhlich.

»Ausgezeichneter Vorschlag.« Leon klappte die Karte zu. »Was gibt es Vorzüglicheres, als eine Seezunge mit einem leichten Weißwein als Begleitung?«

Sie tauschten sich über den Wein aus und gaben die Bestellung auf. Sie waren mitten im Gespräch, als die Kellnerin ihnen das Etikett der Weinflasche präsentierte und für Alwy einen Probeschluck eingoss. Diese schwenkte das Glas, setzte zu einem kleinen, genießerischen Schluck an und nickte zustimmend. Als Alwy und Leon wieder allein waren, prosteten sie einander erneut zu.

»Da wir schon einiges miteinander erlebt haben … und vermutlich weder Sie noch ich privat gern förmlich sind … was halten Sie davon, wenn wir du sagen?«, schlug Leon vor.

Er hatte den Satz kaum ausgesprochen, da stand Alwy schlagartig ihr erstes Essen mit Harald vor Augen. Damals hatte sie sich nichts dabei gedacht, als er sie unbekümmert duzte, doch rückblickend fand sie, er hätte nachfragen können, ob ihr das recht war.

Ihre Fingerspitzen folgten dem Rand ihres Glases. Einmal mehr wurde ihr klar, wie lange sie zu Dingen, die ihr nicht gefielen oder die Fragen aufwarfen, geschwiegen hatte. Wie viele Gespräche hatte sie unterbunden, um Harald nicht zu belasten oder weil er ihr das Gefühl gegeben hatte, in der kargen Freizeit Ruhe zu brauchen. Es war ihr ganz natürlich vorgekommen, Rücksicht zu nehmen, deshalb hatte es ihr auch so wehgetan, als er ihr diese Rücksicht beim Thema Zuhause verwehrte. Sie legte die Hände in den Schoß. In Zukunft würde sie sagen, was sie wollte. Nur so konnte sie gewährleisten, dass es nicht zu weiteren Missverständnissen kam.

Leon sah, wie Alwy die Hände unter dem Tisch bewegte. Irgendeine monotone Bewegung, die ihr offenbar dabei half, ihre Gefühle unter Kontrolle zu bringen. Woran sie dachte, gefiel ihr offensichtlich nicht.

Er gab sich einen Ruck. »Bitte denken Sie nicht, ich hätte den Wink, uns gleich hier zu treffen, nicht verstanden. Dieser Abend ist meiner Hilfe geschuldet, aber es kann doch trotzdem nett werden.«

Alwy ließ die Gedanken an Harald los. »Entschuldigen Sie! Durch Ihren Vorschlag bin ich an jemanden erinnert worden … Sie wissen ja, wie das mit Gedanken ist. Manchmal überrollen sie einen regelrecht.« Sie langte nach ihrem Glas und hielt es ihm entgegen: »Natürlich können wir du sagen. Gern sogar«, und mit einem leisen Klingen stießen sie an.

Normalerweise war er diskret, doch plötzlich dachte er an Rick und dessen entwaffnende Art, Situationen beim Schopf zu packen. Hier saß eine Frau, die ihn interessierte. Wenn sie ihm nichts erzählen wollte, würde sie das sagen. Er konnte auf ihre Selbstständigkeit vertrauen. »Mir drängt sich die Frage auf, ob es Ärger mit diesem Mann gab? Es geht doch um einen Mann, oder liege ich mit meiner Vermutung falsch?«

»Sie liegen richtig … entschuldige, *du* liegst richtig … ich musste an meinen Ex-Freund denken.« Alwy begann, mit der Serviette herumzuspielen. »Und um auf deine Frage zu antworten, ob es Ärger gab …«, sie wirkte nachdenklich, »wie man's nimmt. Harald und ich waren viele Jahre ein Paar, bis wir uns vor kurzem getrennt haben. Unsere Lebensziele sind immer mehr auseinandergedriftet. Wir waren nicht mehr kompatibel, um es nüchtern auszudrücken.« Alwy schwieg, und als Leon ihr die Zeit gab, zu entscheiden, ob sie noch mehr preisgeben wollte, fühlte sie sich sicher genug, weiterzuerzählen. »Harald ist Spitzenkoch, ich bin Pâtissière. Wir haben lange im Ausland gearbeitet. Immer in Fünf-Sterne-Hotels. Zuletzt in Tokio. Anfangs hat die Leidenschaft für das, was wir tun, uns aneinander gebunden, doch mit den Jahren hat Harald sich verändert. Zum Schluss war er von der Arbeit geradezu besessen. Mich und meine Bedürfnisse ... und ich glaube, selbst seine eigenen hat er gar nicht mehr wahrgenommen.« Sie erzählte von den kleinen Unstimmigkeiten und den Diskussionen, die mit der Zeit häufiger vorkamen, schließlich davon, dass Harald ihr kaum noch zugehört hatte. »Oft hatte ich das Gefühl, gegen eine Wand zu reden. Ich wollte seine Meinung hören, wollte wissen, was er von der Idee hielt, uns nach vielen Jahren im Ausland in Europa niederzulassen. Er hatte versprochen, meine Wünsche ernst zu nehmen, doch schlussendlich zählte vor allem sein Erfolg. Als er den nächsten gutbezahlten Job annahm, ohne vorher mit mir darüber zu reden, hab ich die Reißleine gezogen und die Beziehung beendet.«

»Ich nehme an, dieser Schritt ist dir trotz der verfahrenen Situation nicht leichtgefallen?«, fragte Leon.

»Dieser Entschluss ist mir ungemein schwergefallen. Obwohl ich wusste, dass es keine andere Möglichkeit als die Trennung gab, habe ich sie lange hinausgezögert. Nach so vielen Jahren hat man sich aneinander gewöhnt, man ist ein eingespieltes Team, aber letztendlich kann man nur miteinander glücklich sein, wenn man sich dem anderen anvertraut, egal, um welches Thema es geht.«

Sie erzählte von ihrem ersten Jahr in Japan, von der Dynamik der Stadt und der fremden Kultur, von den erbarmungslosen Arbeitszeiten und der Neigung der Japaner, dem Beruf alles andere zu opfern.

»Es war toll, mit Harald verschiedene Länder kennenzulernen, aber irgendwann wollte ich einen Gang zurückschalten, um wenigstens einen kleinen Rest Privatheit zu bewahren. Das war auch der Grund, weshalb ich nach Salzburg gekommen bin. Hier arbeite ich zwar weiterhin viel, aber es gibt Zeiten, die nur mir gehören. Endlich habe ich wieder ein Leben.« Das Du zwischen ihnen klang schnell vertraut, und die Tatsache, dass sie private Themen ansprachen, ohne dass sich das falsch anfühlte, gab Alwy ein gutes Gefühl. Sie mochte es, wenn Menschen sich in ihrer Gesellschaft wohlfühlten. Dann entspannte auch sie sich. Und Leon fühlte sich wohl, das war nicht zu übersehen.

»Du wirkst bei ernsten Themen weder verbittert noch verspannt«, sagte er bewundernd, als sie geendet hatte.

»Meine Beziehung ist gescheitert, das tut weh, aber es gibt nun mal keine Alternative zur Trennung, wenn das, was man kennt, nicht mehr funktioniert. Die Möglichkeit, noch einmal von vorn zu beginnen und vielleicht doch noch die Liebe zu finden, gibt mir zudem Auftrieb.« Alwy erzählte von der Liebe zu sich selbst, von der sie zwar oft gehört, die sie aber nie gelebt hatte. Wie liebte man sich selbst? Was genau musste man dafür tun?

Leon schluckte. Alwys Worte und ihr hoffnungsvoller Ton berührten ihn. »Was du über Eigenliebe erzählst, ist enorm wichtig. Ständig wird davon geredet, den Partner zu lieben ... und natürlich ist das wichtig ... aber die Basis ist nun mal das Gefühl, das man sich selbst gegenüber hat. Mag man sich? Oder nörgelt man ständig an sich herum? Wäre man gern mit sich selbst befreundet?«

»Eine spannende Frage, die ich in letzter Zeit vermutlich verneint hätte«, sagte Alwy ehrlich. »Aber es gibt Hoffnung. Unbedingt«, bekräftigte sie. »Ich glaube, unterm Strich bin ich ganz okay.«

»Davon bin ich überzeugt«, sagte Leon. »Auch ich weiß, wie es sich anfühlt, in einer halbherzigen Beziehung zu stecken. Und auch, was es mit sich bringt, zu viel zu arbeiten.«

Seine Beziehung zu Karola, die als Controllerin in einer Brauerei tätig war, war daran gescheitert, dass sie versucht hatten, Lücken zwischen ihren mit Terminen gespickten Arbeitstagen zu finden, als ginge es um das nächste Meeting. Rational, perfekt durchorganisiert und ohne tiefe Gefühle, die sie vielleicht irgendwann verletzen könnten. Nach zwei Jahren hatten sie einsehen müssen, dass ihre Beziehung ihnen weniger wichtig war als ihre Arbeit. Die Trennung war reibungslos verlaufen, manchmal riefen sie einander noch an und erkundigten sich, wie es dem anderen ging. Selbst das geschah jedoch ohne viel Gefühl und machte ihn jedes Mal, wenn das Gespräch endete, ratlos. Was hielt ihn davon ab, *wirklich* zu lieben? Wieso empfand er so wenig für Karola? Nachdem er in einem kurzen Satz auf seine Beziehung zu ihr eingegangen war, lenkte er das Gespräch wieder auf Alwy.

»Dein Aufbruch nach Salzburg war ein Schritt in ein besseres Leben. Du hast es richtig gemacht, Alwy, ganz bestimmt.« Er hielt ihr sein Glas entgegen. »Auf deinen Neubeginn in Salzburg. Auf dass du hier viel Schönes erlebst.«

»Es geht bergauf, davon bin ich überzeugt«, bestätigte Alwy. »Schon, weil ich hier bereits gerettet wurde.«

Sie lachten und nippten an ihren Gläsern.

Die Vorspeisen wurden serviert. »Ich fühle mich übrigens ebenfalls mit Japan verbunden, obwohl ich noch nie dort war«, erzählte Leon, während er einen ersten Bissen nahm.

»Ach ja? Inwiefern?«, wollte Alwy wissen.

Sie aßen mit Appetit, ohne ihre Unterhaltung zu unterbrechen. »Es hat mit meiner Liebe zu Büchern zu tun. Du sitzt nicht nur einem passionierten Leser gegenüber, sondern auch dem stolzen Besitzer einer kleinen Haiku-Sammlung.«

»Tatsächlich?« Alwy horchte auf. »In einer gutsortierten Buchhandlung in Tokio habe ich in einem Buch mit Haikus geblättert, den kürzesten Gedichten, die ich je gelesen habe.«

»Kurz sind Haikus in der Tat. Und wie! Während meines Jurastudiums hatte ich einen Kommilitonen, der aus einem kleinen Dorf im Umkreis von Kyoto kam. Hayato liebte Tattoos und Fußball, und wenn dazwischen Zeit blieb, schrieb er. Manchmal haben seine Gedichte zwar mehr als siebzehn Silben, sie sind streng genommen also keine Haikus, aber was macht das schon. Eins dieser Gedichte hat sich in mein Herz gebrannt, weil es so zart und flüchtig ist … so voller Poesie.« Leon legte sein Besteck zur Seite und rezitierte aus dem Gedächtnis: »*Allein am Ufer. Wind streichelt meine Wange. Von fern der Gesang der Amsel.*« Er lächelte melancholisch.

Alwy schluckte. Selten hatte sie etwas so Schönes gehört. »Das ist zauberhaft … wenn auch ein bisschen wehmütig«, schwärmte sie.

»Die meisten Haikus haben etwas Wehmütiges. Vielleicht, weil sie auf den Augenblick hinweisen. Einen Augenblick, der, wenn man ihn erkennt, bereits vergangen ist.«

Sie tauschten sich über Gedichte und Japan aus, sahen dabei zu, wie ihre leeren Teller weggetragen wurden, und redeten weiter. Irgendwann erkundigte Leon sich nach Alwys Ausbildung und erfuhr von ihrem Wirtschaftsstudium. »Anfangs waren die Vorlesungen sterbenslangweilig, am liebsten hätte ich das Studium abgebrochen, aber Helene, meine Tante, ließ nicht locker und bat mich, noch ein Semester durchzuhalten. Nur, um sicherzugehen.« Alwy erzählte von ihrer Familie, vor allem von Helene. »Als ich den Abschluss in der Tasche hatte, fühlte ich mich perfekt gerüstet und frei, mich für den Beruf der Pâtissière zu entscheiden.«

»Mein Studium war genauso trocken. Gott sei Dank ist die Zeit des Büffelns lange vorbei«, erzählte Leon.

Alwy wollte ihn gerade nach seiner Arbeit als Jurist befragen, als die Hauptspeisen serviert wurden. Ihre Teller waren mit Kräutern und essbaren Blumen verziert und sahen aus wie kleine Gemälde.

»Die Seezunge ist zart und schmeckt hervorragend«, sagte Leon, als er gekostet hatte. Der Fisch war knusprig gebraten, innen aber noch saftig.

»Das Essen ist köstlich«, stimmte Alwy ihm zu. Der Abend verlief besser als erwartet. Leon war ein geduldiger Zuhörer, und wenn er selbst erzählte, brachte er die Dinge schnell auf den Punkt und schweifte nicht ab, gab seinen Geschichten aber trotzdem eine eigene, interessante Note. Alles, was er sagte, zeugte von einem Mann, dessen Leben in angenehmen Bahnen verlief. Ob er gebunden war? Die Beziehung zu Karola war vorbei, das hatte er erwähnt. Aber bedeutete das automatisch, dass er danach niemanden mehr kennengelernt hatte? Falls er eine Partnerin hatte, war sie jedenfalls tolerant und hatte nichts dagegen einzuwenden, dass er heute mit ihr zu Abend aß.

16. KAPITEL

Mit Alwy zu essen, war ein Erlebnis. Wenn sie sich an der Komposition eines Gerichts sattgesehen hatte und endlich ein Stück Fisch oder etwas Gemüse auf die Gabel schob, lag ein derart erwartungsvoller Ausdruck auf ihrem Gesicht, dass

Leon ihr gebannt dabei zusah. Und wenn sie bedächtig zu kauen begann und die Aromen auf ihrem Gaumen explodierten, schien es, als entspannte sich jeder Muskel – ihr Körper gab nach, und sie lächelte selig.

»Ich habe noch nie jemanden derart genussvoll essen sehen«, konnte er sich nicht zurückhalten zu sagen.

»Das ist berufsbedingt.« Alwy hatte gerade eine Gabel voll Polenta hinuntergeschluckt und trank einen Schluck Wasser hinterher. »Seit Helene mich unter ihre Fittiche genommen hat, nimmt Schmecken eine Ausnahmestellung in meinem Leben ein. Wenn man auf Geschmack trainiert wurde, wird man sensibel für Nuancen. Ich habe schon alles Mögliche geschmeckt, auch ungewöhnliche Kombinationen. Und während meiner Auslandsjahre, als ich in großen Hotels innerhalb eines Teams gearbeitet habe, habe ich nicht nur die eigenen Sachen verkostet, sondern auch die meiner Kolleginnen und Kollegen. Da kommt eine Menge zusammen.« Alwy lachte, weil sie an das freudige, manchmal überraschte Gesicht ihres Vaters denken musste, wenn sie seinetwegen ein neues Rezept ausprobierte. »Wenn ich in Düsseldorf bin, muss ich immer für meinen Vater backen … etwas, das er noch nicht kennt. Er liebt es, Neues von mir auszuprobieren.«

»Das kann ich mir vorstellen. Sicher ist er enorm stolz auf dich.«

»Das ist er. Er hat mich immer unterstützt, auch, als ich ins Ausland gehen wollte.«

Während er Alwy lauschte, betrachtete er sie eingehend. Die Haut ihres Gesichts hatte etwas Durchscheinendes, ihr Körper dagegen wirkte kraftvoll und trainiert. Sie war eine Frau der Gegensätze, zumindest optisch, und hatte offenbar ein Faible für romantische Kleider. Als sie ihm seine Sportsachen zurückgebracht hatte, hatte sie ein leicht schwingendes Sommerkleid getragen, heute trug sie ein blaues Kleid.

Sie nahm einen weiteren Bissen, und je länger er sie beobachtete, umso mehr wurde das Essen auch für ihn zu einer Art Zeremoniell. Während er Fragen stellte und sie von ihrer Zeit in Japan berichtete, konzentrierte er sich sowohl auf den Geschmack als auch auf die Konsistenz des Essens. Kein Zweifel, er hatte ein Essen noch nie so genossen wie dieses. Er nahm einen Bissen Seezunge und Spinat und hörte, wie sie von den Menschen in Japan erzählte. Sie wirkte so menschlich – so *normal*. Er hätte nicht gedacht, dass Normalität einmal als besonderes Attribut gelten könnte, doch er hatte Menschen kennengelernt, die ihren Charakter verbargen oder ihn der jeweiligen Situation anpassten. Viele Menschen haderten mit sich und ihrem Leben und mäkelten ständig an sich und anderen herum. Was für ein Genuss war es, einer Frau gegenüberzusitzen, die weder exaltiert noch verschlossen war, die sich weder etwas einbildete noch sich klein machte. Alwy war ganz und gar normal – im allerbesten Sinne. Am liebsten hätte er sie dafür auf der Stelle geküsst.

»Ich genieße es, so ungezwungen mit dir reden zu können. Früher erschien mir das Besondere erstrebenswert, heute das Gewöhnliche. Wieso wissen so wenige Menschen, wie bemerkenswert das Normale ist?«, sagte er plötzlich.

Alwy sah ihn überrascht an. »Langsam verstehe ich, weshalb du Haikus magst«, sagte sie. »Du bist ein Philosoph, jemand, der das Selbstverständliche entdeckt und würdigt. Das sogenannte Normale ist übrigens ein entscheidender Punkt meiner Arbeit. Leider geht es heutzutage mehr um die Optik, um Verpackung und Vermarktung, und weniger um den Inhalt. Gute Produkte und aufmerksame Verarbeitung sind leider keine Selbstverständlichkeit mehr. Tolle Rezepte und aufwändige Dekorationen sind wichtig, aber man darf darüber nicht die guten Zutaten vergessen, und auch nicht, wie wichtig es ist, sorgsam damit umzugehen. Worauf es *wirklich* ankommt, ist die Basis. Und selbstverständlich die Liebe, mit der man arbeitet. Damit steht und fällt eine gute Patisserie. Erst danach kommen Marketing, Werbung und so weiter.«

Sie gerieten in eine angeregte Diskussion über die wesentlichen Dinge des Lebens, und im Laufe des Gesprächs wurde es Leon immer klarer, dass er den Großteil seines Lebens damit verbracht hatte, psychischen Schmerz zu vermeiden. All die Jahre hatte er übersehen, wie sehr sein Bemühen um Sicherheit und Schmerzfreiheit sein Leben einengte; so, wie er gelebt hatte, erfuhr er erst recht Schmerz, weil er nur noch einen Bruchteil des Lebens mitbekam. Den kleinen Teil Leben, den er sich, nachdem er alles, was Angst machen konnte, verbannt hatte, zugestand.

»Zu den wesentlichen Dingen des Lebens gehört Mut. Schneide ein Seil durch, das dich mit einem Menschen oder einer Situation verbindet, und schau, was das mit dir macht.« Alwy schüttelte in Gedanken den Kopf. »Ich habe es lange nicht geschafft, das Seil zu meinem alten Leben zu kappen, weil ich Angst vor dem Fall hatte. Aber jetzt will ich es besser machen.«

Er nickte. »Ich bewundere deine Tatkraft. Du kannst zufrieden mit dir sein.« Im Stillen beglückwünschte er sie zu ihrer Einstellung – und zur Wahl des Restaurants, das durch schmackhafte Gerichte punktete und seinen Gästen zudem durch einen großzügig bemessenen Abstand zwischen den Tischen Intimität und Privatsphäre garantierte. Hier konnten sie über Persönliches sprechen, ohne belauscht zu werden. Das gefiel ihm, denn er empfand es als Luxus.

»Jetzt mal von der Vergangenheit abgesehen … welchen mutigen Herausforderungen wirst du dich in naher Zukunft stellen?«, fragte er.

»Lach nicht, aber … auf dem Weg hierher kam mir spontan die Idee, Kuchen aus Vollkornmehl herzustellen. Kuchen, die mit Agavendicksaft oder Birkengold gesüßt werden. In der gehobenen Patisserie arbeitet man bis dato ausschließlich mit fein vermahlenem Mehl und Zucker. Bei den bekannten Torten und Kuchen geht es nicht anders, weil das Ergebnis geschmacklich zu stark von dem abweichen würde, was die Kunden gewohnt sind. Doch bei neuen Rezepten könnte es zeitgemäß sein, mit alternativen Süßungsmitteln und Vollkorn- oder Dinkelmehl zu experimentieren. Schließlich wollen auch Menschen, die Zucker nicht vertragen oder sich bewusst ernähren, in den Genuss feinster Konditoren-Kunst kommen.«

Leon hob die Hände. »Ich hab keinen blassen Schimmer von Inhaltsstoffen oder Unverträglichkeiten. Aber deine Idee klingt richtig, du solltest sie in die Tat umsetzen.« Leon schob die Hand über den Tisch, öffnete sie. Überrascht stellte er fest, dass es ihm ein Gefühl inniger Verbundenheit vermittelte, seine Finger so nah an Alwys zu wissen.

Es mochte mit Rick zu tun haben, mit dessen Hinweis, die Liebe möge ihm nicht fremd werden, der ihn daran erinnerte, dass er sein Leben all die Jahre aus der Perspektive der Vernunft betrachtet hatte. Manchmal sehnte er sich nach einer festen Beziehung, fürchtete sich gleichzeitig aber davor.

Um zu überleben, war es notwendig gewesen, den Verlust seiner Familie zu verdrängen, doch nun durfte er sich nicht länger dem Leben verschließen. Jeder Tag war ein neues Geschenk und eine neue Herausforderung ... aber auch eine neue Möglichkeit, seine Liebe zu verschenken. Vor allem der letzte Punkt war ihm noch nie so klar gewesen wie jetzt, während er die letzten Bissen des Hauptgangs zu sich nahm und Alwys Worten lauschte.

Er fühlte sich plötzlich unendlich dankbar für das, was er für Alwy empfand. Er hatte noch nie ein derart starkes Gefühl für eine Frau verspürt, die er so kurz kannte. Er hatte sich verliebt – und zum ersten Mal ließ er dieses Gefühl zu.

Wenn er sich ganz öffnen wollte, musste er die Stimme in seinem Kopf, die ihm immer wieder zur Vernunft riet, ignorieren. Wenn er es nicht tat, würde er nie erfahren, was es bedeutete, aufs Innigste mit einem Menschen verbunden zu sein.

Er erinnerte sich plötzlich an die liebevollen Gesten zwischen seinen Eltern: wie sein Vater seiner Mutter in den Mantel half und sie ihn mit einem strahlenden Lächeln dafür belohnte. Oder wie er ihr die Einkäufe abnahm, weil sie zu schwer für sie waren. Als er ein Junge gewesen war, hatte er die Rolle des Stärkeren – spielerisch – gegenüber seiner Schwester übernommen. Ihr Tod hatte ihn fast noch mehr getroffen als der der Eltern. Sie war noch so klein gewesen, und er hatte anstatt ihrer überlebt, obwohl sie viel mehr des Schutzes bedurft hätte als er. Plötzlich kamen ihm Frau Böttchers Worte in den Sinn, die ihm den Boden unter den Füßen weggezogen hatten. Worte, die er tief in sich vergraben hatte.

»Wenn meine Mutter Marmorkuchen backte, durfte ich

hinterher immer die Schüssel auslecken.« Wie von fern hörte er Alwys Stimme lauter werden. Mit schwärmerischer Begeisterung ließ sie einen Tag in ihrer Kindheit aufleben und riss ihn damit aus seinen bedrückenden Gedanken.

»Das klingt ganz bezaubernd. Ich sehe dich vor mir mit umgebundener Schürze, das Gesicht verschmiert«, sagte er schwach.

»Hast du als Kind nie mit deiner Mutter gebacken und dich darüber amüsiert, dass der Teig wie Kaugummi an den Fingern klebt ...«

Leon schüttelte den Kopf. »Ich traue mich kaum, es zu sagen ... die Kuchen, die in meiner Familie auf den Tisch kamen, waren gekauft, schmeckten aber trotzdem lecker.«

»Unterlassungssünden wie diese kommen einen später teuer zu stehen. Du musst die entgangene Erfahrung nachholen.«

Bei diesen Worten dachte er an das kleine Haus am Stadtrand mit dem großen, verwilderten Garten, in dem er herumgestromert war. Damals hatte er Kuchen und Süßigkeiten gemocht, doch viel wichtiger als Naschereien waren die Abenteuer gewesen, die er zu bestehen hatte – auf Bäumen, am Bach und hinter dem Geräteschuppen, wo der Rasenmäher und allerlei Ausrangiertes standen. Er hatte stundenlang draußen gespielt, ohne dass ihm langweilig geworden wäre. Leon räusperte sich und überlegte, ob er Alwy von seinen Jahren im Kinderheim erzählen sollte. Das Thema wäre nicht mit ein paar Sätzen abgehandelt, außerdem wollte er sie nicht gleich am ersten Abend mit etwas Derartigem überfallen, also lenkte er das Gespräch auf seine Liebe zu Büchern.

»Hast du Lieblingsautoren oder bevorzugte Genres? Oder

liest du quer Beet?«, fragte Alwy interessiert. »Ich gestehe eine Schwäche für Jane Austen und Krimis von Martin Walker. Ich weiß, das ist eine seltsame Mischung, aber so habe ich lesend alles abgedeckt – Romantik und Spannung.«

»Ich mag vor allem die Klassiker, besonders Henry James, und natürlich Tolstoj, aber auch Zeitgenössisches, Friedrich Ani und Amos Oz. Und natürlich die unverwüstliche Donna Leon. Nirgendwo bekommt man mehr Venedig geboten als in ihren Romanen.«

Das Dessert wurde serviert. Sie aßen mit großem Genuss und unterhielten sich weiter angeregt über Literatur. Beim Kaffee sah Alwy Leons Sportuhr im Licht der Kerzenflamme aufleuchten. Es war bereits kurz vor Mitternacht, und bis auf ein junges Paar an einem Tisch in der Nähe des Eingangs waren sie die einzigen Gäste. Alwy winkte nach der Kellnerin.

»Ich hab gar nicht bemerkt, dass es schon so spät ist«, sagte sie.

Die Kellnerin kam mit der Rechnung. Ehe Alwy nach ihrer Kreditkarte greifen konnte, hatte Leon seine bereits gezückt. Rasch gab er sie in die Mappe mit der Rechnung.

Alwy langte nach der Mappe, doch Leon legte seine Hand auf ihre. Wärme durchfuhr sie.

»Ich weiß, dieser Abend ist deine Einladung, aber ich hoffe, du nimmst mir nicht übel, wenn ich das übernehme. Von dieser kleinen Sentimentalität abgesehen, bewundere ich jede Frau für ihre Selbstständigkeit.« Leon ließ seine Hand einen Augenblick länger als nötig auf Alwys liegen, bevor er sie wieder zurückzog.

»Also gut. Dann herzlichen Dank für die Einladung«, sagte Alwy. Ihre Stimme war plötzlich belegt.

Die Kellnerin holte die Mappe und war im Handumdrehen mit der Rechnung und Leons Kreditkarte zurück.

»Ich hoffe, Sie haben sich heute Abend wohlgefühlt. Wir würden uns freuen, Sie bald wieder begrüßen zu können.« Am Ausgang kam der Koch aus der Küche und wünschte ihnen eine gute Nacht.

Draußen strahlte der Mond als silberne Scheibe auf sie herab. Alwy legte sich Tinas Plaid um die Schultern und kreuzte die Hände vor der Brust, um sich vor der nächtlichen Kälte zu schützen. Die Lichter der Stadt funkelten – weiß, gelb, rot, sogar blau.

»Morgen ist Vollmond«, sagte Leon.

»Ich liebe Vollmond. Für mich strahlt der Mond dann etwas Mystisches, Bedeutsames aus«, schwärmte Alwy.

»Dann sollten wir noch einen kurzen Spaziergang machen, um den Mond zu genießen«, schlug Leon vor.

Auf der Promenade war noch eine Menge los. Menschen spazierten in alle Richtungen, manche saßen plaudernd auf den Bänken am Ufer. Alwy und Leon schlüpften durch eine Lücke, die sich in einer Gruppe junger Leute ergab, und schlenderten den Uferweg Richtung Mülln entlang. Wind kam auf und bewegte die Blätter an den Bäumen.

Alwy dachte über den Abend nach, über die empfundene Nähe zu Leon, auch über eine schwache Ahnung, die sie zwischendurch beschlich. Bisher hatte sie kaum etwas Wesentliches über ihn erfahren. Leon erzählte zwar offen, doch selten etwas, das tiefer ging, oder irrte sie sich? Die Spannung, die sie verspürte, seit sie an seiner Seite das Restaurant betreten hatte, wurde immer stärker.

»Ich mag den Geruch nach Wasser und Wiese …«, Leon unterstrich den Satz, indem er zur Salzach deutete, die einige Meter unterhalb der Uferböschung floss. »Beim Joggen gelingt es mir manchmal, an nichts zu denken. Ist befreiend, nur den Augenblick wahrzunehmen.«

Alwy atmete innerlich auf. Mit den beiden schlichten Sätzen gab Leon etwas aus seinem Inneren preis. »Wenn ich den Mond beobachte, empfinde ich ähnlich, es ist beinahe kitschig.« Die Dunkelheit schimmerte auf den Lichtpunkten im Wasser, und während sie gingen und die Stille genossen, trat alles in den Hintergrund: die Bäume, das Wasser und die Uferwiesen, selbst ihre Schritte auf dem Asphalt verhallten ungehört, nur ihre Gefühle füreinander traten immer deutlicher hervor und wärmten sie.

Auf Höhe der Müllner Kirche blieb Leon im Schein einer Straßenlaterne stehen. Er fühlte sich schon den ganzen Abend, als befände er sich außerhalb des gewöhnlichen Lebens. Alles Alltägliche war von ihm abgefallen und machte einer wohltuenden Ruhe Platz. Er hatte nie an Liebe auf den ersten Blick geglaubt, doch jetzt schien es, als passiere dieses Wunder ausgerechnet ihm, der sich in erster Linie für seinen Beruf und einen kleinen Kreis von Menschen interessierte. Die Empfindung, dass sein Leben sich gerade im Umbruch befand, erschütterte ihn zutiefst. Konnte man nach Jahren des Suchens innerhalb weniger Tage im *richtigen* Leben ankommen?

Alwy legte den Kopf in den Nacken und sah fasziniert zum Himmel. Über ihr erstreckte sich tiefstes Schwarz. Ein Tintenhimmel, übersät mit Sternen, die gestochen scharf aus dem Dunkel hervortraten.

Einige Minuten standen sie schweigend da.

»Die Stille nachts gefällt mir.« Leon sprach leise, fast bedächtig. »Das gewöhnliche Leben verschwindet … übrig bleibt ein Gefühl des Staunens, wenn man in den Himmel schaut. Auch auf die Gefahr hin, dass du mich für einen Träumer hältst ... etwas in mir glaubt fest daran, dass man sich eins mit dem Leben fühlen kann.« Er wusste nicht, woher die Worte kamen, die er gerade aussprach, doch eins wusste er, sie drückten seine Gefühle geradezu perfekt aus.

Alwy sah ihn von der Seite an. Mit dieser romantischen Seite hatte sie nicht gerechnet, umso mehr rührte sie sie. »Leider weiß ich viel zu selten, welche Voraussetzungen ich erfüllen muss, um mich eins mit allem zu fühlen. Da sind tiefliegende Hoffnungen und Wünsche, die ich meistens unterdrücke, um mich nicht ständig zu weit vom Glück entfernt zu fühlen.«

Leon betrachtete ihr Profil und suchte nach etwas in ihrem Gesicht, das ihm Mut machte. Als sie ihn ansah, glaubte er in ihren Augen Zustimmung zu erkennen, und so legte er seine Hände auf ihre Schultern und schob seine Finger in ihr Haar. Vorsichtig umfasste er ihren Kopf. Ein Gefühl von Nähe und Liebe trug ihn. Sein Daumen streichelte zärtlich über ihre Schläfe, bis hinunter zu ihren Lippen.

Die Liebe kann einen wie ein Sturm ereilen, der alles wegfegt und nur den blankgeputzten, blauen Himmel übriglässt. Diese Worte hatte er in einem Roman gelesen – nun wusste er, dass sie stimmten. Alles an Alwy zog ihn in Bann, ihre Lebenslust und ihre Energie und wie sie das Leben anpackte.

Alwy schloss die Augen. Das Gefühl der Zugehörigkeit, das sie in Leons Gegenwart empfand, hatte sie lange vermisst. Meist war diese Empfindung von ihrem Bemühen aufgezehrt worden, dem Bild zu entsprechen, das der Mann, mit dem sie zusammen war, von ihr hatte. Doch in diesen Minuten musste sie es niemandem recht machen, sie konnte einfach nur sie selbst sein, und so reckte sie ihr Gesicht zu Leon empor, spürte, wie er sie näher zu sich heranzog und küssend ihre heißen Wangen und ihre Halsbeuge erkundete. Leon schien intuitiv zu wissen, wonach sie sich sehnte, und so wurden ihre Gefühle, als er endlich ihre Lippen erreichte und den Kuss vertiefte, immer stärker.

Wie sie sich kannte, würde sie heute bis zum Morgen wach liegen und nicht fassen können, dass die Gefühle, die Jane Austen in ihren Romanen so wunderbar beschrieb, für sie in dieser Nacht wahr wurden. Doch genau das geschah gerade mit ihr. Sie verliebte sich, wie sie es noch nie zuvor getan hatte. Und staunte selbst darüber.

Helenes Notizen 3

Wenn die Sehnsucht nach dem Glück überhandnimmt:
Marzipan-Nuss-Schnecken

Fehlschläge gehören zum Leben, wie verschiedene Zutaten in einen Teig gehören. Trau dich, Dinge auszuprobieren … und wenn du scheiterst, lächle, denn du bist dem Erfolg einen Schritt näher gekommen.

17. KAPITEL

November

Nach Jahren, in denen sie keine Verwendung für das Diktaphon gehabt hatte, erfüllte es endlich wieder einen Zweck. Nun sprach sie täglich in das Gerät, während sie den Krankenhausgang auf und ab tigerte, hielt ihre Gedanken und Empfindungen fest und hatte dabei das Gefühl, wenigstens dafür zu sorgen, dass Leon, wenn er aufwachte, erfuhr, was sie beschäftigt hatte, während sie darauf gehofft hatte, dass es ihm besser ging und er wieder ansprechbar wäre.

»Weißt du, worüber ich am häufigsten nachdenke, abgesehen davon, dass ich hoffe, dass du bald wohlbehalten aufwachst ...«, Alwy schluckte und sprach dann weiter, »... ich denke an deine Eltern. Vor allem denke ich daran, was du damit meinst, wenn du schreibst, du hättest lange geglaubt, sie seien deine Familie. Hattest du Zweifel daran? Wurdest du adoptiert ... hat man es dir verschwiegen? Und was ist mit deiner Schwester? Am Abend, als wir im Museum waren, hast du erzählt, sie sei früh verstorben. Ich würde so gern erfahren, was geschehen ist.

Ständig kreisen meine Gedanken auch um die Mails, die du mir geschrieben hast. Alle Nachrichten habe ich ungelesen in den Papierkorb verschoben und den Papierkorb danach komplett gelöscht.« Alwy entfuhr ein tiefer Seufzer. »Es ist verrückt, aber wie's aussieht, haben wir beide entweder zur falschen Zeit das Falsche gedacht, das Falsche getan oder etwas Wichtiges verschwiegen ... Was wäre geschehen, wenn ich das Foto nicht gesehen hätte, das Tina nach unserem Wochenende in Wien in der Zeitung entdeckt hat? Oder wenn ich dir bei unserem letzten Gespräch länger zugehört hätte?« Alwy blieb vor einer Tür stehen, die einen Spalt weit offen stand. Ein Moment lenkte das Bild zweier schlafender Frauen sie ab, dann ging sie weiter. »Ich kann ziemlich verbohrt sein, weißt du.« Sie lachte traurig und nickte einer Krankenschwester zu, die an ihr vorbeiging. »Aber in den letzten Monaten ist mir einiges klargeworden. Die meisten Menschen reden nur über ihre Wünsche, ohne je etwas dafür zu tun, dass sie in Erfüllung gehen. Wenn man den Mut aufbringt, aus einem Wunsch Realität werden zu lassen, birgt das die Gefahr des Scheiterns. Diese ersten Schritte sind schwer, deshalb starten viele Menschen erst gar nicht in diese Ungewissheit. So müssen sie nie Angst davor haben, zu scheitern.

Aus dieser Angst heraus habe ich deine Mails gelöscht. Ich glaubte, dich falsch eingeschätzt zu haben. Doch habe ich *mich* richtig eingeschätzt? Ach, Leon … Angst engt ein, und manchmal halte ich es nicht mehr aus, mir so ein beengtes Leben zuzumuten. Vom ersten Augenblick an hatte ich dieses tiefe Gefühl für dich. Diese Liebe zu verlieren ist unvorstellbar. Bitte, wach auf, damit wir herausfinden können, wie mutig wir sind …«

18. KAPITEL

Mai, sieben Monate früher

Ricks Hausstrecke war auch Leons bevorzugte Laufstrecke. Wenn er frühmorgens Richtung Hallein startete, waren nur die Hundebesitzer unterwegs, die ihre Lieblinge ausführten, oder Jogger.

Leon überquerte die Straße und lief zum Uferweg, dabei ließ er den Blick erwartungsvoll schweifen. Es war nicht ausgeschlossen, dass Alwy ihn irgendwo abpasste, doch weit und breit war niemand zu sehen. Er unterdrückte die Enttäuschung und konzentrierte sich auf die Atmung. Solange sein Atem weder zu flach noch zu schnell war, erledigte er morgens gern Telefonate, die er um diese Uhrzeit bereits abwickeln konnte. Beim Verlassen des Hauses steckte er sich deshalb stets seine Stöpsel in die Ohren, um gerüstet zu sein.

Heute konnte er es kaum erwarten, Rick von seinen Gefühlen für Alwy zu berichten. Schon nach dem dritten Klingeln hob Rick ab.

»Buongiorno, Richard«, grüßte Leon bester Dinge. »Wie stehen die Dinge in Rom?«

»Leon?!« Rick klang verschlafen, was um kurz vor sechs kein Wunder war. »Seit wann rufst du so früh an? Ist in Salzburg alles klar?«

»Alles bestens. Ich rufe an, weil es einen besonderen Grund gibt, dich anzuklingeln. Du liebst doch sowohl Neuigkeiten als auch Überraschungen. Beides habe ich dir heute zu bieten.«

»Was ist los? Raus mit der Sprache … Jetzt machst du mich neugierig.«

»Erzähl erst mal, wie euch Rom gefällt?« Leon ließ sich nicht aus der Reserve locken. Er hatte Zeit, und Rick hatte Urlaub.

»Rom ist eine faszinierende, allerdings ziemlich laute Stadt«, berichtete Rick. »Wenn Iris und ich das Hotel verlassen, tun wir gut daran, Augen und Ohren offenzuhalten, um keinem Auto- oder Vespafahrer in die Quere zu kommen. Straßenverkehr bekommt hier eine ganz neue Bedeutung.«

»Die ewige Stadt hat doch sicher mehr zu bieten als verrückte Verkehrsteilnehmer«, warf Leon lachend ein.

»Logisch ... unzählige Restaurants, nach deren Besuch eine Gewichtszunahme der Gäste garantiert ist. La dolce vita – was sonst.«

Leon hörte die gellende Sirene eines Rettungsfahrzeugs durchs Telefon, danach lautes Hupen. »Und wie geht es Iris?«

»Die spült sich gerade die Morgenmüdigkeit vom Körper. Wir waren gestern tanzen und sind erst gegen drei ins Bett gekommen. Heute trinke ich keinen Schluck Alkohol und gehe um elf schlafen.« Rick klang ausgelassen, ihm schien es rundum gut zu gehen. »Jetzt aber genug von Iris und mir. Was gibt es Wichtiges, dass du so früh anrufst?«

»Mich hat's erwischt, Rick. Ich hab sie gefunden. *Die* Frau meines Lebens.«

Rick hatte Leon noch nie in einem derart schwärmerischen Ton über eine Frau reden hören. »Du hast dich verliebt? Wirklich? Ich kann's nicht glauben.« Er war ehrlich verwundert.

»Wenn man sich fühlt, als sei man schwerelos ... Ist noch nicht lange her, dass du mir die Liebe mit diesen Worten erklärt hast.«

»So hab ich mich gefühlt, als ich Iris traf.« Einen Moment war es still am anderen Ende. Rick schien die Neuigkeit erst mal verdauen zu müssen. »Mit allem hab ich gerechnet, Leon, nur nicht damit, dass du dich *wirklich* auf jemanden einlässt. Wo hast du dieses Zauberwesen kennengelernt?«

»Am Ufer der Salzach. Alwy hat Enten gefüttert und steckte im Matsch fest, weil es die ganze Nacht geregnet hatte.«

Rick stellte sich vor, wie Leon einer fremden Frau aus dieser unangenehmen Situation half und sie in Sicherheit brachte. Eine Szene wie aus einem dieser Romane von früher, die Leon so gern las. »Nach der Rettungsaktion lag Alwy dir natürlich zu Füßen«, mutmaßte er.

»Das nicht gerade, aber mein Einstieg war nicht übel.« Leon wischte eine Mücke weg, die auf seiner Wange gelandet war.

»Alwy ist ein außergewöhnlicher Name«, fand Rick. »Was macht sie beruflich?«

»Sie hat BWL studiert, arbeitet aber mit Leib und Seele als Pâtissière. Du müsstest hören, wie sie übers Backen spricht. Als wäre es das Befriedigendste auf der Welt, Torten und Pralinen herzustellen. Dass ich einer Frau wie ihr über den Weg laufe, ist der schönste Zufall, den ich mir vorstellen kann.«

»Wo wohnt Alwy denn?«

»Weiß ich noch nicht.« Leon schob sich einen Stöpsel, der sich gelockert hatte, fester ins Ohr. »Ich hatte noch keine Gelegenheit, sie abzuholen oder nach Hause zu bringen. Alwy hat sich vor kurzem von jemandem getrennt, sie ist zurückhaltend.«

»Verstehe«, sagte Rick. Seit je setzte er einen süffisanten Ton als effizienteste Art ein, möglichst viel aus Leon herauszukitzeln, doch heute verkniff er ihn sich. Das Thema Alwy ging Leon nahe. Besser er hielt sich mit lockeren Kommentaren zurück.

»Alwy kommt aus Düsseldorf, hat aber viele Jahre im Ausland verbracht, zuletzt in Japan.« Es bereitete Leon unbändige Freude, Rick von ihr zu erzählen. Während er preisgab, was er über sie wusste, machten sich seine Gedanken selbstständig. Er stellte sich vor, wie seine Hände den weichen Konturen ihres Körpers folgten. Das Verlangen, Alwy auch körperlich kennenzulernen, war plötzlich so stark, dass er stehen blieb, um die Gedanken zu verscheuchen.

»Nach dem dritten Date mit Iris hast du gesagt, ihr verstündet euch ohne viele Worte. Damals hab ich nicht verstanden, wie innig deine Gefühle für Iris sind. Jetzt geht es mir wie dir. Liebe ist schwer zu fassen, wenn man sie noch nie erlebt hat.«

»Ich wusste selbst lange nicht, wie es ist, Feuer und Flamme für einen Menschen zu sein«, gestand Rick.

Leon berichtete überschwänglich von seinem Abend mit Alwy und stand Rick Rede und Antwort, und während er nach den passenden Worten suchte, um Alwys Wesen gerecht zu werden, sah er sie lebhaft vor sich: ihr Lächeln, das so viele Facetten hatte, und die nachdenklichen Falten auf ihrer Stirn, wenn ein Thema sie packte.

»Ihre Einstellung zum Leben ist bewundernswert.« Er rief sich eine Anekdote über ihre Tante ins Gedächtnis und erzählte Rick, wie wichtig Zugehörigkeit für sie war. »Besonders berührt hat mich, wie traurig sie war, weil sie mit ihrer Hoffnung auf eine gemeinsame Zukunft mit ihrem Ex-Freund falschlag. Sie tat so, als läge es allein an ihr, dass es nicht funktioniert hat. Nach der Trennung hat sie sich vorgenommen, in Zukunft vorsichtiger zu sein, und kaum hatte sie den Vorsatz ausgesprochen, ist sie in Lachen ausgebrochen. Liebe und Vorsicht, das sei, als wolle man Zucker und Salz im falschen Verhältnis mischen, in der Hoffnung, daraus ergäbe sich ein wohlschmeckender Kuchenteig.« Leon klang eindringlich. »Als sie über ihre Ängste sprach, war es, als spräche sie über mich. Rick, plötzlich ist mir klargeworden, dass es nicht ausreicht, sich vorzunehmen, sein Leben zu ändern. Man muss es *tun* und die Angst einkalkulieren, die einen packt, wenn man den Tatsachen ohne Filter ins Auge sieht.« Ergriffen von seinen eigenen Worten lehnte Leon sich an einen Baum.

»Alwy scheint sehr reflektiert zu sein. Wenn Iris und ich zurück sind, lernen wir sie hoffentlich bald kennen.« Leon hörte Iris' Stimme im Hintergrund. Sie kam ans Telefon, um kurz hallo zu sagen, dann gab sie das Telefon zurück an Rick. »Verlieben lässt sich nicht planen. Von einem Tag auf den anderen empfindet man etwas, das man vorher nicht empfunden hat. So ist es mir mit Iris auch ergangen, und ich freu mich wie verrückt für dich.«

»Ich mag Alwys Lebendigkeit, dieses Ungeschützte. Sie ist wie ein Kind, das sich über alles Neue freut, warmherzig und offen. Eine Frau, die man nicht wieder vergisst. Ich will sie unbedingt näher kennenlernen.« Morgenwind fuhr durch die Bäume. »Ich hab übrigens darüber nachgedacht, was du über die Liebe gesagt hast und übers Verdrängen.« Leon ging noch einmal das letzte Telefonat mit Rick durch.

»Ich wollte dir nicht zu nahe treten.« Rick tat es inzwischen leid, Leon derart bedrängt zu haben. Er hatte sich fest vorgenommen, es nie wieder zu tun.

»Schon gut«, kam Leon seinem Freund zuvor. »Mir ist klargeworden, dass es keine Alternative zur Aufarbeitung der Vergangenheit gibt.«

»Das Thema ist sensibel. Begibst du dich etwa demnächst in Therapie?«

»Kann gut sein ... Vorher muss ich aber mit Frau Böttcher sprechen.«

»Wieso das denn?« Über Frau Böttcher hatten sie all die Jahre nur selten ein Wort verloren.

»Weil es etwas gibt, über das ich nie mit jemandem gesprochen habe ... weder mit dir noch mit ihr.« Leon hatte das Gefühl, seine Stimme sei belegt. Er räusperte sich und sprach dann zögernd weiter: »Einige Zeit nachdem ich zu euch gekommen war, hatte ich an ihrer Tür gelauscht ... und dabei etwas gehört, das nicht für meine Ohren bestimmt war.«

Rick ließ sich mit seiner Frage Zeit. »Was hast du bei dem Lauschangriff erfahren?«

»Ich habe etwas über meine Eltern erfahren, allerdings nie jemandem erzählt, wie es war, vor Frau Böttchers Tür mit dieser Tatsache konfrontiert zu werden, für deren Verarbeitung ich damals viel zu jung war.« Auch später, als er sich die Worte der Direktorin manchmal wiederholte, war er nur schwer damit klargekommen und hatte geschwiegen – aus Angst, die Fassung zu verlieren und in Tränen auszubrechen. Wenn man die Wahrheit aussprach, konnte sie einen niederringen, und dieser inneren Konfrontation hatte er sich bisher noch nicht stellen wollen.

Inzwischen waren viele Jahre vergangen, nun fühlte er sich stark genug, aus den Schatten der Vergangenheit herauszutreten.

»Was war mit deinen Eltern, Leon?«

Obwohl es ihn drängte, zum Kern der Aussage zu kommen, um es endlich hinter sich zu bringen, stockte Leon. Er wollte nicht am Telefon über dieses Erlebnis sprechen, sondern lieber von Angesicht zu Angesicht in einer ruhigen Stunde.

Als Rick ihm von seiner Gesprächstherapie erzählt und ihm erklärt hatte, dass die Emotionen, Enttäuschungen und Kränkungen, die er erlitten hatte, lediglich unter einer dünnen Schicht verborgen waren und nur darauf warteten, ans Licht geholt zu werden, hatte ihm gedämmert, dass vermutlich niemand ein traumatisches Erlebnis allein durch Willenskraft aufarbeiten konnte. Ricks Entschluss, sich der Vergangenheit zu stellen, war notwendig gewesen. Und vorausschauend.

Sein Weg war ein anderer. Als Erstes würde er mit Frau Böttcher sprechen und sie fragen, warum sie mit ihm nie über seine Geschichte gesprochen hatte. Obwohl er dem Kinderheim jährlich eine großzügige Spende zukommen ließ und sie ihm jedes Jahr aufs Neue mit einer Karte dankte, auf denen die Heimkinder ihm zuwinkten, erkundigte sie sich immer nur oberflächlich nach seinem Befinden.

»Unlängst bin ich von einer Erinnerung eingeholt worden. Ich hab am ganzen Körper gezittert, als die Bilder vor mir aufstiegen ... Bilder, wie ich vor der Tür der Böttcher kauere, um zu lauschen. Ich hab versucht, mich zu beruhigen, doch es gelang mir nicht, die Tränen zu stoppen und dieses schreckliche Zittern meiner Hände anzuhalten ...«

Leon blickte aufs Wasser. Noch heute empfand er manchmal die Leere, nach dem Unfall allein zurückgeblieben zu sein. Inzwischen sah er die Erinnerung an das Erlebnis vor Frau Böttchers Tür als Wink des Schicksals. Er musste sich dem ängstlichen Jungen von damals widmen. Erfolg im Beruf gut und schön, doch was nützte es einem, wenn man eine Wunde spürte, die sich nie schloss?

»Falls du irgendwann darüber sprechen willst, Leon ... ich bin da. Aber wenn du es lieber mit dir allein ausmachen willst oder während einer Therapie ansprechen möchtest, ist das auch in Ordnung«, sagte Rick mitfühlend. »Nur verdränge nicht, was dir auf der Seele liegt. Schau es dir an.«

»Weißt du, was seltsam ist?« Leon lief in gemächlichem Tempo weiter. »Die Begegnung mit Alwy hat mehr bewirkt als alles Grübeln die letzten Jahre. Durch sie bin ich jetzt so weit, mich den Ereignissen von damals zu stellen.« Ein Jogger kam ihm entgegen, sie nickten einander zu.

»Das Ganze wird schmerzhaft werden, aber davor solltest du nicht zurückschrecken. Danach geht es dir besser. Viel besser«, motivierte Rick ihn.

»Manchmal schäme ich mich, mich so lange emotional zurückgezogen zu haben.« Erneut blieb Leon stehen, um sich auf das Telefonat zu konzentrieren. »Viele Menschen haben weit Schlimmeres durchgemacht als wir, Rick. Vor Selbstmitleid sollte man sich hüten.«

»Vor Vorverurteilung und davor, zu hart mit sich ins Gericht zu gehen, aber auch«, erinnerte ihn Rick. »Nichts, was du je getan oder unterlassen hast, lässt sich ändern. Doch auf das, was vor dir liegt, hast du Einfluss. Wenn du Frau Böttcher triffst, richte ihr herzliche Grüße aus. Wir haben ihr einiges zu verdanken.«

Es tat gut, mit Rick zu sprechen und zu spüren, dass er wusste, wie viel Überwindung es ihn kostete, sich dem Gespräch mit Frau Böttcher zu stellen. Bald würde er Alwy hoffentlich dafür danken können, dass sie etwas in ihm in Bewegung gesetzt hatte, ohne es zu ahnen.

»Was ich die ganze Zeit noch fragen will. Hast du die *Baby-Jane-Sache* in trockene Tücher gebracht? Oder gibt es da noch Fragen?«

»Alles unter Dach und Fach!«, informierte ihn Leon. »Danke nochmals, dass du den Rod Stewart gegeben hast. Deine Provision bekommst du, wenn du zurück bist.« Er lachte kurz auf.

»Mein Einsatz in dieser Sache muss dir einen Männerabend wert sein.«

»Eher eine ganze Männerwoche«, scherzte Leon und dankte Rick noch einmal für dessen Sangeskünste, die ihm bei dem wichtigen Projekt gute Dienste geleistet hatten.

Als er vom Joggen zurückkam, war es kurz vor halb sieben. Leon schlüpfte aus den verschwitzten Sportsachen, stieg unter die Dusche, rasierte sich und zog frische Kleidung an. Bereit für den Arbeitstag, setzte er sich an den Schreibtisch, um etwas aufzuschreiben, das Alwy bei passender Gelegenheit lesen konnte. Sie sollte ihn mit all seinen Schwächen und Stärken, seinen Hoffnungen und Zweifeln kennenlernen.

Er erinnerte sich an ein Spiel, mit dem Rick und er sich früher oft die Zeit vertrieben hatten. Jeder hatte sich in eine Ecke zurückgezogen und dort seine Schätze an Steinen und Stöcken hingelegt. Rick hatte manchmal Kandiszucker dabei gehabt. Die Köchin mochte ihn und schenkte ihm heimlich Süßigkeiten: Kandiszuckerwürfel oder Bonbons.

Sobald sie startbereit waren, gab Rick das Signal: »Auf die Plätze, fertig, los!« Danach begannen sie mit dem Bau einer Straße, die Stein um Stein und Stock um Stock näher zur Straße des anderen hinführte. Manchmal zielten ihre Straßen in direkter Linie aufeinander zu, andere Male in Schlangenlinien. Hin und wieder hatten sie zu wenig »Baumaterial« dabei, sodass sie unverrichteter Dinge aufgeben mussten. Doch wenn ihre Linien sich zum Schluss berührten, durchströmte Leon jedes Mal eine Welle des Glücks: Zusammenwachsen, Ankommen, in Sicherheit sein – diese Empfindungen hatten sich ihm tief eingebrannt. Am Ende ihres Spiels sahen sie sich strahlend an, beide Gewinner. Er brauchte keine Worte, denn alles, was tief ging, ging über Worte hinaus. Daran glaubte er noch heute.

Meist lief Rick nach Beendigung des Spiels zu den anderen, um etwas anderes zu spielen. Er blieb immer allein zurück und betrachtete noch lange das Wunder ihrer Straße. Seine glücklichsten Momente waren die, in denen Rick ebenfalls blieb und ihm Geschichten erzählte. Manchmal schimpfte er mit ihm und schüttelte ihn. Er solle endlich sprechen. »Hör auf mit dem verfluchten Schweigen, das ist doof. Sag was, verdammt noch mal«, fluchte er. Mehrmals schlug er mit den Fäusten auf seinen Oberkörper ein. Doch Leon hielt den Schmerz aus, ohne zu weinen. Kein einziges Mal waren ihm Tränen gekommen.

Wenn Rick sich abreagiert hatte, hielt er ihm die Hand hin, in die er einschlug, ohne zu zögern. »Egal, du bist trotzdem mein Freund!«, versprach Rick zerknirscht. »Aber sag wenigstens was zur Böttcher, ehe sie irgendwann durchdreht und es an uns allen auslässt.«

Frau Böttcher verfolgte ihre eigene Theorie. »Schmerz höhlt Menschen aus, und Schweigen ist eine Art, mit dem Schmerz eines schweren Verlusts umzugehen. Leon bestraft sich durch sein Schweigen.« Das stand für sie zweifelsfrei fest.

In ihren Augen war er durch ein Trauma sprachlos geworden. Sogar später, als er zaghaft zu sprechen begann, beschränkte er sich auf das Nötigste. In emotional schwierigen Situationen zog er sich weiterhin in sich zurück und hielt Abstand zu Menschen.

Frau Böttchers Einschätzung war nur ein Teil der Wahrheit. In vielen Fällen kamen mir die Worte wirklich nicht über die Lippen, doch oft schwieg ich bewusst. Damals begriff ich, dass miteinander sprechen manchmal weniger hilfreich ist, als man es sich wünscht. Es gibt Sätze, die Verwirrung stiften, und manches Schlimme lässt sich leider auch nicht besserreden … Wir alle im Heim sehnten uns danach, uns zu zeigen, wie wir waren. Doch aus Angst, dass es nicht funktionieren könnte, spielten wir oft eine Rolle, um gemocht zu werden …

In jener Zeit wurden Bücher zu meiner Rettungsinsel. Mit einem Buch im Schoß konnte ich den Gefühlen fiktiver Personen nachspüren. Ich kam diesen Personen sehr nahe und konnte eine Menge von ihnen lernen. Ich begriff, was Gefahr bedeutete und was Freundschaft, wie viel Mut es brauchte, sich zu einer Entschuldigung durchzuringen, und wie erhellend es war, wenn einem das Glück begegnete … Ich freute mich mit den Protagonisten, litt und hoffte mit ihnen, und vergaß dabei mich selbst. Lesen bedeutete für mich Stille. Stille vor dem eigenen Leben.

Er beschrieb die Gefühle, unter denen er im Kinderheim gelitten hatte, und gestand die Hoffnung, seine Ängste endlich ablegen zu können: *… durch die Begegnung mit Dir habe ich begriffen, dass ich erst dann innerlich frei sein werde, wenn ich das, was damals passiert ist, annehme, statt es abzulehnen. Wenn mir das gelingt, werde ich mit ganzem Herzen lieben können.*

19. KAPITEL

Tina stieß die Tür zum Gästezimmer auf. Alwy schlief noch. Sie hatte die Beine angezogen und das Gesicht zur Wand gedreht.

Beim Näherkommen umfing Tina der Duft des warmen Bettes. Seit sie denken konnte, liebte sie diesen Geruch, der sie an lange Sonntagmorgen im Bett erinnerte, die Zeitung und einen Becher Kaffee auf dem Nachttisch. Sie setzte sich auf die Bettkante. »Guten Morgen … Zeit aufzuwachen«, flüsterte sie.

Alwy grummelte etwas Unverständliches und streckte sich. Langsam drehte sie sich zu Tina um und schnupperte blinzelnd. »Ist das frischer Kaffee?«

»Koffein und etwas für deinen Blutzuckerspiegel.« Tina stellte den Becher, den sie in der einen Hand hielt, und den Teller mit frischgebackenen Croissants, den sie in der anderen balancierte, auf den Nachttisch.

Alwy setzte sich auf und zog die Decke, die in der Nacht zur Seite gerutscht war, über ihren Körper. Der Kaffee war heiß, doch sie schaffte einige Schlucke und erhaschte dabei einen Blick durchs Fenster. Der Himmel war mit Wolken überzogen, doch einige pastellblaue Löcher versprachen für später Sonnenschein. »Wie spät ist es?«

»Sechs Uhr vierzig. Genügend Zeit für ein kleines Frühstück und ein klitzekleines Gespräch über den gestrigen Abend.« Tina schloss das Fenster, setzte sich wieder ans Fußende des Bettes und stützte die Ellbogen auf die Oberschenkel. Den Kopf in die Hände gelegt, sah sie Alwy erwartungsvoll an. »Spann mich nicht auf die Folter. Wie ist es gelaufen?«

Alwy rutschte zur Seite, streckte die Füße aus dem Bett und stellte sie auf den Boden. »Na ja ... Der Abend fing vielversprechend an.« Sie zupfte an ihrem übergroßen Schlafshirt. »Leon sieht wirklich verdammt gut aus.«

Tinas Mund war leicht geöffnet, die Augen hatte sie vor Anspannung zusammengekniffen.

»Er hat Manieren, rückt einem den Stuhl zurecht und setzt sich erst, wenn man selbst sitzt.«

»Nichts spricht gegen einen Gentleman«, sagte Tina, zufrieden mit den ersten Informationen. »Und wie ist er so? Wofür interessiert er sich?« Sie konnte es kaum erwarten, Näheres zu erfahren.

»Er mag diese superkurzen, philosophisch angehauchten japanischen Gedichte, beruflich ist er ziemlich engagiert, was zu erwarten war ...«, Alwy zählte weitere Dinge auf.

Tina, die gern etwas anderes hören wollte, schluckte einen enttäuschten Kommentar hinunter. Alwy drückte sich für ihren Geschmack viel zu vage aus. Wann kam sie endlich auf den Punkt? »Und ... hat er Interesse an dir gezeigt, *richtiges* Interesse, meine ich? Ist er Single? Und vor allem, gefällt er *dir*? Jetzt rück schon mit der Sprache raus, sonst erleide ich augenblicklich einen Nervenzusammenbruch.«

Der laute Seufzer, den Alwy ausstieß, ließ nichts Gutes erahnen.

Tina brachte sich in Position und richtete den Rücken auf. »Sag nicht, Leon gehört zu diesen oberflächlichen Typen, die nur in ihren Erfolg verliebt sind ... und hübsche Frauen retten, weil sich das laut Knigge so gehört?«

»Wie gesagt, Leon ist freundlich und hat Manieren ...« Alwy sackte leicht nach vorn. Es sah aus, als hörte sie auf, sich zusammenzureißen.

Tina hatte das Gefühl, irgendetwas tun zu müssen, um das bevorstehende Drama abzukürzen. Der Abend war offenbar ein Reinfall gewesen. Je eher Alwy damit abschloss, umso besser für sie. »Erspar uns Details«, sagte sie deshalb. »Ich war mir so sicher, dass du Leon mögen würdest. Du warst so beeindruckt von seiner Rettungsaktion, ich übrigens auch.« Sie brachte es nicht über sich, ihre wahre Enttäuschung zu zeigen, und riss sich zusammen. »Aber seien wir mal ehrlich«, versuchte sie zu relativieren, »man kann nicht davon ausgehen, gleich beim ersten Frosch, den man küsst, einen Prinzen vorzufinden.«

Alwy sah, dass Tina sich bemühte, ihren betrübten Gesichtsausdruck wegzulächeln. Mit einem Mal brach sie in Lachen aus, sie konnte sich nicht länger zurückhalten. »Meine Güte, ist es leicht, dich anzuflunkern.«

Tina sah sie überrumpelt an. »Anzuflunkern?«

»Ja, anzuflunkern … Leon ist ein Hauptgewinn. Ein absoluter Traummann. Er stellt sich nicht in den Mittelpunkt wie viele andere Männer. Er ist warmherzig und interessant. Und er kann zuhören.« Tina brachte kein Wort heraus.

»Jetzt steh nicht auf der langen Leitung. Leon ist *der* Mann für mich. Er ist der Richtige!« Alwy ließ keinen Zweifel an ihren Gefühlen. Sie strahlte übers ganze Gesicht – eine andere Frau als noch Tage zuvor.

»Also … jetzt bin ich sprachlos«, stammelte Tina.

Alwy umarmte ihre Freundin und drückte sie fest an sich. »Ich bin so glücklich, Tina. Ich kann es kaum in Worte fassen.«

Tina spürte Alwys nachtwarmen Körper. »Du Heuchlerin!«, schimpfte sie, als sie sich wenige Sekunden später losmachte. Gespielt erbost schlug sie ihrer Freundin auf den Arm. »Wieso führst du mich an der Nase herum und machst mir weis, der Abend sei ein Desaster gewesen? Jetzt erzähl wenigstens, was ihr den ganzen Abend getrieben habt. Und lass bloß nichts aus.«

Alwy ließ sich rücklings ins Bett fallen. »Leon und ich haben uns über alles Mögliche unterhalten, und nach dem Essen waren wir spazieren und haben uns geküsst«, gestand sie. »Danach konnte ich die halbe Nacht kein Auge zutun, weil mir dieser Kuss nicht aus dem Kopf ging.« Alwy seufzte sehnsuchtsvoll. »Einem Mann wie Leon bin ich noch nie begegnet. Er ist zärtlich und liebevoll und so leidenschaftlich.« Sie stützte sich auf die Ellbogen und wartete Tinas Reaktion erst gar nicht ab. »Übrigens hat er mich übers Wochenende nach Wien eingeladen, nicht dieses Wochenende, sondern das darauffolgende.« Die Vorfreude stand ihr deutlich ins Gesicht geschrieben. »Er hat beruflich dort zu tun, hat aber versprochen, genügend Zeit für Sightseeing und einen Besuch bei ›Demel‹ einzuplanen. Gregorius gibt dort als Chef der Patisserie seit einigen Jahren den Ton an. Ich habe in Hamburg eine Weile unter ihm gearbeitet. Schon damals war er eine große Nummer, aber seit er in Wien ist, kennt ihn jeder.«

Mit Tina ging die Fantasie durch. »Gregorius hin oder her. Wer, bitte schön, geht zu ›Demel‹, wenn man mit seinem Traummann in einem bequemen Hotelbett liegen kann?«

»Nach dem Desaster mit Harald ist es mir recht, nichts zu überstürzen. Und nur damit keine falschen Vorstellungen aufkommen: Wir haben getrennte Zimmer.«

»Für mich wären zwei Zimmer Geldverschwendung«, platzte es aus Tina heraus.

Alwy sah sie halb fassungslos, halb amüsiert an. »Besser, man lernt aus seinen Fehlern. Diesmal lasse ich mir Zeit.«

Tina deutete mit dem Finger auf Tina, zielte auf ihre Augen. »Diesen Blick nehme ich nicht persönlich. Aber lassen wir die Zimmerfrage. Männer wie Leon geben uns Frauen Hoffnung. Nur darauf kommt es an.« In ihrer Vorstellung schwebte sie bereits in ihrem eigenen zukünftigen Liebesglück. »Wann fahrt ihr nach Wien?«

»Leon fährt am Freitagmorgen. Ich komme abends mit dem Zug nach. Allerdings geht das nur, wenn du übernächsten Samstag den Back-Workshop für mich übernimmst. Würdest du das tun?« Alwy legte die Hände in einer stummen Bitte zusammen.

»Natürlich mach ich das. Ich bestehe sogar darauf!«, sagte Tina. »Die einzige Bedingung ist, dass du so wenig Zeit wie möglich bei ›Demel‹ verbringst ... und mit jeder Menge toller Erlebnisse zurückkommst.« Sie zog ihren Morgenmantel zurecht und erhob sich. »Jetzt sollten wir allerdings frühstücken, sonst wird es zu spät. Also, hopp, hopp, raus aus den Federn.«

Alwy sprang aus dem Bett, biss ein Stück Croissant ab und huschte mit Kaffeebecher und Teller in den Flur. »Bin in zehn Minuten fertig. Spätestens«, versprach sie und verschwand kauend unter die Dusche.

Nach weiteren Details beim Frühstück griff Tina nach ihrem Handy. »Ich hab Ludwig Thelen gestern übrigens noch eine Mail geschrieben.«

»Irgendwelche nennenswerten Ergebnisse, die das Netz über ihn preisgibt?«, fragte Alwy. Wie sie Tina kannte, hatte sie längst alles Wichtige über Ludwig Thelens Firma herausgefunden.

»Nicht gerade viel. Keine Fotos, weder von ihm noch von seinen Mitarbeitern. Nur die üblichen nichtssagenden Firmeninfos.«

»Der Mann scheut die Öffentlichkeit.«

»Zumindest habe ich alle Möglichkeiten ausgeschöpft.« Tina tippte auf ihrem Smartphone herum. »Mal sehen, ob er bereits geantwortet hat.« Eilig durchsuchte sie ihr Postfach und fand Thelens Antwort zwischen Werbemails und Anfragen für Geburtstagstorten: »Hier ... da ist was«, rief sie. »Warte, ich öffne die Mail: *Sehr geehrte Frau Hoske, danke für Ihre Mail. Gern können wir einen Telefontermin vereinbaren. Mit freundlichen Grüßen* ... Standardmail – korrekt, aber ohne Aussage. Der nächste Schritt ist die Vereinbarung eines Telefontermins, der von seiner Sekretärin vermutlich mehrmals verschoben wird. Nein, danke! Ich gehe den direkten Weg, das spart Zeit und Nerven.« Tina suchte die Mail nach einer Telefonnummer ab, tippte diese in ihr Handy und wartete auf die Verbindung.

»LET Immobilien, guten Tag«, hörte sie eine junge, männliche Stimme.

»Guten Morgen, ich habe einen Termin mit Herrn Thelen, den ich leider absagen muss«, flunkerte Tina.

»Wie ist Ihr Name?«, erkundigte sich der Mann.

»Hoske. Tina Hoske.«

Alwy deutete durch Gesten an, dass sie sich anziehen gehen würde.

Tina nickte. »Wenn Sie mich durchstellen, lässt sich das, was Herr Thelen und ich unter vier Augen besprechen wollen, sicher auch ganz unkompliziert am Telefon klären. Das spart uns allen Zeit.«

Offenbar hatte sie einen unerfahrenen Praktikanten am anderen Ende oder einen freundlichen Menschen, jedenfalls wurde sie durchgestellt. Wenige Sekunden später hörte sie ein Klicken, dann eine markante männliche Stimme.

»Thelen.«

»Guten Morgen, Herr Thelen.« Tina straffte die Schultern. »Tina Hoske, von ›Cake Couture‹ ... Steingasse, Salzburg. Ich bin Ihre Mieterin und würde gern kurz mit Ihnen sprechen.«

»Ach so ... natürlich, vereinbaren Sie doch bitte einen Termin mit meinem Assistenten.«

»Ich würde uns gern langes Hin und Her ersparen, wir haben beide keine Zeit zu verschenken. Sicher verstehen Sie, dass wir Mieter uns fragen, was mit dem Haus geschieht, in dem wir leben. Wir sind verunsichert. Können Sie uns denn sagen, was Sie in näherer Zukunft vorhaben?« Wie schön wäre es, wenn es eine Weile keine Probleme gäbe. Der Gedanke sorgte augenblicklich für Entspannung bei Tina. Leider sah es im Moment nicht danach aus, als liefen die Dinge glatt.

»Bitte verstehen Sie, dass ich Ihnen am Telefon nicht detailliert Auskunft geben kann, dafür ist das Thema zu komplex.«

Dass Thelen auswich, hatte sie erwartet. Warum fiel es Menschen nur so schwer, klipp und klar zu sagen, was sie vorhatten? »Detailliert muss es gar nicht sein.« Sie blieb hartnäckig. »Gibt es denn bereits Pläne für eine Sanierung?« Sicher hatte er schon die Preise im Kopf, die ihre Wohnung und die von Elisa und Ralf und das Geschäftslokal hinterher auf dem freien Markt bringen mussten. Tina fühlte, wie die Angst ihr den Rücken hinaufkroch. Sie war aufgebracht, gleichzeitig fühlte sie sich hilflos. Was blieb ihr schon, außer ein paar offenen Worten? Sie hatte keine Handhabe, das wusste Ludwig Thelen, und das wusste auch sie. In seiner Position war es leicht, Souveränität auszustrahlen. »Haben Sie mal darüber nachgedacht, dass die Bewohner des Hauses, das Sie gekauft haben, dort ihr Leben verbringen? In meinem Fall sogar den Beruf.«

»Frau Hoske, es wird keine Überraschung für Sie sein, dass das Haus generalsaniert wird. Selbstverständlich ist für Unterkünfte für die Zeit der Sanierung gesorgt. Wir können uns gern an Ort und Stelle treffen, damit Sie sich ein Bild machen.«

»Und wo befinden sich diese Unterkünfte? In der Pampa, wo es günstig ist?«, fiel Tina Thelen ins Wort. »Und was geschieht mit meiner Patisserie? Übernehmen Sie den Verdienstausfall, wenn meine Kunden nicht ins Grüne fahren wollen, um Pralinen zu kaufen? Haben Sie auch dafür eine Lösung oder zahlen Sie das aus der Portokasse, weil … weil«, sie sprach es noch energischer als die Sätze zuvor aus: »… weil nach dem Verkauf des Hauses sowieso genug Geld reinkommt.« Tina stellte sich vor, wie sie Thelen gegenüberstand und ihm Paroli bot. Sie würde sich nicht aus der Reserve locken lassen, allerdings durfte sie keine Sekunde vergessen, mit wem sie es zu tun hatte. Mit jemandem, der die arrogante Furchtlosigkeit derer zur Schau trug, die nie um etwas hatten kämpfen müssen. Vermutlich war Thelen von seinen Eltern über die Maßen verwöhnt worden, und so zu dem geworden, der er heute war: ein abgebrühter Geschäftsmann.

»Frau Hoske«, kam es zögerlich, »so aufgebracht, wie Sie sind, hat ein Gespräch keinen Sinn.« Thelens Stimme festigte sich. »Ich teile Ihnen in einer Mail einen Termin und die

Adresse mit, wo wir uns treffen können, falls Sie Interesse haben. Alles lässt sich klären.«

»Alles lässt sich klären?« Tina lachte höhnisch auf. Sie begann, nervös auf und ab zu gehen. »In Ihrem Sinne. Wie sonst. Was spricht eigentlich dagegen, mir Rede und Antwort zu stehen? Verlässt Sie bei Menschen, die klare Fragen an Sie richten, etwa der Mut? Sie vernichten Existenzen, wissen Sie das überhaupt?« Immer, wenn sie sich solche Schreckensszenarien ausmalte, verfluchte sie sich insgeheim dafür … und ihr Temperament, das manchmal mit ihr durchging. Das Telefonat dauerte gerade mal ein paar Minuten, doch sie fühlte sich bereits erschöpft. Hastig überlegte sie, was sie noch sagen konnte, um Ludwig Thelen zu einem Satz der Erklärung zu verleiten, bis sie bemerkte, dass es am anderen Ende verdächtig still war. Inzwischen war sie im Wohnzimmer angekommen und starrte entsetzt auf das stumme Handy in ihrer Hand.

»Herr Thelen? Sind Sie noch dran?«, fragte sie, doch sie bekam keine Antwort. Empört schmiss sie ihr Handy auf die Couch und ließ sich gleich hinterherfallen. Was bildete dieser Kerl sich überhaupt ein? Tat so, als könne er kein Wässerchen trüben, doch wenn der Verlauf eines Gesprächs ihm nicht in den Kram passt, legte er auf.

Tina versuchte sich zu beruhigen, indem sie überlegte, was sie als Nächstes tun konnte. Am Vernünftigsten wäre, mit Elisa und Ralf zu sprechen und deren Einwilligung einzuholen – dann konnte sie im Namen aller mit Thelen verhandeln.

Alwy erschien im Türrahmen, ein weißes Tuch um die Haare gewickelt. »Ich hab nicht alles mitbekommen, aber wenn ich von den letzten Worten auf das ganze Telefonat schließe, bist du wie ein Hurrikan über Thelen hinweggefegt.«

»Ich hab keine Lust, mein Zuhause und die Basis unserer Arbeit zu verlieren, nur weil dieser Kerl nach der Sanierung absahnen will. Jemandem wie Thelen traue ich nicht über den Weg.«

»Weiß ich doch. Umso wichtiger ist es, dich nicht in Gefühle zu verstricken, sonst verlierst du den Überblick.« Alwy setzte sich zu ihrer Partnerin und strich ihr beruhigend über die Schulter. »Ich weiß, das ist leichter gesagt als getan«, gab sie zu, als sie Tinas skeptischen Blick sah. »Trotzdem musst du besonnen vorgehen.«

In schwierigen Diskussionen hatte Tina sich ihren Eltern und Franca gegenüber immer ausgeliefert gefühlt. Es hatte sie jedes Mal wütend gemacht, Kritik einzustecken und nichts tun zu können. Damals hatte sie begonnen, sich mit Worten zu wehren, kränkende Worte, die nichts anderes waren als Hilferufe. André hatte ihr vorgeworfen, wie ein trotziges Kind zu reagieren, wenn es um wichtige Dinge ging.

Sie konnte ihren Ton ändern, es lag allein an ihr, wie ein Gespräch verlief. Doch wenn sie ehrlich war, musste sie zugeben, dass sie es nur selten schaffte, mit schwierigen Situationen souverän umzugehen. Wenn es hart auf hart kam, knickte sie ein wie ein Baum im Sturm.

»Auch ich kenne Gefühle der Wut und des Ausgeliefertseins, Tina. Es fühlt sich schrecklich an. Trotzdem ... Chancen erkennt man nun mal eher, wenn man ruhig bleibt.«

Alwy ging nach unten in die Patisserie, und Tina blieb allein in der Wohnung zurück. Sie fühlte nur noch Erschöpfung. Jeden Morgen sprachen sie davon, dass sie es schaffen konnten, die Firma zum Erfolg zu führen. Für sie waren diese Worte wie eine »Landkarte«, der sie tagsüber folgte; jeden Morgen war sie dankbar für diese positive Einstimmung. Die letzten Wochen waren aufreibend gewesen, aber auch hoffnungsvoll. Sie waren noch lange nicht aus der Gefahrenzone, doch der eingeschlagene Weg war vielversprechend – es ging bergauf, deshalb durfte jetzt nichts dazwischenkommen.

Unbewusst hatte sie ihre Hände zu Fäusten geballt. Nun ließ sie los, massierte ihre Finger und blickte dabei auf den schmalen Lichtstreifen, der ins Zimmer fiel. Ludwig Thelen hatte Irmgard das Haus abgeluchst, aber bedeutete das automatisch, dass sie ihm ausgeliefert waren? Musste sie nicht lediglich einen Weg aus diesem Dilemma finden? Ihre Kreativität ließ sie sicher nicht im Stich.

Tina ging ins Schlafzimmer, um ihre Arbeitskleidung anzuziehen. Voller Stolz blickte sie auf das Emblem auf ihrer Jacke. Es war ein besonderer Moment gewesen, als sie sie bei einer Schneiderin in Auftrag gegeben hatte. Seitdem trug sie ihre Arbeitsmontur mit Autorität und Würde.

Im Bad trug sie Rouge auf und gab Lidschatten auf ihre müden Augenlider. In zwei, drei Jahren wären sie aus dem Gröbsten raus, dann konnten sie einen Gang zurückschalten. Während sie sich schminkte, verrauchte ihre Wut. Sie verließ das Bad, griff nach Tasche und Schlüssel und schloss die Wohnungstür hinter sich, mit dem Gefühl, sich vom Leben nicht unterkriegen zu lassen, selbst wenn es anders kam als gedacht.

In der Patisserie holte sie die Torte aus dem Kühlraum, die sie für Pino de Luca gebacken hatte. Vorsichtig trug sie sie nach draußen und lud sie in den Lieferwagen.

Ludwig Thelen würde schon noch merken, dass klein beigeben für sie keine Alternative war. Im Leben war nie alles perfekt ... trotzdem ging es immer weiter. Tina startete die Zündung und gab Gas. Männer wie Ludwig Thelen würden mit ihr rechnen müssen. Jetzt erst recht!

20. KAPITEL

Die Absperrpfosten, die das Areal rund ums Festspielhaus vor unbefugten Fahrzeugen schützten, waren heruntergelassen. Tina konnte den Lieferwagen problemlos in die Hofstallgassse lenken. Sie fuhr an der Universitätsbibliothek der Theologischen Fakultät und am Café Universum vorbei und sah, dass die Eisentüren zum großen Festspielhaus geschlossen waren. De Luca war also vermutlich in der Felsenreitschule.

Sie parkte am Furtwänglerpark neben der Universität, mit Blick auf Erwin Wurms Skulpturen *Gurken* – Ralfs Ansicht nach war dieses fünfteilige Kunstwerk eins der schrägsten der Stadt. Ehrlich gesagt, hatte Tina beim ersten Hinsehen überhaupt nicht begriffen, was die Gurken, die aus dem Boden zu wachsen schienen, zu bedeuten hatten ... bis Ralf sie von ihrer Unkenntnis befreite. Angeblich handelte es sich dabei um ein Selbstbildnis des Künstlers. Kritische Ironie und humorvolles Augenzwinkern zeichneten Wurm aus, hatte Ralf ihr erklärt. Seitdem sah sie Kunst mit anderen Augen, verstehen konnte sie sie aber immer noch nicht.

Tina öffnete die Heckklappe ihres Wagens. Während der Spielzeiten ging es rund um das Große und das Kleine Festspielhaus und die Felsenreitschule zu wie im Bienenstock: Die Besucher präsentierten ihre Kleider, posierten für Fotografen, trafen Freunde, Künstler und VIPs gaben Interviews. Heute herrschte hier himmlische Ruhe. Der Lärm der Autos, die durchs Neutor Richtung Mönchsberggarage fuhren, war kaum zu hören. Aus dem Park drang Vogelgezwitscher.

Tina blickte auf die Torte. Es war einfach sinnlos, ziellos damit herumzulaufen. Vielleicht befand de Luca sich gar nicht auf dem Gelände? Konnte durchaus sein, dass er irgendwo eine Besprechung abhielt oder ein Interview gab.

Ihr Blick blieb an einer Einfahrt hängen, die ihr bisher nie aufgefallen war. Sie schloss die Heckklappe, ging auf die Einfahrt zu und blieb auf halber Höhe vor dem Empfang stehen. Hinter der Glasscheibe eines Logenfensters saß ein Pförtner und blickte auf etwas hinab, das offensichtlich vor ihm lag.

Sie hatte seit ihrer Selbstständigkeit kein einziges Mal die Festspiele besucht oder einen Abend im Landestheater verbracht, stattdessen hatte sie jeden Abend gearbeitet, ihre Wohnung gemütlich hergerichtet oder war früh ins Bett gegangen, um fit zu sein für den nächsten Tag. Mit Alwys Unterstützung würde sie endlich wieder mal Zeit für Kultur und Entspannung einplanen können.

»Guten Tag!«, grüßte sie den Mann, der von seinem Rätselheft hochschreckte und das Logenfenster öffnete.

»Kann ich helfen?«

Tina griff nach ihrem Handy und hielt dem Mann ein Foto ihrer Torte entgegen. »Diese Torte ist eigens für Signore de Luca kreiert worden. Er wartet auf die Lieferung.« Im Zweifelsfall die Flucht nach vorn antreten, das hatten die vergangenen Monate sie gelehrt. Sie musste selbstbewusst auftreten.

Der Portier blickte auf eine Figur mit Taktstock und eine Vielzahl japanischer Zeichen, die überall auf der Torte verstreut waren. Ehrlich gesagt, wirkte die Torte auf ihn chaotisch, um es beim Namen zu nennen, aber was verstand er schon davon. Vermutlich musste das Ding genauso aussehen, um perfekt zu sein.

»Entschuldigen Sie. Ich habe mich noch gar nicht vorgestellt. Tina Hoske von ›Cake Couture‹.« Gewöhnlich weckte ihre Arbeitsuniform, auf der das nougatfarbene Firmenemblem prangte, Vertrauen.

»Ulf Schräder!«, stellte sich der Mann vor. Offenbar überlegte er, wie er die Information, die sie ihm gegeben hatte, einordnen sollte.

»Soweit ich weiß, probt Signore de Luca in der Felsenreitschule!« Wenn das Große beziehungsweise das Kleine Festspielhaus geschlossen waren, blieb nur noch die Felsenreitschule übrig, immerhin das wusste sie.

»Da können Sie keinesfalls stören«, entgegnete Ulf Schräder resolut. »Ich schlage vor, Sie übergeben die Torte mir. Ich sorge dafür, dass der Maestro sie bekommt. Keine Sorge, ich bin verlässlich«, fügte er hinzu, als er Tinas enttäuschten Blick sah.

»Sehr freundlich von Ihnen, Herr Schräder.« Sie hatte es sich leichter vorgestellt, an de Luca heranzukommen. »Aber es ist wichtig, die Torte persönlich zu übergeben.« Ohne persönliche Übergabe gäbe es kein Foto.

»Wo befindet sich das gute Stück denn?«, fragte Schräder.

»In meinem Lieferwagen«, Tina deutete in die Richtung, in der ihr Wagen stand.

»Dann gehen wir jetzt gemeinsam dorthin, damit ich meine Muskeln spielen lassen kann«, Ulf Schräder blickte verschmitzt auf seine nicht vorhandenen Armmuskeln. »Ich bin übrigens nicht der Pförtner. Ich springe nur für ihn ein. Normalerweise betreue ich das Archiv: Besetzungszettel, Programmhefte, Fotos, Bühnenbild- und Kostümentwürfe, Kritiken, nicht zu vergessen die unsäglichen Presseberichte und der Wust an Korrespondenz, Protokollen und so weiter.«

Erst jetzt nahm Tina den Stapel Papiere wahr, die Ulf Schräder neben sich liegen hatte. »Das klingt nach mächtig viel Arbeit«, fand sie.

»Sie sagen es, die Bibliothek hatte ich noch gar nicht erwähnt, oder?«, brummte der Mann. »Kurz und gut, ich helfe Ihnen gern beim Transport Ihrer Torte, zu Herrn de Luca können Sie aber nicht.«

Entweder stand es nicht in seiner Macht, ihr Zutritt zu Pino de Luca zu gewähren, oder Ulf Schräder wollte ihn unter keinen Umständen stören. Tina versuchte, die Enttäuschung zu verbergen, und ging mit ihm zum Wagen. Sie öffnete die Heckklappe und streckte ihre Hände nach der Torte aus, doch Ulf Schräder kam ihr zuvor.

»Warten Sie, ich mache das schon.« Er ging in die Knie, hob die Torte mit Schwung aus dem Wagen und stand leicht schwankend da.

»Vorsicht, nicht ausrutschen«, warnte Tina. Das Missgeschick der verunglückten Torte steckte ihr noch in den Knochen.

»Hab ich nicht vor. Keine Angst.« Schräder trug die Torte wie eine wichtige Requisite Richtung Portiersloge. Tina verließ sich nicht gern auf andere, doch in diesem Fall musste sie dem Mann vertrauen. Beim Empfang stellte Schräder die Torte ab. Tina kritzelte eine Nachricht auf ein Stück Papier.

»Würden Sie Signore de Luca das bitte mit der Torte aushändigen?« Sie reichte Schräder das zusammengefaltete Papier.

»Natürlich, mach ich«, versprach er.

Sie warf einen letzten Blick auf die Torte, die Ulf Schräder auf den Tisch hinter sich gestellt hatte. Wenn de Luca ein Auge für die Kunst einer Pâtissière hatte, würde dieser Anblick sein Herz höher schlagen lassen. »Dann noch einen schönen Tag«, wünschte sie.

»Ebenso!« Schräder tippte mit dem Finger gegen seine Stirn.

»Eine spektakuläre Torte ohne spektakuläres Ergebnis«, grummelte sie vor sich hin. Hoffentlich würde de Luca ihre Nachricht nicht nur beiläufig lesen und das Ganze vergessen, bevor der Tag vorüber war.

Sie steckte den Zündschlüssel ins Schloss und wollte bereits den Wagen starten, als ihr eine Idee kam. Sie stieg noch mal aus und überquerte den Platz. Von links wurde sie von einer Frau überholt. Tina sah der Frau nach. Deren Körperhaltung wie auch ihre Statur erinnerten sie an ihre Schwester Franca. Sie verwarf den Gedanken. Die Haare der Frau waren kurz und blond, Francas dagegen lang und kastanienbraun. Doch irgendetwas ließ sie beschleunigen, sodass sie die Frau einholte. Als sie auf gleicher Höhe waren, erkannte sie, dass es tatsächlich ihre Schwester war.

»Franca?«, rief Tina erstaunt.

»Tina!« Franca blieb stehen. »Das ist ja eine Überraschung.« Die beiden Schwestern umarmten sich kurz.

»Na ja, eine Sensation ist es nicht, wenn wir uns hier auf der Straße treffen. Ich wohne schon eine ganze Weile in Salzburg«, sagte Tina.

Francas lange Mähne, die stets ihre Visitenkarte gewesen war, war einem modischen Kurzhaarschnitt in Hellblond gewichen. Außerdem hatte sie zwei, drei Kilo zugenommen, was ihr gut stand. »Du siehst klasse aus. Die neue Frisur steht dir. Was machst du in Salzburg?«

»Kundenakquise in zwei Privatbanken. Bei mir hat sich einiges verändert.« Wie immer blieb Franca vage. Diese Geheimniskrämerei trieb Tina seit je auf die Palme. Wenn man in einer Familie nicht offen miteinander sprechen konnte, wo dann?

»Ach ja? Inwiefern? Ich bin offenbar nicht auf dem Laufenden.«

»Haben Ma und Pa dir nichts erzählt?«

Tina schüttelte den Kopf. »Als wir vor zwei Wochen telefoniert haben, sagten sie, es sei alles beim Alten. Ich nahm an, das gilt auch für dich.«

»Beim Alten ist bei mir so gut wie nichts. Um es zusammenzufassen: Ich fange beruflich neu an und halte Vorträge für Führungskräfte aus dem Bankwesen.«

»Du machst dich selbstständig?«

»Ja«, versicherte Franca. »Warum nicht? Herausforderungen sorgen für Weiterentwicklung.«

»Dann hast du also in der Bank gekündigt?«

Franca nickte.

»Was sagt denn dein Chef dazu? Der hat dich doch immer über den grünen Klee gelobt. Und du mochtest ihn auch.«

»Ferdy hat meine Kündigung angenommen. Wir sind seit vier Wochen verlobt.«

Tina stand der Mund offen.

»Und ich bin schwanger«, fügte Franca hinzu.

»*Du* bist schwanger?« Tina blieb die Luft weg. Eilig versuchte sie, die Dinge zu ordnen. »Von Ferdy … ist das etwa dieser Vorstandsvorsitzende, der dreißig Jahre älter ist als du? Ist der nicht verheiratet?«

Franca blickte auf ihren Bauch, der allerdings noch flach war, und lächelte selig. »Ferdy und mich trennen dreiundzwanzig Jahre und keinen Tag mehr. Das ist heutzutage so gut wie nichts. Außerdem lebt er in Scheidung. Wenn er frei ist, heiraten wir.« Franca schien sich den Veränderungen in ihrem Leben mit Enthusiasmus zu stellen. Ihr ging es offenbar blendend. »Meine Verlobung und die Schwangerschaft sind auch der Grund, weshalb ich aus der Bank ausgeschieden bin. In meiner Situation weiter dort tätig zu sein, wäre äußerst unklug. Du kannst dir vorstellen, dass getratscht wird. Ich hätte mir den dicksten Fisch geangelt und dergleichen.«

»Von Angeln kann keine Rede sein, der Fisch ist im Netz, das sehe ich richtig, oder?«, warf Tina ein.

Franca überging den Kommentar und Tinas Lachen. »Ferdy und ich suchen gerade nach einem Penthouse. Zweihundert Quadratmeter reichen uns für den Anfang.«

»Zweihundert Quadratmeter würden mir bis an mein Lebensende reichen. Sogar die Hälfte davon.« Das alles hätte Tina nie vermutet. Kinder hatten für Franca nicht auf der Liste der Dinge gestanden, die sie vom Leben erwartete. Und nun war sie innerhalb kürzester Zeit mit ihrem Chef verlobt, auf dem Weg in die Selbstständigkeit und erwartete ein Kind.

In Tina glomm ein Funke der Erinnerung an die Zeit auf, als Franca und sie im Vorschulalter gewesen waren. Sie hatten oft »Familie« gespielt. Franca war immer die berufstätige Mutter gewesen, die nach Feierabend hastig einkaufen ging, um zu Hause ein schnelles Essen für die Familie zuzubereiten. Tina war die Rolle des Kindes zugekommen, das sehnsüchtig auf die erfolgreiche Mutter wartete, die nur kurz Zeit für eine Gute-Nacht-Geschichte hatte. Im Grunde hatte sich nichts Gravierendes an ihrem Umgang miteinander geändert. Franca gab weiterhin das Tempo und den Weg vor und Tina versuchte, Schritt zu halten.

Tina bemühte sich, ihre Frustration hinunterzuschlucken. Es fühlte sich falsch an, auf die eigene Schwester neidisch zu sein, aber sie war es. Und wie konnte sie nur schon wieder Vergleiche anstellen, bei denen sie schlecht wegkam? »Magst du später zum Essen zu Alwy und mir kommen? Alwy ist meine Teilhaberin. Wir haben früher in München im Hilton miteinander gearbeitet. Vielleicht erinnerst du dich noch daran?« Sicher legte sich das Gefühl, vom Leben die schlechteren Karten zugewiesen bekommen zu haben, wenn sie mit Franca und Alwy einen gemütlichen Abend verbrachte. Wann bekam sie schon die Chance auf ein paar Stunden mit ihrer Schwester?

»Geht leider nicht. Ich fliege heute noch nach Frankfurt, um dort morgen einen weiteren Kunden zu treffen. Ich will die Zeit nutzen, bevor man mir die Schwangerschaft ansieht. Ab da werden die Leute mich vermutlich nur noch als Muttertier wahrnehmen.«

Tina ließ sich ihre Enttäuschung nicht anmerken. »Darf ich mal?«, sie streckte die Hand nach Franca aus. Franca ergriff diese und legte sie auf ihren kaum wahrnehmbaren Bauch.

»Oh ... herrlich! Fühlt sich gut an. Warm und verheißungsvoll.« Tina sah das Baby bereits vor sich. Einen pausbackigen Jungen oder ein süßes Mädchen. Wenn das Kind auf der Welt wäre, würde sie eine Praline für es kreieren. Ein Rezept, das sie für immer mit ihrer kleinen Nichte oder ihrem kleinen Neffen verband.

»Es ist noch zu früh, um etwas zu spüren, aber ich lege meine Hände trotzdem gern auf den Bauch. Ferdy liebt es auch. Wenn wir uns das nächste Mal sehen, stelle ich ihn dir vor.« Tina hatte zwar irgendwann aufgeschnappt, dass Francas Chef wesentlich älter und verheiratet war, aber sie hatte nicht geahnt, dass ihre Schwester eine heimliche Beziehung mit ihm führte. Wann hatte die ganze Sache angefangen? Und wie hatte sie sich so rasch entwickelt? Tina schluckte ihre Fragen hinunter, vor allem die Frage, wie Ferdys Noch-Frau die ganze Situation verkraftete? Was ihre Eltern wohl zu der Verbindung sagten? Franca hatte immer auf ihre Selbstständigkeit gepocht. Über Frauen, die wer weiß was unternahmen, um schwanger zu werden, oder die mit Anfang vierzig ihre biologische Uhr ticken hörten und sich sorgten, hatte sie abfällig gelächelt. Schwangerschaft sei nicht das, worüber Frauen sich heutzutage noch definieren sollten. Auf eigenen Beinen zu stehen, sei das Ziel, das jede Frau anpeilen müsse. Der Rest könne dazukommen, oder auch nicht.

Franca blickte auf ihre Armbanduhr und zuckte entschuldigend die Schultern. »Ich muss los … Unpünktlichkeit kann ich mir nicht leisten. Wir telefonieren mal, ja? Bei dir ist alles in Ordnung, oder?«

»So lala. Was Neuigkeiten anbelangt, kann ich nicht mithalten«, sagte Tina wahrheitsgemäß.

Zu einem weiteren Satz kam es nicht, denn Franca hatte bereits die Hand gehoben und winkte ihr. »Also bis dann!« Mit diesen Worten drehte sie sich um und eilte auf eleganten High Heels davon, keine Sekunde daran denkend, dass sie stolpern und ihr ungeborenes Kind gefährden könnte. Eine Frau, die mit allem fertig wurde und nie an sich zweifelte. Keine Spur von der zarten Zerbrechlichkeit, die Tina manchmal in sich verspürte. Franca trotzte allen Widrigkeiten. Oder war das nur das Bild, das sie aufrechterhielt, um niemandem zeigen zu müssen, wie sie wirklich war?

Tina ließ sich auf die Stufen vor der Felsenreitschule sinken und sah Franca nach, bis sie aus ihrem Blickfeld verschwand. War es nicht verrückt, dass sie mit vierzig lediglich über eine Familie spekulieren konnte, obwohl der Wunsch nach Kindern immer tief in ihrem Herzen verankert gewesen war, wohingegen Franca, für die stets die Karriere im Vordergrund stand, bald heiratete und ein Kind bekam?

Noch in ihre widersprüchlichen Gedanken verstrickt, kam sie auf die Beine und drückte gegen die Glastür. Sie musste aufhören, Francas Leben zu analysieren. Weder half ihr das, noch stand es ihr zu. Sie war hier, um Pino de Luca zu finden. Sie schlüpfte in die Halle, drehte sich einmal um sich selbst und horchte.

Stand de Luca gerade im Orchestergraben und entlockte einigen der weltbesten Musiker unvergessliche Töne? Es war nichts zu hören, nicht der leiseste Ton. Hatte Ulf Schräder ihr eine Fehlinformation gegeben? Machte de Luca gerade Pause und saß im ›Triangel‹ oder in einem anderen Lokal vor einem Glas Bier?

»Porca miseria!«, klang es von irgendwoher. Eindeutig seine Stimme. Tina nahm die Treppe nach oben und horchte erneut. Hinter einer dieser Türen vermutete sie den Dirigenten. Sie öffnete die erste Tür, dann die zweite. Schließlich stand sie in einem riesigen Saal, vor sich leere Sitzplätze und beleuchtete Arkaden. Weiter unten die Bühne und der

Orchestergraben – dort stand de Luca, schwarz gekleidet, vor den Musikern und redete auf sie ein.

Wenn sie sich unauffällig verhielt, konnte sie vielleicht bis zum Ende der Probe hierbleiben, ohne bemerkt zu werden. Danach klappte es vielleicht doch noch mit einem Foto? Tina ging vorsichtig die Treppe hinunter, bemüht, möglichst nah an das Geschehen heranzukommen und dabei keinen Lärm zu machen. Sie schaffte es bis zur dritten Reihe, dort stieß sie an ein Opernglas, das jemand neben seinem Sitzplatz vergessen hatte. Ein leises Geräusch erklang, laut genug, um von de Luca wahrgenommen zu werden.

»Herrje, was ist jetzt wieder?« Er drehte den Kopf in ihre Richtung. Als er nichts sah, legte er die Hand über die Augen, um etwas erkennen zu können.

»Entschuldigung!«, bat sie kleinlaut.

»Wer ist da?«, schrie er in seinem unnachahmlichen Akzent. »Sind Sie von der Presse?«

»Nein, bin ich nicht. Ich bin Tina Hoske von ›Cake Couture‹. Sie sind vor kurzem in meiner Torte gelandet.«

De Luca griff in seine Hosentasche, setzte seine Brille auf und rückte sie zurecht. »Ach, Sie sind das.« Er kratzte sich an der Stirn. »Ehrlich gesagt, überraschen Sie mich. Hatten Sie nicht behauptet, keine Affinität zur Oper zu haben?«

»Ich bin auch nicht wegen der Oper hier, sondern Ihretwegen.«

De Luca lachte amüsiert auf. Einige Musikerinnen und Musiker stimmten mit ein. »Die Oper und ich sind eins.« Im Orchestergraben begannen einige zu murmeln. »Hören Sie. Wir proben Salome ... von Richard Strauss. Eine der ersten Literaturopern. Kennen Sie diese Oper zufällig?«

Tina schüttelte den Kopf.

»Die Oper basiert auf dem gleichnamigen Drama von Oscar Wilde aus dem Jahr 1891.« De Luca überlegte einen kurzen Augenblick. »Ich sollte Sie bitten zu gehen, aber ich werde es nicht tun, weil ich Menschen ungern vorschreibe, was sie zu tun haben. Um es kurz zu machen«, kam de Luca zum Kern der Dinge. »Entweder Sie verlassen augenblicklich den Raum oder Sie bleiben und hören bis zur nächsten Pause zu. Dann verhalten Sie sich bitte ruhig«, sagte er mit Nachdruck.

»Ich bleibe und gebe keinen Mucks von mir.« Tina legte den Zeigefinger auf die Lippen. Dann setzte sie sich und legte die Arme auf die Rückenlehne des vorderen Stuhls.

De Luca hatte sich wieder dem Orchester zugewandt. »Stellen Sie sich eine Terrasse im Palast des Herodes vor – Herodes II. Antipas ist an der Macht.« Offensichtlich sprach er zu ihr. »Wir spielen die Musik der ersten Szene. Der junge Hauptmann Narraboth beobachtet Salome. Sie wohnt einem Festgelage im Palast bei. Ein junger Page warnt den Hauptmann davor, die Prinzessin so anzusehen, da sonst Schreckliches geschehen könnte. Johannes, der Täufer, in der Oper Jochanaan genannt, wird von Herodes in einer Zisterne gefangen gehalten, weil er die Ehe von Herodes und Herodias anprangert. Jochanaan stößt aus der Tiefe immer wieder Prophezeiungen nach oben. So weit eine kurze Einführung in die erste Szene.«

Tina spürte, wie sie fröstelte. De Luca hatte so eindringlich gesprochen, dass sie sich die Szene, obwohl die Bühne leer war, vorstellen konnte. Sie sah Johannes vor sich, der in der Finsternis nach oben rief, um anderen und vermutlich auch sich zu versichern, dass er noch lebte.

»Opern ohne Pathos – das ist wie Sonne ohne Wärme«, versicherte de Luca mit überzeugender Stimme.

Sie sah, wie er den Musikern zunickte, leicht den Kopf wandte und die Augenbrauen hochzog. Er hob beide Arme weit von sich. Ein Schnalzen mit der Zunge, gefolgt von einem weiteren Nicken, dann setzte die Musik ein.

Tina hatte nicht mit einem derart dramatischen Beginn gerechnet. Die Musik schlug wie eine Welle über ihr zusammen und riss sie aus ihrer Erstarrung. Was sie hörte, war anders als alles, was sie kannte. Die Musik war so intensiv, dass sie glaubte, überhaupt zum ersten Mal Musik zu hören. Überwältigt schloss sie die Augen und ließ sich von den Klängen förmlich wegtragen. Sie spürte, wie ihr Körper in den Sessel gedrückt und ihre Arme schwer wurden. Nur ihr Gehör schwebte irgendwo im Nichts. Oben schien die Musik zu spielen, nicht unten auf der Erde.

Als die ersten Töne erklangen, hatte sie instinktiv die Luft angehalten, doch nun gewöhnte sie sich an das gewaltige Erlebnis der Musik und atmete tief durch.

Sie hörte Musik gern zur Entspannung und liebte vor allem Musikfilme. Wenn Bing Crosby oder Dean Martin sangen oder Ginger Rogers und Fred Astaire tanzten, vermittelte ihr das die Illusion einer guten alten Zeit. Für eineinhalb Stunden tauchte sie in eine andere Welt ein, in der am Ende alles gut war.

Nun saß sie da, horchte und nahm nichts wahr außer der Musik. Franca geriet in Vergessenheit. Die Patisserie ... Nichts war mehr real. Minutenlang saß sie auf ihrem Platz, horchte auf die Instrumente, auf das Miteinander aller, auf die Schwingung der Musik. Und dann kamen die Bilder.

Der junge Hauptmann Narraboth beobachtete die bildschöne Salome. Sie lachte und tanzte, genoss die Feierlichkeiten und ihr Frausein.

Tina öffnete die Augen und blickte hinunter zum Orchester. De Luca schwor die Musiker auf ein gemeinsames Ziel ein. Er warf sein Netz aus und fing alle mit seiner Gestik ein – dem vor und zurück wiegenden Oberkörper und seinen ausgebreiteten Armen. Während er dirigierte, schienen seine Finger die Luft abzutasten. Der Taktstock wirbelte umher, als sei er selbst ein Instrument, und das war er auch; er hatte die Aufgabe, die Töne aus dem Orchester herauszukitzeln und sie gleichzeitig zu bändigen.

De Lucas Blick schweifte über die Köpfe der Musiker; jeden lenkte er dorthin, wo er ihn haben wollte.

Tina wusste nicht, wie ihr geschah. Sie verlor sich völlig in diesem Moment.

Mit einem Mal war es egal, ob sie ein weiteres Foto mit de Luca bekam. Sie wollte nur die Musik in sich aufnehmen und Zeugin dieser Verwandlung sein, die ihr widerfuhr.

21. KAPITEL

Jeden Mittwoch war die Patisserie ab dreizehn Uhr geschlossen. An ihrem freien Nachmittag erledigten sie gewöhnlich Einkäufe. Doch diesen Mittwoch stand etwas Besonderes an. Tina hatte Geburtstag, und so steuerten die beiden Freundinnen, kaum dass sie die Ladentür hinter sich abgeschlossen hatten, die Imbergstiege an. Gleich gegenüber dem kleinen Kino begannen die Stufen zum ›Franziskischlössl‹. Ab da ging es nur noch bergauf.

Tina hatte Alwy erst vor ein paar Tagen vom Kapuzinerberg vorgeschwärmt, und so hatte Alwy gleich nach dem Aufstehen einen Tisch im Garten des ›Franziskischlössl‹ reserviert. Sie stellte es sich herrlich vor, auf der Spitze des Bergs mit Tina auf deren vierzigsten Geburtstag anzustoßen – vor allem bei dem Prachtwetter, das heute herrschte.

Alwys Freude auf die bevorstehenden Stunden war groß, nur hatte sie nicht damit gerechnet, bereits nach den ersten Treppenstufen außer Puste zu sein. Morgens zu joggen, bedeutete leider nicht, steile Treppen ohne Pause nehmen zu können. Sie musste ihre Fitness erst wieder zurückerlangen.

Als Tina das erste Mal den Kapuzinerberg erklomm, war es ihr ähnlich ergangen. Inzwischen nahm sie jede Stufe mit Bedacht und ließ sich nicht von dem steilen Weg, der vor ihr lag, aus der Ruhe bringen. Sie arbeitete sich Stufe um Stufe nach oben und genoss die Aussicht.

»Gleich kommen wir an Stefan Zweigs ehemaligem Wohnhaus und am Kapuzinerkloster vorbei und an einem Denkmal für das Zauberflöten-Häuschen, in dem Mozart 1791 die *Zauberflöte* komponiert hat.« Tina gelang es, Alwy mit ihren Erzählungen von der Anstrengung des Aufstiegs abzulenken.

Seit Alwy ihre Gefühle für Leon entdeckt hatte, war sie wie ausgewechselt. Schon beim Aufstehen strahlte sie übers ganze Gesicht, und egal, was schiefging, nichts konnte sie aus dem Tritt bringen. Für Tina stand außer Frage, dass dies der perfekte Zeitpunkt war, um ihr Gewissen zu erleichtern und Alwy endlich von Harald und dem Kuss zu erzählen.

»Lass mich mal durchschnaufen«, keuchte Alwy. »Der Weg hat echt seine Tücken.« Es war eine Herausforderung, die vielen Stufen in zügigem Tempo hinter sich zu bringen, und dies war nur die erste Etappe, wie sie von Tina wusste.

»Da vorn, unterhalb der Kapuzinerkirche ist ein Aussichtsplatz. Dort können wir ausruhen«, schlug Tina vor.

Alwy war inzwischen völlig außer Atem, doch sie nahm tapfer die nächsten Stufen. Nur noch ein kurzes Stück, redete sie sich gut zu. Nach wenigen Metern war sie heilfroh, stehen bleiben zu können. Vom Aussichtsplatz sah man auf die Stadt, auf die verschwiegenen Dachgärten, die man von der Straße aus nicht sehen konnte.

»Was für ein grandioser Ausblick«, schwärmte Alwy. »Der entschädigt für jede Strapaze.«

»Schau dir das an, ist das nicht clever? Die Leute nutzen jedes Fleckchen, um Kräuter in Töpfen zu ziehen oder Efeu ranken zu lassen.«

Auf den Dächern existierte eine Art Paralleluniversum. Auf einem Dachgarten, der nicht größer als drei Quadratmeter war, wuchsen Buchsbäume und Margeriten; auf einem anderen hatte jemand einen kleinen Dschungel aus blühenden Pflanzen angelegt. Sie konnten sich daran nicht sattsehen und machten sich gegenseitig auf die schönsten Dachgärten aufmerksam. Nach einigen Minuten gingen sie Richtung Kapuzinerkloster weiter.

Vor dem Kloster blieb Tina erneut stehen. »Es gibt drei Wege zum ›Franziskischlössl‹. Einer führt durch den Wald, ein zweiter an der Wehrmauer entlang, und der letzte folgt der asphaltierten Straße. Welchen wollen wir nehmen?«

»Den kürzesten«, sagte Alwy, ohne überlegen zu müssen.

»Tja«, Tina zuckte die Schultern. »Es bleiben anderthalb stetig ansteigende Kilometer bis nach oben ... egal, für welchen Weg wir uns entscheiden«, klärte sie Alwy auf.

»Dann nehmen wir den an der Wehrmauer entlang. Dort ist es vermutlich wenigstens schattig«, entschied Alwy.

Sie schwenkten auf den Weg in den Wald ein, ab da hielten sie sich rechts und folgten dem ausgewiesenen Pfad. »Geh voran, dann gibst du das Tempo vor«, schlug Tina vor.

Alwy ließ Tina hinter sich. Spärliche blaue Löcher unterbrachen das Grün der Bäume. Das Ganze wirkte wie ein impressionistisches Gemälde.

Der Weg war vom Regen ausgewaschen. Alwy trat fest auf und achtete auf Felsbrocken, die hier und da aus der Erde herauslugten, und auf Äste, die überall herumlagen. Jedes Hindernis sorgsam umgehend, folgte sie den Windungen, bis sie zu einer Stelle kam, an der man durch eine Schießscharte in der Wehrmauer einen Blick auf die Stadt werfen konnte. Alwy stemmte die Hände in die Hüften, schnappte nach Luft und sah sich um. Sie war von allen erdenklichen Grünschattierungen umgeben: von dem satten Grün der Blätter an den Bäumen, dem helleren der Grasbüschel und dem dunkleren der moosüberwucherten Steine, die wie mit Samt überzogen wirkten. Irgendwo in den Bäumen sang ein Rotkehlchen, und im Unterholz raschelte es leise. Sie befand sich inmitten einer Idylle.

Tina deutete auf die Schießscharte. »Schau hinunter. Es lohnt sich.«

Alwy lehnte sich gegen die Mauer und sah durch das Loch. Unter ihr brach sich die Sonne auf einem Glasdach. Die ganze Stadt glitzerte im hellen Licht. Alwy verschlug es die Sprache, sie spürte, wie sie eine Gänsehaut bekam.

»Wollen wir weiter?«, fragte Tina.

Alwy nickte.

»Denk daran, gleichmäßig gehen und langsam atmen«, erinnerte Tina sie. »Dann gerätst du nicht so schnell außer Puste … und wenn wir oben sind, hast du die Anstrengung sowieso vergessen.«

Als sie losgegangen waren, hatte Tina Alwy angekündigt, etwas mit ihr besprechen zu müssen.

Alwy hatte nicht nachgefragt. Sie würde früh genug erfahren, was ihre Partnerin auf dem Herzen hatte. Hoffentlich hatte es nichts mit André zu tun. Tina nahm das Ende der Beziehung alles andere als leicht.

»Weißt du eigentlich Näheres über das ›Franziskischlössl‹, abgesehen davon, dass man dort wunderbar essen kann?«, fragte Alwy. Der Weg wurde immer schmaler und forderte inzwischen ihre ganze Konzentration, da nun überall Baumwurzeln aus der Erde lugten.

»Ich weiß nur, dass das ›Schlössl‹ dem heiligen Franziskus gewidmet ist und von Erzbischof Paris von Lodron im Dreißigjährigen Krieg als Teil einer Wehranlage errichtet wurde. Heute gehört es zum UNESCO-Welterbe.« Tina hatte ein kleines Büchlein dabei und blätterte darin. Alwy schaute ihr interessiert über die Schulter. »Bis heute sind die drei Kilometer lange Festungsmauer im Süden und Osten und die Geschützbastionen im Westen, außerdem die künstlich aufgestellten Felsen und zwei Geschützbasteien zur Sicherung des Kapuzinerberges und der Stadt Salzburg im Norden erhalten«, las Tina. »Damals war Salzburg die bestverteidigte Stadt Mitteleuropas.«

»Das wusste ich gar nicht.« Alwy krempelte sich die Ärmel ihrer Bluse hoch. Der Wald spendete Schatten, doch immer mehr drückte sich die Sonne durchs Laub. Wenn sie erst wieder in Form war, was nach einigen Monaten Joggen der Fall wäre, würde sie den Anstieg mit links schaffen.

Als sie weitergingen, erzählte Tina von ihrem Erlebnis in

der Felsenreitschule. Sie schwärmte von der Musik, die sie völlig vereinnahmt hatte, und von de Lucas Dirigierkünsten. Bei ihrer Rückkehr hatte Alwy sich nach de Lucas Reaktion auf die Torte erkundigt, doch Tina hatte kaum Zeit gehabt, ins Detail zu gehen. Das holte sie jetzt nach.

»Ist es nicht verrückt, dass ich jahrelang geglaubt habe, ich könne Opern nicht ausstehen, und plötzlich stelle ich fest, dass ich die Musik und diese Dramatik liebe?«, Tina kickte einen Stein aus dem Weg und schwärmte weiter. In höchsten Tönen sprach sie vom Orchester und von de Luca, der sie tief beeindruckt hatte.

»Soll vorkommen, dass man von einem Tag auf den anderen für etwas brennt, das man lange abgelehnt hat. Gerade das liebe ich am Leben, diese fehlende Vorhersehbarkeit … sie birgt viele Überraschungen, auch sehr schöne.« Alwy wich einem Felsen aus. »Glaubst du, de Luca wird eine Rückmeldung zur Torte geben?«

»Keine Ahnung! Ich hatte keine Gelegenheit, ihm die Torte anzukündigen.« Tina blieb unter einer Eiche stehen. »Ich glaube, er ist einer dieser Männer die wie Kerzen an zwei Enden brennen. Fragt sich nur, wann jemand pustet und ein Ende erlischt.«

Ein Eichhörnchen kletterte in Windeseile eine Buche hinauf. Alwy sah dem Tier nach. »Ich wette, er meldet sich.«

»Mit meinen Einschätzungen halte ich mich lieber zurück, damit lag ich oft falsch. Schließlich hätte ich nie gedacht, dass Franca Kinder bekommen würde. Ich glaubte immer, dafür sei sie zu karriereorientiert.«

»Mich überrascht eher, dass sie sich auf einen verheirateten Mann eingelassen hat.« Alwy stützte sich an einem Baum ab. »Sie pocht doch immer darauf, die Nummer eins sein zu wollen.« Tina hatte ihr von dem zufälligen Treffen mit ihrer Schwester erzählt. Schon als sie den Namen Franca erwähnte, hatte ihr Gesicht Bände gesprochen.

»Franca setzt sich auf die eine oder andere Weise immer durch. Die Scheidung läuft, Ferdys Frau hat das Nachsehen. Alles Weitere ist reine Formsache. Sie kann mit dem Status quo zufrieden sein.«

Der Weg an der Wehrmauer wurde schmaler. Zwischen den Bäumen erahnten sie bereits die Rückseite des ›Franziskischlössls‹.

Eine Weile kreiste ihr Gespräch um die Kinderfrage.

»In den nächsten drei Jahren sind Kinder kein Thema für mich. Grundsätzlich wünsche ich mir aber welche«, sagte Alwy. Viele Frauen klagten, wie herausfordernd es noch immer war, Kinder und Beruf zu vereinbaren, doch mit Leon konnte sie sich ein Kind gut vorstellen. Gewiss würde er sie mit der Verantwortung nicht allein lassen.

»Den passenden Zeitpunkt, um Kinder zu bekommen, gibt es nicht. Am besten lässt man es auf sich zukommen.« Tina war vierzig, die Zeit wurde langsam knapp. Ewig konnte sie sich nicht mehr Zeit lassen. Mit dem nächsten Partner würde sie es versuchen müssen.

Sie folgten der letzten Biegung und stießen auf den Hauptweg, der zum ›Franziskischlössl‹ führte. Keine hundert Meter weiter sahen sie das schmucke schmiedeeiserne Geländer, das noch aus der Erbauungszeit stammte.

Tina blieb stehen und ließ die Vorderfront des Gebäudes auf sich wirken. In Friedenszeiten war das ›Schlössl‹ als Jagdschlösschen genutzt und ausgebaut worden. Man hatte die Geschützöffnungen vielfach zu größeren Fenstern umgestaltet und das Dach erhöht. Das Kellergeschoss war aus dem massiven Kalkfels herausgebrochen worden, doch der einst vor der großen Geschützbastei im Osten vorhandene äußere Wehrgraben war längst zugeschüttet. Nur im Westen war ein kleines Stück des alten Wehrgrabens mit einer Brücke, die einst als Zugbrücke genutzt worden war, erhalten geblieben.

Alwy war auf den letzten Metern zurückgeblieben und holte nun auf.

»Na, wie gefällt's dir?«, fragte Tina.

»So imposant hab ich es mir nicht vorgestellt.« Sie gingen über die Brücke und nahmen auf der Rückseite des ›Schlössls‹ die Treppe in den Garten der Bastei.

Während sie die Stufen hinabstiegen, sahen sie die schattenspendenden Bäume und die Umfriedung aus alten Steinen. Der Gastgarten war gut besucht, nur der für sie reservierte Tisch war frei. Sie nahmen unter einem Baum Platz und bestellten schon mal die Getränke.

»Eine schöne Idee, hier auf meinen Geburtstag anzustoßen. Danke, dass du dich um alles gekümmert hast.« Tina hatte sich mit dem Rücken zur Sonne gesetzt.

»Ich überlege schon, wohin ich dich nächstes Jahr entführe…« Alwy lachte und griff nach der Karte. Ihre Augen huschten über die verschiedenen Gerichte. »Worauf hast du Lust?«

»Auf Pasta. Die ist hier exzellent. Das Schnitzel ist ebenfalls hervorragend und die Kasnudeln auch.«

Alwy schlug die Karte zu. »Dann nehmen wir die Pasta«, entschied sie. Als sie aufsah, blickte sie in Tinas zweifelndes Gesicht. »Hey? Was ist los? Du hast Geburtstag, wir haben den Nachmittag frei…«

»Alwy…«, Tina unterbrach Alwy mitten im Satz, »du weißt ja, dass man mich normalerweise nicht lange bitten muss, von mir zu erzählen, doch es gibt etwas, das ich immer für mich behalten habe ... eine Sache, die mir schon lange auf der Seele liegt.«

Die Kellnerin kam mit zwei Karaffen naturtrübem Apfelsaft und einer Flasche Wasser, schenkte ihnen ein und nahm ihre Bestellung auf.

»Zweimal Tagliatelle mit Gorgonzolasauce und dazu zweimal gemischten Salat«, sagte Tina.

»Hat Harald sich bei dir gemeldet?«, fragte Alwy verwundert, als sie wieder unter sich waren. »Es sähe ihm zwar nicht ähnlich, sich nach so langer Zeit zu melden – er brüstet sich immer damit, niemandem nachzulaufen –, aber vielleicht hat er nachgedacht und bietet nun seine Freundschaft an.«

Tina schüttelte den Kopf. »Nein, ich habe nichts von ihm gehört«, wehrte sie ab. »Es geht um die Zeit, als wir im Hilton zusammengearbeitet haben. Damals in München.«

»Der Beginn unserer Freundschaft«, erinnerte sich Alwy. »Eine arbeitsreiche, aber schöne Phase in unserem Leben, findest du nicht auch?«

Tina versuchte gegen das Gefühl, ihr entglitte alles, anzugehen. »Du bist damals ziemlich schnell ins Ausland gegangen. Danach haben wir uns aus den Augen verloren, es gab keine Möglichkeit mehr, mit dir zu reden.«

»Du redest um den heißen Brei herum.«

»Ich weiß. Entschuldige!«

Mach reinen Tisch, wenn du es jetzt nicht tust, tust du es nie.

»Jetzt sag schon, worum es geht«, bat Alwy. »Ich sehe doch, dass dich etwas belastet.« Sie versuchte, in Tinas Gesicht zu lesen, doch sie wusste nichts mit den zusammengezogenen Brauen anzufangen.

Das Schweigen zwischen ihnen wurde unbehaglich. Alwys

Gedanken drifteten zu der SMS ab, die sie heute Morgen von Leon bekommen hatte. Im Museum der Moderne fand abends eine Vernissage statt. Vielleicht hatte Tina Lust mitzukommen? Leon würde Verständnis dafür haben, dass sie ihre Partnerin an deren Geburtstag nicht gern allein ließ. Es war wirklich verrückt, so kurz nach der Trennung in einer neuen Liebe zu stecken. Von null auf hundert. Doch mit Leon fühlte sich alles richtig an.

Tina schwieg noch immer. Alwy hielt sich zurück. Sie wollte nicht drängen, irgendwann würde Tina sich zum Sprechen überwinden.

»Ich weiß nicht, wo ich anfangen soll«, Tina warf Alwy einen ratsuchenden Blick zu. »Mir fehlen die Worte.«

»Ich werde dir schon nicht den Kopf abreißen. Ich bin verliebt, schon vergessen?« Alwy lächelte aufmunternd.

Tina begann zu sprechen. »Erinnerst du dich an den Abend im Hilton, als wir alle zu viel getrunken hatten?« Sie klang wehmütig. »Der Abend, an dem wir ... was längst fällig war ... gebührend gelobt wurden«, konkretisierte sie.

»Daran erinnere ich mich sogar sehr gut. Vorher die Schinderei und hinterher endlich ein wohlverdientes Lob«, fasste Alwy zusammen.

»Damals ist etwas passiert, das mich durcheinandergebracht hat.«

Inzwischen war Alwy sich sicher, dass die Falten auf Tinas Stirn große Besorgnis verhießen.

»Ich war auf dem Weg zur Toilette und hörte plötzlich Schritte hinter mir.« Tina sprach langsamer, als traue sie sich über die nächsten Worte nicht hinaus. »Als ich schon fast da war, drehte ich mich um und sah jemanden hinter mir. Es war Harald. Er war mir gefolgt.«

Alwy spürte, wie sich etwas in ihr zusammenzog. Sie erinnerte sich an den Abend, als sei es gestern gewesen, an die ausgelassene, gelöste Stimmung, auch daran, dass die meisten ein Glas oder zwei zu viel getrunken hatten. Allerdings hatte sie nicht mitbekommen, dass Harald Tina gefolgt war.

»Harald ist dir gefolgt? Warum denn das?«, hakte sie nach.

»Er ... er zog mich an sich ...«, Tina brachte den Satz nur mit Mühe über die Lippen, »... und küsste mich.«

Einen Moment schwebten Tinas Worte wie eine Bedrohung über Alwy. Es ging nicht um einen kleinen Zwischenfall, Tinas Geständnis bedeutete mehr – viel mehr. Erstickte Wut stieg in Alwy auf. Sie versuchte, gegen diese Wut anzukämpfen, riss sich zusammen und machte eine Handbewegung, Tina möge weitererzählen.

Diese nickte, und endlich sprudelten die Worte aus ihr heraus. Sich zur Wahrheit durchgerungen zu haben, tat Tina gut, jetzt war sie nicht mehr zu stoppen. Ausführlich schilderte sie Haralds Blicke, die er ihr den ganzen Abend über zugeworfen hatte, und erzählte von dem Kuss, den er ihr aufgedrängt und den sie kurz erwidert hatte. Stockend berichtete sie, wie sie davongelaufen war, weil sie wegen dieses Kusses und ihrer unterdrückten Gefühle für ihn, die sie am liebsten nicht empfunden hätte, so bestürzt war.

»Ich hab mich in Grund und Boden geschämt und tue es noch immer«, gestand sie. Tinas Schilderungen ließen neue Bilder jenes Abends entstehen, an den Alwy sich so gut zu erinnern glaubte, Bilder, die sie schockierten. Es schien, als liefe ihr Leben rückwärts, die Vergangenheit wurde nun wieder Teil ihrer Gegenwart.

»Mein schlechtes Gewissen hat mich nächtelang wach gehalten. Jeden Tag hab ich mir vorgenommen, mit dir darüber zu sprechen, doch dann sagte ich mir: Was ändert sich dadurch, außer, dass ich dich kränke? Irgendwann seid Harald und du weggegangen, die Erinnerung an den Kuss begann, zumindest oberflächlich, zu verblassen … bis ich jemanden suchte, der in meine Firma einsteigen könnte. Da bist als Erstes du mir eingefallen, und als du tatsächlich zugesagt hast, Teilhaberin von ›Cake Couture‹ zu werden, wusste ich, dass ich dir von dem Kuss erzählen musste.«

Tinas Worte drangen wie durch Watte zu Alwy, und der Schmerz traf sie mitten ins Herz.

»Während unseres Sonntagsfrühstücks, als du Mini-Guglhupfe gebacken hast, wollte ich es dir sagen, doch du warst so traurig wegen Harald. Ich hab es nicht übers Herz gebracht, dir weiteren Kummer zu bereiten.« Tina schwieg erschöpft und überlegte, was sie noch sagen oder tun könnte, damit Alwy verstand, wie leid es ihr tat. »Alwy, verzeih mir. Ich bitte dich!« Jäh verspürte sie das Gefühl der Einsamkeit, das sie immer quälte, wenn es Probleme mit der Familie oder mit engen Freunden gab. Alwy zu verlieren wäre schrecklich. Nicht nur, weil sie Teilhaberin der Patisserie war, sondern vor allem, weil sie sie so sehr ins Herz geschlossen hatte. »Ich wollte nicht unehrlich sein, aber ich hatte Angst, du könntest mir den Kuss und meine Gefühle für Harald sogar heute noch übelnehmen. Ich weiß, dass mein Schweigen eine Art Unterlassungslüge ist … kein guter Start für eine Zusammenarbeit. Und obwohl ich damals glaubte, gegen meine Gefühle machtlos zu sein, war es natürlich falsch, Harald zu küssen.«

Während Tina die Geschichte mit immer neuen Worten wiederkäute, hatte Alwy die Finger ihrer linken Hand in den Handteller der rechten gegraben. Wieso war sie sich immer so sicher gewesen, dass Harald nur Augen für sie hatte? All die Jahre war sie davon ausgegangen, dass er ihr nie wehtun würde, jedenfalls nicht bewusst, doch nun erfuhr sie, dass er bereits zu Beginn ihrer Beziehung in Tina falsche Hoffnungen geweckt hatte. Sie hatten manchmal über Tinas Sensibilität gesprochen und waren sich einig gewesen, dass sie sie schützen wollten. Sie sei zu schwach für die Welt, ein Vogel, der aus dem Nest gefallen war und nun daran scheiterte, allein zu fliegen, hatte Harald einmal über Tina gesagt. Nun musste sie sich eingestehen, dass er Tinas damaligen Zustand ausgenützt hatte. Das war nicht nur bitter, es war auch unfair.

Alwy sah in Tinas verzweifeltes Gesicht. Sie ahnte, wie ihre Freundin sich fühlte. Seit sie bei ihr eingezogen war, lebte Tina wie auf einem Vulkan, der jederzeit ausbrechen konnte. Wieso hatte sie nichts davon mitbekommen?

Ein trauriges Schweigen breitete sich zwischen ihnen aus. Beide hingen sie ihren Gedanken nach, bis die Kellnerin zwei Schalen mit Spargelcremesuppe vor sie hinstellte.

»Ein kleiner Gruß aus der Küche«, erklärte sie.

Sie blickten auf die Teller hinab, rührten sie aber nicht an.

Alwy fand als Erste die Kraft weiterzusprechen: »Ich verstehe, dass du etwas für Harald empfunden hast, mich überrascht nur, dass ich es nicht bemerkt habe.« Sie griff nach dem Löffel, entschlossen, von ihrer Suppe zu kosten. Auf halber Höhe zu ihrem Mund ließ sie den Löffel jedoch sinken, sie hatte keinen Appetit. Ihr Magen war wie zugeschnürt. »Harald hat die Gabe, Menschen das Gefühl zu geben, wichtig zu sein. Besonders wenn man Probleme hat, ist man dafür empfänglich. Gut möglich, dass dein Verliebtsein damit zu tun hatte.« Sie kämpfte gegen die Enttäuschung an, die

Tinas Geständnis auch jetzt noch in ihr hervorrief. Sie wusste, wie viel Mut und Kraft diese Ehrlichkeit Tina kostete und wie hoch das eingegangene Risiko war. Aus diesem Grund konnte sie ihr nicht böse sein. »In Tokio hat vor einiger Zeit eine junge Köchin behauptet, Harald habe ihr Avancen gemacht. Er hat das vehement abgestritten, ich habe ihm geglaubt«, Alwys Unterlippe bebte. »Jetzt bin ich mir nicht mehr sicher, ob er damals die Wahrheit gesagt hat.«

»Vielleicht haben wir uns beide in Harald geirrt?«, brachte Tina heraus. Sie fixierte ihre kurz geschnittenen, sauberen Nägel, abwartend, was auf sie zukäme.

»Ja, vielleicht«, sinnierte Alwy. Dampfende Teller wurden an ihnen vorbeigetragen.

»Verzeihst du mir, Alwy? Das tust du doch, oder?«, fragte Tina nach einiger Zeit des Schweigens.

Alwy blickte auf. »Helene sagte mal zu mir: Sei klug und gestehe anderen Schwächen zu … und dir selbst auch. Das erleichtert das Leben ungemein. ›Klar, mach ich‹, hab ich großmächtig behauptet. Aber es ist schwerer, als man denkt, Tina. Oft fühlt es sich an, als lägen die Schwächen der anderen einem wie Gewichte auf den Schultern. Und die eigenen erst recht.«

»Ab jetzt werde ich immer offen zu dir sein. Du kannst dich auf mich verlassen.« Tinas Kiefermuskeln waren angespannt, ihr Lächeln, das das Gesagte bekräftigen sollte, wirkte aufgesetzt. »Du hast mir erzählt, es mache keinen Sinn, im Leben klein beizugeben, doch in schwierigen Momenten hab ich meistens innerlich aufgegeben, aus Angst, Menschen mit meiner Ehrlichkeit zu verletzen oder sie zu verlieren.«

Alwy legte den Löffel auf den Tellerrand. »Weißt du

was ...«, in der Ferne flog eine Elster auf. Alwy richtete ihren Blick auf Tina, »wir haben gerade die einmalige Chance, einen Teil unserer Vergangenheit ein für alle Mal abzuschließen. Harald und alles, was mit ihm zu tun hat, ist nicht mehr wichtig ... was zählt, ist, dass wir uns mögen und respektieren und dass wir gemeinsam beruflich eine Menge vorhaben ...«

»Sehe ich genauso«, sagte Tina erleichtert.

»Wenn das so ist«, setzte Alwy an, »kannst du aufhören, auszusehen, als wolltest du dich gleich von dieser Mauer stürzen.« Hinter der Steinmauer, die den Gastgarten einfriedete, ging es mehrere Meter steil bergab.

Tina hob die Hände und schlug sie vors Gesicht. »Oh, mein Gott. Du glaubst nicht, wie erleichtert ich bin.«

Alwy griff nach den Händen ihrer Freundin und zog sie ihr vom Gesicht. »Ich hätte mir gewünscht, dass du mir früher sagst, was los ist. Wir wissen beide, wie schnell Menschen einander verletzen können und wie schnell man enttäuscht ist ...«, Alwy seufzte, »... nicht nur von anderen.«

»... auch von sich selbst ... ich weiß«, Tina stieß stöhnend die Luft aus. »Deshalb hab ich ja geschwiegen«, sagte sie verdrossen. »Weil ich von mir enttäuscht war und angenommen habe, dass du es auch bist.« In ihrer Stimme schwangen Bitterkeit und Enttäuschung mit.

»Ehrlichkeit und Angst sind zwei Seiten einer Medaille. Manchmal bekommst du das eine nicht ohne das andere. Man muss das Risiko eingehen.«

Tina wich Alwys Blick aus, doch diese sprach unbeirrt weiter. »Einander vertrauen zu können, bedeutet vor allem, auch mit schwierigen Themen klarzukommen. Manchmal fällt es schwer, zu verstehen, was den anderen bewegt. Dann hilft nur miteinander reden. Man muss nicht zwangsläufig einer Meinung sein. Freundschaft muss Gegenwind aushalten können.« In Alwys Gesicht grub sich ein hoffnungsvolles Lächeln. »Lass uns *echte* Freundinnen sein, die keine Angst davor haben, sich zu zeigen, wie sie sind.«

Tina ergriff Alwys Hand und legte sie zwischen ihre Hände. In ihren Augen schimmerte es feucht, doch sie schaffte es, die aufsteigenden Tränen wegzublinzeln. »Nichts lieber als das, Alwy.« Ihre Stimme klang nicht so fest wie sonst, doch ihr Gesichtsausdruck hatte sich entspannt.

»Mein Vater hat mal gesagt, manchmal begreife man erst später, dass ein Wunsch, der sich nicht erfüllen ließ, einem erspart geblieben ist.« Alwy hoffte, dass Tina verstand, was sie damit sagen wollte. »Aus heutiger Sicht ist es nicht schlimm, dass du keine Beziehung mit Harald eingegangen bist. Er ist nicht fähig, sich ganz und gar auf eine Partnerschaft einzulassen. Um mit den Worten meines Vater zu sprechen: Diese Enttäuschung ist dir erspart geblieben.«

Alwy und Tina sahen sich an, und plötzlich lachten sie prustend los. Mit einem Mal fühlten sie sich frei wie zwei Vögel, die die Weite des Waldes vor sich sahen. Die Angst, ihre Freundschaft könne zerbrechen, hatte sich in Luft aufgelöst. Wie es aussah, waren sie mehr als Freundinnen, sie waren Komplizinnen.

Tina schlang beide Arme um Alwy. »Weißt du was«, sagte sie, »ich hab plötzlich riesigen Hunger.«

Alwy langte nach ihrem Apfelsaft und hielt Tina das Glas entgegen. »Auf unsere Freundschaft, die nichts erschüttern kann, und auf deinen Mut, Tina. Und natürlich auf deinen Geburtstag. Happy Birthday!« Sie stießen an und stürzten sich auf die Suppe und wenig später auf das Hauptgericht.

Jetzt, wo sie das Thema Harald abgeschlossen hatten, spürte Tina, wie ihre Energie zurückkehrte. Noch einmal ließ sie sich über Ludwig Thelens fehlendes Einfühlungsvermögen aus. Lang und breit erzählte sie, wie Thelen das Telefonat abgebrochen und sie es zuerst gar nicht bemerkt hatte.

»Ich sage nur: kühle Bestimmtheit und aufgesetzte Höflichkeit, das beherrscht Ludwig Thelen bis zur Perfektion«, meinte sie kauend.

Alwys Mundwinkel glänzten vom Öl.

Tina griff nach ihrer Serviette und tupfte der Freundin die Lippen ab. »Nach diesem Telefonat ist für mich klar, dass Menschen wie er Gefühle nur kennen, wenn es um ihre eigenen geht. Ist gut möglich, dass der Kerl mir was vorgaukelt.« Sie beschrieb mit der Gabel einen Kreis in der Luft.

»Tja, leider gibt es Menschen, die in erster Linie Geschäftsleute sind und erst in zweiter Linie Mensch.« Alwy sah Leons vertrauenerweckendes Gesicht vor sich, sein freundliches Lächeln und seine warmen Augen. Von Männern wie Ludwig Thelen war er meilenweit entfernt. Plötzlich war sie unendlich dankbar, ihm begegnet zu sein. »Möchtest du, dass ich dich zu dem Termin mit Thelen begleite?«, fragte sie.

»Nein, lass mal.« Tina schob ihren Teller zur Seite und legte die Finger aneinander. »Das musst du dir nicht antun.« Sie beugte sich über ihren Salat und stach in ein Tomatenviertel.

»Dann lassen wir das Thema Ludwig Thelen jetzt ruhen und genießen den Nachmittag, schließlich feiern wir deinen Geburtstag. Noch dazu einen runden.«

»Meinen vierzigsten! Himmel noch mal! Wie soll ich diese Zahl bloß überstehen?«, Tina fuhr sich mit der Hand übers Gesicht, als könne sie die Zeichen der Jahre, kleine oberflächliche Fältchen um Augen und Lippen, wegwischen.

»Wieso hast du solche Angst davor, vierzig zu werden?«, fragte Alwy. Sie war drei Jahre jünger als Tina.

»Warte ab, bis du dran bist. Es ist nicht die Zahl an sich, die mir zu schaffen macht, eher, was die Zahl über die Möglichkeiten in meinem Leben aussagt. Mit vierzig sollte man *angekommen* sein, was immer damit auch gemeint ist. Man sollte keine Firma haben, die noch in den Startlöchern steckt, keinen Ex-Freund, an den man hin und wieder noch immer denkt, und falls man je eine Familie gründen will, sollte man zusehen, dass einem nicht die Zeit davonläuft.«

»So, wie du es sagst, bekäme ich auch Angst.« Alwy schüttelte nachdenklich den Kopf. »Weißt du, was ich glaube? Francas Schwangerschaft setzt dir zu. Du glaubst, sie hat alles und regelt ihr Leben im Schlaf. Aber hast du mal hinter die Fassade geschaut? Verläuft wirklich alles so, wie Franca es sich ausmalt? Weißt du, wie viel Kraft es sie gekostet hat, Ferdy von seiner Frau loszubekommen? Du musst aufhören, dich mit ihr zu vergleichen. Franca hat ihr Leben und du hast deins. Wer weiß, was noch kommt? Hab ein bisschen Vertrauen.«

»Du hast recht. Manchmal bin ich wie ein kleines Kind, das im Sandkasten sitzt und auf die Förmchen der anderen starrt und glaubt, die seien schöner und besser als die eigenen.«

Alwy lachte. »Du könntest eine Weile mit deinen Förmchen spielen und abwarten, was dir damit gelingt ...«

»Ich versuch's. Versprochen! Ich werde nicht mehr ständig zu den anderen Kindern im Sandkasten hinschielen.«

Alwy dachte an den Samthocker, den sie gestern Mittag im ›Feinerlei‹ erstanden hatte. Sie hatte ihn mit einer goldenen Schleife versehen und in ihrem Zimmer versteckt. Bevor sie zum ›Franziskischlössl‹ aufgebrochen waren, hatte sie ihn, ohne dass Tina etwas davon mitbekommen hatte, vor deren Lieblingssessel ins Wohnzimmer gestellt. Schon jetzt freute sie sich auf Tinas überraschtes Gesicht, wenn sie das Geschenk später vorfände. Vielleicht lenkte der Hocker sie wenigstens kurzfristig von ihren bedrückenden Gedanken ab?

Als das Dessert kam – Wiener Savarin: in Rum eingelegte Früchte in Biskuitteig, die mit Vanille- und Schokoladensauce übergossen waren –, war das belastende Gespräch über Harald beinahe vergessen.

»Hast du Lust, Leon und mich heute Abend ins Museum der Moderne zu begleiten? Er hat mir heute Morgen eine SMS mit der Einladung geschickt. Es wäre eine gute Gelegenheit, ihn kennenzulernen«, schlug Alwy vor, als die Dessertteller abgeräumt waren.

»Ein andermal gern«, sagte Tina, »doch heute statte ich Elisa und Ralf einen Besuch ab, um mir ihre Einverständniserklärungen abzuholen, damit ich auch in ihrem Namen mit Thelen verhandeln kann. Sag mal, hast du inzwischen eigentlich eine Rückmeldung wegen der Modenschau in Leopoldskron bekommen?«

»Bisher nicht«, antwortete Alwy. »Ich hab einige Ideen nachgeliefert und dachte mir, ich warte noch eine Woche ab, bevor ich nachfrage.«

Tina winkte nach der Kellnerin. »Zweimal Eierlikör, bitte«, rief sie. »Hab ich dir erzählt, dass sie hier exquisiten Eierlikör herstellen? Den besten, den du weit und breit bekommst.«

Als sie zwei Gläser Eierlikör vor sich stehen hatten, deutete Alwy auf die kleinen dunklen Pünktchen. »Echte Bourbon-Vanille«, stellte sie zufrieden fest.

»Feinste Zutaten, wie es sich gehört«, bestätigte Tina.

Alwy ließ sich genüsslich die sämige Konsistenz des Eierlikörs auf der Zunge zergehen. Es tat gut, sich mit Tina ausgesprochen zu haben. Irgendwie war sie sogar erleichtert, erfahren zu haben, wozu Harald fähig war. Sie hatte recht daran getan, ihn zu verlassen. Spätestens jetzt gab es keine Zweifel mehr.

Als sie gegen sieben nach Hause kamen, die Wanderschuhe ausgezogen und die Hände gewaschen hatten und ins Wohnzimmer gingen, blieb Tina verdattert im Türrahmen stehen. Vor ihrem Lieblingssessel stand ein grüner Samthocker. Er war mit einer goldenen Schleife versehen und hatte geschwungene Beine aus Holz. Vor allem aber schloss er eine Lücke, die sie bisher überhaupt nicht bemerkt hatte. Das Zimmer wirkte nun noch behaglicher und anheimelnder als zuvor. Tina strich mit der Hand vorsichtig über den Samt. Ausgerechnet heute, wo sie Alwy einen Fehler eingestanden hatte, bekam sie von ihr dieses großzügige Geschenk. Sie konnte es nicht fassen.

»Dieser Hocker sieht nach Erholung für deine Füße und nach einem Farbklecks fürs Wohnzimmer aus. Gefällt dir der kuschelige Bezug?«

»Und wie! Der Hocker ist ein Traum. Ich bin hin und weg.« Tina wirkte beschämt, fiel Alwy aber um den Hals. »Sehr bequem ... und edel«, attestierte sie, nachdem sie sich in den Sessel gefläzt und die Füße probehalber auf den neuen Hocker gelegt hatte. Sie rutschte tiefer in die Polster. Bei der Vorstellung, dass Alwy ihretwegen ihre letzten Ersparnisse angegriffen hatte, war ihr seltsam beklommen zumute. »Trotzdem bist du verrückt. Glaubst du, ich weiß nicht, dass dieses Stück ein kleines Vermögen kostet?«

»Mach dir darum mal keine Sorgen. Hauptsache, das Schicksal wird darauf aufmerksam, dass auf dem Hocker Platz für vier Füße ist«, sagte Alwy schelmisch. Wie schön wäre es, wenn Tina bald jemanden fände, den sie lieben konnte. Dann wäre ihr eigenes Glück perfekt.

»Ich hätte nichts dagegen, den Hocker zu teilen. Fürs Erste gern mit dir.« Tina zog Alwy zu sich in den Sessel. Eng nebeneinandergekuschelt legten sie die Füße auf den Hocker und probierten verschiedene Positionen für einen gemütlichen Abend vor dem Fernseher aus.

Später holte Tina die Geburtstagspost aus dem Flur. Am Morgen hatte sie sie nur rasch durchgesehen und auf den kleinen Tisch gelegt, jetzt wollte sie sie in Ruhe lesen. Gemeinsam widmeten sie sich den Karten, WhatsApp-Nachrichten und Mails, auch André hatte gratuliert.

Um halb neun verließen sie die Wohnung. Tina klingelte bei Ralf und ging gemeinsam mit ihm zu Elisa, und Alwy schlug den Weg Richtung Staatsbrücke ein, schlenderte am Fischmarkt vorbei. Der Aufzug, der zum Museum der Moderne hochfuhr, befand sich in der Nähe des beliebten italienischen Restaurants ›Pan e Vin‹. Sie bog einige Meter vor dem Restaurant rechts ab und trat an das Pförtnerhäuschen, um einen Fahrschein zu lösen. Als sie oben aus dem Aufzug stieg, wartete Leon bereits auf sie. Er hatte ein Päckchen in der Hand und hielt es ihr strahlend entgegen.

22. KAPITEL

Alwy blickte auf den dezent gestalteten Schutzumschlag des Gedichtbands, schlug das Buch auf und blätterte durch die ersten Seiten. Auf dem Vorsatzpapier hatte Leon eine Art Widmung in Form eines Gedichts geschrieben.

Begegnung bei Sonnenaufgang
Völlig unerwartet
Herzklopfen bei Tag und Nacht

»Das ist mir in den Sinn gekommen, als ich gestern Nacht im Bett lag und an dich denken musste«, gestand Leon verlegen.

Alwy sah ihn überrascht an. »Das hast du gedichtet?« Sie knüllte das Papier zusammen, von dem sie das Buch befreit hatte.

»Ja. Das habe ich mir für dich einfallen lassen – eigentlich ist es aus mir herausgeströmt, ganz mühelos. Ich wollte, dass du weißt, was ich empfinde.« Er sah ihr sonniges Lächeln. Sie wirkte heute erleichtert, als sei eine Last von ihr genommen, aber vielleicht bildete er sich das auch nur ein.

Alwy las die Zeilen ein zweites Mal. Worte, die sie wie ein Lufthauch streiften – zart und flüchtig, und die trotzdem nichts eilig Niedergeschriebenes waren. Jedes Wort war wohlüberlegt und kam von Herzen.

»Oh, Leon. Ich weiß nicht, was ich sagen soll. Das Gedicht ist so innig und zärtlich.« Sie stellte sich auf Zehenspitzen, um ihm einen Kuss zu geben. Als ihre Lippen seine berührten, spürte sie wieder dieses wunderbare Kribbeln, das ihr das Gefühl gab, sie könne die ganze Welt umarmen.

Auch Leon fühlte sich überglücklich. Als Alwy sich von ihm löste, fragte er: »Bist du einverstanden, wenn wir uns zuerst die Vernissage ansehen und danach im ›M32‹ eine Kleinigkeit essen? Das Museumsrestaurant soll sehr gut sein.«

»Ich stimme in allen Punkten zu«, sagte Alwy gutgelaunt.

Sie machten sich auf den Weg ins Museum, wo in mehreren Räumen Werke eines jungen Spaniers hingen, der seit seiner Jugend in Österreich lebte. Er hatte bei einem der großen österreichischen Maler studiert und nun seine erste Ausstellung im Museum – ein Ritterschlag.

»Ich hab zufällig von der Vernissage erfahren und dachte, das könnte dich interessieren«, erzählte Leon.

Seite an Seite mischten sie sich unter die Menschen, die in Gruppen oder allein vor den Zeichnungen, Aquarellen und Ölbildern standen. Die meisten Bilder des Malers wirkten beinahe ätherisch. Wie nicht von dieser Welt. Alwy blieb lange davor stehen.

»Seine Werke zeigen wenig Farbe«, stellte sie verwundert fest. Helles Grau, Beige, mitunter ein Hauch von Gelb oder Pfirsich. »Aber die Bilder haben eine Handschrift. Ich würde sie jederzeit wiedererkennen.«

»Der Wiedererkennungswert ist ein nicht zu unterschätzender Hinweis auf Einmaligkeit – das ist aber schon so ziemlich das Einzige, was ich über Malerei weiß«, sagte Leon lachend.

»Ich nähere mich Gemälden unbedarft wie ein Kind. Später blättere ich dann im Katalog, um zu erfahren, was Kritiker über den Künstler sagen, oder um nachzuempfinden, was der Künstler mit seiner Arbeit ausdrücken will. Aber, unter uns gesagt, nicht immer verstehe ich, wovon die Rede ist.«

»Dann sind wir beide Anfänger. Eine gute Basis«, fand Leon.

Sie ließen sich Zeit, durchquerten Raum um Raum, fassten sich zwischendurch an den Händen und waren glücklich, die Vernissage gemeinsam genießen zu können.

»Gefallen dir die Arbeiten?«, fragte Leon, als sie alle Bilder gesehen hatten.

Alwy nickte. »Ich finde vor allem die Zeichnungen gelungen. Sie sind reduziert, lassen viel Raum für Interpretationen, das empfinde ich als wohltuend.« Sie waren vor dem Museumsshop stehen geblieben. Leon ging hinein und kaufte zwei Bildbände des Künstlers – einen für Alwy und einen für sich.

»Ich hab mir nie die Zeit genommen, mich mit Kunst auseinanderzusetzen«, sagte er, als er zurückkam. »Aber mit dir zeige ich an allem Möglichen Interesse. Es ist geradezu beängstigend.«

»Solange du kein Werk kaufst, das unerschwinglich ist, bin ich in Sicherheit, schätze ich …«, entgegnete Alwy. »Es ist also nicht wirklich beängstigend.«

»Trotzdem. Hab lieber ein Auge auf mich. Sicherheitshalber«, riet er ihr verschmitzt.

Sie steuerten das Restaurant ein Stockwerk höher an. An der Decke prangte ein riesiger Lüster aus Hirschgeweihen. Sämtliche Tische des in rotes Licht getauchten Raums waren belegt, doch auf Anfrage bekamen sie einen Platz an der Bar zugewiesen, wo sie eine Kleinigkeit essen konnten. Sie schlenderten auf die braunen Lederhocker zu.

»Sieh mal, die Lichter der Festung.« Alwy blieb vor der Fensterfront neben der Bar stehen.

Die Lichter in der Dunkelheit waren ein erhebender Anblick. Gemeinsam schauten sie eine Weile hinaus, dann wandten sie sich der Bar zu.

»Hast du Hunger?« Leon nahm auf einem Hocker Platz und reichte ihr eine Karte, die der Barmann vor sie auf den Tresen gelegt hatte.

»Nicht wirklich. Und du?«

»Ich würde gern etwas essen.« Leon öffnete die Karte und ließ seinen Blick über die verschiedenen Gerichte wandern.

Alwy schloss sich ihm schließlich an, als er Weißwein, Frittatensuppe und Palatschinken bestellte.

Schon bald wurde die Suppe serviert. Alwy tunkte ihren Löffel in die dampfende Flüssigkeit. Wenn man bedachte, dass sie Leon vor drei Wochen noch gar nicht kannte … Als sie unlängst nachts wachgelegen hatte, hatte sie Helene von ihm »erzählt«. Wie schön wäre es, wenn sie ihn ihr irgendwann vorstellen könnte! Ihr Glück wäre perfekt, wenn die beiden sich verstünden und ihre Tante ihnen ihren Segen gäbe.

Leon prostete Alwy zu und riss sie aus ihren Gedanken. Sie war glücklich mit ihrer neuen Liebe und freute sich darauf, wie es mit ihnen weiterging. Sie wussten noch so wenig voneinander. Bald würden sie sich all die kleinen und großen Geschichten anvertrauen, die ihr Leben bisher ausgemacht hatten. Sie wollte alles über Leon wissen: wie wichtig seine Arbeit für ihn war, wie seine Freunde hießen und was seine Familie zu ihr sagte.

»Hast du eigentlich Geschwister?«, fragte sie.

»Nicht mehr … nein.« Leon stellte sein Glas eine Spur zu laut zurück auf den Tresen. Sein Gesichtsausdruck verdüsterte sich plötzlich. »Meine Schwester ist gestorben, als sie noch ein kleines Mädchen war«, stieß er hastig hervor.

»Mein Gott«, einen kurzen Moment versagte Alwy die Stimme. »Es muss schrecklich sein, seine Schwester zu verlieren ... und für deine Eltern, ihr Kind zu begraben.« Obwohl sie selbst noch keine Kinder hatte, konnte sie sich den Schmerz vorstellen, den diese Lücke in einer Familie hervorrief.

»Es war nicht einfach, und es ist lange her. Trotzdem spreche ich nicht gern darüber.« Leon schien sich zusammenzureißen. Als er sie ansah, gelang ihm ein schwaches Lächeln. »Irgendwann erzähle ich dir davon«, sagte er ausweichend. »Nur jetzt nicht. Ich hoffe, du verstehst das?«

»Natürlich«, sagte Alwy nachsichtig. »Zwing dich zu nichts.« Sie legte ihre Hand tröstend auf Leons Unterarm und nickte ihm verständnisvoll zu.

Die Suppentassen wurden abgeräumt, eine willkommene Unterbrechung, die sie auf andere Themen brachte. Leon erzählte, dass er im ›Hotel Imperial‹ in Wien zwei Zimmer reserviert hatte. »Das Hotel wird dir gefallen. Es ist eins der Grand Hotels am Ring, der Prachtstraße von Wien. Kürzlich ist es renoviert worden. Weißt du schon, wann du ankommen wirst?«

»Ich schaffe es erst später am Abend, nach acht. Ist das in Ordnung?«

»Kein Problem. Lass dir Zeit«, riet Leon ihr. »Ich hab mir übrigens ein Programm überlegt, möchte aber noch nichts verraten. Und dann wollen wir ja auch zu ›Demel‹, das hast du dir gewünscht.«

»›Demel‹ ist meine Überraschung für dich. Lass es auf dich zukommen.« Alwy war froh, dass in ihrem Gespräch die Leichtigkeit zurückkam. Sie plauderten über Wien, über die Möglichkeiten, die die Stadt den Besuchern bot.

»Hast du eigentlich regelmäßig dort zu tun?« Leon hatte erwähnt, geschäftliche Termine in der Stadt zu haben, allerdings wusste Alwy nicht, worum es bei seinen Terminen ging.

»Regelmäßig wäre zu viel gesagt, ich habe manchmal dort zu tun, und jedes Mal nehme ich mir vor, die Stadt zu erkunden, und jedes Mal schaffe ich es nicht. Diesmal werde ich meine Termine so schnell wie möglich hinter mich bringen, um mit dir Sightseeing zu machen.«

Der Kellner kam und fragte, ob sie Kaffee zum Palatschinken wollten. Sie bestellten Espresso und tauschten sich über die Museen in Wien aus, die sie gern besuchen wollten. Die Gelegenheit, etwas mehr über Leons Arbeit zu erfahren, war vorbei.

Tina verabschiedete sich mit einem Wangenkuss von Elisa. Diese Geste war neu, doch sie war ihr ein Bedürfnis. »Danke für deine Unterstützung, Elisa.« Sie wedelte mit den Einverständniserklärungen, die Elisa und Ralf ihr gegeben hatten. Beide wollten keinesfalls aus dem Haus ausziehen oder sich hoch verschulden, um die Wohnung, in der sie zurzeit zu einer günstigen Miete wohnten, kaufen zu können, deshalb hatten sie das von Tina vorbereitete Schriftstück sofort unterzeichnet.

»Gleichberechtigung!« Ralf, der neben Elisa im Türrahmen stand, beugte sich vor und hielt Tina seine linke Wange hin. Während des Gesprächs war er darauf bedacht gewesen, nicht übermäßig verunsichert zu wirken. Doch die Tatsache, nicht zu wissen, was auf ihn zukam, beunruhigte auch ihn.

Tina drückte ihm ebenfalls einen Kuss auf die Wange. »Ich

ziehe ohne Rüstung und ohne Angst in die Schlacht gegen Ludwig Thelen.« Sie drehte sich theatralisch Richtung Treppe. »Die Verhandlungen können kommen, ich bin bereit.« Noch einmal wedelte sie mit den Schriftstücken.

»Gibst du uns Bescheid, sobald du etwas in Erfahrung gebracht hast?« Elisa war erschüttert, dass das Haus, in dem sie so lange wohnte, nicht mehr im Besitz von Irmgard Walter war. Sie hatte die ältere Dame sehr gemocht.

»Natürlich. Drückt mir die Daumen, dass ich mit diesem Immobilienhai klarkomme.« Sie alle hofften stark, dass sie bleiben konnten. Was sie jetzt brauchten, waren triftige Argumente, Verhandlungsgeschick und ein bisschen Glück.

»Also dann … gute Nacht«, riefen Ralf und Elisa einstimmig.

»Gute Nacht, ihr zwei.« Tina nahm die Stufen ins nächste Stockwerk, öffnete die Tür zu ihrer Wohnung und zog sie hinter sich zu. Mit einem leisen Klimpern landete ihr Schlüssel in der Schale, in der sie alles Mögliche aufbewahrte – Ersatzschlüssel, Kleingeld, Lippenbalsam und Haarspangen. Von irgendwoher hörte sie ihr Handy piepsen. Es lag im Wohnzimmer. Sie klickte auf die Nachricht: ein Selfie mit de Lucas Kopf – besser gesagt, einem Teil seines Kopfes – und dem Großteil seiner Musiker, die einen Teller mit Torte in der Hand hielten. Jemand hatte planlos Stücke aus der Torte geschnitten und sie an die Musiker verteilt. Vermutlich de Luca selbst.

»Immerhin ein Lebenszeichen«, murmelte Tina grinsend. Mit dem Handy in der Hand ging sie zu ihrem Schreibtisch und heftete die Einverständniserklärungen ab. Da piepste es erneut.

Nach Ihrer Torte, so gut sie ist, braucht man etwas Herzhaftes.

Wir sitzen ganz in Ihrer Nähe, im ›Maier's‹. Wenn Sie Lust haben, kommen Sie auf Pimientos und ein Steak vorbei.

Bevor sie zu Elisa gegangen war, hatte sie sich in einen bequemen Hausanzug geworfen. Wenn sie das Haus verlassen wollte, musste sie sich umziehen, um präsentabel zu sein. Tina öffnete de Lucas Nachricht erneut. *Wenn Sie Lust haben, kommen Sie auf Pimientos und ein Steak vorbei.* Das ›Maier's‹ war für seine gute Küche bekannt. Tina sah die kleinen, in Olivenöl gebratenen Paprikaschoten vor sich, die in dem gemütlichen Restaurant mit grobem Meersalz bestreut serviert wurden. Sie waren eine Sensation. Sie hatte noch immer Geburtstag. Ein bisschen Spaß zum Abschluss des Tages wäre sicher nicht verkehrt. Nichts sprach gegen zwei, drei Stunden in netter männlicher Gesellschaft. Absolut nichts!

Wer nicht wagt, der nicht gewinnt.

Ohne länger herumzutrödeln, steuerte sie ihr Zimmer an. Es gab genügend Menschen, die sich nichts sehnlicher wünschten, als einen Abend in Pino de Lucas Gesellschaft ausklingen lassen zu können. Von diesem Gedanken beflügelt, schlüpfte Tina in eine braune Lederhose und eine geblümte Bluse, die sie letztes Jahr im Schlussverkauf erstanden hatte. Sie hielt die Luft an, um den Reißverschluss besser schließen zu können. Diese verflixten paar Kilos zu viel auf den Hüften. Sie betrachtete sich von allen Seiten im Spiegel. Ihre Haare waren heute weniger widerspenstig als sonst. Sie lächelte probeweise und nickte ihrem Gegenüber zu. Zufrieden mit sich ging sie ins Bad. Eine Viertelstunde später näherte sie sich dem Lichtervorhang über der Fassade des ›Maier's‹. Als sie die Tür öffnete, blickte sie in das heruntergedimmte Licht im Eingangsbereich. An der Bar standen Gäste, die miteinander plauderten.

De Luca und seine Musiker befanden sich vermutlich im hinteren Teil des Restaurants, wo gegessen wurde. Dort war es ruhiger. Tina schlüpfte aus ihrer Jacke, hängte sie an die Garderobe und schlängelte sich zwischen den kleinen Tischen durch. Die Anzahl der Sitzplätze im ›Maier's‹ war überschaubar – und de Luca war nirgends zu sehen. Ob sie etwas falsch verstanden hatte? Nein. Seine Nachricht war unmissverständlich. Aber wo war er? Und wo waren die anderen? Sie wandte sich an den Kellner, um sich nach de Luca zu erkundigen, als der Dirigent um die Ecke kam. In einem Teil des Restaurants, den man vom Eingang nicht einsehen konnte, befand sich die nur wenige Quadratmeter kleine Küche. Dort hatte de Luca vermutlich mit dem Patron und dessen Sohn ein paar Worte gewechselt. Als er sie entdeckte, winkte er ihr zu.

»Da sind Sie ja. Schön, dass Sie Zeit haben. Kommen Sie. Hier entlang«, forderte er sie auf. Er saß an einem der Ecktische – allein.

Tina nahm ihm gegenüber Platz. »Und wo sind die anderen? Die Musiker?«, fragte sie.

»Schon nach Hause gegangen. Die meisten wollten noch telefonieren oder skypen oder sich mit Freunden in der Stadt treffen.« De Luca winkte nach dem Kellner, der sofort herbeieilte.

»Zweimal Pimientos und zweimal das Lady's Cut.« Er blickte fragend zu Tina hinüber. »Möchten Sie Ihr Steak mit Bratkartoffeln und grünen Bohnen? Oder lieber mit Risotto? Das Risotto hier ist göttlich, aber das wissen Sie vermutlich besser als ich.«

»Mit den Pimientos bin ich einverstanden, beim Steak muss ich passen. Ich habe schon gegessen, und zwar ausgiebig.«

»Schade! Dann eben nur eine Vorspeise. Haben Sie Lust auf ein Glas Weißwein?«

»Mit frischgepresstem Orangensaft würden Sie mich glücklich machen.«

»Was sagt man dazu?« De Luca musterte sie mit einem ironischen Ausdruck. »Sind Sie sicher?«

»Absolut.« Tina hatte den Geschmack des Eierlikörs noch auf der Zunge. Außerdem hatten sie bei Elisa mit Wein auf ihren Geburtstag angestoßen. Für heute hatte sie genug Alkohol.

De Luca stieß ein dramatisches Seufzen aus. »Dann bitte ein Glas Weißburgunder für mich und Orangensaft für die Dame«, sagte er zum Kellner. »Es hat mir übrigens imponiert, dass Sie sich die Probe angetan haben. Für jemanden, der Opern nicht ausstehen kann, war das eine Leistung.«

»Vielleicht haben Sie mich bekehrt? Ich bin mir meiner Abneigung nicht mehr sicher.«

De Luca klatschte begeistert in die Hände. »Wenn das so ist, kommen Sie zur nächsten Anspielprobe … eine Stunde Generalprobe mit dem Orchester. Wir spielen die ersten zwanzig Takte, zwei-, dreimal. Der Saal ist leer, es gibt eine Überakustik. Später, wenn die Leute im Saal sitzen, klingt es anders. Sie erleben also etwas besonders Intimes.« De Luca sprach von der ersten Sinfonie von Brahms und vom Flow-Effekt, wenn alles glattlief. »Dieser Zustand passiert von selbst, den kann man nicht planen. Oft merkt man gar nicht, wenn es geschieht, erst hinterher kommt die Freude, dass man sich ganz nah am perfekten Bereich befunden hat.«

»Als Dirigent müssen Sie sehr schnell reagieren.«

»So ist es«, pflichtete de Luca ihr bei. »Man kann den Ablauf leider nicht kontrollieren. Logischerweise bereitet man sich akribisch vor, doch in dem Moment, in dem es losgeht, muss man sich auf seinen reaktiven Instinkt verlassen können. Er ist alles, was man hat.« De Lucas Handy, das auf der Lederbank neben ihm lag, vibrierte. Er entschuldigte sich und nahm den Anruf entgegen: »... Carnegie Hall ... dann Elbphilharmonie ... ja ... Witold Lutosławski, das Konzert für Orchester«, er sprach hinter vorgehaltener Hand, um die Geräusche rundum abzuschirmen. Als er fertig war, steckte er das Handy ins Jackett und erklärte, was es mit Witold Lutosławski auf sich hatte: »Sechzig Streicher, das Blech dröhnt ...« Er lachte kopfschüttelnd auf. »Wenn einer schlecht spielt, haben alle ein Problem. Fehler gehen eben nicht im runden Gesamteindruck unter.«

Zwei Frauen starrten zu ihnen herüber.

»Gleich wird man Sie vermutlich um ein Foto bitten«, ahnte Tina.

De Luca zog amüsiert die Augenbrauen hoch. Er genoss das Gespräch mit Tina. »Es gibt Schlimmeres, als um ein Erinnerungsfoto gebeten zu werden.«

»Apropos Foto. Danke für den Schnappschuss mit meiner zerstückelten Torte. Ihre linke Gesichtshälfte war übrigens perfekt zu sehen.«

»Tut mir leid. Dirigenten haben gewöhnlich keine anderen Talente, dafür haben sie schlichtweg zu wenig Zeit. Wir stecken unsere gesamte Energie in die Musik. Es ist eine Liebe ohne Platz für anderes.« Er hob lächelnd die Hände. »Übrigens. Wenn Sie wollen, dürfen Sie das Foto gern posten. Werbung schadet nie, oder?«

»Ziehen Sie mich etwa auf?« Tina glaubte, nicht recht zu hören.

»Durchaus nicht. Frauen aufzuziehen hieße, irgendwann

von ihnen nicht mehr ernst genomen zu werden. Die Torte sah fantastisch aus, sehr originell. Sicher gefällt es Ihren Followern, zu erfahren, dass auch ich Ihre süßen Kreationen verspeise. Heute geht es doch vor allem ums Verlinken, um Zusammenschlüsse jedweder Art. Meine Follower mögen es, wenn ich mit dem Orchester nach den Proben gewöhnliche Dinge tue, wie Torte essen, zum Beispiel. Das bedeutet, dass ich bin wie sie – nahbar. Prominente, die diesen Satus erfüllen, werden von den Leute dafür geliebt.«

»Klingt ziemlich abgeklärt.« Tina betrachtete de Lucas zurückgehenden Haaransatz. Die höher werdende Stirn verlieh ihm das Aussehen eines Denkers. Von diesem Zeichen des Alters abgesehen war er ein attraktiver Mann, der sich durch sein gepflegtes, bohemienhaftes Äußeres den Status *Künstler* selbst verlieh.

»Nichtsdestotrotz ist es die Wahrheit«, beharrte de Luca. »Und gegen die Wahrheit sträubt man sich besser nicht, man wäre im Nachteil.«

»Also gut. Dann poste ich das Foto zu unser beider Vorteil. Auf dem Schnappschuss wirken Sie tatsächlich völlig normal. Und was die Einladung zum Essen anbelangt, das machen Sie doch nicht etwa, um mich zu beeindrucken?«

»Wollte ich Sie beeindrucken, würde ich zu anderen Mitteln greifen als zu Pimientos mit Meersalz und einem Glas Orangensaft.« De Luca schien sich an seinem eigenen Kommentar zu erfreuen und lachte fröhlich, wobei seine Stirn sich in viele kleine Fältchen legte. Ohne zu zögern, griff er nach Tinas Hand und betrachtete sie. »Mit diesen Händen stellen Sie also Ihre Torten her.«

»Ja«, sagte Tina nur. Normalerweise war sie selten um eine Antwort verlegen, vor allem nicht, wenn es um ihre Arbeit ging. Sie beschrieb gern ausgiebig, was sie tat. Doch de Luca irritierte sie. Sie konnte diesen Mann nicht einordnen.

De Luca ließ ihre Hand los, beugte sich über den kleinen Tisch und küsste sie auf den Mund. »Das würde ich tun, wenn ich Sie beeindrucken wollte«, sagte er, als er sich von ihr löste. »Nur Gefühle beeindrucken Menschen. Alles andere zieht mehr oder weniger unbeachtet an uns vorbei. Doch Gefühle erreichen uns. Habe ich recht? Sie bringen uns ins Wanken … manche Gefühle stellen uns auch erst richtig auf die Füße, sodass wir endlich den Boden unter uns spüren und sicher dastehen.«

Tinas Lippen brannten. De Lucas Kuss hatte sie kalt erwischt. Dass prominente Männer fremde Frauen in der Öffentlichkeit küssten, kam ihres Wissens selten vor. Hatte Alwy nicht erwähnt, de Luca hätte das Herz einer gewissen Dame erobert, einer Opernsängerin? Oder täuschte ihr Gedächtnis sie? Spielte dieser Mann mit ihr? Wollte er ein kleines sexuelles Abenteuer und dachte, mit ihr sei das vielleicht möglich, weil sie nur eine kleine Pâtissière war?

»Ich habe Sie geküsst … nicht ermordet«, sagte de Luca mitten in ihr Schweigen. »Sie gefallen mir, sogar Ihre chaotische Seite, die besonders. Selbstverständlich möchte ich Ihnen nicht vorenthalten, dass ich als Casanova gelte, so schreiben zumindest die Medien über mich. Allerdings glaube ich, dass Sie eine Frau sind, die sich gern ein eigenes Urteil bildet.«

Tina spürte die Unruhe, die sie seit de Lucas Kuss ergriffen hatte. Die Blicke der Leute schienen zuzunehmen.

»Ich glaube, meine Welt steht gerade kopf. Wenn jemand diesen Kuss mit dem Handy fotografiert hat, sind Sie geliefert und ich mit Ihnen.«

De Luca nahm erneut ihre Hand, diesmal hielt er sie länger fest. »Aber wieso denn? Mit einer hübschen jungen Frau wie Ihnen in Verbindung gebracht zu werden, kann ich nur als Kompliment auffassen. Sie allerdings müssten erklären, weshalb sie sich von einem älteren Mann küssen lassen.«

Der Kellner brachte die Pimientos. Er beobachtete den Dirigenten und seine Begleitung mit äußerster Aufmerksamkeit, als müsse er sie, früher oder später, vor den übrigen Gästen abschirmen. Zusätzlich zu der Platte mit den Pimientos stellte er eine Schale mit geviertelten Zitronen auf den Tisch.

»Hören Sie, Signore de Luca«, begann Tina, als der Kellner gegangen war. Sie spürte noch immer das Brennen des Kusses auf ihren Lippen, versuchte jedoch, es zu ignorieren. »Ich habe eine Firma, um die ich mich kümmern muss, einen Ex-Freund, der mir wie ein verdorbenes Gericht noch immer im Magen liegt, eine Familie, zu der ich ein besseres Verhältnis aufbauen möchte, falls das überhaupt möglich ist, Schulden und jede Menge Träume. Ich bin nicht an einer verwirrenden Affäre mit Ihnen interessiert. Ich brauche Ruhe. Ruhe und Stabilität. Stabilität vor allem«, setzte sie hinzu. Noch immer fuhren ihre Gedanken Karussell, doch wenigstens wusste sie, dass sie sich nicht zum Spielball dieses Mannes machen lassen wollte. Sie würde sagen, was sie wollte. Freiheraus.

»Ich mag Offenheit. Wir sollten Pino und Tina zueinander sagen.« De Luca schob den Teller mit den grünen Paprikas näher zu ihr hin. »So, und jetzt probieren wir von den Pimientos. Sie müssen heiß gegessen werden. Nimmst du Zitrone dazu?« Er legte seine Serviette auf den Schoß und reichte ihr den Teller mit Zitronen. Tina griff nach einem Viertel und presste den Saft über die gebratenen Paprikas.

Während sie schweigend die Pimientos verzehrten, bedachte de Luca sie zwischendurch mit Blicken, die Tina ignorierte so gut es ging. Als das Steak serviert wurde, begann er, ihr Fragen zu stellen: wo sie aufgewachsen war und ob sie Geschwister hatte, wann sie ihre Vorliebe für Torten entdeckt hatte und wo ihr Weg sie ihrer Ansicht nach hinführen sollte. Tina gefielen seine Fragen und die Möglichkeit, ausführlich antworten zu können. Das gab ihr ihre Sicherheit zurück.

Als sie später das Restaurant verließen, umfing sie die Nachtluft wie ein schützendes Tuch. De Luca schlug den Weg zur Patisserie ein, als sei es das Selbstverständlichste auf der Welt. Ihn neben sich zu spüren, machte Tina nervös.

»Ohne Torte am Boden sieht die Straße ganz ordentlich aus«, er sah mit gleichmütigem Blick auf das Kopfsteinpflaster, als sie die Patisserie erreichten.

»Spiel nicht mit Menschen, Pino.« Es kostete sie Überwindung, de Luca zu duzen. Doch sie wusste selbst, wie seltsam es wäre, ihn nach dem Kuss weiterhin zu siezen.

De Luca senkte die Stimme zu einem heiseren Murmeln: »Ach so … tue ich das?« Es klang fragend.

Tina nickte heftig. »Zumindest kommt es mir so vor. Und es gefällt mir ganz und gar nicht.« Alles Mögliche spukte ihr im Kopf herum. Sie wurde einfach nicht schlau aus diesem Mann, dessen beneidenswerte Selbstsicherheit und Arroganz sich mit einer sorglosen Unbekümmertheit mischten.

»Meiner Erfahrung nach zieht der Überlebensinstinkt uns Menschen immer wieder nach oben, auch in Situationen, in denen das Leben uns übel mitspielt. Was soll schon geschehen, nur weil wir uns geküsst haben? Ich empfinde Küsse als ausgesprochen angenehme Abwechslung.«

»Abwechslung?«, stieß Tina hervor. »Würdest du dich als jemand bezeichnen, der seinen Alltag mit Küssen versüßt?« Tina starrte auf die Manschetten seines Hemdes, die unter dem Jackett hervorblitzten, und auf das Seidentuch, das er sich locker um den Hals gebunden hatte. Dieser Mann entsprach dem Bild eines Künstlers und wirkte wie jemand, der sein Leben und sein Auftreten in jeder Situation unter Kontrolle hatte.

De Luca ließ ein heiteres Lachen hören. »Unter anderem ... ja ... warum nicht?«

»Küsse stellen eine besondere Intimität zwischen zwei Menschen dar, sie sind etwas Kostbares.« Tina kreuzte die Arme vor der Brust. So aufgebracht sie auch war, eins musste sie de Luca zugutehalten: Er hielt mit seinen Ansichten nicht hinterm Berg.

»Ich spreche dem Kuss seine Kostbarkeit nicht ab«, er legte seine Finger an die Lippen und dachte nach: »Lass es mich anders versuchen. Glaubst du, wäre es möglich, deine Angst einen Moment zu vergessen? Nur für eine Minute, damit ich mich ordentlich von dir verabschieden kann?«

Tina glaubte Sarkasmus herauszuhören, doch sein einnehmendes Lächeln und der Griff nach ihrer Hand, deren Innenfläche er ohne zu fragen küsste, widersprach dem. Sie spürte de Lucas Lippen auf ihrer Haut. Seinen Atem.

»Danke für die fantastische Torte. Ich bin gerührt, dass du viele Stunden nur für mich daran gearbeitet hast.« Sie hatte weder mit dieser innigen Geste noch mit seinen Worten gerechnet. »Und um auf das Angebot einer Affäre einzugehen. Ich bin ein Gegner dieser Art von Beziehung. Ich mag echte Gefühle, im Leben wie in der Oper. Zwar weiß man nie, wie lange sie dauern, aber ich weise sie ungern zurück.« De Luca sah sie unter seinen dichten Augenbrauen mit festem Blick an.

»Ich habe dir keine Affäre angeboten, Pino«, Tina hielt seinem Blick stand, »sondern eine ausgeschlossen.« Er mochte unkonventionell sein, doch sie hatte Regeln, die ihrem Leben Struktur gaben.

»Spricht man nicht das ab, was man im Grunde möchte?« Seine Stimme hatte mit einem Mal einen süffisanten Unterton angenommen. »Wenn es nach mir geht ... ich würde dich gern wiedersehen. Aber wie steht es mit dir? Was willst du?« Er schaute auf ihre Hände, die er nun beide festhielt, hob sie an seine Wange, drückte sie an sein Gesicht und hauchte im Loslassen einen Kuss darauf. Danach verschwand er ohne ein weiteres Wort in der Dunkelheit.

Tina hörte das Klappern seiner Absätze auf dem Pflaster. Verwirrt blickte sie auf ihre Hände, die gerade noch an seiner Wange gelegen und seine Bartstoppeln gespürt hatten. Unschlüssig, ob sie Alwy von dem Kuss erzählen sollte, fingerte sie nach dem Schlüssel, öffnete die Tür und trat in den Hausflur. Was wollte de Luca von ihr? Als sie vor ihrer Wohnung ankam, hatte sie sich dazu durchgerungen, zu schweigen. Alles andere würde sie nur durcheinanderbringen. In ihrer Wohnung brannten sämtliche Lichter. Normalerweise brach sie nicht derart übereilt auf. Sie ließ die Schuhe von ihren Füßen gleiten und ging ins Bad, um sich auszuziehen. Mit einem Frotteetuch um den Körper kam sie zehn Minuten später wieder heraus. Barfuß ging sie durch den Flur und lugte in Alwys Zimmer – es war leer. Sie holte ihr Handy und ein Glas Wasser und ging in ihr Zimmer.

Es war schwer zu erahnen, was de Luca als Nächstes vorhatte, er erinnerte sie an ein Tier in freier Wildbahn. Bei einem Mann wie ihm wäre gut zu wissen, wann man besser in Deckung ging. Sie legte sich aufs Bett, schrieb einen passenden Text zu de Lucas Foto und lud es bei Instagram hoch. Der Kontakt zu ihm brachte ›Cake Couture‹ eine Menge Aufmerksamkeit. Sicher würden aufgrund des neuen Fotos wieder unzählige Kommentare eingehen. Tina likte die Kommentare zu einem Foto, das Alwy tags zuvor gepostet hatte. Unter den persönlichen Nachrichten befand sich die Anfrage einer Handelskette aus New York, die an den Pralinen mit Botschaft Interesse zeigte. Alwy hatte recht: Es machte keinen Sinn, die Pralinen außerhalb Europas zu verschicken. Das widerspräche ihrem Anspruch auf höchste Qualität. Probleme mit dem Zoll konnten sie sich nicht leisten, unter Umständen käme die Ware dann nicht mehr frisch an.

Tina legte das Handy zur Seite und schlüpfte unter die Decke. Vergiss diesen dummen Kuss!, sagte sie sich, als sie das Licht abdrehte. Sie klopfte das Kissen flach und bettete ihren Kopf darauf, fest entschlossen, jeden Gedanken an de Luca auszublenden. Doch sosehr sie sich auch bemühte, es gelang ihr weder einzuschlafen noch den Kuss zu vergessen.

23. KAPITEL

Jeden Morgen checkte Tina noch im Bett ihre Mails. Doch heute hätte sie ihr Smartphone am liebsten erst gar nicht zur Hand genommen. Unter den zuletzt eingegangenen Nachrichten befand sich auch eine Mail von Ludwig Thelen, die ihr ganz und gar nicht gefiel.

»Entweder leidet dieser Mann unter Schlafstörungen oder er besitzt keine Uhr. Kein normaler Mensch schreibt einem um drei Uhr fünf, oder sehe ich das falsch?«

Alwy goss sich gerade Kaffee ein, als Tina in die Küche kam. Sie sah auf. »Guten Morgen. Redest du von Thelen?«

»Tu ich, ja. Dieser Mann scheint keinen Schlaf zu brauchen.«

»Vermutlich ist er Workaholic«, sagte Alwy. »Und? Schlägt er ein Treffen vor?«

Tina nickte. »Allerdings, und zwar schon heute!« Sie setzte sich an den Tisch und trocknete sich mit einem Handtuch das feuchte Haar. »Treffpunkt Hofhaymer Allee, Ecke Nonntaler Hauptstraße. Dort befindet sich das Haus, in das wir ziehen sollen, während die Steingasse saniert wird. Und dort wäre dann auch die Patisserie.«

»Um in die Nonntaler Hauptstraße zu kommen, brauchen unsere Kunden ein Fahrrad, besser noch ein Auto. Zu Fuß ist man aufgeschmissen.« Alwy gab ausnahmsweise Zucker in ihren Kaffee und rührte laut um. »Magst du auch?« Sie deutete auf die Kaffeemaschine.

»Mhhm!«

Alwy goss Kaffee ein, gab Milch dazu und reichte Tina die Tasse. Das Frühstück fiel diesmal kurz aus. Tina rührte frischgeschnittenes Obst in ihr Müsli, aß jedoch kaum etwas davon. Nachdem sie ihren Kaffee getrunken hatte, zog sie ihre Arbeitskleidung an und verschwand in der Patisserie, um wie ferngesteuert Champagnertrüffel herzustellen.

»Und? Wie fühlst du dich?«, erkundigte Alwy sich, als Tina gegen Mittag fertig zum Aufbruch war.

»Ganz okay. Ich mach mich mal auf den Weg.« Es klang, als träfe sie sich mit einer Freundin, doch Alwy wusste, wie sehr Tina sich zusammenriss.

»Warte!« Sie hielt ihre Freundin zurück, klappte den aufgestellten Kragen von Tinas Jacke um und spuckte ihr dreimal über die Schulter. »Toi, toi, toi! Ruf mich an, wenn du mit dem Kerl fertig bist.«

»Wird schon gut gehen«, versprach Tina. Alwys Worte machten ihr Mut. Sie trat auf die Straße, winkte Alwy von draußen zu und ging mit schnellen Schritten zu ihrem Wagen.

Eine Fahrt ins Nonntal hatte sie bisher als angenehme Spazierfahrt ins Grüne wahrgenommen, davon konnte diesmal keine Rede sein. Während sie vor einer roten Ampel wartete, dachte sie darüber nach, dass die Hofhaymer Allee nicht die Adresse war, die sie sich für eine kleine, feine Patisserie ausgesucht hätte. Die Ampel sprang um. Tina fuhr an, überquerte die Kreuzung und studierte, nachdem sie an einer Tankstelle, einem Fotolabor und einem Restaurant vorbeigefahren war, die Hausnummern an den Fassaden. Sie hatte vor, sich Thelen unauffällig zu nähern, um einen Blick auf ihn zu werfen, ohne dass er es mitbekam. Aus diesem Grund parkte sie auf dem Kundenparkplatz eines Supermarkts und ging zu Fuß zu dem Mehrfamilienhaus auf der gegenüberliegenden Straßenseite, dessen leerstehendes Geschäftslokal schon von weitem auffiel. Hinter einem Baum versteckte sie sich und warf einen Blick auf den Mann, der vor dem Gebäude auf und ab ging. Er war groß und wirkte jünger und vor allem legerer, als sie vermutet hatte. Sie hatte mit einem Mann im Anzug gerechnet, doch Ludwig Thelen trug Lederjacke und Sneakers. Er war kein Snob, zumindest nicht seiner Erscheinung nach, doch das wollte nichts heißen.

Sie atmete tief ein und aus. Gleich würde sie erfahren, wie lange sie in der Steingasse wohnen bleiben konnten und wie die Pläne für die Sanierung aussähen und wie Thelen überhaupt dazu kam, Mietern mit einem 5-Jahres-Mietvertrag kündigen zu wollen. Sie wartete eine Lücke im Verkehr ab und sauste über die Straße.

Thelen blieb stehen. »Frau Hoske!« Er streckte ihr die Hand entgegen, bevor sie noch bei ihm angekommen war. »Freut mich, dass Sie sich Zeit für dieses Treffen nehmen.« Tina ergriff seine Hand, ließ sie nach einem kurzen Druck aber los, als würde sie sich daran verbrennen.

»Falls Sie Dinge aus dem Weg räumen möchten«, ihre Stimme klang frostig, »würde ich das zufrieden zur Kenntnis nehmen.« Thelens Gesicht lag im Schatten, doch sie war sicher, einen abgeklärten Zug um seine Lippen auszumachen, wenn er erst im Licht stünde. »Im Übrigen spreche ich nicht nur in meinem Namen, sondern auch in dem der anderen Mieter, Frau Merkath und Herrn Gravenstätter.« Sie zog die Einverständniserklärung von Elisa und Ralf aus der Tasche und hielt sie Thelen vor die Nase. Von den Plänen dieses Mannes würde sie sich ihr Leben nicht madig machen lassen. Auf gar keinen Fall.

»Wollen wir?« Thelen ignorierte das Papier und holte einen Schlüssel aus der Hosentasche. Ruck, zuck steckte er ihn ins Schloss und drehte ihn mit einem Ruck um. Männer wie er verschanzten sich gern hinter kühler Professionalität, doch darauf würde sie nicht hereinfallen. Tina blieb im Türrahmen stehen und beobachtete, wie Thelen ein Fenster an der hinteren Wand öffnete. Schon jetzt schaffte sie es nicht, dieses unpersönlich wirkende Haus mit ihrem bisherigen Wohn- und Arbeitsumfeld in Einklang zu bringen. Bereits die nüchterne Außenfassade ließ sie frösteln, und drinnen war es nicht besser.

Thelen blickte zu ihr: »Kommen Sie?« So ansprechend die

äußere Erscheinung seiner Mieterin auch war, so wenig anziehend erschienen ihm ihre offensichtliche Ungeduld und die unterschwellige Kampfbereitschaft, die sie ausstrahlte. Sie würde das Geschäftslokal heruntermachen, wegen der Lage und des fehlenden Lichts und wegen des Verkehrs, doch ihre Abneigung lag vor allem daran, dass sie gegen die Sanierung ihres jetzigen Zuhauses war – dabei hatte das Haus in der Steingasse diese dringend nötig. Ewig konnte man nicht darauf hoffen, dass längere Perioden von Starkregen ausblieben. Er jedenfalls war froh, dieses Juwel in exzellenter Lage entdeckt zu haben. Das Geschäftslokal und die Wohnungen würden nach einer umfassenden Renovierung hohe Miet- beziehungsweise Verkaufspreise einbringen. So war das Geschäftsleben von Bauinvestoren nun mal. Man kaufte ein renovierungsbedürftiges Objekt, steckte Geld, Ideen und Energie hinein und vermietete oder verkaufte die Immobilie danach an Kunden, die glücklich waren, Wohnungen dieses Standards beziehen zu können. Inzwischen überlegte er sogar, die Dachwohnung, in der die Verkäuferin gelebt hatte, selbst zu beziehen. Von dort hatte man einen schönen Blick auf die Festung und das Grün rundum, auf die Dächer der jahrhundertealten Häuser, kurzum: Man genoss den betörenden Charme Salzburgs. Ein Zweitwohnsitz an der Salzach erschien ihm immer verführerischer.

Tina verließ den Vorraum und schloss zu Thelen auf. Sich hin und her drehend, nahm sie die Atmosphäre des achtzig Quadratmeter großen Raums in sich auf. Er war größer als die bisherige Tortenwerkstatt samt Kühlraum und Nebenzimmer. Doch sosehr ihr die Tortenwerkstatt wie ein Refugium aus einer anderen Zeit erschien, so sehr fehlte hier jede Atmosphäre. Es gab weder Kopfsteinpflaster vor der Tür noch geschichtsträchtige Häuser in der Nachbarschaft, keine Spaziergänger, die vorbeiflanierten und sich Zeit ließen. Hier gab es modernere Bauten und den fließenden Verkehr direkt vor der Tür, der nie abriss.

Wenn es doch damit getan wäre, die Zeit der Sanierung zu überstehen, das würde sie schon hinter sich bringen. Allerdings hörte ihre Vorstellungskraft bereits an dem Punkt auf, wo sie ihre Habseligkeiten einpacken musste, um die Steingasse 41 zu verlassen.

»In diesem dunklen Raum sollen meine Kunden Ihrer Ansicht nach also etwas von der Qualität und der Liebe, die in meinen Produkten stecken, wiederfinden?« Sie hatte sich den Satz beim besten Willen nicht verkneifen können.

Wie immer bei Menschen, die ihm nicht wohlgesinnt waren, bemühte Thelen sich um einen beiläufigen Tonfall. »Sie als Frau mit Fantasie machen was draus, da bin ich mir sicher. Und es ist ja auch nicht für immer.«

Tina spürte, wie Wut in ihr aufstieg. Dieser Mann war um keine Antwort verlegen. Doch diesmal würde sie das Verhaltensmuster durchbrechen, das sie in den vergangenen Jahren dazu gebracht hatte, immer wenn es schwierig wurde, in Opposition zu gehen … um sich so erst recht in Schwierigkeiten zu bringen. Sie würde ruhig bleiben, das hatte sie Alwy versprochen. Und falls Thelen in ihrem Gesicht zu lesen versuchte, würde ihm das nicht gelingen, weil sie sich nichts anmerken ließ.

»Herr Thelen. Dieser Raum ist extrem dunkel und schlichtweg unpassend, weil er zu weit vom Zentrum entfernt ist. Davon abgesehen, frage ich mich, was es kostet, das Equipment, das ich für meine Arbeit benötige, hierherbringen zu lassen. Wer zahlt mir das?«

»Sie liefern doch, oder?« Thelen kannte offenbar sämtliche Fakten.

»Natürlich«, gab sie zu. »Aber ich habe auch viel Laufkundschaft, Stammkunden, die ihre Runden in der Stadt drehen und dabei ihre Einkäufe erledigen. Lieferungen sind zeit- und kostenintensiv. Wie jeder muss auch ich wirtschaftlich denken.«

»Die Mechanismen der freien Marktwirtschaft ... das blüht uns Selbstständigen allen.« Wie lange würde es wohl dauern, bis die Wut dieser Frau verrauchte? Was erwartete sie überhaupt von ihm? Auch er führte ein Unternehmen, dabei kam es nicht allein auf die Anzahl der Mitarbeiter an, sondern vor allem auf Wirtschaftlichkeit und Innovation. Thelen fasste die Aspekte Wirtschaftlichkeit und Rentabilität noch einmal zusammen, danach sagte er zu, sämtliche Kosten für den Umzug auf Zeit zu übernehmen.

Tina tauchte einen Moment in ihre Überlegungen ab: Gegen Rentabilität ließ sich nichts sagen. Ein Punkt für ihn. Dass er sämtliche Kosten übernahm, ließ sie zudem aufatmen.

»Und wann beginnen Sie mit dem Umbau?« Sie musterte Thelen mit unverhohlener Abneigung. Schon die ganze Zeit forschte sie in seiner Stimme nach Untertönen, die auf verschleierte Wahrheiten hinwiesen, doch sie entdeckte nichts – jedenfalls noch nicht.

»Sobald die Pläne des Architekten vorliegen und das Denkmalamt keine Einwände erhebt, legen wir los. Die Sanierung wird selbstverständlich behutsam vonstattengehen, der Bedeutung des Hauses entsprechend«, sagte er abschließend.

Wie sie ihn einschätzte, plante er eine dieser raren, wie sie allerdings zugeben musste, ansprechenden Terrassen, denn das Haus verfügte über einige begehrte Quadratmeter Raum im hinteren Bereich, die man, wenn man genug Geld investierte, durch eine Konstruktion aus Edelstahl und Teakholz erschließen konnte und, wenn man sie dazu noch mit einer Glaskonstruktion veredelte, zu einem ganzjährig nutzbaren Wintergarten mit Blick auf den Kapuzinerberg ausbauen konnte. Sie hatte unlängst von einem Nachbarn erfahren, dass es eine langwierige Prozedur gewesen war, eine Genehmigung für seinen Wintergarten zu bekommen.

Vermutlich würde sich der Umbau deshalb um Monate, wenn nicht sogar um ein ganzes Jahr verzögern. Insgeheim freute sie sich, dass sich das Luxusproblem, von dem sie annahm, dass es Ludwig Thelen demnächst blühte, als kleiner Vorteil für sie erwies. Zumindest verschaffte es ihr Zeit, eine Lösung zu finden, wie immer diese auch aussähe.

»Wie hoch werden die Mieten nach dem Umbau denn sein, Herr Thelen? Steigen sie um zehn oder zwanzig Prozent? Oder sogar mehr? Und werden Sie überhaupt weiter vermieten oder streben Sie einen Verkauf der Wohnungen an? Sie verstehen sicher, dass wir Mieter uns Antworten auf diese Fragen erhoffen.«

Thelen wich der Frage nicht aus. »Es sind für alle Mieter Verträge mit einer entsprechenden Abschlagszahlung in Vorbereitung. In den nächsten Tagen erhalten Sie diese per Post.«

»Also doch«, entfuhr es ihr. »Sie komplimentieren uns hinaus, damit nach dem Umbau Platz für Leute ist, die sich den Luxus einer generalsanierten Wohnung in der Steingasse leisten können. Seien Sie versichert, dass wir alle unsere Rechte als Mieter ausschöpfen werden.«

»Niemand zwingt Sie zur Unterzeichnung des Vertrags, Frau Hoske. Sie können Ihre Wohnung auch hinterher bewohnen, entweder zur Miete oder als Eigentum. Selbstverständlich checkt die LET alle rechtlichen Vorgaben.« Er hatte nicht vor, das Ganze breitzutreten, sondern wollte die Probleme, die sich ergaben, auf anständige Weise lösen, doch sie standen nun mal auf verschiedenen Seiten – daran ließ sich nichts ändern.

»Sofern ich erbe oder im Lotto gewinne, bleibe ich gern in meinem Zuhause ...«, Tina klang verstimmt, wie ein enttäuschtes Kind, das nicht bekam, was es sich wünschte. Sie ahnte, wie Thelen vorging. Er bot den Mietern eine Summe, die es ihnen leicht machte, ihre Wohnungen aufzugeben. Nur so kam er an den begehrten Wohnraum und konnte ihn später zu einem horrenden Preis auf den Markt bringen. Natürlich hatte sie als Mieterin Rechte. Es blieb ihr unbenommen, einen Rechtsbeistand einzuschalten, doch was brachte ihr das außer weiteren Sorgen. Menschen wie Ludwig Thelen saßen am längeren Hebel, weil sie sich die besten Anwälte leisten konnten, die nichts anderes taten, als Schlupflöcher zu finden. Außerdem lief ihr Mietvertrag insgesamt nur über fünf Jahre, wovon anderthalb bereits verstrichen waren. Sie hätte auf jeden Fall das Nachsehen.

Thelen zuckte mit den Schultern. »Ich gestalte die Preise nicht, ich passe mich lediglich dem Markt an, Frau Hoske. Angebot und Nachfrage. Ihre Pralinen gibt es auch nicht zum Schnäppchenpreis. Beste Zutaten, hohe Preise, nehme ich mal an, so ist es doch, oder?«

Mit diesem Argument nahm er ihr den Wind aus den Segeln. Er tat nichts Ungesetzliches. Es war nur so, dass es ihr sauer aufstieß, in einem entzückenden, wunderbar gelegenen Altbau eine gemütliche Wohnung zu haben, die bald unbezahlbar sein würde – mal abgesehen davon, dass sie den Luxus, den Thelen in die Wohnungen einplanen würde, nicht benötigte. Natürlich wäre es erleichternd, zu wissen, dass kein Starkregen dieser Welt die Mauern der hinteren Zimmer mehr durchnässen könnte. Aber sie brauchte keine Markenküche mit Granitarbeitsplatte oder einen edlen Holzboden aus gekalkter Eiche, ganz zu schweigen von einer Badewanne mit Massagedüsen oder gar einem zweiten Bad.

Tina diskutierte weiter, und als sie alle Argumente ausgeschöpft hatte, bat sie Thelen um das Vorkaufsrecht für ihre Wohnung und das Geschäftslokal. »Ich möchte zumindest die Möglichkeit haben, zu kaufen, bevor mir jemand zuvorkommt.« Thelen beteuerte, ihr diesbezüglich alsbald Rückmeldung zu geben.

Nach einer halben Stunde in seiner Gegenwart wusste Tina beim besten Willen nicht, wie sie diesen Mann einschätzen sollte. Einerseits erschien er ihr normal, optisch betrachtet sogar locker, andererseits war da diese durchstrukturierte, pragmatische, manchmal auch subtile Seite eines Geschäftsmannes, der sich keine Gefühle leisten konnte oder wollte.

Mit den Worten: »Verbindlichsten Dank für das Treffen!«, verabschiedete er sich von ihr.

Tina stieg in ihren Wagen, holte die Wasserflasche aus der Ablage in der Seitentür und trank in großen Schlucken. Dann rief sie Alwy an und erzählte vom Vorkaufsrecht und der Hoffnung, dass die Bank vielleicht die Kreditsumme erhöhte, wenn sie ihre Wohnung, falls sie sie kaufen konnte, als Sicherheit angab.

»Bleibt noch das Eigenkapital«, merkte Alwy an. »Ich hab mein gesamtes Erspartes in die Teilhaberschaft gesteckt.« Es blieb kurz still am anderen Ende. »Aber es gibt noch eine Lebensversicherung, in die ich seit meinem zwanzigsten Lebensjahr einzahle. Ich müsste nachfragen, wie hoch die angesparte Summe inzwischen ist und ob ich den Zugewinn bei einer vorzeitigen Auszahlung versteuern muss. Notfalls könnte ich mir die Summe auszahlen lassen, um sie als Eigenkapital-Anteil für den Kauf der Geschäftsräume zu verwenden.«

Von irgendwoher hörte Tina ein Gitarrenriff. Sie blickte nach draußen. Ein junger Mann saß auf einer Wagenhaube und malträtierte seine Gitarre. Nicht nur das Gitarrenspiel lenkte sie ab, auch der Verkehr wurde zusehends stärker, und da sie die Fensterscheibe hinuntergelassen hatte, um frische Luft in den Wagen zu lassen, musste sie lauter sprechen.

»Ich fahre auf jeden Fall gleich bei der Bank vorbei und verhandle den finanziellen Handlungsspielraum«, sagte sie.

»Ja, tu das«, motivierte Alwy sie.

Ihr Bankberater hatte Zeit und bat sie in sein Büro.

»Wenn Sie ausreichend Sicherheiten bieten können, sind wir natürlich bereit, die Kreditsumme zu erhöhen. Allerdings nur dann«, versprach er, nachdem sie ihm alle wichtigen Informationen gegeben hatte. Die Zinsen waren niedrig. Ihre Chancen waren nicht berauschend, aber immerhin hatten sie eine.

Zurück in der Steingasse, setzte sie sich an den Schreibtisch und bat Ludwig Thelen in einer Mail, ihr die Wohnung teilsaniert zu verkaufen, was wesentlich günstiger wäre. Sie knüpfte keine großen Hoffnungen an diesen Vorschlag, der ihr erst auf der Rückfahrt eingefallen war, doch sie wollte alles versuchen, um in der Steingasse bleiben zu können. Vielleicht zeigte Thelen sich menschlich und stimmte zu? Als sie die Mail wegschickte, biss sie sich vor Anspannung auf die

Fingernägel. Am liebsten würde sie sich irgendwo hinlegen, die Augen schließen und an etwas Schönes denken. Doch ausruhen kam nicht infrage, es gab noch viel zu tun. Also stand sie auf und öffnete die Schranktür. Es machte sie noch immer stolz, die Hand über die Stange mit den Arbeitsuniformen gleiten zu lassen. Der Stoff der weißen Arbeitshosen und Jacken erinnerte sie daran, wozu sie fähig war: Sie war eine Frau, die kämpfte und auch das Risiko nicht scheute.

Während sie in ihre Arbeitsmontur stieg, erinnerte sie sich an eine Szene in einem Thriller, den sie unlängst gesehen hatte. In dem Film blickte die Heldin auf Stromschnellen und war selbst in Sicherheit – *noch*, wie sich im weiteren Verlauf des Films herausstellte! Genauso fühlte sie sich. *Noch* wohnte und arbeitete sie in einem wunderbaren Umfeld. *Noch* war alles in Ordnung. Doch wie lange hielt dieses Glück an? Ralf saß vermutlich zu Hause vor dem PC und wartete darauf, Neues von ihr zu erfahren. Sie wollte ihn nicht unnötig auf die Folter spannen. So klingelte sie bei ihm, bevor sie in die Patisserie ging. Als er die Tür öffnete, fiel sie ihm spontan um den Hals.

»Tina … Hoppla …?«

Während sie in Ralfs Armen lag, begriff sie, wie gut es tat, Menschen zu kennen, die keinen Hinterhalt vorbereiteten und es gut mit einem meinten. Die Ereignisse der letzten Zeit hatten sie Kraft gekostet, doch sie war nicht allein – sie hatte Freunde.

Helenes Notizen 4

Wenn du dich nach innerer Wärme sehnst:
Schokoladenkuchen mit Rummarmelade

*Es gibt viele verschiedene Gefühle, aber nur eine Art zu lieben:
mit weit geöffnetem Herzen.*

24. KAPITEL

November

Alwy rieb über die schmerzende Stelle unterhalb des Halswirbels; sie war völlig verspannt.

Um kurz nach eins in der Nacht hatte die Müdigkeit sie endgültig übermannt, und sie war auf zwei Stühlen zusammengekauert eingeschlafen. In dieser Position hatte sie Stunden verbracht, und nun fühlte sie sich völlig ausgelaugt.

Sie ließ von ihrem Nacken ab und wandte sich der Uhr an der Wand zu – zehn nach vier. Mit den Handrücken rieb sie sich über die Augen, um den Schlaf zu vertreiben. Als sie den Oberkörper durchstreckte, damit ihre Wirbelsäule sich entspannte, spürte sie jeden einzelnen Knochen. Jetzt aber hoch. Mit weichen Knien kam sie auf die Beine.

Sie brauchte dringend einen Kaffee. Gähnend machte sie sich auf den Weg zum Automaten. In Gedanken ging sie abermals sämtliche Möglichkeiten durch: woher Leons Zuckungen kamen, über die die Ärztin gesprochen hatte, ob er noch darunter litt, und wieso es überhaupt zu Kammerflimmern bei ihm gekommen war?

Dr. Schöggl hatte inzwischen ein Gespräch mit ihr geführt. Nun wusste sie, dass Leon unter Langzeitsedierung stand. Gegen die Myoklonien bekam er viermal täglich ein Medikament verabreicht. Wenn die Ärzte die Zuckungen im Griff hätten, würden sie ein zweites MRT machen, weil die ersten Aufnahmen nicht gut auswertbar gewesen waren. Alwy hatte Dr. Schöggl während des Gesprächs mit belegter Stimme gefragt, wann es denn eine klare Diagnose geben würde. Sie wünschte sich doch nur einen kleinen Fortschritt.

Irgendetwas, das ihr Hoffnung gab. Wenigstens ein bisschen. Die Ärztin hatte mit den Schultern gezuckt und sie damit zu trösten versucht, dass Leons Zustand halbwegs stabil war. Sie alle brauchten jetzt einen langen Atem und Zuversicht.

Alwy starrte auf den Becher. Vor lauter Herumgrübeln hatte sie nicht mitbekommen, dass er inzwischen randvoll mit Kaffee gefüllt war. Sie goss Kondensmilch hinein, rührte vorsichtig um und schlurfte mit müden Schritten zurück in den Wartebereich. Dort stellte sie ihren Kaffee ab und hangelte nach ihrem Smartphone, um zum x-ten Mal den Begriff *Kammerflimmern* einzugeben.

Die häufigste Ursache für Kammerflimmern waren eine koronare Herzerkrankung oder ein akuter Herzinfarkt. Ein Herzinfarkt war bei Leon ausgeschlossen worden. Weitere Gründe für Schäden an den Herzmuskelzellen konnten eine Entzündung des Herzmuskels oder eine schwere Herzschwäche sein. Auch massive Veränderungen in der Zusammensetzung der Blutsalze, vor allem von Kalium und Magnesium, konnten Kammerflimmern auslösen, ebenso kam eine angeborene Erkrankung des Reizleitungssystems am Herzen als Ursache infrage. Und in fünf bis zehn Prozent aller Fälle trat eine Herzrhythmusstörung bei jüngeren, scheinbar gesunden Menschen beim Sport auf. Wenn sie Horrormeldungen wie diese las, lief ihr ein kalter Schauer über den Rücken. Dann fühlte sie sich wie gelähmt und brauchte all ihre Kraft, um das Gefühl der Hoffnungslosigkeit abzuschütteln.

Alwys Atem ging schwer. Wie sollte man sich gut fühlen, wenn man über Veränderungen las, die aufgrund unerwünschter Nebenwirkungen von Medikamenten auftraten, oder erfuhr, dass auch eine nicht vollständig auskurierte

Grippe Infektionen hervorrufen konnte, die letztlich gefährlicher waren als diese selbst. Wenn die Viren auf das Herz übergriffen, kam es unter Umständen zu einer Herzmuskelentzündung. Die Symptome waren zu Beginn eher unspezifisch und glichen jenen von Infekten: körperliche Abgeschlagenheit, Fieber und Atemnot, bis hin zum kardiogenen Schock – ausgelöst durch Pumpversagen des Herzens. In diesem Fall mussten Anstrengungen vermieden und strikte Bettruhe eingehalten werden. Eine grippebedingte Herzmuskelentzündung war zwar selten, betraf jedoch Menschen jeden Alters und führte im schlimmsten Fall zu Herzversagen durch Kammerflimmern und zum Tod. Alwy lehnte den Kopf gegen die Wand. Sie versuchte sich zu erinnern, ob Leon bei ihrem Wiedersehen gehustet oder sich geschnäuzt hatte. Als sie das Café am Flughafen betreten hatten, war ihr nichts dergleichen aufgefallen. Sie war viel zu aufgeregt gewesen, um etwas anderes als ihre Gefühle für Leon wahrzunehmen. Wenn man sich monatelang nicht gesehen hatte und vor Sehnsucht fast umkam, achtete man nicht auf einen Schnupfen und sprach auch nicht über eine Grippe, jedenfalls nicht innerhalb der ersten Minuten, und mehr Zeit hatten sie nicht miteinander gehabt. Die Bilder der Erinnerung verschwammen.

Von fern erklang Dr. Schöggls Stimme. Gutgelaunt begrüßte sie eine Krankenschwester und kam auf Alwy zu.

»Frau Gräwe! So früh schon hier – oder immer noch da?«, fragte sie.

»Immer noch da!« Alwy hatte Frau Dr. Schöggl anvertraut, dass es zwischen Leon und ihr zu einem Disput gekommen war, weshalb sie sich monatelang nicht gesehen hatten, und als sie sich nach der Funkstille endlich wiedertrafen, um die Dinge zu klären, war er zusammengebrochen. Durch diese Geschichte war Leon greifbar geworden. Nun war er ein Patient, den alle Mitarbeiter der Station beim Vornamen nannten und dem sie die Chance auf eine gemeinsame Zukunft mit ihr wünschten.

»Ich habe Neuigkeiten. Bei Leon sind die Myoklonien abgeebt, deshalb wurde ein weiteres MRT durchgeführt.« Dr. Schöggl steuerte auf ihr Büro zu. Alwy folgte ihr.

»Und? Was ist dabei herausgekommen?« Alwys Herz raste, während sie neben der Ärztin herging und versuchte, mit ihr Schritt zu halten. Sie schwankte zwischen Hoffen und Bangen.

»Heute kann ich nur so viel sagen, dass kein Grund besteht, sich ernste Sorgen zu machen. In weiteren Schritten werden wir versuchen, die Ursachen, also eventuelle Vorerkrankungen, zu finden.«

Dr. Schöggl öffnete die Tür zu ihrem Büro und machte eine einladende Handbewegung.

»Wann kann ich Leon sehen?« Alwy konnte ihre Ungeduld kaum verhehlen.

»Bald.« Die Stimme der Ärztin war voller Mitgefühl. »Vorher müssen wir allerdings noch einiges abklären. Bitte lassen Sie uns das in Ruhe tun.« Dr. Schöggl steuerte auf ihren Schreibtisch zu, zog eine Schublade auf und holte ein Klarsichtsäckchen hervor. »Das hier möchte ich Ihnen schon die ganze Zeit geben.« In der Tüte lagen Leons Geldbörse, sein Haus- und sein Autoschlüssel, sein Smartphone und ein Polaroid-Schnappschuss.

Alwy fingerte nach dem Foto, zog es aus der Tüte und betrachtete es. Auf dem Foto war ein Junge abgebildet, schätzungsweise acht bis zehn Jahre alt. Trotz seines Lächelns wirkte er verschüchtert und in sich gekehrt. Alwy drehte das Foto um. Auf der Rückseite hatte jemand einen Namen notiert: Felix. Kleine, gedrungene Buchstaben. Die Schrift einer Frau, glaubte sie.

»Wissen Sie, wer der Junge ist?« Dr. Schöggl warf Alwy einen interessierten Blick zu.

Alwy schüttelte traurig den Kopf. »Nein … ein weiterer Punkt in Leons Leben, der im Dunkeln liegt. Er hat nie von einem erzählt«, sie klang resigniert. War es denn möglich, dass Leon ihr seinen Sohn verschwiegen hatte? Wäre er dazu fähig?

Rasch holte sie in Gedanken die unbeschwerte Zeit zurück, die sie anfangs miteinander verbracht hatten. Ihre Gespräche waren um ihre Auslandsjahre gekreist, um Romane, gutes Essen und die Träume, die sie hatte. Leon hatte ihr viele Fragen gestellt, sie dagegen hatte ihre oft aufgeschoben, weil sie dachte, es gäbe noch genügend Gelegenheiten, alles über sein Leben zu erfahren. Einmal hatte er behauptet, Menschen redeten zu oft über Sinnloses, während sie das Wichtige verschwiegen. Wie passte diese Einstellung zu dem Mann, der selbst über sein Leben schwieg? Was wusste sie eigentlich über Leon?

Alwy kehrte in die Wirklichkeit zurück. Dr. Schöggl stand vor ihrem geöffneten Spind, holte ihren Kittel hervor und schlüpfte hinein. »Wenn Leon bei Bewusstsein ist, können Sie ihn nach dem Jungen fragen. Vielleicht ist es sein Sohn oder sein Patenkind? Jemand, der Bescheid wissen sollte?« Die Ärztin hatte während ihrer Berufsjahre gelernt, dass das Leben selbst die Regeln vorgab. Sogar wenn sie im OP Übermenschliches leistete, blieben die Zufälle, die Minuten, die über Gelingen oder Scheitern entschieden, und das Glück, das niemand fassen konnte und das doch existierte ... gegen all das war sie machtlos.

»Wie gesagt, ich weiß nicht, wer der Junge ist«, bekräftigte Alwy. »Falls er Leons Sohn ist, wird er sich vermutlich Sorgen machen. Sicher telefonieren die beiden regelmäßig miteinander und treffen sich«, fuhr sie fort. Leon hatte während ihres Essens im ›Insel-Restaurant‹ eine Frau namens Karola erwähnt. Sie arbeitete im Controlling einer Brauerei. Hatte er ein Kind mit ihr?

Alwy blickte auf Leons Handy, der Akku war vermutlich leer, doch selbst wenn nicht, würde sie nicht in seinen Kontakten herumstöbern, sondern seine Privatsphäre respektieren. Sie überlegte hin und her, ob sie Felix, falls sie etwas über ihn erfuhr, über Leons Zustand informieren sollte, kam aber zu dem Schluss, dass sie sich weiter in Geduld üben musste. Bald, so hoffte sie, würde sie herausfinden, wer Felix war. Sie verabschiedete sich von der Ärztin.

Auf dem Weg zurück in den Wartebereich spürte Alwy, dass es ihr mit jedem Schritt schlechter ging. Mit einem weiteren Rätsel in Leons Leben hatte sie nicht gerechnet. Doch egal, was sie noch erfuhr, sie bliebe dran. Ihre Schritte verlangsamten sich. Sie stieß die Tür zu den Toiletten auf, trat vors Waschbecken und hielt die Hände unter den kalten Wasserstrahl.

»Egal, wie ausgelaugt du aussiehst, du hast Reserven«, versprach sie dem Gesicht im Spiegel, das ihr fremd vorkam. Als ihre Hände gefühllos vom kalten Wasser waren, drehte sie den Hahn zu und wandte sich zur Tür. Doch bevor ihre Finger die Klinke erreichten, sank sie in die Hocke. Ihre Arme landeten auf ihren Schenkeln, ihr Kopf folgte nach, dann stieß sie einen Schrei aus, wie sie ihn noch nie von sich gehört hatte.

Es dauerte einige Minuten, bis sie sich aufrappeln konnte. Ihre Beine fühlten sich an, als hätten sie keine Knochen. Wie konnte sie sich von einem Foto derart durcheinanderbringen lassen? Im Grunde ging es nicht um Felix. Es ging um ihre Furcht, wieder etwas über Leon zu erfahren, was sie aus der Bahn warf. *Diesmal bist du stark. Du hast dazugelernt.* Sie würde sich nicht vom Leben die Tür vor der Nase zuschlagen lassen. Sie würde sich den Tatsachen stellen, denn nur so bekäme sie das ganze Bild zu sehen. Wenn sie mit der Realität klarkam, erhielt sie eine Chance, glücklich zu sein – und glücklich sein war das, was sie am meisten wollte.

25. KAPITEL

Juni, sechs Monate früher

Die Rolltreppe war von Reisenden mit Koffern und Taschen bevölkert. Alwy nahm stattdessen die Treppe und stolperte beinahe über den Trolley eines kleinen Mädchens. »'tschuldigung«, rief sie und rannte den Bahnsteig entlang. Nur noch hundert Meter, dann hätte sie es geschafft. Der Zug nach Wien-West war bereits in Sichtweite. Sie lief so schnell sie konnte, um keine wertvolle Minute zu verlieren. Keuchend umrundete sie eine Gruppe von Wartenden und kam außer Atem beim letzten Waggon an. Sie presste die Hand auf den Brustkorb, als sie sich hinter einer älteren Dame in den Waggon zwängte. Mit einem lauten Seufzen stellte sie ihre Tasche ab und atmete erst mal tief durch. Die Fahrt dauerte zweieinhalb Stunden. Wenn es keine Verspätung gäbe, käme sie um 20 Uhr 17 in Wien an und säße um neun gemütlich mit Leon im Hotelrestaurant.

Der Zug setzte sich in Bewegung. Ein entspanntes Wochenende lag vor ihr. Endlich würde sie Leon nach seiner Familie und seiner Arbeit fragen können und nach vielem anderen, das sie interessierte. Darauf freute sie sich, seit der Wien-Trip im Raum stand. Während sie die Stufen aufs obere Deck des Waggons nahm, ließ ihre Anspannung nach. Jetzt würde sie erst mal abschalten und den Tag Revue passieren lassen.

Sie ging durch die Reihen und fand einen Platz am Fenster. Rasch verstaute sie ihre Tasche, ließ sich in den Sitz fallen und steckte die Hände zwischen die Schenkel. Die Mail, die sie am Nachmittag in ihrem Postfach gefunden hatte, ging ihr nicht mehr aus dem Kopf. Sie hatte es im Rennen um die Gestaltung der Modenschau in Schloss Leopoldskron unter die letzten fünf geschafft. Im Geist sah sie den Catwalk vor sich. Vielleicht sollte sie zusätzlich zu den von Märchen inspirierten Torten beleuchtete Lebkuchenhäuser am Catwalk aufstellen? Bei gedimmtem Licht würde das Flackern aus den Lebkuchenhäusern wie Kaminfeuer wirken. Und wenn die Models nach der Show zu einem letzten gemeinsamen Gang über den Laufsteg schritten, würde sie das Licht wieder voll aufdrehen lassen. Dann würden die Models den Zuschauerinnen und Zuschauern Pralinen auf kupferfarbenen Tabletts reichen. Die Decken würde sie mit grellbunten Stoffbahnen abhängen, die Bezüge der Stühle angleichen. Die Show wäre ein riesiges Spektakel. Ein Event, den niemand so schnell wieder vergessen würde.

Mit der ausgedruckten Mail war sie in die Tortenwerkstatt

gerannt und hatte Tina derart stürmisch umarmt, dass dieser beinahe ein Kuchen aus der Hand geglitten wäre.

Wie Kinder hatten sie sich über die Nachricht gefreut. Sie konnten ihr Glück kaum fassen. Die Pralinen mit Botschaft entwickelten sich zum Verkaufsschlager. Und jetzt diese Nachricht. Es ging weiter voran. Endlich!

Alwy lächelte bei dem Gedanken an die Freude, die sie mit Tina geteilt hatte. Schließlich hatte sie sich losreißen müssen, um den Zug um 17 Uhr 52 nicht zu verpassen.

Bei der Verabschiedung im Auto hatte sie Tina noch mal daran erinnert, sich bloß nicht von ihren Emotionen leiten zu lassen. »Nur für den Fall, dass es zu einem weiteren Kontakt mit Thelen kommt, während ich in Wien bin.«

»Schon klar! Ein beleidigter Vermieter, der auf stur schaltet, hilft uns nicht weiter«, hatte Tina sich einsichtig gezeigt. Inzwischen setzte sie all ihre Hoffnungen auf Plan B: auf den Kauf der Wohnung beziehungsweise des Geschäftslokals *vor* einer Sanierung. »Bevor unnötiger Luxus in die Wohnung gesteckt worden ist, kann ich sie mir eventuell noch leisten.«

Auch Alwy empfand die Idee, Thelen ein Kaufangebot zu unterbreiten, als klugen Schachzug. In Salzburg gab es nur wenige Geschäftslokale, die für eine Patisserie wie ihre infrage kamen. Und vermutlich keine zweite Immobilie, die über eine freie Privatwohnung im selben Haus verfügte. Keine Frage, die Lage in der Steingasse war ein Glücksfall. Zwar würde sie sich früher oder später eine eigene Wohnung suchen, doch so lange genoss sie es, bei Tina ein Zuhause gefunden zu haben. Wenn sie dort wegmüssten, wäre das nicht nur für Tina ein Desaster.

Eine Mitarbeiterin der Westbahn begann mit dem Verkauf der Tickets. Alwy zog das rechte Knie unter das linke, schraubte die Wasserflasche auf, die sie mitgenommen hatte, und schaute auf die vorüberziehende Landschaft.

Gestern hatte sie nach Jahren, in denen sie nur sporadisch mit ihm Kontakt gehabt hatte, ein längeres Gespräch mit Gregorius geführt. Am Telefon hatten sie ihre gemeinsame Zeit in Hamburg wiederaufleben lassen, und sie hatte Gregorius zu seinem Erfolg in Wien gratuliert. Um der alten Zeiten willen hatte er ihr zugesichert, jederzeit in seiner Backstube im ›Demel‹ willkommen zu sein. Ihrer Idee, mit Leon zu backen, stand also nichts im Wege. Wenigstens einmal in seinem Leben sollte er seine Hände ins weiche Mehl tauchen, sollte erfahren, wie es sich anfühlte, einen Hefeteig zu kneten und zuzusehen, wie der Teig aufging und immer voluminöser wurde. Was er wohl dazu sagen würde, wenn ihm der Duft frischgeriebener Zitronenschale in die Nase stieg oder wenn er die verschiedenen Schokoladen kostete, von der herben, leicht säuerlichen Süße 80%iger Bitterschokolade aus Madagaskar bis zur intensiven Süße weißer Schokolade? Da er dieses Erlebnis in der Kindheit nicht gehabt hatte, wollte sie es ihm während ihrer Reise nach Wien näherbringen.

Das monotone Rattern des Zugs ließ Alwys Gedanken weiter wandern. Es fühlte sich großartig an, eine realistische Chance auf die Gestaltung der Modenschau in Schloss Leopoldskron zu haben ... dazu kam die Vorfreude auf Leon ... Das bevorstehende Wiedersehen mit ihm versetzte sie in eine übermütige Stimmung. Wann hatte sie zum letzten Mal solches Glück verspürt?

In Linz stieg eine Schar junger Leute in den Zug. Das Gefühl begehrlicher Erwartung, das schon die ganze Zeit in ihr kribbelte, wurde durch die Ausgelassenheit der Jugendlichen noch verstärkt. Lachend und scherzend tauschten sie sich aus.

Um 20 Uhr 16 fuhr der Zug in den Westbahnhof ein. Alwy hängte sich die Handtasche über die Schulter, langte nach ihrer Reisetasche und begab sich zum Ausgang.

Auf dem Bahnsteig entdeckte Leon sie in der Menschenmenge. Er kam winkend auf sie zu.

»Alwy ….!« Er zwängte sich durch die Wartenden hindurch, küsste sie zärtlich und hielt sie fest in seinen Armen. »Hattest du eine gute Fahrt?«

»Hatte ich, inklusive des Gefühls, in Urlaub zu fahren.«

Leon nahm ihr die Reisetasche ab. »Urlaubsfeeling … herrlich … lass uns das noch ein wenig verstärken … indem wir in die Weinberge fahren. Darf ich dich dorthin entführen?«

Das Privileg, nach Feierabend abends noch draußen sitzen zu können, empfand sie jeden Sommer als Highlight; sie liebte es, wenn es wieder länger hell blieb. »Klingt wunderbar. Allerdings geht bald die Sonne unter, dann wird es dunkel.«

»Das kommt mir durchaus gelegen. Lass dich überraschen«, machte Leon es spannend. Er griff nach Alwys Hand und rannte mit ihr zur Rolltreppe. »Komm, wenn wir uns beeilen, schaffen wir es noch im Hellen.« Auf dem Bahnhofsvorplatz stiegen sie in ein Taxi. Leon stellte ihre Tasche auf den Beifahrersitz und nannte dem Fahrer eine Adresse.

»Wo fahren wir denn hin?« Alwy lehnte sich in den Rücksitz und sah Leon neugierig an.

»Nussberg«, setzte er an, griff nach ihrer Hand und hauchte einen Kuss darauf. »Von dort kann man herrlich auf die Stadt hinuntersehen. Es wird dir gefallen.«

Auf der Fahrt unterhielten sie sich angeregt. Alwy erzählte von Nanami und der Modenschau in Schloss Leopoldskron.

»Wie kann ich mir das vorstellen?«, fragte Leon, als sie geendet hatte. »Worauf beziehen sich die einzureichenden Ideen? Auf den gesamten Raum?«

»Der Fokus liegt auf der Fläche entlang des Catwalks, genau genommen geht es aber, wie du richtig vermutest, um das gesamte Umfeld. Mode und Deko müssen miteinander verschmelzen, meiner Meinung nach ist das eine nicht vom anderen zu trennen. Ich habe eine paar Ideen ausgearbeitet, bunt und spektakulär, und heute habe ich erfahren, dass diese positiv aufgenommen wurden. Ich bin unter den letzten fünf, die um den Auftrag kämpfen.«

»Du musst mir unbedingt mehr erzählen. Ich will alles wissen. Und natürlich müssen wir auf deinen Erfolg anstoßen. Du wirst alle überzeugen.«

»Nicht so schnell, Leon. Noch ist nichts entschieden«, unterbrach Alwy ihn lachend. Ihr gefiel Leons Übermut. Es tat gut, von ihm unterstützt zu werden, und sei es auch nur durch Worte.

»Was heißt, es ist nichts entschieden?« Leon drückte fest ihre Hand. »Du bist unter den fünf Besten, das wurde bereits entschieden. Ich bin so stolz auf dich. Du bist schon jetzt eine Gewinnerin, egal, wie die Sache ausgeht.«

»Ich fühle mich gerade auch richtig gut, sehr zufrieden«, gab sie zu. »Und wenn ich deine Worte höre, erst recht.«

Sie fuhren nicht in den Wienerwald, wie Alwy anfangs geglaubt hatte, sondern zu den Wiener Wanderwegen.

Als sie ankamen, zahlte Leon das Taxi, schulterte Alwys Tasche und deutete, als sie losgingen, auf die umliegenden Weinberge. »Hier gibt es Weinwanderwege über den Nussberg bis nach Neustift. Man hat herrliche Aussichtspunkte ... und versteckt zwischen den Weinreben gibt es Heurige. Man kann jede Strecke abkürzen oder quereinsteigen. Und jederzeit dem Trinken und Essen den Vorrang geben. Ganz nach Lust und Laune«, erzählte er. Hand in Hand wagten sie sich in die Weinberge und kamen nach zehn Minuten zu einer Hütte mit urigen Tischen und Heurigenbänken. Die Gäste saßen vor Wein und Traubensaft und aßen Brote mit Liptauer und Kartoffelkäse. Leon bat den Wirt, Alwys Reisetasche bei ihm abstellen zu dürfen. Der Mann stimmte sofort zu, was Alwy wunderte, denn sie kehrten nicht ein, sondern gingen weiter.

»Komm, es ist nicht mehr weit. Nur noch ein kleines Stück. Vielleicht fünf Minuten ... höchstens«, versprach Leon. Er schritt nun eilig aus.

Sie folgte ihm, bis sie zu einer Stelle kamen, wo Fackeln im Boden steckten. Im schwindenden Tageslicht verliehen die flackernden Fackeln dem Ort einen sanften Schimmer.

Alwy eilte auf den derben Holztisch zu, in dessen Mitte Keramikteller und -schüsseln mit aufgeschnittenem Bauernbrot, kaltem Huhn, Liptauer, Schinken und Butter standen. In Einweckgläsern gab es außerdem eingelegte Pfirsiche, und in zwei Krügen Traubensaft und einen leichten weißen Spritzer.

»Setz dich. Gleich geht die Sonne unter. Diesen Moment sollten wir auf keinen Fall verpassen.« Leon deutete auf zwei Liegestühle, die in den Reben standen. Sie waren mit einem einfachen, karierten Stoff bespannt. Vorhin hatte sie solche Stühle beim Heurigen gesehen.

»Hat der Heurigen-Wirt dieses Picknick vorbereitet?«, fragte Alwy. Diese stimmige Inszenierung machte sie im ersten Moment sprachlos.

»Mit meiner Hilfe, ja. Ich war heute schon hier, um diese Stelle und das Essen auszusuchen.«

Alwy ließ sich in den Liegestuhl gleiten. Ihre Füße baumelten in der Luft, weil die Stelle abschüssig war. Leon ging zum Tisch, füllte zwei Gläser mit Weißwein, kam zu ihr zurück und reichte ihr ein Glas. Dann rückte er seinen Stuhl zurecht und setzte sich neben sie.

»Auf unsere Zeit in Wien!« Sie stießen miteinander an. Über den unteren Rand des Himmels zog sich ein orangerotes Band, das sich von Minute zu Minute mehr in sanften Pastelltönen verlor. Der Himmel nahm ein immer dunkler werdendes Blau an, und je länger sie dasaßen, umso schneller wechselte die Farbe. Die Geräusche der Tiere hüllten sie ein, irgendwo sang eine Amsel ihr Lied – ansonsten herrschte himmlische Stille. Schließlich verschwand das letzte helle Band hinter dem Horizont. Die Fackeln flackerten im aufkommenden Wind. Leon griff schweigend nach Alwys Hand.

»Ich weiß nicht, was ich sagen soll …«, flüsterte er.

»Ich auch nicht. Es ist so friedlich …« Alwy spürte ihre Liebe zu Leon im ganzen Körper, spürte das Glück vom Kopf bis in die Zehen.

Als die Dunkelheit endgültig hereinbrach, brachte Leon Alwy einen Teller mit Brot, Huhn und Schinken.

»Das Brot ist sensationell.« Alwy aß mit großem Appetit.

»Der Wirt backt selbst. Er setzt sogar den Sauerteig an, hat er mir erzählt.«

Als Letztes kosteten sie von den Pfirsichen, die in einem köstlichen süßen Saft schwammen und wunderbar erfrischend waren. »Das ist ein einzigartiges Mahl … und eine tolle Location … Die Überraschung ist dir gelungen«, lobte

Alwy. Es war eine großartige Idee, ihr Wien-Wochenende mit einem Sonnenuntergang zwischen Weinreben zu beginnen. Leon hatte Fantasie und überraschte gern. Jemanden wie ihn hatte sie immer gesucht, und nun war er da – ihr Traummann.

Am späteren Abend fuhren sie in die Stadt und checkten im Hotel ein. In der Weitläufigkeit der Hotelhalle dockte die Realität an die Vorstellungen an, die sie vom ersten Abend dieser Reise gehabt hatte. Mit den Schlüsselkarten stiegen sie in den Aufzug und fuhren in den dritten Stock.

Leon öffnete die Tür zu Alwys Suite und stellte ihre Reisetasche in den Flur. »Gute Nacht, Alwy. Träum was Schönes. Und danke, dass du hergekommen bist.« Er zog sie an sich und registrierte die leichte Anspannung ihrer Armmuskeln, als er sie küsste. Er hatte bereits die Klinke in der Hand, um die Tür hinter sich zuzuziehen, als Alwy ihn mit einem fragenden Blick zurückhielt.

»Willst du das wirklich?«, ihre Stimme war leise, beinahe ein Flüstern, »mich in diesem viel zu großen Zimmer allein lassen?« Sie spürte ihren heftig schlagenden Puls, ihre Nervosität vor dem, was käme, wenn er bei ihr bliebe.

Leon schenkte ihr einen zärtlichen Blick. »Nein ... eigentlich nicht. Ich wäre lieber bei dir, aber ich dachte ....«

»Dann bleib ... bleib bei mir«, fiel Alwy ihm ins Wort.

Leon zögerte nicht und stieß die Tür mit dem Fuß zu. Vorsichtig nahm er Alwys Gesicht in die Hände und legte seine Lippen auf ihre.

»Du bist so schön, Alwy«, raunte er ihr zu. Er spürte ihre Arme, die ihn umfingen und hielten, während die anfängliche Zärtlichkeit ihres Kusses einem Gefühl ausgelassener Leidenschaft wich.

In die gedämpfte Stille des Zimmers mischten sich ihre Seufzer, ihr Atmen, leise Worte der Liebe.

Würde dieser Kuss doch nie aufhören! Alwy fasste Leon an den Händen und führte ihn in Richtung des großen Bettes. Die Kissen gaben nach, als sie hineinfielen und sich weiter küssten. Leon schob die Träger ihres Shirts hinunter. Sie sagten nichts, blickten sich stumm in die Augen – beide vorsichtig, voller Erwartung.

Als sie nackt waren, wanderte Alwys Bein über Leons Schienbein und von da hinauf bis zu seinem Oberschenkel. Ihre Hände folgten der Linie seiner Arme, bis zu den Muskeln seiner Oberarme, ertasteten langsam ihren Weg zu seinem Gesicht. Sie spürte die feinen Bartstoppeln, schloss die Augen und konzentrierte sich auf Leons Hände auf ihrem Körper. Er erkundete jeden Zentimeter von ihr und flüsterte ihr zu, wie sehr sie ihm gefalle und dass er hingerissen von ihr sei.

Irgendwann sagte er: »Ich liebe dich. Ich kann gar nicht anders.« Seine Stimme war voller Gefühl.

Sie rollten küssend in die Mitte des Bettes. Leon schob die Zudecke zur Seite. Fragend sah er Alwy an und legte sich vorsichtig auf sie.

»Ja ... ich will dich«, flüsterte sie, »ganz und gar.«

Später drehte sie sich auf den Bauch, legte den Kopf auf die verschränkten Arme und sah Leon schweigend an. Nie zuvor hatte ein Mann sie auf diese Weise geliebt. Sanft und aufmerksam – und trotzdem voller Energie, mit einem derartigen Sog der Gefühle, dass sie kaum dagegen ankam. Sie spürte Tränen in den Augenwinkeln. Tränen des Glücks. Mit Leon war sie in eine stille Tiefe gefallen, wo sie sicher war – aufgehoben. Sie war angekommen.

Die Kuhle in Leons Kissen war das Erste, was sie am nächsten Morgen sah, als sie die Augen aufschlug. Im Zimmer hing ein süßer, dichter Geruch.

In den frühen Morgenstunden, nachdem sie sich lange geliebt hatten, hatte Leon die Vorhänge zugezogen, danach waren sie in tiefen Schlaf gesunken, nun drang lediglich durch einen kleinen Spalt schwaches Licht ins Zimmer.

Alwy tastete mit den Fingern über ihre Lippen. Ihr Körper fühlte sich schwer an und erinnerte sie daran, dass die Nacht kurz gewesen war. Obwohl Leon bereits fort war, streckte sie die Hand aus und legte sie in die Kühle seines Kissens. »Hallo … Leon …«, sagte sie leise und seufzte. Bei dem Gedanken an seine Liebkosungen ergriff sie eine Welle der Zärtlichkeit.

Einen Moment verlor sie sich in ihren Empfindungen, dann warf sie einen Blick auf ihr Handgelenk. Kurz nach neun. Normalerweise legte sie ihre Armbanduhr vor dem Schlafengehen ab, doch gestern hatte sie nicht daran gedacht. Voller Tatendrang schlug sie die Decke zur Seite. Ihr blieb genügend Zeit, die Stadt zu erkunden, in den Stephansdom zu gehen und den Prater oder eins der vielen Museen zu besuchen. Auf der Suche nach einer liebevollen Nachricht von Leon wanderte ihr Blick über den Nachttisch – doch da war nichts.

Sie ging zum Fenster, zog die Vorhänge auf, um das Licht hereinzulassen, und blinzelte in der jähen Helligkeit. Es sah Leon überhaupt nicht ähnlich, sie nach dieser Nacht ohne ein Wort zu verlassen. Sie trat vom Fenster zurück und wandte sich erneut dem Bett zu. Ob er auf dem anderen Nachttisch eine Nachricht hinterlassen hatte? Sie umrundete das Bett und sah etwas auf dem rötlichen Kirschholz aufblitzen.

Rasch war sie zur Stelle und blickte auf ein zartgliedriges Armband. Es war aus Weißgold und hatte brillantbesetzte Anhänger, die in Tortenform gearbeitet waren. Alwy spürte, wie ihr Puls sich beschleunigte, als sie nach dem Schmuckstück griff. Bedächtig ließ sie das Armband durch die Finger gleiten: einer der Anhänger war in Form eines kleinen Kuchens hergestellt, ein anderer war eine zweistöckige Torte, wieder ein anderer ein Cupcake mit einer Kerze, der nächste eine vierstöckige Torte mit Kirsche ... so ging es weiter. Einen nach dem anderen betrachtete sie die perfekt gearbeiteten Anhänger, dann hielt sie die Luft an, legte sich das Armband übers Handgelenk und ließ den Verschluss in die Öse schnappen. Leon musste das Schmuckstück, bereits kurz nachdem sie sich kennengelernt hatten, bei einem Juwelier in Auftrag gegeben haben. Sicher hatte es ihn einiges an Überredungskunst gekostet, ein Schmuckstück wie dieses in so kurzer Zeit angefertigt zu bekommen.

Die Schönheit der Arbeit machte Alwy sprachlos. Noch beeindruckender war jedoch der Gedanke hinter Leons Geschenk. Er hatte etwas ausgesucht, das perfekt auf ihr Leben abgestimmt war.

Harald hatte sie an ihren Geburtstagen jedes Jahr zu kulinarischen Abenden mit Kolleginnen und Kollegen entführt. Sie hatten viele verschiedene Restaurants kennengelernt. Einmal hatte er sie mit einem Kleid überrascht, in das sie sich bei einem Bummel verliebt hatte. Auf Schmuck hatte er keinen großen Wert gelegt, deshalb hatte sie, bis auf einen schmalen Ring aus Gelbgold, nie welchen von ihm bekommen.

Sie bewegte ihre Hand, die Brillanten glitzerten im Licht und die Anhänger klimperten leise. Sie konnte ihren Blick nicht von dem Armband lösen. Als sie aufstand, entdeckte sie die elegante Schachtel neben der Nachttischlampe: Juwelen Haasmann. Sie war an dem kleinen Geschäft am Anfang der Getreidegasse schon häufig vorbeigeschlendert. Jedes Teil in der Auslage war etwas Besonderes.

Alwy griff in ihrer Tasche nach ihrem Kalender. Unter Freitag und Samstag trug sie ein großes S ein: Schokoladentage.

Zufrieden klappte sie ihren Taschenkalender zu und ging ins Bad. Jetzt würde sie erst mal duschen und danach in Ruhe frühstücken. Sie legte ein Handtuch bereit, drehte die Dusche auf und stellte sich unter den Wasserstrahl. Ihr Leben auf Sparflamme war vorbei, jetzt begannen die glücklichen Zeiten. Nach dem Frühstück schlenderte sie den Ring hinunter, Richtung Kärntnerstraße. Menschen unterwegs zu Terminen eilten an ihr vorbei. Sie ignorierte die aufleuchtenden Bremslichter der Autos und betrat die Ringstraßen-Galerien, um die Auslagen der Geschäfte zu betrachten. Als sie am anderen Ende wieder herauskam und die Oper vor sich sah, ging eine Nachricht auf ihrem Handy ein.

Für Thelen kommt wegen des Gesamteindrucks der Immobilie nur ein Kauf <u>nach</u> *einer Generalsanierung infrage. Zum Wahnsinnspreis! Plan B können wir leider abhaken ... Hoffe, bei Dir läuft es besser ... xx*

Alwy antwortete umgehend: *Wir geben nicht auf, egal, was kommt.* Sie überlegte kurz, dann fotografierte sie ihr Handgelenk, das sie sich schon jetzt nicht mehr ohne Leons Armband vorstellen konnte, und schickte Tina das Foto.

Wien ist bisher ein voller Erfolg. Könnte vor Glück platzen ... xxx

Mensch, Alwy! Ein Armband mit brillantbesetzten Tortenanhängern ... wie süß ist das denn? Ich beneide Dich ... xxx

Alwy schickte ein Smiley als Antwort und ließ ihr Handy zurück in die Tasche gleiten. Als sie auf die Oper zuschlenderte, sprach sie im Geist mit Leon über Ludwig Thelen. Als erfahrener Jurist konnte er ihr sicher einen Tipp geben. Sie holte noch einmal ihr Telefon hervor und schrieb Tina eine weitere Nachricht: *Spreche mit Leon über Thelen. Vielleicht kann er uns helfen? xx*

Tina war begeistert: *Du bist die Beste! Danke, Alwy! Jetzt aber Schluss mit simsen. Genieß Wien und sei glücklich! xxxxx*

26. KAPITEL

Hermine Kainz hatte die siebzig vermutlich schon um ein Jahrzehnt überschritten, doch weder ihre schlohweißen Haare noch die tiefen Falten in ihrem Gesicht schienen sie zu stören. Sie stand aufrecht vor Leon und sprach eindringlich auf ihn ein.

»Ich bin jetzt 84, junger Mann«, sie musterte ihn unverhohlen, »und ich sage Ihnen, dass ich eine Abschlagszahlung ablehne. In meinem Alter hat man keine großen Wünsche mehr, noch gibt man sich der Illusion hin, länger als ein paar Jahre zu leben. Wozu soll mir Geld also von Nutzen sein? Was am Ende zählt, sind Menschen, die wissen, was ich brauche, meine letzten Weggefährten, und mein Zuhause mit seiner Geschichte. Ich verlange nicht, dass Sie das verstehen, und nennen Sie es von mir aus sentimental, aber mein Mann und ich, wir haben hier ein gutes Leben gehabt, und diese Erinnerungen sind alles, was ich noch brauche.«

Sie deutete auf das Haus, vor dessen Eingang sie standen. »Hier in dieser Straße, in diesem Haus, hat alles Wichtige stattgefunden.« Ihr Gesicht wurde weich, und ihre Augen strahlten mit einem Mal wie die eines jungen Mädchens. »Hier haben mein Hans und ich uns jeden Morgen geküsst und uns von ganzem Herzen einen guten Tag gewünscht. Wir waren bis zu seinem Tod vor vier Jahren glücklich miteinander.«

Leon ließ sich schon lange nicht mehr von den Befindlichkeiten fremder Leute beeinflussen. Gewisse Berufe brachten es mit sich, die Gefühle vernünftigerweise ausschalten zu müssen. Das galt für Ärzte, und es galt auch für ihn. Nur wenn er unbeteiligt blieb, konnte er das große Ganze im Auge behalten. Doch Frau Kainz schaffte es, den Abstand, den er gewöhnlich aufrechterhielt, bröckeln zu lassen. Er rief sich den Rat seines Uni-Professors ins Gedächtnis, der ihm nahegelegt hatte, sich nicht in den kleinen Dingen zu verlieren, sondern neutral zu bleiben.

»Fokussieren Sie, was am Ende übrigbleiben soll. Der Rest wird vergehen, doch das Ende bleibt.«

Er hatte den Satz genial gefunden. Hinter einer Schutzmauer aus Neutralität ließ es sich gut leben. Inzwischen zweifelte er immer öfter an der Notwendigkeit dieser Mauer. Man wähnte sich sicher, aber man war auch gefangen – vor allem jedoch gestand man sich hinter dieser Mauer kaum Gefühle zu.

Leon blickte zu Frau Kainz hinunter. Sie reichte ihm gerade mal bis zur Schulter. »Wir sind im ersten Bezirk, im teuersten Viertel der Stadt. Schauen Sie sich um, überall prachtvolle Häuser … hier leben Sie und könnten es noch wesentlich bequemer haben …« Er lenkte ein Gespräch immer auf die praktischen Aspekte. Doch diesmal, das wusste er schon jetzt, würde dieses Argument nicht greifen.

»Ich weiß, wo wir uns befinden. Und ich erinnere mich noch an die Zeit, als es auch hier in den Häusern Wanzen gab, als Wien so etwas wie ein Notstandsgebiet war. Damals haben wir gegen die Kälte und andere weit schlimmere Dinge ankämpfen müssen, egal, ob jemand im ersten oder im dreizehnten Bezirk wohnte«, resümierte sie.

Er musste es anders versuchen. »Was halten Sie davon, wenn wir drüben«, er deutete auf den Eingang eines Cafés, »einen Kaffee trinken und noch mal in Ruhe miteinander sprechen.«

»Nichts gegen Kaffee, junger Mann, aber was versprechen Sie sich davon? Ich bin resistent gegen Beeinflussung. So ist es nun mal.«

Frau Kainz war schwer zu knacken. Er durfte das Gespräch auf keinen Fall versanden lassen.

»Ich war nie feige. Wie steht es mit Ihnen?«, fragte sie ihn aus dem Nichts heraus.

Leon sah die ältere Dame überrascht an. Nichts, was sie sagte, klang förmlich. Sie sprach ohne Scheu, direkt aus dem Herzen. Deswegen erreichte sie ihn. »Was für eine Frage!«, erwiderte er. »Wenn ich es war, hoffe ich, es liegt hinter mir.«

»Wenn das so ist, kommen Sie mit. Ich möchte Ihnen etwas zeigen.« Sie bedeutete ihm, ihr ins Haus zu folgen. Er überlegte kurz, ob er den Vorschlag ablehnen sollte, doch seine Neugier ließ ihn bereits hinter Frau Kainz das Haus betreten. Schritt für Schritt folgte er ihr in den zweiten Stock in ihre Wohnung, wo es nach Blumen und Staub und alten Büchern roch.

Sie durchquerten einen nur spärlich beleuchteten Gang –

hier musste wirklich von Grund auf renoviert werden – bis zu einer Tür, die Frau Kainz zaghaft öffnete. Ihre Hand fuhr über den Lichtschalter neben der Tür. Sofort verströmte eine einfache Lampe an der Decke Licht. Trotz der Wände, deren Farbe dringend aufgefrischt gehörte, und der Tatsache, dass dieses Zimmer, das zum Innenhof hinausging, anscheinend schon lange nicht mehr genutzt wurde, wirkte der Raum belebt. Für Frau Kainz waren diese vier Wände wichtig. Es war ein Raum mit Geschichte, das spürte Leon sofort.

»Hier hat meine Tochter Katharina die viel zu kurze Zeit ihres Lebens verbracht.« Mit unerschütterlicher Gleichmut ließ Frau Kainz vergangene Zeiten aufleben, erzählte von ihrer schwierigen Hausgeburt, von der patenten Hebamme, die ihr gut zugesprochen hatte, während sie Höllenqualen litt, und von der Freude, endlich ihr Kind wohlbehalten in den Armen halten zu können. Es war ihr zur Gewohnheit geworden, in dieses Zimmer zu kommen und alles so wiederzufinden, wie ihre Tochter es zurückgelassen hatte: das leere Wasserglas unter dem Lampenschirm auf dem Nachttisch, das Notizbuch mit den Flecken auf dem Einband, die Bleistiftzeichnung eines Hundes, die in einem Rahmen auf dem Nachttisch stand. »Ich hatte meinen Mann nie weinen sehen, doch als er seine Tochter zum ersten Mal sah, weinte er wie ein Schlosshund.« Leon sah, dass Hermine Kainz um Fassung rang. »Mein Mann und ich konnten uns kein größeres Glück vorstellen, als ein Kind miteinander zu haben. Katharina war unser Stern am Himmel, allerdings nicht lange, schon wenige Jahre später wurde sie krank. Sie hat hier nicht nur das Licht der Welt erblickt, sie ist hier auch gestorben … in diesem Zimmer.« Ihre Mundwinkel zuckten, als sie auf das Bett mit der gehäkelten Tagesdecke sank. Nach einem

Stoßseufzer deutete sie auf die Wand mit den Schwarz-Weiß-Fotos. Sie zeigten ein Mädchen, das in die Kamera strahlte. »Seit Katharinas Tod gehe ich täglich in ihr Zimmer, oft mehrmals. Ich setze mich in den Sessel oder aufs Bett, blicke auf die Fotos und denke an mein Kind. Katharina war aufgeweckt und fröhlich, nur während ihres letzten Lebensjahres war sie verschlossen. Sie konnte nie gut mit Zurückweisung umgehen und hatte Probleme, ihren Freunden klarzumachen, was mit ihr geschah. Wichtiges vertraute sie nur noch ihrer engsten Freundin an, sonst niemandem, selbst mir nicht – vor allem mir nicht.« Ein leises, schmerzhaftes Lächeln umspielte ihre Lippen. »Ich erzähle Ihnen das, damit Sie verstehen, dass ich keine dieser Frauen bin, die ihre Kinder verklären. Ich habe Katharina gesehen, wie sie war: als Mensch mit eigenem Charakter, oft einfach, manchmal auch schwierig, und zum Schluss unendlich tapfer und traurig.«

Leon sah, dass Frau Kainz' Schultern nach vorn sackten. Vermutlich war es lange her, seit sie jemandem von dieser Zeit und ihrem Verlust erzählt hatte. Er ahnte, wie es in ihr aussah. Sicher hielt sie ihre wahren Gefühle, den tiefen Schmerz, unterdrückt. Sie gab weitere Anekdoten über ihre Tochter zum Besten, schließlich erzählte sie von ihrem Mann Hans. Je ausschweifender sie wurde, umso besser verstand Leon, dass kein Geld dieser Welt ihr dieses Zimmer ersetzen konnte. Sie wollte nichts in ihrem Leben ändern, denn würde sie es tun, würde es bedeuten, den wichtigen Teil ihrer glücklichen Vergangenheit auszulöschen. Er musste ihre Entscheidung wohl oder übel akzeptieren. Er hatte keine Wahl.

Irgendwann redeten sie über Wien, bis Leon einen Blick auf seine Armbanduhr warf.

»Entschuldigen Sie, Frau Kainz. Ich muss zum nächsten Termin. Die Zeit verfliegt.«

Sie strich sich beim Aufstehen das Kleid glatt. »Verzeihen Sie, dass ich Sie so lange aufgehalten habe. Sie haben zu tun. Natürlich.«

»Nicht doch.« Er legte ihr tröstend die Hand auf die Schulter. Nach allem, was er gehört hatte, hätte er befangen sein müssen, doch er war es nicht. »Ich habe Ihnen gern zugehört, denn ich verstehe Sie gut. Aus eigener Erfahrung.« Frau Kainz sah ihn kurz an, ein eindringlicher Blick. Dann nickte sie schweigend und geleitete ihn zur Tür, wo sie sich verabschiedeten. Plötzlich war er froh, ihr begegnet zu sein und ihr sein Zuhören geschenkt zu haben. Hoffentlich spürte sie, dass er ihren Schmerz verstand.

»Ich verstehe jetzt, warum Sie gegen unser Angebot sind, Frau Kainz. Es tut mir leid, dass Ihre Tochter so früh verstorben ist. Ich begreife, wie wichtig die Unversehrtheit dieses Zimmers für Sie ist. Ich wünsche Ihnen alles Gute.«

Frau Kainz griff nach seiner Hand und tätschelte sie. »Ich danke Ihnen, nicht für Ihre Worte … Worte sind leicht dahingesagt. Ich danke Ihnen für Ihre Anteilnahme. Einen schönen Tag noch.«

Vor dem Haus brauchte er einen Moment, um sich zu sammeln. Frau Kainz' Geschichte nahm ihn mehr mit, als ihm lieb war. Die Schilderung ihrer Tochter hatte ihn an seine Schwester erinnert, an Susannas unsinnigen Tod.

Einige Sekunden nahm er weder die Autos wahr noch die Menschen auf ihren Fahrrädern, die im Zickzack durch die Stadt radelten. Er stand einfach nur da und wartete auf Arno, den Anwalt, mit dem er in Wien zusammenarbeitete. Dessen korpulente Gestalt erschien bald zwischen zwei parkenden Autos auf der anderen Straßenseite. Arno sah zu ihm hinüber und hob grüßend die Hand.

»Frau Kainz bleibt bei Ihrer Entscheidung.« Leon kam ohne Umschweife zum Thema, denn Arno hielt nicht viel von irgendwelchen Floskeln und noch weniger von Zeitverzögerung.

»Das klingt nicht gut.« Arno versuchte, seine Ungeduld zu verbergen. »Diese verdammte Sentimentalität wird uns einiges kosten ... unter anderem eine Menge Zeit.« Das anhaltende Klingeln seines Handys hinderte ihn daran, weitere Argumente vorzubringen. Er nickte Leon zu und wandte sich kurz ab, um den Anrufer mit wenigen Worten abzuschmettern.

»Es geht um mehr als nur um Sentimentalität«, erklärte Leon, als Arno sich ihm wieder zuwandte. »Letztlich geht es um ein ganzes Leben, insbesondere um ein früh verlorenes Kind. Für Frau Kainz spielt es keine Rolle, wie viel Geld man ihr bietet. Sie will nur eins: Alles so belassen, wie es ist.«

»Ist wohl so eine Art Überlebensinstinkt?«

Leon merkte Arno an, dass er in Gedanken längst alle Szenarien durchspielte. Zumindest die, die die Mühe lohnten.

»Wenn du es so nennen willst ... Ohne dieses Zimmer und die Erinnerung hätte Frau Kainz vermutlich längst aufgegeben. Und gegen den alten Mietzins lässt sich nun mal nichts ausrichten.«

»Leon ...! Wieso gibst du nach einem einzigen Gespräch auf? So kenne ich dich gar nicht«, beschwor ihn Arno. »Lass *mich* mit der Frau sprechen.« In Leons Ohren klang es nicht nach einem Angebot. »Man sollte nie zu früh aufgeben, sondern alle Mittel ausschöpfen. Es gibt Urteile, auf die wir uns berufen können. Ich habe schon einiges zusammengestellt. Sie ist doch nicht dement, oder? Sie versteht, was ich sage?«

Leon kannte Arnos Art, ohne zu zögern, ein Ziel anzuvisieren, doch bei Frau Kainz würde er auf Granit beißen. »Ich wüsste nicht, was du ihr sagen könntest, um sie umzustimmen. Ein weiteres Gespräch hätte keinen Sinn.«

»Sei nicht so stur. Wir arbeiten zusammen. Hast du das schon vergessen?«

»Nein, natürlich nicht. Aber du kannst dich auf meine Einschätzung verlassen. Frau Kainz bleibt bei ihrer Meinung!«

Enttäuscht schlug Arno mit der flachen Hand gegen die Hausmauer. Putz rieselte zu Boden.

»Verdammter Mist, dann müssen wir umplanen.« Arnos Augen spiegelten seine Verärgerung.

»Am besten beginnen wir noch mal bei null. Gerade aus dem Scheitern heraus ergeben sich oft spannende Lösungen.«

Arnos Nicken wirkte gequält. »Dein Wort in Gottes Ohr.« Was Leon von ihm verlangte, entsprach ganz und gar nicht seinem Naturell. Noch mal von vorn zu beginnen, war das schlimmste Szenario, das er sich vorstellen konnte, aber sie hatten keine Wahl, das hatte er inzwischen begriffen.

Leon ließ Arno Zeit, um über die Frustration hinwegzukommen.

In Katharinas Zimmer hatte sich Frau Kainz' Schmerz wie sein eigener angefühlt. Seltsamerweise hatte er Trost darin gefunden, zu erkennen, dass er mit seinen Empfindungen nicht allein war.

Er sah, wie Arno mit sich kämpfte. Er überdachte die Lage und traf eine Entscheidung. Es gab immer eine Perspektive, doch das behielt er vorläufig für sich. Arno reagierte unwirsch auf alles, was nach Plattitüde klang. Er musste ihm auf andere Weise helfen.

»Komm, lass uns was trinken gehen.«

Sicher würde eine halbe Stunde irgendwo, wo ihn nichts an seine Arbeit erinnerte, Arno helfen, seinen Ärger zu verdauen.

27. KAPITEL

Die Konditorei ›Demel‹ war eine Institution und trug noch heute den Titel ›K. u. K. Hofzuckerbäcker‹. Bereits vor siebzehn Jahren hatte Alwy diesen geschichtsträchtigen Ort am Kohlmarkt während einer Rundreise besucht. Im ›Demel‹ flammte der Glanz einer verlorenen Zeit auf, das spiegelten die Kassettendecken und die in Quadrate unterteilten Spiegel wider, und das viele Gold, wohin man auch sah, außerdem die üppig dekorierten Torten, die aromatischen Kuchen und das exquisite Tee- und Salzgebäck. Alles, was im ›Demel‹ angeboten wurde, war höchste Qualität, denn hier fühlte man sich dem Besten verpflichtet.

Auch diesmal blieb Alwy wieder fasziniert stehen, kaum dass sie eingetreten war. Sie legte den Kopf in den Nacken und bewunderte den Lüster und die Stuckverzierungen an Decke und Wänden. Es fiel ihr schwer, sich von der Pracht der Umgebung und den edlen Holzvitrinen voller Torten zu lösen.

Eine junge Frau trat an ihre Seite und sprach sie an: »Darf ich Ihnen die Tüten abnehmen?« Bevor Alwy zustimmen

konnte, hatte die Frau ihr die Taschen bereits abgenommen.
»Alwy Gräwe, nicht wahr?«, fragte sie.

Alwy nickte.

»Gregorius schickt mich«, sagte die Frau. »Ich bin Edith.«

Alwy freute sich über den warmherzigen Empfang. Nach ihrem Telefonat mit Gregorius hatte sie mit Entgegenkommen gerechnet, nicht jedoch mit solch einer Fürsorge.

»Kommen Sie. Gregorius erwartet Sie. Wenn es sich um Weggefährten handelt, wartet er ungern.«

Alwy folgte Edith, die über ihrer weißen Arbeitskleidung eine braune, elegante Schürze trug. Sie drängten sich an den Touristen vorbei, die die Konditorei tagtäglich stürmten, und steuerten den Innenhof im Erdgeschoss an, wo sich die Backstube befand. Die weltberühmte Sachertorte, ehemals von Franz Sacher erfunden, war erst von dessen Sohn Eduard während seiner Ausbildung im Hause ›Demel‹ vervollkommnet worden. Seit einem Rechtsstreit, der bis ins Jahr 1965 angedauert hatte und der zugunsten des Hauses ›Sacher‹ entschieden wurde, durfte man hier zumindest ›Demels Sachertorte‹ anbieten. Auch diese Torte erfreute sich großer Beliebtheit bei den Gästen, nicht minder die russische Punschtorte, die Annatorte, die Dobostorte, die Fächertorte und die kandierten Veilchen, die Kaiserin Elisabeth angeblich für ihr Leben gern genascht hat.

Alwy erinnerte sich noch an das köstliche Teegebäck, das sie damals mitgenommen hatte, um ihren Eltern eine Freude zu machen. Heute bot das ›Demel‹ einen Catering-Service an, dessen Dienste sogar eine Fluggesellschaft in Anspruch nahm.

In der Backstube ließ Alwy erst mal das Gewirr an weißen Hauben auf sich wirken. Ihr Blick fokussierte eine sechsstöckige Torte, die ganz in Gold gehalten war. Obenauf thronte ein Hirsch neben einem Reh, darunter waren Brombeeren aus Marzipan zu sehen und eine junge Pâtissière legte gerade Nussschalen aus Marzipan neben die Brombeeren. Die Torte war ein Kunstwerk, das Alwys Herz sofort höher schlagen ließ.

Den vergangenen Abend hatte sie mit Leon im ›Do & Co‹ verbracht. Das stadtbekannte Restaurant befand sich im Haas-Haus, einem von dem Architekten Hans Hollein entworfenen Bauwerk, das durch einen verspiegelten Erker einen starken Akzent setzte und einen interessanten Kontrast zum gegenüberliegenden Stephansdom bildete. Nicht jedem gefiel dieses Zusammenspiel von Tradition und Moderne, doch Leon hatte ihr das Gebäude und das Restaurant unbedingt zeigen wollen. Sie hatten sich vom Aufzug in den achten Stock fahren lassen und lange über Architektur diskutiert, darüber, was ihnen gefiel und was nicht.

Das ›Demel‹ war das genaue Gegenteil. Hier strahlte alles die gute alte Zeit aus, nichts wirkte modern – bis auf die Küchengeräte.

Hinter einer weiteren, dreistöckigen Torte tauchte Gregorius auf und sah sie an wie jemand, der Witterung aufgenommen hatte. »Alwy!« Seine Stimme war laut und markant. »Du hast dich kein bisschen verändert ... siehst noch immer bezaubernd aus ...«

»Und du bist immer noch ein Schmeichler«, entgegnete Alwy und ging auf ihn zu.

»Ich trage mein Herz auf der Zunge. Das habe ich in Wien gelernt. In Hamburg sind die Leute viel zu besonnen und kühl.«

Gregorius zog Alwy in eine freundschaftliche Umarmung. Während er sie hielt, sah Alwy im Spiegel, wie seine Zigarette, die unangezündet zwischen seinen Lippen steckte – ein Tick, den man ihm seit je verzieh – auf und ab wippte. Es dauerte eine Weile, bis Gregorius sie mit einem Schulterklopfen losließ und seinem Team vorstellte.

Er war inzwischen an die sechzig, ein schwerer, kinnloser Mann mit wenig Haaren und stets einem verschmitzten Lächeln. Er wirkte weder ausgebrannt, wie manche Kollegen seines Alters, noch übertrieben ehrgeizig, sondern wach und interessiert. »Ich freue mich, dass du mich hier besuchst. Allerdings muss ich dich vor der Glaswand warnen. Man kann hinaussehen, aber auch hinein … Übrigens, wir verfolgen deine Pralinen mit Botschaft.« Gregorius griff nach der Zigarette und hielt sich die Hand vor den Mund, als dürfte das, was er nun sagte, von niemand gehört werden. »Einige hier sind pikiert, dass wir nicht selbst auf die Idee gekommen sind, Pralinen mit Botschaft herzustellen. Und dann noch Fotos mit Pino de Luca auf Instagram und Facebook. Du hast das Glück auf deiner Seite.«

Alwy lachte amüsiert auf. »Das klingt ja, als sei er bei uns eingestiegen. Es gab nur zwei Fotos mit ihm.«

Gregorius schob sich die Zigarette wieder zwischen die Lippen und zog Alwy mit zu einem Tisch. »Schnappschüsse mit Promis merken die Leute sich. Die Kommentare der Japaner waren übrigens köstlich. Ich hoffe, deine Partnerin und du schafft es, ›Cake Couture‹ zu etablieren. Das wird sicher nicht einfach, aber ich glaube, ihr kriegt das hin.«

»Wir sind noch am Anfang, aber wir haben nicht vor, zu scheitern. Wir wollen so unverwechselbar werden wie das ›Demel‹.« Sie waren bei einem Tisch angekommen, der kurz zuvor leergeräumt worden war. Nur eine feine Mehlschicht war noch erkennbar.

»Du sagtest, du bräuchtest drei, vier Stunden in meinem Allerheiligsten, um jemandem das Kuchenbacken näherzubringen?«

Die Umstehenden lachten, einige tuschelten.

»Ich weiß, es klingt verrückt. Aber so ist es.« Alwy erzählte von Leon, der noch nie einen Kuchen gebacken hatte. »Ich finde, er sollte zumindest einmal die Sinnlichkeit dieses Prozesses erfahren.«

Gregorius reichte ihr Schürze und Kochmütze und zeigte ihr, wo sich die wichtigsten Dinge befanden. Alwy zögerte nicht lange und suchte die Zutaten für einen Hefeteig zusammen. Sie musste den Teig vorbereiten, damit er aufging; dann konnte Leon ihn bearbeiten, wenn er kam.

In der Backstube herrschte nach der Begrüßung schnell wieder die gewohnte Geschäftigkeit. Jeder arbeitete an seinem Platz. Gregorius gab Anweisungen, irgendjemand fluchte über ein angeblich missglücktes Tortendesign.

Alwy gab Rosinen in eine Schüssel und goss Rum darüber. Die Rosinen würden dem Teig später einen wunderbaren Geschmack verleihen. Danach hackte sie Walnüsse klein und bereitete Leons Arbeitsplatz vor.

Pünktlich zur vereinbarten Zeit erschien Leon am Eingang des Cafés. Alwy holte ihn ab und führte ihn in die Backstube. Als sie eintraten, klingelte gerade eine Küchenuhr und die Tür zum Nebenraum flog auf und schloss sich wieder. Leon blieb kurz stehen. Es duftete nach Vanille und Kakao, Zitrone und Zimt und weiteren Köstlichkeiten. Zwei Zuckerbäcker eilten aufeinander einredend an ihnen vorbei. Hier ging es zu wie im Hexenkessel.

Alwy klopfte mit der Hand gegen die Tür. Mit einem Mal waren alle Blicke auf sie und Leon gerichtet. »Darf ich euch

Leon vorstellen. Back-Greenhorn und der Mann, für den mein Herz schlägt.«

Gregorius drängte sich zwischen sie und Leon. »Herzlich willkommen!« Er reichte Leon die Hand. »Kommt nicht jeden Tag vor, dass eine Kollegin ihren Freund mitbringt, um ihm ein verabsäumtes Kindheitserlebnis zu schenken.« Mit wenigen, wohlwollenden Worten stellte er seine Mannschaft vor, dann zeigte er Leon, wo er sich die Hände waschen konnte, und wies ihn im Schnelldurchlauf in das Abc des Kuchenbackens ein.

Leon zog sein Jackett aus – Anzug und Krawatte waren hier fehl am Platz –, krempelte die Hemdsärmel hoch und nahm Schürze und Kochhaube entgegen. »Neuland ... spannend! Falls ich mich blamiere, nehmt es bitte mit Humor.«

»Hier wird nichts von Ihnen erwartet, außer uns ein bisschen zu unterhalten«, rief jemand aus der Mannschaft.

»Ich werde mein Bestes geben, Sie nicht zu langweilen.« Leon strahlte auch hier diese ruhige, gelassene Selbstsicherheit aus, die Alwy bereits am Ufer der Salzach wohltuend aufgefallen war. Edith hielt sich im Hintergrund, ließ Leon aber nicht aus den Augen. Offenbar gefiel er ihr.

Alwy fasste Leon am Arm und zeigte ihm den Platz, den sie für diesen Nachmittag zugewiesen bekommen hatten. Leon starrte auf die mit einem Tuch abgedeckte Schüssel. »Was ist da drin?«

Alwy zog das Tuch weg. »Unser Hefeteig. Ich habe den Grundteig schon vorbereitet.«

Leon zog die Schüsseln mit den gehackten Nüssen und den in Rum eingeweichten Rosinen vorsichtig zu sich heran. »Und was hat es damit auf sich?«

»Das sind weitere Zutaten. Normalerweise würde man

sie gleich im ersten Arbeitsgang in den Teig einarbeiten, doch heute machen wir es ausnahmsweise anders. Alle Zutaten, bis auf die Rosinen und die Nüsse, habe ich bereits zusammen zu einem Teig verarbeitet. Danach musste der Teig eine gewisse Zeit ruhen, um aufzugehen.«

Leon stand der Respekt vor dieser neuen Aufgabe ins Gesicht geschrieben.

»Keine Sorge, du musst nur die eingeweichten Rosinen und die Nüsse unter den Teig mischen und dann alles gut durchkneten. Danach lassen wir den Teig nochmals ruhen, damit er ein zweites Mal aufgeht. Und zum Schluss flechten wir einen Zopf daraus, bestreichen diesen mit einer Mischung aus verquirltem Ei, Milch und Hagelzucker und schieben ihn in den Ofen.«

Leon dachte an die Küche im Kinderheim, in der es seltsamerweise nie laut zugegangen war, an seine verhärteten Gefühle all die Jahre, an Frau Kainz und ihre Geschichte und an Arno, der noch immer sauer auf ihn war, weil er nicht wollte, dass er der alten Dame Druck machte.

»Am besten arbeitest du die Zutaten jetzt in den Teig. Nicht mit der Maschine, sondern mit den Händen. Sauber sind sie, oder?«

»Ist das ein wissendes Schmunzeln in deinem Gesicht?«, Leon grinste ertappt. Alwy konnte anscheinend Gedanken lesen, denn insgeheim hatte er tatsächlich darauf gehofft, die Technik käme ihm zu Hilfe. »Egal. Wenn man durchschaut wird, sollte man es zugeben. Falls du weitere praktische Tipps hast ... nur raus damit«, sagte er. »Ich kann jede Hilfe gebrauchen.«

»Denk an temperierte Milch, falls der Teig zu fest ist.« Alwy rückte eine Schüssel mit Milch in sein Blickfeld. »Und reib dir die Hände mit Mehl ein, damit der Teig nicht an deinen Fingern klebt. Nicht wenige haben Respekt vor Hefeteigen, aber im Grunde ist es ganz einfach. Schlag auf den Teig ein und zeig's ihm. Falls du überschüssige Energie hast, hier bietet sich die Chance, sie loszuwerden. Okay, dann mal los!«

»Neues lernt, wer Unbekanntes wagt. Dann stürze ich mich mal in diese Aufgabe … und hoffe auf Anfängerglück … und falls ich mich blamiere, sorge ich wenigstens für Unterhaltung.« Leon gab die eingeweichten Rosinen und gehackten Nüsse in die Schüssel und mischte sie vorsichtig unter. Dann streute er Mehl auf die Arbeitsfläche, nahm den Teig aus der Schüssel und legte ihn vor sich hin. Mit langsamen Bewegungen, die schnell entschlossener wurden, begann er, den Teigklumpen durchzukneten. Bald schon war er ganz sich selbst überlassen. Seine Finger kneteten, drückten und schoben.

Alwy wollte ihm ein verpasstes Kindheitserlebnis schenken, doch für ihn bedeutete der Besuch im ›Demel‹ etwas gänzlich anderes – er war hier, um Alwys Liebe zu ihrem Beruf nachzuspüren. Mit den Händen zu arbeiten, hatte für sie etwas Meditatives, Entrücktes, und nun begriff er, was sie damit meinte. Während er knetete, entspannten sich seine Schultern, und der leichte Schmerz, den er heute Morgen im Rücken gespürt hatte, verschwand.

»Stellt sich nicht mal ungeschickt an«, sagte Gregorius, als er Leon über die Schulter sah. »Sie können dem Teig Mehl zufügen, wenn er zu feucht ist«, riet er ihm.

Leon klaubte Teigreste von seinen Fingern, gab Mehl hinzu und knetete unbeirrt weiter. Mit der Zeit wurde der Teig geschmeidiger. Gregorius nickte ihm zu und ließ ihn wieder allein.

Irgendwann trat Alwy hinter Leon. Langsam schob sie ihre Hände an seinem Körper vorbei und platzierte sie neben seine. Nun glitten ihre Finger gemeinsam durch den Teig.

Von den beiden Nächten, die er mit Alwy im ›Imperial‹ verbracht hatte, und dem Kuss nach dem Essen im ›Insel-Restaurant‹ abgesehen, war sie ihm nie so nah gewesen wie in diesen Sekunden. Sich halb umdrehend, schenkte er ihr ein entrücktes Lächeln. Es war geradezu berauschend, ihren Körper zu spüren und mit ihr den Teig zu kneten – ein unglaublich sinnliches Erlebnis.

Einer der Zuckerbäcker stieß einen Pfiff aus. »He, wir sind hier im ›Demel‹, nicht in einer Bar, wo angebandelt wird.«

»Haltet euch zurück, ihr Turteltäubchen«, kam es von weiter hinten. Gelächter setzte ein.

Edith meldete sich zu Wort. »Wie wäre es mit einem Kuss? Ich bin gerade Single und lechze nach ein bisschen Romantik.«

Gregorius mahnte zur Besonnenheit, stieß damit aber auf taube Ohren. »Jetzt küsst euch schon«, sagte er schließlich, »damit wir weiterarbeiten können.« Er hob entschuldigend beide Arme und zuckte mit den Schultern.

»Küsst euch! Küsst euch«, skandierten einige Zuckerbäckerinnen.

Leon fühlte sich auf den Plan gerufen, Alwys Intimsphäre zu verteidigen, doch bevor er etwas sagen konnte, hatte sie bereits ihre Arme um seinen Hals gelegt. Als sie ihm einen innigen Kuss gab, hätte man eine Stecknadel fallen hören können. Sogar das leiseste Flüstern verstummte.

Leon schmeckte ihre süßen Lippen. Ein Kuss von Alwy brachte ihn jedes Mal auf angenehme Weise durcheinander.

Alwy löste sich von ihm und sofort applaudierte Edith.

»Das war superromantisch. Ich beneide euch«, rief sie voller Begeisterung.

Es war nicht alltäglich, Leon vor anderen zu küssen, doch nun, wo sie es getan hatte, fühlte Alwy grenzenlose Freude. Offen zu zeigen, was sie empfand, war herrlich. Was machte es da schon, rot zu werden.

Nach dem Kuss begann Leon, den Hefezopf zu flechten. Anfangs geriet der Zopf nicht. Doch als Alwy ihm zeigte, wie man perfekt flocht, ging es deutlich besser. Zum Schluss pinselte er das Gebäckstück mit der vorbereiteten Mischung aus Ei, Milch und grobem Zucker ein und schob es in den Ofen. Als der Hefezopf eine halbe Stunde später aus dem Backofen kam, duftete es herrlich nach Frischgebackenem.

»Wir lassen ihn abkühlen und verteilen ihn dann an alle, die kosten möchten«, rief Alwy in die Runde.

»Ich probiere gern ...«, antwortete Edith.

»Ich auch ...«, riefen andere.

»Es bringt Glück, das erste Gebäckstück eines Anfängers zu verkosten«, klärte Alwy Leon auf, als sie mit ihm den großen Belegschaftstisch eindeckte. »Ist das Backwerk gelungen, verspricht das Glück und Wohlbefinden für alle, die davon essen.«

»Und wenn was schiefgegangen ist, was dann?«

Gregorius trat zu ihnen und legte den Arm um Leon: »Schief geht bei uns grundsätzlich nichts ... es kann nur besser werden. So lautet die goldene Regel«, versprach er.

Mit diesen Worten verließ er die Backstube und kehrte wenig später mit einem in Wachspapier gewickelten Butterstück und einem großen Glas Orangenmarmelade zurück.

»Sauerrahmbutter von meinem Freund, mit dem ich montags Karten spiele«, sagte er erklärend, »schmeckt unnachahmlich.« Er schnitt ein Stück Butter ab und ließ es in Alwys Mund verschwinden. Danach ging er tuschelnd mit ihr hinaus.

Leon fuhr sich mit den Händen durchs Haar – vermutlich standen sie zu Berge, doch was machte das schon? Um ihn herum arbeiteten Menschen, die er vor zwei Stunden noch nicht gekannt hatte, und überall lagen und standen Backutensilien, die er noch nie gesehen hatte, die man jedoch offenbar brauchte, um süße Träume zu erfüllen. Neues hatte ihn noch nie irritiert, doch dies war eine fremde Welt für ihn.

Die Tür zur Backstube schwang auf und hinter Alwy und Gregorius wieder zu. Alwy trug eine Kanne dampfenden Tee, und Gregorius balancierte ein Tablett mit Geschirr.

»Zeit, Leons Backergebnis zu probieren«, rief Gregorius seinen Leuten zu. Nach und nach nahm die gesamte Belegschaft am Tisch Platz.

»Wer möchte Marmelade?«, rief Alwy fragend, als sie das Marmeladenglas aufschraubte. Hände schnellten in die Höhe. Sie schnitt den ausgekühlten Hefezopf an, bestrich die Scheiben mit Sauerrahmbutter und Marmelade und reichte die Teller weiter. Leon füllte Tee in Tassen, und Gregorius stellte einen Zuckerstreuer und ein Kännchen mit flüssiger Sahne in die Mitte des Tisches.

»Wer hält den Augenblick für Instagram fest?«, rief Edith.

»Immer der, der fragt!« Gregorius hob abwehrend beide Hände. Er war ein Mann alter Schule und überließ die Arbeit mit den sozialen Medien lieber den jüngeren Kolleginnen und Kollegen. Leon machte einige Schnappschüsse mit Alwys Handy.

Als sie sich setzte, fotografierte er sie mit Gregorius. Sogleich schickte Alwy das Foto an Tina. Leon wusste bisher nicht viel von ihr, hoffte aber, sie bald kennenzulernen; Menschen, die Alwy nahestanden, mochte er schon, bevor er sie kannte.

»Chef vor!«, verlangte Edith, als alle einen Teller mit einer Schnitte Hefezopf vor sich stehen hatten.

Leons Augen lösten sich von Alwy. Die Stelle unterhalb ihres Schlüsselbeins hatte er vergangene Nacht mit seinen Lippen lange liebkost.

Gregorius langte nach seiner Scheibe Hefezopf und biss hinein. Sein Kiefer mahlte, doch sein Gesicht blieb unbewegt, schließlich schluckte er den Bissen hinunter.

»Und? Wie lautet das Urteil?« Es war Leon, der die Frage stellte.

Gregorius grummelte etwas Unverständliches, biss erneut in das Gebäck und kaute weiter, wieder war ihm nichts anzusehen. Als er diesmal hinunterschluckte, grub sich ein zaghaftes Lächeln in seine Wangen. »Glück und Wohlbefinden für alle … und es kann trotzdem noch besser werden«, behauptete er ohne jeden Spott. Er klatschte als Erster, und sofort taten die anderen es ihm nach. Gregorius stand auf und legte seine Hand auf Leons Schulter. »Willkommen im Team des ›Demel‹, Leon. Wenn Sie wieder mal Lust auf einen Back-Workshop haben, scheuen Sie sich nicht vorbeizukommen. Euch beiden …«, sein Blick fing Alwys Augen ein, »… wünsche ich einen guten Lauf. Werdet glücklich miteinander.« Das gesamte Team stimmte in die guten Wünsche mit ein.

Leon griff unter dem Tisch nach Alwys Hand und drückte sie gerührt. Alwy schaffte es, innerhalb kürzester Zeit Vertrautheit aufzubauen. Sie hatte eine besondere Gabe, auf Menschen zuzugehen, deshalb fühlte sie sich auch im ›Demel‹ sofort in ihrem Element. Und nun war es, als würde er in den Kreis ihrer Familie aufgenommen. Teil eines Ganzen zu sein, hatte ihm lange gefehlt. Er erhob sich. Augenblicklich schwiegen alle und sahen ihn an: »Eines Morgens hatte ich das Glück, Alwy am Ufer der Salzach aufzulesen«, hörte er sich sagen. »Sie war nass und ihr war kalt, weil sie Enten gefüttert hatte, nachdem es die ganze Nacht durchgeregnet hatte, und da kam ich des Weges ... Nähere Einzelheiten erspare ich euch, aber auch so kann man zum Backen kommen, über Umwege ...«

Von allen Seiten erhielt er Zuspruch und aufbauende Worte. Die Frage, die er sich jahrelang gestellt hatte – wo er eigentlich im Leben stand –, konnte er nun beantworten: Er befand sich am Ende einer Suche, die er nie wirklich hatte definieren können. Nun erübrigte sich jede Definition – denn er war dort, wo man nicht länger suchte. Zuhause!

»Anfangs hatte ich ganz schön Bammel vor dem Backen ... fremdes Terrain und so.«

»Aber dann haben deine Neugierde und dein Spieltrieb gesiegt«, zog Alwy Leon auf.

»Was lässt sich schon gegen Neugierde und Spieltrieb sagen ...«, Leon griff nach ihren Händen und führte sie an seine Lippen, um sie zu küssen.

Sie waren zurück im Hotel und freuten sich auf eine weitere gemeinsame Nacht. Am nächsten Tag hatte er erst um zehn einen Termin in Salzburg, und da Alwy ebenfalls nicht vor zehn in der Patisserie sein musste, hatten sie sich entschlossen, noch eine Nacht im Hotel dranzuhängen. Zwar mussten sie am nächsten Morgen umso früher aufstehen, um pünktlich auf der Autobahn zu sein, doch das störte sie nicht.

»Neugierde und Spieltrieb«, wiederholte Leon gedankenverloren. »Daran habe ich lange nicht gedacht. Normalerweise arbeite ich auf ein Ziel hin und versuche, es möglichst schnell zu erreichen.«

»Dazwischen braucht man allerdings auch Zeit für Dinge, die Spaß und einen glücklich machen. Meiner Erfahrung nach fühlt es sich großartig an, etwas nur aus Freude zu tun.«

»Stimmt. Während des Teigknetens hab ich irgendwann aufgehört nachzudenken und mich ziemlich lebendig gefühlt.« Leon schlüpfte aus seiner Anzugjacke und öffnete die Manschetten seines Hemds.

»Dann ist es mir anscheinend gelungen, etwas in dir wachzukitzeln – Unbedarftheit.«

Leon fuhr sich mit der Hand über den Bauch. »Ich tippe eher auf Maßlosigkeit. Das gute Backergebnis hat dafür gesorgt, dass ich ordentlich zugelangt habe.«

Alwy genoss das Geplänkel zwischen ihnen. »Wenn wir in der Firma einen Engpass haben, rufe ich dich an und bitte dich, auszuhelfen.«

»Jederzeit zur Stelle. Schon, weil ich dich dann in einer dunklen Ecke küssen kann. Davon bekomme ich nie genug, egal, wie oft ich deine Lippen auf meinen spüre.« Leon legte seine Hand an Alwys Kinn und zog ihren Mund zu seinem.

»Möchtest du etwas trinken?« Alwys Blick huschte über die gut gefüllte Bar, und wie so oft in den letzten Stunden wanderte ihr Blick danach weiter zu ihrem Handgelenk.

Leon, der neben sie getreten war und ihrem Blick gefolgt war, gab ihrer Nase mit seinem Zeigefinger einen leichten

Stups. »Ich finde es inspirierend, deine Freude mitzuerleben. Ob du's glaubst oder nicht, ich bin schwer verliebt in deine Begeisterung.« Er öffnete die Saftflasche und goss Marillensaft in ein Glas.

»Ist meine Begeisterung ein Wunder bei diesem zauberhaften Geschenk? Ich habe noch nie etwas Schöneres geschenkt bekommen. Du hast gleich vom ersten Moment an, als du mich aus dem Schlamm gerettet hast, alles richtig gemacht.« Eine Welle des Glücks durchflutete Alwy. Manchmal konnte sie immer noch nicht glauben, dass sie Leon kennengelernt hatte. Einen Mann, der aufmerksam und großzügig war, dazu noch Single.

Mit großen Schlucken trank sie ihr Glas leer und hing dabei ihren Gedanken nach, wie es wäre, ein normales Alltagsleben mit Leon zu führen. Sicher würden sie den Tag mit einer Joggingrunde starten, um danach mit großer Freude ihrer jeweiligen Arbeit nachzugehen. Abends würden sie gemeinsam kochen, ausgehen oder Freunde treffen. Vielleicht hätten sie irgendwann sogar ein Kind miteinander. Alwy spürte dem Bild dieses glücklichen Lebens nach, und plötzlich sehnte sie sich mit so großer Leidenschaft danach, dass es sie erschreckte. Himmelherrgott, was sprach schon dagegen, sich ein zufriedenes Leben mit dem Mann, den man liebte, zu wünschen? Wovor hatte sie Angst?

Leon war ins Bad verschwunden und kam wenig später in einen kuscheligen Frotteemantel gehüllt wieder heraus.

»Was hältst du von einem Filmabend? Wie ein altes Ehepaar, das einen Abend auf dem Sofa aus langjähriger Erfahrung zu schätzen weiß?«

»Ich liebe Filmabende. Vor allem, wenn Komödien auf dem Spielplan stehen«, stimmte sie seinem Vorschlag zu.

»Dann schau ich mal nach, was ich finde«, versprach er.

Alwy verschwand ebenfalls ins Bad. Leon hatte sein Hotelzimmer nicht betreten, seit sie im Hotel eingecheckt hatten. Nach der ersten gemeinsamen Nacht hatten sie sich ganz selbstverständlich bei ihr eingerichtet. Tina hatte recht. Wenn einen die Liebe traf, gab es keine Regeln. Sie bereute keine Sekunde, die vernünftigen Vorgaben, die sie sich anfangs gesteckt hatte, ignoriert zu haben.

Leon rief von nebenan: »Ich glaube, ich habe das Richtige gefunden. Eine Komödie mit Jack Nicholson und Diane Keaton … zwar schon älter, aber sicher gut.«

»Wunderbar. Ich komme gleich.« Sie schminkte sich ab, verteilte Nachtcreme im Gesicht und schlüpfte ebenfalls in den Hotelbademantel, als eine Nachricht auf ihrem Handy einging.

Alwy, glaubst Du, Thelen wirft mir mangelnde Kooperation vor, falls ich die Abschlagszahlung, die sicher bald ins Haus flattert, ablehne? Könntest Du Dich vielleicht bei Leon erkundigen, ob man mir daraus einen Strick drehen kann … xxx

Alwy löschte das Licht im Bad und ging zu Leon. »Sag mal, könnte ich dich etwas fragen … bevor wir es uns gemütlich machen?«, sie ließ sich in die Couch gegenüber vom Fernseher sinken und legte ihr Smartphone auf den Tisch.

»Klar, worum geht's denn?« Leon fixierte ihr Handy. »Schlechte Nachrichten?«

Alwy nickte. »Meine Partnerin Tina und ich haben seit einiger Zeit Probleme mit einem unangenehmen Zeitgenossen.« Ihr entkam ein lauter Atemzug. »Ludwig Thelen, ein Bauinvestor aus München, ist Tinas neuer Vermieter und macht uns das Leben schwer. Am besten schildere ich dir die Situation in ein paar Sätzen.« Alwy erzählte von Tinas

Aufregung und wies Leon darauf hin, wie wichtig der Standort ihrer kleinen Patisserie für sie war.

»Die Steingasse ist wie ein Universum innerhalb der Stadt. Die Leute kennen sich und halten zusammen, das macht einen großen Unterschied. Davon abgesehen wissen unsere Kunden inzwischen, wo wir sind, denn durch einige Fotos in den sozialen Medien ist unser Standort publik geworden. Auf den Fotos sieht man den Dirigenten Pino de Luca neben unserem Lieferwagen in der Steingasse, auf einem anderen Foto vertilgen seine Musiker eine unserer Torten. Du kannst dir vorstellen, dass wir seitdem Anfragen von überall bekommen. Die rosafarbene Fassade unseres Hauses kennt nun jeder. Die Nähe zur Altstadt ist ein weiterer Pluspunkt. Wir sind mittendrin, haben kurze Wege, wenn wir ausliefern. Wir wollen bleiben, wo wir sind. Nur, wie sollen wir das machen?«

Mit einem wachsenden Gefühl der Verlorenheit hatte Leon Alwy zugehört. Sein Erstarren bei der Erwähnung des Namens Ludwig Thelen hatte sie, Gott sei Dank, nicht bemerkt. Doch zunehmend fühlte er, wie der Boden unter seinen Füßen wegzubrechen schien und ein dunkles Loch ihn zu verschlingen drohte.

»Du bist ein erfahrener Jurist, Leon. Sicher kannst du mir sagen, ob und welche Möglichkeiten wir gegen einen Immobilienhai wie Thelen haben. Ihm geht es nur darum, den Altbau luxuriös zu sanieren und danach beim Verkauf kräftig abzusahnen.« Alwy inspizierte die Adern auf ihrem Handrücken. »Tina hat Thelen vor kurzem getroffen und ihn um das Vorkaufsrecht für die Wohnung, in der auch ich zurzeit lebe, gebeten … sie hat sich in die verrückte Hoffnung verstiegen, Thelen würde ihr ihre Wohnung unsaniert oder zumindest teilsaniert verkaufen, weil das günstiger wäre. Natürlich hat er abgelehnt. Jetzt ist sie erst recht am Boden zerstört und hat Angst, er könnte es gegen sie verwenden, falls sie seine Abschlagszahlung ablehnt«, setzte sie hinterher. Sie löste den Blick von ihren Händen, rückte näher an Leon heran und sah ihn erwartungsvoll an.

Leon fielen die Prozessakten ein, die Alwy an dem Tag, als er sie auf eine Tasse Kaffee und frische Sportkleidung eingeladen hatte, auf dem Tisch hatte liegen sehen. Beim Weggehen hatte sie zudem anscheinend das Namensschild an Ricks Wohnungstür entdeckt, und seitdem nahm sie an, er sei Leon Wolf, ein in Salzburg lebender Anwalt.

Zumindest *eine* dieser Annahmen traf auf ihn zu. Nicht nur Rick, auch er hatte Jura studiert. Nach dem Masterstudium war Rick dann nach Salzburg gegangen, weil er sich in eine Frau verliebt hatte, die dort lebte, wohingegen er in München begonnen hatte, Häuser zu kaufen, diese zu sanieren und mit Profit wieder zu verkaufen. In renovierungsbedürftige Häuser zu investieren war ein lukratives Geschäft, weil die Preise für Wohnraum ständig stiegen. Irgendwann hatte Rick von einem Haus in Salzburg-Aigen erfahren. Leon kaufte es, sanierte es und veräußerte danach Wohnung für Wohnung. Seitdem kontaktierte Rick ihn, wenn er von Immobilien in tollen Lagen erfuhr. So war es auch bei der Steingasse gewesen. Rick hatte Irmgard Walter bei einer juristischen Lappalie vertreten und erfahren, dass sie mit der Idee liebäugelte, ihr Haus zu verkaufen, um dauerhaft zu ihrer Schwester nach Italien zu ziehen.

Leon fuhr mit seinem Mittelfinger über den Daumen der anderen Hand. Wieso hatte er nicht erwähnt, dass er vorübergehend in der Wohnung seines Freundes lebte, weil es praktisch war, während der Termine, die rund um den Hauskauf anstanden, nicht ständig zwischen München und Salzburg hin- und herfahren zu müssen. Er hätte auch erzählen können, dass es ihn freute, die Palmen zu gießen, auf die Rick achtete, als seien es seine Haustiere. Doch beides war ihm schlichtweg nicht wichtig erschienen. Er hatte vor allem über Alwy sprechen wollen, um so viel wie möglich über sie zu erfahren. Er hatte nicht an später gedacht, hatte einfach jeden Augenblick genossen.

Alwy ereiferte sich weiter über ihre Situation, während er im Stillen nach Antworten rang. Sollte er ihr gleich jetzt sagen, dass er nichts von ihrer Teilhaberschaft an ›Cake Couture‹ gewusst hatte, weil er immer nur mit Bettina Hoske zu tun gehabt hatte? Nein, sicher wäre es vernünftiger, zuerst einen Plan zu entwickeln, wie er ihr am schonendsten beibrachte, dass er Ludwig Eduard Thelen war, der von seinen Freunden Leon genannt wurde.

»Ludwig Thelen ist Geschäftsmann durch und durch und nutzt natürlich alle Möglichkeiten. Du kennst solche Typen«, sprach Alwy weiter.

»Macht die Tatsache, dass jemand Geschäftsmann ist, einen automatisch zum Unmenschen?«, fragte er plötzlich.

»Natürlich nicht«, entgegnete Alwy.

Es war ihm nie vorrangig um Wohlstand gegangen, sondern darum, sich durch Arbeit davor zu bewahren, zu oft über früher nachzudenken. Arbeit und Erfolg gaben ihm eine Rolle in dieser Welt, die es auszufüllen galt. Sein Beruf war eine Art Beruhigungsmittel.

»Ich finde es nur schrecklich, wenn Hauseigentümer sich keine Gedanken über ihre Mieter machen«, erklärte Alwy. »Wo sollen die Leute denn hin, während ihre Wohnungen in Luxusimmobilien verwandelt werden ... und was kommt danach?«

Zwischen Leons Augenbrauen wuchs eine Falte. »In bestimmten Fällen werden Mieter vorab ausgezahlt. Mit dem Geld können sie dann in Ruhe nach einer neuen Bleibe suchen«, fügte er rasch hinzu. Würde er sich durch irgendetwas verraten? »Manche kaufen ihre Wohnung hinterher oder zahlen die höhere Miete, denn die Wohnungen verfügen dann über einen besseren Standard.«

»Sie steigen eklatant, Leon. Die früheren Mieter können sich ihre Wohnungen nach der Sanierung nicht mehr leisten. Sie müssen ihr Zuhause verlassen.« Obwohl sie Tina immer riet, Ruhe zu bewahren, gingen die Emotionen nun mit ihr durch, da tat es gut, dass Leon kein Interesse vorschützte, wie viele andere, nein, er verstand sie, das sah sie ihm an. Sein eben noch fröhliches Gesicht wirkte betroffen, ihm ging dieses Vorgehen genauso gegen den Strich wie ihr.

»Natürlich kann man woanders eine neue Bleibe finden«, gab sie zu. »Oft funktioniert das, aber in unserem Fall hängt viel davon ab, dass wir bleiben können.«

Leon ließ von seiner Hand ab, die er inzwischen geradezu malträtierte. »Du siehst die Veränderungen, die auf deine Partnerin und dich zukommen, verständlicherweise skeptisch.« Die nächsten Worte kamen ihm ohne lange nachzudenken über seine Lippen: »Deshalb werde ich mich mit der Sache auseinandersetzen«, beteuerte er.

»Wirklich?« Alwy sah ihn verblüfft an. Zu ihrer großen Erleichterung nickte Leon.

»Ja«, sagte er lauter als geplant. Seit dem Tag, als er in ein eigenes Leben gestartet war, hatte er sich seine eigenen Regeln gesetzt, in der Hoffnung, vom Leben nie wieder *wirklich* überrascht zu werden. Doch jede Form von Sicherheit war trügerisch, das begriff er gerade. »Ja, das tue ich gern«, bekräftigte er und sank aus dem Lichtkegel der Stehlampe nach hinten. Es hatte ihm nie an Willenskraft und nur selten an einer guten Idee gemangelt, er hatte stets gewusst, was als Nächstes zu tun war, um ein Problem zu lösen – doch diesmal war da nichts.

Alwy entspannte sich, sie strahlte, und um ihre Augen zeigten sich kleine Lachfältchen. »Manchmal kann ich kaum glauben, dass es dich gibt.« Sie sah ihn wie jemand an, den sie durch und durch kannte; er jedoch erkannte sich kaum wieder, als er vor dem Schlafengehen im Spiegel die Schatten in seinem Gesicht betrachtete.

28. KAPITEL

Leon fuhr auf die Westautobahn und stellte den Tempomat auf hundertdreißig. Seit er heute Morgen wach geworden war, lagen die Notwendigkeit, nachzudenken, und der Wille, es besser bleiben zu lassen, miteinander im Widerstreit. Vor allem die Frage, wie er Alwy vor der Patisserie absetzen konnte, ohne dabei Gefahr zu laufen, Bettina Hoske in die Arme zu laufen, ließ ihn nicht zur Ruhe kommen. War es nicht verrückt, dass *er* die Probleme auslöste, die Alwy ereilt hatten, kaum dass sie Teilhaberin einer kleinen, aufstrebenden Patisserie geworden war. Was gäbe er dafür, eine Lösung für diese verzwickte Situation zu haben … oder das Haus in der Steingasse gar nicht erst gekauft zu haben.

Die ganze Fahrt über war Alwy schon damit beschäftigt, Mails auf ihrem Smartphone zu beantworten. Sie war ganz in ihr Tun versunken. Und was tat er? Er grübelte, obwohl er wusste, dass es nichts brachte, die ewig gleichen Ängste aus verschiedenen Perspektiven zu beleuchten. Nach einer halben Stunde ließ Alwy ihr Handy zufrieden in der Handtasche verschwinden und legte die Hand auf seinen Oberschenkel.

»Und? Hast du einen Musikwunsch?« Er sah sie kurz von der Seite an, wandte den Blick dann aber wieder auf die Straße.

»Jazz wäre nicht schlecht ... Michael Bublé«, schlug sie vor.

Er lächelte über den Überschwang in ihrer Stimme. »Michael Bublé«, wiederholte er. »Wer könnte diesem Mann widerstehen.« Er hatte Musik des kanadisch-italienischen Sängers auf einem Stick gespeichert und rief die Musik ab. Mit der schmeichelnden Stimme des Sängers im Ohr war er sich der Gegenwart Alwys noch mehr bewusst. In dieses wohltuende Gefühl eingesponnen, fuhren sie schweigend weiter.

Alwy kannte die Herausforderungen des Lebens und glaubte trotzdem daran, dass man jedem Tag etwas Positives abgewinnen konnte. Das mochte er besonders an ihr. Ihre fröhliche Ausstrahlung nahm er sogar jetzt wahr, als seine Gedanken immer wieder abdrifteten.

»Schau mal!«, schwärmte Alwy, als nach über zwei Stunden die blauschimmernde Wasserfläche des Mondsees vor ihnen auftauchte. Von der Autobahn aus war der See fast in seiner ganzen Länge zu sehen.

»Wir könnten mal einen Ausflug hierher machen.« Er hatte noch viel mit Alwy vor, doch die Angst, dass die Wahrheit ihr Glück trüben oder es vielleicht sogar zerstören könnte, wurde er einfach nicht los. Enttäuschung, Hoffnung und Schmerz wechselten sich in rascher Folge ab, seit sie gestern das Gespräch über Bettinas Vermieter – über ihn – geführt hatten. Die Ungewissheit, wie Alwy seinen Namen aufnehmen würde, brachte ihn seitdem immer wieder an einen emotionalen Abgrund, aber er würde nicht entmutigt aufgeben. Niemals.

Alwys Handy klingelte. Er drehte die Musik leiser und erkannte Bettina Hoskes Stimme.

»Du, ich bin leider nicht da, wenn ihr zurückkommt«, sprach Tina am anderen Ende.

»Oh, wie schade.« Alwy klang enttäuscht. »Ich wollte dir Leon doch endlich vorstellen.« Sie warf Leon einen verschwörerischen Blick zu. »Er ist schon ganz heiß darauf, backtechnisch von dir unter die Lupe genommen zu werden. Er kann jetzt einen Hefezopf backen, und das gar nicht mal so schlecht.«

»Dann hast du dein Versprechen wahr gemacht und ihn ins ›Demel‹ verschleppt?«

»Keine Sorge. Leon hat den Ausflug in die Welt des Backens genossen.« Alwy hielt Leon ihr Handy ans Ohr, damit er ihre Einschätzung bestätigen konnte.

»Hmm! Richtig!«, sagte er mit bangem Gefühl. Mehr als diese zwei Worte brachte er nicht heraus, aus Angst, seine Stimme könnte ihn verraten. Als Alwy das Handy von seinem Ohr nahm und sich wieder voll und ganz Tina widmete, atmete er innerlich auf. Der kritische Moment war überstanden. Begeistert erzählte Alwy von ihrem Austausch mit Gregorius. Leon hörte nur mit einem Ohr zu, froh, noch mal davongekommen zu sein.

»Gibt's bei dir was Neues?«, hörte er Alwy irgendwann fragen. »Bezüglich Ludwig Thelen«, konkretisierte sie.

»Leider nicht, oder sollte ich besser sagen: Gott sei Dank?«

»Ich hab mit Leon über unser Problem gesprochen. Er wird uns helfen.«

Ein schriller Schrei erklang durchs Handy. Erneut hielt Alwy ihm ihr Handy ans Ohr.

»Du willst uns *wirklich* helfen Leon?«, schrie Tina am anderen Ende.

»Sieht so aus!«, kam es von Leon.

»Mannomann, das ist echt nett von dir. Alwy hat mir ja bereits von deinen menschlichen Qualitäten erzählt, und anscheinend stimmt, was sie sagt. Ich mag dich jetzt schon.« Leon hörte Tina glücklich auflachen.

In diesem Ton ging es weiter, bis Alwy ihn erneut von ihrem Handy befreite. »Jetzt aber genug, Süße. Leon hat längst zugesagt, gegen Thelen in die Schlacht zu ziehen. Du musst ihn nicht erst überzeugen.«

Nach dem Telefonat mit ihrer Partnerin war Alwy glücklich. Für sie stand fest, dass Tina und er sich schon jetzt blendend verstanden. Leon versuchte, das stärker werdende Gefühl, alles falsch zu machen, zu unterdrücken, doch es gelang ihm nicht. Er fühlte sich miserabel.

Die letzte halbe Stunde verging wie im Flug. In Salzburg herrschte der übliche Verkehr, doch schließlich bog er in die Steingasse, hielt vor der Patisserie und öffnete die Beifahrertür für Alwy.

Sie stieg aus, während er ihr Gepäck aus dem Kofferraum hievte und vors Haus trug, und quittierte sein galantes Benehmen mit einem liebevollen Blick. »Ich wüsste nicht, wo ich anfangen sollte, falls ich aufzählen müsste, wofür ich dir dankbar bin.« Sie küssten sich wie zwei Teenager, die sich lange nicht sehen würden. »Ich ruf dich heute Abend an, dann machen wir aus, wann du Tina kennenlernst. Höchste Zeit, vor ihr mit dir anzugeben«, flüsterte Alwy ihm ins Ohr.

Leon legte beide Hände an ihre Wangen, küsste sie ein letztes Mal und stieg in den Wagen. Er verband keine Emotionen mit dem Altbau, für Alwy und Tina hingegen bedeutete das Haus alles. Sie hingen nicht nur an den Räumlichkeiten, sie schätzten auch die funktionierende Hausgemeinschaft, jenes kleine Universum, von dem Alwy schwärmte.

Beim Losfahren hielt er den Arm aus dem Fenster und winkte. Er fuhr Ricks Audi, weil sein Wagen in der Werkstatt war. In Salzburg hatte er endlich Zeit gefunden, die fällige Inspektion durchzuführen. Säße er in seinem eigenen Wagen, wäre Alwy schon aufgrund des Münchner Kennzeichens stutzig geworden, aber so …

Leon fädelte sich in den Verkehr auf der Imbergstraße ein. Gestern hatte Rick angerufen und überraschend angekündigt, schon heute zurückzukommen, weil Iris sich den Fuß verstaucht hatte. Er konnte es kaum erwarten, mit ihm über das Desaster zu sprechen, für das er eine Lösung finden musste, die auch seine Firma verkraftete.

In der Schwarzstraße entdeckte er eine Parklücke und betrat das Büro des Architekten, der sich um den Umbau der Steingasse kümmerte.

Paul Wacker war ein engagierter Mann in seinen Dreißigern und hatte sich auf die Sanierung von Altbauten spezialisiert. »Gute Neuigkeiten, Herr Thelen«, sagte er zur Begrüßung. »Ich kann Ihnen erste Rohentwürfe vorlegen.«

Leon enttäuschte Menschen ungern, doch Paul Wacker hatte sein Wochenende umsonst für dieses Projekt geopfert.

»Selbstverständlich müssen wir den Umbau in engem Kontakt mit dem Denkmalamt vornehmen. Ich kenne die Verantwortlichen«, sprach Wacker weiter. Er war ganz in seinem Element. »Ich weiß, welche Vorschriften, sagen wir mal … dehnbar sind … und welche keinen Verhandlungsspielraum lassen.« Wacker blätterte bereits die Mappe mit den Grundrissen durch. Während er die nötigen Unterlagen zusammensuchte, sprach er weiter. »Das Thema Dachausbau, sprich Wintergarten, habe ich von allen Seiten beleuchtet. Ein paar Häuser weiter in der Steingasse ist vor Jahren ein Wintergarten mit einer Terrasse über zwei Ebenen bewilligt worden. Auf dieses Projekt können wir uns berufen, das verschafft uns einen gewissen Spielraum.« Wackers Hände deuteten auf beeindruckend aussehende Ausdrucke von Zeichnungen, die er angefertigt hatte. »Schauen Sie, hier … dort würde die Glaskonstruktion – minimal, aber immerhin – über den Dachfirst hinausragen … weswegen Sie vom Wintergarten einen Blick auf die Festung hätten.« Er legte Leon Fotos des bereits realisierten Dachwintergartens in der Steingasse vor. »Was die Sanierung der Räume, die Richtung Kapuzinerberg ausgelegt sind, anbelangt, recherchiert mein Mitarbeiter gerade die besten Maßnahmen, um das Wasserproblem in den Griff zu bekommen. Die Trockenlegung der hinteren Räume ist vorrangig. Danach können wir über Sonderwünsche wie größere Badewannen, neuartige WCs mit Sonderfunktionen, Edelstahlküchen et cetera reden … Wussten Sie, dass Mozarts erste Geige von einem Geigenbauer erschaffen wurde, der seine Werkstätte in der Steingasse 25 hatte, ganz in der Nähe Ihrer neuen Immobilie?«

»Mir ist bekannt, dass in der Steingasse früher viele Handwerker angesiedelt waren«, antwortete Leon halbherzig. Nach einem ausführlichen Gespräch würde Alwy doch bestimmt einsehen, dass ein Name – sein Name – nichts für ihre Liebe bedeutete. Er war nicht der Mann, den Tina Hoske beschrieb, jedenfalls nicht ganz.

»Anno dazumal gab es in der Steingasse Leinenweber, Hafner und dergleichen. Heute gibt es nur noch diese hübsche Buchhandlung, das Trachtengeschäft und vor allem Pubs, Bistros und nette Restaurants und Kneipen«, führte Wacker das Thema fort. »Was passiert eigentlich mit der kleinen Patisserie im Erdgeschoss? Meine Frau kauft dort regelmäßig Pralinen und ist begeistert. Wird das Geschäftslokal nach dem Umbau weiterexistieren?«

Beim Wort Patisserie horchte Leon auf. »Darüber mache ich mir gerade Gedanken«, gab er zu.

»Eine Ausweichmöglichkeit für die Mieter haben Sie, sagten Sie?«

»Im Nonntal, ja. Etwas weit weg für eine exquisite Patisserie«, war Leon inzwischen klargeworden.

»Wo wir beim Thema sind. Ich rate Ihnen dringend, die Mieter auszuzahlen, um nach dem Umbau für das passende Klientel frei zu sein. Dann brauchen Sie auch kein Ausweichquartier. Die Leute, die Sie jetzt im Haus haben, bringen erfahrungsgemäß nicht die finanziellen Mittel auf, ihre Wohnungen nach einer Sanierung weiterhin mieten, geschweige denn kaufen zu können. Man muss den Tatsachen ins Auge sehen. Ihre Firma bedient nun mal das Luxussegment.«

»Es ging mir nie um Luxus, eher um gutes Handwerk, deshalb stand immer außer Zweifel, dass ich auf höchsten Standard achte.« Es hörte sich an, als wolle er Alwy von seinen guten Absichten überzeugen.

»Ganz meine Einstellung. Luxus ist ja auch nur ein Wort«,

stimmte der Architekt ihm zu. Leon hörte sich eine eilig vorgebrachte Zusammenfassung zur weiteren Vorgehensweise an und winkte schließlich ab.

»Herr Wacker, es tut mir aufrichtig leid, Sie um Aufschub bitten zu müssen, aber private Gründe zwingen mich zu einer kleinen Pause. Ich melde mich so rasch ich kann, damit wir weiterplanen können.« Er nahm die Unterlagen entgegen, die der Architekt für ihn zusammengestellt hatte und ließ diesen mit einem ratlosen Blick zurück. Paul Wacker hatte gute Arbeit geleistet, doch Leon sah sich außerstande, etwas Verbindliches zu sagen. Zuerst musste er eine Lösung finden, mit der Alwy, ihre Partnerin und auch er leben konnten.

Vielleicht würde er nach der Sanierung nur einen Teil der Wohnungen verkaufen. Wenn er Alwy richtig verstanden hatte, konnten die anderen Mieter sich einen Kauf ihrer Wohnungen ebenso wenig leisten wie Tina.

Bei alldem durfte er jedoch seine Kalkulation und vor allem seine Mitarbeiterinnen und Mitarbeiter nicht vergessen. Seine Firma musste Gewinne schreiben. In gewissen Dingen würde er den Mietern entgegenkommen können, doch bei weitem nicht in allen. Er dachte an den Berg Rechnungen auf seinem Schreibtisch und die Kredite, die er bedienen musste. Ein Objekt musste sich rechnen. Wo lag die Lösung? Im Moment sah er keine, und das machte ihn zutiefst unglücklich.

Nach dem Termin mit Wacker fuhr er in Ricks Wohnung am Ignaz-Rieder-Kai, stellte seine Reisetasche ab und ging in die Küche. Bisher hatte er das Arbeitspensum, das sein Leben auszeichnete, gemocht, doch jetzt wollte er einfach nur den Kopf freibekommen, um seine Liebe zu Alwy zu genießen. Alles andere erschien ihm nebensächlich. Er öffnete den Hängeschrank und langte nach einem Glas, als im Flur das Gedudel seines Handys erklang.

Er hatte das Glas noch in der Hand, als er den Anruf entgegennahm.

»Ich weiß, Sie haben immer eine Menge zu tun, Leon«, sprach eine weibliche Stimme ohne Vorrede auf ihn ein, »aber vielleicht könnten Sie für eine gute Sache ein paar Stunden erübrigen.«

Es gab nur einen Menschen, der ihn bei seinem Vornamen nannte *und* mit dem förmlichen Sie als Abgrenzung – Hannelore Böttcher.

»Frau Böttcher?!« Sie hatte ihn unlängst zu erreichen versucht, doch er hatte das Telefonat weggedrückt. Jetzt war er beinahe erleichtert, sie zu hören. »Leider bin ich zurzeit in Salzburg. Worum geht es denn?« Er ging wieder in die Küche, hielt das Glas unter den Hahn und ließ es volllaufen.

»Ich mache mir Sorgen um einen neunjährigen Jungen – Felix – und wollte fragen, ob ich ihn Ihnen vorstellen darf?«

»Lassen Sie mich raten. Der Junge weigert sich, zu sprechen ...«, mutmaßte er.

»Ja. Ich hatte erst heute Kontakt mit dem Landesjugendamt in der Richelstraße«, ihr ausgeglichener Tonfall strafte den Inhalt ihrer Worte Lügen. »Eines von unzähligen Telefonaten, bei denen es um Felix ging.«

Leon ersparte sich nachzufragen, ob Psychologen mit dem Jungen gearbeitet hatten. Anscheinend zeigten die Zeichnungen und Knetpuppen, zu denen schwierige Fälle unter den Heimkindern in der Therapie aufgefordert wurden, keine Wirkung. Bei ihm war es damals ähnlich gewesen. Man hatte ihm Stifte und Papier hingelegt und ihn mit immer neuen

Umschreibungen dazu aufgefordert, auf Papier zu bringen, was ihn beschäftigte. Er hatte stumm dagesessen, weil er schlichtweg nicht wusste, was es bringen sollte, Papier mit Farbe zu bearbeiten. Sein Herz ging vor Trauer über, da halfen weder Zeichnung noch Knetpuppen, das sagte ihm sein Instinkt.

Letztendlich hatte seine Freundschaft zu Rick ihm geholfen, langsam wieder Vertrauen zu Menschen zu entwickeln. Rick war zu seiner Familie geworden, und obwohl dieser selbst noch ein Junge war, der ebenfalls Probleme hatte, gab er ihm ein Gefühl von Sicherheit. Leons wegen weigerte er sich, in eine Pflegefamilie zu gehen. Frau Böttcher konnte sagen, was sie wollte, Ricks Antwort blieb immer die gleiche: »Nein! Ich lass Leon nicht im Stich. Eher krepier ich.« Ricks Weigerung, ihn zu verlassen, ließ seine Wunde nicht heilen, sorgte jedoch dafür, dass er sie nicht mehr so stark spürte. Sie tat weh, aber sie brachte ihn nicht um.

Kurz nach Ricks elftem Geburtstag fand dieser in der Schule einen Freund – Andreas. Als Rick eines Nachmittags zum Hausaufgabenmachen bei Andreas eingeladen war und Leon allein im Heim zurückblieb, nagte ein bitteres Gefühl an ihm. Am nächsten Tag erklärte Rick ihm, dass Freundschaft sich nicht auf einen Menschen beschränken musste. In seinem Herzen war Platz für mehrere. Eine Weile hatte Leon das nicht glauben können, doch Rick hatte ihm bewiesen, dass es stimmte. Er blieb sein bester Freund – bis heute.

»… um es kurz zu machen, ich hege die verrückte Hoffnung, dass etwas in Bewegung gerät, wenn Sie ein bisschen Zeit mit Felix verbringen. Der Junge ist mit zehn Monaten in einer Babyklappe abgelegt worden …«

Leon hörte still zu.

»Er hat Angstzustände, schreit herum, wenn ihm was nicht passt, und wirft sich auf den Boden. Er schreckt jeden mit seinem Verhalten ab. Er ist schwierig, und das ist noch freundlich ausgedrückt.«

Auch er war anonym zur Welt gebracht worden, das wusste Leon seit Jahren. Noch vor seinem Studium hatte er über die Vermittlungsstellen der Jugendämter, des Caritasverbands und des diakonischen Werks Erkundigungen über innerdeutsche Adoptionen eingeholt. Seitdem wusste er alles über die formalen Voraussetzungen: über Inkognito-Adoptionen, bei denen die leiblichen Eltern anonym blieben und die es heute in Deutschland kaum noch gab, über halboffene Adoptionen, bei denen ein direkter Kontakt zwischen den leiblichen und den Adoptiveltern nicht stattfand, dafür jedoch ein indirekter über das Jugendamt. Die leibliche Mutter konnte dort nachfragen, wie es ihrem Kind ging, und durfte Geschenke abgeben. Er hatte seine Abstammungsurkunde eingesehen und darauf gehofft, dass das Jugendamt als Vermittlungsstelle ihm dabei behilflich sein würde, seine leiblichen Eltern zu finden. Wie viele andere Heim- und Adoptivkinder war auch er in eine schwere Identitätskrise geraten, weil er sich nach seinen leiblichen Eltern sehnte. Zuerst nach denen, die bei dem Unfall ums Leben gekommen waren, sie waren für ihn *seine* Eltern gewesen. Nachdem er erfahren hatte, dass er adoptiert worden war, hatte sich die Sehnsucht auf seine leiblichen Eltern verlagert, auf die Frau, die ihn zur Welt gebracht, und den Mann, der ihn gezeugt hatte. Doch die Suche blieb erfolglos. Er hatte keine Chance, jemanden zu finden, der zu ihm gehörte. Also beschäftigte er sich mit den Führungs- und Gesundheitszeugnissen und den Hausbesuchen, die seine Adoptiveltern anfangs über sich hatten ergehen lassen müssen, um sicherzustellen, dass es ihm bei ihnen gut ging. Das Wissen darum, wie viel sie auf sich genommen hatten, damit er eine neue Familie bekam, damit er zu *ihrem* Sohn wurde, tat ihm gut.

Rick hatte nie das Bedürfnis verspürt, zu recherchieren. »Mich interessiert nicht, was früher war. Das ist vorbei. Ich hab abgeschlossen mit meinen Eltern«, hatte er jahrelang kategorisch behauptet. Erst als er eine Therapie machte, gestand er, manchmal doch darüber nachgedacht zu haben, was für Menschen seine Eltern waren, vor allem seine Mutter, die ihn weggegeben hatte.

Leon riss sich aus der Erinnerung. »Ihr Anruf trifft sich gut. Ich muss sowieso mit Ihnen sprechen ...« Säße er Frau Böttcher gegenüber, nähme sie ihn spätestens jetzt mit ihrem wachsamen Blick ins Visier.

»Ich ahne, worum es geht«, sagte sie. Wie aus dem Nichts war er da, der Moment, den sie seit Jahren fürchtete. Sie hatte immer gewusst, dass sie sich um Leons Stand in der Welt keine Sorgen machen musste, um sein seelisches Gleichgewicht schon. Wenn Leon seine Spende überwies, heimste er weder Dank ein, noch legte er es darauf an, wertgeschätzt oder gelobt zu werden – sogar wenn er half, blieb er für sich. Vielleicht konnte Felix etwas bewirken? Zwar hoffte sie vor allem darauf, dass Felix von Leon profitierte, doch es war keinesfalls unmöglich, dass auch Leon das Treffen als hilfreich empfand. Die eigene Geschichte, oder zumindest eine ähnliche, durch die Augen eines Fremden zu betrachten, musste doch etwas mit einem machen. Der Seufzer, der Frau Böttcher entkam, war tief und klang gequält.

»Kommt sicher nicht oft vor, dass dasselbe Kind zweimal bei einem landet«, sagte Leon. Vermutlich würde Frau Böttcher ihre weiteren Gedanken fürs Erste für sich behalten wollen, doch er irrte sich.

»In der Tat! So etwas wie mit Ihnen ist mir nie wieder passiert«, pflichtete sie ihm bei. »Ich dachte schon, Sie würden es nie zur Sprache bringen und dieses Gespräch bliebe mir erspart.« Sie klang entschieden, nicht so besonnen wie sonst. Es war also ernst. »Aber keine Sorge, mir ist klar, dass ich mich dem stellen muss.« Es war nicht das erste Mal, dass ihr klarwurde, dass sie Leon auf die ihr eigene zurückgenommene Art bewunderte. Aus Berufsethos, weil man kein Kind vorzog, hatte sie immer davon abgesehen, ihm ihre Gefühle zu offenbaren. Etwas, wovon sie manchmal nicht sagen konnte, ob es ein Fehler war.

Helenes Notizen 5

Für Tage, an denen du dir selbst etwas Gutes tun willst:
Apfelkuchen mit Zitronen-Mandelgitter

*Verurteile nichts, was du je getan oder unterlassen hast,
sondern gehe liebevoll mit dir um.
Nur dann kannst du rücksichtsvoll anderen gegenüber sein.*

29. KAPITEL

November

Jede Nacht hatte sie im Traum das Beatmungsgerät und die Maschinen, die die Herz- und Hirnfunktionen überwachten, vor sich gesehen. Doch nun waren die Bilder flüchtige Schatten, die sie hinter sich lassen konnte. Leon war wieder bei Bewusstsein; sie durfte ihn sehen.

Vor seiner Zimmertür holte sie noch einmal tief Luft – sie war so nervös –, dann nickte sie sich stumm zu und öffnete die Tür. Das Erste, was sie sah, waren das verchromte Bettgestell und die weiße Zudecke, unter der sich die Umrisse seines Körpers abzeichneten. Leons Kopf war zur Seite gedreht, und seine Arme ruhten auf dem gestärkten Laken. Es sah aus, als schliefe er friedlich. Sie ließ die Türklinke vorsichtig zuschnappen und näherte sich. »Leon!«, flüsterte sie und beugte sich zu ihm hinunter.

Er drehte den Kopf in ihre Richtung. Noch eine kleine Bewegung, dann hätte er ihr Gesicht eingefangen. Während seine Augen nach ihr suchten, registrierte sie seine spröden Lippen und seine Haare, die ihm am Kopf klebten. So hatte sie Leon noch nie gesehen. Sie spürte, wie ihr das Blut aus dem Gesicht wich, weil sein Anblick sie erschreckte.

Sie trug den Besucherstuhl, der in einer Ecke stand, neben sein Bett, und während sie die richtige Position für sich suchte, rauschte die Litanei an Fragen an ihr vorbei, allen voran die dringendste nach Felix – doch sie würde keine dieser Fragen stellen, solange Leon in diesem Zustand war.

»Ich bin hier! Ich habe jeden Tag draußen auf dem Gang gesessen«, sagte sie.

Leon holte rasselnd Luft.

»Du glaubst nicht, wie erleichtert ich bin, dich heute besuchen zu dürfen. Du bist in dem Café am Flughafen ohnmächtig geworden ...« Sie sprach behutsam auf ihn ein, denn sie wollte ihm nicht zu viel zumuten. »Aber jetzt wird alles wieder gut. Hier bist du in den allerbesten Händen. Und ich bin ja auch noch da.« Sie griff nach seiner Hand und hauchte einen zarten Kuss darauf.

Die Berührung eines Schmetterlings, schoss es Leon durch den Kopf. Er schloss kurz die Augen und sah Alwy dann mit einem Blick an, dessen plötzliche hellwache Intensität sie überraschte. War das Verwunderung? Nein, es war etwas anderes – grenzenlose Erleichterung.

Sie drängte sich näher an Leon heran, denn es hatte den Anschein, als wollte er etwas sagen, doch sie konnte ihn kaum hören, weil er so leise sprach.

»Ich ... liebe ... dich ... Al...wy ...«, flüsterte er.

Sie nickte, als Zeichen, dass sie verstanden hatte, und als Aufmunterung, er möge weitersprechen.

»... bitte ... glaub ... mir ...«

Der Kloß, den sie wegen seiner Worte und seines Zustands in ihrem Hals spürte, hinderte sie am Sprechen.

Wenn sie in der Vergangenheit ihre Wange voller Hingabe in Leons Handfläche geschmiegt hatte, hatte sie sich gefühlt, als könne das Leben sie nie wieder enttäuschen. Doch dann hatte sie herausgefunden, wer er war, und ab da hatte der Schmerz sich zu etwas Undurchdringlichem verdichtet. Erst seit Leon im Krankenhaus lag und sie wieder und wieder seinen Brief gelesen hatte, wurde er durchlässig.

Sie schloss die Augen, führte Leons Hand an ihre Wange und fühlte endlich wieder tiefe Zuneigung.

30. KAPITEL

Juni, sechs Monate früher

Die Spitze des Filzstifts quietschte auf dem Papier, als Tina die Zutaten eines Pralinenrezepts festhielt. Form, Konsistenz, aber vor allem die Ausgewogenheit der Zutaten waren bei jeder Idee der Funke, der ihre Fantasie entzündete. Danach schien ihr Gaumen den Geschmack einer neuen süßen Kreation bereits zu erahnen.

Eifrig schrieb sie weiter, und als auch die letzte Zutat notiert war, drückte sie die Kappe wieder auf den Stift. Noch ganz in die Freude versunken, den dieser kreative Moment ihr bescherte, steckte sie das Rezept in ihre Jackentasche und verließ die Haltebucht, in der sie kurz gestoppt hatte.

In der Steingasse konnte sie es kaum erwarten, die Tür zum Tortenatelier zu öffnen. »Da ist ja meine Urlauberin.« Sie eilte auf Alwy zu, die die Spritztüte zur Seite legte, damit sie Tina zur Begrüßung umarmen konnte. »Ich hoffe, es ist dir nicht allzu schwer gefallen, dein romantisches Paradies in Wien zu verlassen, ich hab dich nämlich vermisst … und ich kann noch immer nicht glauben, dass Leon uns helfen wird.« Tina legte ihre Hand auf Alwys Armband. »Meine Güte, wie schön. Ein ziemlich teures Geschenk, das Leon dir da gemacht hat.« Das Armband war das Ausgefallenste, was sie je gesehen hatte.

»Und ein passendes«, sagte Alwy stolz.

»Das stimmt. Es ist einzigartig.« Tina betrachtete das Armband eingehend, dann zog sie das Rezept aus der Jacke und hängte es an die Wand. Dabei deutete sie auf Helene, deren verschmitztes Foto-Lächeln zu ihnen hinübersah. »Sie scheint mit meiner neuen Idee einverstanden zu sein. Alles im Fluss, Helene. Alles in Gang«, versprach sie und wandte sich wieder Alwy zu.

»Was ist das? Was hast du da aufgehängt?«

»Ein Rezept für eine besondere Praline, die wir bei der Modenschau in Leopoldskron kredenzen können ... wenn wir denn ausgewählt werden. Kurze Haltbarkeit, aber feinste Zutaten. Doppelte Füllung und eine zarte Vollmilchumhüllung mit Kokossplittern.«

»Superb. Wann machst du dich an die Arbeit?«

»Gleich heute«, versprach Tina. »Aber zuerst werfe ich einen Blick in die Zeitung. Zehn Minuten für mich und das Tagesgeschehen müssen drin sein.«

Sie schlug die *Salzburger Nachrichten* auf, ließ Alwy dabei jedoch nicht aus den Augen. »Und? Wie war Wien? Von euren Küssen und Turteleien mal abgesehen?«

Alwy lachte amüsiert auf. »Ich weiß, du möchtest alles wissen ... selbst die letzte Kleinigkeit.«

»Vor allem interessiert mich, was Leon zu der Sache mit Ludwig Thelen sagt. Aber nicht nur das!« Tina ließ ihr glockenhelles Lachen hören und wollte sich schon von der Zeitung abwenden, um sich ganz der Erzählung ihrer Freundin zu widmen, als ihr im Mittelteil ein Name ins Auge sprang: Rechtsanwalt Wolf! Ihre Stimme vibrierte plötzlich vor Aufregung: »Leon ist in der Zeitung.« Sie tippte auf das Schwarz-Weiß-Foto. »Deine Eroberung sieht echt nicht schlecht aus. Bis auf die Geheimratsecken, die hast du mir verschwiegen.«

»Leon hat das Haar eines griechischen Gotts, nur um das klarzustellen.«

»Lass mich den Artikel zu Ende lesen, danach können wir über Haare diskutieren.« Tina kam nicht dazu weiterzulesen, denn Alwy beugte sich bereits über die Zeitung.

»Das ist nicht Leon!« Sie zog die Zeitung mit dem Ellbogen zu sich heran.

»Mich stören Geheimratsecken nicht.« Tina stieß Alwy mit der Schulter an. »Wirklich nicht!«, bekräftigte sie grinsend.

»Mag sein, nur ist das nicht Leon.« Alwy hielt ihre mit Teig bekleckerten Hände in die Höhe, während sie das Foto begutachtete. »Dieser Mann hat nicht mal im Entferntesten Ähnlichkeit mit ihm.« So schnell sie konnte, überflog sie die ersten Absätze, in denen es um einen Zusammenschluss der Anwälte in Salzburg ging.

»Und weshalb steht dann hier: *Rechtsanwalt Wolf aus Salzburg*?« Tina hob die Augenbrauen.

»Weiß ich nicht. Vielleicht ist ein falsches Foto gedruckt worden?«

»… oder es gibt zwei Anwälte dieses Namens? Vater und Sohn? Oder Brüder, die den gleichen Beruf ausüben?«, überlegte Tina.

»Leon hat keinen Bruder, nur eine Schwester, die aber schon verstorben ist.«

»Bist du sicher?«

»Na ja, es gibt zwar eine Menge, was wir noch nicht voneinander wissen, also … nein, sicher bin ich mir nicht, aber ich vermute, er hätte es erzählt, wenn jemand aus der Familie ebenfalls Anwalt wäre. Wäre doch naheliegend.« Inzwischen war Alwy in eigene Überlegungen versunken, und ihr wurde irgendwie unbehaglich zumute.

»Dann ist vielleicht wirklich ein falsches Foto veröffentlicht worden.«

»Das wäre schon ein seltsamer Zufall!« Ihre Verwirrung schlug endgültig in Beunruhigung um.

»Okay! Ich rufe in der Zeitungsredaktion an und sag denen, dass sie dich mit diesem Foto ganz schön durcheinanderbringen.« Tina verschwand nach nebenan, wo es einen Festnetzanschluss gab.

»Und?«, fragte Alwy alarmiert, als Tina zurückkam. Sie hatte sich inzwischen die Hände gewaschen und wartete sehnsüchtig auf eine Rückmeldung.

»Keine Verwechslung«, spulte Tina herunter. »Das Foto zeigt Richard Wolf, Rechtsanwalt in Salzburg.«

»*Richard* Wolf? Wieso Richard?« Das angenehme Gefühl, das sie seit der Zugfahrt nach Wien begleitet hatte, fiel von Alwy ab.

»Weißt du was? Ich schlage vor, du sprichst Leon gleich jetzt auf das Foto an.« Tina hielt Alwy deren Handy entgegen.

»Leon ist in einem wichtigen Termin.« Alwy spürte, wie sie eine Gänsehaut bekam.

»Na und? Dann unterbricht er seinen Termin eben ... zumindest kurz. Das hier ist wichtiger. Schließlich geht es nicht um Banalitäten. Oder sehe ich das falsch?«

»Nein, das siehst du richtig!« Um einen Anruf käme sie nicht herum. Und je eher sie Bescheid wüsste, umso besser. Alwy rief Leons Nummer auf. Es klingelte lange, dann sprang die Mailbox an:

»Guten Tag, Sie sind mit der Mailbox von Leon Thelen verbunden ...«

Augenblicklich wich alle Farbe aus Tinas Gesicht. »Thelen?«, rief sie erschrocken.

Weder sie noch Alwy hörten, was Leon weiter sagte. Tina

riss Alwy das Handy aus der Hand und unterbrach die Verbindung. Es dauerte nur Sekunden, bis die beiden Frauen die Wahrheit begriffen.

Versteinert schüttelte Alwy den Kopf. Sie kannte Leons Nachnamen lediglich vom Namensschild an seiner Wohnungstür. Wenn er nicht Wolf hieß, war die Wohnung am Ignaz-Rieder-Kai vermutlich nicht seine. Alwys Wut wurde immer stärker, der Schock immer größer. Die Gedanken in ihrem Kopf überschlugen sich, ihr Herz raste. Sie hatte schon häufig mit Leon telefoniert, meist hatte er sie angerufen, und wenn sie ihn angeklingelt hatte, war er immer ans Telefon gegangen. Sie war nie auf seiner Mailbox gelandet.

Nach dem Ende ihrer Beziehung zu Harald hatte sie sich geschworen, in Zukunft genau hinzusehen. Es langsam anzugehen. Nicht den gleichen Fehler zweimal zu begehen und jemandem zu vertrauen, den sie kaum kannte. Bei Leon hatte sie hingesehen. Es hatte sich richtig angefühlt, ihm näherzukommen, sogar mehr als das, sie war sich wie in einem wahrgewordenen Traum vorgekommen. Leon, der Traummann!

Tina griff nach Alwys Hand und begann, sie zu streicheln. Sie hatte ihre Partnerin noch nie so verwirrt und betroffen gesehen. Warum ereilten einen die schlimmsten Ereignisse oft an den schönsten Tagen?

»Habt ihr Fotos gemacht? Schnappschüsse von euch beiden?«

»Nicht viele ... ein paar«, fiel Alwy wieder ein. Das Wochenende hatte sie in Wohlbehagen gehüllt, als hätte sie mitten im Winter einen Dauerplatz vor dem knisternden Kaminfeuer ergattert. Doch jetzt stand sie im eisigen Regen.

»Zeig mir ein Foto von Leon. Vielleicht löst sich alles ...

irgendwie auf?« Tina glaubte selbst nicht daran, doch sie brachte es nicht übers Herz, nichts zu sagen, nichts zu tun.

Alwy öffnete den Foto-Ordner. Das Bild, das Leon in der Backstube zeigte, war das drittletzte Foto. Sie hielt Tina das Foto hin.

»Scheiße!« Tinas Stimme verriet etwas wie Abscheu. »Er ist es. Ludwig Thelen.« Die Augen starr aufgerissen, nickte sie wissend.

»Ist dir denn nicht aufgefallen, dass Leons Handynummer die eines deutschen Anbieters ist?«

»Doch, natürlich. Viele haben zwei Handys. Eins, das in Österreich angemeldet ist, und eins für Deutschland. Das ist doch nichts Außergewöhnliches, wenn man in beiden Ländern arbeitet. Und ich bin davon ausgegangen, dass Leon das tut.«

Alwy fühlte, wie ihr alles entglitt. Sie schnappte verzweifelt nach Luft, glaubte Tinas Gedanken zu hören. *Vielleicht war das Treffen zwischen Leon und dir vorsätzlich herbeigeführt?*

»Wir müssen was unternehmen. So schnell wie möglich.« Während Tina noch auf das Foto starrte, spielte ihr Magen verrückt. Sie fühlte sich, als müsse sie sich gleich übergeben.

»Leihst du mir deinen Wagen?« Alwy geriet in Bewegung: Sie nahm ihr Tuch ab und schlüpfte aus der Arbeitsjacke. Es erschien ihr weder vernünftig noch logisch, dass Leon sie ausspioniert hatte. Tina war seine Mieterin. Mit ihr musste er in seiner Funktion als Hauseigentümer klarkommen. Oder etwa nicht?

»Willst du etwa vor dem Haus warten, bis Leon von seinem Termin zurückkommt?« Blass, doch beherrscht sah Tina Alwy an.

»Genau ... das werde ich tun. Leon wird mir jede Frage beantworten, weil ich vorher keinen Fuß aus seiner … aus dieser Wohnung setze.« Gedanklich rekonstruierte sie noch einmal das letzte Gespräch mit ihm. Leon hatte gesehen, wie nahe ihr die Sache mit Ludwig Thelen ging. Als sie betont hatte, dass er das genaue Gegenteil von Männern wie Thelen war, hatte er geschwiegen. Wieso hatte sie nicht bemerkt, wie abgeklärt Leon war? Alwy war sich sicher, dass sie niemanden jemals über das Wichtigste belügen würde – über ihre Identität. Doch genau das hatte Leon getan. Hatte er vor, sie zu manipulieren, um Tina und die anderen Mieter leichter aus dem Haus zu bekommen? Ging es bei allem nur um das Haus und um eine Menge Geld? Ein großer Deal für seine Firma. Ging es darum? Oder hatte Leon sich in sie verliebt und wollte sein eigentliches Leben nicht gefährden? Womöglich hatte er Frau und Kinder?

Tina fasste ihre Freundin am Arm und riss Alwy aus ihrer Erstarrung.

»Alwy, bitte beruhige dich, bevor du losfährst.« Alwys Lippen waren nur noch ein dünner Strich. »Gerade siehst du nämlich so aus, als würdest du Leon am liebsten in die Salzach stoßen. Wenn nicht Schlimmeres.«

Alwys Gedanken wurden von Sekunde zu Sekunde wirrer. Sie registrierte nicht, wie Tina hinausging, hörte weder das Rauschen des Wassers noch das Geklapper von Geschirr. Sie schreckte erst hoch, als Tina mit einer Kanne auf sie zukam und dampfenden Kamillentee in eine Tasse goss.

»Ich kriege nichts runter. Nicht mal eine Tasse Tee.« Erneut verselbstständigten sich die Empfindungen der Enttäuschung und der Wut. In ihr fühlte sich alles wund an und beschädigt.

Tina legte liebevoll den Arm um ihre Freundin. Mit behutsamen Worten redete sie auf sie ein. »Vergiss nicht: Wir sind ein Team.« Sie sah, wie das Gefühl des Scheiterns an Alwy nagte. Sie nahm es persönlich, sich in Leon getäuscht zu haben. Wäre sie an Alwys Stelle, ginge es ihr nicht anders. Sie spürte, wie sie ganz unerwartet Kraft durchdrang. Es tat gut, für Alwy da zu sein. Es war nicht viel, was sie tun konnte – Verständnis zeigen und Mut machen –, aber sie tat es von Herzen gern.

»Komm, trink nur einen Schluck.« Tina hielt ihr die Tasse an die Lippen. Alwy schaffte es, einige Schlucke hinunterzubringen. Danach verschwand sie in die Wohnung, um sich umzuziehen. Als sie in Jeans und Bluse hinunterkam, stand Tina schon mit dem Autoschlüssel in der Hand parat.

Alwy schnappte sich den Schlüssel und verließ die Patisserie. Das Durcheinander in ihrem Inneren ließ nicht nach, doch das war ihr inzwischen egal. Sie stieg in Tinas Wagen, rief Leons Handynummer auf und sprach ihm auf die Mailbox, dann drehte sie den Schlüssel in der Zündung, hörte, wie der Motor schnurrend ansprang, und fuhr los.

31. KAPITEL

»Alwy glaubt, du seist ich?« Rick fuhr mit der Zunge über die Innenseite seiner Unterlippe. »Mein Gott, das ist schräg. Wie ist es zu diesem Irrtum gekommen? So was passiert doch nicht einfach so.«

»Es ist gleich bei unserer ersten Begegnung geschehen, ich wusste es nur nicht.« Zwischen Alwy und ihm gab es nicht die kleinste Lücke, durch die Zweifel an ihren Gefühlen füreinander sickern konnten. Doch sähe Alwy das nach seinem Outing auch noch so? »Alwy und ich haben uns an jenem Morgen mit unseren Vornamen vorgestellt, und als sie deine Wohnung verließ, hat sie vermutlich das Namensschild entdeckt und hat eins und eins zusammengezählt – ab da war ich für sie der Anwalt Leon Wolf.«

Leon kannte Rick gut genug, um zu wissen, dass er sich einen Kommentar zu dieser Neuigkeit nur mit Mühe verkniff, doch Rick griff lediglich nach seiner Tasse, trank einen Schluck Kaffee und dachte nach.

»In Wien hat Alwy mir dann von den Problemen erzählt, die es mit dem neuem Vermieter ihrer Partnerin gibt«, erzählte Leon weiter. Bei der Erinnerung an das Gespräch massierte er sich gedankenverloren die Stirn. »Mir ist beinahe das Herz stehengeblieben, als ich meinen Namen aus ihrem Mund hörte«, sagte er. »Die ganze Geschichte kam aufs Tapet: Thelen sei ein abgebrühter Investor, der notfalls über Leichen geht. Es war schnell klar, was Tina von jemandem hält, der Leute, die pünktlich ihre Miete zahlen, aus dem Haus haben will. Fakt ist, dass Alwys Partnerin nicht gerade gut auf mich zu sprechen ist.«

»Was für ein Desaster.« Rick stand auf und holte die Gießkanne hinter einer Palme hervor. Er verschwand in die Küche, um Dünger in das Wasser zu mischen, und goss dann seine Palmen mit einer Hingabe, die Leon jedes Mal rührte. »Und was gedenkst du nun zu tun?«, wollte er wissen, während er ein vertrocknetes Blatt von einer Palme zupfte.

»Alwy die Wahrheit sagen, was sonst? Allerdings weiß ich nicht, wie!«

Rick sah Leon eindringlich an: »Du musst eine Wohnung

für Tina und Geschäftsräume für die Patisserie finden, oder irgendeine andere Lösung.«

»Ich weiß«, sagte Leon. »Wenn ich das nicht hinkriege, sieht es übel aus.« Hilflos hob er die Hände.

Rick war mit Gießen fertig, stellte die Kanne wieder hinter die Palme und sah Leon auffordernd an. »Komm, ich mache uns Spiegeleier mit Tomatenragout. Eine kurze Denkpause tut uns sicher gut.« Sie trugen ihre halbvollen Kaffeetassen in die Küche, wo Rick eine Packung Eier, frische Tomaten und einen Salatkopf aus dem Kühlschrank nahm.

Auf dem Weg vom Flughafen hatten sie in einem Supermarkt ihre Vorräte aufgestockt und frisches Obst, Gemüse, Milchprodukte und Baguettes eingekauft.

Nun schlug Rick Eier über der Pfanne auf, in der bereits ein Stück zerlassene Butter einen See bildete. Um die Eier, die zischend in der Pfanne aufkamen, verteilte er geschnittene Strauchtomaten, darüber zerbröselte er Majoran. Leon reichte Rick die Pfeffermühle, die dieser über der Pfanne kreisen ließ.

»Warum hast du Alwy nicht erzählt, dass du in Salzburg nur auf Stippvisite bist?«

»Ich weiß nicht … es kam mir nicht wichtig vor … nicht an jenem Tag, als wir uns kennenlernten.« Leon beeilte sich, die Sache richtigzustellen. »Und als wir uns nach dem Essen im ›Insel-Restaurant‹ geküsst haben, wollte ich abwarten, wie das Ganze sich entwickelt.« Er stellte die Butter zurück in den Kühlschrank.

»Möchtest du ein Glas Weißwein zum Essen?« Rick öffnete eine Schublade und drückte Leon Servietten und Besteck in die Hand.

»Lieber nicht, ich muss einen klaren Kopf behalten.« Leon

ging ins Wohnzimmer, um den Tisch zu decken. Inzwischen schnitt Rick in der Küche das frische Baguette in Scheiben und mischte das Dressing für den Salat. Als Leon zurückkam, nahm Rick den Faden wieder auf: »Du hast dich Hals über Kopf in Alwy verliebt. Was gab's da abzuwarten?«

»Ob du's glaubst oder nicht, ich hatte ziemlich schnell die Idee, die Dachwohnung in der Steingasse zu behalten. Ich dachte, es wäre toll, sie für mich und Alwy umzubauen … das heißt, falls sie Lust hätte, mit einzuziehen. Platz genug hätten wir dort. Mir kam es vernünftig vor, diesbezüglich erst mal zu einer Lösung zu finden … dann hätte ich schon mit ihr gesprochen. Vielleicht hatte ich auch Angst davor, Alwy mit einem Schnellschuss zu verschrecken. Schließlich hat sie gerade erst eine gescheiterte Beziehung hinter sich. Aber meine Gefühle für sie sind so stark, dass mir der Gedanke, die Wohnung zu behalten, nach wie vor perfekt erscheint.«

»Verstehe!« Rick mischte das Dressing unter den Salat, während Leon die Weinflasche öffnete und einen Probeschluck in ein Glas goss.

»Ich konnte doch nicht ahnen, dass ausgerechnet Alwys Partnerin in dem Haus lebt, das ich gerade gekauft hatte. Natürlich solidarisiert Alwy sich mit Tina. Und jetzt ist für ein Gespräch über die Dachwohnung der denkbar ungeeignetste Zeitpunkt.«

»Das Ganze ist schon ein blöder Zufall.« Rick nahm das Glas an, das Leon ihm hinhielt, schwenkte es und roch daran. »Guter Tropfen«, attestierte er nach einem ersten Schluck.

Beim Essen gingen sie alles noch mal durch, ohne jedoch zu neuen Erkenntnissen zu gelangen. Dieses Eier-Tomaten-Gericht hatte eine gewisse Tradition für beide: Kurz vor ihrem Auszug aus dem Heim hatte Rick es zum letzten Mal für sie zubereitet. Daran erinnerte sich Rick offenbar gerade.

»Weißt du noch …?« Er deutete auf seinen Teller, in dessen Mitte eine Mischung aus Ei und Tomate zu erkennen war, in die er ein Stück Baguette tunkte.

»War immer was Besonderes, wenn du heimlich für uns gekocht hast«, bestätigte Leon.

»Hast du schon mit Frau Böttcher telefoniert?«, tastete Rick sich vor.

»Wir haben gesprochen, ja. *Sie* hat angerufen, weil es Probleme mit einem Jungen gibt.«

»Einem Jungen, der nicht spricht?«, fragte Rick nach. Leon nickte nur, und so sprach Rick weiter. »Ich hab mich damals wie ein Held gefühlt, weil du *meinetwegen* die ersten Worte rausgelassen hast.« Die Erinnerung beschwor für die Freunde ein Stück gemeinsamer Vergangenheit herauf.

Rick war auf dem Areal des Kinderheims auf einen Baum geklettert. Klettern war strikt untersagt, doch Rick hielt sich selten an Vorgaben und kam damit auch meistens durch. An jenem Tag hangelte er sich mal wieder durch ein Gewirr von Ästen immer weiter nach oben, bis er plötzlich den Halt verlor. Alles passierte blitzschnell. Mit einem Krachen donnerte er hinunter und riss etliche Äste mit sich.

Leon sah es noch heute vor sich: Rick lag mit einer blutenden Kopfwunde und leichenblassem Gesicht vor ihm auf dem Boden, während er wie gelähmt vom Schock auf den leblos daliegenden Körper starrte. Zuerst stand er nur da, doch dann startete sein Kopf und spulte alles ab: Vor ihm lag sein Freund, den er auf keinen Fall verlieren wollte. Schiere Angst kroch ihm den Rücken hinauf, Wut und noch etwas anderes wallten in ihm auf, Verantwortung oder Fürsorge vermutlich, an jenem Tag wusste er das nicht so genau. Er musste um Hilfe rufen. So laut schreien, wie er konnte. Doch da war dieser Kloß in seinem Hals, der ihn schon so lange daran hinderte, zu sprechen. Als der Schrei schließlich aus ihm herausbrach, spürte er ihn tief in seinem Bauch, spürte, wie das Gefühl der Enge nachließ. Der Schrei bedeutete eine neue Tiefe in seiner Freundschaft zu Rick. Er hatte ihm schon vorher vertraut, doch danach tat er es auf eine selbstverständlichere Weise. Eine Zeitlang hoffte Frau Böttcher, dass dieses Ereignis das Ende von Leons mangelndem Vertrauen in die Welt bedeutete, doch dem war nicht so. Er sprach weiterhin nur das Nötigste und zog sich meist zurück. Er blieb ihr Sorgenkind, bis zum Schluss.

Rick beobachtete Leon. Die Bilder, die seinem Freund durch den Kopf gingen, waren auch in ihm lebendig. »Ich bin bis heute froh, dass du mich in dein Leben gelassen hast, Leon. Vielleicht möchte Alwy ja auch Teil deines Lebens sein. Doch dafür musst du ihr sagen, wer du bist. Du musst ihr deine Angst eingestehen. Es kann sein, dass du enttäuscht wirst, wenn du Nähe zulässt … oder Glück empfindest … mitunter sogar für eine Zeitlang beides. Doch ohne Vertrauen in dich selbst, Leon, kann niemand *dir* vertrauen.«

»Manchmal ist es mutiger, nicht zu kämpfen … manchmal muss man etwas zulassen können«, Leons Worte klangen aufrichtig.

»Sag Alwy, wer du bist. Sag ihr, was du von ihr und vom Leben erwartest … das ist deine einzige Chance.«

Leon schob den Stuhl zurück und holte sein Handy. Vor seinem Termin mit Paul Wacker hatte er es auf lautlos geschaltet. Jetzt sah er, dass mehrere Anrufe in Abwesenheit eingegangen waren. »Alwy hat versucht, mich zu erreichen«, sagte er nach einem Blick aufs Display. Er rief die Mailbox an und hörte ihre Nachricht. Während er ihren aufgebrachten Worten lauschte, wurde er immer blasser.

Alwy parkte neben den reservierten Parkplätzen für Hausbewohner. Neben einem weißen Skoda stand ein dunkler Audi. Wenn sie nicht alles täuschte, war das der Wagen, mit dem sie erst wenige Stunden zuvor aus Wien gekommen waren. Anscheinend war Leon von seinem Termin zurück.

Mit großen Schritten ging sie zur Haustür und blieb zögernd vor den Namensschildern stehen. In wenigen Augenblicken würde sie ihm gegenüberstehen. Ihr Zeigefinger verharrte über der Klingel. Hoffentlich fiel sie ihm während des Gesprächs nicht vorschnell ins Wort. Sie war furchtbar wütend und gleichzeitig wie gelähmt. Sie warf einen letzten Blick auf die Namen, dann drückte sie bei Wolf. Sofort erklang das Rauschen der Sprechanlage.

»Hier ist Alwy«, rief sie. Das Summen der elektronischen Türöffnung erklang. Sie öffnete die Tür und griff nach dem Handlauf, als fände sie dort nicht nur Halt, sondern auch Hilfe. Sie hatte Ungewissheit noch nie gut aushalten können, deshalb sehnte ein Teil von ihr das erlösende Gespräch herbei. Doch was würde sie erfahren?

Im Schatten des Zwischengeschosses blieb sie stehen und holte mehrmals tief Luft.

Kurz vor Helenes Tod hatte sie ihre Tante gefragt, wieso sie keine Lebensbeziehung eingegangen war.

Helene hatte sie an sich gezogen. »Was für eine Frage, Alwy. Natürlich habe ich eine Lebensbeziehung – mit dir. Dass du meine Nichte bist, ändert nichts daran, dass ich dich auch als meine Tochter empfinde. Aber ich war einmal hef-

tig verliebt. Unglücklicherweise war der Mann, den ich auserkoren hatte, verheiratet, und bevor sich etwas für uns klären konnte, starb er an einer Lungenembolie. Bis heute bin ich traurig, wenn ich an diese unerfüllte Liebe denke. Dass das Leben kein Abziehbild ist, nach dem Motto: so und nicht anders sieht Glück aus, habe ich damals begriffen. Trotzdem hat das tiefe Gefühl zu diesem wunderbaren Mann mich von innen gewärmt … diese Liebe hat mir, wenn auch unfreiwillig, etwas Wichtiges beigebracht. Vergeude deine Ressourcen nicht. Liebe … egal, was dir widerfährt. Liebe unbedingt.«
Helene wusste, wie Liebe und Verlust sich anfühlten, und trotzdem hatte sie jeden Tag ihr Bestes gegeben. Ihre Stärke und ihr Lebensmut waren Alwys Vorbild.

Alwy blickte ins nächsthöhere Stockwerk und erspähte Leons Beine zwischen den Gitterstäben. Sie würde ebenfalls ihr Bestes geben und weitermachen, egal, was käme. Durch diesen positiven Gedanken motiviert, nahm sie die letzten Stufen.

Oben stand Leon in der geöffneten Wohnungstür, neben ihm der Mann, dessen Foto Tina in der Zeitung entdeckt hatte – Richard Wolf.

»Alwy! Hallo.« Leon trat näher und küsste sie seltsam verhalten auf die Wange. Es fühlte sich an, als wären sie sich innerhalb weniger Stunden fremd geworden. »Darf ich dir meinen Freund Rick vorstellen?« Leon deutete auf den Mann an seiner Seite. Noch immer sah man ihm die Überraschung an, Alwy vor sich zu sehen.

Rick, der Alwy mit unverhohlener Neugier musterte, reichte ihr die Hand. Sein Handschlag war angenehm fest. »Leon hat ganze Kapitel von Ihnen erzählt, deshalb habe ich bereits sehnsüchtig darauf gewartet, Sie kennenzulernen.« Ricks unverstellte Art, die quirlige Freundlichkeit, die er ausstrahlte, gefiel Alwy. Er war wesentlich kleiner als Leon und hatte helles, ein wenig struppig aussehendes Haar und Geheimratsecken, war aber durchaus attraktiv.

»Ich weiß kaum etwas über Sie«, sagte Alwy. Sie war gefühlsmäßig zu sehr abgelenkt, um ungezwungen auf Leons Freund zuzugehen.

»Das ändert sich hoffentlich schnell.« Rick ließ sich nicht beirren. »Leon ist manchmal wie eine Schnecke, die zurückgezogen in ihrem Haus ihr Dasein fristet. Aber was unsere Freundschaft anbelangt, sind wir wie die drei Musketiere ... nur, dass wir bloß zwei sind.«

Normalerweise hätte sie diese Beschreibung liebenswert gefunden, doch in ihrem derzeitigen Zustand schaffte sie es nicht, etwas Passendes darauf zu erwidern. Einen Moment standen sie wortlos auf dem Gang.

Schließlich griff Rick nach einer Jacke an der Garderobe. »Ich lass euch mal allein.« Er klopfte Leon aufmunternd die Schulter und wandte sich danach an Alwy. »Wäre schön, wenn wir uns bald wiedersehen.«

Alwy schenkte ihm nur ein vages Nicken.

»Wollen wir ins Wohnzimmer gehen?«, fragte Leon, als er die Tür hinter sich schloss.

»Von mir aus.«

Als Rick im Aufzug verschwunden war, hatte sie sich mit einem Mal sehnsüchtig gewünscht, er möge bleiben, um dem Gespräch ein wenig Normalität entgegenzuhalten. Rick wirkte vertrauenerweckend. Wenn er dabei wäre, bliebe die Katastrophe vielleicht aus.

Im Wohnzimmer deutete Leon auf die Sitzgruppe am Tisch. »Setz dich doch. Was möchtest du trinken?«

»Nichts, danke.« Alwy nahm Platz, doch von Entspannung konnte keine Rede sein. Sie saß steif auf der Stuhlkante, als warte sie nur darauf, bei der ersten Gelegenheit aufzuspringen und den Raum zu verlassen.

»Ich habe deine Nachricht gehört. Gerade eben«, Leon seufzte tief und setzte sich ebenfalls. »Das wird kein leichtes Gespräch, das ist mir bewusst.« Dass Alwy seine Identität herausgefunden hatte, bevor er ihr gestehen konnte, wer er war, verkomplizierte die Sache zusätzlich.

»Tina hat ein Foto in den *Salzburger Nachrichten* entdeckt ... Rechtsanwalt Wolf stand unter dem Schwarz-Weiß-Bild.« Die Situation war verfahren, das wussten sie, trotzdem mussten sie versuchen, den Knoten aufzulösen.

»Nur war es kein Foto von mir, sondern das meines Freundes. Ja, das muss dir seltsam vorgekommen sein«, eröffnete Leon das Gespräch.

»Seltsam ist eine Untertreibung. Ich bin aus allen Wolken gefallen, als ich begriff, dass der Mann in der Zeitung nicht du bist. Warum hast du mich belogen, Leon?«

Leon legte die Hände zusammen, sodass seine Fingerspitzen akkurat aufeinanderlagen. »Das habe ich nicht, Alwy. Das Ganze ist ein dummes Missverständnis. Es stimmt, ich bin Ludwig Eduard Thelen, nenne mich aber Leon. Und als Leon habe ich mich dir auch vorgestellt.« Er machte eine Pause, damit sie das Gesagte verdauen konnte. »Den Nachnamen Wolf hast du in deinem Kopf hinzugefügt, als du das Namensschild an der Wohnungstür gesehen hast. Völlig verständlich«, setzte er hinzu. Rasch fasste er zusammen, aus welchem Grund er in Salzburg war und dass Rick ihm seine Wohnung überlassen hatte.

»Hier wohnen zu können, war praktisch, so musste ich

nicht ständig zwischen München und Salzburg pendeln. Zudem konnte ich Ricks Palmen gießen – die sind sein Ein und Alles.«

»Das ändert nichts daran, dass ich dir in Wien mein Herz ausgeschüttet habe. Ich habe dir erzählt, dass Tina ihren neuen Vermieter – dich – am liebsten auf den Mond wünscht.« Jetzt, wo sie das Gespräch noch einmal in Worte fasste, konnte sie kaum glauben, dass Leon zur Beschreibung seiner Person geschwiegen hatte. »Du hast bei Tina keinen guten Eindruck hinterlassen. Für sie, und auch für Elisa und Ralf, die beiden anderen Mieter, bist du ein rotes Tuch. Du hast Tinas Kaufansuchen abgelehnt, ohne überhaupt mit ihr darüber zu reden.«

»Ich weiß«, gab Leon geknickt zu.

»Hinter jeder Wohnung stehen Menschen, Leon. Menschen, für die die Räume, in denen sie leben, aus unterschiedlichsten Gründen wichtig sind. Es geht nicht nur um Rendite, es geht auch darum, zu welchem Preis diese zu haben ist. In unserem oder besser gesagt, in deinem Fall geht sie auf Kosten der Mieter, sogar auf meine Kosten, denn ›Cake Couture‹ ist meine Zukunft.«

Es fiel ihr schwer, ihre Gefühle darzulegen, doch Alwy war es sich schuldig, ehrlich zu sein. »Was glaubst du, würden die Menschen erzählen, die in den Häusern gelebt haben, die du in den vergangenen Jahren gekauft, saniert und wieder veräußert hast? Würden sie davon berichten, wie du sie aus ihren Wohnungen hinauskompliziert hast, um frei über jeden Quadratmeter verfügen zu können? Welche Geschichten würde ich hören?«

Leon dachte an Frau Kainz und daran, wie wichtig das Zimmer ihrer verstorbenen Tochter noch heute für sie war.

Es hatte sich gut angefühlt, ihr zuzuhören. Doch in der Vergangenheit hatte es viele andere Menschen gegeben, denen er mit weniger Verständnis begegnet war, weil er sich nicht die Zeit für sie genommen hatte. Er hatte vor allem an die Umbauten gedacht und an den anschließenden Verkauf. Den Rest hatte er seinem Anwalt überlassen.

Leon fuhr sich mit den Händen durchs Haar. Das Gespräch lief nicht gut. Was konnte er tun, um Alwy begreiflich zu machen, dass er kein Unmensch war und ihr nie hatte wehtun wollen? »Ich will nicht leugnen, dass ich mir die vergangenen Jahre wenig Gedanken über die Gefühle der Mieter gemacht habe ... ich hatte zu viel mit meiner eigenen Geschichte zu tun, mit meiner Vergangenheit.« Er war froh, dass das heraus war – ein Anfang, der Alwy hoffentlich zeigte, dass er offen und ehrlich war. Er sprach weiter und versuchte, ihr begreiflich zu machen, dass Erlebnisse in seiner Vergangenheit ihn von anderen Menschen abgekapselt hatten. »Ich will nicht zu weit ausholen, aber erst seit kurzem, seit ich mich meinem eigenen Schmerz stelle und ihn mir vergegenwärtige, bin ich in der Lage, die Trauer anderer zu erkennen und ihnen mit Verständnis und Mitgefühl zu begegnen.« Auf seine persönliche Geschichte wollte er in diesem Moment nicht eingehen, das würde zu weit führen.

Als er schwieg, sah Alwy ihn mit so viel Schmerz an, dass er diesen körperlich zu spüren glaubte. Führte sie das Gehörte gerade zu einem Bild zusammen oder dividierte sie alles auseinander? Er hoffte inständig, dass sie sich nicht längst zu weit von ihm entfernt hatte, um ihm wirklich zuzuhören.

»Du lebst also in München?« Sie drückte ihre Hände gegeneinander, verärgert darüber, wie naiv und dumm sie gewesen war, aber auch nachdenklich wegen Leons Worten.

»Ich wohne im Zentrum, nicht weit von meiner Firma entfernt«, gestand Leon.

»Hast du Familie ... oder eine Freundin ...?« Hier war er, der wichtigste Satz, den sie sich kaum auszusprechen traute.

Leon überlegte, was er ihr sagen sollte. Konnte man Margit, mit der er einige Male ausgegangen war und die er geküsst hatte, als seine Freundin bezeichnen? Sie war die Tochter eines Ehepaars, das eine seiner Wohnungen gekauft hatte. Bevor er hierhergefahren war, war ihm klargeworden, dass es nichts mit ihnen werden würde, denn er hatte sich nicht in sie verliebt. Er hätte ihr bereits vor seiner Abreise nach Salzburg reinen Wein einschenken sollen, hatte sich aber entschieden, abzuwarten. Nicht, weil er damit rechnete, dass sich von seiner Seite noch etwas änderte. Er hatte geschwiegen, weil er darauf hoffte, dass es für sie ein Ausprobieren war, an dessen Ende das Urteil stünde: nett, aber nichts für länger. Nachdem sie ihm einige WhatsApp-Nachrichten geschickt hatte, auf die er unverfänglich geantwortet hatte, wusste er, dass dem nicht so war. Er musste mit ihr sprechen, wenn er zurück in München war.

»Keine Frau ...« Sein Zögern dauerte einige Sekunden zu lange.

»Aber eine Freundin?«, bohrte Alwy nach. Das unangenehme Gefühl in ihrem Magen wurde stärker, und jetzt erkannte sie auch die Wurzel dieser Empfindung. Männer wie Leon – gutaussehend, hilfsbereit und beruflich erfolgreich – waren begehrt und nur selten Single.

»Es gibt jemanden, Margit ...ich weiß allerdings nicht, ob man von einer Beziehung zwischen uns sprechen kann ...«

»Gut, dass ich das endlich erfahre«, sagte Alwy brüsk. Sie schob den Stuhl energisch zurück. Das Geräusch der Beine, die über das Parkett schrammten, war unangenehm laut.

»Ich werde mit ihr reden, sobald ich in München bin. Darauf hast du mein Wort«, versprach Leon.

Alwy konnte es nicht fassen. Dachte Leon tatsächlich, damit sei es getan? »Glaubst du, wenn du einer zweiten Frau das Herz brichst, ist alles aus der Welt?« Ihre Stimme wurde brüchig. Sie fühlte sich innerlich ausgehöhlt. Ihre ersehnte Zukunft war innerhalb weniger Minuten verpufft. »Du hättest mir gleich von Anfang an von Margit erzählen müssen. So, wie ich dir von Harald erzählt habe. Wie soll man einander vertrauen, wenn die Wahrheit nicht auf dem Tisch liegt? Weißt du, was ich mich die ganze Zeit frage?«

»Nein«, Leon schüttelte resigniert den Kopf.

»Was als Nächstes kommt. Vielleicht erfahre ich nächste Woche, dass du geschieden bist und Kinder hast, die bei deiner Ex-Frau wohnen? Oder dass du grundsätzlich Probleme mit der Wahrheit hast.«

»Alwy, jetzt übertreibst du.«

»Ach wirklich? Woher soll ich wissen, was du mir noch alles verschwiegen hast? Nein«, sie schüttelte unwirsch den Kopf, »es reicht. Endgültig.« Einen Abschiedsgruß murmelnd, stand sie auf und knallte die Wohnungstür hinter sich zu. Sie hatte ein für alle Mal genug von Leons Ausflüchten, genug davon, im emotionalen Dreck zu wühlen.

Sie befand sich bereits auf halber Höhe zum Eingang, als Leon ihr hinterhereilte. »Lauf nicht davon ... bitte«, rief er ihr nach. Wie hatte er nur glauben können, Alwys Enttäuschung könne nach dem ersten Schock irgendwann im ruhigen Fluss des Alltags verblassen. Sie war außer sich, sie wollte ihn nicht mehr sehen. Er hatte sie verloren. Einen Alltag gäbe es nicht mehr.

In einer Drehung fuhr Alwy herum. »Mir reichen deine fadenscheinigen Erklärungen, Leon. Gegen Unvorsichtigkeit, wie ich sie an den Tag gelegt habe, ist leider kein Kraut gewachsen. Das Einzige, was ich mir vorwerfe, ist, dass ich naiv und gutgläubig war.« Ihre Stimme hallte laut durch das Treppenhaus. »Ich hätte wissen müssen, dass man sich nicht blind in eine neue Liebe fallen lässt. Es ist aus zwischen uns, endgültig.« Sie stürzte die letzten Stufen hinunter und hastete auf die Straße. Sie würde Leon nicht zeigen, wie verletzt sie war, wie klein und wertlos sie sich gerade fühlte.

Leon rannte die Treppe hinunter, doch als er auf dem Bürgersteig stand, saß Alwy bereits hinterm Steuer. Den Blick stur nach vorn gerichtet, beschleunigte sie den Wagen. Nur nicht Leons Gesicht im Rückspiegel sehen müssen oder diesem unangenehmen Kratzen im Hals und den aufsteigenden Tränen nachgeben. Ohne zu realisieren, wohin sie fuhr, entfernte sie sich vom Zentrum. Irgendwann warf sie einen Blick auf den Tacho und registrierte, dass sie viel zu schnell und vor allem in die falsche Richtung unterwegs war. Sofort drosselte sie das Tempo, lenkte den Wagen in eine Auffahrt und wendete.

Wie eine zu fest gespannte Gitarrensaite, die reißen würde, sobald man sie in Vibration versetzte – so fühlte sie sich.

Tina eilte zum Fenster, als sie das Quietschen der Reifen hörte. Gewöhnlich parkten sie nicht vor der Patisserie, weil sie den Kunden nicht den Blick in die Auslage verwehren wollten, doch heute waren die Kunden Alwy egal. Das Gespräch mit Leon war anscheinend nicht gut verlaufen. Alwys verhärmtes Gesicht war Auskunft genug. Menschen waren ambivalent. Leon konnte privat durchaus der wunderbare Mann sein, den Alwy wahrgenommen hatte, gleichzeitig aber Schattenseiten haben. Es kam darauf an, was überwog. Alwy stieg aus dem Wagen und schmiss die Autotür mit Schwung hinter sich zu. Offenbar hatte sie ein Urteil gefällt – und zwar kein gutes.

Tina war drauf und dran, etwas zu sagen, doch Alwys erhobene Hand, als sie die Patisserie durchquerte, hielt sie zurück. Die Geste war unmissverständlich. Tina nickte nur und fuhr den Wagen in eine Querstraße, wo er nicht störte.

Als Alwy später in die Werkstatt kam, wirkte sie erstarrt, doch sie funktionierte. Kein Schluchzen, keine Tränen. Sogar als die Stille vom wiederholten Klingeln ihres Handys unterbrochen wurde, arbeitete sie stumm weiter. Es schien sie nicht zu interessieren, ob eine Nachricht von Leon eingetroffen war. Sie produzierte schweigend ein Tablett Pralinen nach dem anderen.

32. KAPITEL

Die Wahrheit über Leon wühlte nicht nur Alwy auf, auch Tina zermarterte sich das Hirn. Die Frage, wie sie in Zukunft mit Leon umgehen sollte, ließ sie nach Mitternacht noch wach im Bett liegen.

Vor dem Zubettgehen hatte Alwy endlich Bericht erstattet. Menschen wie Leon änderten sich nicht, nur weil sie eine Frau kennenlernten. Vielleicht tat er, als müsse er manches überdenken, doch konnte man sich darauf verlassen? Würde aus dem gewinnorientierten Geschäftsmann ein rücksichtsvoller, verantwortungsbewusster Mensch werden, nur weil er sich verliebt hatte? Tina bezweifelte es. Als Kopf und Herz der Firma LET war es Leons Aufgabe, die bestmögliche Entwicklung der Firma im Blick zu haben. Ein Satz wie ein Freifahrtschein. Doch es kam noch schlimmer. Alwy hatte ihr auch erzählt, dass Leon gar nicht Single war, wie er ihr hatte weismachen wollen.

»Stell dir vor, es gibt eine Frau in seinem Leben – Margit. Vermutlich weiß sie so wenig von mir wie ich von ihr. Wie kann man nur so feige sein und seine Freundin unterschlagen?« Ohne zu zögern, hatte sie Leons Armband in die Schublade ihres Nachttischs geworfen und die Lade laut zugeknallt.

Es hatte Tina beinahe das Herz zerrissen, ihre Freundin so leiden zu sehen, doch sie konnte nichts gegen Alwys Schmerz tun. Als sie später ins Gästezimmer lugte, hatte es den Anschein, als hätte Alwy Trost im Schlaf gefunden. Sie hatte Ruhe bitter nötig, deswegen hoffte Tina, dass sie tatsächlich schlief und nicht nur so tat.

Tina selbst fand keine Ruhe. Immer wieder gingen ihr Alwys Worte durch den Kopf. Nach einer endlosen Stunde, in der sie hellwach und stumme Prognosen abgebend ihr Kopfkissen umklammerte, begriff sie, dass in dieser Nacht kaum Aussicht auf Schlaf bestand. Vielleicht half ein Spaziergang? Wenn sie eine Weile stramm drauflosmarschierte, gelänge es ihr hoffentlich, die Schwere ihrer Glieder in Müdigkeit umzuwandeln. Sie schlüpfte in Leinenhose und Pulli, eilte die Treppe hinunter, schloss die Haustür hinter sich und machte sich auf den Weg.

Als sie spätabends einen Blick auf Alwys Handy geworfen

hatte, hatte sie sieben verpasste Anrufe von Leon entdeckt, die SMS nicht mitgerechnet. Sie hatte Alwy das Telefon in die Hand gedrückt, doch die hatte sämtliche Nachrichten gelöscht, ohne auch nur einen Blick darauf zu werfen.

»Ich will nie wieder von diesem Mann hören. Nie wieder! Klar?«

Sie hatte ihr beigepflichtet und das Handy wortlos zurückgelegt. Alwy brauchte jetzt vor allem Zeit, um über den Schmerz hinwegzukommen.

Tina kam am Buchladen vorbei und marschierte weiter Richtung ›Hotel Stein‹. Seit ihrem Abend im ›Maier's‹ hatte sie keinen Kontakt mehr zu Pino de Luca gehabt. Doch nun sehnte sie sich verzweifelt nach einer Schulter zum Anlehnen. Ob sie ihm eine SMS schicken sollte? Angeblich las er oft spätnachts Partituren. Vielleicht war er noch wach? Sie ging durchs Innere Steintor und kam am ›Fridrich‹ vorbei, einer kleinen Bar, in der es erlesene Weine und tolle Cocktails gab. Einige Nachtschwärmer kamen die Treppe runter, zündeten sich Zigaretten an und tauchten lachend in die nächtliche Stille der Stadt. Von einer fiebrigen Eile erfasst, überquerte sie die Schwarzstraße und steuerte das ›Sacher‹ an. Plötzlich stand sie vor der Rezeption, neben sich ein üppiges Gesteck aus weißen Lilien, dessen Duft ihre Nase kitzelte. De Luca stieg im ›Sacher‹ ab, wenn er in Salzburg war. Das hatte er ihr selbst erzählt.

Die junge Frau hinterm Empfang sah sie fragend an. Tina war drauf und dran, das Hotel wieder zu verlassen, doch dann fragte sie: »Könnten Sie Herrn de Luca bitte ausrichten, dass ich hier bin?« Der Satz war heraus. Hatte de Luca nicht gesagt, er wolle sie wiedersehen?

Wenige Minuten später stand sie ihm gegenüber. Er trug

einen seidenen Morgenmantel, dessen Ärmel hochgekrempelt waren, und empfing sie im Vorraum seiner geräumigen Suite, keineswegs überrascht, um diese Zeit von ihr besucht zu werden.

Nach einem raschen Wangenkuss sprudelte es nur so aus Tina heraus: Sie erzählte von ihrem neuen Vermieter, der ausgerechnet der neue Freund, besser gesagt, der jetzige Ex-Freund ihrer Partnerin war, von dem Missverständnis, dem Alwy aufgesessen war und von dieser verrückten Verwechslung. »Es ist alles wie verhext. Dieser Tag ist verhext, Pino. Ich brauche dringend Abstand.« Wie gut tat es, das alles loszuwerden.

De Luca hatte ihr zugehört, ohne sie zu unterbrechen. »Das klingt tatsächlich verwirrend und ziemlich ungewöhnlich. Weißt du was …? Du brauchst erst mal was zu trinken.«

Er öffnete die Minibar und holte zwei Flaschen Mineralwasser und eine Flasche Champagner heraus. »Und natürlich brauchst du Unterstützung durch die Oper. Warte, ich suche uns etwas Passendes aus. Lass dich überraschen.«

Bald darauf saßen sie schweigend nebeneinander, blickten in die dunkle Nacht und lauschten der Musik. De Luca hatte ihr nicht gesagt, was sie hörten, es war ihr auch egal, solange es so schön klang.

»Es kann erleichternd sein, unbefangen an ein Stück heranzugehen. So habe ich mir während meines Studiums die Musik erschlossen. Es braucht vor allem Geistesgegenwart, um das herauszuhören, was hinter den Tönen liegt – die Welt der Gefühle. Darum geht es. Klang drückt Gefühle aus, unendlich viele davon. Die ganze Bandbreite.«

Tina war einmal mehr von de Lucas Worten fasziniert. Er besaß einen untrüglichen Instinkt für Musik. Auch ihr Leben erhielt seine Tiefe und Besonderheit durch die Gefühle, die sie empfand. Jede Torte gelang erst durch die Liebe. Ohne sie wäre sie nur ein Gebilde aus vielen Zutaten. Doch die Liebe und Aufmerksamkeit, die sie in jede Torte steckte, machten sie zu etwas Besonderem und gaben ihr eine Seele.

Den Kopf an seine Schulter gelegt, lauschte sie dem Klang der Instrumente und dem Gesang Anna Netrebkos.

Nach diesem Tag neben de Luca zu sitzen und mit ihm in die Musik einzutauchen, verschob die Dinge, ordnete sie neu. Zurzeit konnte sie nur wenig für Alwy tun, außer ihr zuzuhören. Doch sie konnte sich um sich selbst kümmern, um morgen gestärkt in den Tag zu gehen. Vielleicht wurde sie in de Lucas Gesellschaft dieses tiefe Unbehagen los, das sie verspürte, wenn sie an Leon beziehungsweise Ludwig Thelen dachte.

Leon hatte sich Alwy als perfekter Mann präsentiert, dabei war er das mitnichten. De Luca hingegen machte keinen Hehl daraus, ein Charakter mit vielen Schattierungen zu sein. Plötzlich gefiel ihr, dass er nicht auf alles, was ihn anging, die perfekte Antwort hatte. War das nicht extrem offen und reflektiert? Sie hatte bisher nicht das Gefühl gehabt, dass er ihr schmeichelte, um etwas bei ihr zu erreichen.

»Hast du schon eine Antwort auf meine Frage, ob du mich wiedersehen möchtest?« Die Musik war schon vor einer Weile verklungen, doch sie saßen noch immer schweigend da und sahen aus dem Fenster.

Tina blickte auf die Stöße von Partituren, die überall herumlagen, schließlich auf die Champagnerflasche im Kühler, die, ebenso wie die Wasserflaschen, unberührt auf dem Tisch stand. De Luca stand auf, zog die Vorhänge zu und ging noch einmal zur Minibar. Mit zwei Gläsern Kombucha kam er zurück und sank wieder in die Kissen der Garnitur.

»Hier, das ist vermutlich besser als Champagner, zumindest im Augenblick.«

Tina wusste nicht, wie viel Zeit vergangen war, sie war noch immer nicht müde, sondern hellwach. »Um auf deine Frage zurückzukommen …« Sie trank einen Schluck Kombucha, um ihre Nervosität zu überspielen, dann lächelte sie gequält. »Ehrlich gesagt, weiß ich nicht, was ich will. Das ist das Einzige, dessen ich mir sicher bin.« Sie stellte das Glas auf den Tisch.

»Deine Antwort lässt Raum für Interpretationen.« De Luca schwenkte das Glas. »Fest steht, du bist hier.« Er deutete auf sie, dann auf sich. »Wir befinden uns im selben Raum. Den Rest könnten wir gemeinsam herausfinden. Was meinst du?« Er stellte sein Glas neben Tinas auf den Tisch. »Sieht aus, als hätten unsere Gläser sich verabredet.« Er schaute auf die Longdrinkgläser, die im Halbdunkel wie Figuren wirkten, die sich näherkommen wollten. »Ich mag dich, la mia amica. Das weißt du.« Er lachte leise in sich hinein. »Du bist chaotisch, schonungslos ehrlich und noch eine Menge mehr. Einer Frau wie dir bin ich bisher nicht über den Weg gelaufen. Ob das gut oder schlecht ist … ich würde es gern herausfinden.« Er berührte Tinas Haar, das leise knisterte.

Ein Leben mit de Luca beinhaltete vermutlich rasante Höhenflüge und steile Abstürze, Nähe und unfreiwillige Trennung. Wenn er auf Tournee ging, wurde er von weiblichen Fans belagert. Welcher Frau würde das nicht schlaflose Nächte bereiten? Tina verwarf sämtliche Vorstellungen, die sie von diesem Mann hatte. Im Moment tat seine Nähe ihr gut, sie sehnte sich nach Intimität … nicht nach schnellem Sex, sondern nach etwas Tieferem, Ehrlicherem. Gefühle, die nicht beim ersten Krach oder beim ersten Hindernis verpufften.

De Luca strich ihr eine Haarsträhne aus dem Gesicht und flüsterte etwas auf Italienisch, was sie nicht verstand. Doch allein seine Stimme ließ das Gesagte romantisch erscheinen.

»Ich werde dich nicht küssen, Tina. Nicht, weil ich mich nicht traue, sondern weil ich weiß, dass du nicht willst, dass ich die Initiative ergreife.«

»Bist du dir da sicher?«, fragte sie verblüfft, weil sie mit so viel Zurückhaltung seinerseits nicht gerechnet hatte.

»Das Einzige, dessen ich mir sicher bin, ist, dass du dir über nichts sicher bist.«

Etwas in Tina riet ihr, das Leben nicht an sich vorbeiziehen zu lassen. Leben bedeutete teilhaben, sich Dinge zutrauen und Neues ausprobieren. Sie lehnte sich näher zu ihm hinüber. Die Augen halboffen, sagte sie: »Vielleicht zeigst du mir, wessen *du* dir sicher bist?«

De Luca legte den Kopf an ihre Stirn und flüsterte: »Wenn das so ist ... küss *mich*, Tina.«

Zärtlich legte Tina ihre warmen, vom Kombucha süßen Lippen auf de Lucas. Es war ein inniger Kuss. Einen, wie sie ihn schon lange nicht mehr mit einem Mann ausgetauscht hatte.

33. KAPITEL

Zum ersten Mal seit über zwanzig Jahren, trat er wieder durch die doppelflügelige Eingangstür, die er damals nicht schnell genug hinter sich hatte schließen können. Wie früher hörte er im Hintergrund das Kreischen der Kinder. *Schau nie mehr zurück!*, hatte er sich damals geschworen.

Am Ende des Gangs öffnete sich die Tür zum Büro der Direktorin. Frau Böttchers Kopf erschien im Türrahmen. »Leon!«, rief sie, trat heraus und kam ihm mit kleinen, schnellen Schritten entgegen.

Gleich würde er herausfinden, wie es sich anfühlte, über die Schwelle ihres Büros zu treten, jenes Zimmers, vor dem er damals weinend zusammengebrochen war, als er die Wahrheit über seine Eltern erfahren hatte.

»Wie gut, dass Sie kommen konnten«, Hannelore Böttcher streckte ihm die Hand entgegen.

Er erwiderte ihren warmen Händedruck und sah sie dabei an. Viele Jahre waren vergangen, inzwischen hatte sich ein Netz von Falten in ihr Gesicht gegraben. Vor allem die Partie um Mund und Kinn war erschlafft, doch das dunkelblond gefärbte Haar trug sie noch immer als Pagenschnitt mit Pony.

»Gehen wir in mein Büro?«, schlug sie vor. Wie immer verlor sie keine Zeit.

»Ja, gern.« Er folgte ihr den Gang hinunter.

Frau Böttcher war keine Frau, die sich für Mode interessierte. Ihr Geschmack war, milde ausgedrückt, gewöhnungsbedürftig. Manch einer der Jungen hatte sich zu Spott hinreißen lassen. Ihn hatte ihr Äußeres kaltgelassen. Vielmehr hatte ihm stets imponiert, dass sie resolut und tatkräftig war, und mehr als einmal hatte er ihren bohrenden Blick auf sich gespürt, einen Blick, der tief in ihn hineinsah.

»Nun denn!« Frau Böttcher trat zur Seite, um Leon an sich vorbei ins Büro zu lassen. »Nehmen Sie Platz, Leon, und lassen Sie uns anfangen.« Sie deutete auf den Besuchersessel, fuhr mit der Hand über den karierten Faltenrock, um ihn glattzustreichen und setzte sich hinter ihren Schreibtisch, der übersät war mit Papieren und Stiften. »Ich habe mich viele Jahre gewundert, weshalb Sie nicht zu mir kommen, um eine Erklärung dafür zu verlangen, was Sie damals gehört haben. Anscheinend haben Sie nur auf den Moment gewartet, in dem ich mich sicher fühle.« Sie sah ihn an.

»Ich dachte, ich käme klar, wenn ich die Vergangenheit ruhen lasse. Leider stimmt das nicht«, erklärte er.

Frau Böttcher ließ kurz die Schultern kreisen und versuchte das Pulsieren des Blutes hinter ihren Schläfen zu ignorieren. »Viele sind fest entschlossen, die Vergangenheit zu ignorieren, wenn sie hier rauskommen, doch den wenigsten gelingt es. Die Vergangenheit ist hartnäckig. Sie fordert immer ihr Recht. Deshalb plädiere ich für eine offene Diskussion. Schließlich ist nichts schlimmer, als die Auswüchse blühender Fantasie, die einem nachts Streiche spielt.«

»Da gebe ich Ihnen recht!« Vermutlich stand Frau Böttcher kurz vor ihrer Pensionierung. Höchste Zeit, dieses längst fällige Gespräch mit ihr zu führen.

»Um eins vorab klarzustellen. Seit ich meinen Beruf ausübe, versuche ich, für jedes Kind, das unter meiner Verantwortung heranwächst, einzustehen … das bedeutet nicht, dass ein Teil von mir sich nicht manchmal vor Gefühlen, vor allem vor zu großer Nähe, fürchtet. Ich weiß nicht, wie es Ihnen geht, Leon, aber Liebe stellt für mich eine große Intimität dar.« Frau Böttcher spürte, wie Scham und Mut miteinander rangen. Sie wollte Leon nicht zu nahe treten, doch er musste erfahren, weshalb sie damals geschwiegen hatte. Nur wenn er das verstand, würde er sich in sie hineinversetzen können. »Es ist nicht immer leicht, sich Ausbrüchen gewachsen zu fühlen, egal, ob den eigenen oder denen anderer. Nur aus diesem Grund habe ich damals geschwiegen.«

Leon hörte ihr still zu.

»Ich weiß, dass ich mitunter als kühle Person wahrgenommen werde.« Bei dem Gedanken, wie andere sie sahen, runzelte sie befremdet die Stirn. »Aber es ist genau das Gegenteil der Fall. Wenn ich zu Hause in meiner Küche sitze und über die vielen Schicksale nachdenke, fühle ich mich, als sei mein Kopf in einem Schraubstock gefangen. Die Direktorin eines Kinderheimes hat zu funktionieren, ohne sich durch Gefühle aus der Bahn werfen zu lassen. Das ist oberstes Gebot.«

Seit er zurück in München war, hatte er sich Gedanken darüber gemacht, wie das Gespräch zwischen Frau Böttcher und ihm verlaufen würde, doch mit einem derartigen Geständnis hatte er nicht gerechnet.

»Im Geist führte ich bereits einige Male den Dialog mit Ihnen. Allerdings fehlte mir die Kraft, mir einzugestehen, dass es keine Alternative zur Wahrheit gibt. Es war schwer für mich, zu akzeptieren, dass meine Mutter und mein Vater nicht meine leiblichen Eltern waren. Es tat weh, das an mich heranzulassen«, sagte er. »Ich habe noch nicht mal Rick davon erzählt. Niemandem!«

»Es war bis auf den heutigen Tag das einzige Mal, dass ein

Kind, das bereits durch eine Adoption vermittelt wurde, erneut zu uns ... zu *mir* kam.«

Frau Böttchers Eröffnung ließ Leon seine Skepsis vergessen, sie könnte wichtige Fakten verschleiern oder aussparen. »Ihre Eltern ... besser gesagt, Ihre Adoptiveltern waren die glücklichsten Menschen, als sie einen kleinen Jungen zu sich nehmen konnten – Sie, Leon. Als sie Sie abholten, waren Sie noch kein Jahr alt, sehr klein und schmächtig, doch Sie hatten diese großen, fragenden Augen, mit denen Sie jeden für sich einnahmen.« Sie lächelte bei der Erinnerung. »Wir alle hatten selten einen so hübschen Jungen gesehen und nie wieder so strahlende Eltern, die sich über ein Baby beugten, als sei es ein wahrhaftiges Wunder. Ich wusste, dass Sie es gut haben würden, daran bestand kein Zweifel. Ihre Mutter schickte mir regelmäßig Fotos. Sie war stolz darauf, wie gut Sie sich entwickelten. Und dann einige Jahre später rief sie an, um mir zu sagen, dass sie schwanger sei.« Frau Böttcher holte nach jedem Satz laut Luft. »Ich kannte bereits zwei Fälle, in denen Frauen, denen man gesagt hatte, sie könnten keine Kinder bekommen, nach einer Adoption ganz unerwartet schwanger geworden waren. Ihre Mutter wusste, wie sehr ich mich für sie freute, für sie alle ... Nun, es war eine hoffnungsfrohe Geschichte, die ich anderen Pflege- oder Adoptiveltern gern erzählte.« Frau Böttcher blies Luft aus, der Pony ihrer Frisur hob sich. Dies ließ sie um Jahre jünger erscheinen. »Natürlich nannte ich keine Namen. Nachdem Ihre Mutter ein Mädchen entbunden hatte, schickte sie mir eine Einladung zur Taufe. Ich wusste, dass Ihre Schwester Susanna hieß und dass Sie, Leon, Gott sei Dank, keinerlei Eifersucht zeigten. Vor allem das nahmen Ihre Eltern mit großer Erleichterung zur Kenntnis. Schließlich weiß man nie, wie ein Kind reagiert, wenn ein Geschwisterchen kommt ... doch Sie freuten sich auf das Baby ... alle waren zufrieden ... bis ... bis ...«

»... bis zum Tag des Unfalls«, beendete Leon den Satz. Seit er durch diese Tür getreten war, war er damit beschäftigt, sich innerlich aufzurichten. Er würde diese Rückschau nutzen, um eine alte Wunde zu schließen. Egal, wie er sich fühlte.

»Richtig! Bis zu jenem verhängnisvollen Moment, als dieses zitternde Bündel zu uns gebracht wurde.« Innerlich betete Frau Böttcher darum, dass die folgenden Worte nicht hohl klangen, dass sie Leon erreichten. »Ich konnte kaum fassen, was geschehen war. Der Junge, den ich in so gute Hände gegeben hatte, hatte zum zweiten Mal seine Familie verloren. Es war ein kaum vorstellbares Unglück.« Ein Hustenanfall schüttelte Frau Böttcher.

»Warum haben Sie mir nicht die Wahrheit gesagt?«, fragte Leon, als die Direktorin aufgehört hatte zu husten. »Als Sie mich vor Ihrer Tür fanden, wussten Sie, dass ich das Gespräch zwischen der Psychologin und Ihnen belauscht hatte ... ich hatte gerade erfahren, dass meine verunglückte Familie nicht meine *wirkliche* Familie ... dass ich adoptiert war.« Leon rang um Fassung und sah auf seine Sneakers, um sich abzulenken. Plötzlich holten die Wut und die Angst, vor allem aber das Gefühl bodenloser Einsamkeit ihn ein. Wie konnte das so schnell gehen? Gerade noch hatte er sich unter Kontrolle gehabt, und nun gab alles in ihm nach.

Frau Böttcher rieb ihr Kinn. »Ich weiß, es klingt vielleicht unverständlich, aber ich wusste nicht, wie ich es Ihnen sagen sollte. Es war so ... so ... unfassbar traurig!«

»Sie hatten Angst, es mir zu sagen? Einfach nur Angst?« Leon konnte es nicht fassen.

»Furchtbare Angst. Ja! Das Leben kann manchmal grausam sein. In meinem Beruf ist man darauf gefasst, dieser Grausamkeit zu begegnen, aber das, was Ihnen und Ihrer Familie widerfahren ist, war selbst für mich zu viel, jedenfalls in diesen kurzen Minuten, als ich Sie vor meiner Bürotür fand. Kurz darauf fiel Richard vom Baum … und Sie begannen zu sprechen … ich sagte mir: Lass es bleiben. Lass den Jungen in Frieden. Er hat genug gelitten. Lass ihm Zeit, bis du weißt, wie du es ihm am schonendsten beibringen kannst. Leider ist der Moment nie gekommen. Es tut mir so leid, Leon. Ich hätte mutiger sein müssen. Bitte verzeihen Sie mir. Es ist nur recht und billig, dass Sie endlich fragen …«

Leon spürte, dass Frau Böttcher froh war, alles erzählen zu können. Er sah die Bilder der Kinder an der Wand, eine Landkarte von Menschen. Früher hatte er sie immer mit einem Gefühl der Beklommenheit angesehen, denn er wusste, was diese Kinder durchmachten.

»Ihre Geschichte ist die, die mich während meiner langjährigen Berufstätigkeit am meisten beschäftigt hat, deshalb bin ich froh, dass wir nun endlich hier sitzen und reden. Danke nochmals, dass Sie gekommen sind, Leon.«

Leon schloss die Augen und reiste rückwärts durch sein Leben. Er hockte vor Frau Böttchers Bürotür auf dem Boden. Wieder hörte er ihre Worte und spürte den tiefen, kaum auszuhaltenden Schmerz … er ließ das Wüten in sich ein weiteres Mal zu und verdrängte nichts. Seine Mutter hatte ihn nicht zur Welt gebracht, aber das hieß nicht, dass sie ihn nicht genauso geliebt hatte wie ein leibliches Kind. Sie hatte ihn immer verhätschelt, als hätte sie Angst, dass ihm etwas zustoßen könnte. Sie war für ihn da gewesen, ebenso sein

Vater. Sie waren gute Eltern gewesen, er hatte sich aufgehoben gefühlt. Sie hatten nichts für diesen Unfall gekonnt, er war einfach passiert. Und er war zurückgeblieben – allein – und hatte immer geglaubt, die anderen, die *richtige* Familie, hätten eigentlich überleben müssen. Doch das Leben hatte entschieden. Er lebte, und die anderen waren tot.

Er öffnete die Augen. Tränen ließen seinen Blick verschwimmen; er schämte sich ihrer nicht, wischte sie sich nicht mal weg. »Ich liebe sie noch genauso wie damals, obwohl sie schon so lange nicht mehr da sind ...«

Frau Böttcher schluckte. Leons Worte gingen ihr sehr nahe. »Ihre Eltern waren wunderbare Menschen. Sie hatten eine fantastische Familie. Und Sie wurden sehr geliebt.«

Es gab nichts mehr zu sagen. Sie brauchten beide einige Minuten, bis sie sich gesammelt hatten. Schließlich fragte Leon: »Was ist mit Felix?«

Frau Böttcher riss sich aus ihrer Erstarrung, öffnete eine Schublade, holte ein Polaroid-Foto hervor und reichte es Leon. »Felix ist mein Sorgenkind.« Sie war froh, das Thema wechseln zu können. »Wenn ich ihn sehe, fallen Sie mir ein. Mein Joker.« Sie lachte unerwartet auf, ein leichtes, zuversichtliches Lachen, das auch Leon guttat.

Er blickte auf einen Jungen mit wuscheligen Haaren und blauen Augen. Sogar auf dem Schnappschuss sah man ihm seine Schüchternheit an. »Was erwarten Sie von mir?«, fragte er. Seine Tränen waren versiegt, sein Blick wieder klar.

»Ein Gespräch, nichts weiter. Ich hoffe darauf, dass Felix spürt, dass Sie ihn verstehen, dass Sie wissen, was er durchmacht. Kinder haben ein Gespür für Leidensgenossen. Das Foto können Sie übrigens behalten.«

Leon überlegte. Er wollte dem Jungen helfen, daran bestand kein Zweifel. Doch er wusste nicht, ob es ihm gelänge und wie weit er in seiner Hilfe gehen wollte.

»Anderer Vorschlag«, sagte er. »Ich nehme Felix mit zu mir.« Plötzlich kam ihm eine Idee. »Ich werde mit ihm einkaufen gehen.«

»Einkaufen?« Frau Böttcher schien nicht zu verstehen, worauf er hinauswollte. »Er hat genug zum Anziehen, auch genügend Spielzeug.«

»Ich gehe in den Supermarkt mit ihm: Mehl, Zucker, Eier, Butter, Milch, Kakao, Rosinen …«, erklärte er.

»Und was machen Sie aus diesen Zutaten?«, fragte Frau Böttcher überrascht.

»Einen Hefezopf oder einen Rührkuchen. Wir werden zusammen backen.«

»Meine Güte, Leon. Sie haben vielleicht Ideen.« Frau Böttcher sah ihn zweifelnd an. Sie hatte keine Ahnung, was sie zu diesem ungewöhnlichen Vorschlag sagen sollte. »Was versprechen Sie sich davon?«

»Lebendigkeit? Familien backen zusammen, zumindest manche … Ich würde gern etwas mit ihm unternehmen, ohne dass es was bringen muss. Wir verbringen nur ein bisschen Zeit miteinander. Während des Backens lässt es sich gut schweigen. Er wird es mögen … und wenn nicht, auch kein Problem. Was soll schon geschehen? Es gibt kein Risiko«, versprach er.

»Himmelherrgott …« Frau Böttcher stand auf, ging um ihren Schreibtisch herum und sah auf Leon hinunter, der immer noch saß. »Sie haben ziemlich verrückte Einfälle. Aber vielleicht sollten wir es wagen. Sie haben recht. Was kann schon passieren?« Sie legte die Hand auf seine Schulter. »Also gut! Sie können ihn mitnehmen, aber sagen Sie mir bitte drei Tage vorher Bescheid, wann sie ihn abholen möchten.«

»Mach ich«, versprach Leon und stand auf.

»Sie haben sich zu einem beindruckenden Mann entwickelt, Leon. Ihre Eltern wären stolz auf Sie … und ich bin es auch.«

Es war wie ein Faustschlag in seinen Magen. »Nachdem ich von der Adoption erfahren hatte, glaubte ich, dass man mich nicht genügend geliebt hatte, sonst hätte man mir doch gesagt, dass ich hier weggeholt worden war. Diese Vorstellung hat mich umgetrieben, ich wurde sie nicht mehr los.«

»Sie wollten es Ihnen sagen, Leon. Ihre Mutter hat mir gegenüber mehrmals von der Sorge gesprochen, Sie könnten darunter leiden, wenn Sie von der Adoption erführen. Sie hatte Angst, den richtigen Zeitpunkt zu verpassen … und sie wollte Sie auf keinen Fall verunsichern. Leiblich oder nicht – das spielt doch keine Rolle, wenn man geliebt wird. Nur darauf kommt es an: geliebt zu werden und selbst zu lieben.« Sie spielte mit ihrem Kugelschreiber, den sie in der Hand hielt – klick, klick, klick, klick.

Leon versuchte, das monotone Geräusch auszublenden. »Ist es nicht verrückt, dass ich all die Jahre panische Angst davor hatte, noch einmal verletzt zu werden? Nur deshalb wollte ich mich nicht an Menschen binden … weil man sie verlieren kann.« Er spürte den Druck in seinem Inneren, der endlich leichter wurde.

»Ich hätte Ihnen vermitteln müssen, dass man im Leben vieles verlieren, sich aber trotzdem etwas bewahren kann – Zutrauen in sich selbst, in die eigenen Kräfte … es gibt immer Hoffnung.« Frau Böttchers Kiefer mahlte. Das Gespräch fiel ihr sichtlich schwer, doch sie wollte unbedingt für Leon da sein, zumindest jetzt. »Zwischenzeitlich dachte ich, Richard gelänge es, Ihnen etwas von dem, was Sie verloren hatten, zurückzugeben. Es war tröstlich für mich, zu sehen, wie eng Sie sich angefreundet haben.« Sie hörte auf, mit dem Kugelschreiber herumzuspielen, und legte ihn wie eine Reliquie auf den Schreibtisch neben die Lederablage. »Es beschämt mich, es zugeben zu müssen, aber ich habe schlichtweg versäumt, beizeiten mit Ihnen zu reden. Sie waren ein Kind in meiner Obhut. Bitte nehmen Sie meine Entschuldigung an.«

Leon machte einen Schritt auf Frau Böttcher zu – und ohne darüber nachzudenken, umarmte er sie.

Dann sah er sie nachdenklich an. »Ich weiß, dass eine Möglichkeit zu sprechen schnell vertan ist. Vor kurzem habe ich mich verliebt wie noch nie in meinem Leben.«

»Oh, wie wunderbar, Leon. Ich gratuliere.« Frau Böttchers Ton war weicher geworden.

»Sie heißt Alwy und ist Teilhaberin einer Patisserie in Salzburg, aber zum Gratulieren ist es bei weitem zu früh, vielleicht sogar zu spät. Es gab ein Missverständnis zwischen uns, doch anstatt es sofort auszuräumen, habe ich geschwiegen, weil ich geschockt war und mir einredete, erst die richtigen Worte finden zu müssen. Wieder diese Angst, jemanden zu verlieren ... Leider hat Alwy durch Zufall herausgefunden, worüber ich mit ihr sprechen wollte ... und nun hat sie kein Vertrauen mehr zu mir. Hätte ich keine Angst davor gehabt, wie sie reagieren würde ... dann hätten wir eine Chance gehabt.« Kurz erzählte er das Wichtigste über Alwy, froh, Frau Böttcher sein Herz ausschütten zu können.

»Das klingt nach einer verzwickten Situation, Leon. Warten Sie die nächste Gelegenheit ab oder besser noch, schaffen Sie eine passende Gelegenheit, um mit Alwy zu sprechen. So schnell gibt man sein Glück nicht auf.«

Zu Hause fuhr er den Rechner hoch und loggte sich in sein Mailprogramm ein. Sechs Wochen hatte er gemeinsam mit seinem Anwalt, seiner Steuerberaterin und dem Architekten nach einer Lösung für das Haus in der Steingasse gerungen. Nach der letzten Besprechung Anfang September hatte er Paul Wacker gebeten, die geplante Sanierung radikal abzuspecken. Weniger Luxus bedeutete günstigeren Wohnraum, und wenn er außerdem auf den Verkauf der Wohnungen verzichtete, würde er Tina und den anderen Mietern nach der Sanierung halbwegs bezahlbare Wohnungen anbieten können. Die Lösung war ein Dämpfer für die Gewinnmarge der LET, dennoch und trotz Wackers Protests war er entschlossen, nach diesem Plan vorzugehen. Vorrangig war, die Situation mit Bettina Hoske und den anderen Mietern zu entschärfen. Und Alwy klarzumachen, dass er dazugelernt hatte.

Liebe Tina,
 darf ich nochmals um ein Treffen bitten, um das weitere Vorgehen zu besprechen. Ich denke, ich habe inzwischen einen gangbaren Weg für alle Mieter gefunden ...

Er hielt den Text vage, denn er wollte Tina seine Lösung persönlich mitteilen. Vielleicht würde er sogar seinen Anwalt hinzubitten. Wenn ein juristischer Vertreter sein Vorhaben bestätigte, konnte Tina sich sicher fühlen.

In einer zweiten Mail an Alwy erzählte er von Margit, die

die Trennung nach ihrer kurzen gemeinsamen Zeit nicht allzu schwer genommen hatte, von Felix und seiner Idee, mit ihm zu backen, und dem Gespräch mit Frau Böttcher. Alwy hatte auf seine bisherigen Mails nicht geantwortet, trotzdem schrieb er ihr weiterhin, denn es tat ihm gut, zu berichten, was in seinem Leben geschah.

Er hängte Alwys Mail an die von Tina an und schickte sie außerdem an Rick, der sie ebenfalls weiterleiten würde. Vielleicht würde Alwy seine Zeilen ja lesen, wenn Tina oder Rick die Absender wären. Viel Hoffnung machte er sich nicht, doch er wollte nichts unversucht lassen.

34. KAPITEL

Die junge Frau durchmaß staunend die Patisserie. »Ich kann gar nicht genug von den Torten und Pralinen und den pastellfarbenen Cupcakes bekommen. Allerdings hatte ich mir die Patisserie größer vorgestellt. Wie schaffen Sie es nur, auf so wenigen Quadratmetern all diese Köstlichkeiten herzustellen?«

»Mit Organisation und gutem Willen – und beides bringen meine Partnerin und ich jeden Tag ein«, erklärte Tina.

Die Frau schenkte Tina einen warmen Blick. »Meine Mutter hat hier unsere Versöhnung in die Wege geleitet. Sie hat diese besonderen Pralinen geschenkt bekommen … Pralinen mit Botschaft.«

Tinas Gesicht hellte sich auf. Sie erinnerte sich noch gut an Alwys ausführlichen Bericht über diese Kundin und den

Zwist mit ihrer Tochter. »Meine Kollegin hat mir davon erzählt. Wie schön, dass ich Sie nun auch persönlich kennenlerne. Ich hoffe, zwischen Ihrer Mutter und Ihnen ist alles wieder in bester Ordnung.«

»Das ist es. Und das haben wir Ihren Pralinen zu verdanken.« Die junge Frau war bewegt, als sie erzählte. »An einer der Packungen hing sogar eine handgeschriebene Nachricht. Als ich die Zeilen las, war ich so aufgewühlt, dass ich kein Wort mehr herausbrachte.«

Obwohl es damals noch keine passende Verpackung für die Pralinen gegeben hatte, hatte Alwy der verzweifelten Mutter etliche Pralinen überlassen. Und nun stand deren Tochter hier, um sich zu bedanken. Konnte man mit seiner Arbeit Schöneres bewirken?

»Mama und ich haben uns schließlich schweigend umarmt, es war nicht mehr nötig, noch ein Wort über unseren dummen Streit zu verlieren.« Der Blick der jungen Frau blieb an einem Tablett hängen, auf dem Zartbitter-Pralinen mit verschiedenen Botschaften auf den letzten Arbeitsgang warteten. »Dass sie Pralinen bekommen hatte, obwohl das Projekt sich noch in der Testphase befand, hat meine Mutter besonders berührt.«

»Es sieht meiner Partnerin ähnlich, helfend einzuspringen«, pflichtete Tina der jungen Frau bei. »Und jetzt möchten Sie selbst Pralinenbotschaften verschicken? Sehe ich das richtig?«

»So ist es.« Die Frau holte einen Notizblock aus ihrer Tasche. »Ich möchte allen, die zum Geburtstag meiner Mutter gekommen sind, eine Pralinenbotschaft zukommen lassen. *Von Herzen danke für unvergessliche Stunden.* Etwas in der Art. Am liebsten mit einem persönlichen Brief an jeder Packung.

Hier …« Sie riss einen Schwung Blätter aus ihrem Block und legte die Zettel auf den Tisch. »Auf diesen Zetteln finden Sie die Namen der Empfänger und die dazugehörigen Texte für die Briefe. Vielleicht ist Ihre Partnerin noch einmal so entgegenkommend, diese zu schreiben. Sie hat eine wunderschöne, schwungvolle Handschrift. Das bekäme ich selbst nie so hin.«

Tina griff nach Papier und Stift. »Aber gern doch. Das gehört inzwischen zu unserem Service. Jetzt müssen Sie sich nur noch entscheiden, ob Sie Vollmilch-, Zartbitter- oder Pralinen aus weißer Schokolade verschenken möchten.« Tina stützte ihren Arm auf die Theke, ließ ihr Kinn darauf sinken und blätterte durch die vor ihr liegenden Blätter: Es waren allesamt kurze Texte, die Alwy schnell geschrieben hätte.

»Ich denke, ich entscheide mich für Vollmilchschokolade, damit gehe ich das geringste Risiko ein«, sagte die Kundin nach einer Weile.

Tina notierte alles Wichtige und reichte der Frau die Auftragsbestätigung.

»Wissen Sie, dieser Raum kommt mir vor wie aus einem Märchen.« Ein letztes Mal drehte die Frau sich um und blieb vor Helenes Foto stehen.

»Die Frau auf dem Foto ist die verstorbene Tante meiner Partnerin, eine herausragende Pâtissière und unsere gute Seele«, erklärte Tina ohne Umschweife. »Sie wacht über uns und inspiriert uns jeden Tag aufs Neue.«

»Wo gibt es das noch im digitalen Zeitalter – an Pralinen geheftete handgeschriebene Briefchen, und Tanten, die als gute Seelen über einen wachen.« Die Deckenlampe warf einen warmen Schimmer auf das Gesicht der Frau.

»Tja, wo gibt es das noch!?« Tina machte eine ausholende

Geste, die die gesamte Patisserie umspannte. Es stimmte. Sie verkauften nicht nur süße Köstlichkeiten, sondern auch ein bestimmtes Flair, diesen Hauch der Besonderheit, der dem Leben das Profane nahm.

Als die Frau die Patisserie verlassen hatte, warf Tina einen frischen Blick auf ihr Umfeld. Sie liebte diese Räumlichkeiten seit dem ersten Tag. Doch die junge Frau hatte ihr die Magie dieser Räume noch einmal auf ganz neue Weise verdeutlicht.

Tina tippte die Bestellung in den Auftragsordner. Als sie fertig war, rief sie mit wenigen Tastenschlägen Leons Nachricht auf. Aus Zeitmangel hatte sie Leons Zeilen heute Morgen nur überflogen. Ihr erster Impuls war, Alwy zuliebe von einem weiteren Treffen mit ihm Abstand zu nehmen. Seit der Trennung herrschte in ihrem kleinen Universum eine beunruhigende, zerbrechliche Stille. Diese fragile Ruhe wolle sie auf keinen Fall gefährden, in dem sie etwas Unüberlegtes tat.

Tinas Blick blieb an der Nachricht hängen, die Leon seiner Mail angehängt hatte. Sie war für Alwy bestimmt, doch Alwy löschte alle Mails von Leon, deshalb wendete er sich jetzt offenbar an sie.

Einen Moment haderte sie mit den Möglichkeiten, die sich ihr boten. Sie konnte die Nachricht ungelesen löschen oder sie ausdrucken, um sie Alwy in einigen Monaten, wenn sie hoffentlich etwas Abstand zu dem Ganzen gewonnen hatte, zu geben. Sie überlegte hin und her, dann gab sie sich einen Ruck und öffnete die Mail. Was schadete es schon, nachzusehen, ob es sich um eine kurze oder längere Nachricht handelte? Vielleicht käme sie aufgrund des Umfangs der Mail einer Lösung näher?

Sie kniff die Augen zusammen, um ihren Blick zu justieren, doch es war bereits zu spät, ohne es gewollt zu haben, sprang ihr ein Satz ins Auge.
Meine Nächte tragen schwer am Verlust Deiner Liebe.
Tina starrte auf den blinkenden Cursor. Der Satz klang wie der Anfang eines japanischen Gedichts, von denen sie wusste, dass Leon sie mochte. Tina ließ den Satz auf sich wirken. Sie sah Leon vor sich, wie er im Bett lag und nicht einschlafen konnte, weil er ununterbrochen an Alwy denken musste, doch sosehr sie sich auch bemühte, es gelang ihr nicht, die poetischen Worte mit dem Menschen Ludwig Thelen in Verbindung zu bringen. Energisch schloss sie die Mail. Nein! Sie würde nicht zulassen, dass Alwy noch mehr litt. Ohne noch einmal darüber nachzudenken, drückte sie auf Löschen.

Nebenan meldete sich ihr Handy. *Kurze Pause,* schrieb de Luca. *Und was mache ich? Ich denke an unsere Küsse und an das, was danach kommt.*

Tinas Herz flatterte. De Lucas Worte versetzten sie in Aufruhr. Das Display erlosch. Sie legte das Handy zur Seite und ging in die Patisserie.

Seit der Trennung von Leon vergrub Alwy sich in die Arbeit. Wenn sie so weitermachte, schlitterte sie geradewegs in ein Burn-out. Vielleicht sollte sie ihr einen Mädelsabend vorschlagen, wenn sie von der Liefertour zurückkam? Egal, was sie unternähmen, alles wäre besser, als nur zu arbeiten. Tina formte eine Margerite aus weißem und gelbem Marzipan, setzte die fertige Blüte auf die Torte und widmete sich der nächsten Blüte. Wie sollte sie auf de Lucas Nachricht reagieren? Sie genoss es, mit ihm zusammen zu sein: seinen Charme, seine Küsse und Liebkosungen, auch die Gespräche. Ihre Gedanken schweiften wieder zu Alwy ab. Bisher hatte sie ihr nichts von ihren Gefühlen für de Luca erzählt; allein der Gedanke, dass niemand ihre Freundin in den Arm nahm, während sie leidenschaftlich von de Luca geküsst wurde, machte sie traurig. Wie würde es da erst Alwy selbst ergehen? Nein, es war vernünftiger, erst zu schweigen. Ein Geräusch ließ sie zusammenfahren.

»Hey!«, erklang es hinter ihr.

Tina schlug die Hände aufs Herz und fuhr herum. »Meine Güte, Alwy! Musst du mich so erschrecken? Ich hab die Tür und die Glocke überhaupt nicht gehört.«

»'tschuldige, ich wollte dich nicht in Aufruhr versetzen.« Alwy fädelte ihren Kopf durch den Umhängeriemen ihrer Tasche, dabei fiel beinahe ein Brief heraus.

»Ist das das Einschreiben, das du beim Postamt abholen wolltest?« Tina deutete auf den Umschlag.

»Hmm.« Alwy nickte.

»Und?« Vor Aufregung wurde Tina rot im Gesicht.

Alwy zog den Umschlag aus der Tasche und reichte ihn ihr. Mit zittrigen Fingern riss Tina den Brief aus dem bereits geöffneten Kuvert. »Platz zwei. O nein«, rief sie erschüttert, »der undankbarste Platz überhaupt.« Die Enttäuschung über die Entscheidung hinsichtlich der Modenschau in Schloss Leopoldskron, war ihr deutlich anzusehen.

»Die ersten drei sind zur Modenschau und zum Gespräch mit den Presseleuten, das hinterher stattfindet, eingeladen.«

»Immerhin etwas«, grummelte Tina verstimmt.

Alwy hatte auf der Rückfahrt genügend Zeit gehabt, die erste Enttäuschung zu überwinden. »Lies mal weiter ...«, forderte sie Tina auf. »Letzter Abschnitt!«

Tina überflog den entsprechenden Absatz. »Wir sollen Pralinen liefern, die als Give-away an Gäste und Presse verteilt werden? Als Werbegag«, sie ließ das Schreiben sinken. »Vielleicht ist der zweite Platz doch nicht so schlecht …!«

»Sehe ich auch so«, stimmte Alwy zu.

»Überleg mal. Wir sind aus der Verantwortung und ersparen uns den Stress, denn das wäre es auf jeden Fall geworden … sehr stressig … und wir haben trotzdem den Werbeeffekt. Wir geben ein Interview und nutzen den Event für Instagram und Facebook … Im ersten Moment war ich beinahe wütend, dass wir es knapp verpasst haben, aber nachdem ich eine Weile nachgedacht hatte, was das für uns bedeutet, war mir klar, dass wir auch aus dem zweiten Platz etwas machen können.«

Tina und Alwy beratschlagten, wie sie vorgehen wollten, und einigten sich rasch über die wichtigsten Punkte. Schließlich erzählte Tina von der jungen Frau, die in der Patisserie gewesen war. »Die Pralinen mit Botschaft waren für ihre Mutter und sie ein Volltreffer, und das angehängte Briefchen war das emotionale Sahnehäubchen. Du musst weitere Briefe schreiben. Vierzig, um genau zu sein.«

Gerührt lauschte Alwy Tinas Schilderungen. Beruflich lief es immer besser. Auch privat würde es irgendwann wieder bergauf gehen. Der Gedanke war im ersten Moment tröstlich, doch als sie sich vorstellte, einen anderen Mann zu küssen, schnürte es ihr die Kehle zu. War es nicht verrückt, dass sie noch immer etwas für Leon empfand? Wenn sie ihn doch nur weniger lieben könnte, dann täte die Trennung nicht so weh.

Sie verdrängte ihre Grübeleien und ging an die Arbeit. Bis sieben arbeiteten sie durch, dann räumten sie auf und schlossen die Ladentür hinter sich.

»Komm schon, Alwy, du musst mal wieder unter Menschen«, Tina ging voran und nahm die Stufen in den dritten Stock, dabei redete sie beharrlich auf Alwy ein. »Lass uns irgendwo etwas essen und ein, zwei Cocktails trinken. Elisa hat heute frei und kommt mit. Und Ralf ist, wenn wir ihn fragen, bestimmt auch mit von der Partie.«

»Ich weiß, du meinst es gut, aber ich fühle mich dem noch nicht gewachsen. Sei mir nicht böse.«

Tina unterdrückte den Drang, Alwy doch noch überzeugen zu wollen. »Dann versprich mir wenigstens, dich nicht in die Patisserie zu schleichen und zu arbeiten, kaum dass ich weg bin. Heute läuft ›Bridget Jones‹. Setz dich vor den Fernseher und entspann dich. Oder schau in *Schöner Wohnen* rein, das Heft liegt auf dem Wohnzimmertisch.« Sie schloss die Wohnungstür und trat mit Alwy in den Flur.

»Mal sehen.« Alwy hängte ihre Jacke auf und verschwand ins Bad.

Als später die Tür hinter Tina ins Schloss fiel, stand Alwy einen Moment ratlos im Flur, doch dann gab sie sich einen Ruck und machte es sich in Tinas Lieblingssessel im Wohnzimmer bequem. Sie legte die Beine auf den Hocker, und eine Weile widmete sie sich der Wohnzeitschrift, ohne viel davon mitzubekommen, schließlich las sie die ersten Kapitel eines Romans, den sie sich vor einiger Zeit gekauft hatte. Aber auch da kam sie nicht recht weiter, deshalb beschloss sie, ihre Eltern anzurufen. Nach mehrmaligem Klingeln sprang der Anrufbeantworter an. Vermutlich saßen ihre Eltern in der kleinen Weinbar, die sie manchmal besuchten, und genossen den Abend. Alwy legte auf, ging in die Küche und schenkte sich ein Glas Buttermilch ein. Freie Zeit bereitete ihr neuerdings Probleme. Nur wenn sie arbeitete, war sie abgelenkt und dachte nicht so viel nach. Mit der Milch verschwand sie in ihr Zimmer und fuhr den Laptop hoch. Der Computer war ihre zweite Flucht. Um Buchhaltung, Budget, Kalkulationen und Post konnte sie sich immer kümmern, egal, wie spät oder früh es war.

Die kleine Lampe spendete angenehme Helligkeit, während sie ihr Postfach nach neuen Nachrichten durchsuchte. In ihrem Spam-Ordner befanden sich wieder etliche Mails, darunter eine mit dem Absender: r.wolf@anwalt.salzburg.at

Alwy presste Daumen und Zeigefinger gegen die Nasenwurzel und wartete, bis sie sich innerlich bereit fühlte, die Mail zu lesen. Garantiert ließ Leon ihr über Rick eine Nachricht zukommen. Vermutlich das Übliche. Er hoffte, er könne noch einmal mit ihr sprechen, um das, was geschehen war … schönzureden. Was sonst?! Nein, danke, darauf hatte sie keine Lust. Jetzt nicht und auch später nicht. Sie wollte abschließen, und zwar ein für alle Mal. Eilig tippte sie eine Antwort an Rick.

Hallo Rick,

bitte richten Sie Leon verlässlich aus, dass es keinen Sinn hat, mich weiterhin zu kontaktieren. Um es noch einmal deutlich zu machen: Ehrlichkeit und Vertrauen sind für mich Grundvoraussetzungen für jede Art von Beziehung, insbesondere für eine Beziehung zwischen Mann und Frau.

In der Stille klapperte die Tastatur. Mit angehaltenem Atem schrieb sie weiter.

Leon Wolf schien all das zu sein, was ich bewundere: liebenswürdig, ehrlich, hilfsbereit und charmant. Ihn vermisse ich schmerzlich. Ludwig »Leon« Thelen vermisse ich nicht.

Sie setzte einen Gruß unter die Mail und drückte auf Senden. Was sollte sie jetzt tun? Es war zu früh, um schlafen zu gehen, doch einen anderen Plan hatte sie nicht. Sie stieß den Hocker zurück und machte einen Schritt zum Fenster. Als sie hinausschaute, spürte sie ihr schnell pochendes Herz. Draußen flogen zwei Krähen vorbei, dunkle Schatten vor dunklem Hintergrund. Sie ging zurück zum Schreibtisch, klappte den Laptop zu und legte sich aufs Bett. Vielleicht konnte sie ja doch einschlafen? Ruhe finden und die Bilder in ihrem Kopf anhalten. Wenigstens für ein paar Stunden.

35. KAPITEL

Leons Begrüßung bestand aus verschiedenen Hand- und Fingertechniken. Der Code zwischen Kindern und Jugendlichen wechselte häufig, doch er hatte das erste Beschnuppern perfekt gemeistert. Felix hatte sich weder auf den Boden geworfen noch abgewandt; er hatte die Begrüßung einfach über sich ergehen lassen. In Hannelore Böttchers Augen war das ein guter Anfang.

Wie geplant hatte sie sich im Hintergrund gehalten, hatte nur wenige Sätze mit Leon gewechselt und Felix dann einen schönen Nachmittag gewünscht. Alles andere hätte den Jungen nur aufgescheucht. Wie Vater und Sohn gingen die beiden nun davon. Hoffentlich trug ihr Experiment Früchte. Sie wollte Felix unbedingt helfen.

Sie wandte sich vom Eingang ab und steuerte ihr Büro an. Doch statt sich sofort an den Schreibtisch zu setzen, wie sie es gewöhnlich tat, hastete sie zum Fenster und blickte hinaus. Leon und Felix überquerten gerade die Straße.

»Nur damit du Bescheid weißt …«, sagte Leon, während er von weitem seinen Wagen per Fernbedienung aufschloss. »Wir fahren zuerst zum Supermarkt und kaufen ein.«

Felix sah ihn fragend an. Offensichtlich wusste er nichts von irgendwelchen Plänen.

»Hat Frau Böttcher dir nichts gesagt?«, hakte Leon nach.

Felix schüttelte verneinend den Kopf.

»Na, egal. Steig ein. Ich erzähle dir alles während der Fahrt.«

Hannelore Böttcher blickte gebannt, wie Felix in den Wagen einstieg. Instinktiv schüttelte sie den Kopf. Weshalb spionierte sie den beiden nach? Leon würde mit Felix klarkommen. Kein Grund, sich zu sorgen. Rasch wandte sie sich vom Fenster ab und rief ihre Mails auf.

»Also, wie gesagt«, erzählte Leon. »Frau Böttcher macht es gern spannend. Der Plan ist folgender: Wir backen einen Marmorkuchen, und danach … mal sehen. Magst du Kuchen?« Leon sah zu Felix hinüber. Eine positive Reaktion war Fehlanzeige, doch Felix hatte sich zumindest problemlos auf den Beifahrersitz gesetzt und angeschnallt. Nun blickte er fasziniert auf das Armaturenbrett, auf dem es vor Lichtern und Reglern nur so wimmelte. »Gegen die Technik meines Wagens kommt ein simpler Rührkuchen nicht an, verstehe.« Leon fuhr den Beifahrersitz nach vorne, damit Felix auf gleicher Höhe mit ihm saß. »Soll ich dir die technischen Finessen dieses Modells erläutern?«

Felix nickte, und Leon erklärte ihm ausführlich die wichtigsten Funktionen: Tempomat, Abstandsregelung, Lenkassistent und Parkhilfe. »Das Wichtigste ist die Sicherheit, danach kommt lange nichts, aber da ich beruflich viel Zeit im Auto verbringe, gibt es auch eine Massagefunktion.«

Felix war beeindruckt. Einen Wagen wie diesen hatte er noch nie gesehen, und darin gefahren war er schon gar nicht. Als sie mit allem durch waren, startete Leon die Zündung und reihte sich in den Verkehr ein. »Warte! Ich aktiviere die Massagefunktion. Dann können wir die Fahrt ganz entspannt genießen.«

Es dauerte lediglich Sekunden, bis Felix die ersten Massagestöße im Rücken wahrnahm. Als er das leichte Rütteln spürte, verzog er den Mund, mehr war ihm nicht zu entlocken. Weder ein Fingerzeichen noch ein Brummen oder Grummeln – nichts.

»Eine Rückenlehne, die massiert. Krass, oder?«, freute Leon sich. »Noch mal zurück zu unserem Essen. Vor dem Kuchen gibt's natürlich noch was anderes. Ich dachte an Pizza … und Salat als Vorspeise, wegen der Vitamine … Und als Dessert essen wir den selbstgebackenen Kuchen.«

Felix' Gesicht hellte sich zum ersten Mal auf. Die Erweiterung des Mahls um eine Pizza sagte ihm offensichtlich zu.

»Du musst natürlich nicht mitbacken. Du kannst auch zuschauen. Aber das Teigausschlecken lässt du dir besser nicht entgehen. Ich hab gestern extra einen Mixer gekauft und eine große Backschüssel und noch anderes.«

Sie hielten am Supermarkt an, wo Leon häufig einkaufte.

Den Einkaufswagen vor sich herschiebend, streiften sie durch die Gänge. Leon hatte eine Liste gemacht und suchte sämtliche Zutaten für den Kuchen zusammen. Felix blieb an seiner Seite, schaute sich aber interessiert um. »Falls du was brauchst, nur zu«, schlug Leon ihm vor. Er ahnte, dass Felix' Augen angesichts des Angebots im Supermarkt übergingen, außerdem wollte er ihm eine kleine Freude machen, indem er ihn aussuchen ließ, was er wollte.

Sofort griff Felix nach mehreren Packungen Kaugummi, zwei Tüten Chips und etlichen Tüten Gummibärchen.

»Die Einkäufe gehen klar. Ich bin übrigens auch Chips-Fan. Nimm also besser noch eine Tüte mehr«, sagte Leon, als er Felix' fragenden Blick auffing. »Keine Sorge«, fügte er hinzu, »ich erwarte nicht, dass du sprichst. Wir kommen auch so klar.«

Sie liefen durch die von Neonröhren erhellten Gänge, wogen Obst ab und legten einen Salatkopf, Karotten und Paprika, Pizzen und verschiedene Getränke in den Einkaufswagen. Dann gingen sie zur Kasse, anschließend verstauten sie die Einkäufe im Kofferraum seines Wagens.

Eine Viertelstunde später enterten sie die Küche des Appartements.

Felix stellte die Tasche ab, die er getragen hatte, blieb im Türrahmen stehen und sah sich um. Leons Küche war nicht gerade familientauglich: überall Edelstahl, Granit und Glas und eine Ordnung, die ihn abschreckte. Er würde im Hintergrund bleiben, abwarten, was geschah, und sich nicht vom Fleck rühren.

Leon packte die Einkäufe aus und band sich eine Schürze um.

Felix reckte die Arme in die Höhe und legte die Hände

überm Kopf zusammen, als Leon ihm die Zipfel eines Küchenhandtuchs in den Hosenbund steckte.

»Jetzt erst mal Händewaschen.« Sie seiften sich im Bad die Hände ein. »Übrigens, wenn's ums Backen geht, bin ich Anfänger, genau wie du. Wir starten also auf dem gleichen Level. Aber das Wichtigste hab ich bereits begriffen. Backen vertreibt Sorgen und macht immens viel Spaß.« Sie trockneten sich die Hände ab und kehrten zurück in die Küche. Leon stellte Schüsseln und Messbecher und jede Menge andere Utensilien bereit. Felix stand wie angewachsen in der Tür. Leon ließ ihn zunächst, wo er war, doch als er Hilfe brauchte, winkte er ihn zu sich. »Kannst du so lieb sein und dich um die Pizzen kümmern?«

Felix kam näher. Seine wissbegierigen Augen starrten auf die Pizzaschachteln.

»Aufs Blech legen und in den Ofen schieben ... und Küchenuhr einstellen. Magst du Pizza Prosciutto, mit Schinken und Käse? Ich hätte sonst noch andere im Tiefkühler.«

Felix deutete auf die Pizza, die er gern essen würde.

»Okay. Klare Ansage! Dann bekommst du diese und ich esse die andere.« Leon deutete auf den Schrank, hinter dem sich das Mülltrennsystem befand. »Da hinten kannst du die Schachteln entsorgen.«

Felix riss die Schachteln auf, legte die gefrorenen Pizzen auf zwei Bleche und schob sie in den Ofen. Dann machte er sich an der Küchenuhr zu schaffen. Als er die Zeit eingestellt hatte, warf er die Schachteln in den Müll und schob die Hände abwartend in die Hosentaschen.

Leon hantierte mit den aufgerissenen Mehl- und Milchtüten herum, schlug ein Ei auf und versuchte, es zu trennen, und legte Butter in den Topf, damit sie dort schmolz.

»Ganz schön viel zu tun. Sollen wir Rosinen in den Teig mischen oder lieber Kakao?« Er wischte sich mit dem Ellbogen Mehl aus dem Gesicht.

Felix griff nach dem Kakao.

»Also Kakao«, Leon seufzte erleichtert auf, dann warf er einen Seitenblick auf den Topf mit der harten Butter. »Hast du vielleicht Lust, die Butter zu beaufsichtigen, während sie schmilzt? Umrühren und die Hitze regulieren, damit es nicht zu heiß wird … steht hier zumindest.« Er setzte einen gespielt wichtigtuerischen Blick auf und deutete auf sein neuerworbenes Backbuch für Anfänger. »*Die Butter sollte nicht zu heiß werden, warten Sie also keinesfalls, bis sie Blasen wirft oder sogar zu spritzen anfängt*«, las er vor. »Klingt schlimmer, als es ist, vermute ich mal.« Felix reagierte nicht, also reichte Leon ihm einfach den Holzlöffel.

Der Junge bedachte ihn mit einem Blick, als verlange er Unmögliches von ihm, doch schließlich beugte er sich über den Topf und begann, stoisch zu rühren. Da die Butter nicht mal ansatzweise geschmolzen war, klapperte der Löffel laut gegen den Topfrand.

Nach zwei Minuten sah Leon nach, wie die Dinge standen, und drehte die Hitze höher. Als die Butter sich aufzulösen begann, zog Felix den Löffel durch die goldgelb rinnende Flüssigkeit. »Sieht doch schon gut aus«, lobte Leon ihn. »Jetzt kannst du die flüssige Butter in die Backschüssel geben. Ich mische schon mal das Backpulver unters Mehl.« Leon riss das Tütchen auf und hob einen Teil des Backpulvers unter das Mehl, dann trennte er die restlichen Eier und gab sie in eine zweite Schüssel. Zuletzt kam Zucker dazu, danach stellte er den Mixer auf mittlere Stufe und begann, sämtliche Zutaten zu einer Creme zu schlagen.

Nach wenigen Sekunden entkam ihm ein Fluch. »Verflixt noch mal! Ich hab vergessen, das Eiweiß zu Schnee zu schlagen. Oder muss man das bei einem Rührkuchen gar nicht machen?« Leon hielt inne und wandte sich von der Schüssel ab. »Hast du irgendwo Salz gesehen, Felix? Eischnee gelingt besser, wenn man eine Prise Salz hinzufügt.« Hatte er das von Alwy gelernt oder bildete er sich das nur ein?

Felix suchte die Küche ab, fand eine Packung Salz und reichte sie ihm.

Leon verrieb einige Salzkörner in das flüssige Eiweiß. Eischnee war wichtig bei Biskuitteig, hatte Alwy ihm erzählt.

Den ganzen Tag über hatte er der Bedrückung, die die Erinnerung an sie in ihm hervorrief, standgehalten, doch nun, als er auf das Eiweiß blickte, flammte der Schmerz erneut auf. Wiederannäherung war ein sensibles Thema. Er musste Alwy Zeit geben, damit sie sich davon überzeugen konnte, dass er kein Stalker war. Allerdings sollte sie auch nicht glauben, dass er sie langsam vergaß. Sie war weiterhin seine Gegenwart. Seine Hoffnung.

Felix hatte sich dem Ofen zugewandt. Mit sehnsüchtigem Blick starrte er auf die Pizzen.

In Felix' Alter hatte Leon ständig Appetit gehabt, allerdings nicht immer auf die Gerichte, die es im Kinderheim gab. Sicher ging es Felix ähnlich. »Hast du Hunger?«, fragte er den Jungen.

Felix' Oberkörper fuhr herum. Nickend bejahte er.

»Ich auch. Und wie. Wenn die Pizzen fertig sind, schieben wir den Kuchen in den Ofen. Jetzt bereiten wir den Salat zu. Du bist fürs Dressing zuständig, ich wasche den Salat und die Paprikas und schneide sie klein. Einverstanden?« Er hielt Felix die Hand entgegen, sodass dieser einschlagen konnte, was der Junge auch tat. Dann stellte er den Mixer wieder an, der laut losbrummte. So gut er konnte, erledigte er die letzten Arbeitsschritte, schließlich rangelte er mit Felix herum, wer mehr Teig aus der Schüssel naschen durfte.

Als das Piepen der Küchenuhr erklang, holten sie die Pizzen aus dem Backrohr und legten sie auf die bereitstehenden Teller. Die Salatschüssel stand schon auf dem Tisch und Cola war bereits eingeschenkt. Leon legte die Servietten mit Gorillas, die er im Supermarkt entdeckt hatte, neben das Besteck. Felix war zu alt dafür, doch die Servietten hatten ihm so gut gefallen, dass er sie trotzdem gekauft hatte.

»Klasse. Die Pizzen hätten wir hingekriegt und der Kuchen gelingt sicher auch«, sagte er augenzwinkernd. »Wer seine Pizza zuerst aufisst«, gab Leon das Kommando. Bis jetzt war es ganz gut zwischen ihnen gelaufen, vielleicht würde es sogar noch besser werden – noch ungezwungener.

Sie griffen nach dem Besteck und fielen hungrig über die Pizzen her. Sie hatten beide so großen Appetit, dass sie wider besseres Wissen in die noch viel zu heißen Pizzen bissen.

»Puhh … superheiß …«, Leon sog Luft zwischen die Zähne, »aber lecker«, murmelte er kauend.

Felix säbelte, ohne eine Regung zu zeigen, an seiner Pizza herum. Wenn man bedachte, wie schüchtern er am Anfang ihm gegenüber gewesen war, war sein Appetit ein gutes Zeichen. Zumindest schien er sich nicht komplett unwohl zu fühlen, denn inzwischen hatte er anscheinend begriffen, dass der Raum zwischen ihnen nicht mit Worten gefüllt werden musste. Sie verstanden sich auch so.

Leon schnitt ein weiteres Stück Pizza ab und schob es sich in den Mund. Bettina Hoskes kategorische Ablehnung eines zweiten Treffens machte ihm nicht gerade Hoffnung. Wie die Dinge standen, würde er alles Weitere durch seinen Anwalt regeln lassen müssen, doch wenn sie erst begriff, dass das Mietproblem sich lösen ließ, wäre er einer Versöhnung mit Alwy hoffentlich einen kleinen Schritt näher.

Leon stieß mit Felix an und trank einen Schluck Cola. Der Tag mit ihm verlieh ihm Substanz. »Warst du eigentlich schon mal verliebt?«

Felix kaute stumm weiter.

»Du musst dich natürlich nicht auf dieses heikle Thema einlassen.« Für alle Fälle hatte er Papier und Stifte bereitgelegt, sodass Felix mit ihm in Kontakt treten konnte, wenn er das wollte. »Ich schneide es auch nur aus einem speziellen Grund an. Weil ich ein Problem habe. Sie heißt Alwy! Cooler Name, was?«

Felix trank einen Schluck Cola, schien aber aufmerksam zu lauschen.

»Das Problem ist Folgendes: Alwy hat mich irrtümlich für jemand anderen gehalten. Ist eine längere Geschichte.« Leon unterstrich das Gesagte gestenreich. »Und als sie herausfand, wer ich wirklich bin, hielt sie mich für einen Lügner, und jetzt vertraut sie mir nicht mehr. Vertrauen … ein großes Wort«, murmelte er.

Felix schnitt ein Dreieck aus seiner Pizza und nahm es in die Hand. Während er das Pizzastück vorsichtig balancierte, musterte er Leon.

»Also, falls du einen Rat für mich hast, nur raus damit. Ich kann jede Hilfe gebrauchen. Du weißt ja, wie es ist. Probleme lösen sich nicht von selbst.« Leon tat es Felix nach, schnitt ein Stück Pizza ab und nahm es in die Hand. Hoffentlich konnte er Felix ein Gefühl der Wertschätzung vermitteln.

Dem Jungen auf Augenhöhe zu begegnen war ihm ungemein wichtig.

Eine Weile hörte er nur sein eigenes und Felix' Kauen. Dann klingelte die Küchenuhr erneut. Der Kuchen war fertig, also stand er auf und holte ihn aus dem Ofen. Als er zurückkam, saß Felix über ein Blatt Papier gebeugt da und zeichnete.

Leon setzte sich, warf einen Blick auf die Zeichnung und stutzte. Felix hatte eine Maus gezeichnet, die aus ihrem Loch lugte, daneben hatte er einige Wörter geschrieben. Er sah ein Leuchten in Felix' Blick, als dieser ihm das Papier reichte. »Gib mir einen Moment, um das hier zu entschlüsseln.« Leon stützte die Ellbogen auf die Tischplatte und betrachtete die Zeichnung. Nach einer Weile sah er Felix fragend an. »Magst du Mäuse?«

Felix schüttelte den Kopf. Mehrmals tippte er auf das Loch, aus dem der Kopf der Maus lugte, schließlich suchte sein Zeigefinger das Wort, das er daneben geschrieben hatte: *sicher!*

»Die Maus ist sicher, weil sie in einem kleinen Loch haust, das sie beinahe unsichtbar macht?« Leon schüttelte den Kopf. »Nein! Das kann es nicht sein.«

Felix' Finger fuhr um das Loch herum. Sein Gesicht schnitt Grimassen, die Leon auch nicht enträtseln konnte. Er begriff nicht, was Felix ihm sagen wollte.

»Ich soll keine Angst haben ... weil ich sicher bin ... wie die Maus im Mauseloch?«, rätselte er. Er redete ins Blaue, um den Kontakt zwischen Felix und ihm nicht abreißen zu lassen, doch er verstand nicht, was die Zeichnung aussagen sollte.

Felix machte eine ausweichende Handbewegung, dann zog er das Blatt zu sich hinüber und schrieb: »*Mäuse kommen nur heraus, wenn die Luft rein ist.*«

»Ich soll mich zurückhalten ... ich soll abwarten ... bis die Luft rein ist?« Leon schlug sich mit der Hand gegen den Kopf. »Ich soll nichts überstürzen?«

»*Kleine Schritte, kleine Angst!*«, notierte Felix in seiner krakeligen Schrift.

»Tja, bisher habe ich mich nicht gerade als großer Kenner beim Thema Angst erwiesen. Ehrlich gesagt, hab ich eine Heidenangst, es mir mit Alwy für alle Zeiten verscherzt zu haben.«

»*Uncool!*«, schrieb Felix.

»Angst ist uncool. Und sie bringt nichts, richtig.«

Felix nickte heftig.

»Ich wünschte, ich fände ein Mauseloch, in das ich mich zurückziehen könnte. Und weißt du was? Beim Reden geht es nicht darum, sofort eine Lösung zu finden, es geht darum, sein Herz zu erleichtern und sich dadurch vielleicht ein wenig Klarheit zu verschaffen.«

Felix machte ein Geräusch, das auf Bejahung schließen ließ, es war eine Art Schnalzen. Er hielt beide Daumen hoch. »*Mit ihr sprechen!*«, schrieb er auf das Blatt.

»Ja, ich werde mit Alwy sprechen. Nur lässt sie es im Moment leider nicht zu!«

Nachdem sie von dem Kuchen gekostet hatten und mit ihrem Backerfolg sehr zufrieden waren, betrachteten sie ihre puderbestäubten Münder im Spiegel. Zum ersten Mal lachten sie miteinander. Sie gingen ins Bad und wuschen sich. Zurück im Flur fragte Leon: »Hast du Lust Darts zu spielen? Mein Freund Rick und ich haben früher fast jeden Tag gespielt. Wir sind beide im Kinderheim aufgewachsen. Ich nehme an, das weißt du bereits.«

Felix ersparte sich eine Antwort und rannte flugs auf die

Dartsscheibe am Ende des Flurs zu. Hastig nahm er einen Pfeil aus der Schale, doch Leon hielt ihn zurück.

»Immer schön langsam. Hast du schon mal gespielt?«

Felix schüttelte den Kopf.

»Darts ist ein Präzisionsspiel. Es geht um Geschicklichkeit und Konzentration, um den richtigen Moment. Es ist wichtig, klug vorzugehen, also wirf nicht einfach drauflos. Hör in dich hinein, atme, und dann, wenn du ganz ruhig bist, zielst du auf das Bullseye, diesen Punkt in der Mitte, und gibst den Pfeil frei.« Sie warfen eine halbe Stunde Pfeile, dann hatte Leon eine neue Idee: »Was hältst du davon, Wellen zu beobachten?«

Felix überlegte, was Leons Vorschlag zu bedeuten hatte, kam aber zu keinem Ergebnis.

»Um die Sache aufzuklären. Ich habe einen Film aufgenommen, in dem es eine lange Einstellung mit Wellen gibt. Du kannst die Gischt und die salzige Brise beinahe spüren. Wir stellen uns vor, wir sitzen auf einem ausgewaschenen Felsen, die Füße im Sand und hören, wenn eine Welle bricht und das schäumende Wasser aufs Ufer zurollt. Ist herrlich entspannend, als wäre man im Urlaub. Und wenn wir genug vom Meer haben, schalten wir einfach aus.«

Felix war sichtlich skeptisch, doch er setzte sich mit Leon vor den Fernseher und blickte unverwandt auf den Bildschirm, als die ersten Wellen anrollten und sich mit brachialer Kraft an einem Felsen brachen.

Auf der Rückfahrt ins Kinderheim nickte Felix ein. Leon sah die feuchte Stirn und das Lächeln, das ihm der Schlaf schenkte. Dieser Junge war wie ein verängstigter Welpe, dessen erster Ausflug in die Welt nicht gut verlaufen war. Doch das Leben lag noch vor ihm. Wie gern würde er Felix klarmachen, dass seine Wunden nicht für immer bleiben mussten.

Als sie vor dem Kinderheim ausstiegen, kroch Leon die frühabendliche Kälte in den Hemdkragen, doch er spürte sie nicht, denn Felix schloss für einen kurzen Augenblick seine Arme um ihn.

Beim Verabschieden verlor Frau Böttcher kein Wort darüber, wie es zwischen ihnen gelaufen war. Das würden sie nicht vor dem Jungen ausbreiten. Nach einem letzten Abklatschen mit Felix machte Leon sich auf den Heimweg. Zu Hause würde er die Mehlschatten von der Arbeitsfläche wischen und den Zucker wegsaugen, der unter seinen Füßen geknirscht hatte.

Beim Saubermachen überlegte er, ob er Bettina Hoske die Briefe schicken sollte, die er Alwy Woche um Woche geschrieben hatte, ohne je einen aufzugeben. Vermutlich würde sie die Briefe zuerst selbst lesen, um den Inhalt abzuschätzen. Er hoffte, dass sie beim Lesen erkannte, dass alle Zärtlichkeit, die er für Alwy empfand, in seine Worte geflossen war.

Bei ihrem Treffen im Nonntal hatte er gesehen, wie sehr Tina sich für das, was ihr wichtig war, einsetzte. Oft waren es kleine Details, die Menschen begreifbar machten. Eine Frau wie sie, die um die unsichtbaren Fäden, die Menschen über ihre Gefühle miteinander verbanden, wusste, löschte vielleicht eine Mail, doch sie schmiss sicher keine Liebesbriefe weg. Er trug den Staubsauger in die Abstellkammer, dann trieb es ihn in die Bibliothek. Die meisten Bücher hatte er mehrmals gelesen, sie waren wie gute Freunde, die ihn durchs Leben begleiteten. Er zog *Krieg und Frieden* aus dem Regal, machte es sich im Bett bequem, schlug das Buch auf und begann zu lesen. Tolstoj war ein Meister darin, das gesamte Spektrum menschlicher Gefühle und Beweggründe auszuleuchten, und wie immer, wenn ein Stoff ihn packte, flog Leon durch die Seiten, bis der Schlaf kam. Als er das Buch zur Seite legte und das Licht löschte, überlegte er, was Alwy wohl gerade machte …

36. KAPITEL

Alwy lenkte den Wagen in eine freiwerdende Parklücke. Die kühle Brise, die ihr über die Arme strich, als sie ausstieg und auf die Patisserie zueilte, bemerkte sie nicht. Sie war mit ihren Gedanken bei Tina, der es offenbar schlecht ging.

Die Lichter in der Backstube leuchteten den Raum schon von weitem golden aus, doch das *Geschlossen*-Schild an der Tür passte nicht zu dem einladenden Eindruck. Was war geschehen, dass Tina das Tortenatelier während der Geschäftszeiten schloss?

Jeweils zwei Stufen auf einmal nehmend, hastete Alwy die Treppe hinauf und stürzte in die Wohnung. »Ich bin da«, rief sie, ließ die Tasche zu Boden gleiten und zog die Jacke aus. Sie eilte den Gang hinunter und stieß die Tür zum Badezimmer auf.

Tina kauerte auf dem Badewannenrand und presste beide Hände auf den Bauch. Ihr Gesicht war leichenblass.

»Was ist los?« Alwy kam näher und deutete auf das blutverschmierte Handtuch, das am Boden lag.

Gewöhnlich sprudelten die Töne wie Wasser aus Tina heraus, doch heute zwang sie sich jedes Wort ab. »Ich hab schreckliche Schmerzen im Unterleib ... zuerst hab ich mir nichts dabei gedacht ... aber als es schlimmer wurde ... und als ich das Blut sah ...« Auf Tinas Stirn standen Schweißperlen.

»Hast du deine Tage?« Alwy kniete sich vor Tina hin. Sie mussten strategisch vorgehen, das war jetzt das Wichtigste.

»Eigentlich nicht.«

Etwas in Tinas Gesicht machte Alwy nervös.

»Was könnte es sonst sein?«

Tina zuckte mit der Schulter, schwieg aber.

Alwy fasste Tina unter beide Arme, damit sie aufstehen konnte. »Ich fahre dich ins Krankenhaus. Das ist sicher das Vernünftigste.« Tina musste auf alle Fälle durchgecheckt werden. So viel stand für Alwy fest.

»Warte!« Tina stützte sich auf sie. »Bring mich lieber zu meiner Gynäkologin. Sie hat ihre Praxis ganz in der Nähe, und soweit ich weiß, hat sie heute Sprechstunde.«

»Also gut. Wie du willst! Stütz dich auf mich«, sagte Alwy. Ihr gingen alle möglichen Gedanken durch den Kopf. Litt Tina schon länger unter Schmerzen, ohne ihr etwas davon gesagt zu haben?

Tina legte eine Hand auf Alwys Schulter, mit der anderen hielt sie sich den Bauch. So schaffte sie es zur Wohnungstür und die Treppe hinunter.

Sie hatten Glück. Die Ärztin kam gerade aus dem Behandlungszimmer, als sie die Praxis betraten. Ein kurzer Blick und sie begriff, in welchem Zustand Tina sich befand. »Kommen Sie!«, sagte sie forsch.

Alwy begleitete Tina ins Behandlungszimmer, um ihr Beistand zu leisten. Ihre Freundin sah so zerbrechlich aus, dass sie sie nicht allein lassen wollte.

»Dann wollen wir uns das Ganze mal ansehen. Schildern Sie mir bitte Ihre Beschwerden, Frau Hoske«, forderte die Gynäkologin Tina auf.

Tina berichtete von der ersten Kolik. »Ich wollte gerade einen Teig herstellen, da erwischte mich dieser stechende, starke Schmerz. Er hat mich beinahe von den Füßen gerissen.«

Während die Ärztin ihr zuhörte, tastete sie vorsichtig Tinas Bauch ab. »Waren die Schmerzen von leichter Übelkeit begleitet, die nicht mit Essen assoziiert sind?«

Tina überlegte kurz: »Jetzt, wo Sie es sagen ... ja, ich glaube schon.«

»Machen wir erst mal einen Ultraschall, dann nehme ich Ihnen Blut ab und mache noch die normale gynäkologische Untersuchung. Wir werden schon herausfinden, was Ihnen fehlt«, sprach sie ihrer Patientin Mut zu.

Alwy hatte sich schweigend in eine Ecke zurückgezogen und beobachtete, mit welcher Konzentration die Ärztin vorging. Es dauerte eine Weile, bis sie fertig war.

»Sie können jetzt wieder aufstehen, Frau Hoske.« Mit einem freundlichen Nicken wies sie auf die Stühle vor ihrem Schreibtisch. »Setzen Sie sich gern zu uns«, sagte sie zu Alwy. Die Ärztin ging zu dem kleinen Bereich auf der Stirnseite des Zimmers. Dort streifte sie die Latexhandschuhe ab, warf sie in den Abfall und nahm ein Medikament aus ihrer Apotheke. »Ich gebe Ihnen ein Mittel, das die Koliken abschwächt.« Sie reichte Tina das Medikament und ein Glas Wasser. »Nehmen Sie zwei davon. Außerdem sollten Sie zu Hause heiße Umschläge machen.«

Tina und Alwy setzten sich, und die Ärztin nahm hinter ihrem Schreibtisch Platz.

»Was fehlt mir denn?« Tina legte die Hände zusammen

und sah ihre Gynäkologin ängstlich an. »Es ist doch nichts Ernstes? Es wäre äußerst ungünstig, wenn ich in der Patisserie ausfiele.«

»Im Grunde fehlt Ihnen nichts, Frau Hoske. Eher im Gegenteil.« Die Ärztin sprach ohne Förmlichkeit beinahe wie eine gute Bekannte.

»Ich verstehe nicht?«, sagte Tina zögernd.

»Koliken haben bei Schwangeren meist mit der hormonellen Umstellung des Körpers zu tun. Oft kommt die Kolik sehr früh, wenn die Schwangerschaft noch nicht bestätigt ist«, erklärte die Ärztin.

Einen Moment wirkte Tina wie eingefroren, dann spannten sich ihre Oberschenkelmuskeln, sie stützte ihre Hände auf den Tisch und hievte sich langsam hoch. Als sie sich nach vorn beugte, hielt sie sich an der Tischplatte fest. »Ich bin schwanger?« Sie klang beinahe schroff, als würde sie die Ärztin für etwas Ungehöriges maßregeln wollen.

Tinas Schulterblätter standen weit nach oben. Ihr Körper gehorchte ihr nicht mehr. Sie war völlig durcheinander.

Die Ärztin legte ihre Hand auf Tinas. »Sie müssen doch bemerkt haben, dass Ihre Regel ausgeblieben ist?« Sie rechnete stets mit allen möglichen Reaktionen auf die Nachricht einer Schwangerschaft. Von Schreitiraden vor Glück bis zur Ohnmacht hatte sie alles gesehen. Sie machte eine Handbewegung, Tina möge sich wieder setzen. »Haben Sie es denn nicht geahnt? Viele Frauen wissen instinktiv, dass sie schwanger sind.«

»Ich hatte keine Ahnung. Nicht die geringste. Mein Zyklus ist schon immer unregelmäßig ... das wissen Sie ja. Ich habe gar nicht mitbekommen, dass die letzte Menstruation schon etwas her ist.«

Die Ärztin rief Tinas Krankenakte im Computer auf. »Bei der letzten Untersuchung vor zehn Monaten hatte ich Ihnen geraten, den Beginn jeder Menstruation in Ihren Kalender einzutragen. Ein unregelmäßiger Zyklus muss auf alle Fälle beobachtet werden.«

Tina sank auf ihren Stuhl zurück. In ihrem Gesicht zeichnete sich Verzweiflung ab. »Diesbezüglich bin ich leider nicht sehr gewissenhaft«, gab sie zu.

Wie Alwy sie kannte, machte Tina sich im Stillen Vorwürfe, weil sie ihren Zyklus nicht kontrolliert hatte.

»Nun, dann sollten Sie es werden … und falls Sie Kondome benutzt haben: 12 von 100 Frauen, die ein Jahr lang mit Kondomen verhütet haben, werden schwanger, so ist es nun mal.« Die Ärztin tippte in ihren PC. »Was die Blutungen anbelangt, müssen Sie sich keine Sorgen machen. Koliken werden oft von leichten Blutungen begleitet. Und bezüglich des Schmerzes … Ursache ist meist eine Erhöhung des Progesteronspiegels, der den Darm beeinflusst. Um die unangenehmen Symptome zu vermeiden, rate ich Ihnen zu einer Diät. Keine gebratenen, würzigen, fetten Speisen, wenig Fleisch, keine Gurken und Mehlprodukte …« Die Ärztin schmunzelte: »Ich weiß, auf Mehlprodukte zu verzichten, klingt für eine Pâtissière vermutlich utopisch. Meiden Sie möglichst alles, was den Prozess der Verdauung belastet. Hilfreich sind außerdem Abkochungen von Heilpflanzen, die schmerzlindernd und beruhigend wirken: Pfefferminze, Zitronenmelisse, Baldrian und vor allem Fenchelsamen. Damit bekommen Sie die Koliken in den Griff.«

Tina saß schweigend da. Sie hatte der Ärztin wie in Trance zugehört, und nun fehlten ihr schlichtweg die Worte, um auszudrücken, was sie empfand.

»Von meiner Seite wäre das alles. Sicher wollen Sie jetzt erst mal zu sich kommen. Die Nachricht, Mutter zu werden, ereilt einen schließlich nicht jeden Tag.« Die Ärztin sah Tina verständnisvoll an. »Wenn es Ihnen besser geht, werden Sie sich hoffentlich über die gute Nachricht freuen. Noch ein Satz zur weiteren Vorgehensweise, sprich zur Pränataldiagnostik. Sie sind vierzig, Frau Hoske. Sobald eine Frau die fünfunddreißig überschritten hat, rate ich dringend zu einer Fruchtwasseruntersuchung, um Erbkrankheiten, Fehlbildungen und Chromosomenabweichungen auszuschließen. Die Untersuchung wird in der Regel zwischen der 16. und der 18. Schwangerschaftswoche durchgeführt.«

Im Vorzimmer bekam Tina dann die Folgetermine, Infos zur Fruchtwasseruntersuchung und den Mutter-Kind-Pass. Mit mehreren Tüten Tee aus der Apotheke der Ärztin im Arm trat sie schließlich neben Alwy aus dem Haus. Sie hatte weiterhin Schmerzen, doch was sich in ihr Gesicht grub, war der Schock.

»Wie's aussieht, hast du nun etwas mit Franca gemeinsam. Ihr seid beide schwanger ...« Alwy versuchte Tina aufzuheitern. Doch das war leichter gesagt als getan.

»Mit dem Unterschied, dass Ferdy es kaum erwarten kann, sein Kind in den Armen zu halten, während der Vater meines Kindes vermutlich einen Anfall bekommt.« Tinas Worte klangen teilnahmslos.

»Wer ist denn der Vater? Hast du André wiedergesehen?« Sie hatten Tinas Wagen erreicht und Alwy sah ihre Partnerin über das Autodach hinweg an.

»Das mit André ist längst abgeschlossen, das weißt du doch. Schließlich haben wir oft genug darüber gesprochen«, sagte Tina abwehrend.

»Wer ist es dann?« Alwy hatte keine Ahnung, wen Tina kennengelernt haben könnte. Mit keinem Wort hatte sie einen neuen Mann in ihrem Leben erwähnt.

»Ich hab mich ein paarmal mit de Luca getroffen«, gab Tina nach einigen Sekunden zögernd zu. »Und … na ja … in seiner Suite im ›Sacher‹ ist es dann passiert.«

»Du hast was mit Pino de Luca angefangen?« Alwy klang mehr als verblüfft. Sie war außer sich.

»Jetzt schrei doch nicht so, sonst weiß es morgen die ganze Stadt.« Endlich kam wieder Leben in Tina.

»Weißt du, was es bedeutet, sich mit einem Promi wie ihm einzulassen? Wenn deine Schwangerschaft publik wird, stehst du im Fokus der Medien.« Alwy konnte nicht glauben, dass Tina sich heimlich mit de Luca getroffen hatte. »Warum hast du nie ein Wort darüber verloren?«

»Weil das mit uns sowieso nichts wird. Ein Dirigent … ständig in der Weltgeschichte unterwegs und über zwanzig Jahre älter … und eine Pâtissière, deren Lebensmittelpunkt Salzburg ist – wie soll das funktionieren? Davon abgesehen … de Luca ist vielleicht in mich verliebt, doch er lehnt feste Beziehungen ab. Das ist gegen alles, wofür er steht. Und was unsere Treffen anbelangt, kannst du beruhigt sein, niemand hat was davon mitbekommen. Darauf habe ich schon geachtet.« Tina hatte nie bei de Luca übernachtet. Sich morgens in aller Frühe heimlich aus seinem Zimmer zu schleichen, hätte sich falsch angefühlt, deshalb war sie immer nach Hause gegangen, um in ihrem eigenen Bett zu schlafen.

Alwy fingerte nach dem Autoschlüssel. Tinas Realität war weit von der romantischen Vorstellung entfernt, die sie davon hatte, schwanger zu werden. Sie liebte das Bild, sich eines Tages neu zu verlieben und vielleicht sogar schwanger zu werden. In ihrer Vorstellung kriegte ihr Partner sich vor Freude nicht mehr ein, wenn er davon erfuhr, und alles wäre genau so, wie sie es sich wünschte.

»Eine Schwangerschaft, die nur wegen einer Kolik entdeckt wird und nicht geplant war, klingt eher nach Tragödie als nach Romanze ...«, ergriff Tina das Wort. »Ach, entschuldige. Ich bin unmöglich. Wie eine Zicke. Das muss der Schock sein.«

»Mach dir darüber mal keine Gedanken. Viel wichtiger ist, dass du dir ein Kind gewünscht hast. Du hattest sogar Angst, es könnte bald zu spät für eine Schwangerschaft sein. Und jetzt ist der Wunsch plötzlich Realität geworden. Das kommt unerwartet ... ja ...«, gab Alwy zu und hob die Hand, um jeden Protest Tinas zu unterbinden, »aber das ist noch lange keine Tragödie. Nur, weil die Situation kompliziert ist, gibst du doch nicht auf. De Luca hilft dir, wenn er von der Schwangerschaft erfährt ... davon bin ich überzeugt. Und ich helfe dir auch.«

»Pino ist in vielerlei Hinsicht ein außergewöhnlicher Mann, aber er ist kein Familienvater. Vergiss nicht, Männer wie er sind mit ihrer Arbeit verheiratet. Worüber ich mir allerdings wirklich Sorgen mache, ist, wie es mit der Patisserie weitergeht, wenn ich nicht mehr arbeiten kann. Die Schwangerschaft stellt alles auf den Kopf.« Plötzlich rannen Tränen über Tinas Wangen. Unwirsch wischte sie sich mit dem Handrücken übers Gesicht.

Alwy kam um den Wagen herum und reichte Tina ein Taschentuch. Tröstend legte sie den Arm um deren Schulter. »Es gibt Menschen, die gegen jede Vermutung zartbesaitet reagieren, wenn das Leben sie überrascht. Natürlich wissen wir nicht, wie de Luca reagiert, aber schließ nicht aus, dass er sich freut, Vater zu werden.«

Tina war noch immer nicht bei sich, »… ich würde dir so gern glauben, Alwy, aber ich hab da so meine Bedenken. Wenn ich ehrlich bin, hab ich sogar Angst vor Pinos Reaktion.« Sie schnupfte leise. »Was, wenn er mich hängenlässt?«

»Das wird er nicht. Zumindest nicht finanziell. Ich weiß, das ist nicht das, was du dir vorstellst. Du möchtest, dass er für dich und das Kind da ist, und genau darüber musst du mit ihm sprechen.« Alwy versuchte, Tina so gut es ging zu trösten. Sie hatte unzählige Fragen an sie, doch sie hielt sich zurück. Tina musste selbst entscheiden, was sie ihr anvertrauen wollte. »Und mach dir um die Patisserie mal keine Sorgen. Wir werden eine Vertretung für dich finden. Wir haben ja noch Zeit.« Im Stillen überschlug Alwy bereits sämtliche Möglichkeiten. Als sie Teilhaberin von ›Cake Couture‹ geworden war, hatten ihre Eltern ihr angeboten, ihr einen Privatkredit zu geben. Sie hatte die Hilfe damals ausgeschlagen, und auch jetzt wollte sie es allein schaffen – gemeinsam mit Tina. Alles andere fühlte sich nicht richtig an. »Weißt du, was ich durch die Trennung von Leon begriffen habe?«, sagte sie plötzlich.

Tina schüttelte den Kopf. Die Anspannung wich nur langsam aus ihrem Körper.

»Dass man auch ohne einen klar gezeichneten Weg einen Ankerpunkt im Leben haben kann. Manchmal ist der Weg anders als gedacht, aber es gibt immer einen.«

»Und wo ist deiner Ansicht nach mein Ankerpunkt?«

»Dein Ankerpunkt ist *unsere* Zuversicht«, antwortete Alwy. »Erinnerst du dich an die Gespräche, die wir geführt haben … nachdem wir die Bilanz, die Steuerunterlagen und die Auftragsbücher durchgegangen waren?«

Tina nickte. Sie war froh, dass diese Zeiten vorbei waren.

»Es sah trist aus, aber nachdem wir unser Motto festgelegt hatten – Schritt für Schritt –, fühlte es sich anders an … besser. Das machte den Unterschied.«

Tina putzte sich die Nase. Sie rang sich ein halbherziges Lächeln ab. »Ohne dich würde ich gleich jetzt durchdrehen und nicht erst in ein paar Monaten. Ich bin dir dankbar für alles, was wir bisher gemeinsam geleistet haben, aber auch Zuversicht hat Grenzen. Findest du nicht?«

»Bevor wir das glauben, sollten wir checken, wo unsere Grenzen sind.« Alwy öffnete die Autotür. »Steig ein. Du stehst schon viel zu lange hier herum. Das ist nicht gut für dich. Außerdem hab ich eine Eingebung. Ab sofort bieten wir Schwangerschaftstorten an. Wie findest du die Idee?«

Alwy lenkte den Wagen auf die Imbergstraße, dabei sprudelte es nur so aus ihr heraus.

In der Tortenwerkstatt flitzte sie wie ein Wiesel umher und suchte mehrere große Backformen heraus, um die passende zu finden.

Tina hielt sich den Bauch und sah zu, was vorging.

»Wenn die Torte zu Testzwecken gelingt, können wir spezielle Formen in Auftrag geben. Schließlich soll die Torte an den Bauch einer Schwangeren erinnern.« Als Alwy eine Backform zusagte, überlegte sie sich ein Rezept aus geriebenen Mandeln, Dinkelmehl und Karotten. »Schwangere brauchen Vitamine«, sprach sie, während sie arbeitete. Sie würde die Schwangerschaftstorten aus Dinkelmehl herstellen und Honig statt Zucker verwenden, und zwischen die Teigschichten würde sie eine Fruchtcreme geben.

Drei Stunden später war die erste Torte fertig. Alwy ließ sie auskühlen, schnitt sie in der Mitte durch und strich Himbeercreme auf die untere Hälfte. Sie legte die obere Hälfte zurück auf die Torte. Jetzt musste sie die Torte nur noch passend dekorieren, und zwar möglichst so, dass sie sofort als Schwangerschaftstorte identifizierbar war. Nach längerem Überlegen formte sie einen Bauchnabel aus Marzipan. Der erste Nabel gelang ihr mehr schlecht als recht, der zweite war nicht viel besser. Schließlich schaute sie sich im Netz Fotos hochschwangerer Frauen an und ging erneut an die Arbeit; der nächste Nabel gelang ihr wesentlich besser. Sie übte weiter, und als sie mit dem Ergebnis zufrieden und die Torte perfekt dekoriert war, postete sie sie unter dem Titel »Süßer Bauch« im Netz. Schon eine Stunde später diskutierten ihre Follower auf Instagram und Facebook über den Neuzugang in ihrem Sortiment.

Tina zog sich auf die Couch im Wohnzimmer zurück und beantwortete die vielen Kommentare im Netz. Mehrere Frauen schrieben, sie hätten noch nie etwas so Entzückendes wie den »Süßen Bauch« gesehen. Andere posteten, sie schätzten, dass die meisten Zutaten der Torte gesund seien. Werdende Väter gaben Bestellungen übers Netz durch. Tina beantwortete jede Frage gewissenhaft und dankte für das Lob.

Nachdem sie in der Patisserie für Ordnung gesorgt hatte, schlich Alwy in Tinas Schlafzimmer und legte ein DIN-A4-Blatt auf deren Nachttisch:

Tina!
Deine Schwangerschaft kommt unerwartet, sozusagen um die Ecke, aber sie ist ein Geschenk, daran glaube ich ganz fest. Vergiss bei all Deinen Sorgen nicht, dass Du immer auf mich zählen kannst.

Als Freundin und Partnerin und bald auch als Nenntante und verlässlicher Babysitter. Ein Kind ist das Schönste, womit das Leben einen überraschen kann. Du wirst schon sehen.

Ich bin jedenfalls ziemlich aufgeregt und freue mich schon, in wenigen Monaten eins der kleinen Händchen zu halten und diese süßen Finger zu berühren, die so perfekt sind ... als hätte jemand sie gemalt.

Egal, wie Pino reagiert, wir haben uns. Das wollte ich Dir noch sagen, bevor Du schlafen gehst. Ich hab Dich lieb, und ich glaube an Dich und an uns – Alwy

Tage später meldete sich die Redakteurin einer Frauenzeitschrift per Mail bei ihnen.

Wir möchten in einer unserer nächsten Ausgaben einen Artikel über Ihre außergewöhnlichen Produkte und über Sie bringen. Uns interessiert, was Sie zu Produkten wie Pralinen mit Botschaft und Schwangerschaftstorten inspiriert und was es für Sie bedeutet, gegen die bekannten Größen Salzburgs anzutreten. David gegen Goliath ... passt dieser Vergleich für Sie? Im Anhang finden Sie unsere Fragenliste. Wir freuen uns auf Ihre Antworten und auf ein Telefonat in den nächsten Tagen ...

Alwy machte sich bereits während des Lesens Notizen. Stichworte, was sie antworten wollte.

Tina brachte ein zaghaftes Lächeln zustande, als sie die angehängte Fragenliste durchging. Die Anfrage der Redakteurin erreichte auch sie: »Mensch Alwy! Die stellen uns nicht bloß Fragen, die auf der Hand liegen. Die graben tiefer, weil sie sich für uns interessieren. Der Artikel muss uns wiederspiegeln – unsere Philosophie.«

Alwy schlug vor, nach dem Interview mit einem Verlag bezüglich eines Backbuchs zu verhandeln. Der Zeitpunkt passte. Beruflich verließen sie gerade die Landstraße und bogen auf die Autobahn ein.

In der Mittagspause beantworteten sie gemeinsam die Fragen der Redakteurin und verfassten das Antwortschreiben.

Als sie die Mail abschickten, atmete Alwy laut hörbar aus. »Die Zahlen der letzten drei Monate sind richtig gut. Wir steigern uns kontinuierlich. Wenn jetzt noch dieser Artikel erscheint und vielleicht das Backbuch rauskommt ... Hast du Pino eigentlich inzwischen informiert, dass sein Leben sich bald von Grund auf ändern wird?«

Tina zog die Stirn in Falten. »Noch nicht«, es war ihr sichtlich unangenehm, dies einzugestehen. »Ich dachte, ich warte ab, bis es mir mental besser geht.« Die letzten Tage waren hart gewesen. Nachts hatte sie zwanghaft versucht, die Augen offen zu halten, weil sie nicht einschlafen, sondern das Knäuel in ihrem Kopf entwirren wollte. Stundenlang hatte sie im Dämmerlicht dagelegen, in der Hoffnung, sich mit der Schwangerschaft abfinden oder sich sogar darüber freuen zu können. Doch ihre Gedanken überschlugen sich Nacht für Nacht. Sie sah nur Probleme. Wie würde sie finanziell klarkommen, wenn das Kind auf der Welt war? Wo sollte sie wohnen, falls sie aus der Wohnung musste? Was geschähe mit der Patisserie, wenn sie in Karenz ging? Und was, wenn de Luca sie hängenließ? Er hatte sein Leben der Musik verschrieben und wäre nie bei ihr, weil er ständig in der Welt herumreiste. Und selbst wenn sie zusammenkämen, würde sie ständig darüber nachdenken müssen, ob er ihr treu wäre. Wollte sie das? Wollte sie ihn überhaupt an ihrer Seite?

Morgens fiel es ihr schwer, das Bett zu verlassen, weil sie so müde war. Ein Teil von ihr sehnte sich danach, nie mehr aufstehen zu müssen. Doch natürlich rappelte sie sich auf und huschte wie ein Schatten durch die Patisserie.

Am vierten Morgen spürte sie Alwys Hände auf ihrer Schulter, die sie sanft wachrüttelten. In der Küche setzte sie ihr einen starken Kaffee vor und rückte ihr den Kopf zurecht.

»Du musst zu dir kommen, Tina, wenn schon nicht für dich, dann für dieses süße kleine Wesen in deinem Bauch.« Körperlich ging es ihr besser – Magen und Darm hatten sich beruhigt –, psychisch allerdings ging es ihr weiterhin schlecht. Immerhin hatten Alwys Worte sie erreicht. Sie wusste, dass es so nicht weiterging. Es war Zeit zu handeln.

»Heute rufe ich Pino an.« Tina schob die Mail der Redakteurin in ihr Blickfeld. »Nach diesen fantastischen Neuigkeiten bin ich bereit dazu.« Alwy schenkte Tina einen aufmunternden Blick, erleichtert, dass ihre Freundin den Anruf endlich hinter sich bringen wollte. Danach würde es ihr sicherlich besser gehen, weil sie etwas Wichtiges in Angriff genommen hatte. Sie ging in den Kühlraum, wo inzwischen dreißig Schwangerschaftstorten darauf warteten, ausgeliefert zu werden. Eine nach der anderen trug sie die Torten in den Lieferwagen, bis die Ladefläche voll war.

37. KAPITEL

Der alte Baumbestand, die gepflegten Kieswege, die Marmorbüsten und von Blumenrabatten umgebenen Laternen verliehen dem Schlosspark etwas Entrücktes. Tina spürte förmlich die Privatheit des Areals, als sie an der sprudelnden Wasserfontäne eines Brunnens vorbei auf den gläsernen Windfang am Eingang zuschritt.

Das Konzert, das de Luca in der Mailänder Scala dirigiert hatte, war ein großer Erfolg gewesen. Sämtliche Medien hatten darüber berichtet. Dieser Mann wurde gefeiert, wenn er nur den Taktstock hob. Auch in Talkshows war er ein gerngesehener Gast, um sich über Musik, Philosophie und Lebenskunst auszulassen. Doch heute hoffte Tina auf den Menschen Pino de Luca und weniger auf den Künstler und Intellektuellen.

Komme für zwei Tage nach Salzburg, um Dich zu sehen. Danach muss ich nach New York, hatte er ihr in einer SMS mitgeteilt. Diesmal wohnte er nicht im ›Sacher‹, wo es kein freies Zimmer mehr gab, sondern im ›Mönchstein‹. Und diesmal warteten keine intimen Stunden auf ihn, sondern ein ernstes Gespräch. Doch das wusste er noch nicht.

»Bitte Tina, sieh nicht gleich schwarz, wenn du Pino gegenübertrittst. Lass ihm Zeit, auf die Neuigkeit zu reagieren.« Alwys Worte schwirrten in ihrem Kopf, während sie sich in der Hotelhalle umsah. Ihrer Einschätzung nach war ein wenig rühmliches Zusammentreffen zwischen de Luca und ihr das Naheliegende. Selbst, wenn sie ihm alle Zeit der Welt gäbe, um sich mit der Tatsache ihrer Schwangerschaft abzufinden, wäre er vermutlich nicht begeistert, Vater zu werden. Aber vielleicht irrte sie sich auch? Sie hoffte es so sehr.

Tina blieb vor einem imposanten Kamin aus Untersberger Marmor stehen. Wenigstens hatte ihre Nachbarin Elisa heute keinen Dienst im Hotel, sie bliebe also davon verschont, sich eine Ausrede für sie einfallen lassen zu müssen, falls de Luca ihre Schwangerschaft schlecht aufnahm und sie davonstürmen würde.

Eine Hotelangestellte kam auf sie zu und fragte nach ihren Wünschen. Kurz darauf betrat sie hinter der Frau den Aufzug. Hier brachte man die Gäste zu den Suiten. Im dritten Stock erwartete de Luca sie mit einem vorfreudigen Lächeln in der offenen Tür.

Kaum waren sie allein, berührten seine Fingerspitzen zärtlich Tinas Mund. Sie spürte die Wärme seiner Haut, doch obwohl sie sich danach sehnte, dieses angenehme Gefühl zuzulassen, ging sie auf Abstand. Zuerst musste sie mit ihm sprechen.

»Hast du neuerdings etwas gegen meine Nähe?« De Luca fasste ihren Rückzug als amüsantes Spiel zwischen ihnen auf und zog sie an sich. »Tina, mia cara!«, raunte er, während seine Hand der Kurve ihres Rückens folgte.

Die Angst vor dem, was er gleich sagen könnte, war stärker als die Sehnsucht nach ihm. Tina bewegte die Schultern, als müsse sie etwas abschütteln, hastig machte sie sich von de Luca los. Sie hatte schon jetzt das Gefühl, gescheitert zu sein, dabei hatten sie noch kein entscheidendes Wort miteinander gewechselt.

»Was hast du?«, er trat mit ihr ins Wohnzimmer. Dort griff er nach ihrer Hand und drückte seine Lippen darauf. »Ich freue mich schon die ganze Zeit auf einen entspannten

Nachmittag mit dir.« Sein Gesicht hellte sich auf. »Später bestellen wir uns etwas beim Room Service. Der perfekte Ausklang eines guten Tages. Findest du nicht?«

Seine Worte machten es ihr nicht leicht. »Ich muss mit dir reden«, sagte sie, bevor sie es sich anders überlegen konnte und ihn vielleicht zuerst küsste. Sie hatte sich vorgenommen, die Neuigkeit schonend vorzubringen, doch sie war so durcheinander, deshalb sagte sie es rundheraus: »Pino, ich bin schwanger. Ich erwarte ein Kind!« Die nächsten Sekunden herrschte Stille im Zimmer. Draußen klingelte ein Handy, und von irgendwo her erklang der Glockenschlag einer Uhr. »Hast du gehört, was ich gesagt habe?«

»Ja ... ja, natürlich!«

Tina las die Skepsis an de Lucas Körper ab. Er hatte die Hände vor der Brust verschränkt.

»Also noch mal. Du bist schwanger ...?« Er suchte in ihren Augen nach diesem Funkeln, wenn man sich über etwas lustig machte, sich ein bisschen Spaß gönnte, doch Tinas Blick blieb ernst. De Luca schüttelte abwehrend den Kopf. »Du machst keine Witze, du sagst die Wahrheit! Du erwartest tatsächlich ein Kind!?«

»Mit diesem Thema scherzt man nicht.« Tina spürte, wie sich Schweiß in ihrem Nacken bildete. Sie gab ihm die Zeit, die er brauchte, um die Nachricht zu verarbeiten.

Er hatte begonnen, vor ihr auf und ab zu gehen, nun blieb er stehen und sah sie eindringlich an: »Ist es von mir?« Er trat einen Schritt zurück, als müsse er sich von seinem abgeklärt klingenden Kommentar distanzieren.

Tina hörte Zweifel in seinen Worten. Furcht, Unentschlossenheit und Unbehagen standen ihm ins Gesicht geschrieben. So musste Alwy sich während des Gesprächs mit Leon gefühlt haben. Enttäuscht bis ins Mark. Und nun traf es sie.

»Scusi! Das hätte ich mir sparen können«, de Luca ruderte zurück. »Bitte entschuldige meine unbedachte Äußerung, das war unangebracht und verletzend. Komm, setz dich erst mal. Ich vergesse noch meine guten Manieren.«

Langsam ließ Tina sich in die weichen Kissen sinken. Sie hatte das dringende Bedürfnis, irgendwo Halt zu finden.

Die Suite war weitläufig und mit erlesenen Antiquitäten eingerichtet und bot einen Blick, wie man ihn selten zu sehen bekam, hinaus in die Intimität eines Schlossgartens, doch sie sah nur de Luca und seine Angst. »Falls du es noch nicht wusstest, ich gehöre zu der Sorte Frau, die Treue wörtlich nimmt. Ich habe niemanden außer dir getroffen. Es gab nur dich.« Sie hörte ihre anklagende Stimme. Das Gespräch hatte schon jetzt etwas Lähmendes, und solche Gespräche schlugen ihr immer auf den Magen.

»Wie willst du jetzt vorgehen?« In Tinas Augen, in denen sonst so oft ein Lächeln hervorblitzte, entdeckte de Luca diesmal nichts als blanke Entschlossenheit. Wieso fragte er nach ihren Plänen, obwohl er längst wusste, was sie tun würde?

»Ist das alles, was dir dazu einfällt? Wie *ich* jetzt vorgehen will? Verflixt noch mal ... die Schwangerschaft betrifft uns ... mich, dich und das Kind.« Tina starrte auf de Lucas Hand, in der er so oft den Taktstock hielt, um wunderbare Musik in diese Welt zu bringen. Hier saß sie in ihrer ganzen Schutzlosigkeit, mit nichts als ihren Erinnerungen an die gemeinsamen Stunden mit diesem Mann, die nun offenbar nichts mehr zählten.

»Was willst du, dass ich tue ... oder denke?«

Tinas klar umrissenes Gesicht ließ de Luca nicht los. Er

mochte sie, mochte sie sogar sehr, doch für niemanden war er bereit, seine Unabhängigkeit zu opfern. Er hatte sich schon vor langem geschworen, nie ernsthaft Pläne zu machen, zumindest keine privaten. Täte er es, hieße das, sich und seine Kreativität zu verleugnen.

»Was ich von dir will?« Plötzlich gab nichts mehr über de Lucas innere Befindlichkeit Auskunft. »Ich will, dass der italienische Casanova sich zurückzieht, weil jetzt der Mensch Pino de Luca gefragt ist.«

De Lucas Mundwinkel froren ein. Schweigend rieb er sich übers Kinn. Mehrmals setzte er dazu an, etwas zu sagen, unterließ es aber. »Falls du das Kind behalten willst, werde ich dich finanziell unterstützen. Darauf hast du mein Wort. Ich versorge das Kind und dich, schließlich bist du die Mutter.«

»*Das* Kind?« Tinas Stimme wurde unangenehm schrill. »Es ist *unser* Kind, Pino. Und ja, ich werde es behalten. Auf alle Fälle!« Um sich zu beruhigen, zog sie die Beine an, schlang ihre Arme darum und legte das Kinn auf die Knie. Plötzlich blickte sie unschlüssig drein. »Ein Kind braucht seinen Vater, eine männliche Bezugsperson. Es braucht Stabilität.« Ihr Rücken und ihre Brust hoben und senkten sich beim Atmen. Die Tatsache, nicht zu wissen, wo sie nächstes oder übernächstes Jahr wohnen würde, kam ihr in ihrem derzeitigen Zustand noch unzumutbarer vor als bisher. Sie schloss die Augen und sah die Wiege mit dem Baby zwischen Umzugskartons stehen, hörte, wie das kleine Wesen loskrähte, weil es den Aufruhr um sich herum spürte. »Weißt du noch, was ich dir über meine Partnerin und deren Ex-Freund Leon Thelen erzählt habe?« Sie öffnete langsam die Augen.

»Deinen neuen Vermieter?«

»Meinen neuen Vermieter, ja«, bestätigte Tina. »Schwanger zu sein und nicht zu wissen, ob ich mir meine Wohnung langfristig leisten kann, ist hart genug, doch vom zukünftigen Vater zu hören, dass er sich nicht in der Rolle eines Vaters sieht ... das ist heftig«, sie schnaubte, weil sie sich der Schärfe ihrer Worte bewusst war, »...es ist, als wäre man allein auf einer einsamen Insel gestrandet und müsse nun zusehen, wie man klarkommt.«

De Lucas Blick fing das Muster ein, das die Sonne auf die Tapete warf. Sein Blick wanderte von Tina weg und wieder zu ihr zurück. Die Härchen auf ihren Armen schimmerten im Licht.

»Ich verstehe, dass du wütend bist.« Er rückte näher zu ihr. Tina löste die Arme, die sie um ihre Beine geschlossen hatte. Sogar in ihrer Enttäuschung war sie wunderschön. »Aber ein vorgezeichnetes Leben kann ich mir nun mal nicht vorstellen.« Er schüttelte den Kopf. »Heirat und Kinder, dazwischen Karriere, später die Scheidung, irgendwann ein zweiter oder dritter Anlauf, eine neue Liebe und dann alles wieder von vorn. Das wollte ich nie. Ich wollte immer frei sein. Und das wusstest du ...« Er legte eine kurze Pause ein, in der sie beide schwiegen: »... was uns anbelangt, dich und mich, wollte ich abwarten, wohin uns das alles führt. Mein Beruf war immer ein Streitpunkt. Frauen teilen gewöhnlich nicht gern. Anfangs werde ich für meine Arbeit bewundert, vor allem wegen des Ruhms, doch später kommen die Klagen. Es ist nicht einfach, einen Mann wie mich an seiner Seite zu haben, für den der Beruf alles ist ... oder so gut wie«, fügte er erklärend hinzu. Er fing Tinas Blick ein. »Willst du dich wirklich an einen Fanatiker wie mich binden? Und woher willst du wissen, wie deine Gefühle in fünf Jahren sind ...?« De Lucas Blick war nicht mehr unbeteiligt, jetzt wirkte er nachdenklich, sogar eindringlich. »Auch wenn ich deinen Enthusiasmus bezüglich deiner Schwangerschaft nicht teile, heißt das nicht, dass ich dich nicht verstehe. Und selbstverständlich erinnere ich mich an diese leidige Sache mit deinem Vermieter«, sagte er. »Ich höre dir zu, weißt du … Nur lasse ich mich ungern für meinen Lebensentwurf kritisieren. Du wusstest, auf wen du dich einlässt. Ich habe dir nie etwas vorgemacht. Und ja, ich spreche gern Klartext: Mit jemandem wie mir bekommt man keine Kinder, Tina.«

Tina lauschte de Luca mit angehaltenem Atem, entsetzt, wie er die Situation einordnete. Bei jedem seiner Argumente war sie unwillkürlich zusammengezuckt, doch nun wandte sie den Blick ab. Als sie durch die Tür dieser Suite getreten war, hatte sie geahnt, was auf sie zukam. Was seine Bindungsunfähigkeit anbelangte, war de Luca wie ein aufgeschlagenes Buch. Sie hatte gewusst, dass eine Beziehung mit ihm zerbrechlich und flüchtig sein würde. Doch obwohl sie sich dessen von Anfang an bewusst gewesen war, legte sich die Last seiner Worte nun wie Gewichte auf ihre Schultern.

»Ich hatte dich nicht als Vater im Sinn, Pino. Ganz sicher nicht.« Sie klang reumütig und verletzt, obwohl es nichts gab, das sie bereuen musste, außer ihrer Naivität. »Anderen Dirigenten mag es gelingen, Frau, Kinder und Beruf zu vereinen, doch du musst mir nicht erst einbläuen, dass du keine Lust auf diesen Spagat hast.« Dem letzten Satz folgte ein spöttischer Blick. Es würde nichts dabei herauskommen, ihn anzugreifen, das wusste sie. Und doch tat sie es.

»Das musstest du loswerden, das verstehe ich«, sagte de Luca.

Wie sehr hatte sie seine Blicke genossen, weil sie sie herausforderten. Jetzt ließen diese Blicke sie kalt.

»Ich bin hergekommen, um dich wiederzusehen.« Bei dem Gedanken an das, was hätte sein können, zog sich seine Stirn in enttäuschte Falten. »Eine oder zwei wundervolle Nächte, die uns beiden guttun, danach ... na ja?« Er rieb seine Hände aneinander und legte sie auf seine Schenkel. »Ich will dich nicht verletzen, Tina, denn du bist eine wundervolle Frau, aber so bin ich nun mal ... so war ich immer. Zu mehr als etwas Spontanem sehe ich mich nicht in der Lage. Und was deine Schwangerschaft anbelangt ... ich helfe dir auf meine Weise, okay? Lass mich ein paar Telefonate führen, dann sehen wir weiter«, versprach er.

»Telefonate? Mit wem? Und warum?«, die Worte rutschten unbeherrscht aus Tina heraus.

De Luca fuhr sich unter den Hemdkragen, als müsse er dringend mehr Luft bekommen. »Nicht jetzt! Morgen«, wiegelte er ab. »Wir finden einen Weg. Vielleicht nicht den, den du dir vorstellst, aber einen, der gangbar ist. Bleib erreichbar. Ich rufe dich an.« Er öffnete den obersten Knopf seines Hemds und rieb sich über den Hals.

Tina spürte, dass sein Blick auf ihr ruhte. »Also gut! Wie du willst.« Er hatte seinen Standpunkt klargemacht. Mehr würde sie nicht aus ihm herausbekommen. Ihr Körper kam ihr wie eine Last vor, als sie aufstand. Mit wenigen Worten des Abschieds verließ sie die Suite. Das Gesicht, das sie in der Glastür am Hoteleingang anblickte, wirkte stumpf und leblos.

Als sie am darauffolgenden Morgen erwachte, lag der erste Schimmer des Tages auf den Wänden ihres Zimmers. Obwohl bereits Oktober war, war die Luft im Zimmer noch immer mild. Tina schwang die Füße aus dem Bett und tapste zu den Sprossenfenstern. Routiniert löste sie die Riegel und öffnete die beiden Fensterflügel. Auf der Straße verschwanden die Lichtkegel der Straßenlaternen gerade im Morgengrauen.

Einige Sekunden stand sie vor dem offenen Fenster und hielt sich den Bauch. Es war noch zu früh, um irgendeine Regung erwarten zu können, trotzdem hoffte sie, zumindest etwas von der feinen, subtilen Energie des werdenden Kindes zu erspüren.

Sie ging zum Schrank, zog ihren Morgenmantel vom Bügel und verließ das Zimmer. Wie gern hätte sie gestern Pinos Hand auf ihren Bauch gelegt. Diese Geste wäre kein Versprechen auf eine gemeinsame Zukunft gewesen, doch sie hätte ihr Hoffnung gemacht, die Schwangerschaft nicht allein erleben zu müssen. Wenigstens war sie mutig genug gewesen, zu sagen, was sie sich vom Leben erhoffte. Nur war anstelle der Hoffnung leider Empörung zurückgeblieben.

Tina spürte die Wärme der Holzdielen unter ihren Füßen, als sie in die Küche trat. Durch das Fenster sah sie auf die ersten Frühaufsteher hinab, die in den Tag starteten. Regen lag in der Luft, ein Wetterumschwung stand bevor. Wenn sie nur wüsste, was der heutige Tag brachte!

Sie hörte das Scharren der Tauben auf dem Fenstersims. Etwas in ihr wehrte sich gegen das Gefühl der Unzulänglichkeit. Ja, sie hatte ihren Gefühlen freien Lauf gelassen, ohne ernsthaft daran zu denken, dass sie trotz Kondomen schwanger werden könnte. Doch inzwischen akzeptierte sie, dass sie ein Kind erwartete. Es wäre ihr Kind. Sie würde mit niemandem über Erziehungsmethoden streiten müssen. Wenigstens das bliebe ihr erspart.

Tina ging ins Bad und stellte sich unter die Dusche. Wie belanglos manche Momente doch waren und wie entscheidend andere. Die Fragen in ihr nahmen nicht ab, doch endgültige Antworten blieben auch unter dem prickelnden Wasserstrom aus. Ging es ihr vielleicht nur darum, nicht allein für das Kind sorgen zu müssen? Es fiel ihr schwer, diese Frage ehrlich zu beantworten. Gefühle waren im wirklichen Leben selten so eindeutig, wie in den romantischen Komödien im Kino. Die Realität war schattierter und vielschichtiger.

Beim Frühstück vertraute sie Alwy an, wie viel ihr durch den Kopf ging.

»Du brauchst Zeit, um Antworten auf deine Fragen zu finden! Manchmal muss man erst alles entwirren, bevor man den Weg erkennt, den man gehen möchte.« Alwy stakste Richtung Kühlschrank und nahm ein Jogurt heraus. Ihre Beine ragten unter dem Schlafshirt hervor, das sie noch immer trug. »Hör dir an, was Pino vorschlägt, wenn er anruft. Und sprich mit Ralf«, redete sie unbeirrt weiter.

»Wieso soll ich mit Ralf sprechen?« Tina löste ihren Blick von Alwys Beinen und wanderte hoch zu ihrem Gesicht. Das weiche Lächeln sagte mehr als Worte. »Hat Elisa mit ihm gesprochen?«, fragte sie ungeduldig.

»Sieht so aus«, Alwy riss den Deckel vom Jogurtbecher und senkte den Löffel hinein. »Als du gestern im ›Mönchstein‹ warst, stand Ralf vor der Tür. Elisa hat ihm sicher hinter vorgehaltener Hand gestanden, dass du schwanger bist. Deshalb wollte er mit dir sprechen.« Alwy setzte sich wieder und rührte das Jogurt um. »Mach dir keinen Kopf deshalb. Früher oder später hätte Ralf es sowieso erfahren.« Sie schob eine Karaffe mit Karottensaft in Tinas Blickfeld. Sie hatte den

Saft frisch gepresst. »Hier, Vitamine für euch beide«, sagte sie aufmunternd.

»Was wollte Ralf? Das Baby mit Mützen ausstatten, sobald es auf der Welt ist?« Tina nippte am Karottensaft, dann an ihrem Kaffee.

»Das sicher auch. Deswegen ist er aber nicht gekommen. Ralf will sich dir als Teilzeit-Babysitter anbieten. Er arbeitet von zu Hause aus und liebt Kinder und ist deshalb für den Job bestens gerüstet, findest du nicht auch?«

Tina schob ihre Kaffeetasse zur Tischmitte. Heute lag ihr der Kaffeegeschmack seltsam schal auf der Zunge. Sie würde auf Tee umsteigen. Das wäre auch für das Kind besser.

»Also wenn du mich fragst, ich finde seinen Vorschlag genial. Mit seiner Hilfe überbrückst du spielend die Zeit bis zur Krabbelstube oder zum Kindergarten.«

Tina rieb ihre trockenen Lippen gegeneinander. »Vorausgesetzt, Ralf fliegt nach der Sanierung wegen Mietrückstands nicht aus der Wohnung, und ich gleich mit.« Sie hatte den Satz kaum ausgesprochen, als sie begriff, was diese Worte für Alwy bedeuteten. »Oh, verdammt. Ich bin unmöglich. Verzeih, Alwy.« Sie wusste, wie sehr jeder Hinweis auf Leon ihre Partnerin noch immer schmerzte, und nun legte ausgerechnet sie den Finger in die Wunde.

»Schon gut. Du hast ja recht.« Alwy sah auf. Alle Farbe war aus ihrem Gesicht gewichen. Trotzdem tat sie, als ging es ihr blendend. »Ist Leon schon mit verlässlichen Infos bezüglich deiner Wohnung rausgerückt? Es ist schließlich schon Oktober.« Sie stellte die Frage so unbedarft wie möglich, doch es schmerzte, sie auszusprechen.

»Noch nicht. Er hat lediglich einen Brief seines Anwalts angekündigt.« Tina ging zum Obstkorb und nahm sich eine

Banane. Über Leon redeten sie ungern. Es war fast so, als seien sie schweigend übereingekommen, ihn nicht zu erwähnen. Tina schälte die Banane und biss ab. Wenn doch nur das Wohnungsproblem geklärt wäre. Mit dem Damoklesschwert über sich, nächstes Jahr vielleicht ausziehen zu müssen, ohne zu wissen, wohin sie langfristig sollte, ließ sich nur schwer durchatmen.

Alwy räumte Geschirr in die Spülmaschine. »Heute übernehme ich die erste Tour, dann kannst du in Ruhe mit Pino telefonieren, wenn er am Vormittag anruft.«

»*Falls* er anruft. Inzwischen rechne ich mit allem, auch damit, vorläufig nichts mehr von ihm zu hören.«

Alwy stellte das Spülprogramm ein, als der Klingelton von Tinas Handy sie aufschreckte.

Tina sprang vom Stuhl und hastete ins Schlafzimmer. Wenig später kam sie, das Handy ans Ohr gepresst, zurück in die Küche.

Alwy konnte beim besten Willen nicht sagen, wie das Gespräch lief, denn Tinas Gesichtsausdruck war unverändert. »Hmm, verstehe!«, murmelte sie, und dann: »Bist du sicher?« Nach Minuten intensiven Zuhörens und wenigen Kommentaren legte sie plötzlich auf.

»Und?« Alwy stand noch vor der Spülmaschine und versuchte, die ausdruckslose Miene ihrer Freundin zu deuten. »Nun sag schon.«

»Pino hat sich mit Leon in Verbindung gesetzt.«

Die Erwähnung von Leons Namens berührte Alwy unangenehm, doch sie ließ es sich nicht anmerken. »Das glaub ich jetzt nicht.«

»Kannst du aber!« Tina nickte, als müsse sie sich ihrer eigenen Worte versichern. »Pino kauft meine Wohnung ... wenn die Sanierung über die Bühne ist. Einen Entwurf für den Vorvertrag gibt es angeblich schon. Zumindest mündlich.«

Alwys Mund stand sperrangelweit offen.

»Außerdem legt er ein Konto an …, damit ich keine finanziellen Sorgen habe. Dem Kind und mir soll es an nichts fehlen … auch nicht an Zeit füreinander.«

»Du meine Güte!« Alwy schlug die Hände vor den Mund. »Du kannst in deiner Wohnung bleiben und wirst genügend Mama-Kind-Zeit haben. Während der ersten Jahre ist das wichtig, da braucht dein Kind dich besonders.« Alwy fasste Tina bei den Schultern und rüttelte an ihr, als müsse sie sie aufwecken. Dass de Luca ihre Freundin absicherte, war geradezu märchenhaft. Bestimmt konnte Tina es noch gar nicht glauben.

Nach mehreren Runden, die Tina zwischen Herd und Essplatz hin und her tigerte und über das Telefonat referierte, blieb sie vor Alwy stehen. »Pino hat tatsächlich angerufen. Das hab ich mir nicht bloß eingebildet, oder?«, fragte sie.

»Ich hab dich mit ihm reden hören, Tina. Hat er sonst noch was gesagt?«

»Nein.« Tina schüttelte den Kopf. »Na ja«, schränkte sie wenige Augenblicke später ein, »er sagte, er werde zeitnah an die Medien herantreten, um ihnen die nötigen Infos zu geben … und ich solle keine Interviews geben, ohne vorher Rücksprache mit ihm zu halten. Schon im Interesse des Kindes.« Langsam begriff Tina, was es bedeutete, mit einem Prominenten wie Pino de Luca ein Kind zu bekommen.

»Dass das auf dich zukommt, war zu erwarten. Das ist die Kehrseite des Ruhms. Sobald die Medien spitzkriegen, wer der Vater deines zukünftigen Kindes ist, werden sie dir die Bude einrennen.«

Tina sortierte noch immer die Neuigkeiten im Kopf. »Weißt du, was mich am meisten freut?«

Alwy schüttelte den Kopf. »Nein. Sag's mir!«

»Dass Pino regelmäßig nach Salzburg kommen will, wenn das Kind auf der Welt ist.«

»Hat er das gesagt?« Alwy strahlte, als sie das hörte. Dieser Punkt war der wichtigste für Tina, das wusste sie.

»Er hat es sogar versprochen. Es wäre schön, wenn er Zeit mit unserem Kind verbringt.«

»Oh, ich bin so erleichtert.« Schwand de Lucas Widerstand gegen seine neue Rolle als zukünftiger Vater etwa? »Das klingt viel besser als gestern. Stell dir vor, was erst passiert, wenn Pino seine Tochter oder seinen Sohn in den Armen hält?« Die neuesten Entwicklungen waren ausgesprochen positiv. Der einzige Wermutstropfen war Leon. Sie würde nun auch immer an ihn denken, wenn ihr dieser Tag später in den Sinn käme. Doch jetzt ging es um Tina und das Kind. Nur das zählte.

Tina stand noch immer wie vom Donner gerührt da. »Wenn die Wohnung mir gehört, fällt logischerweise die Miete weg.« Sie realisierte immer mehr die mit de Lucas Entscheidung verbundenen Konsequenzen. »Wir hätten Geld für eine Aushilfe – und für eine Idee, die mir im Kopf herumschwirrt, seit die Tochter der Mutter, der du die Pralinen mit Botschaft überlassen hast, in unserem Laden war. Sie kriegte sich kaum noch ein, weil ihr die Patisserie so gut gefiel.«

Alwy war im Aufbruch begriffen, fragte dennoch nach: »Und welche Idee kam dir da? Jetzt bin ich neugierig.«

»Dir gefällt doch meine Wohnung so gut ...«, sagte Tina.

Alwy nickte. »Ich kam rein und war fasziniert. Dein Gespür für Farben und Formen hat mich umgehauen.«

»… und genau da setzen wir an. Mit *Sweet Tables*.«

»*Sweet Tables*?« Alwy hatte nicht die mindeste Ahnung, worauf Tina hinauswollte. »*Süße Tische* …«

»*Sweet Tables* bringt alles zusammen, was wir zu bieten haben: alle unsere Köstlichkeiten – Torten, Pralinen, Cupcakes und was wir sonst anbieten, nur lassen wir es nicht dabei bewenden, wie wir das bisher getan haben. In Zukunft erweitern wir das Ganze um einen passenden Tisch samt Deko. Wir verfolgen pro Auftrag ein Farbschema – Kuchen, Torten, Pralinen, Tischdecken, Servietten, Ballons, fliegende Herzen oder Sprüche, Blumen aus Zucker, sogar Rückwände, die für die Fotos den perfekten Hintergrund bilden … alles folgt einem Grund- und Farbschema. Die Tische lassen sich in jede Wohnung, jedes Restaurant und jeden Veranstaltungsraum integrieren. Bei Hochzeiten, Geburtstagen und Taufen sind sie garantiert der Renner. Wenn wir Buttercremeblüten an Wände heften, liefern wir den farblich passenden Vordergrund, nämlich einen *Sweet Table*, dazu. Auf dem Tisch dekorieren wir unsere Torten und Kuchen. Stell dir vor, wie sich Fotos dieser Inszenierungen im Netz machen. Wenn wir von Firmen gebucht werden, integrieren wir das Firmenlogo auf unseren Köstlichkeiten oder auf den Rückwänden. Es gibt endlos viele Möglichkeiten, diese Tische umzusetzen.« Tina klopfte sich sanft auf den Bauch. »Ich glaube, dieses intelligente kleine Wesen hat mich zu *Sweet Tables* inspiriert. Seit ich weiß, dass ich schwanger bin, kommen mir die verrücktesten Ideen.«

»Tina Hoske … halte bitte jede Idee fest, die dir kommt, egal, wie schräg sie ist. Die *Sweet Tables* setzen wir um. Ehe jemand anderes auf diese geniale Idee kommt.«

38. KAPITEL

»Herrgott noch mal, warum hetzt du, als müsstest du ein Wettrennen gewinnen?« Leon eilte neben seinem Freund her, doch nun geriet er ins Laufen, denn Rick wurde immer schneller.

»Wart's ab.« Rick ließ Haus um Haus hinter sich.

Tags zuvor hatte er Leon angerufen und ihn gebeten, ihn zu einem Termin in München zu begleiten, er brauche seinen Rat.

Leon hatte angenommen, es gehe vielleicht um ein Geschenk für Iris' Geburtstag in einigen Wochen. Offenbar lag er damit richtig, denn nun tauchte in einiger Entfernung die Fassade eines Juweliers auf. Als sie davor stehen blieben und er in die Auslage blickte, sah er, dass der Juwelier auf Ringe spezialisiert zu sein schien. Und als er Ricks nervösen Blick einfing, dämmerte ihm, worum es bei diesem Termin tatsächlich ging.

»Sag bloß, du planst einen Antrag und suchst nach dem passenden Ring?« Er sah Rick überrascht an.

»Richtig geraten!« Rick nickte und strahlte. »Man muss sich nicht ewig kennen, um sich sicher zu sein. Ich jedenfalls nicht. Iris hat eine Menge Negatives mit Männern erlebt, jetzt möchte ich ihr zeigen, dass es auch anders geht.« Ricks Unterlippe zitterte. Es ging nicht nur um den Kauf eines besonders schönen Schmuckstücks. Hier wurden die Weichen für sein weiteres Leben gestellt.

»Mensch, Rick.« Leon legte die Arme um seinen Freund und klopfte ihm zustimmend auf die Schulter. »Sag das doch gleich. Du weißt doch, wie sehr ich mich für dich freue …

und auf keinen Fall soll dein hoffentlich unvergesslicher Antrag am Ring scheitern. Iris wird Augen machen, wenn du ihr die Frage aller Fragen stellst.«

Rick wandte sich der Auslage zu. »Ganz schön viel Auswahl. Da das Passende zu finden, wird nicht leicht.« Seine Augen huschten über die Ringe. Von schlicht bis pompös nahm er alles eingehend in Augenschein. »Was meinst du«, fragte er nach einer Weile, »welche Art Ring gefällt Iris?«

Leon klopfte sich nachdenklich mit dem Zeigefinger gegen die Zähne. »Schwierige Frage. Lass mir noch ein bisschen Zeit. Hier ist jedenfalls jedes Stück etwas Besonderes.« Er betrachtete einige Ringe aus Platin und weitere aus Gelb- und Rosé-Gold. Alle Schmuckstücke waren auf dunkelblauem Samt in Szene gesetzt.

»Ich weiß, es klingt blöd, aber ich bin mir nicht sicher, ob Iris beim Thema Schmuck überhaupt eine Präferenz hat. Sie trägt ganz verschiedene Ringe. Von flippig bis schlicht ist alles dabei.«

»Denk dran, dass ein Verlobungsring zeitlos sein sollte, etwas, das einem ein Leben lang gefällt«, gab Leon zu bedenken. »In diesem Fall plädiere ich für geradlinig und tough. Iris mag es reduziert und minimalistisch, jedenfalls kleidet sie sich so. Denk nur an ihre Hosenanzüge: guter Schnitt, wenig Farbe, tolle Passform. Das sagt doch was aus.« Er deutete auf einen Solitär in Krabbenfassung. »Dieser hier.« Er tippte mit dem Zeigefinger auf die Scheibe. »Schlicht, aber edel. Kein Chichi ... beste Qualität, nehme ich mal an.«

Rick stieß einen Pfiff aus, als er das Preisschild aus Messing entdeckte, das in dezenten Ziffern den Preis angab. »Und nicht gerade günstig ... Ich weiß nicht? Ist der nicht *zu* einfach?« Er tat zwei Schritte nach rechts, um sich den Ringen dort zu widmen.

Leon blieb, wo er war. »Rick, das ist ein Einkaräter.« Er ließ nicht locker. »Der hat Klasse. Komm, wir gehen rein und schauen ihn uns an. Außerdem ist nicht der Ring die Hauptsache, er ist das Symbol *für* die Hauptsache – deinen Antrag. Deswegen nimmst du mich doch mit. Um das Wesentliche nicht aus den Augen zu verlieren.« Leon fasste Rick am Arm, als seien sie es gewöhnt, miteinander shoppen zu gehen.

»Okay! Du bist der Romantiker von uns beiden. Überzeugt. Entern wir den Laden. Aber drinnen will ich mir noch mehr anschauen.« Sie wandten sich der Eingangstür zu, doch als sie hineingehen wollten, blieb Leon plötzlich stehen. Auf der linken Seite gab es ein weiteres, kleineres Schaufenster. Neben zwei Saphir-Ringen stand dort ein Entenpaar aus Silber. Sofort dachte Leon an Alwy.

Rick folgte Leons Blick und entdeckte nun ebenfalls das besondere Objekt. »Hast du was von ihr gehört? Irgendein Lebenszeichen?«, erkundigte er sich.

»Leider nicht.« Leon wirkte abwesend, doch dann riss er sich aus dem Kopfkino und strahlte plötzlich. »Komm, wir gehen rein. Ich hab da so eine Idee.«

Rick ahnte, was Leon durch den Kopf ging. Wie er ihn kannte, würde er Alwy die Enten kaufen, egal, wie sie auf dieses Geschenk reagieren würde. Und vielleicht hatte er ja recht? Vielleicht rührte das Geschenk sie? Rick drückte die Klingel neben der Tür. Der Öffner summte. Mit seiner Schulter öffnete er die Tür zum Verkaufsraum.

Sie traten ein und gingen über den auffällig gesprenkelten Terrazzoboden auf einen Verkaufstresen aus Eichenholz zu.

Leon sah sich um. Die Wände des Geschäfts waren silberfarben gestrichen, in der Mitte hing ein Lüster aus Muranoglas. Aus dem Hintergrund drang gedämpfte Musik.

»Weißt du schon, wann du sie fragst?«, flüsterte Leon. Er war neugierig, ob Rick sich schon ein Szenario überlegt hatte.

»Ich weiß nur, dass ich nicht lange warten will. Vielleicht mache ich es spontan.«

Ein Mann in einem dunkelblauen Anzug begrüßte sie. »Guten Tag, die Herren. Wie kann ich behilflich sein?«

Rick zog die Schultern hoch. Dies war ein besonderer Moment, den er bewusst erleben wollte. »Ich suche einen Verlobungsring. Dezent, aber aussagekräftig.«

»Gratuliere zu dieser wunderbaren Aufgabe. Haben Sie in der Auslage etwas gesehen, was Sie interessiert?«, fragte der Mann und legte seine perfekt manikürten Hände auf den Verkaufstresen.

»Hab ich, allerdings würde ich gern alles sehen, was Sie zu bieten haben. Man fragt eine Frau ja nicht alle Tage nach dem Rest ihres Lebens.«

»Da gebe ich Ihnen recht«, stimmte der Juwelier ihm zu.

Jetzt, wo er hier war, fing die Sache an, Rick Spaß zu machen. Er hatte vor, nur einmal einen Verlobungsring für eine Frau zu kaufen, und dies waren die Minuten, in denen er es tat.

Der Juwelier lächelte professionell. »Warten Sie bitte einen Moment. Ich stelle Ihnen eine schöne Auswahl zusammen. Wir verfügen hinten über weitere herausragende Stücke.«

Kurz darauf kam er mit einem Samttablett zurück, auf dem einige wunderbar gearbeitete Ringe lagen.

»Darf ich Ihnen diesen Gelbgoldring mit einem Dreiviertelkaräter und je einem halben Karat links und rechts vorlegen? Die Steine sind von sehr guter Qualität, nur kleine Einschlüsse, reinweiße Farbe. Wenn Sie möchten, hole ich das Zertifikat, um Ihnen detailliert Auskunft zu geben.«

»Wow! Was für ein Ring! Klassisch, aber mit Aussage.« Rick deutete auf einen Ring, der daneben lag. Fragend wandte er sich an Leon. »Was sagst du zu dem hier? Gefällt er dir?«

»Ein Karat, verwischte Fassung, kleine Diamantsplitter in der Schiene, Rosé-Gold«, referierte der Juwelier.

»Eine herrliche Arbeit. Anders als die Ringe in der Auslage«, fand Leon, als er sich über den Ring beugte, um ihn näher zu begutachten.

»Der Ring ist großartig. Iris wird ihn lieben. Ich bin mir sicher, dass er ihr gefällt«, sagte Rick.

»So plötzlich?«

»Ja«, Rick nickte. »Keine Ahnung, wieso. Aber der ist es.« Leon lächelte im Stillen angesichts von Ricks Kommentar. Sein Freund fackelte gewöhnlich nicht lange, aber dieses Tempo überraschte ihn.

»Nun, wenn das so ist ... dieser Ring ist eine sehr gute Wahl, Top Wesselton, nur sehr kleine Einschlüsse. Schlicht, aber mit dem gewissen Etwas. Die Wahl eines Gentlemans mit Geschmack und Gespür«, redete der Juwelier Rick zu. »Außerdem können sie ihn, falls er Ihrer Herzensdame nicht zusagt, jederzeit umtauschen.«

»Wenn du dir sicher bist, kauf ihn.« Leon zuckte mit den Schultern, als wolle er sich geschlagen geben, dabei klopfte er Rick anerkennend auf die Schulter. »Allerdings sollte Umtauschen keine Option sein, oder? Das widerspricht dem Gesetz der Romantik.«

Rick stimmte ihm zu. »Umtauschen geht gar nicht. Wer tauscht schon den Ring der Ringe um?« Rick war in seinem Element. Einige Minuten betrachtete er den Ring aus allen Perspektiven, dann zog er ihn über seinen kleinen Finger und hielt ihn Leon hin: »Der ist es. Ich denke, ich kann mich auf mein Gefühl verlassen.«

»Das ging ja schnell. Aber auf sein Gefühl sollte man hören. Gratuliere, Rick!«, sagte Leon. Während Rick mit dem Juwelier sprach, ging er zur Auslage, um noch einmal einen Blick auf die Enten zu werfen. Bei näherer Betrachtung gefielen sie ihm noch besser. Er wandte sich an den Juwelier. »Und mir packen Sie bitte die Silberenten aus der Auslage ein.«

»Zwei Herren, die entschlussfreudig sind. Darf ich Ihnen ein Glas Champagner anbieten, während ich mich um alles Weitere kümmere. Zur Feier des Tages?«

»Danke, nein. Wir müssen noch fahren«, lehnten Leon und Rick unisono ab.

Als sie allein waren, atmete Rick erleichtert auf. »So hab ich mir den Einkauf vorgestellt. Ein kurzes, aber einprägsames Erlebnis …«

»… und schon bist du deinem Antrag einen wichtigen Schritt näher gekommen.«

»Leon, es gibt nichts Besseres, als eine Aufgabe erfolgversprechend zu lösen.« Rick war hochzufrieden mit dem Tag. Er hatte einen Ring für Iris ausgesucht und war Zeuge, wie Leon ein Geschenk mit Symbolkraft für Alwy erstanden hatte.

Leon strahlte geradezu, als der Juwelier mit zwei Päckchen zurückkam und er das größere der beiden entgegennahm.

Jeder eine Tüte in der Hand, verließen sie kurz darauf das Geschäft. Beide zufrieden mit ihrem Einkauf, schritten sie nebeneinanderher.

»Noch eine Bitte, Rick.« Leon deutete auf die Tüte in seiner Hand. »Wärst du bereit, die Enten in der Patisserie abzugeben? Samt einem Brief, den ich dazulege?«

Sie überholen eine Frau mit Hund – Rick links, Leon rechts – und trafen wieder aufeinander. »Ich soll für dich die Kohlen aus dem Feuer holen, obwohl Alwy geschrieben hat, dass sie keinen Kontakt zu dir möchte?«

»Mir ist klar, wie Alwy zu mir steht. Aber was kann sie schon gegen diese Enten haben? Das Geschenk verpflichtet sie zu nichts. Und gegen dich als Überbringer ist erst recht nichts einzuwenden.«

Rick rieb sich die Bartstoppeln. Vor einigen Tagen hatte er sich entschlossen, sich vorläufig nicht mehr zu rasieren, weil Iris Bärte mochte. Nun kratzten die kurzen Stoppeln.

»Rick Wolf als Botschafter der guten Sache … oh, Leon«, er lachte gequält auf, »du lässt mich schon jetzt alt aussehen. Vermutlich fliege ich hochkant aus dem Schokoladenparadies, bevor ich überhaupt einen Fuß hineingesetzt habe. Aber egal … ich helfe dir.« Sie verließen die Nebenstraße und überquerten die Maximilianstraße, um das Parkhaus an der Oper anzusteuern.

»Wenn es dir lieber ist, kannst du die Tüte auch an die Türklinke hängen … Ich will nur nichts unversucht lassen. Und keine Sorge, ich schiele keineswegs auf ein Ergebnis. Die Enten haben mich an diesen speziellen Morgen erinnert, als ich Alwy kennenlernte. Vielleicht ergeht es ihr ähnlich, wenn sie die Silberenten sieht?«

Rick hob beide Arme. »Ich mach's … ich öffne die Tür, begrüße Alwy und händige ihr die Tüte aus. Alles danach liegt nicht mehr in meiner Hand …!« Rick nahm an Leons Seite die Treppe ins Parkhaus. »Fahren wir zuerst zu dir und holen den Brief?«, schlug er vor, als sie die Parkgebühren bezahlten.

»Ja, so machen wir's. Danke, Rick!« Er öffnete die Tür zur Parkebene, und sie steuerten ihre Wagen an.

Plötzlich sah Rick Tränen in Leons Augen schimmern. Er spürte, wie seine Kehle sich zuschnürte: »Mensch, Leon. Treib mir bloß nicht Tränen in die Augen.« Er zog seinen Freund an sich und umarmte ihn. Die letzten Wochen waren nicht spurlos an Leon vorübergegangen, das wusste er. Seit der Trennung von Alwy telefonierten sie noch häufiger miteinander als sonst, und aus jedem Gespräch hörte er heraus, wie sehr Leon unter der Trennung litt.

Eine ganze Weile standen sie so da, erst dann stiegen sie in ihre Wagen und fuhren los.

Drei Stunden später öffnete Rick die Tür unter dem altmodisch anmutenden Emailleschild, auf dem in verschnörkelter Schrift: ›Cake Couture‹ stand. Die Patisserie lag wie im Dornröschenschlaf. Torten und Pralinen bis in den letzten Winkel, doch von den beiden Pâtissièren war weit und breit nichts zu sehen. Er sah sich interessiert um. Er wusste nicht, weshalb, aber er hatte sich die Patisserie weniger aufgeräumt vorgestellt, um nicht zu sagen chaotischer. Irgendwo im Hintergrund hörte er ein Pfeifen.

»Kundschaft!«, rief er. Es dauerte einen Moment, dann hörte er lauter werdende Schritte, schließlich trat eine Frau durch den niedrigen Türbogen. »Schönen Nachmittag. Rick Wolf«, er streckte den Arm aus und schwenkte die Tüte vorsichtig hin und her. Das Pfeifen war noch immer zu hören, offenbar kam es aus einem Radio irgendwo in der Nähe.

»Das hier soll ich für Alwy abgeben. Achtung, schwer.« Die Frau nahm ihm die Tüte ab.

»Danke«, sagte sie.

Von dem verwunderten Blick abgesehen, mit dem Tina Hoske ihn betrachtete, wirkte sie aufgeschlossen, fand Rick. »Tja, das war's schon. Nichts für ungut und noch einen schönen Nachmittag.« Ehe die Pâtissière antworten konnte, war er bereits aus dem Laden. Draußen ballte er die Hand zur Faust, zufrieden, seinen Botendienst ohne Zwischenfälle erledigt zu haben.

Tinas Blick wanderte zum Emblem des Juweliers, das unübersehbar auf der eleganten Lacktüte prangte, dann zu dem davoneilenden Mann auf der Straße. Sie hatte Rick Wolf nach dessen Foto in der Zeitung sofort erkannt.

»Alwy!«, rief sie laut. Tina wog die Tüte in der Hand. Sie war tatsächlich schwer. Was wohl darin war?

»In einer Minute!«, schallte es aus dem Nebenraum.

Tina stellte die Tüte auf den Tresen. Nach kurzem Zögern warf sie einen Blick hinein und entdeckte eine in silbernes Papier gehüllte Schachtel, die von einer glänzenden weinroten Schleife umwickelt war. Sehr edel, befand sie.

Hinter ihrem Rücken bimmelte das Glöckchen über der Tür. Die Frau, die hereinkam, trug einen Mantel mit flauschigem Kragen und dazu High Heels mit Riemchen. Tinas Augen, die an den für die Jahreszeit unpassenden Schuhen hängengeblieben waren, fingen die Reisetasche eines französischen Luxuslabels ein, die die Frau fest umklammert hielt. Im nächsten Moment erkannte sie die Frau und stieß einen leisen Schrei aus.

»Franca?« Sie öffnete die Arme, als hätte sie geahnt, dass

Franca ihr entgegenstürzen und sie sie auffangen musste.
»Herrje, was ist denn los?«

Franca kam nicht dazu, etwas zu sagen, denn es flossen bereits Tränen.

39. KAPITEL

Alwy zog die Goldfolie von den fertigen Zartbitter-Pralinen, froh, dass endlich Ruhe eingekehrt war. Franca hatte wie ein geprügelter Hund vor ihnen gestanden und Ferdys und den Namen seiner Noch-Frau gestammelt. Schließlich hatte Tina ihre Schwester untergehakt und war mit ihr hinaufgegangen.

Nebenan bimmelte die Glocke. Heute ging es in der Patisserie wie im Hühnerstall zu, und ausgerechnet an einem solchen Tag stand Franca mit einem Berg an Problemen in der Tür.

»Komme sofort!« Alwy wischte die Hände an einem Handtuch ab und trat in den Verkaufsraum. »Du bist es ...«, rief sie, als sie Ralf auf sich zukommen sah. Er trug Jeans und Sweater und grinste schief. »Schon Feierabend heute?« Sie hieß ihn mit einem freundschaftlichen Kuss auf beide Wangen willkommen.

»Feierabend nicht, nur eine kurze Pause. Bei mir ist in letzter Zeit eine Menge los. Vermutlich werde ich expandieren und jemanden einstellen müssen, der von zu Hause aus für mich arbeitet. Aber meine Pause wollte ich nutzen und dir einen Besuch abstatten, das heißt, wenn du kurz Zeit hast.« Ralf hielt einen Packen Zeitschriften unter dem Arm, doch anscheinend hatte er nicht vor, ihr zu zeigen, worum es sich dabei handelte.

»Das sind tolle Nachrichten. Freut mich, dass deine Firma so gut läuft.«

»Meine Mützen und Schals sind ja auch klasse«, Ralf lachte gewinnend. »Beste Qualität und vor allem sehr originell. Man könnte süchtig danach werden.«

Alwy stimmte in sein Lachen mit ein. »Ich weiß, du liebst es, über deine Produkte zu sprechen.«

»Ich mag, was ich tue.« Ralf blickte durch die Tür nach nebenan. »Sag mal, ist Tina da?« Alwy registrierte seinen veränderten Tonfall, von unbedarft zu wichtig.

»Gerade nicht. Ihre Schwester ist überraschend zu Besuch gekommen. Die beiden sind nach oben gegangen. Ich halte hier die Stellung.«

»Dann hab ich also richtig gehört. Vorhin ist jemand die Treppe hochgegangen, der sich wie Tina anhörte. Sie tritt links stärker auf als rechts.«

»Ist mir noch gar nicht aufgefallen«, sagte Alwy. »Du hast offenbar ein besonders gutes Gehör.«

»Ich tippe eher auf Achtsamkeit.« Ralf legte die Zeitschriften, allesamt Modemagazine, vor Alwy auf den Tresen.

»Modemagazine?«, entkam es Alwy verwundert. »Jetzt überraschst du mich, Ralf.«

»Ich weiß, normalerweise hab ich nichts mit Styling am Hut. Ich bin eher das Gegenteil, der legere Typ.«

»Dann geht es also um deine Mützen?«, glaubte Alwy.

»Nein, es geht um mich. Ich will mich neu erfinden. Vier, fünf Kilo weniger, Fitness und neue Klamotten. Und um das hinzubekommen, brauche ich deinen Rat und Rückendeckung. In dieser Reihenfolge.«

Alwy schüttelte nachdenklich den Kopf. »Wenn das so ist, legst du am besten zuerst die Karten auf den Tisch. Was steckt hinter deinem Plan einer Runderneuerung? Es gibt doch sicher einen Grund dafür.«

Sollte er Alwy anvertrauen, dass er sich im unpassendsten Augenblick – als seine Angebetete vergeben war – verliebt hatte? »Optimierung«, rückte er heraus, »um meine Chancen zu erhöhen.« Die Röte wanderte seinen Hals hinauf bis in sein Gesicht. »Du weißt doch, wie's bei mir läuft. Ich hänge ständig am Computer. Wo bleiben da meine Chancen auf die Liebe?«

Plötzlich hörte sie das zarte Klirren aneinanderstoßender Gläser. Ihr Abend im ›Insel-Restaurant‹ und die ersten Gefühle aufkommender Liebe. Alwy stoppte den Film in ihrem Kopf und konzentrierte sich wieder auf Ralf. »Willst du dich bei Tinder oder Parship anmelden, um jemanden kennenzulernen? Entschuldige, aber du und umstylen, das ist, als würde im Sommer Schnee fallen. Und Online-Dating lässt du besser bleiben, das passt nicht zu dir. Bisher hast du auf mich immer den Eindruck gemacht, genau der sein zu wollen, der du bist. Typ bester Freund, manchmal vielleicht eine Spur zu zurückgezogen, aber vor allem supersympathisch.«

»Hör auf, das klingt furchtbar.« Ralf rieb sich über die Arme. Seine Stimme war die ganze Zeit über ruhig geblieben, doch seine Augen drückten Unbehagen aus. »Wer will sich in so jemand verlieben? Ich bin mit mir im Reinen, nur reicht das nicht aus, um die Frau, die ich liebe und die jetzt endlich Single ist, zu erobern. Mit Bauchansatz und Gemütlichkeit kann ich nicht punkten. André sieht ziemlich gut aus und Pino de Luca ist optisch auch keine Enttäuschung, vom Charakter mal abgesehen. Tina steht auf gutaussehende Kerle. Ich muss mir also was einfallen lassen.«

Alwy traute ihren Ohren kaum. »Willst du etwa sagen, du hast dich in Tina verliebt ... und wir wissen nichts davon?« Nicht eine Sekunde hatte sie bemerkt, dass Ralf Interesse an Tina zeigte – jedenfalls nicht auf diese Weise.

»Ich bin in sie verliebt, seit sie hier eingezogen ist. Nur fand ich es vernünftig, mir nichts anmerken zu lassen. Tina war immer vergeben. Anfangs traf sie sich mit André, dann hatte sie Liebeskummer seinetwegen, das war auch der Grund, weshalb ich sie erst mal in Ruhe lassen wollte. Und dann kam dieser Dirigent. Mag sein, dass der sich mit Opern auskennt und auch ganz gut aussieht, aber menschlich ist er meiner Meinung nach eine Niete. Ich hab Tina im ›Maier's‹ mit ihm gesehen. Er hat sie geküsst. Vor allen!« Er schluckte schwer, riss sich jedoch zusammen. »Ich will ja nicht in Klischees verfallen, aber solche Typen denken zuerst an sich. Das bringt Prominenz nun mal mit sich. Dieses ständige Kreisen um sich selbst, um Vermarktung des eigenen Namens.«

Alwy war sprachlos.

»Ich weiß, ich bin kein Adonis, aber ich kann mich bestimmt ein bisschen auf Vordermann bringen...« Ralf meinte es wirklich ernst.

Alwy versuchte ihn sich in einer neuen Version seiner selbst vorzustellen: deutlich erschlankt, mit dem Lächeln eines Mannes, der sich die Liebe der angebeteten Frau zutraute. Er sah nicht übel aus. Aber vor allem darauf kam es an: aufs Selbstbewusstsein. Den Rest brachte Ralf mit: einen guten Charakter und vor allem Verlässlichkeit. »In einem gebe ich dir recht. Tina sollte endlich jemanden an ihrer Seite haben, der es ernst mit ihr meint.«

»Mich!«, präzisierte Ralf. Er zog instinktiv den Bauch ein,

was ihm sogleich ein besseres Auftreten verlieh. »Nur bin ich nicht so naiv zu denken, dass ich derzeit eine Chance bei ihr habe. Jetzt heißt es strategisch vorgehen: abspecken, neu stylen, daten. Und alles möglichst schnell, damit sie niemand anders kennenlernt, bevor ich zu meinem Eroberungszug ansetze.«

»Ralf, überschlag dich mal nicht. Tina ist eine tolle Frau, davon musst du mich nicht überzeugen, und sie hat den besten Mann verdient, den es gibt. Allerdings sieht sie in dir nur einen guten Freund. Jedenfalls bisher. Und du solltest dich nicht verbiegen, um ihre Aufmerksamkeit zu bekommen. Du musst du selbst bleiben.«

»Schon klar. Mach dir mal keine Sorgen um mich. Das ist mir alles bewusst. Ein paar Pfunde weniger und etwas Sport treiben – das ist sowieso viel gesünder.« Ralf schob die Zeitungen zu Alwy hinüber und drängte sie, darin zu blättern. »Was, glaubst du, würde mir stehen? Sei ganz offen.«

»Wenn du mich so fragst ... es gibt schickere Sachen als ewig dieselbe Jeans mit einem Hemd oder einem Sweatshirt.«

Ralf sah an sich hinunter.

»Was hältst du davon, nächste Woche shoppen zu gehen? Es gibt eine Menge schicker Läden in der Stadt. Wir schauen gemeinsam, was dir steht.«

Ralf nickte. »Gern, dann halten wir das mal fest.«

»Übrigens, wenn du Lust hast, können wir nach unserer Einkaufstour noch bei ›Sturmayr‹ vorbeischauen. Dort sind sie darauf spezialisiert, Haare und Bärte zu optimieren«, schlug Alwy vor. »Aber das Wichtigste ist der Funke, der überspringt, wenn man sich verliebt. Der lässt sich nicht herbeizaubern. Das ist dir hoffentlich bewusst.«

»Keine Sorge«, erwiderte Ralf, »ich hab kein Interesse daran, Tina unglücklich zu sehen, vor allem jetzt nicht, wo sie schwanger ist. Ich will ihr nur meine Gefühle gestehen, damit ich später nicht sagen muss, ich war zu feige. Alles was nach einem Abendessen, dem sie hoffentlich zustimmt, kommt, soll mir recht sein. Und bitte vergiss nicht, so innovativ und inspiriert, wie ihr zwei drauf seid, wird in den nächsten Jahren beruflich eine Menge auf euch zukommen. Tina braucht Unterstützung. Nicht nur mit dem Kind, aber da besonders. Und die werde ich ihr geben, egal, ob wir zusammenkommen oder nicht. Wir im Haus Nummer 41 halten zusammen. Darauf gebe ich Tina und dir mein Wort.«

So weit hatte Ralf sich noch nie für eine Frau vorgewagt. Doch Alwy verstand ihn, das schätzte er an ihr. Sogar jetzt, wo sie selbst Liebeskummer hatte – er sah ihr den Kummer jeden Tag an, ihr Rücken war schmal geworden und unter ihren Augen lagen dunkle Schatten –, war sie für andere da. Sie liebte es, sich um Menschen zu kümmern. Genau wie er.

Alwys Überzeugungen schwammen davon. Anfangs hatte sie sich nicht vorstellen können, dass Tina sich in Ralf verlieben könnte, doch inzwischen war sie sich nicht mehr sicher. Bei Ralfs Worten konnte einen schwindeln. Jemanden wie ihn hätte jede Frau verdient. Einen Mann, der zuerst an seine Partnerin und die Menschen, die ihm wichtig waren, dachte, und erst dann an sich selbst.

»Also gut, keine Einsprüche meinerseits. Wenn du so übersprudelst, ist man dir ziemlich schnell verfallen. Meine Unterstützung hast du.« Sie streckte ihre Hände aus und drückte Ralfs. Er war ein wunderbarer Mensch und vielleicht erkannte auch Tina, dass er mehr als ein guter Freund sein konnte.

Ralf war gerade gegangen, als Alwy die elegante Tasche auf dem Tresen entdeckte. Der Name des Münchner Juweliers sagte ihr etwas. Hatte sie den nicht erst neulich in einer Zeitschrift gelesen? Was es wohl mit der Tasche auf sich hatte? Sie lugte vorsichtig hinein und sah ein Päckchen in silbernem Papier. Obenauf lag ein Brief. Franca hatte einen exquisiten Geschmack, das musste man ihr lassen.

Alwy wollte ihren Blick bereits abwenden, als sie auf dem Kuvert ihren Namen las. Das war Leons Schrift. Ihr Herz setzte einen kurzen Augenblick aus. War die Tasche etwa gar nicht für Tina? War sie für sie? Sie zog den Brief heraus, legte ihn beiseite und öffnete das Päckchen. Die Enten, die unter dem weißen Seidenpapier hervorkamen, waren so schön, dass ihr der Atem stockte. Es war ein Pärchen Stockenten, Erpel und Weibchen, das sich eng aneinanderschmiegte, die Schnäbel glänzten silbern im Licht.

Alles war wieder da, als sei es gestern gewesen – der zündende Funke der Liebe, als sie beide nach der Kaffeetasse griffen und ihre Finger sich zufällig berührten.

Sie konnte sich nicht länger zurückhalten, fuhr mit dem Finger unter die Lasche und öffnete den Brief. Bereits nach den ersten Worten stutzte sie: Leon hatte seine Zeilen nicht an sie gerichtet, sondern an Helene. Aufgeregt las sie die ersten Abschnitte, bis sie an einer Stelle hängenblieb:

Vielleicht können Sie mich besser verstehen, wenn ich mit dem Tag beginne, an dem ich meine Familie verlor. Ich war acht, und damals glaubte ich, dass es meine Familie sei …

Wie unter Zwang las sie weiter, doch sie fand keine Erklärung, die die Hintergründe seiner Familie aufklärte. Hatte Leon längst alles in einer seiner Mails geschrieben, die sie gelöscht hatte, ohne auch nur hineinzulesen? Eins hatte er jedenfalls erreicht: Sie wollte wissen, was hinter seinen Andeutungen steckte. Unbedingt!

Sie weinten alle drei, als das Fernsehbild sich in viele verschiedene Einstellungen aufspaltete und immer mehr Bilder von Menschen zu sehen waren, die sich in den Armen lagen: Paare, Eltern und Kinder, Verwandte, Freunde, Junge und Alte ... sie alle umarmten und küssten sich.

»Ich liebe diesen Film ... und ich will unbedingt auch im echten Leben an *Tatsächlich Liebe* glauben.« Francas Stimme klang, als erwache sie gerade aus tiefem Schlaf. »Wisst ihr, seit ich diesen Film zum ersten Mal gesehen habe, vergöttere ich Hugh Grant, nicht nur für diese schräge Tanzeinlage, sondern auch für den Kuss, den er seiner Angebeteten hinter der Theaterkulisse gibt, nachdem er sie endlich im zwielichtigen Viertel in London aufgestöbert hat. Ihn stören diese paar Kilos mehr auf den Hüften nicht, die sie gleich zu Beginn des Films anspricht. Die passen doch perfekt zu ihr, findet ihr nicht auch? Sie ist einfach herrlich ehrlich.«

»... und liebenswert ist sie außerdem. Wenn sie ihm die Kekse mit extra Schokolade bringt ... das ist doch süß ...« Tina mochte jede Minute des Films. Alwy, die den Film heute zum ersten Mal gesehen hatte, ging es nicht anders. Sie hatte sich mehrmals in ihr Taschentuch schnäuzen müssen, weil sie so ergriffen von der Handlung war. Jetzt rappelte sie sich auf und nahm die DVD aus dem Laufwerk.

Ein längeres Schweigen senkte sich über die Frauen, jede von ihnen war in eigene Gedanken abgetaucht, bis Franca sich den Schmerz von der Seele sprach.

»Wie passt dieser Film zu meiner verfluchten Realität? Ferdy zieht die Scheidung zurück, um wieder bei seiner Frau einzuziehen. Weshalb schafft er es nicht, sie alleinzulassen, mich aber schon? Heute scheitert doch jede zweite Ehe.« Ihre Welt war zusammengebrochen, doch sie schien es noch immer nicht fassen zu können. »Natürlich reiße ich mich zusammen. Wen interessiert schon, was mit mir und dem Kind geschieht?« Ihre Stimme war kurz davor, zu kippen.

Tina wusste nicht, was sie sagen sollte. Billigen Trost wollte sie Franca nicht spenden, und mehr hatte sie ihrer Schwester im Moment nicht zu geben. In letzter Zeit war alles ein bisschen viel gewesen. Zuerst Alwys Schiffbruch in der Liebe, danach ihr eigener und jetzt Francas. Sollte noch mal einer sagen, es gäbe das Gesetz der Serie nicht.

Franca tupfte sich mit einem Taschentuch die Tränen von den Wangen. Ihr Make-up war kaum noch zu erkennen. Tina hatte ihre Schwester perfekt beschrieben. Franca strahlte Eleganz und Weltgewandtheit aus, zumindest auf den ersten Blick, Tina dagegen war eher der robuste, tatkräftige Typ. Doch im Augenblick war Franca nichts als ein Häufchen Elend. Verheult und in sich zusammengesunken saß sie da.

»Als Ferdy es mir gestern Mittag sagte, bin ich beinahe vom Hocker gekippt. Er hat argumentiert, als befände er sich in einer seiner Sitzungen und müsse alle überzeugen.« Franca stand auf, zog ihre Strickjacke aus und legte sie sorgfältig über den Rand der Couch, dann sprach sie weiter: »Vielleicht hab ich es mir nur eingebildet, aber zum Ende hin war Ferdy sich, glaube ich, nicht mehr sicher, ob er das Richtige tut. Irgendwann hab ich einfach ein paar Sachen gepackt und bin abgehauen. Nur weg.« Sie deutete auf ihre High Heels, die sie zu Beginn des Films ausgezogen hatte: »Ich hab noch nicht mal daran gedacht, mir ordentliche Schuhe anzuziehen.«

»Wieso bist du nicht nach Hause zu den Eltern gefahren?«, erkundigte sich Tina. Irgendeinen Grund gab es sicher, dass

Franca ausgerechnet bei ihr gelandet war, doch den konnte sie sich beim besten Willen nicht vorstellen.

»Zu dir zu kommen war naheliegend. Schließlich braucht man in meiner Situation einen gestandenen Menschen um sich. Trotzkopf de luxe, hat Papa dich genannt«, plötzlich klang Franca aufmüpfig, »... weil du von einem Tag auf den anderen Pâtissière werden wolltest. Du hattest immer diesen eisernen Willen, der mir leider fehlt. Ich war immer die Angepasste, die keine Sorgen macht ... aber auch keinen eigenen Willen hat. Manchmal könnte ich mich dafür ohrfeigen.«

Tina glaubte, sich zu verhören. »Du hast doch immer alles mit links gemacht, hast dich nie mit Mama und Papa überworfen. Bei dir ist nichts je aus der Spur gelaufen, Franca.«

»Und warum, glaubst du, war das so?« Franca legte die Beine auf den samtbezogenen Hocker und schlug die Füße übereinander. »Doch wohl nur, weil ich mich nicht getraut hab, diese verdammte Spur zu verlassen. Und weil ich keine Vision von mir hatte, so wie du. Scheitern muss man sich trauen. Du warst immer mein Vorbild, Tina. Ich hab's dir nur nie gezeigt, weil ich mich nicht noch kleiner machen wollte. Das wäre peinlich gewesen. Du kennst das ja, das eigene Selbstbild steht einem manchmal im Weg.«

Tina sah Franca mit einem Blick an, als verstehe sie die Welt nicht mehr. »Ehrlich gesagt, bin ich sprachlos«, sagte sie schließlich. »Ich dachte immer, wir sind wie zwei Seiten des Erdballs, zu weit entfernt, um zusammenzukommen. Dabei haben wir gerade jetzt eine Menge gemein. Ich bin nämlich auch schwanger. Und ohne Vater zum Kind – wie du.«

»Ziehst du mich etwa auf?«

Tina zog die Augenbrauen zusammen und schüttelte den Kopf: »Sehe ich so aus?« Sie holte ihren Mutter-Kind-Pass und reichte ihn ihrer Schwester.

Franca blätterte in dem Pass. »Ich sag's ja, meine Schwester tut, was sie will.« Sie lächelte matt. »Und kennt keine Konventionen.«

»Du solltest aufhören, mich zu idealisieren, Franca. Du hast beruflich eine Menge erreicht, und was Privates anbelangt ... du wirst dich wieder neu verlieben.« Tina versuchte ihrer Schwester zumindest einen schwachen Hoffnungsschimmer zu vermitteln. »Klar, die Trennung von Ferdy hat dich unvorbereitet getroffen«, sprach sie weiter, »das ist schlimm. Aber ein Mann, der dich schwanger sitzen lässt, hat dich sowieso nicht verdient.« Nun klang sie kämpferisch. »Du brauchst jemand Besseren. Jemand, der erkennt, wie liebenswert und sensibel du bist. Und wie tough. Das vor allem.«

Bei Tinas Worten schluchzte Franca erneut herzzerreißend. Die Worte trafen ihre verletzliche Seite. »Und wie ist es bei dir? War deine Schwangerschaft geplant?«, brachte sie heraus, als sie sich beruhigt hatte.

»I wo ... zumindest nicht mit dem Vater, den das Kind haben wird.« Tina stand auf und wandte sich Richtung Küche. »So, und jetzt mache ich uns etwas zu essen. Essen ist manchmal besser als reden.« In der Tür drehte sie sich noch einmal zu Franca um: »Du kannst übrigens bleiben, solange du willst. Ich trete dir mein Schlafzimmer ab, die Couch ist sehr bequem, ich schlafe gern dort.«

»Wenn ich morgen aufwache, hab ich sicher keine Ahnung, wieso ich in einem fremden Bett liege und wo ich überhaupt bin. Dann macht es wumms, und Ferdy und die Realität sind wieder auf meinem Schirm. Ab da weiß ich dann, dass ich in der Liebe gescheitert bin.« Franca faltete die Hände und legte sie auf ihre Nasenflügel. Sie musste unbedingt diesen Tränenstrom loswerden. Sie war doch kein kleines Kind. »Ach … verdammt und zugenäht … hört einfach weg. Ich rede nur Müll. Und danke, Tina, ich nehme den Rettungsring an, auch wenn dein Angebot der letzte fehlende Beweis ist, dass ich mich am Tiefpunkt meines Lebens befinde.«

»Manchmal ist der Tiefpunkt gar keine so schlechte Ausgangsbasis. Ab da kann es nur bergauf gehen. Das sage ich mir jeden Tag.« Alwy legte die Decke zusammen, die sie um ihre Füße gewickelt hatte, und schenkte Franca einen tröstenden Blick.

»Dass es weitergeht, verspreche ich mir seit gestern ununterbrochen … aber ich glaube es mir nicht.« Franca kämpfte schon wieder gegen Tränen an. Alwy nahm sie in den Arm und hielt sie fest an sich gedrückt.

»Du musst nicht stark sein, Franca … nicht jetzt. Wir verstehen dich. Und wir sind für dich da. Egal, wie lange es dauert.« War es nicht verrückt, dass Tina ihre Schwester als die Starke empfand, während umgekehrt Franca in ihr diejenige sah, die ein selbstbestimmtes Leben führte, die Rebellin, die um ihr Leben kämpfte und sich nichts gefallen ließ? Die unterschiedlichen Wahrnehmungen der Schwestern zeigten, dass man sich selbst oft falsch einschätzte. »Und morgen schauen wir uns den nächsten Film an. Liebeskomödien funktionieren am besten bei Liebeskummer«, versprach Alwy, als sie Franca losließ.

»Sie funktionieren auch während der Schwangerschaft prima«, schniefte Franca. »Ich hätte übrigens gern jemanden wie Hugh Grant. Im echten Leben, nicht im Film. Ist der noch

Single oder inzwischen vergeben? Notfalls zöge ich zu ihm nach London.«

»Meines Wissens ist er inzwischen verheiratet. Aber auch andere Mütter haben schöne Söhne.«

Franca fuhr mit der Hand über ihren Bauch. Manchmal spürte sie das Kind schon. Ob es litt, weil sie so verzweifelt war? Sie musste sich zusammennehmen, schon seinetwegen. »Ach, Alwy, ich bin froh, dass Tina eine Freundin wie dich hat.«

Später aßen sie in der Küche eine Reispfanne. Keine der drei bekam viel hinunter, doch sie trösteten sich gegenseitig und fühlten sich gemeinsam weniger allein.

Franca war die Erste, die schließlich müde wurde. Tina hatte das Bett frisch bezogen und stellte ihr ein Glas warme Milch mit Honig auf den Nachttisch.

»Wieso hatten wir in den letzten Jahren eigentlich so wenig Kontakt, Tina?« Ihr Gesicht verdüsterte sich. »Jetzt fällt es mir wieder ein. Ich war zu sehr damit beschäftigt, mir zu beweisen, dass ich was Besonderes bin.«

»Das warst du schon immer, das musst du nicht erst beweisen.« Tina streichelte über Francas gewölbten Bauch. Diese legte ihre Hand über Tinas.

»Es wird übrigens ein Junge. Ich nenne ihn Gerald, was so viel bedeutet wie: der mit dem Speer Waltende. Kein schlechter Name bei einem Vater wie Ferdy!«

»Gerald ist eine gute Wahl. Schon, weil unser Großvater so hieß.«

»Wer ist eigentlich der Vater deines Kindes? Etwa André?«

»Nein, der ist schon eine Weile passé. Pino de Luca ist der Vater.«

»Der Dirigent? Wie bist du denn an den geraten? Ich finde, der sieht noch immer fantastisch aus, ein echter Frauenschwarm.«

»Salzburg ist die Stadt der Festspiele ... hier begegnet man jeder Menge Musiker, nur nützt einer schwangeren Frau ein fantastisch aussehender Mann nichts, solange er kein Kind will.«

Tinas Antwort holte Franca auf den Boden der Tatsachen zurück. Sie legte ihre Armbanduhr ab, eine teure Rolex, ein Geschenk von Ferdy.

Tina stand auf und warf einen Kuss in die Luft. »Schlaf jetzt. Ruh dich aus. Morgen reden wir weiter.« Sie löschte das Licht und schloss die Tür hinter sich.

Alwy räumte gerade die Reste in den Kühlschrank, als Tina in die Küche kam. »Ich hab die Enten entdeckt ... in der Tüte auf dem Tresen.«

»In dem Paket waren Enten?«

Ein Luftzug ließ die feinen Gardinen am Fenster erzittern. »Ja, ein Erpel und eine Ente aus Silber.« Alwy schloss das Fenster und zog die Gardinen vor. »Eine hervorragende Arbeit einer deutschen Künstlerin. Sogar eine Expertise lag bei.«

»Richard Wolf hat sie vorbeigebracht. Allerdings kam Franca unmittelbar nach ihm zur Tür herein, deshalb hatte ich keine Zeit, dir die Tüte zu geben.«

Alwy zog den Brief aus ihrer Hosentasche und reichte ihn Tina. »Würdest du das bitte lesen ... und mir sagen, was ich tun soll?«

Tina erfasste den Inhalt des Briefes in wenigen Augenblicken. »Elisa hat ein Schreiben von Leons Anwalt erhalten, Ralf vermutlich auch. Nach der Sanierung wird Leon weiter vermieten. Und weil nun angeblich weniger luxuriös umgebaut wird, steigen die Mieten zwar, allerdings in einem vertretbaren Rahmen. Elisa und Ralf werden also, wie's aussieht, hier wohnen bleiben können. Ich hätte sicher ein ähnliches Schreiben erhalten, wenn Pino nicht mit Leon abgemacht hätte, meine Wohnung nach dem Umbau zu kaufen. Die Miete für die Patisserie wird sich vermutlich ebenfalls nicht gravierend ändern.«

»Das ist … großartig.« Alwy wusste gar nicht, was sie sagen sollte.

»Findet Elisa auch. Sie hat sich überschwänglich bei mir bedankt, obwohl ich nichts mit dieser Entwicklung zu tun habe. Leon macht es deinetwegen, er meint es ernst, Alwy. Ich weiß natürlich nicht, ob ich damit richtig liege, aber vielleicht hab ich ihm unrecht getan. Nicht damals, als ich ihn im Nonntal getroffen habe, aber danach. Er hat mir vor kurzem geschrieben und eine Lösung angekündigt, aber ich hab ihm nicht geglaubt. Eine Mail an dich war angehängt, die hab ich natürlich gleich gelöscht.« Tina sah schuldbewusst zu ihrer Freundin, nervös strich sie sich eine Haarsträhne hinters Ohr. »Ich wollte dich schützen. Aber jetzt bin ich mir nicht mehr sicher, ob ich nicht das Gegenteil erreicht hab. Sprich mit Leon. Das hat er nach allem verdient.«

Tinas Neuigkeit kam unerwartet für Alwy, ebenso Leons Enten und sein Brief.

In ihrem Zimmer stellte sie das Entenpaar auf den Nachttisch. Es sah aus, als steckten die Vögel die Köpfe zusammen, als hätten sie nur einander. Ein Bild harmonischer Zweisamkeit …

Helenes Notizen 6

Schokoladenkuchen:
Manchmal geht mir das Gejammer über Kalorien echt auf die Nerven. Was kann ich eigentlich für meine Zutaten?

Aprikosenkuchen:
Deine Probleme möchte ich haben. Siehst toll aus, hältst dich gut und bist immer noch nicht zufrieden.

Biskuittorte:
Was glaubt ihr, wie's mir geht? Quark und frische Früchte. In einem Moment noch auf dem Teller … und im nächsten im Dunkeln in der Mülltonne.

Butterbrot:
Ich werde oft im Stehen hinuntergeschlungen … ohne ein nettes Wort.

Knäckebrot:
Hört doch endlich auf, oder will jemand tauschen? Diese verächtlichen Blicke, wenn Weiber auf Diät sind, die wollt ihr nicht sehen.

Schokoladenkuchen:
Wie kommt das Wasser eigentlich damit klar, dass alle ständig nach Sekt, Bier, Säften und dergleichen verlangen? Würde ich derart gemobbt, ich würde protestieren.

Aprikosenkuchen:
*Viel Aufmerksamkeit bekommt das Wasser wirklich nicht.
Dabei kann niemand ohne Wasser existieren.*

Wasser:
*Hey, was redet ihr da über fehlende Aufmerksamkeit!
Habt ihr die schönen Gläser, in die ich gegossen werde, vergessen,
und die Flaschen, in denen ich quer
durch die Welt reise? Außerdem ist es wunderschön,
gebraucht zu werden! Findet ihr nicht auch?*

Plötzlich Stille

40. KAPITEL

November

Das Verkehrsschild mit den Kilometerangaben verschwand aus Leons Blickfeld. Nur noch vierzig Kilometer bis Salzburg. Seit er in München in den Wagen gestiegen war, überlegte er, wie er Alwy bei ihrem ersten Treffen seit Monaten begrüßen sollte. Mit einer Umarmung? Oder einem Kuss auf die Wange? Wäre das angemessen? Oder wäre das bereits zu viel Nähe? Sollte er ihr nur die Hand geben? Als wären sie Fremde? Wieder und wieder ging er sämtliche Möglichkeiten durch. Schließlich entschied er, die Begrüßungsfrage ruhen zu lassen. Wenn er Alwy gegenüberstünde, wüsste er schon, was zu tun wäre. Hauptsache, er wäre spontan und unverkrampft ... und spräche mit ihr.

Als vor drei Tagen ganz überraschend eine Nachricht von ihr auf seinem Smartphone eingegangen war, hatte er die Luft angehalten. Die WhatsApp-Nachricht bestand aus wenigen Worten – Treffpunkt, Datum und Uhrzeit –, doch sie änderte alles, weil sie das Schweigen zwischen ihnen aufhob. Alwy hatte der Nachricht ein Foto aus Helenes Rezeptbuch angehängt. Er hatte die Notiz sofort gelesen und lauthals lachen müssen: Helene hatte einen witzigen Schlagabtausch zwischen Kuchen, Butter- und Knäckebrot aufgeschrieben, zum Schluss kam sogar das Wasser zu Wort. Der Text war lustig, sagte aber einiges darüber aus, wie schnell man den Fokus aus den Augen verlieren konnte, sich in seine Geschichte vergrub und zu einem Opfer wurde. Er hatte Alwy sofort geantwortet und den Termin bestätigt.

Wenn er sie sähe, würde er ihr auch für Helenes Worte

danken. Er ahnte, was sie ihm damit sagen wollte. Dass auch sie sich kurzzeitig in ihrer Geschichte verloren hatten und nun hoffentlich begriffen, was das Wasser in der kleinen Story längst verstanden hatte. Dass es immer auch auf den Blickwinkel ankam. Darauf, das Wertvolle hervorzuheben und sich nicht auf Negatives reduzieren zu lassen.

Vermutlich hatte der Brief ihr Herz erweicht. In diesem Brief hatte er sich an Helene gewandt. Alwy hatte ihm erzählt, dass sie nach Helenes Tod noch immer mit ihrer Tante »redete«. Nun seinerseits mit Helene zu »kommunizieren«, war ihm deshalb ganz natürlich vorgekommen. Und die Entscheidung, seinen Brief den Enten beizulegen, war ihm erst recht passend erschienen.

Nun hoffte er, dass das Treffen gut verlief, dann könnte er Alwy sämtliche Briefe, die er ihr geschrieben hatte, schicken. Alwy sollte wissen, was ihm durch den Kopf gegangen war ... und vor allem, wer er heute sein wollte. Sicher würde sie nach der Lektüre verstehen, wer *Leon* war, ganz unabhängig von dem Nachnamen, den er trug.

Sein Handy klingelte. Ricks Name erschien auf dem Display. Er nahm den Anruf über die Freisprechanlage entgegen.

»Ich hab sie gefragt, Leon.« Rick klang aufgeregt. »Gestern Abend. Im ›Ikarus‹ im Hangar-7.«

»Das ging ja schnell. Und? Wie hat sie reagiert?« Leon griff nach dem Nasenspray und nahm je einen Sprühstoß in jedes Nasenloch, danach bekam er wieder leichter Luft. Bis gestern hatte er Fieber gehabt, doch heute Morgen war die Temperatur glücklicherweise gesunken.

»Sie hat ja gesagt. Jetzt ist es offiziell, Leon. Wir sind verlobt.« Ricks Stimme hatte ungewohnte Höhen erreicht.

»Rick! Das ist großartig. Ich gratuliere. Und was sagt Iris zu dem Ring? Gefällt er ihr?«, fragte Leon.

»Sie war hin und weg. Nicht nur vom Ring ... auch von meinem Antrag.«

Leon war neugierig, wie Rick den Antrag gestaltet hatte.

»Stell dir folgende Situation vor. Iris und ich sitzen im Restaurant ... und als die Hauptspeisen serviert werden und der Maître die Silberhauben abnimmt, erklingt ein Tusch ... und Iris blickt auf einen nackten weißen Teller, auf dem der Ring liegt.«

»Nein ...«

»Doch! Klasse Idee, oder? Iris' Schrei hättest du hören müssen. Die übrigen Gäste haben sofort die Hälse verdreht, um mitzukriegen, was los ist. Als sie begriffen haben, dass es um einen Heiratsantrag geht, haben alle applaudiert. Danach wurde uns vom Chef des Hauses Champagner spendiert. Es war filmreif.«

»Das klingt nach einer unvergesslichen Szene. Und natürlich nach dir. Du hast die Messlatte ganz schön hoch gelegt. Ich werde mir was überlegen müssen, wenn es bei mir so weit ist.«

»Tja, ist nicht immer einfach, mit mir befreundet zu sein«, Rick lachte vergnügt. »Bist du schon unterwegs nach Salzburg?« Er wusste von Alwys SMS, und nun fieberte er, genau wie Leon, dem Treffen entgegen.

»Bin ich. Wir treffen uns übrigens ebenfalls am Flughafen. Auch im Hangar-7. Ist das nicht ein schöner Zufall?«

»Ich nenne das ein gutes Omen. Vor allem, weil Alwy Flughäfen liebt.«

»Stimmt. Sie hat eine Schwäche für Flughäfen, seit ihr Vater sie als kleines Mädchen zum Düsseldorfer Flughafen mitgenommen und ihr dort spannende Geschichten über ferne Länder erzählt hat. Ihre Flugangst kam erst später.« Er erinnerte sich an jedes Wort, das Alwy über ihre Liebe zu Flughäfen und ihre Flugangst zu ihm gesagt hatte, und auch daran, was sie über ihre Eltern und ihre enge Bindung an Helene erzählt hatte. Die Mitglieder ihrer Familie liebten und unterstützten sich seit je.

»Der Flughafen ist dein Joker, Leon. Glaub's mir! Wie geht's eigentlich geschäftlich?«

»Mir wurde ein neues Projekt angeboten. Eine Baulücke in Wien, im sechsten Bezirk. Offenbar hat Arno, mit dem ich seit letztem Jahr zusammenarbeite, schon eine tolle Architektin an der Hand. Und diesmal gibt's keine Mieter. Ich denke, ich werde einsteigen.«

»Hoffentlich kannst du mit diesem Projekt das Loch stopfen, das die Steingasse in die Finanzkasse der LET reißen wird. Wo wir schon dabei sind. Übernimmst du nun die Dachwohnung?«

»Ja, tu ich. Allerdings specke ich den Umbau ab. Alwy ist der wahre Luxus. Auf sie kommt es an.«

»Mensch, Leon, wenn Alwy das nur hören könnte ... Ich hoffe, sie ist bei meiner offiziellen Verlobungsfeier dabei.«

Leon atmete tief durch. Er war nervös, zwang sich aber, zuversichtlich auf das vor ihm liegende Treffen zu blicken. »Ich hoffe, das Gespräch läuft gut. Falls ja, wirst du die nächsten Tage nichts von mir hören, weil ich vor Glück geplatzt bin.«

»Kopf hoch, Leon! Alwy und du – ihr werdet es schon schaffen.«

Sie telefonierten miteinander, bis Leon in die Tiefgarage am Flughafen fuhr. Dort beendete er das Gespräch, parkte den Wagen, steckte das Parkticket ein und steuerte das Café an, das Alwy als Treffpunkt vorgeschlagen hatte. Vielleicht würden sie nach ihrem Gespräch noch die historischen Flugzeuge und Formel-1-Rennwagen besichtigen, die im Hangar ausgestellt waren, und die Werke junger Künstlerinnen und Künstler, die monatlich wechselnd gezeigt wurden. Rick hatte ihm oft ans Herz gelegt, sich die Ausstellungen anzusehen, doch bisher war er nie dazu gekommen.

Leon zog ein Taschentuch aus dem Jackett und trocknete sich die Hände. Er schwitzte vor Aufregung. Oder hatte er wieder Temperatur? Er steckte das Taschentuch in seine Hosentasche, öffnete die Tür zum Café und ließ den Blick schweifen. Er war zu früh dran, doch Alwy war schon da. Sie saß an einem Tisch links von ihm und stand sofort auf, als sie ihn entdeckte.

Leon fühlte, wie sein Herz schlug. Er war schon lange nicht mehr so aufgeregt gewesen wie jetzt. Langsam ging er auf sie zu. Noch fünf Schritte, vier, drei, noch zwei … dann stand er vor ihr, und alle Gedanken waren verschwunden. Sein Kopf war leer, doch sein Herz randvoll mit Liebe. Er spürte, wie seine Arme sich ausbreiteten und Alwy umfingen. Er genoss es, sie zu umarmen und ihren Rücken unter seinen Fingern zu spüren. Wie sehr hatte er diesen Körper vermisst – Alwys Wärme und Lebendigkeit. Ihr Haar streichelte seinen Hals. Er roch ihren Duft. Sie war da, ganz nah bei ihm!

Als er sie losließ, weil es seltsam ausgesehen hätte, wenn sie übermäßig lange in einer Umarmung dagestanden hätten, sah er in ihre strahlenden Augen. Alles war noch da: das Vertrauen und diese besondere Verbindung zwischen ihnen. Die Magie ihrer Gefühle war ungebrochen. Er küsste sie, ein verunglückter, flüchtiger Kuss, weil Alwy sich wegdrehen wollte, doch er spürte ihre weichen Lippen, und Alwy küsste ihn zurück.

Als sie sich voneinander lösten, wirkten sie befangen. Beide waren errötet und wussten nicht, was sie sagen sollten. »Komm, setzen wir uns erst mal.« Er fasste Alwy am Arm und führte sie zu ihrem Tisch.

»Was darf ich Ihnen bringen?«, fragte die Kellnerin, als sie zu ihnen trat.

Leon sah Alwy fragend an. »Was hättest du gern?«

»Schwarzen Tee, bitte«, sagte Alwy.

»Zweimal«, erwiderte Leon. Ihm war egal, was er trinken würde, Hauptsache, Alwy wäre bei ihm. Er griff vorsichtig nach ihrer Hand und drückte sie kurz. »Es kommt mir wie ein Wunder vor, dich zu sehen.«

»Mir auch«, sagte sie. Die Geschichte ihres Scheiterns hing nur noch an einem dünnen Faden. Gleich würden ihre Worte diesen Faden kappen und die Stille ausfüllen, die so lange zwischen ihnen geherrscht hatte.

»Ich hab mir den restlichen Tag frei genommen, damit ich dir auf alles, was du wissen möchtest, Antworten geben kann.«

Seit sie heute Morgen aufgestanden war, gingen Alwy eine Menge Dinge durch den Kopf, doch jetzt, wo sie Leon gegenübersaß, war keine ihrer Fragen mehr wichtig. Sie hatten sich geküsst, hatten ihre Lippen aufeinander gespürt und es hatte sich richtig angefühlt – als würden zwei Teile, die auseinandergebrochen waren, endlich wieder zu einem.

Die Kellnerin brachte den Tee. Leon lehnte sich zurück und sah zu, wie die Frau zwei Kännchen und Tassen vor sie hinstellte. Sein Kopf war heiß, er spürte ein leichtes Kratzen im Hals, doch er versuchte, es zu ignorieren. Er goss Tee in Alwys Tasse, dann in seine eigene, danach pustete er auf seinen Tee und nahm vorsichtig einen kleinen Schluck. Der Tee war heiß, doch Leon fühlte sich gleich besser.

Alwy begann zu sprechen. Sie schilderte ihre Gefühle, seit sie auseinandergegangen waren, sprach von seinem Brief. Er hörte ihre Stimme, doch aus irgendeinem Grund verstand er nur einen Teil dessen, was sie sagte. Er hatte das Gefühl, als befände sein Kopf sich unter Wasser ... als wären seine Ohren beschlagen.

Er räusperte sich und wollte etwas erwidern, doch plötzlich wurde ihm schwarz vor Augen. Die Menschen um ihn herum, der Tisch und die Stühle verschwammen zu einem unwirklichen Bild. Seine Muskeln gaben nach und seine Hand fiel von der Stuhllehne. Wie von fern hörte er einen leisen Schrei. War das Alwys Stimme? Er sackte nach vorn ... Hoffentlich hielt ihn jemand.

41. KAPITEL

Alwy: *Was sagst du zu Leons Brief? Er hat* **dir** *geschrieben, Helene ... weil er weiß, wie wichtig du für mich bist.*

Helene: *Der Brief ist wirklich berührend. Die Enten übrigens auch ... sie sind ein schönes Symbol.*

Alwy: *Ich hoffe, ich bin nicht wieder zu optimistisch. Aber nachdem Ralf mir das Schreiben gezeigt hat, in dem Leons Anwalt zusagt, die Mieten nach dem Umbau nur geringfügig zu erhöhen, glaube ich, dass wir alle in der Steingasse bleiben können.*

Helene: *Man kann nie zu optimistisch sein, Alwy. Das weißt du doch. Erinnerst du dich nicht an unsere vielen Gespräche? Wie wichtig es ist, positiv in den Tag zu starten ...*

Alwy: *Klar erinnere ich mich. Ich habe kein einziges unserer Gespräche vergessen und keinen unserer Schokoladentage. Du hast immer gesagt, dass wir uns ohne Optimismus vieles erst gar nicht zutrauen würden.*

Helene: *Ja, genau! Das Leben ist immer einen nächsten Schritt wert.*

Alwy: *Wenn nur die Rückschläge nicht wären. Denk nur an Tina und ihre Schwangerschaft. Oder Franca und ihren Liebeskummer.*

Helene: *Optimismus bedeutet nicht, dass alle unsere Pläne, Hoffnungen oder Wünsche sich eins zu eins umsetzen lassen. Das Leben ist nicht immer leicht, und manchmal ist es eine echte Herausforderung, ihm offen zu begegnen, denn das ist Optimismus letztendlich – Vertrauen ins Leben, auch wenn das manchen Umweg bedeutet. Nimm nur Tina. Pino ist kein Mann für immer. Darüber sind wir uns, denke ich, einig.*

Alwy: *Ja, vermutlich. Was ihn betrifft, war ich eine Spur zu vertrauensvoll. Pino ist ein Casanova.*

Helene: *... allerdings einer mit Charme und Temperament. Gut für zwischendurch.*

Alwy: *Dass du das sagst, wundert mich ...*

Helene: *Ich bin eine Frau. Dass Tina gern Zeit mit ihm verbracht hat, ist doch verständlich ... Aber lass uns mal genauer hinsehen. Pino ermöglicht es Tina, für immer in ihrer Traumwohnung zu bleiben. Und ich denke, er wird auch als Vater seine Qualitäten haben. Das Kind erhält vermutlich eine musikalische Ausbildung, wird reisen, lernt Italienisch und besucht vielleicht eine internationale Schule. Kurz gesagt, es lernt zwei Welten kennen: Tinas und*

Pinos. Was ist schlecht daran? Wenn Tina später an die Stunden mit Pino zurückdenkt, wird sie das hoffentlich ohne ein Gefühl der Reue tun. Außerdem ist da noch Ralf. Natürlich bleibt abzuwarten, ob es mit Tina und ihm klappt, aber falls ja, bringt das Stabilität in Tinas Leben. Also aus meiner Sicht sieht es für Tina nicht schlecht aus.

Alwy: *Mal sehen. Ich halte dich auf dem Laufenden. Heute erscheint übrigens der Artikel über uns. Weder Tina noch ich haben ihn vorher gelesen. Wir wollten uns überraschen lassen.*

Helene: *Das klingt aufregend. Lies mir den Artikel vor, sobald du die Zeitung hast. Versprochen?*

Alwy: *Versprochen! Schließlich bin ich deinetwegen Pâtissière geworden. Du hast mir die Liebe zu diesem Beruf geschenkt.*

Helene: *Ich wusste, dass du eine begnadete Pâtissière sein wirst. Du kannst stolz auf dich sein … Sag mal, hast du Leon eigentlich seine Schlüssel, das Handy und das Foto von Felix zurückgegeben?*

Alwy: *Das hab ich beim letzten Krankenhausbesuch erledigt. Leon hat Rick gestern übrigens gebeten, für ihn nach München zu fahren … wegen eines Stapels Briefe, die er mir geschrieben hat. Rick bringt sie mir heute vorbei.*

Leon wird heute entlassen, er hat mir aber leider strikt untersagt, ihn abzuholen.

Helene: *Er möchte dir sicher Zeit geben, die Briefe in Ruhe zu lesen, bevor ihr euch seht.*

Alwy: *Das denke ich auch. Zwar meinte er, er wolle erst in der Firma nach dem Rechten sehen, danach käme er nach Salzburg. Aber das ist sicher nicht der einzige Grund.*

Helene: *Vermutlich wirst du beim Lesen der Briefe eine Menge über Leon erfahren. Das wolltest du doch immer. Ihn wirklich kennenlernen.*

Alwy: *Das will ich immer noch. Bei ihm ist es übrigens tatsäch-*

lich wegen einer verschleppten Virusinfektion zum Kammerflimmern gekommen.

Helene: *Leon kommt wieder auf die Beine, daran habe ich keine Zweifel. Außerdem hat er eine Menge dazugelernt. Er ist ein beeindruckender Mann. Vielleicht solltest du sein Armband wieder anlegen? Es steckt so viel Liebe und Wertschätzung für dich darin.*

Alwy: *Wieso ist mir das nicht selbst eingefallen? Danke, Helene. Das werde ich tun.*

Helene: *Das Armband ist ein Zeichen. Deswegen hast du gezögert, es wieder anzulegen.*

Alwy: *Ach, Helene. Es gibt nicht viele Menschen mit deiner Klugheit und Weitsicht. Du fehlst mir …*

Helene: *Ich bin doch da. Wann immer du mich brauchst. Liebe verbindet … für immer.*

Von fern erklang eine Kirchenglocke. Alwy warf sich im Bett herum, doch beim dritten Läuten schreckte sie hoch. Verschlafen fuhr sie sich mit der Hand durch das verschwitzte Haar. Ihr Herz klopfte wild. In letzter Zeit träumte sie jede Nacht, doch diesmal war der Traum so lebensnah gewesen. Sie konnte sich beinahe an jedes Wort ihres Gesprächs mit Helene erinnern. Ihre Tante hatte ihr zugehört und gute Ratschläge gegeben … wie früher.

Alwy warf einen Blick auf den Wecker. Kurz vor sechs. Mit einem leisen Klicken schaltete sie die Lampe an und zog die Schublade des Nachttischs auf. Dort lag Leons Armband. Sie holte das Schmuckstück heraus und legte es an. Helene hatte recht. Dieses Schmuckstück gehörte zu ihr. Wie hatte sie nur je daran zweifeln können?

Zufrieden schlug sie die Decke zur Seite, schwang die Beine aus dem Bett und tapste in den Flur. Es war mucksmäuschenstill. Tina schlief anscheinend noch. Nach einer Woche auf der Couch war sie nach Francas gestriger Abreise wieder in ihr Zimmer übersiedelt.

Alwy verschwand ins Bad und putzte sich die Zähne. Dann schlüpfte sie in ihre Sportkleidung und trank in der Küche ein Glas Wasser.

In den letzten Tagen war es empfindlich kalt geworden. Morgens wehte oft ein frischer Wind, deshalb hatte sie immer einen Schal dabei, um ihn sich, wenn nötig, um den Hals zu schlingen.

Beim Losrennen spürte sie, wie ihre Muskeln sich anspannten. Sie konnte es kaum erwarten, auf dem Rückweg die Zeitschrift zu kaufen, in welcher der Artikel über sie erschien.

Heute gab es gleich zwei Gründe, sich zu freuen: der Artikel und Leons Briefe. Während sie an der Salzach entlanglief und die feucht-neblige Luft einatmete, breitete sich ein Lächeln auf ihrem Gesicht aus. Der Gedanke an die Briefe war wie ein Mantra: Leons Briefe … Leons Briefe … Leons Briefe. Sie lief zwanzig Minuten am Wasser entlang, dann steuerte sie die Linzergasse an, wo sie am Kiosk gleich einen ganzen Stapel Zeitschriften kaufte.

Schon an der Haustür hörte sie klassische Musik. Sie erkannte Anna Netrebkos außergewöhnliche Stimme. Alwy zog die Laufschuhe aus, klemmte sich die Zeitschriften, die sie kurz abgelegt hatte, unter den Arm und ging in die Küche. Tina saß vor einem Glas Karottensaft und lauschte entrückt.

Alwy legte die Zeitschriften auf den Tisch. Die Musik war viel zu laut. Um nicht dagegen anschreien zu müssen, drehte sie sie etwas leiser. »Seite 25. Die Fotos sind übrigens gelungen«, sagte sie.

Tina griff nach der obersten Zeitschrift und blätterte durch die Seiten. Ihrem Gesichtsausdruck nach war sie heute mit dem falschen Fuß aufgestanden, trotzdem las sie aufgeregt, was über sie geschrieben worden war.

»Der Artikel ist toll.« Sie war sichtlich zufrieden mit dem Ergebnis. »Gut recherchiert und in einem angenehmen Ton geschrieben. Eins A Werbung für uns.«

»Finde ich auch. Wir können zufrieden sein.« Alwy goss sich ebenfalls ein Glas Karottensaft ein und setzte sich zu ihrer Freundin. »Hast du schlecht geschlafen? Oder irgendwelche Beschwerden?« Seit ihrem überstürzten Besuch bei der Gynäkologin beobachtete Alwy Tina aufmerksam. Eine Schwangerschaft verlangte dem Körper einiges ab. Noch einmal wollte sie Tina nicht mit schmerzverzerrtem Gesicht irgendwo in der Wohnung auffinden.

»Mir geht's gut. Ich hab wie ein Murmeltier geschlafen.«

»Und warum wirkst du dann so bedrückt?«

Tina blickte auf ihre Handinnenflächen, schließlich schlang sie ihre Hände ineinander und rückte mit der Sprache heraus. »Es ist wegen Pino.«

»Hat er sich gemeldet?«, wollte Alwy wissen.

»Ja, hat er.« Tina rief die Nachricht auf. »›Ich vermisse dich, mia cara!‹«, las sie vor.

Alwy überlegte. »Mia cara ... heißt das nicht *mein Schatz*?«

In Tinas Gesicht zeichnete sich ihr inneres Gefühlschaos ab. »Richtig, das heißt es ... allerdings ist das in Anbetracht unseres letzten Gesprächs eine unerwartete Anrede. Pino ist immer für eine Überraschung gut, das weiß ich inzwischen. Nur hab ich keine Lust auf Überraschungen solcher Art.«

»Klingt nach einem Annäherungsversuch«, schätzte Alwy.

»Sag jetzt bloß nicht, Pino kann mich nicht vergessen, obwohl er das möchte!« Tina versuchte vernünftig zu sein, doch in Momenten, in denen sie sich unbeobachtet fühlte, sah Alwy ihr an, wie sehr sie unter der Situation litt.

»Du hast Besseres verdient als einen weiteren Rückschlag. Das sage ich!«

»Danke, das finde ich auch. Leider nimmt das Leben aber keine Rücksicht auf persönliche Befindlichkeiten.« Tina holte tief Luft. »Du weißt, wie erleichtert ich wegen meiner Wohnung bin. Pino ist wahnsinnig großzügig, dafür bin ich ihm sehr dankbar. Aber er kommt mit Nähe nicht klar, deshalb lasse ich sie nicht mehr zu.«

»Geh jeden Tag einen Schritt weiter, als du dir zutraust …« Alwy trank ihren Saft aus und stellte das Glas in die Spüle.

»Helene?«, fragte Tina.

Alwy nickte. »Allerdings glaube ich, dass der Ausspruch sich vor allem auf den Charakter eines Menschen bezieht, auf die guten Absichten … und besonders auf die eigene Weiterentwicklung.«

»Wo du von Entwicklung sprichst … glaubst du, Ralf legt es darauf an, mich zu daten? Seit seiner Einladung habe ich irgendwie ein seltsames Gefühl.«

Alwys Blick wanderte zu dem Foto auf der Einladungskarte, die am Kühlschrank hing. Sie hatte den Schnappschuss nach einer ihrer Einkaufstouren gemacht, und es war ihre Idee gewesen, ihn für die Esseneinladungskarte zu verwenden. Auf dem Foto trug Ralf Teile seiner neuen Garderobe, was ihm ausgezeichnet stand.

Tina griff nach der Karte und betrachtete sie eingehend. »Ralf sieht in letzter Zeit verändert aus.«

»Er hat den Sport für sich entdeckt und abgenommen.«

Alwy hatte Ralf Diskretion zugesagt und würde sich daran halten. Tina sollte unbeschwert mit ihm ausgehen.

»Glaubst du, er lädt mich aus Mitleid ein? Von wegen schwanger ohne Freund und so …?«

»Ich glaube, er lädt dich ein, weil er dich mag.«

»Jemanden wie ihn zum Freund zu haben ist viel wert.«

»Absolut!«

»Wieso ist mir früher nie aufgefallen, dass Ralf ziemlich gut aussieht?« Tina schien Ralfs Veränderung zu beschäftigen.

»Ich mag ihn vor allem, weil er verlässlich ist und Charakter hat.«

»Hat er jemals eine Freundin erwähnt? Über sich selbst verliert er kaum je ein Wort. Kommt dir das nicht seltsam vor?«, Tina zögerte, »… vielleicht steht Ralf auf Männer?«

»Quatsch!«, sagte Alwy energisch. »Ralf hört einfach gern zu. Das ist eine seltene Gabe. Frag ihn doch, wenn du mit ihm essen gehst. Ralf ist kein Geheimniskrämer und rückt sicher mit der Sprache raus.« Alwy legte die Hand auf Tinas Bauch, vorsichtig streichelte sie darüber. »Dieses kleine Wesen in dir hat noch keine eigene Meinung, aber es hat ein Anrecht auf eine glückliche Mutter. Auch jemand anderes als Pino könnte die Vaterrolle übernehmen.«

Tina sah zu Alwy auf. »Du bist und bleibst eine heillose Optimistin.«

Alwy schmunzelte. »Dazu hat Helene mir heute Morgen in meinem Traum noch einmal ausdrücklich geraten.«

»Apropos Optimismus. Franca ist noch lange nicht über den Berg«, murmelte Tina.

»Sie braucht Zeit. Unterm Strich haben die Gespräche euch zusammengeschweißt, das ist doch schon was wert.«

Sie lachten über die Komödien, die sie sich gemeinsam angeschaut, und die Diskussionen, die sich daran angeschlossen hatten. Es waren intensive Tage gewesen.

Sie plauderten noch etwas über den letzten Teil von *Bridget Jones*, in dem Bridget schwanger war, dann ging Alwy ins Bad und unter die Dusche. Sie war froh, dass Tina sich inzwischen auf ihr Kind freute. Das Band zu dem Ungeborenen war jetzt das Wichtigste. Männer kamen erst danach.

Draußen klingelte das Telefon. Alwy hörte Tina Francas Namen aussprechen. Der wichtigste erste Schritt war getan. Zwischen den Schwestern kam es endlich zu einer zarten Annäherung.

42. KAPITEL

Alwy griff nach ihrer Schminktasche, holte den Concealer heraus und ließ die vergangenen Stunden Revue passieren.

Heute fühlte sich der morgendliche Blick in den Spiegel anders an – befreiter. Die Schatten unter ihren Augen, die sie seit Monaten überschminkte, waren noch da, doch ihre Einstellung hatte sich geändert.

Gestern hatte Rick kurz vor Geschäftsschluss Leons Briefe vorbeigebracht. Danach war für sie an Essen nicht mehr zu denken gewesen. Sie hatte sich bei Tina entschuldigt, die extra früher hinaufgegangen war, um etwas Vernünftiges zu kochen.

»Bitte entschuldige, aber ich bekomme keinen Bissen hinunter, bevor ich nicht diese Briefe gelesen habe.«

Tina hatte verständnisvoll genickt und ihr versprochen, etwas vom Linsensalat aufzubewahren, und so war sie in ihr Zimmer verschwunden und hatte mit vor Nervosität feuchten Fingern den ersten Brief geöffnet.

Die Briefe waren wie ein Blick durch eine Lupe auf Leons Leben. Die Anfangsjahre mit seiner Familie, als die Welt noch in Ordnung war. Die Erlebnisse im Kinderheim und der Beginn seiner Freundschaft zu Rick. Die Zeit der Haltlosigkeit und Leons Suche nach seinen leiblichen Eltern. Schließlich die Anfänge der Selbstständigkeit, seine Selbstzweifel und die Hoffnung auf Heilung seines Schmerzes.

Während sie Brief um Brief las, begriff sie, wie sehr Leon sich geängstigt hatte, noch einmal tiefe Gefühle zuzulassen.

Arbeit war die perfekte Ablenkung für mich. Sie hat mir eine Scheinsicherheit geboten, auf die ich alles andere aufgebaut habe, schrieb er.

Im vierten Brief berichtete Leon von seiner Adoption.

Nachdem ich zufällig ein Gespräch mitgehört hatte, in dem es darum ging, dass ich adoptiert worden war, zog ich mich immer mehr in mein Schneckenhaus zurück. Erst als Rick vom Baum fiel und ich Angst hatte, auch ihn zu verlieren ... da brach etwas in mir auf.

Die Beschreibungen seiner Gefühle für Rick, seiner Sprachlosigkeit und auch der Jahre innerer Einsamkeit – alles das hatte ihr Tränen in die Augen getrieben. Sie hatte Leon als einsamen, verlorenen Jungen vor sich gesehen.

In seinem letzten Brief schrieb Leon über Felix. Und endlich erfuhr sie, wer dieser Junge war.

Ich möchte für Felix, der im selben Kinderheim aufwächst wie Rick und ich, da sein, nicht nur ab und zu, sondern für immer. Denn was ist der Begriff Familie anderes als ein Synonym für Ein-

ander-Nahestehen, Einander-Vertrauen und Sich-Öffnen. Blutsverwandtschaft ist nicht das Wichtigste.

Die Briefe hatten sie die halbe Nacht wachgehalten, doch sie war froh, dass Leon schonungslos ehrlich und ohne falsche Scham schilderte, was er erlebt hatte und wie es in ihm aussah. Das Bild, das sie nun von ihm hatte, war weder das Bild des Mannes, der sie aus dem Matsch gezogen hatte, noch das von Ludwig Thelen, den sie einen Lügner geschimpft hatte. Nun sah sie Leon als Persönlichkeit mit vielen unterschiedlichen Facetten. Sie begriff seine Erfahrungen, Hoffnungen und Wünsche und auch seine Enttäuschungen. Alles zusammen hatte ihn geprägt und ihn begreifen lassen, dass er dazulernen und sich neu positionieren konnte.

Ich möchte mehr sein als meine Ängste und Sorgen, Alwy, mehr als meine bedrückenden Gedanken. Ich möchte wachsen und mich wandeln.

Übrigens würde ich gern die Dachwohnung behalten, in der ehemals Irmgard Walter gelebt hat. Du würdest mir eine große Freude machen, wenn Du mit mir vor Ort die Pläne durchgehen und gemeinsam mit mir entscheiden würdest, wie alles nach einem Umbau aussehen soll. Denn wenn ich ganz viel Glück habe, zieht dort die Frau mit mir ein, mit der ich leben will. Sie ist eine begnadete Pâtissière. Eine Frau, die man nie vergisst ...

Nachdem sie den letzten Brief gelesen hatte, hatte sie ein Haarband aus Samt um die Briefe gebunden und sie wie einen Schatz auf ihren Nachttisch gelegt. Erst dann löschte sie das Licht, um noch ein wenig zu schlafen.

Alwy ließ die Gedanken an die vergangenen Stunden los. Als sie vorhin aufgewacht war, hatte sie die Farbe von Leons Augen vor sich gesehen: braun, grau und ocker – rauchfarben, warm und vertrauenserweckend. Es war ihr vorgekommen, als beuge er sich über sie, um ihr einen guten Morgen zu wünschen.

Sie trat näher zum Spiegel und begann, die dünne Haut oberhalb ihrer Wangenknochen mit Concealer abzudecken. Trotz mangelnden Schlafs sah sie gut aus. Was machte schon ein bisschen Müdigkeit, wenn man etwas Wichtiges verstanden hatte: dass Hoffnung mehr als ein Wort war. Sie tuschte die Wimpern, gab einen Hauch Rouge auf die Wangen und trug farblosen Lipgloss auf.

Dann schlüpfte sie in ihre Sportsachen und rief Tina, die in der Küche vor einem Smoothie saß, einen Gruß zu. Normalerweise joggte sie ungeschminkt, doch heute war ihr danach, zu tun, wonach immer ihr der Sinn stand. Später würde sie Tina von Leons Briefen erzählen. Sie sollte erfahren, was Leon erlebt und gefühlt hatte. Danach würde sie ihn besser verstehen.

Der Winterwind fuhr ihr durchs Haar. Mit einer entschiedenen Geste wickelte sie ihren Schal doppelt um den Hals und setzte eine Mütze auf. Temperaturen wie diese hatte sie in Salzburg noch nicht erlebt. Doch Kälte hatte sie bisher nie gestört.

Sie sprintete Richtung Staustufe los. Unter ihren Füßen knirschte das Eis, und ihr Atem mischte sich mit der kalten Luft. Auf halbem Weg brach die Sonne durch die Wolken und ließ die Stadt weiß im frühen Sonnenlicht aufleuchten. Sie blickte zur Uferböschung hinab. Die Grashalme glitzerten. Im Frost war alles zu Silber erstarrt. Dieser Dezember war wie im Märchen. Es schneite seit Stunden. Und wenn man dem Wetterbericht glauben durfte, würde der Schneefall die nächsten Tage anhalten. Die Stadt würde hinter einer weißen Decke verschwinden.

Sie erreichte die Staustufe, drehte um und lief Richtung Hallein weiter. Mit ihren Gedanken war sie bei Leon. Es ging ihm gut. Er hatte sich erholt. Das war für den Moment das Einzige, was zählte. Sie lief eine Viertelstunde länger als sonst und schloss mit steifgefrorenen Fingern die Haustür auf. Die Wärme umschloss sie wie eine wohlige Decke. Heute war ihr erstes Treffen nach Leons Entlassung aus dem Krankenhaus. Sie war so nervös, dass sie nicht wusste, ob sie würde arbeiten können, bevor Leon am Vormittag herkam.

Tina kam mit frischgeföhnten Haaren aus dem Bad.

»Na, durchgefroren?«, neckte sie Alwy, die mit roten Wangen und schneebedeckter Mütze den Gang entlangkam.

»Und wie«, Alwy bibberte.

»Kaffee steht in der Küche«, sagte Tina.

»Danke!« Alwy nahm die Mütze ab und schüttelte das Haar.

»Das Essen mit Ralf findet übrigens heute Abend statt.«

»Ah, deswegen die tolle Frisur. Wo geht's denn hin?«

»Weiß ich nicht. Soll eine Überraschung sein.«

»Überraschungen habe ich auch zu bieten. Leons Briefe sind voll davon«, machte Alwy es spannend.

Sie erzählte Tina beim Frühstück das Wichtigste und versprach die »Feinheiten«, wie sie es nannte, nachzuliefern, danach gingen sie in die Patisserie, denn es war höchste Zeit, den Laden aufzusperren.

Den ganzen Vormittag konnte Alwy sich nur schwer konzentrieren, immer wieder blickte sie auf die Uhr. Um kurz nach elf klingelte endlich ihr Handy. Es war Leon, der ankündigte, in einer Viertelstunde vor Ort zu sein.

Zwanzig Minuten später hielt ein Lieferwagen vor dem Haus. Einige Männer stiegen aus und begannen, riesige Pakete die Treppe hinaufzutragen. Leon begrüßte zuerst Alwy mit einem Kuss, dann Tina.

»Fühlt sich seltsam an, dir privat gegenüberzustehen, so ohne Ludwig Thelen im Hinterkopf«, sagte Tina. »Ich mag deine Ehrlichkeit. Alwy hat mir von den Briefen erzählt. Respekt.«

»Danke«, erwiderte Leon. Er wirkte verlegen. »Ich geh dann mal rauf, sicher braucht man mich oben.«

»Ich komme gleich nach!«, Alwy zwinkerte Leon zu. »Nachsehen, was los ist, schadet nie.«

In Irmgard Walters Wohnung herrschte das blanke Chaos. Alwy sah überall Schachteln und Kartons, Verpackungsmaterial lag auf dem Boden verstreut. In der Küche standen Einkäufe. Leon hatte offenbar den halben Supermarkt aufgekauft. Man kam kaum noch von einem Zimmer ins nächste. Als die Männer alles abgeladen hatten, gab Leon ihnen ein großzügiges Trinkgeld. Dann waren Alwy und er endlich allein.

»Hallo …«, sagte er. Er trat einen Schritt vor, umschloss sie mit den Armen und legte sein Gesicht an ihr Haar. Er roch den Wind, die Kälte des Winters. Seine Fingerspitzen streichelten über ihren Nacken. »Du bist so schmal geworden. Ich werde dich aufpäppeln müssen. Und schon morgen Abend habe ich die Gelegenheit dazu. Tina, Elisa, Ralf und du – ihr kommt nämlich um sieben zu einem spontanen Abendessen zu mir. Es gibt Schnitzel mit Kartoffelsalat und Preiselbeeren. Ich hab extra mit Felix geübt.«

»Davon weiß ich ja gar nichts«, sagte Alwy verwundert.

»Elisa und Ralf habe ich vorhin einen Zettel in den Briefkasten geworfen. Und Tina sage ich es später persönlich.«

»Und ich?«

»Du bekommst eine VIP-Einladung.« Noch einmal küsste er sie zärtlich.

»Und diese riesigen Pakete?« Alwy deutete mit dem Zeigefinger drauf. »Was ist da drin? Man hat ja kaum noch Platz, in eins der anderen Zimmer zu gehen.«

Leon machte eine abwehrende Handbewegung. »Ach, nur das Nötigste: ein Doppelbett, Matratzen, Kissen, ein Tisch und acht Stühle. Vorläufig gehe ich unter die Minimalisten«, erklärte er. »Die endgültige Einrichtung schaffen wir uns erst nach dem Umbau an – und zwar gemeinsam. Apropos Umbau ... ich hoffe, es stört dich nicht, dass ich ein bisschen Luxus abspecke. Nur beim Wintergarten hat der Architekt sich nicht reinreden lassen. Daran zu sparen, wäre ein grober Fehler, meint er. Einen doppelstöckigen Wintergarten plant man nur einmal ... und wenn wir schon die Genehmigung dafür bekommen ... sollten wir sie auch nützen. Du wirst in der Sonne sitzen können, während du neue Rezepte kreierst. Tinas Baby kann dort herumkrabbeln, wenn wir auf es aufpassen. Es wird diesen Platz lieben. Felix wird ihn ebenfalls mögen. Ich hoffe, du unterstützt mich dabei, sein Pflegevater zu werden. Darüber möchte ich unbedingt in Ruhe mit dir sprechen ... um deine Meinung zu hören.«

»Leon, warte, warte ... ich komme kaum nach«, Alwy hob abwehrend die Hände, lachte aber dabei. »Du legst ein ziemliches Tempo vor ... Klar unterstütze ich dich mit Felix.«

Leon streichelte ihr über die Wange und küsste sie. »Danke, das bedeutet mir viel.« Es war wie eine Erlösung, sie hier zu haben und mit ihr reden zu können. »Wir werden nicht immer in allem einer Meinung sein, aber ich verspreche dir, immer ehrlich zu sein.«

»Vergiss nicht, ich hab hier Verstärkung. Tina, Elisa und

Ralf stehen auf meiner Seite ... manchmal wird auch Franca hier sein, darauf kannst du wetten.« Sie erzählte Leon von Franca und von den Missverständnissen, die sich mit den Jahren zwischen den beiden Schwestern aufgebaut hatten.

»Okay, du hast Tina, Elisa, Ralf und Franca, aber ich hab Felix auf meiner Seite ...«

»Nicht mehr lange. Wenn Felix uns erst kennenlernt, haben wir ihn im Nu für uns gewonnen.«

Draußen zog der Schnee einen dichten Vorhang vor die Stadt. Von Stunde zu Stunde wurden die Flocken dichter.

»Komm, ich zeig dir die Pläne für den Umbau. Für unser Zuhause ...«

Sie setzten sich auf zwei Kartons, breiteten die Pläne aus und betrachteten das Wirrwarr an Linien und Maßen. Alwy hatte einige Ideen. Jedes Zimmer bekäme einen anderen Anstrich, und was die Möblierung anbelangte, hatten sie ja noch Zeit – bis jetzt schwankte sie zwischen verspielt und gemütlich, ohne allerdings zu wissen, wie sie dieses Motto umsetzen sollte. Vielleicht würde Tina ihr helfen? Es würde jedenfalls eine wunderschön renovierte Altbauwohnung werden, in einer der schönsten Gassen Salzburgs. Ihr Universum.

»Hier fängt unser Leben an, Alwy.« Leon machte eine ausschweifende Handbewegung über das Chaos vor ihnen. »Vorläufig nur mit ein paar einfachen Möbeln. Aber das ist mir egal. Hauptsache, wir sind zusammen ...«

»... und Hauptsache, ich entdecke nicht zu viele Ecken und Kanten an dir, Ludwig Thelen ...«, erwiderte Alwy lachend.

Leon klemmte die Pläne zwischen seine Oberschenkel und nahm Alwys Gesicht in beide Hände. Als er ihre Lippen auf seinen spürte, wurde etwas in seinem Inneren zurechtgerückt, als raste es an der richtigen Stelle ein. Er war angekommen, wo er hingehörte.

»Nur zur Erinnerung«, sagte Alwy, als sie sich voneinander lösten. »In drei Tagen ist die Modenschau in Schloss Leopoldskron. Du kommst doch?«

Leon legte die Hand aufs Herz. »Diesen Erfolg würde ich niemals verpassen wollen. Tina und du habt es schließlich auf Platz zwei geschafft.«

»Gut, die Antwort gefällt mir«, Alwy nickte zufrieden, »ich kümmere mich übrigens um die letzten Einladungen. Falls Rick und Iris auch kommen wollen … nur zu. Wir liefern an dem Abend vierhundert Pralinen … für Zuschauer, Gäste und Presse, da kommt es auf zwei Personen mehr oder weniger nicht an.« Alwy blickte auf ihre Armbanduhr. »Ach herrje. Ich muss wieder nach unten. Es gibt noch eine Menge zu tun.« Sie kam auf die Beine, und als Leon nach ihrer Hand griff und sie kurz festhielt, küsste sie ihn noch einmal.

»Gutes Gelingen. Und vergiss nicht. Ich liebe dich!«, gab er ihr mit auf den Weg.

An der Tür blickte sie zu ihm zurück. »Wir stehen füreinander ein, nicht wahr? Wie das Entenpaar, das du mir geschenkt hast.«

Leon legte die Hand auf die Höhe seines Herzens. »Ich bin da … an Schokoladentagen … und an allen anderen … und damit du das nie vergisst, habe ich dir die Enten geschenkt!« Seine Stimme drückte die Geborgenheit aus, die er ihr schenken wollte. Sie sollte bei ihm ein Zuhause finden und sich sicher fühlen.

Alwy warf ihm einen Luftkuss zu und verschwand ins Treppenhaus. Unten angekommen, fühlte sie sich wie neugeboren. Welcher Tag ein Schokoladentag war, entschied nicht das Leben – man entschied es selbst, in dem man das Schöne auskostete und das Schwere überwand.

Als alle Models zum Abschluss des Abends noch einmal den Laufsteg betraten – Ai Tanaka vorneweg –, brandete Applaus auf. Tina klatschte sich beinahe die Finger wund. Auch Alwy, Elisa, Ralf, Leon, Rick und Iris applaudierten.

»Und jetzt kommen wir zu einem der Höhepunkte dieses Abends. Zum kreativen Förderer ... dem Mann, der Ai Tanaka zur Seite steht, weil er an ihn glaubt. Meine Damen und Herren, verehrtes Publikum, Modefans und Modeverrückte, begrüßen Sie mit mir, frisch aus Paris eingeflogen, Monsieur ... Jean ... Paul ...« Der Moderator zog den Namen in die Länge, »... Gaul ...tier!«

Der Applaus war unbeschreiblich. Tina musste sich die Ohren zuhalten, weil es so laut war. Rund um sie herum riss es die Leute von den Stühlen.

»Jean Paul Gaultier! Das ist doch der Wahnsinn. Den verehre ich, seit ich denken kann«, schrie Elisa in Alwys Richtung. Sie war ebenfalls aufgesprungen und klatschte aufgeregt.

Jean Paul Gaultier kam auf die Bühne, ergriff Ai Tanakas Hand und verbeugte sich mit ihm gemeinsam. Der Applaus hielt lange an, und als er endlich nachließ, kündigte der Moderator den nächsten Höhepunkt an.

»Und nun folgt der nächste Streich. Begrüßen Sie mit mir das Duo, das heute Abend für Deko und Styling verantwortlich zeichnet. Meine Damen und Herren, liebes Publikum, bitte einen kräftigen, wohlverdienten Applaus für ... Alexandra und Henning Anderson von der Agentur ›Viel oder Wenig‹ aus Karlsruhe.«

Alwy sah sich zum wiederholten Mal um, während sie weiterklatschte. Der Catwalk war während der Modenschau teilweise hinter Nebel verschwunden, über dem gesamten Raum waren Wolkeninszenierungen aufgetaucht und wieder vergangen. Zwischendurch hatte eine künstliche Sonne geschienen, Vögel hatten gezwitschert. Die Jahreszeiten hatten sich abgewechselt. Es war wirklich eine spektakuläre Inszenierung gewesen. Eine, die man nicht wieder vergaß.

Die Geschwister Anderson, beide noch sehr jung, traten auf die Bühne und ließen sich feiern. Jean Paul Gaultier trat zwischen sie und flüsterte ihnen irgendetwas zu.

Der Moderator stellte sich neben den Modeschöpfer und die Geschwister. »Das war, wie Sie sich vermutlich denken können, noch nicht alles. Es gibt noch die Plätze zwei und drei unseres kreativen Wettbewerbs rund um den Catwalk. Die beiden Frauen, die auf Platz zwei gelandet sind, leben hier in Salzburg. Und sie werden uns gleich mit besonderen Köstlichkeiten verwöhnen. Mit Pralinen, von denen ein Rezept, wie ich erfahren habe, extra für diese Veranstaltung kreiert wurde. Kurze Haltbarkeit, aber doppelte Füllung, habe ich mir sagen lassen. Aber wer spricht heute Abend schon von Haltbarkeit. Schlemmen Sie, genießen Sie und lassen Sie bitte nichts übrig. Denn es gibt – zusätzlich zu dem vielfältigen Angebot, das die Models Ihnen gleich servieren werden – Pralinen mit Botschaft. Für alle, die an diesem Abend noch etwas loswerden wollen, entweder dem Menschen gegenüber, der sie heute begleitet, oder die jemandem zu Hause noch etwas mitteilen wollen … Pralinen, die es einem leichtmachen, das Herz zu öffnen. Liebes Publikum, begrüßen Sie zwei Cake-Designerinnen von höchstem Rang … Bettina Hoske und Alwy Gräwe, die vor kurzem noch in Tokio gearbeitet hat und Ai Tanaka dort bereits begegnet ist.«

Leon gab Alwy einen schnellen Kuss und schließlich einen leichten Klaps auf den Rücken. Mit wackeligen Beinen stiegen sie und Tina auf die Bühne. Dieser Abend war weit spektakulärer, als sie es sich vorgestellt hatten. Oben drückte der Moderator Tina ein Mikrophon in die Hand.

»Hey!!!«, schrie Tina und winkte in die Menge. So laut hatte Alwy sie noch nie brüllen hören. »Wie cool ist das denn! Meine Partnerin und ich haben es auf Platz zwei geschafft … und das hier … in unserer Stadt. Danke an alle, die das möglich gemacht haben. Und bitte, Alwy und ich verlassen uns darauf, dass keine Praline übrigbleibt, denn unsere Pralinen sind Liebe in Form von Schokolade. Aufmerksamkeit und Verführung, Freundschaft und Vereinigung oder Versöhnung. Einfach alles. Greifen Sie also zu!«

Jean Paul Gaultier trat zu ihnen und nahm sie an die Hand. Alwy spürte seine verschwitzte Handinnenfläche, doch das störte sie nicht. Das Strahlen des berühmten Modeschöpfers war magisch. Er war ein Mann, der alles gab, das sagten die großen, weit geöffneten Augen und dieses verschmitzte, unnachahmliche Lächeln, das kein Ende zu nehmen schien.

Als das Team von Platz drei ebenfalls beglückwünscht worden war, verließen alle gemeinsam die Bühne.

»Gleich haben wir den Interviewtermin. In zwanzig Minuten«, erinnerte Tina Alwy.

»Ist mit den Pralinen alles klar?«, erkundigte sich Alwy.

»Läuft! Die Models sind instruiert. Elisa hat ein Auge drauf. Du kennst sie ja. Im ›Mönchstein‹ machen sie keine halben Sachen. Sie lässt nichts durchgehen.« Ein Model schwebte an ihnen vorbei. Tina verdrehte die Augen. »Ob ich auch mal so schlank sein werde?«

»Nein!«, Alwys Antwort ließ keinen Zweifel. »Eher das Gegenteil, zumindest die nächsten Monate. Danach sehen wir weiter.« Sie zwinkerte Tina zu. »Aber raten würde ich's dir nicht. Zu viel Verzicht ist ungesund.«

Eine Frau wandte sich an Tina und verwickelte sie in ein Gespräch.

Alwy ging zur Bar, um sich ein Glas Wasser zu holen. Sie fühlte sich völlig ausgetrocknet. An der Bar traf sie Ralf.

»Und ... hat Tina was gesagt?«, fragte er sofort.

»Über euren Abend?« Alwy schmunzelte.

Ralf nickte. »Worüber sonst?«, sagte er ernsthaft.

»Nicht viel. Sie war ziemlich wortkarg. Wäre nett gewesen, meinte sie ... was ein gutes Zeichen ist.«

»Wieso ist *nett* ein gutes Zeichen?«

»Wenn sie wie immer wäre und drauflos gequasselt hätte, wäre das schlecht. Nur wenn Gefühle im Spiel sind, werden wir unsicher. Oder etwa nicht?«

Ralf trank seinen Apfelsaft in einem Zug aus. »Wie soll ich jetzt weiter vorgehen? Während des Abendessens bei Leon hat sie kaum mit mir gesprochen«, fragte er. Er nestelte an seiner Krawatte herum.

»Ich schlage vor, du wartest erst mal ab. Mindestens drei weitere Tage.«

»O Alwy, du machst mich ganz krank. Ich weiß nicht, ob ich das durchstehe.« Ralf zerzauste sich die Haare vor lauter Ungeduld.

Alwy klopfte ihm auf die Schulter. »Du schaffst das. Lenk dich mit Arbeit ab. Und denk an dein Ziel. Das hilft mir immer. Arbeiten und ans Ziel denken.«

»Okay, okay!« Ralf wandte sich Rick zu, der neben ihn getreten war und ihm sein Glas zum Anstoßen hinhielt.

Alwy sah sich um. Wo Leon wohl steckte? Sie fand ihn,

zwei Tabletts vor sich her jonglierend, inmitten einer Gruppe perfekt gekleideter Damen. Gutgelaunt pries er den Frauen Pralinen an.

Als er nichts mehr anzubieten hatte, fasste Alwy ihn am Arm.

»Lust auf ein bisschen frische Luft? Nur fünf Minuten, länger geht nicht, sonst frieren wir ein.«

»Mit dir immer, mein Engel!« Leon gab die Tabletts an der Bar ab und begleitete Alwy zum Ausgang.

Die dicken Flocken zeichneten ein wunderschönes Muster in den Himmel.

»Komm, lass uns ein paar Schritte gehen.«

Sie fassten sich an den Händen und setzten ihre Füße auf den unberührten weißen Teppich. So folgten sie dem Weg rund um den Teich. Sie kamen nicht weit, weil es rutschig war, doch sie genossen die kleine Pause – Zeit nur für sie beide.

Leon legte seinen Kopf immer wieder in den Nacken und ließ sich vollschneien. »Liebe ist rein und zart, wie frisch gefallener Schnee – und so still, dass man die Stimme der Zuversicht immer hört.« Er wandte sein Gesicht Alwy zu.

»Kluger Leon!« Sie küsste ihm die Schneeflocken aus dem Gesicht. »Kannst du eigentlich tanzen?«, wollte sie plötzlich wissen.

»Wenn, dann bin ich ein Naturtalent, denn einen Tanzkurs oder so was, hab ich nie besucht.«

Sie stellten sich in Position und versuchten, im Schnee eine Runde Wiener Walzer zu drehen.

»Das ist Rutschen, nicht Tanzen«, meinte Leon grinsend.

»Macht nichts. Hauptsache, wir bleiben auf den Beinen. Tanzen im Schnee ist schließlich nur was für Fortgeschrittene.«

Sie genossen ihre kleine Vorführung, doch als Alwys Füße nass zu werden drohten, kehrten sie um. Vorsichtig einen Schritt vor den nächsten setzend, balancierten sie zum Schloss zurück.

Leben bedeutete wie Schneeflocken durch die Luft tanzen.

So würden sie leben, leicht und unbedarft – und so oft wie möglich auf der Schokoladenseite.

Rezepte

Aprikosenkuchen mit Sonnenblumenkernen

♡ Zutaten:

Teig – 185 g Weizenmehl, 150 g Zucker, 1 TL Weinstein-Backpulver, 1 Prise Salz, 3 Eier, 60 ml Milch, 3 TL Bourbon-Vanillezucker, etwas abgeriebene Zitronenschale von einer Bio-Zitrone, 125 g weiche Butter, Sonnenblumenkerne zum Bestreuen

Belag – Aprikosen

♡ Zubereitung:
1) Den Backofen auf 180 Grad Heißluft vorheizen. Mit Backpulver vermischtes Mehl, Zucker, Salz und Zitronenschale in eine Schüssel geben.
2) In einer zweiten Schüssel Eier mit Milch und Vanillezucker schaumig schlagen. Die Eiermilch und die leicht erwärmte Butter (Zimmertemperatur oder im Topf flüssig werden lassen) zum Mehl geben und alles gründlich mit dem Mixer verrühren, bis der Teig eine flüssige Konsistenz hat.
3) Den Teig auf ein mit Backpapier ausgelegtes Blech der Größe 20×30 cm geben.
4) Die Aprikosen mit der Schnittfläche nach oben dicht auf dem Teig verteilen. Wichtig: nicht mit dem Obst sparen! Die Sonnenblumenkerne draufgeben. Circa 40 Minuten backen.

5) Nach dem Backen Zucker draufgeben. Schmeckt mit und ohne Schlagsahne, je nach Laune und Geschmack.

Biskuittorte mit frischen Beeren

♥ **Zutaten:**
Boden – 5 Eigelb, 130 g Honig, 3 EL lauwarmes Wasser, 120 g Dinkelmehl, 5 Eiweiß

Füllung – Abgeriebene Zitronenschale von einer Bio-Zitrone, 2 Päckchen Quark, je 250 g, 70 g Honig, Zucker oder Birkengold (je nach Vorliebe), Bourbon-Vanille, Prise Salz, 1 Eigelb, frische Heidelbeeren, Himbeeren, Erdbeeren, Brombeeren oder kleine, kernlose Trauben, je nach Angebot und Geschmack

Abschluss – 1½ Becher Sahne, Kakaopulver, Honig oder Zucker nach Geschmack.

Verzierung – Frische Beeren nach Wahl, Schokoladensplitter

♥ **Zubereitung:**
1) Eigelbe mit Honig und Wasser zu einer dicken Creme schlagen (dauert ca. 15 Minuten). Eiweiß steif schlagen. Den steifen Eischnee und das Mehl abwechselnd vorsichtig unter die Creme heben.
2) Teig auf ein mit Backpapier ausgelegtes Backblech geben und bei Heißluft (mittlere Schiene) 8-9 Minuten backen.

3) Den ausgekühlten Biskuitboden teilen, sprich der Länge nach in der Mitte durchschneiden.
4) Inzwischen die Füllung zubereiten: Dafür alle Zutaten mischen und zum Schluss vorsichtig die Beeren (Himbeeren, Heidelbeeren, Brombeeren, wahlweise auch kleine Trauben) unterheben. Die Füllung auf die untere Teighälfte geben und glattstreichen.
5) Die obere Teighälfte auf die Füllung legen. Nun die Biskuittorte mit der geschlagenen Sahne, unter die das Kakaopulver und der Zucker gehoben wurden, bestreichen.
6) Die Torte mit frischen Beeren und Schokosplittern verzieren.
7) Torte mindestens zwei Stunden kalt stellen, in Tortenstücke oder Vierecke schneiden und genießen.

Marzipan-Nuss-Schnecken

♥ Zutaten:
Hefeteig – 60 g Butter, 1 Eigelb, 50 g Zucker, 1 Prise Salz, 300 g Dinkelmehl, ½ Würfel frische Hefe, Bourbon-Vanille, abgeriebene Zitronenschale von einer Bio-Zitrone, einige EL lauwarme Milch

Füllung – 70 g geriebene Mandeln oder Walnüsse, 80 g geriebene Datteln oder wahlweise Marzipan (nach Geschmack), 50 g Zucker, 1 TL Zimt, 50 g Butter, ein Schuss Rum, zwei EL flüssige Sahne, abgeriebene Zitronenschale von einer Bio-Zitrone

Glasur – Zwei Gläser Erdbeermarmelade je 200 g, ein Schuss Rum und einige EL flüssige Sahne (nach Geschmack) gut mischen und als Teil der Füllung und als Glasur verwenden.

♥ Zubereitung:
1) Den halben Hefewürfel in einer kleinen Schüssel zerbröseln, mit lauwarmem Wasser und etwas Zucker mischen und ca. eine Viertelstunde gehen lassen, bis die Mischung Blasen wirft. Gleichzeitig die Butter erwärmen und leicht abkühlen lassen.
2) Nun alle Zutaten inklusive der Hefeflüssigkeit mit dem Mixer kneten, bis der Teig sich von der Schüssel löst (ca. fünf bis zehn Minuten). Man kann den Teig auch mit den Händen kneten. Der fertige Teig wird mit einem Küchentuch abgedeckt und muss nun bei Zimmertemperatur ca. 1 Stunde ruhen.
3) Wenn der Teig lange genug geruht hat, wird er noch einmal kurz durchgeknetet und dann zu einem Viereck ausgerollt. Eventuell während des Ausrollens mit Mehl bestäuben, damit er nicht klebt.
4) Jetzt die Hälfte der Marmelade-Rum-Sahne-Mischung auf dem Teig verstreichen. Darüber alle Zutaten der Füllung verteilen, die vorher gut vermischt wurden.
Nun den Hefeteig samt Füllung vorsichtig zu einer dicken Rolle formen. Davon fingerdicke Stücke abschneiden und zu Schnecken flachdrücken.
5) Die Schnecken auf ein oder zwei Bleche legen und nochmals eine Stunde aufgehen lassen, bis sie mindestens um 1/3 größer geworden sind.

6) Den Backofen auf 180 Grad Heißluft vorheizen, die Bleche mit den Schnecken einschieben und ca. 25 Minuten backen.
7) Zum Schluss die restliche Marmelade-Rum-Sahne-Mischung auf die lauwarmen Schnecken streichen. Darauf achten, dass die Glasur nicht zu flüssig ist: Man muss sie gut aufstreichen können, ohne dass sie herunterfließt. Schnecken am besten frisch essen.

Schokoladenkuchen mit Rum-Marmelade

♡ Zutaten:
Rührteig – 5 Eier, 1½ Becher Zucker, 1½ Becher Dinkelmehl (vermischt mit 1½ Päckchen Backpulver), 1½ Becher geriebene Nüsse, 1½ Becher Naturjoghurt, ½ Becher Sonnenblumenöl, 1 TL Zimt

Glasur – Himbeermarmelade, etwas Rum, 160 g Butter, 160 g Zartbitterschokolade, Bourbon-Vanille, evtl. flüssige Sahne

♡ Zubereitung:
1) Alle Zutaten mit dem Mixer gut verrühren und den Teig auf ein mit Backpapier ausgelegtes Blech geben.
2) Bei 180 Grad Heißluft ca. 25 Minuten backen.
3) Auf den ausgekühlten Kuchen zuerst die mit Rum verfeinerte Himbeermarmelade verstreichen.
4) Danach die Butter in einem Topf bei milder Hitze flüssig werden lassen, zerkleinerte Schokolade, Bourbon-Vanille

und eventuell etwas flüssige Sahne dazugeben und alles über die Himbeermarmelade auf den Kuchen streichen.
5) Kuchen mehrere Stunden kühl stellen, damit die Schoko-Glasur fest werden kann.
6) Kühl gestellt hält sich der Kuchen über eine Woche.

Apfelkuchen mit Zitronen-Mandelgitter

♥ Zutaten:
Mürbeteig – 300 g Dinkelmehl, 80 g Zucker, 60 g Butter, 1 Eigelb, einige EL Milch, 1/2 Päckchen Backpulver, Bourbon-Vanille, etwas abgeriebene Schale einer Bio-Zitrone

Füllung – Äpfel, Zimt, etwas abgeriebene Schale einer Bio-Zitrone, Honig nach Geschmack

Gitter – Vom Teig ca. 1/5 beiseitenehmen, geriebene Mandeln, Zimt, etwas abgeriebene Schale einer Bio-Zitrone, Zucker und evtl. etwas flüssige Sahne dazugeben.

♥ Zubereitung:
1) Zuerst die Äpfel (am besten Cox-Orange) mit wenig Wasser dünsten, fein pürieren und mit Zitronenschale und Honig abschmecken. Auskühlen lassen.
2) Die Zutaten für den Teig mischen, kleine Stücke weiche Butter (Zimmertemperatur) untermischen. Teig für einige Minuten im Kühlschrank ruhen lassen.
3) Teig aus dem Kühlschrank nehmen, eine faustgroße Kugel abtrennen und den restlichen Teig auf einem mit Back-

papier ausgelegten Backblech ausrollen. Die Ränder sauber abschneiden.
4) Nun das Apfelmus auf den Teig geben. Achtung: Das Mus darf nicht zu flüssig sein!
5) Den restlichen Teig mit geriebenen Mandeln, Zucker, Zimt und Zitronenschale verfeinern (evtl. etwas flüssige Sahne hinzugeben, damit der Teig nicht zu trocken wird) und mit den Händen zu kleinen Würsten rollen. Die Würste etwas platt drücken, jeweils kleine Stücke davon abtrennen und als Gitter auf dem Kuchen verteilen.
6) Den Kuchen bei 180 Grad Heißluft ca. 20 Minuten backen. Auskühlen und einige Stunden durchziehen lassen. Danach mit frischer Sahne genießen.
7) Der Kuchen ist auch am nächsten Tag noch köstlich.

Hinweis: Alle Rezepte lassen sich sowohl mit Auszugsmehl als auch mit frischvermahlenem Vollkorn-Dinkelmehl herstellen. Man kann anstatt Zucker auch Birkengold (außer bei Hefeteigen, das funktioniert nicht), Honig oder Agavendicksaft verwenden. Ich backe fast alle Kuchen mit Vollkorn-Dinkelmehl und nehme nur selten Zucker, seit meine Tochter Arina an Neurodermitis erkrankt ist … und habe es bis heute beibehalten. Das für alle, die alternativ backen wollen.

MEIN SALZBURG

Die Idee zu diesem Roman kam mir, als ich in der Steingasse ein Schaufenster mit mehrstöckigen Torten, Pralinen, Cupcakes und noch einigem mehr entdeckte. Das Schaufenster und der kleine Schaukasten daneben gehören zum Tortenatelier ›Cake Couture‹, der beruflichen »Heimat« der Cake Designerin Andrea Isabelle Streitwieser.

Wie im Roman befindet sich das Tortenatelier in der Steingasse 41, und tatsächlich ist die untere Fassade des Hauses pastellrosafarben gestrichen. Ich muss nicht extra erwähnen, dass dieses Tortenatelier einen ganz besonderen Charme versprüht. Viele Menschen bleiben vor der Auslage stehen und können sich nicht sattsehen an dem wunderbar arrangierten und farblich abgestimmten Erscheinungsbild, das die süßen Köstlichkeiten perfekt in Szene setzt.

Schriftstellerinnen kommen nur schwer an einem solch zauberhaften Ort vorbei, ohne dass ihnen eine Geschichte dazu einfällt. Und so flogen die Gedanken jedes Mal mit mir davon. Ich sah plötzlich Alwy und Tina vor mir, spürte, was sie fühlten und mit welchem Elan sie arbeiteten. Die beiden Frauen ließen mich nicht mehr los, und schon bald stand fest, dass *Schokoladentage* nach *Lavendelträume* mein nächster Roman werden würde.

Ich fragte Frau Streitwieser, ob ich den Namen ihres Ateliers für meinen nächsten Roman übernehmen dürfe. Sie sagte zu, was mich riesig freute, denn allein der Name ›Cake Couture‹ lässt einen träumen. Außerdem gab sie mir den Tipp mit den *Sweet Tables*. Mit diesen Tischen hat Isabelle, wie ich sie inzwischen nenne, viel Erfolg. Natürlich habe ich diese wunderbare Idee gern in meinen Roman aufgenommen. Ansonsten ist die Geschichte aber frei erfunden.

Meiner Geschichte stand also nichts mehr im Wege, und so machte ich mich daran, sie an Plätzen Salzburgs spielen zu lassen, die ich besonders mag. Dieser Roman sollte auch ein Stadtbummel durch eine entzückende kleine Stadt sein, in die ich mich verliebt habe, seit ich als kleines Mädchen zum ersten Mal dort war.

Jedem, der Salzburg entdeckten möchte, rate ich, die vielen Kirchen der Stadt zu besuchen und durch die winzigen Gassen zu schlendern. Auch eine Erkundung des Mönchsbergs und des Kapuzinerbergs gehört zum Schönsten, was Salzburg zu bieten hat. Hier begegnet man, nur wenige Höhenmeter über der Stadt, im Frühling grasenden Kühen. Es gibt viele zauberhafte Plätze zum Verweilen und atemberaubende Ausblicke auf die Festung, die Dächer der Häuser, die Berge und Hügel und die sich dahinschlängelnde Salzach.

Ein Bienenstich im ›M32‹, im Restaurant, das zum Museum der Moderne gehört, ist immer eine gute Idee (vorher unbedingt das Museum besuchen!). Der Kuchen schmeckt so gut, dass ich jedes Mal überlege, ein zweites Stück zu bestellen. Und der Blick von dort auf die Festung lässt mich immer ganz demütig werden.

Auch der Wallfahrtswanderweg, wie im Roman beschrieben, gehört zu meinen bevorzugten Spazierwegen, natürlich inklusive eines kurzen Besuchs des Friedhofs St. Peter.

Die Augen werden nie müde, wenn man über die kopfsteingepflasterten Wege schlendert und die vielen kleinen Lokale, Cafés und Restaurants entdeckt oder einfach nur eine Bank aufsucht, um dort niederzusitzen und auszuruhen.

Falls ihr mehr über *mein* Salzburg erfahren wollt, besucht mich auf meiner Website, bei Facebook und Instagram, wo ich Tipps rund um diese bezaubernde Stadt gebe.

DANK

Auch diesmal möchte ich allen danken, die mich bei diesem Buch unterstützt und inspiriert haben.

Meiner Betreuerin in der Agentur Agence Hoffman, Rosi Kern, danke ich für gute Gespräche und fürs Mutmachen.

Meiner Lektorin Gesine Dammel im Insel Verlag für ihre Anmerkungen und fundierten Ratschläge. Jedes Projekt wird durch dich besser, Gesine, und mit jedem weiteren Buchprojekt steigt die Chance, dass wir wieder miteinander essen gehen. Ich hoffe also, es folgt noch mehr!!

Dr. Martin Bayer danke ich fürs Gegenlesen, damit alles medizinisch fundiert »rüberkommt«.

Wolfgang danke ich für viele Jahre »Buchbetreuung«. Von der ersten Idee an bist du da, stimmst zu oder rätst ab, fotografierst und drehst die Trailer. Was würde ich nur ohne dich machen.

Meiner Tochter Arina danke ich für alle ersten Kapitel. Als kritische Leserin machst du deutlich, worauf ich besonders achten muss. Du bist hartnäckig und das ist gut so. Du gehst mit mir den Weg der Schokoladentage. Dafür bin ich dem Leben und dir dankbar.

Mein letzter Dank gilt allen Menschen, die dafür sorgen, dass Bücher unser Leben bereichern. Mit Büchern sind unsere Tage schöner und manche Nächte kürzer. Wenn mein Mann Bücher mit nach Hause bringt, schlägt mein Herz höher. Es ist jedes Mal, als dürfe ich wieder in ein neues Leben eintauchen, nachsehen, was hinter verschlossenen Türen passiert.

Bücher schreiben ist für mich das zweite Glück, neben dem, sie lesen zu können, denn es beglückt mich, mich mit Menschen, die Bücher mögen, verbunden zu fühlen. Ich nenne es neue Weggefährten finden. Mit jedem Buch werden es hoffentlich mehr, denen ich mit meinen Geschichten Freude bereite.

Nun, wo die »Schokoladentage« als Roman vorliegen, fiebere ich bereits einer neuen Geschichte entgegen. Wieder werde ich die Gefühle der Protagonisten beleuchten, euch von ihnen erzählen.

Inzwischen wünsche ich allen, die diese Zeilen lesen, eine gute, glückliche, gesunde Zeit! Bis zum nächsten Roman. Ich hoffe, wir »lesen« uns wieder.

Eure Gabriele Diechler